KB274015

열녀와
의리

지은이 소개

이종호(李鍾虎) 안성 죽산 출생. 성균관대학교 한문교육과를 졸업하고, 동 대학원에서 「손곡 이달과 삼당시」로 문학석사 학위, 「삼연 김창흡의 시론에 관한 연구」로 문학박사 학위를 취득하였다. 안동대학교 한문학과 교수로 있다.

권영채(權寧采) 안동 임하 출생. 안동교육대학교를 거쳐 방송통신대학교 국어국문학과를 졸업한 뒤 안동대학교 교육대학원에서 한문교육을 전공하여 「두암 김약련의 생애와 산문세계」로 교육학석사 학위를 취득하였다. 구미 야은초등학교 교감으로 있다.

황만기(黃萬起) 안동 풍천 출생. 안동대학교 한문학과를 졸업한 뒤, 동 대학원에서 한국한문학을 전공하여 「열녀전 연구」로 문학석사 학위, 성균관대학교 대학원에서 「청음 김상헌 시문학에 나타난 의리정신」으로 문학박사 학위를 취득했다. 안동대학교 퇴계학연구소 학술연구대우교수로 있으면서 한문학과에 출강하고 있다.

열녀와 의리
조선 후기 안동권 열녀전의 이해

2012년 11월 10일 초판 인쇄
2012년 11월 15일 초판 발행

지은이 │ 이종호 · 권영채 · 황만기
펴낸이 │ 이찬규
펴낸곳 │ 북코리아
등록번호 │ 제03-01240호
주소 │ 462-807 경기도 성남시 중원구 상대원동 146-8
          우림2차 A동 1007호
전화 │ 02) 704-7840
팩스 │ 02) 704-7848
이메일 │ sunhaksa@korea.com
홈페이지 │ www.bookorea.co.kr
ISBN │ 978-89-6324-235-4 (93810)

값 20,000원

＊ 이 도서의 국립중앙도서관 출판시도서목록(CIP)은 e-CIP홈페이지(http://www.nl.go.kr/ecip)와
국가자료공동목록시스템(http://www.nl.go.kr/kolisnet)에서 이용하실 수 있습니다.
(CIP제어번호: CIP2012005176)

이종호 · 권영채 · 황만기 지음

열녀와 의리

조선후기 안동권 열녀전의 이해

북코리아

책머리에

　　의성 사람이 닭을 길렀다. 암탉 세 마리가 수탉 한 놈을 쫓아다녔다. 어느 날, 이웃집 수탉이 그 수탉과 싸워 죽여 버린다. 그러자 세 암탉 중 두 암탉은 이웃집 수탉을 따라 다녔지만, 한 마리 암탉만은 놈을 피해 다니는 것이었다. 그 암탉은 12개의 알을 낳아 12마리의 병아리를 부화시켜 정성을 다해 기른다. 주인이 병아리 1마리를 팔아 소금을 사서 장을 담갔지만, 간이 맞지 않아 다시 2마리를 더 팔아 소금을 더 칠 생각이었다. 그런데 공교롭게도 장 단지가 저절로 깨어진다. 암탉은 11마리의 병아리를 거느리고 가서 된장을 쪼아 먹는다. 어미닭은 5개월 만에 11마리 병아리가 장성하자, 이들을 거느리고 가서 이웃집 수탉을 공격한다. 어미닭이 놈을 죽이고는 본가로 와서 문 앞에서 죽자, 나머지 11마리 새끼 닭도 저마다 문설주에 몸을 처박고는 함께 죽는다.

1

위 이야기는 김약련金若鍊(1730~1802, 호 斗庵)이 지은 「열계전烈雞傳」의 줄거리이다. '의성 지방의 암탉 이야기'인 「열계전」은 스승 이광정李光庭(1674~1756, 호 訥隱)의 「망양록亡羊錄」에서 보이던 우화적 수법을 계승한 측면이 강하다. 또한 동물전의 소재로는 드물게 보이는 암탉을 등장시켜 열녀의 화신으로 형상화한 것도 새로운 시도로 보인다. 뒤에서 다시 언급하겠지만, 이야기를 역동적으로 만들어주는 '닭싸움'은 김약련이 자신의 시대의식을 극명하게 표출하기 위해 설정한 대립구도에 불과하다.

　　이야기를 다시 음미해보자. 수탉과 암탉은 부부이고 병아리는 자식이다. 남편을 잃은 암탉의 행적은 은인자중과 집요한 음모, 그리고 견결한 투쟁과 처절한 복수로 이어진다. 어미 암탉은 11마리의 자식들이 장성하기를 기다렸다가 운명의 날이 오자 일사불란하게 이웃집 횃대로 날아들어 원수에게 총공격을 감행한다. 치열한 살육전이 벌어졌다. 어미닭은 놈의 목덜미를 물고 늘어졌고, 나머지 11마리가 전면 공격을 가하였다. 설욕과 복수를 마친 어미닭의 장렬한 죽음과 나머지 새끼 닭의 연이은 죽음은 이 작품의 클라이맥스이자 결말이다. 어미닭은 주인댁의 문 앞에 쓰러져 죽었고, 나머지 11마리 닭은 일제히 문설주에 머리를 들이박고 죽는다.

　「열계전」은 마치 일본 사무라이 47인이 주군이 죽자 낭인이 되어 떠돌다가 주군의 원수를 갚고 모두 할복자살했다는 이야기를 연상시킨다. '47인의 낭인'이란 1703년 1월 30일 밤, 주군의 원수 저택을 습격하여 복수를 한 47명의 사무라이를 말한다.

　서양인의 관점에서 일본문화의 특성을 해부한 고전, 『국화와 칼』의 저자 루스 베네딕트는 "47로닌(浪人) 이야기의 주제는 주군에 대한 기리(義理)를 중심으로 하고 있다. 일본인의 견해에 의하면, 이 이야기는 기리와 주(忠)와의 갈등, 기리와 정의와의 갈등(이들 갈등에 있어서, 물론 기리가 정당하게 승리를 얻는 것이다) 및 '한 가닥의 기리'와 '무한한 기리'와의 갈등을 그리고 있다. 이것은 1703년의 역사 이야기인데, 당시는 봉건제도의 최성기最盛期로, 근대 일본인의 몽상하는 바에 의하면, 남자는 어디까지나 남자답게 기리에 본심 아닌 요소가 전혀 없었던 시대이다. 47명의 로닌은 명성도, 아버지도, 아내도, 누이동생도, 정의도, 일체의 것을 기리를 위해 희생시킨다. 그리고 최후에 그들은 자살을 하는 것으로 그들 자신의 생명을 주(忠)에 바친다."라고 하였다.

　47인의 로닌은 남자지만 열을 실천한 닭은 여자이다. 이 점이 다를 뿐 원한과 복수라는 서사구도는 거의 동일하다. 나는 아직 「열계전」과 같은 식으로 극한의 '열烈' 형상을 다룬 작품을 본 적이 없다. 마치 사무라이들의 주군에 대한 충성을 닭을 통해 재현한 듯한 느낌을 받는다. 이를 어떻게 설명할 수 있을까. 아마 이것이 바로 안동지역 열녀전에서만 엿볼 수 있는 독특한 현상이 아닐까 한다.

2

「열계전」을 지은 김약련은 누구인가? 김약련은 조선시대 영천榮川(경북 영주) 출신으로 본관은 예안이며 김륵金玏(1540~1616, 호 栢巖)의 후예이다. 45세인 1774년 사마시에 합격하고 그해 겨울 다시 증광 문과에 급제하였다. 영조가 승하하여 정조가 즉위하던 1776년 7월 영조의 인산因山이 있었을 때, 승문원 주서注書로 입직하고 있었기에 곡반哭班에 나아갔다. 그리고 1개월 후인 8월 6일(을사) 옥사가 일어난다.

옥사의 내용은 이렇다. 사도세자의 죽음과 관련된 의문점 등에 관한 영남 유생 이응원李應元의 상소문, 즉 「사도세자신원소」가 올라왔는데 실제 상소문을 작성한 이는 이응원의 아버지 이도현李道顯(1726~1776, 호 溪村)이었다. 이도현과 김약련은 모두 이광정의 문인이다.

이응원은 상소에서 임오화변壬午禍變 당시 사도세자의 죽음을 방조·방관한 신료들을 처벌하여 사도세자를 신원해야 한다고 주장했다. 이는 막 즉위한 정조를 측면에서 지원하고자 한 의도가 있기는 했으나, 정조는 아직 노론계를 제어할 수 있을 만한 통치력을 확보하지 못하였기에, 자신의 통치력이 확보되고 왕권이 안정될 때까지 기다리지 않으면 안 되었다. 때문에 정조는 이응원의 상소에 대해 내심으로 동조하면서도 이응원 부자를 극형에 처하여 노론계의 의구심을 제거하려 하였다.

정조는 국문하던 당일로 이도현·이응원은 모두 대역부도大逆不道한 죄로 결안結案하여 처형하고(正法), 연루된 김약련 등은 등급을 나누어 참작하여 처리하라고 명한다. 사건이 일어날 무렵, 김약련은 서울 반촌泮村(종로 명륜동)에서 우거하고 있었다. 이도현이 반촌으로 찾아와 김약련과 「사도세자신원소」 문제를 상의했다. 물론 김약련은 시절이 좋지 않다는 이유로 극구 만류

했다고 한다. 어찌되었든 김약련은 정조의 배려에 힘입어 죽음을 면하고 유배에 처해졌다.

그로부터 얼마 후인 8월 19일 장령 이겸빈李謙彬은 김약련이 이응원 부자의 흉소凶疏에 대하여 처음부터 끝까지 동정同情한 정상이 적賊의 공초에서 탄로되었으니 다시 국문하여 처단할 것을 청하였다. 정조는 이를 윤허하지 않고 대신 안동부安東府를 강등하여 현縣으로 삼는 조치를 내렸다. 대역부도한 죄인인 이도현과 이응원이 안동에서 나왔기 때문이다.

김약련은 유배의 명을 받고 삭령으로 떠났다가 이듬해인 1777년 풀려나 한동안 침체되었다가 1793년 다시 서용되어 지평·헌납·정언 등에 여러 번 제수된다. 그러나 대부분 숙배만 하고 낙향을 거듭하였다. 1800년 정조가 승하하자 노구를 이끌고 인산 곡반에 나아가기 위해 눈과 바람을 무릅쓰고 상경하여 졸곡卒哭을 마치고는 돌아온다. 그리고 1802년 73세의 나이로 입춘에 정조를 그리워하는 시 한 편을 문설주 위에 남기고 세상을 떠난다.

3

「열계전」은 '열녀와 의리'의 문제를 닭을 빌려 상징적으로 제기한 작품이다. 김약련이 살았던 시대로 돌아가 보면, 주군에 대한 신하의 의리가 시국의 향방을 결정짓는 조건으로 작용했다. 의리 문제의 중심엔 왕세자 이선李煊(1735~1762)이 있다.

영조 38년(1762), 세자의 장인 영의정 홍봉한洪鳳漢과 그 일파를 몰아내고 세자를 폐위시키기 위해, 김한구金漢耉와 홍계희洪啓禧·윤급尹汲 등의 사주를 받은 윤급의 종 나경언羅景彦이 세자의 비행 10조목을 적어서 상소한 일로, 영조가 대노하여 마침내 세자를 뒤주에 가두어 8일 만에 굶어죽게 한 사건이 일어났다. 이를 역사에는 임오년에 일어난 화변禍變이라고 해서 '임오화변'으로 부른다. 그 후 영조는 자신의 행위를 뉘우치고 죽은 아들에게 사도思悼라는 시호를 내렸다. 사도세자는 이렇게 하여 후인들의 뇌리에 기억되기 시작

했다. 비운에 죽어간 사도세자를 장헌莊獻으로 추존하여 억울함을 풀어준 이
는 그의 아들 정조였다. 그러했던 정조가 사도세자를 신원하라고 상소한 이
응원 부자를 처형하고 ‘안동부’를 ‘안동현’으로 격하시키는 조치를 단행했다.
너무도 아이러니한 행보가 아닐 수 없다.

　「열계전」의 작자 김약련은 정조 치세기에 관료로 활동한 인물이다. 만
일 안동부가 현으로 강등되는 사태의 중심에 사도세자에 대한 의리(임오년의
의리) 문제가 개입되어 있다는 사실을 간과하지 않는다면, 우리는 ‘열녀와 의
리’의 문제를 매우 현실적인 맥락에서 이해할 수 있을 것이다.

　사도세자에 대한 의리 문제는 유교적 명분론과 의리론에서 비롯된 것이
다. 그러나 이 문제는 사도세자가 뒤주에서 굶어죽은 임오화변 이후 18세기
후반 내내 정국의 뜨거운 감자로 남아 있었다. 그리고 영조의 죽음과 정조의
즉위로 인해 의리 문제는 정국 전반을 괴롭히는 중요한 변수가 되어 갔다.
게다가 의리 문제의 해결 방향에 따라 집권세력의 변동을 예상할 수도 있었
기에 몰락의 길에 놓여 있던 남인계로서는 목숨을 건 투쟁을 전개하지 않을
수 없었다. 이는 노론계도 마찬가지였다. 이렇게 본다면 김약련의 전 창작은
18세기 후반의 문제의식이 투영된 문예물로서 각별한 의의를 지닌다. 특히
동물을 등장시켜 의리 문제의 치열성을 부각시켰다는 점은 한문학사에서 주
목할 만한 것이다.

4

‘열녀’란 남편의 죽음 앞에서 성립되는 낱말이다. 언제부터 쓰였는지는 모르
나 우리말 가운데 ‘미망인’이란 게 있는 줄 안다. 아직 죽지 않은 사람이란 뜻
일 게다. 이 미망인이란 말을 들을 때마다 필자는 중세의 열녀를 생각하는
것이다. 그렇다고 근현대가 열녀로부터 해방되었다고 말할 수 있을지. 열녀
의 ‘열’은 매우 치열한 삶의 정신을 상징한다. 죽음의 선택도 삶의 한 방식이
니까. 조선 후기 열녀전의 결말은 항상 죽음이다.

　춘향이는 수절함으로써 열녀의 이름을 얻었는지는 몰라도 내가 본 안동
의 열녀는 거의 모두 죽는다. 그러나 죽음의 결행 시점과 방식은 열녀만이 지
니는 고유한 선택권이다. 남편이 죽은 후 일정 기간 살아남아 시부모를 공양
하거나 자손 양육을 마치고 죽음을 감행하는 '경세결사형(經歲決死型)'이 있는
가 하면 남편의 죽음을 인지한 순간 바로 따라죽는 '일시순사형(一時殉死型)'도
있다. 제일 적극적인 열녀는 남편의 원한을 풀어내고 치욕을 씻어낸 후 죽음
을 결행하는 '신원설치형(伸冤雪恥型)'이다. 이는 시집을 고쳐가기를 거부하다
가 죽음을 택하는 저 선산의 향랑과도 같은 '개가거부형(改嫁拒否型)'과 대비된
다. 이밖에도 열녀의 유형은 여러 가지가 있다. 글머리에서 소개한 「열계전」
도 굳이 유형을 나누자면 '신원설치형'에 속한다고 할 수 있다.

　십여 년 전에 안동의 열녀전을 연구한 논문이 두 편 제출된 바 있는데,
필자의 지도로 이루어진 안동대 대학원생 황만기와 권영채의 석사논문이 그
것이다. 한 편은 조선 후기 안동문화권에 속한 열녀전을 조사하여 유형적 특
징을 개괄한 것이라면 다른 한 편은 가장 많은 열녀전을 남긴 특정 작가, 김
약련의 생애와 작품세계를 검토한 것이다. 본래 의도한 것은 아니었지만 결
과적으로 두 논문은 자매편의 성격이 짙게 되었다.

5

하루는 우연히 연구실 서가에 꽂힌 논문을 바라보다가 문득 도서관 참고문
헌실 한 모퉁이에 쓸쓸히 서 있을 그들의 처지를 생각하고 다소 아쉬운 생각
이 들었다. 어느 논문이든 고행에 가까운 자기성찰과 수행이 담기지 않은 것
이 없겠지만, 열녀를 주제로 다룬 이 두 논문은 여러 해를 두고 연구자와 지
도교수가 함께 이야기의 현장을 답사하고 토론을 거듭한 나머지에 거둔 결
실이어서 애정이 남다르다. 나는 두 연구자를 불러, 일반 독자들에게도 안동
열녀에 대한 정보를 접할 수 있는 자리를 마련하는 것도 의의가 있으니 논문
을 정리하여 공개 출판하는 것이 어떻겠는가 하고 권유했다.

두 연구자 역시 흔쾌히 나의 생각에 동의를 표하고 지도교수인 나를 공동저자의 한 사람으로 넣어 책임을 나누어 졌으면 좋겠다고 했다. 이에 나는 책자를 3부로 구성하여 위의 두 논문과 김약련의 전 작품을 번역하여 수록하기로 했다. 그 뒤 필요한 도판자료를 마련하는 한편 학위논문으로 제출된 원고를 다시 다듬고 체제를 통일하여 완성도를 높이려 했으나 역부족으로 미처 보완하지 못한 부분이 적지 않다. 이에 대해 동학들의 질정을 구한다.

책의 타이틀을 '열녀와 의리'라고 했다. 조선 후기 안동권 열녀전에 등장하는 여인에게 '부부유별夫婦有別'보다 '군신유의君臣有義' 쪽에 가까운 남성적 의리의 문제가 주된 이슈로 제기된 것 같다.

조선조를 살아간 질곡 많은 여성의 삶에서 열녀를 바라보면, 단지 비운의 여성상만 떠오르게 될 것이다. 그러나 반은 강제된 선택이지만 죽음의 결행은 만만치 않은 자기갈등을 예고해 놓고 있다. 조선조 여인들의 죽음은 그 자체로서 여성의 모습이 사회 속에서 의미 있게 드러나는 거의 유일한 사건이었고 주어진 제도에 대한 무언의 저항이기도 했을 것이다. 과연 열녀에게 의미 있는 죽음이 있을까? 있다면 그것은 무엇이었을까? 늘 궁금증을 가지고 자문자답하게 되는데, 여전히 풀리지 않는 화두처럼 나를 괴롭힌다. 혹시라도 이 '열녀와 의리'가 그 해답의 실마리를 제공해 줄 수 있을까.

남녀 간의 의리는 일방적이 아니라 쌍방적인 것이다. 21세기에도 여전히 여성해방이란 구호는 유효한 테제로서 현재진행형으로 남아 있다. 인간해방의 전 단계에서 먼저 이루어내야 할 과제인 이 여성해방을 어떤 시각으로 바라보고 접근해야 할지 고민이 필요한 시점이다.

아무리 쌍방형을 강조한다고 하더라도 너무나 쉽게 만나고 갈라서는 결혼문화가 여성해방의 진전을 위해 과연 바람직한 것일까. 여성의 해방이 진정 남성의 양보가 아닌 거듭남으로 이어지고 궁극적으로는 모든 인간 사이의 평등과 존중으로 나아가자면, 21세기적 열녀와 열남烈男의 출현이 동시적으로 요구된다. 서로에 대한 의무와 책임을 등지고 자기의 권리만을 주장하는 여성과 남성에게서는 서로를 살려주는 열렬한 인간애를 찾을 수 없다. 너무도 당연한 것으로 굳어진 부모 이기주의로 인해 고통 받게 될 2세에 대한 윤리도덕적 의무와 책임은 어떻게 할 것인가. 배우자를 버리고 취함은 자유이지만 버림이 해방이요 취함이 구속이라는 생각은 지나친 단순논리다.

21세기의 열녀는 결코 죽지 않는다. 그래서 모두가 현녀賢女이다. 살아서 사랑과 투쟁하여 쟁취하고 다시 살아서 상실된 사랑을 회복한다. 그런 의미에서 '매울 열' 자는 새롭게 해석할 수 있다. 현명한 여인들의 그 강하고 곧고 매움으로 인해 사회가 더욱 더 약동하고 인간에 대한 신뢰와 예의가 바로 선다면 죽지 않는 21세기형 열녀는 아무리 강조되어도 지나치지 않을 것이다.

바라건대, 이 책이 독자들께서 조선 후기 안동지방 열녀의 유형과 열녀전의 특징을 이해하는 데 도움을 주고, 나아가 흥미를 갖고 다소는 심각하게 오늘의 열녀상을 그려보도록 충동할 수 있다면 더 이상 보람이 없겠다.

2012년 8월 立秋

半邊川 醉墨軒 毋勿齋에서

이종호가 삼가 적다

제2부 조선 후기 의리의식과 김약련의 열녀전　　　권영채

제3부 김약련의 전 작품 번역   이 종 호

제1부

열녀의 탄생과 형상

진성이씨퇴계종택(眞城李氏退溪宗宅: 경상북도 안동시 도산면 토계리 468-2)의 대문에 들어서면 머리 위로 가로 지른 널에 "烈女通德郎行司醞署直長李安道妻恭人安東權氏之閭: 열녀 통덕랑 행 사온서 직장 이안도(李安道, 1541~1584)의 처 공인 안동권씨의 정려문"이라 새긴 글귀를 볼 수 있다. 퇴계 이황의 손자 이안도가 아들을 두지 못하고 죽자 권씨부인이 시동생 이영도(李詠道, 1559~1637)의 둘째 아들 이의(李嶷)를 양자로 들여 후사를 잇도록 했다. 권씨부인은 양자가 성장하여 혼례를 치를 때까지 정성을 다해 보살폈다. 그리고 이내 스스로 목숨을 끊어 죽은 남편 곁으로 떠났다. 권씨부인은 슬픔을 참고 효성과 자애를 실천하다가 자결한 열녀 형상의 전범이다.

1

머리말

한국의 중세봉건체제는 이른바 충·효·열이라는 세 가지 덕목에 의해 그 이념적 지향을 극명하게 드러낸다. 이는 군신·부자·부부 사이의 관계에서 종속적 입장에 있는 신臣·자子·부婦가 지녀야 할 마음자세를 표지한다. 충과 효는 병수幷修와 양립兩立을 어렵게 하는 시대적 조건에 따라 양자 간의 우열이 바뀌기도 하고 혹은 양자를 일치시키기도 하였다. 그러나 유독 열은 19세기 말 동학농민전쟁으로 정부 측의 갑오개혁이 나오기 전까지 지식인이나 기층민중 사이에서 정서적으로 미세한 저항이나 부정이 없지 않았지만 드러내어 놓고 큰 소리로 주장할 만한 진전을 보여주지 못했다.

이렇듯 충·효·열은 근대화 과정을 거치면서 성장한 민중역량에 힘입어 새로운 시민의식으로 대체되어 갔다. 따라서 새삼스럽게 봉건체제를 유지하기 위한 전대의 덕목이나 가치를 강조하거나 새롭게 조명하려는 시도는 일정한 역사적 한계를 드러내기 마련이다. 본고에서 열녀전을 다루고자 하는 뜻도 중세봉건체제가 강요한 '열'의 가치를 새롭게 조명하거나 수용해야 한다는 식의 시대역행적 발상에 근거한 것은 아니다. 중요한 것은 무엇보다도 중세의 열녀는 어떠한 규범적 실천을 보여주었고 중세 지식인은 어떠한 눈으로 열녀를 바라보았는지를 심각하게 검토해내는 일이다. 그리고 거기에서 한걸음 더 나아가 그 같은 '열'의 구현양상이 인간적 측면에서 어떠한 의미가 있으며, 우리가 어떻게 이를 이해할 수 있는지를 따져 묻는 일도 필요하다. 이 같은 두 가지 문제의식을 견지해 간다면 본고가 단순한 회고적 서사에 그치지 않고 현재적 성찰을 가능케 하는 계기를 마련해줄 수 있을 것이다.

　　본론에 앞서 열녀 혹은 열녀전에 관한 그간의 선행 연구성과를 검토하고 본고의 연구목적과 방법, 범위에 대해 간략히 언급해 두고자 한다.

연구사 검토

열녀와 열녀전에 대한 기존 연구의 성과를 일별해 보면 다음과 같다.

　　열녀에 대한 초창기 업적으로 우리나라 여성들의 종합적인 풍속사라 할 수 있는 이능화의 『조선여속고』를 들 수 있다. 이 책에서 저자는 「조선시대 열녀」 항목에서 역대 한국 열녀의 맥을 정리함으로써 후대의 열녀연구의 초석을 마련해 주었다.[1] 김용덕은 「부녀수절고」를 통해 삼국시대부터 갑오개혁에 이르기까지 있어온 열녀의 존재와 그 배경을 역사적 맥락에서 검토하였다.[2] 고두행은 『동국여지승람』 효자와 열녀조에 대한 연구를 통해 효자·

1　李能和 저, 金尙憶 옮김, 『朝鮮女俗考』, 동문선, 1990. 李能和는 제25장 「朝鮮烈女」 條에서 한국 열녀의 전통을 1. 고조선대 열녀(백수광부의 처) → 2. 고구려 열녀(평강왕녀 고씨) → 3. 백제 열녀(도미처·지리산녀) → 4. 신라 열녀(도화랑) → 5. 고려 열녀(『동국여지승람』 소재 열녀) → 6. 이조 열녀(각 문헌상의 열녀)로 개략 정리했다.

2　김용덕, 「부녀수절고」, 『아세아여성연구』 3, 1964. 김용덕은 "주자학적 의리 그 동기주의는 동시에 융통성 없는 비현실적 명분론에 사로잡히게 하여 허다한 비합리적인 모순과 폐단을 자아냈으니 부녀수절의 무조건적인 요구 같은 것은 그 전형이었다."라고 하면서, "고려시대부터 여말에 이르기까지 자유롭고 활달하던 여성생활, 분방하기까지 하던 남녀관계, 자유연애 결혼이 행하여졌으며, 이혼과 재혼이 손쉬웠던 '고유한 풍습'이 점차 주자학적 예속에 물들어가 기쁨 없는 유폐적인 것으

열녀의 분포상황, 유형과 신분 등에 대한 개괄적 분석을 시도하여[3] 조선시대 열녀연구의 역사적 기반을 이해하는 데 도움을 주었다. 또한 읍지 소재 효자·열녀에 대한 고찰도 이어졌는데, 박주는 『함주지』와 『영가지』에 수록된 조선 중기 효자와 열녀들의 신분과 이들의 효와 열 실천 방법에 대하여 언급하였다.[4]

열녀를 표창하는 방식인 정려와 관련한 연구도 학계에 보고되었다. 박주는 충·효·열과 관련하여 이루어진 15~17세기의 조선시대 정표정책을 역사적 관점에서 포괄적으로 다룬 바 있거니와[5] 지역적 사례연구

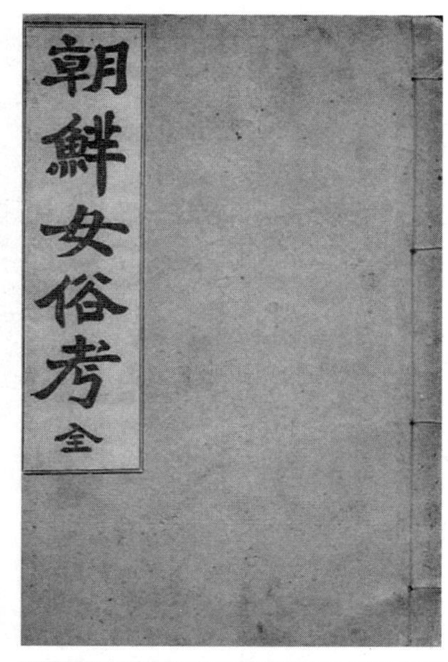

이능화의 〈조선여속고〉. 동양서원 1927년 발행. 한국 여성사를 풍속사적 입장에서 서술했다. 전거(典據)를 일일이 밝혀 여성사 사료로서의 가치가 높다. 여성을 종합적으로 규명하려는 최초의 저술로 그 의의가 크다.

로 되어 갔으며 재가는 귀천을 막론하고 큰 죄악으로 알게 되었으며 마침내 부녀마다 절부한 경지에 접근해 갔다. 그것은 우리 여성생활의 거의 코페르니쿠스적인 전환을 의미한다."라고 하였다.

3 高斗行, 「東國輿地勝覽 孝子·烈女條의 分析」, 全北大學校 教育大學院 碩士學位論文, 1980.

4 박주, 「朝鮮中期 孝子, 烈女에 대한 考察: 『咸州志』와 『永嘉誌』를 중심으로」, 대구효성카톨릭대 연구논문집(인문·사회과학), 1997.

5 朴珠, 『朝鮮時代의 旌表政策』, 一潮閣, 1990. 여기에서 박주는 15~17세기의 旌表에 대한 성격을 旌表政策의 傾向·事例類型·旌表者의 身分·褒賞內容 등으로 나누어 고찰하였고, 아울러 정표정책의 정치·사회적 의의에 대해서도 언급하였다. 먼저, 정표정책에 대해서는 고려시대의 정책을 그대로 계승하면서 강화되었으며, 세종대에는 삼강행실도의 편찬과 보급으로 충효열에 대한 사적으로 포상이 되어졌음을 알 수 있고, 중종 때에는 연산조에서 파괴된 유교질서를 회복하기 위해 정표정책을 적극적으로 추진하였다. 선조와 광해군 때에는 임란과 병란을 겪으면서 단순하게 죽은 사람에게 정표하고, 정말로 충신·효자·열녀에 해당되는 사람은 누락되었고 또한 포상을 목적으로 한 허위보고 등 眞僞의 논란이 있었다. 사례유형에서 열녀조를 살펴보면, 남편 死後 守節하고 평생 동안 시부모를 봉양한 경우, 남편이 죽자 不食從死한 경우, 남편이 호랑이에게 물려 가거나 火災 등의 위급한 상황에 처했을 때 살리고자 죽은 경우, 倭賊으로부터 毁節을 당하지 않으려고 목숨을 끊은 경우, 남편이 죽자 목매어 죽거나 물에 빠져 죽는 경우, 남편이 病이 들었을 때

전남 장성읍 장안리 봉암서원 앞에 있는 〈황주변씨삼강정려각(黃州邊氏三綱旌閭閣)〉. 임란이 일어나자 변윤중(邊允中)은 종형 변이중(邊以中, 1546~1611)과 함께 평안도 의주 피난길에 오른 선조를 수행한 바 있다. 정유재란이 일어나 왜적들이 장성을 침범하자 변윤중은 가속들과 장정들을 모아 장안리에서 십여 일 동안 혈전을 벌였다. 그러나 중과부적으로 몰살당하게 되자 포로가 되어 능욕을 당하느니 의롭게 죽기로 하고 마지막 격전지인 '부엉바위(鵂巖)'에 올라 황룡강에 투신하여 순절했다. 이에 변윤중의 부인 함풍성씨(咸豊成氏)도 남편을 따라 몸을 던졌고 아들 변형윤(邊亨胤)도 죽으려 하였다. 그때 며느리 장성서씨(長城徐氏) 부인이 자신의 남편 형윤은 외아들로 후사를 이어야 한다고 하여 극구 만류한 뒤 대신 강물에 몸을 던졌다. 그리하여 한 가문 한 대에서 충신(변윤중), 열녀(함풍성씨), 효부(장성서씨)가 나왔기에 '삼강정려'가 세워졌다.

에도 관심을 기울여 경상북도 현풍곽씨 솔례 12정려와 전라남도 함평군의 8
정려를 사례로 들어 이들 정려에 대한 성격을 규명하기도 하였다.[6] 정려에

단지로서 정성껏 돌본 경우, 죽은 남편의 여묘를 살고 종신토록 수절하는 경우 등으로 크게 유형
화하였다. 정표자의 신분(열녀)에 대해 살펴보면, 15세기에는 사족의 처가 67%에 달하고 평민과
천민은 19%에 불과하던 것이 16세기에는 사족의 처가 45%, 평민과 천민이 47%이며, 17세기에는
사족의 처는 43%이고, 평민과 천민이 52%를 차지하여 하층민이 사족보다 더 많은 비중을 차지하
게 되었다. 이는 조선시대 유교윤리가 시대가 지나면서 하층민으로 점차 확충되었음을 볼 수 있는
것이다. 마지막으로 포상형태를 살펴보면, 15세기에는 旌門·旌表門閭·旌門復戶·敍用 등의 포
상형태가 많은 비중을 차지하였고, 16세기에는 旌門·復戶·褒贈의 형태이고, 17세기에는 旌
門·旌閭·復戶·贈職의 포상형태가 많았다.

6   박주, 「조선시대 12정려와 8정려에 대한 사례 연구」, 『사학연구』 제55·56 합집호, 한국사학회,
     1998.

대한 역사적 검토와 아울러 정려기의 문학성을 논술한 연구도 이루어졌다. 박기룡은 거창 지방의 효열 정려기 수십 편을 꼼꼼하게 조사하여 대상 정려기의 작자·내용·기술방법을 살펴보고, 설화·전·소설과의 관계를 논함으로써 정려기의 문학성에 주목하고자 하였다.[7]

'열녀전'을 연구 대상으로 한 논저도 그동안 여러 편 발표되었다. 먼저 포괄적인 연구 성과를 소개한다. 안인욱은 『삼국사기』, 『고려사』, 『동문선』 등에 수록된 열녀전을 중심으로 열녀전의 형성배경과 찬술태도를 고찰하고 작품분석을 시도하여, 열녀전에 문학적으로 접근해야 할 필요성을 일깨워주었다.[8] 박희병은 『한국고전인물전연구』에서, 충신·효자·열녀를 포괄적으로 다루면서, 고려 말기 열녀전 3편에 대해 논술한 바 있다.[9]

연구대상을 개별화 내지 계통화한 논문에서 열녀전 연구가 본격화되었다. 박옥빈은 조선 후기에 유행한 향랑 고사가 어떻게 사대부층의 문예창작에 수용되고 있는지를 살피는 가운데 관련 전 작품을 비교검토 함으로써 동일인물의 입전에서 비롯된 전 작품 사이의 문예적 변이양상을 고찰하는 계기를 제공해 주었다.[10] 이러한 박옥빈의 시각을 계승하여 원대연은 문제의

---

7   朴基龍, 「居昌地方 孝烈 旌閭記 硏究」, 대구대학교 석사학위논문, 1993.

8   安仁旭, 「烈女傳 硏究」, 嶺南大學校 碩士學位論文, 1983.

9   朴熙秉, 『韓國古典人物傳硏究』, 한길사, 1993.

10   朴玉嬪, 「香娘故事의 文學的 演變」, 성균관대학교 석사학위논문, 1982. 여기에서 그는 향랑 고사에 대한 이야기를 趙龜祥의 「香娘傳」, 李光庭의 「林烈婦薌娘傳」, 李安中의 「香娘傳」, 그리고 李鈺의 「尙娘傳」을 중심으로 이들의 구성상 차이점과 작자들의 경향에 대해서 분석하고 있다.

제주도 조천읍 신촌리 신촌초등학교 서쪽에 있는 〈열녀사비 국지지문(烈女私婢國只之門)〉. '국지'는 신촌리 사람으로 품관(品官) 홍질(洪質)의 첩이었다. 젊어서 남편과 사별하고 홀로 살게 되자 그녀의 재색을 탐내어 겁탈하려는 자가 많았다. 이에 국지는 모든 유혹을 뿌리치고 자산도 모두 버린 채 시가로 옮겨 평생을 수절하였다고 한다. 1634년(인조12) 국지의 정려문 비석이 세워졌으나 마멸이 심하여 알아볼 수 없게 되자 1928년 신촌리 주민들이 새로 세운 것으로 보인다.

열녀전으로 알려진 연암 박지원의 「열녀함양박씨전」을 중심으로 동일인물을 '입전'한 다른 작품들을 발굴하여 소개하고 작품 상호간의 유사성과 차이점을 비교분석하여 연암의 열녀전이 지닌 문예적 특성을 부각시키고자 하였다.[11] 이선영도 「열녀함양박씨전」에 주목하여, 작자 연암이 인간성 회복문제를 작품에서 어떻게 제시하려 했으며, '열烈' 의식의 형성 요인과 작품의 내적구조를 분석하고, 작가의식을 검토하여 앞서 이루어진 원대연의 연구 성과를 보다 심화시켰다.[12]

열녀전에 대한 유형별 연구도 진행되었다. 조태영은 문인의 개인창작인 열부전을 지배이념적인 일사逸士에 관한 사실적 일사전의 한 유형으로 보고, 열부전을 통해 사실적 일사전의 서사형식과 서사의식의 발전양상을 추적하였다.[13] 민경대는 이옥의 전 23편을 유형별로 분류하면서 '열녀전과 일

---

11   元大淵, 「烈女咸陽朴氏傳의 文獻的 對比 硏究」, 건국대학교 석사학위논문, 1994.

12   李仙永, 「열녀함양박씨전 연구」, 한남대학교 석사학위논문, 1995.

사전'을 중점적으로 논술하였는데, 이옥의 열녀전은 사실적인 묘사를 통해 관념을 배제하고 열을 부각시킨 것에 특징이 있다고 하고, 이 같은 작가의 주제의식이 전 고유의 형식적인 틀을 파괴하면서까지 강화되었다고[14] 한다. 이대형은 18세기 이전의 열녀전을 서사와 의론을 중심으로 두 유형으로 나누고, 그 제1유형을 서사와 의론이 규범만을 드러내는 열녀전으로서 '양반층 종사형'이라 하고, 제2유형을 서사와 의론이 일치하지 않는 열녀전으로서 '평민층 순절형'이라 하였다.[15]

황인옥은 17~18세기 실학자들인 성호 이익, 연암 박지원, 다산 정약용 등의 열녀관을 분석하였는데,[16] 열녀전 연구에 앞서 당대인의 관점을 이해한

13　趙泰英, 「傳양식의 발전양상에 관한 연구: 烈女傳 유형과 발전된 逸士傳을 중심으로」, 서울대학교 석사논문, 1983.

14　민경대, 「李鈺의 傳 硏究: 烈女傳 類型과 逸士傳 類型을 中心으로」, 경기대학교 석사학위논문, 1990. 이와 관련하여 임유경의 「이옥의 열녀전 서술방식과 열관념」(『어문학』 56, 한국어문학회, 1995)도 참고가 된다.

15　이대형, 「18세기 열녀전 연구」, 연세대학교 석사학위논문, 1994. 여기에서 이대형은 조선 후기의 열녀전은 수절형을 다룬 경우는 없다고 말하면서 임란을 계기로 내부적 동요가 생겼고, 17세기 초부터는 조선왕조가 강상 윤리를 강조하였으며, 열녀의 행적 또한 수절형보다 순종형이 더 많아졌으며 이러한 규범 때문에 가문의식이 대두되었다고 한다(그의 논문 29쪽 참조). 연구자가 살펴본 안동 문인들이 쓴 열녀전 중에는 물론 순종형이 우세이지만 수절형의 비중이 상당한 부분(전체 30%)을 차지하고 있다. 역사적 상황과 시대적 배경 때문에 가문이 중시된 현상은 안동도 예외가 될 수는 없었지만, 안동 문인들이 국가의 이념에 부응하기 위해서 여자의 순종만을 강조하고자 순종형의 열녀전만 쓴 것은 아니다. 이는 이대형이 金均泰가 編한 『文集所載傳資料集』 중 열녀전의 일부분만을 연구대상으로 삼은 탓인 듯하다.

16　黃仁玉, 「17·18세기 實學者들의 烈女觀에 대한 一考察: 李瀷. 朴趾源. 丁若鏞을 中心으로」, 효성여자대학교 석사학위논문, 1993. 황인옥은 여기에서 星湖 李瀷 → 燕巖 朴趾源 → 茶山 丁若鏞으로 이어지는 실학자들이 갖고 있는 여성에 대한 인식을 어떻게 표출했는가를 다루고 있다. 황인옥은 '남녀간의 恩義가 없으면 이혼을 할 수도 있으며 남편을 떠날 수 있지만, 恩義가 있는 한 여자가 행동을 함부로 해서는 안 된다.'라고 본 성호 이익의 개혁적이지 못한 면에 대해서는 다소간의 부정적인 시각으로 보았고, 연암 박지원은 좀 더 진보적인 사고를 가지고 있음을 열녀함양박씨전을 통해서 부각시켰다. 연암 박지원은 열녀함양박씨전에서 '시집간 여인이 남편이 죽었다고 해서 남편을 따라 죽는 무의미한 희생보다는 인고하면서 자신의 삶을 개척'한 측면을 긍정한 데서 높이 평가하고 있다. 그러나 다른 작품 속에서는 아직도 시대적 지배이데올로기를 벗어나지 못했다고 지적하고 있다. 반면에 다산 정약용은 '여인들이 남편을 따라 죽는 것은 烈이라고 할 수 있지만, 살아남아서 자신의 삶을 개척하면서 상황에 따라 개가를 할 수 있다'라고 한 데서 높이 평가하였다.

1. 머리말

다는 면에서 일정한 참고가 된다. 한편 국문학 분야에서 구비문학을 중심으로 열녀설화에 대한 연구가 이루어지고 있지만 이들은 모두 구전되는 이야기이므로, 사실성을 바탕으로 쓰인 열녀전과는 성격상 차이가 있어 여기서는 언급을 피한다.[17] 이밖에도 역사학계에서 60년대 이후 열녀 문제를 입론화한 예가 적지 않고 또한 사회학 분야에서도 여성학적 관점에서 한국여성의 생활사를 논하는 과정에서 열녀를 언급한 논저들도 상당수 찾아 볼 수 있을 것이다. 그러나 본고의 문제의식과 일정한 거리가 있다고 보아 더 이상의 상론은 생략하기로 한다.

연구목적 및 범위

70년대 이후 국문학계의 주된 관심분야 중에서 조선 후기 서사물, 즉 전傳과 야담野談에서 근대적 소설의 맹아를 찾아내는 작업이 큰 조류를 이룬 것이 사실이다. 그 결과 일련의 연구 성과들이 연이어 발표되어 우리 문학사에서 임란 이후 근대로의 이행기를 효과적으로 설명해 줄 수 있는 단서를 포착하는 데 성공한 것으로 보인다. 반면에 전근대성의 상징으로 알려진 열녀 형상은 제대로 주목받지 못했다. 이 같은 상황을 염두에 둔다면 앞에서 소개한 선행

17　열녀설화에 대한 연구를 시대순으로 소개하면 다음과 같다. 「孝烈說話의 樣相과 現代的 意味」(金光淳, 『女性問題研究』13, 曉星女子大學校, 1984), 「湖南지방의 烈說話 연구」(李樹鳳, 장태진 박사 화갑기념 국어국문논총, 서울 삼영사, 1987), 「百濟文化圈域의 孝烈說話研究: 湖南地方을 中心으로」(李樹鳳, 백제문화개발연구원, 1987), 「女人發福說話의 研究」(김대숙, 이화여자대학교 박사학위논문, 1988), 「湖西지방의 孝烈說話 연구」(李樹鳳, 홍익어문 제7집, 서울 홍익대학교 사범대학 홍익어문학회. 1988), 「'烈女試驗形' 설화의 유형적 성격과 烈인식의 의미」(황인덕, 학산 조종업박사 화갑기념 논총, 1990), 「烈女說話研究」(裵聖鎬, 한국교원대학교 석사학위논문, 1993), 「불의 앞에 정절을 지킨 열녀 이야기 연구」(權友荇, 石堂論叢 第24輯, 釜山 東亞大學校 石堂傳統文化研究院, 1996).

제주 서귀포시 남원읍 태흥리 열녀비각. 약 200여 년 전 보한리(오늘날 태흥리) 김창언의 가정은 부유한 편이었다. 김창언은 오원번 씨의 딸과 혼인하여 첫아들이 태어난 뒤 한 달쯤 되었을 때 말을 타다가 떨어져 아내의 보살핌에도 불구하고 세상을 떠났다. 부인 오씨는 남편을 장사지내고 난 뒤 아들을 시누이에게 맡기면서 잘 키워 달라고 당부한 뒤 정절을 지키기 위하여 집 가까이에 있는 냇가 깊은 물(속칭 '흑수')에 빠져 죽었다.

성과는 아직 만족스럽지는 않지만 그런대로 열녀와 열녀전의 역사적·문예적 맥락을 짚어내고 그 양상을 드러내 보이는 데 일정한 성과를 거두었다고 볼 수 있다.

본고에서는 기왕의 선행성과를 비판적으로 수용하면서, 향후의 열녀전 연구가 보다 다각화될 필요가 있다는 생각에서, 그 하나의 시험적 담론으로 안동의 열녀전에 주목하고자 한다. 연구의 범위와 내용을 간명하게 밝히면 이렇다. 본고는 일단 안동이라는[18] 특수 공간을 무대로 창작된 열녀전의 유형과 특성 파악에 중점을 둔다. 그러므로 작자의 지역적 출신을 안동으로[19], 창작시대를 조선 후기에서 일제강점기에 이르는 시기로 한정하여 현재 수집 가능한 열녀전을 정리하여 그 창작양상을 몇 가지 유형으로 나누어 분석한다.

18　본고에서 말하는 '안동'은 고려조 이후 행정구역상 안동부에 소속된 소백산 嶺下의 고을과 문화적으로 그 영향권에 속한 지역을 포괄하여 지칭하는 것이다. 현재의 안동시를 비롯하여 東으로는 英陽·靑松·寧海, 西로는 醴泉·龍宮, 南으로는 義城·軍威, 北으로는 奉化·榮州까지 포함된다.

19　안동 열녀전의 성격을 보다 투명하게 하기 위해서 입전인물의 범위도 가급적 안동 출신으로 한정하기로 한다. 訥隱 李光庭의 「임열부향랑전」은 선산의 아낙네를 입전하고 있어 안동과는 다소 차이가 있지만, 안동을 이야기하면서 눌은의 작품을 거론하지 않을 수 없기에 함께 다루기로 한다.

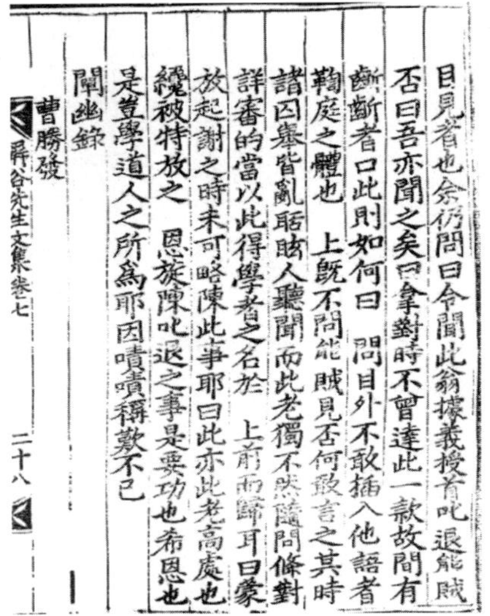

안동의 선비 권구(權榘, 1672~1749)의 〈병곡집(屏谷集)〉 권7, 〈천유록(闡幽錄)〉

〈천유록〉의 백미, '응립' 부분

사실 지금까지 안동의 열녀에 대한 관심은 거의 없었던 것 같다. 일찍이 이종호는 조선 후기 안동 출신 작자 권구의 『천유록』에 주목하여 효자·의부 등에 대한 열록식 서사 속에서 18세기 안동의 민중형상을 포착해 내려고 하였다.[20] 그러나 개별적으로 열녀전을 다룬 것이 아니어서 본격적인 열녀전 연구로는 볼 수 없다. 다만 안동의 전 작품에 대한 문제제기를 했다는 점에서 일정한 의의가 있을 뿐이다. 이종호의 이러한 관심은 다시 17~18세기 갈암학파 제현들의 산문창작으로 확대되어 안동의 전 창작의 현황과 내용을 일별하는 데 도움을 주었지만,[21] 개괄적인 소개에 그쳐 깊이 있는 논의가 부족하였다.

---

20 李鍾虎, 「屏谷 權榘의 『闡幽錄』을 통해 본 18세기 안동의 민중형상」, 『안동문화』 제13집, 안동대 안동문화연구소, 1992. 이 논문은 『성신한문학』 第5輯(성신한문학회, 1995)에 「병곡 권구의 『천유록』 연구」로 개제하여 재수록된 바 있다.

21 이종호, 「17~18세기 갈암학파 제현들의 산문창작」, 『퇴계학』 제9집, 안동대학교 퇴계학연구소, 1997.

　　이처럼 안동 문인들에 의해 입전된 열녀전을 단독적으로 연구한 예는 찾아보기 어렵다. 따라서 안동의 열녀전을 발굴하여 학계에 소개하는 것만으로도 한국한문학 유산을 보다 풍부하고 다채롭게 가꾸는 일에 일조할 수 있다고 본다. 다른 측면에서는 안동의 역사를 만들어온 반쪽(여성)의 역할에 대한 다양한 이해를 통해 잊힌 옛 여인네의 규범의식과 그에 따른 심리적 고민을 엿보는 효과적인 방식으로 작용할 수 있다.

　　본 연구의 필요성은 문학적 측면에만 국한되는 것이 아니다. 보다 직접적인 연구 동기는 다음과 같다.

　　이중환의 언급처럼 안동은 인재의 고장으로 일찍이 주목받아 왔다.[22] 그래서 흔히들 안동을 두고 인재의 고장, 양반의 고장이라고들 한다. 최근 안동 지방의 선비문화를 집중적으로 다룬 논저에서 이 같은 측면이 정당하게 부각된 바 있다.[23] 이처럼 조선조의 안동은 문헌의 고장으로 고가세족의 연수淵藪를 이루어왔으며, 특히 16세기에 들어서 퇴계 이황을 비롯한 석학·대유가 시기마다 배출되어 조선 최대의 학파를 형성함으로써 학문적·사상적으로 통일된 정체성을 유지한 곳이기도 하다. 그런데 이러한 '선비문화'를 건실하게 유지·발전시켜온 기저라고 할 수 있는 부분들에 대한 연구가 전혀 없는 것은 아니지만 대체로 사회경제사적인 측면에 치우치는 듯한 느낌이 있다. 또한 사인층에 대한 계층적 연구도 상당 부분 이루어졌다. 그러나 안동 사인층의 통일적 정체성이 확립되는 이면에서 일정한 작용을 했다고 보이는 드러나지 않은 여성들의 활동에 대한 논의는 상대적으로 미약한 편이었다. 본고가 추구하고자 하는 목표 중의 하나는 비록 봉건적 규범과 질서를 이탈할 수는 없었지만, 사인층의 그늘이나 그림자에 가려졌던 여성의 너울을 벗겨내어 보다 주체적 의식과 의지가 살아 움직이는 여성형상을 찾아

22　李重煥 著·盧道陽 譯, 『擇里志』, 自由敎養社, 1968. 81쪽 참조.

23　李鍾虎 外 共著, 『安東의 선비文化』, 亞世亞文化社, 1997.

충청북도 진천군 백곡면 구곡리에 있는 〈은진송씨열녀문(恩津宋氏烈女門)〉. 호조참판을 지낸 임대철(林大喆)의 처인 은진송씨는 1845년(헌종 11) 남편이 죽자 장례를 치르기 전날 밤에 남편을 따르기 위해 베 끈으로 목을 매어 30세의 나이로 자결하였다. 암행어사인 이승수(李昇洙)가 은진송씨의 열행을 듣고 감탄하여 감사에게 고하였으며, 이에 1851년(철종 2) 은진송씨는 정부인으로 증직되고 열녀문이 세워지게 되었다.

내 보고자 하는 데 있다.

기실 주체적 의식과 의지가 살아 움직이는 여성형상을 안동의 열녀전에서 포착해 내는 일은 그리 쉽지 않다. 다만 종래에 보편적으로 인식되어온 무력한 열녀 형상보다는 적극적으로 생사문제를 고민하고 생애방식을 규정해가는 열녀 형상을 찾아내는 데는 큰 어려움이 따르지 않았다. 오늘의 입장에서 열녀의 길을 일방적으로 권장해서는 안 되지만 당대 지식인들이나 민중들의 안목에서 긍정될 수 있는 열녀의 형상은 그 나름대로 일정한 합리성을 지니고 있다. 본고는 바로 당대인들이 긍정하고 권장하였던 합리적인 열녀 형상에 초점을 맞추어 논의를 진행하기로 한다.

본론에서는 우선 안동 열녀전 분석에 앞선 기초 작업으로 '열녀의 개념과 열녀전의 형성'을 알아본다. 이어서 '안동 사인층의 열녀전 창작'이 어떻게 이루어지고 있는지를 검토하여 안동 열녀전의 전반적 창작상황과 몇 가지 특징을 제시한 뒤, '열 구현양상으로 본 안동의 열녀 형상'을 분석한다. 안동의 열녀 형상을 당대인들의 안목을 빌려 몇 가지 유형으로 나누고 각 유형에 합당한 작품 내용을 분석한다. 열녀의 생애방식을 순종殉從과 수의守義라는 단순 구분법을 적용할 수 있지만 다양한 열녀 형상을 소화해내기에는 부적절하다고 보아 보다 유형을 세분화하기로 한다. 역시 열녀 형상을 유형화함에 있어 당대인들이 긍정한 합리적 부분을 적극 고려하였음을 밝혀 둔다. 이러한 작업을 통해 안동의 열녀 형상이 지닌 특징과 논찬 부분에 드러난 작자의 의식을 아울러 파악해 낼 수 있을 것이다. 말미에 가서는 본론의 내용을 요약하면서 '안동 열녀전의 특징과 의의'에 대해 견해를 제출하는 것으로 결론을 맺기로 한다.

2

열녀의 개념과 열녀전의 형성

열 녀 의 개 념

열녀에 대한 개념은 새로이 논의하지 않아도 일반인들의 뇌리에 각인된 지 오래이다. 그러나 일반적 개념규정이 불러올 수 있는 오류를 막자는 뜻에서 간략하게 열녀의 개념을 확인해 보기로 한다. 먼저, 열烈(本音 렬)의 자전적 의미를 살펴보면, 음부音符 '列'과 의부義符 'ㅆㅆ'로 이루어진 형성자로서 '불의 기세가 사나운 것(火勢猛)'이 본의이다.[1] 이러한 본의가 인신引伸되어 15가지에 이르는 다양한 의미를 파생시켰는데, 그중 '강직剛直, 견정堅貞'이라는 뜻이 포함되어 있었다.[2] 이것이 우리가 본고에서 말하고자 하는 '열'의 의미에 해당한다. 따지고 보면 불이 타오르는 기세의 맹렬함은 화기火氣가 운동하는 정도를 나타내고 있거니와 접근하거나 저항할 수 없게 하는 하나의 '힘'으로 느껴질 수 있다. 그래서 그것을 바라보는 인간에게 경외감과 공포심을 유발시킨다.

---

1   『漢語大詞典』(한어대사전출판사, 1994) 권7, 61쪽, '烈'조를 참조.

2   앞의 『한어대사전』과 『辭源』(縮印合訂本, 商務印書館香港分館, 1987, 1040쪽)을 아울러 참고.

충남 공주시 〈광주김씨(光州金氏) 열녀정려〉. 조선 경종 때 신축화옥에 관련되어 장살(杖殺)된 윤각(尹慤)의 부인 광주김씨의 정절을 기려 세운 정려이다. 윤각은 절도(絶島)에 안치되어 여러 해 동안 구금되었다가 1724년 의금부에 투옥된 뒤 결국 장살되었다. 유배지까지 따라다니며 남편의 억울함이 밝혀지기만을 바랐던 광주김씨는 1725년 영조가 즉위하여 윤각이 신원(伸寃)되자 자신의 할 일을 다 하였다며 단식한 끝에 두어 달 만에 남편의 뒤를 따랐다.

이것이 바로 '열'이 지니고 있는 심리적 의미이고 그러한 사기詞氣가 확장되어 변하거나 굽히지 않는 뜻의 '강직, 견정'을 산생케 한 것으로 보인다.

그런데 본고에서 말하고 있는 '열'은 뒤에 '여女'라고 하는 명사가 따라붙음으로써 관형적 기능을 하게 된다. '여' 이외에도 '사士'나 '장부丈夫', '부婦' 등이 붙기도 하는데 모두가 변하거나 굽히지 않는 인간의 마음을 형상하고 있다. 특히 여성에게 있어서는 정조 관념이 '열'의 핵심요소로 작용하고 있다.

그에 따라 '열녀'에 대한 사전적 의미가 "의리를 소중하게 여기고 삶을 가볍게 여기는 여자(重義輕生)"[3]로부터 "기상이 강하고 곧은 여자"[4], "고난이나 죽음을 무릅쓰고 남편을 위하거나 절개를 지키어 용감한 행동을 하여 남의 본보기가 될 만한 여자, 나라를 위하여 충성을 다해 싸운 여자"[5], "위난을 당하여 목숨으로 정조를 지켰거나 또는 오랜 세월에 걸쳐 고난과 싸우며 수절한 부녀자"[6] 등으로 기록되는 것이다. 이러한 개념규정들은 공통적으로 '정

---

3   앞의 『한어대사전』을 참조.

4   李家源 · 權五惇 · 任昌淳 監修, 『漢韓大辭典』, 東亞出版社, 1997, 1068쪽.

5   申琦澈 · 申瑢澈 編著, 『새 우리말 큰사전』, 삼성이데아, 1989, 2370쪽.

조'를 지키는 것이 여자의 도리이고 이를 실천하는 방식으로 '수절'과 '순절'이 강조되고 있음을 본다.[7] 바꾸어 말하면 이러한 방식들이 곧 한 명의 여자에게 주어진 조건과의 '투쟁'으로 이해된다는 데 특징이 있다. 따라서 '투쟁'이란 면이 부각될 때 '열녀'의 의미에서 매우 적극적이고 맹렬한 기상이 느껴지는 것이다.

따라서 중세 윤리덕목인 '충 · 효 · 열'의 하나로서의 '열'은 본의의 중심요소인 '불'의 속성을 그대로 체현해내고 있다고 보아도 좋다. 여기서 한 가지 환기할 필요가 있는 것은 '열'은 부부 사이의 관계에서 남편의 죽음이나 부재를 전제로 성립한다는 사실이다. 한 여성의 인생에서 남편의 상실이라는 참혹한 국면을 맞이하여 이를 타개해 나가고자 하는 움직임의 결과로 획득되는 것이 '열'이다. '열'의 심각성이 바로 여기에 있으며, 그것이 개인적 심각성으로 그치는 것이 아니라 가족, 사회, 국가라는 단위와 엇물리게 되면 그 성격이 사회역사적 측면에서 강조되기도 한다. 구체적인 열녀 형상은 다음 장에서 언급할 것이기에 더 이상 논의를 확대시키지 않기로 한다.

열녀의 개념을 기초로 하여 효녀와의 차이점에 대해서 알아보기로 한다.

열녀와 효녀는 문자 형태학적으로 명확하게 변별되고 내포된 의미로도 쉽게 구별 지을 수 있다. 그러나 실제로 표현 현장에 따라 간혹 양자의 외연적 의미가 강조되고 내포된 의미가 약화될 때 일종의 착종 현상이 빚어지기도 한다. 열녀나 효녀의 공통점은 모두가 주종 혹은 상하관계로 이루어져 있다는 점이다.[8] 이것은 문집 속에서 남편을 '천'이나 '군자'로 표현하는 것에서도 확연히 드러난다. 그러나 여인이 지아비에게 정성을 다하는 것을 '효녀'라

---

6   『韓國民族文化大白科辭典』卷15, 1996, 419쪽.

7   때문에 '열녀'의 동의어로 節婦 · 貞女 · 貞婦 · 烈婦 · 列女 등이 사용되었다.

8   안인욱은 그의 논문에서 君臣지간의 忠, 父子지간의 孝, 夫婦지간의 烈, 모두가 上下의 관계에서 파생된다고 지적하였다. 이것은 그 당시 사회적인 통념으로 인해 남자는 하늘, 여자는 땅이라는 상하의 관계에서 출발한다고 했다.

〈김해김씨(金海金氏) 열녀각(烈女閣)〉. 충북 청원군 내수읍 국동리에 있는 열녀각은 조선 고종 31년(1894)에 경주인(慶州人) 김인석(金仁錫)의 처 김해김씨(金海金氏)의 정절을 기리어 나라에서 세운 정려이다.

고 부르지 않고, 남편이 살아 있는 며느리가 시부모를 극진히 봉양하는 것을 '열녀'라고 부르지 않는다. 그런데 남편 사후에 여인이 살아남아 시부모를 봉양하는 것을 '효부'라 부르지 않고 '열녀'라 부르는 것은 무엇 때문인가? 부부 관계가 며느리와 시부모 관계보다 앞서기 때문이다. 즉 남편의 죽음이 우선시 되고 시부모 봉양은 부차적인 행위로 이해되는 것이다.

열 녀 전 의 형 성

열녀전은 허구가 아니라 실제 인물을 입전하는 사실성을 바탕으로 쓰였다. 열녀전은 문예적 차원보다 역사적 차원에 입각한 사실성과 현장성이 무엇보다도 중시된다. 그에 따라 작자의 임의적 서사가 자유롭지 못한 것이 바로 열녀전의 문학적 한계이며 소설과 구분되는 요인이다.

유향의 〈열녀전〉 8월 3책. 1654년 일본 번각본

　이 같은 성격을 갖는 열녀전이 어떠한 형성과정을 거쳐 우리나라에서 창작되기 시작했는지 살펴볼 필요가 있다. 먼저 중국 문학사에 보이는 열녀전 창작전통을 알아보고, 이를 토대로 하여 한국의 열녀전의 전개양상을 개략적으로 정리해 본다.

　중국 열녀전은 한대 유향劉向이 여인 106인의 행적을 기술한 『열녀전』이 그 시초라고 생각된다. 흔히들 이 열녀전을 『고열녀전古列女傳』이라 부른다. 유향은 한나라 성제 때의 광록대부로서 당시 조비연 형제가 임금의 총애를 받고 권세를 횡단하는 작태를 보고 역대 여인들의 열전을 찬술하여 『시경』·『서경』 이래 여인의 덕과 선악이 국가의 안정이나 혼란과 유관함을 찬양하고 풍자하였다고 한다. 이를테면, 여인들의 행적을 모의母儀·현명賢明·인지仁智·정순貞順·절의節義·변통辯通·얼폐孼嬖 등 7권으로 나누어 수록하고 있음이 그러하다.[9] 이를 이어 범엽은 『후한서』에 뛰어난 여인들을 입전하였

〈열녀전〉 내부 도판

고, 뒤이어 『진서』에서 『청사』에 이르는 중국
정사(25사)는 모두 여인들에 대한 이야기를 수
록하고 있다.[10] 중국 역대 사서史書에 수록된 여
성전기는 열녀列女전 혹은 열녀烈女전으로 표기
되는바, 열녀列女라는 말이 정녀貞女·열부烈婦
의 뜻으로 사용된 경우도 있다.

중국의 열녀전은 시대마다 입전된 여인들
의 성향이 조금씩 차이가 있다. 이를 낱낱이 거
론할 수는 없고, 몇 가지 특이한 부분만 간추려
보기로 한다.

후한 때에는 문사나 변통 등에 재능이 뛰어난 여인들을 수록한 반면, 수
대 이후 특히 당대에서는 절부·의부 등 새로운 명칭이 붙은 여인들이 등장
하게 되는데, 열녀의 개념이 수대를 전후하여 달라졌음을 알 수 있다. 특히
당대의 맹교孟郊(751~814)는 「열녀조」에서 견정히 수절하는 여자를 가송함으
로써 열녀의 형상을 부각시키고 있음을 알 수 있다.

梧桐相待老	오동은 서로 늙기를 같이하고
鴛鴦會雙死	원앙은 모여 죽음을 함께 하네
貞婦貴徇夫	곧은 지어미는 지아비 따라 죽음이 귀한 법
舍生亦如此	목숨 버리기 또한 이같이 하였어라
波瀾誓不起	물결은 정녕 일어나지 않으리니
妾心井中水	제 마음이 우물속 물과 같으니까요[11]

수련은 『시경』의 '흥'적 수사방식을 원용하여 죽을 때까지 삶을 같이하

---

9   劉向 지음·이숙인 옮김, 『열녀전: 중국 고대의 106여인 이야기』, 예문서원, 1996.

10   金稔子, 「古代中國女性倫理觀: 『後漢書』列女傳을 中心으로」, 『東洋史論文選集』 2卷, 1973, 一朝閣.

11   『唐詩三百首』 卷1, '五古樂府', 「烈女操」, 계명대학교출판부, 1991, 131쪽.

그림 〈열녀조〉

는 오동나무나 원앙새를 등장시켜 다음 구에 연상 작용을 촉발시켜, 셋째 구에 서는 미물들처럼 남편을 따라 죽는 여인 의 모습을 표현하였으며, 마지막에는 우 물물이 파도가 일지 않음을 들어 견정하 여 더럽혀지지 않는 여인의 마음을 비유 하였다.[12]

맹교가 노래하고 있는 열녀의 형상 에서 보듯이 수대 이후로 입전된 여인들 은 그 분류가 본 논문에서 다루고자 하는 부분인 열의 개념과 일치된다고 하겠다.

열녀전이 우리나라에 전해진 연대 는 정확하지 않지만 정주동은 『증보문 헌비고』를 인용하여 그 수입 시기를 고 려 때로 추정하고 있는데,[13] 『조선왕조실록』에 의하면, 태종 4년에 이지李 至·조희민趙希閔이 황제가 하사한 약재와 열녀전을 가지고 우리나라로 돌아 온 것으로 되어 있다.[14] 그런가 하면 이덕무는 『청장관전서』에서 태종 초에 우리나라에 들어왔다고 기록하고 있다.[15] 이러한 정황으로 볼 때 열녀전이 우리나라에 전해진 시기는 태종 때가 아닌가 한다. 다만 이 당시에 전해진 것

---

12 앞의 글, 133쪽.

13 이선영, 「열녀함양박씨전연구」, 한남대학교 석사학위논문, 1995.

14 「太宗實錄」卷8, 탐구당 영인본, 313～314쪽. "十一月 己亥朔 進賀使李至·趙希閔 賓帝賜 烈女傳·藥材·禮部咨文 回自京師 咨文曰 欽奉聖旨 朝鮮國王 缺少藥材 差臣來這裏收買 恁禮部照他買小的數目關 與他持去 與王用 來的使臣告說 先蒙頒賜列女傳 分散不周 再與五百部 欽此藥材列女傳 交付差來使臣李至等 麝香二斤 朱砂六斤 沈香五斤 蘇合油一十兩 龍腦一斤 白花蛇三十條 古今列女傳五百部".

15 「國譯 靑莊館全書」 제55권, 앙엽기 2 「中國書來東國」 條, 민족문화추진회, 1983, 105쪽.

은 유향의 『열녀전』이 아니라 명대에 새롭게 편찬된 『고금열녀전』이라는 점에 유의할 필요가 있다. 명나라 해진解縉 등이 칙명으로 지은 『고금열녀전』은 상·중·하 3권으로 되어 있다. 상권은 고대부터의 후비后妃, 중권은 제후諸侯·대부大夫의 처, 하권은 사인士人·서인庶人의 처의 전기이며, 모두 『고古 열녀전』이나 역사책 등에서 가져온 것들이다.

어숙권의 『패관잡기』에는 1543년(중종 38년)에 신정申珽·유항柳沆이 열녀전을 번역했다고 한다.[16] 아마도 유향의 열녀전은 고려 중기 이전에 수입되었을 것이나 분명한 사료가 없어 확언할 수 없는 아쉬움이 남는다.[17]

우리나라에서 열녀전이 창작된 시기도 고려조였다. 비록 '열녀전'이라고 명기하지는 않았지만 일찍이 고려 중기의 김부식은 『삼국사기·열전』에서 열녀로 인정되는 여인형상을 특기해 놓은 바 있다.[18] 『삼국사기』에서 '설씨녀'는 열녀로서의 아름다움이 주로 표현되고 있지만, '도미처'는 열과 효를 함께 표현하고 있다. 그러면서 주인공이 모두 자율적 결단과 진취적 행동을 통해 인간의 존엄성을 당당히 보여줌으로써 행복한 결말을 맺고 있다. 『고려사·열전』은 '열녀' 조를 따로 두어 '난을 당하자 칼날을 무릅 쓰고 목숨을 버리고 정조를 지키는 것은 참으로 어려운 일이다.'라고 입전 동기를 명확하게 밝히면서 열녀 12명의 행적을 간략히 수록하고 있다.[19] 그런데 12명 중 9명이 순절한 열녀 형상을 부각시켜 놓았고, 이 중 7명이 우왕대에 심해진 왜구의 침략이라는 전시상황을 배경으로 하고 있으며(나머지 경우도 몽고병의 침입이나 삼별초의 반란, 조일신의 반란, 화재의 발생, 호환 등과 같이 환난을 배경으로 하고 있음), 모두 정절의 수호와 남편의 구원을 위해 생명을 던지는 비극적 결말을 맺고

---

16 『패설작품선집』 1, 「패관잡기」, 국립문학예술서적출판사, 1959, 484쪽.

17 열녀전에 관한 상세한 논의로 우쾌제의 「조선시대 가정소설의 형성요인 연구: 열녀전의 전래와 수용을 중심으로」(고려대학교 박사학위논문, 1986)가 있어 참고가 된다.

18 金富軾 著·金鍾權 譯, 『三國史記』 第48, 「列傳」 第8, 「薛氏女」·「都彌」 條, 明文堂, 1988, 751~754쪽.

19 『高麗史』 卷 第121, 「列傳」 第34를 참조.

있는 점이 특징이다.[20] 여기서 우리는 여말의 열녀인식이 조선조의 그것과 매우 다르다는 것을 알 수 있다. 왜냐하면 열녀조에 등장하는 여성들의 죽음이 남편의 죽음과 직접적으로 연결되지 않고 오히려 사회나 국가의 재난에서 연유하고 있기 때문이다. 따라서 고려시대에는 남편의 죽음이나 부재가 곧바로 열녀의 출현으로 이어지지 않았다는 사실을 미루어 알 수 있다.

역사서에서 '열녀전'이 본격적으로 다루어졌다는 것은 문인들의 열녀전 창작과 밀접히 관련되어 있다. 왜냐하면 역사서를 편수하는 사람 역시 문인이었기에 문인들의 열녀전에 대한 관심과 창작행위가 없었다면 역사서에 열녀전이 수록되기 어려웠을 것으로 보기 때문이다. 고려조 문인으로 이곡(1298~1351)의 「절부조씨전」이 시기적으로 가장 앞서는 문인창작 열녀전으로 보인다.[21] 「절부조씨전」은 군인의 딸인 조씨가 주인공이다. 그녀는 서른이 못 되어 그 아버지와 시아버지, 남편을 차례로 전쟁에서 잃게 된다. 그 뒤 오십 평생을 과부로 보내면서 밤낮으로 여공女工에 부지런히 힘써 딸과 손자·손녀를 부양한다. 작자 이곡은 그 고난의 과정과 여성으로서 감내하기 어려운 면들을 들추어내어 여성의 억척스런 형상을 표현하였다. 아마도 조선조보다 여성들의 생활이 비교적 자유로웠던 시기에 강인한 형상을 보여준 조씨에 대해 각별한 흥미를 느끼고 입전한 듯하다.

이곡을 이어 이숭인(1347~1392)의 「배열부전」과 정이오(1347~1434)의 「열부최씨전」이 창작된다. 이 두 작품은 왜구의 침입 앞에서 자신들의 절개를 지키기 위해 목숨을 버린 여인을 입전하고 있다.[22]

사람들이 항상 말하기를, "신하가 되어서는 신하의 도리를 다해야 하고, 자식

----

20 조태영의 「고려사 열전의 인물형상과 서술양상 연구」(서울대학교 박사학위논문, 1991)과 강진옥의 「열녀전승의 역사적 전개를 통해 본 여성적 대응양상과 그 의미」(『여성학논집』 12, 1995)를 참조.
21 朴熙秉, 『韓國古典人物傳硏究』, 한길사, 1993, 62쪽.
22 앞의 글, 63쪽.

裴烈婦傳

烈婦姓裴氏名某京山人父前進士中善阮弁歸
士狀李東郊善治內事歲庚申秋七月倭賊逼京
山闔境擾攘無敢禦者時東郊赴合浦帥幕未還
賊騎突入烈婦所居里烈婦抱乳子走賊追之及
江江水方漲烈婦度不能脫置乳子岸上走入江
賊持滿注矢擬之曰而求免而死烈婦顧見賊罵

東文選 一百一

曰何不速殺我我豈污賊者耶賊發矢中肩再發
再中遂殁於江中賊退家人求得其屍葬之體覆
使趙公浚上其事雄表里門云陶隱子曰人有恒
言曰為臣盡臣道為子盡子道為婦盡婦道至於
臨大難鮮克踐之裴一婦人而其視死如歸罵賊
之言雖古忠烈士蔑以加焉余嘗南遊過所耶江
迤烈婦死節之地灘水悲鳴林木蕭瑟令人毛髮
竪起嗚呼烈哉

이 되어서는 자식의 도리를 다해야 하며, 아내가 되어서는 아내의 도리를 다해야 한다."라고 말하지만, 큰 위난에 임해서 그것을 실천할 수 있는 사람은 드물다. 배씨는 일개 부인으로서 죽음 보기를 마치 돌아가야 할 곳처럼 여겼고, 왜적을 꾸짖는 말은 비록 옛 충렬지사라 하더라도 이보다 더할 수가 없었다. 내가 일찍 이 남쪽에 유람했을 때 소야강所耶江을 지났는데, 바로 배열부가 절개를 지켜 죽은 곳이었다. 여울물은 슬프게 울었고 숲의 나무도 쓸쓸하여, 사람으로 하여금 머리털을 쭈뼛하게 하였다. 아아, 매섭도다.[23]

대개 인심의 지극한 것은 세상의 사변도 그를 빼앗을 수 없는 법이다. 그러한 세상을 만나면, 비록 열장부烈丈夫라 하더라도 사생死生을 결단하기가 어려운 법인데 하물며 일개 부인에 있어서랴. 왜적의 잔인함을 모르는 게 아니었으되, 왜적에게 몸을 더럽히지 않겠다는 절의가 마음을 격발하여 사는 것보다 중요했던 것이다. 지금의 강성江城은 최씨가 절개를 지켜 죽은 땅이다. 산도 슬퍼하고 구름도 처연한데, 물소리도 오열하는 듯하여, 이제 지나는 사람의 모발이 쭈뼛 일어선다. 아아, 매서워라.[24]

23　『陶隱集』卷1,「裴烈婦傳」, "人有恒言曰 爲臣盡臣道 爲子盡子道 爲婦盡婦道 至於臨大難 鮮克踐之 裴一婦人而其視死如歸 罵賊之言 雖古忠烈士 蔑以加焉 余嘗南遊 過所耶江 迤烈婦死節之地 灘水悲鳴 林木蕭瑟 令人毛髮竪起 嗚呼烈哉".

24　『東文選』卷1,「烈婦崔氏傳」, "夫人心之極 世變之不能奪 遭世如此 雖烈丈夫 決死生猶難 況一婦

烈婦崔氏傳

烈婦姓崔名某全羅道靈光郡人移居晉州蓋不
知自何世也都染署丞仁祐之女晉州戶長鄭滿
之妻生子女四人其一未脫襁褓中歲己未八月
倭賊陷晉州閭境奔竄無敢禦者時滿因吏役如
京賊攔入崔氏居里烈婦年方三十三且有姿色
抱負攜持其子女走避山中明日賊四出驅掠見
烈婦露刃以驅烈婦抱木而拒之罵賊曰等死爾
汚賊以生無寧死義罵不絕口賊推刃洞貫遂斃
攷木下賊虜十歲女八歲子以退獨習年方六歲
在死側小兒猶飲乳血淋漓入口亦斃焉其家奴
散而復完將屍草殯以待滿還及已巳歲都觀察
使張夏上其事旌表門閭免子習鄉役云史臣曰
夫人心之極世變之不能奪遭世如此雖烈丈夫
決死生猶難況一婦人乎非不知賊之殘忍以不
汚賊之義激於衷而重於生也今江城死節之地
也山哀雲慘水聲嗚咽今過者竪髮起立嗚呼烈
哉

〈동문선〉 101권에 수록된 〈열녀최씨전〉 본문

위의 인용은 두 작품의 논찬 부분으로 양자의 의론 구성 방식이 매우 흡사함을 알 수 있다. 고려 말 열녀전의 전범으로 보이는 위의 작품들에서, 절개를 지킨 두 여인의 고귀하고도 아름다운 행실을 기림으로써 사대부적 이념에 입각한 여성들의 절의와 열녀의식을 강조하고 이러한 의식을 고취하려는 의도가 엿보인다.

여말에 창작된 열녀전의 구성방식과 주제의식은 대체로 조선조 말엽까지 그대로 계승되었다고 할 수 있다. 특히 이러한 유형의 열녀전은 17~18세기를 기점으로 해서 상당량이 쏟아져 나오게 되었다. 이는 광해군의 폭정과 임란·병자호란으로 인해 와해된 강상과 기강을 확립하고자 하는 정치적 의도와 연관이 있다.[25] 이하 열녀전의 사적 전개 과정은 이대형이 그의 논문에서 자세히 기술하고 있어 참고가 된다.

이렇듯 조선시대의 열녀전 창작은 유교적 이념에 입각하여 백성들을 교

人乎 非不知賊之殘忍 以不汚賊之意 激於衷而重於生也 今江城死節之地也 山哀雲慘 水聲嗚咽 今過者竪髮起立 嗚呼烈哉".

25　朴珠, 『朝鮮時代의 旌表政策』, 一潮閣, 1990 참조.

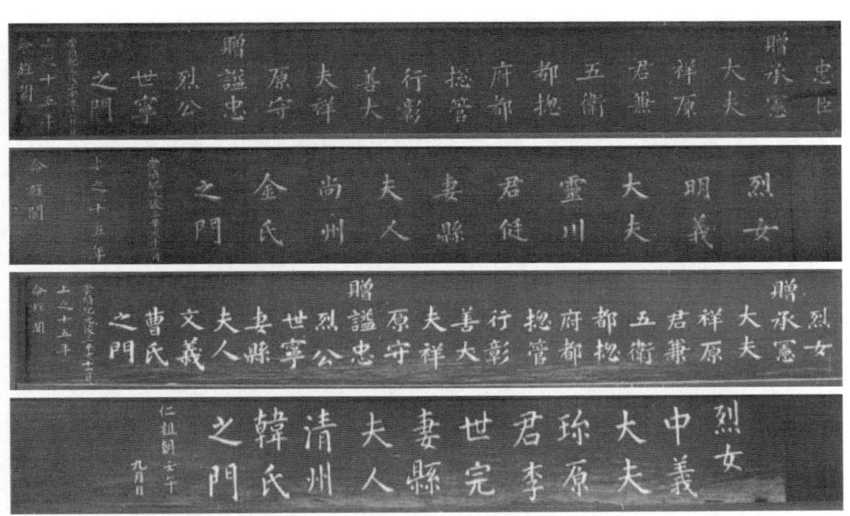

〈전주이씨 상원군 이세령 가문 충신·열녀 정려편액〉. 경기도 파주시 교하읍 야당리 산 341-1(파주시 가온로 206)에 있다. 1636년 병자호란이 나자 상원군(祥原君) 이세령(李世寧, 1595~1637)은 동생인 진원군(珍原君)에게 뒷일을 맡기고 인열왕후 혼전을 모시고 강화도로 들어갔으나 후에 강화도가 함락되기에 이르자 붙잡혀 치욕을 당하는 것보다 죽는 것이 낫다고 갑옷을 벗어 종복에게 주고 문충공 김상용과 더불어 남문루에 올라가 불을 놓아 분신 자결하였다. 그러자 그의 모친인 상주김씨와 부인 문의조씨, 제수인 청주한씨 등이 뒤를 이어 순절하였다.

화하기 위한 방편으로 권장되었음을 알 수 있다. 그런데 열녀전이 지어지기 위해서 열녀의 출현이 선행되어야 함은 물론이다. 잠시 열녀출현의 배경에 대해 살펴보기로 한다.

열녀의 출현은 무엇보다도 당대 사회상과 밀접한 관계가 있다. 조선조 여성들의 일상생활 규제는 부녀자의 사찰 출입 금지, 잡신들에 대한 사신행위祀神行爲 엄금, 여성 복장의 통제, 남녀 간의 접촉 단속, 내외법 규정의 강화로 요약된다. 이와 같은 법적 조치들은 상호간에 유기적 관계를 맺고 있는데, 이를 관통하고 있는 것은 바로 유교적 윤리규범이었다. 사실 세종조 이전 조선 초기에는 아직 주자학적 예제禮制의 주요내용을 수록하고 있는『주자가례』나『소학』이 보편적으로 보급되지 않았기에 여말 이래 전래되어온 전통적 생활습속이 당대 예속의 주류를 형성하였던 것으로 보인다. 그 대표적인 예가 바로 지배층이 권장한 친영제親迎制가 제대로 시행되지 못하고 '남귀여가男歸女家'의 혼속이 관행으로 남아 있었다는 점이다. 뿐만 아니라 조선 초기에는 제사에 있어 여성의 참여도가 높았고 자녀균분상속이 시행되고 있었다. 그만큼 여성의 활동이 비교적 자유로웠고 경제활동의 주체로서 사회적 지위도 유지되고 있었던 셈이다. 그러나 세종이 정치적 안정을 이루어 훈민정음의 창제, 『삼강행실도』의[26] 간행 등과 같은 민중교화에 더 많은 관심을 기울이면서 여성생활을 규제하는 조치들이 강력하게 시행되었다.[27] 세종 연간을 중심으로 강화된 여성의 생활규제와 정절관념의 강화는 성종 연간까지 계속되었지만[28] 전대의 유습에 젖어 있던 당시의 여성들은 이에 쉽게 적응하지 못했던 것 같다. 그러나 이 같은 조치를 위반할 때는 징벌이 따랐으며, 수절한 여성들에게 정문·정려·복호·상물 등 국가적 보상이 주어졌고, 또한 16세기 중종 연간을 전후하여 성리학으로 무장한 사림파 지식인들에 의해 『주자가례』, 『소학』, 『여씨향약』이 보급·교육되고[29] 임란 이후 광해조에는 『동국신속삼강행실도』가 보급되는[30] 등 지배층의 부단한 노력이 이어졌기에 조선 중기에 접어들면서부터 그러한 제도가 여성들의 일상생활 가운데 점차 뿌리 내리기 시작하였다.[31] 이에 따라 과부녀의 수절 문제 역시 중요한 사안으로 대두되었음은 물론이다.[32]

---

26 진단학회의 제25회 한국고전연구 심포지엄에서 『삼강행실도』의 종합적 검토가 이루어졌다 (1997. 11). 발표된 논문 가운데서 이혜순의 「열녀상의 전통과 면모: 『삼강행실도』에서 조선 후기 「열녀전」까지」는 개괄적인 논술이지만 일정한 참고가 된다.

27 이옥경의 「조선시대 정절이데올로기의 형성기반과 정착방식에 관한 연구」(이화여자대학교 석사 학위논문, 1984)와 이순구의 「조선 초기 주자학의 보급과 여성의 사회적 지위」(『청계사학』 3, 정 신문화연구원, 1986)를 참조.

28 성종은 종래의 『삼강행실도』의 축소판을 간행하였고 『속삼강행실도』를 편찬·간행하였으며, 아 울러 『언문삼강행실열녀도』를 반포하였다.

29 지두환의 「조선 초기 주자가례의 이해과정」(『한국사론』 8, 서울대학교, 1982), 이태진의 「사림파 의 향약보급운동」(『한국문화』 4, 서울대학교, 1983), 윤병회의 「조선중종조 사풍과 『소학』」(『역 사학보』 103, 1984) 등을 참조.

30 박주, 「『동국신속삼강행실도』 열녀도의 분석」, 『논문집』 20집, 효성여자대학교 여성문제연구소, 1992.

31 韓國古文書學會編, 『朝鮮時代 生活史』, 歷史批評社, 1997, 105~124쪽 참조.

열녀의 기본속성은 과부녀의 수절문제와 불가분의 관계에 있다. 그러므로 이 문제에 대한 역사적 검토가 중요하다고 본다. 역사적으로 볼 때, 당초부터 혼자된 여인에 대한 수절이 풍속을 이루어 전통 관념으로 존재해 온 것은 아니었다. 고려까지만 해도 여인들의 수절 및 개가는 법적인 제약을 받지 않았던 것으로 보이는바, 수절이 언급되기 시작한 것은 고려 말부터이다.

> 산기散騎 이상의 처로 명부命婦가 된 여인은 개가를 금하며, 판사 이하 육품까지의 관리의 처는 남편이 죽은 뒤 3년 이내에는 개가를 금한다. 이것을 어기는 자는 실절失節로 간주하며 이들 가운데 스스로 수절을 원하는 자는 정려문을 세워주고 상을 내린다.[33]

『고려사』는 특정 신분계층인 고관부인에 대하여 일정 기간 동안 개가를 금한 것으로 기록하고 있는 것으로 보아, 이 법령이 일반 백성들에게는 적용되지 않았다고 할 수 있다. 그러다가 유교를 통치 이념으로 하는 조선조에 들어서면서 서서히 여인들의 사생활과 출입을 통제해야 한다는 논의가 일어나게 된다.[34] 이에 고려 말에 언급되었던 과부의 수절 문제가 단순한 주장의 단계를 넘어 법제화되기에 이른다. 태종 6년 대사헌 허응 등의 상소를 받아들여 재가에 대한 규제를 강화하였고,[35] 이어 태종 8년(1470)에는 개가를 금하는 법령이 내려졌으며, 성종 16년(1484)에는 개가금지령이 대전에 법제화

---

32 김경진의 「조선왕조실록에 기재된 효녀·절부에 관한 소고」(『아세아여성연구』 16, 1977), 박주의 「조선 초기 정표자에 대한 일고찰」(『사학연구』 37, 1983)과 「조선중종조의 정려에 대한 고찰」(『변태섭 박사 화갑기념 사학논총』, 1985) 등을 참조.

33 『高麗史』 卷八四, 「刑法一」, "散騎以上妻爲命婦者, 毋使再嫁, 判事以下至六品妻, 夫亡三年, 不許再嫁, 違者坐以失節, 散騎以上妻, 及六品以上妻, 自願守節者, 旌表門閭".

34 『太宗實錄』, 「四年五月乙丑條」, "禮曹上疏曰 …… 又按禮婦人出中門 必擁蔽其面 行則乘軿車 所以別嫌疑而預防閑也".

35 앞의 글, 卷十一, 「六年十一月辛丑條」, "太宗六年夏六月 司憲府大司憲許應等 上時務七條 其一曰 夫婦人倫之本也 故 婦人有三從之義 無再適之理 今士大夫正妻歿者見棄者 或父母奪情 或粧束自謀 至二三其夫 失節無恥 有累風俗 乞大小兩班正妻適三夫者 依前朝之法 錄于恣女案 以正婦道".

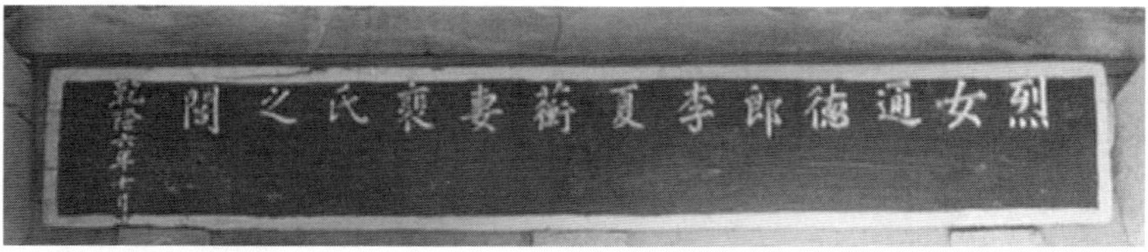

울산시 중구 반구동에 있는 〈열녀 분성배씨 정려〉. 열녀 배(裵)씨는 이하형(李夏衡)에게 출가하였으나, 부군이 재행(再行)을 다녀간 후 병환으로 자리에 눕자, 시가로 와서 전력을 다하여 6년을 하루같이 간병하였다. 그러나 백약이 무효이고 심지어 등창까지 나서 병이 더 깊어졌다. 이에 그녀는 허벅지 살을 베어 부군의 환부에 붙이는 등 갖은 애를 썼다. 그래도 효과가 없고 생명이 위독하자 손가락을 끊어서 피를 입에 넣어 7일이나 연명토록 하였다. 부군이 별세하고 양례(襄禮)날 흰등(가마에 흰 천을 두른 것)을 타고 산지(山地)까지 가서 양자인 둘째조카 정재(廷栽)로 하여금 몰관(沒棺)을 시켜 후사를 잇게 하고, 소·대상을 지낸 후 담사(譚祀)날 산소에 다녀와서 친정 백남(伯男), 동생, 조카와 양자인 아들을 불러놓고 "여자는 자고로 시집가서 아들, 딸 낳고 그 집 후사를 잇게 하는 것이 도리인데 나는 시집와서 혈맥이라고는 한 점도 없다. 이 집에 온 흔적이 없으니 너희들은 자손대대로 '수척(守戚)'을 하기 바란다."라는 유언을 남기고 피를 토하고 운명하였다. 울산 유림의 상소로 1745년(영조17)에 열녀(烈女)의 정려(旌閭)가 내려왔다. 지금까지 양가, 청안이씨(淸安李氏)와 분성배씨(盆城裵氏) 사이에서는 혼인하지 않는다고 한다.

되었다. 이러한 제도적 규제는 가문과 문벌의 명예를 그 무엇보다도 소중히 유지하려고 하는 노력으로 이어졌으며, 그런 가운데 과부녀의 개가문제는 더욱 질곡으로 빠져들게 되었고 반면에 수절하는 여인을 선양하는 움직임이 가일층 두드러지게 되었다. 때문에 만약 양반가의 경우, 과부녀를 개가시킨다면, 벼슬길이 막히고 문벌을 유지하기 어려웠기에, 족당·비복들이 집안에서 과부의 동정을 감시하는 사태가 빚어지게 되었다. 그에 따라 여인들의 주체적인 삶은 부정되고, 규방에 갇혀 일부종사와 삼종지도만 강요받기에 이르렀던 것이다.[36]

　　이렇듯 성리학적 이데올로기인 충·효·열에 입각한 인간상 구현이라는 명목 하에 조선조 전반에 걸쳐 과부녀의 수절은 미화·찬양되었고 개가는 철저히 부정되어 풍속으로 굳어져 갔다. 그러나 조선 후기에 이르면 종래의 관념과 인습에 일정한 변화가 일어나기 시작하였다. 과부녀가 새로운 당

36　정요섭, 「이조시대에 있어서 여성의 사회적 위치」(『아세아여성연구』 3, 1964)과 「조선왕조시대에 있어서 여성의 사회적 위치(속편)」(『아세아여성연구』 12, 1973)를 참조.

사자를 찾는 과정을 생생하게 그려내고 있는 조선 후기 야담들에서 그 같은 정황을 실감 있게 목도할 수 있다. 그러나 야담에서 과부녀가 주체적이고 적극적으로 새 삶을 찾아 나서는 것으로 묘사된 예는 드물다. 주변 인물들의 주도면밀한 계획과 편법에 의해 음성적으로 제2의 생을 선택한 예가 많았던 것이다.[37] 조선 후기에 오면 이처럼 일면에서 야담이 개가녀를 음성적으로 긍정하였다면, 다른 일면에서는 사대부층의 열녀전이 열녀를 적극 현창하고 있었다. 이러한 모순은 작자가 계층적 입장을 달리함에서 오는 진보와 보수의 대립양상으로 이해할 수 있다. 즉, 개가를 지지하는 쪽은 기존 전통 관념을 회의하고 거부함으로써 새로운 질서를 구축해 보고자 하는 진보세력이라면, 반대로 열녀를 찬양하고 개가를 엄금하려는 쪽은 기득권을 수호하려는 보수 세력으로 볼 수 있다.

특히 이러한 과부녀 개가를 둘러싼 갈등·모순양상은 18세기에 들어와 심화되고 있음을 알 수 있다. 부녀수절을 비롯하여 반상·적서·노주·남녀의 엄격한 구별을 명분으로 하는 주자학적 체제는 18세기 이후 계속되는 사회경제적 변동, 신분계급적 질서의 동요로 말미암아 크게 약화되었고 그에 따라 주자학적 명분·제도·사상·관습에도 새로운 비판이 가해지는 등 혁신론이 제기되기 시작하였던 것이다.[38] 이처럼 "18세기는 조선조 봉건체제가 서서히 해체의 길로 접어들고 있던 시대였다. 그에 따라 기존의 가치 질서도 이월되거나 변전된 가치들과 혼재하는 국면을 맞게 되었다. 효孝라는 덕목의 체인과 실천방식이 종래의 그것과 일정한 차이를 갖게 된다. 그리하

---

37 관련 작품으로 「古談」 및 「霜女」를 들 수 있다. 「고담」에서는 오라버니가 홀로 된 누이 동생을 지엄한 성깔의 소유자 안동 권진사의 외아들 권생에게 속임수를 써서 인계한다. 관련 논문 李愼成, 「漢文短篇 古談의 研究」, 『語文學敎育』 4, 釜山語文學會, 1981을 참조. 「상녀」에서는 부친이 과부녀의 개가를 적극 주선하는 인물로 설정되어 있다.

38 김용덕, 「열녀수절고」, 『아세아여성연구』 3, 1964, 29~30쪽. 그는 "드디어 지금껏 무시되어온 여성인권 내지는 여성관에 대하여 새로운 방향전환을 제시하는 동학사상이 일어난다. 동학교리의 특색인 여성존중주의는 구봉건사회 내부에서 싹튼 여성해방의 첫 횃불이었다."라고 말한 바 있다.

여 지나치게 경색된 '열'과 '효'의 행위가 한편에서는 거부되는 현상까지 빚어졌던 것이다. 그러나 변화의 파고가 높아지면 질수록 그에 반하는 수구의 목소리도 그만큼 커지는 법이다. 상실의 위기에 몰린 봉건적 윤리덕목을 강조하기 위한 사대부 계층의 용트림이 후기에서 말기에 이를수록 더욱 가열화한 것도 이 때문이다. 수많은 문집에는 거의 예외 없이 충·효·열을 강조하는 「전」들이 수록되고, 이를 표창하기 위해 정부에서 내려지는 정려문의 수효가 증가하고 있었던 것이다."[39]라고 이종호는 일찍이 지적한 바 있다. 이러한 관점은 당대 안동 문인들의 문집에 예외 없이 열녀전이 수록되어 전하는 점과도 상통한다. 한편 18세기는 중세의 해체와 근대로의 이행이라는 국면을 적절히 설명해 줄 수 있는 다양한 서사물의 출현으로 우리 문학사에서

---

39 李鍾虎, 「屛谷 權榘의 『闡幽錄』을 통해 본 18세기 안동의 민중형상」, 『안동문화』 第13輯, 1992, 150쪽. 이종호가 지적한 이러한 현상은 당대 대표적 야담집의 편찬 양상에서도 구체적으로 보이고 있다. 야담의 문학성이 민중성의 획득이라는 강점이 19세기를 맞이하면서 점차 이러한 보수화 경향을 추구하고 있음도 이런 추세의 반영이라 할 것이다. 특히, 『東野彙輯』의 경우에 이 같은 경향이 짙게 반영되어 있다(李康玉, 「東野彙輯의 世界觀 硏究」, 『韓國文化』 13輯, 서울대학교 韓國文化硏究所, 1991를 참조). 이종호는 앞서 인용한 논문(9~10쪽)에서 18세기라는 역사적 조건과 연계하여 충·효·열의 문제를 검토하고 있는데, "이 같은 덕목들은 이미 오래 전부터 고정화된 관념과 인식의 틀을 갖추고 있었다. 그런데 아무리 권장되고 가치가 부여된 덕목들이라 해도 시대의 변화에 따라 '다른 덕목으로 이월'되든가 아니면 '강조의 편차'가 드러나게 마련이다. 다른 덕목으로 이월된다는 말은 가령 수직적·하향적 가치체계가 수평적·동위적 가치부여로 전환되는 국면을 뜻한다. 충·효·열이 상하관계에서 일방적인 복종과 묵수를 강요하는 가치체계였다면, 信이나 義와 같은 덕목은 수평적이고 동위적인 평형에서 오는 가치부여를 중시하고 있다. 뿐만 아니라 신과 의는 상하관계의 일방성에서 일탈하여 무질서에 가까울 정도로 파격적인 관념사유를 용인하려 드는 것이다. 가령 신하로서 군주를 살해하는 행위는 유가적으로 용납될 수 없지만, 자기를 알아주는 사람을 위해 그 같은 행위를 할 수 있다고 하는 관념, 바로 그것이 '의'라는 덕목으로 정당화되는 상황을 예로 들 수 있다."라고 했다. 이러한 이종호의 언급은 18세기 이후의 서사물들이 수직적 관계보다는 수평적 관계에 무게중심을 두는 쪽으로 선회할 수 있다는 개연성을 암시하는 것이다. 그에 비해 조태영은 「조선 후기 傳에서 보는 사회와 자아의 형상: 18세기 孝·烈傳에 투영된 양상」(『한국문화』 15, 서울대학교 한국학연구소, 1994, 131쪽.)에서 "18세기에 산출된 많은 효·열전들은 조선조 수직질서의 해체를 반증하는 효와 열의 다양한 양상들을 보여준다. 수직질서가 파탄되는 사태 속에서 효와 열은 인격적 가치를 수호하기 위한 행위, 즉 반인격성에 대한 항거의 성격을 띤다."라고 하여, 중세해체기에 창작된 효자, 열녀전의 주인공들의 행위를 체제모순에 대한 투쟁의 몸짓으로 파악한 바 있다. 이는 앞서 이종호가 말한 '다른 덕목으로의 이월'과 '강조의 편차'라는 두 가지 변화 가운데, 전자에는 주목하지 않고, 다만 기존의 가치체계를 구성하는 여러 요소 중에서 '강조의 편차'가 드러나게 된다는 점을 보다 구체화시켜 논한 것으로 볼 수 있겠다.

진작부터 주목을 받아왔다. 이 시기의 서사물에 대한 연구태도와 관련하여 이종호는 "어느 시대에 생산된 문학 작품이건 완전한 변혁의 성취를 보고하는 예는 드물 것이고 오히려 구차한 요소를 청산하려는 노력의 과정이 제시된다 하겠다. 그러므로 올바른 작품 이해를 위해서는 구각을 깨는 힘겨운 소리와 함께 항상 자력처럼 온존하는 보수의 소리도 동시에 청취할 수 있는 청력을 길러야 한다."라고[40] 말한 바 있다. 그러므로 18세기 이후의 열녀전도 이러한 이중적이고 갈등적인 구조와 긴밀하게 연결되어 산생된 서사물로 보는 것이 정당하다.[41] 따라서 본고에서 다루고자 하는 18세기 이후에 창작된 안동의 열녀전은 이행기의 갈등구조와 연관을 맺으면서도 여전히 수절의 문제를 강조하는 사대부층의 보수적 입장이 우세를 보일 가능성이 있다는 점을 간과해서는 안 될 것이다.

　이상으로 열녀의 개념과 형성 배경 및 초창기 열녀전의 수용 실태를 개략적으로 정리하였다. 이 같은 이해에 기반하여 안동 사인층의 열녀전 창작과 '열' 구현양상에 대해 다음 장에서 논하기로 한다.

40　이종호, 「李長伯傳 小考」, 『首善論集』 제11집, 성균관대학교 대학원, 1986, 71쪽. 임치균은 「조선조 대하소설에서의 충·효·열의 구현양상과 의미」(『한국문화』 15, 서울대학교, 1994)에서 조선후기에 등장한 일련의 대하소설이 근대로의 이행기 문학의 노선에 역행하여 여전히 '중세적 가치관'인 중세적 유교이념을 지향하고 있음으로 해서, 기존질서를 유지하려는 중세 회귀적 성격이 반영되고 있다고 파악한 바 있다. 이러한 양상은 대하소설에만 국한하여 나타나는 것이 아니라 중세 해체기의 서사물들에 공히 엿보인다고 할 수 있다. 그만큼 '자력처럼 온존하는 보수의 소리'가 가열화했던 시기가 바로 18세기를 기점으로 하는 이행기였던 셈이다.

41　한준희의 「烈女系 소설에 나타난 갈등구조와 열의 성격」(경북대학교 석사학위논문, 1990)은 18~19세기에 창작된 것으로 보이는 소설작품을 통해서 윤리·애정·신분으로 요약되는 갈등구조를 분석한 바 있다.

3

안동 사인층의 열녀전 창작

안동 열녀전의 개황

조선조 사대부층은 유사, 행장, 묘지(銘), 묘표, 묘갈(銘), 신도비(銘) 등을 통해 부조의 행적을 후세에 전하는 것이 상례였다. 특히 광중이나 묘소 주변에 놓이는 비석·지석·갈석·표석에 새겨 넣는 글을 매우 중시하여, 상당한 정성을 기울였다. 왜냐하면 이러한 글들은 오래도록 후세에 전해져야 할 전후문자傳後文字라고 생각했기 때문이다. 이러한 인식은 퇴계 이황의 비지문 찬술태도에서 쉽게 확인할 수 있다.[1] 그에 비해 '전' 양식을 빌려 부조의 행적을 기록하는 경우는 극히 드물다. 다만 후손이 비석을 세울 만한 여력이 없거나 전하는 행적이 상세하지 않은 일사의 경우에 간혹 입전되는 예가 보일 뿐이다. 말하자면 비문을 찬술하는 것이 원칙이지만 여의치 못한 경우에 입전을 통해서라도 조상의 아름다운 행실을 후세야 전하고자 한 것이다. 이 경우 단

---

[1] 이종호의 「비지류 산문의 전기문학적 성격」(『한국한문학연구』, 창립20주년 특집호, 한국한문학회, 1996)을 참조.

일한 인물을 입전하는 예가 주종을 이루지만 때에 따라 열전형태의 가전을 지어 한 가문의 역사를 기록하는 예도 있다. 그런가 하면, 후손의 의도와 상관없이 문인들의 자발적 의지에 의해 입전되는 예도 적지 않다. 비록 입전자가 작자와 일정한 연분이 없어도 전 창작은 얼마든지 가능하기 때문이다.

문인들의 자발적 의지에 의해 지어진 전에는 『호산외기』나 『이향견문록』, 『일사유사』와 같이 열전식 입전을 통해 중인층의 일정한 계층의식을 담아내기도 한다. 이러한 전기물들은 소위 '천유'하고자 하는 의식의 소산으로 보인다. 사대부층은 실용문인 비지류 산문을 통하여 전후문자를 후세에 전할 수 있었기에 다시 '천유'하기 위한 별도의 양식이 필요치 않았다. 그러나 이에 반하여 기층 민중에게는 그들의 행적을 후세에 전할 만한 수단이 변변치 못했다. 이는 곧 "생산도구를 소유한 계층만이 문자를 소유할 수 있다는 논리와 통한다. 때문에 문자를 소유하거나 지배할 수 없었던 계층들의 경우, 그들의 역사를 소유계층의 손을 빌려 표현할 수밖에 없었다. 따라서 지배층의 논리와 관점에서 일방적으로 기술된 민중의 역사가 남게 되는 것이다."[2] 이렇게 본다면, 일정한 연분이 없이 전을 창작하려 한 '문인의 자발적 의지'도 결국 '지배층의 논리와 관점'에서 크게 벗어나 있지 않았던 것이다. 요컨대 '전'은 문인 창작의 계층적·사회경제적 요인이나 근거자료의 부족과 실전에 의해 비지찬술이 어려운 인물, 혹은 특기할 만한 행적을 보여준 인물을 대상으로 후손의 청탁이나 문인의 의지에 따른 산물이라 하겠다. 물론 비문찬술과 입전이 함께 이루어지는 예도 있다. 사대부층 여성들의 행적도 남성과 마찬가지로 비문찬술을 통해 전해진다. 그러나 사대부층에 속한 여성이라 하더라도 '열'의 형상을 현시했을 때는 대체로 입전의 형태로 기록된다. 열녀가 바로 '특기할 만한 행적을 보여준 인물'에 해당되기 때문이다. '특기할 만한 행적'이란 평범성을 벗어난 비상하고 비범한 삶을 살아갔음을 뜻한

---

2   이종호의 「병곡 권구의 『천유록』에 나타난 18세기 안동의 민중형상」 8쪽, 『안동문화』, 1992.

다. 그래서 입전인물의 성격과 행적이 기이하거나 기구하게 형상되는 것이 보통이다. 이러한 형상이 가장 잘 반영된 것이 바로 충·효·열을 선양하고 있는 충신전·효자전·열녀전이다. 그중에서 충신전과 열녀전은 일반적으로 비극적 종말을 고하는 것이 특징이라 할 수 있다.

안동 사인층의 전 창작은 주로 효자·열녀에 집중되어 있다. 병자호란 시에 우국적 활동을 전개한 삼학사나 임경업·김응하와 같은 충신이나 열사를 입전하는 경우가 간혹 보이지만 즐겨 창작되었던 것은 아니다. 오히려 충신·열사보다도 특이한 행적을 보여준 기인·일사를 입전하는 예가 더 많다. 이러한 점은 중앙이나 기호지방 문인들이 충신·열사·기인·일사를 주로 입전했던 것과 대조를 보인다.

안동 사인층의 전 작품은 문집이나 실기에 수록되어 전하고 있으며, 18세기 이전의 작품은 거의 찾아 볼 수 없다. 과연 안동 사인층이 18세기 이전에는 전혀 전을 창작하지 않았는지 의문스럽다. 더구나 병자호란은 논외로 한다고 해도 임진왜란기에 안동이 전란의 참화를 벗어날 수 없었기에 위난에 처한 여성들의 상당수가 '열'을 실천했을 것으로 생각되기 때문이다. 추측컨대, 안동 사인층에 가해진 임란의 상흔이 너무도 깊고 열녀의 수효도 적지 않아 일일이 입전하지 못했던 것이 아닌가 한다. 임란기의 열녀 형상은 『왕조실록』에 어느 정도 수록되어 있어 그 경개를 추상해 볼 뿐이다.

우선 현재까지 조사하여 수집한 안동 사인층의 열녀전을 도표로 제시하기로 한다.

도표 1-1 안동의 열녀전 일람표

번호	작품명	출전	저자	생몰연도	殉節		論贊	남편 신분	열녀 출신
					生	死			
1	烈女洪氏傳	松月齋集	李時善	1625~1715		○	○	鎭川 李命寅	南陽洪氏, 洪爾遠의 季女
2	洪烈婦傳	密庵集	李 栽	1657~1730		○	○	鎭川 李命寅	南陽洪氏, 洪爾遠의 季女
3	林烈婦蘇娘傳	訥隱集	李光庭	1674~1756		○		林七逢	朴香娘
4	權烈婦傳	晚谷集	趙述道	1729~1803		○	○	野城 鄭氏	襄陽士族, 權氏
5	烈女傳(李氏)	斗庵集	金若鍊	1730~1802		○		安東 權氏	全州 李丕顯의 누이
6	烈女傳(金氏)	"	"	"		○		朴氏	金昌延의 女
7	烈女傳(安氏)	"	"	"		○		冶城 宋氏	安氏
8	續烈女傳(黃氏)	"	"	"		○		裵氏	黃宏漢의 女
9	續烈女傳(張氏)	"	"	"		○		李楷行의 後孫	張氏
10	琴烈女傳	"	"	"		○	○	黃氏	奉化 琴運心의 孫女
11	金烈女傳	"	"	"		○	○	權氏	安東 金相峝의 女
12	申烈婦李氏傳	廣瀨集	李野淳	1755~1831		○		申氏	退陶先生의 後裔, 眞城, 李龜胤의 女
13	孝烈趙氏傳	趙氏孝烈慈三行實錄	琴詩述	1783~1851	○			晉州 姜思允	咸安趙氏
14	朴烈婦傳	素軒集	權人夏	1805~1889		○	○	霽村先生 櫼의 10세손, 安東 權某	天嶺 琴隱公 朴希文의 後裔, 士人 朴某의 女
15	南烈婦傳	素軒集	"	"		○	○	平城士人 金軒駿	英陽 南基成의 女
16	全州李氏 雙烈婦傳 1	復齋集	李彙濬	1806~1867		○		全州 李廷友의 弟, 廷及	知退堂 廷馨의 後裔, 慶州李氏
17	全州李氏 雙烈婦傳 2	復齋集	李彙濬	1806~1867				全州 李廷友	兵馬使 重器의 後裔, 礪山宋氏
18	烈婦李氏傳	頤齋集	權璉夏	1813~1896		○		退陶先生의 後裔, 眞城 李晚徽	延安 李崇延의 女

(계속)

번호	작품명	출전	저자	생몰연도	殉節		論贊	남편 신분	열녀 출신
					生	死			
19	烈婦柳氏傳	〃	〃	〃		○		安東 權載光	涵碧堂 敬時의 5세손, 全州柳氏
20	烈婦李氏傳	〃	〃	〃		○		完山 李徽淵	溫溪先生의 後裔, 眞城 李觀浩의 女
21	烈婦權氏傳	〃	〃	〃		○		邊 石品	庶出 權思煥의 女
22	烈婦金氏傳	〃	〃	〃		○		甘泉人	서출인 宣城 金積鍊의 女
23	烈婦朴氏傳	〃	〃	〃		○		同鄕人, 閔氏	潘南朴氏(榮川으로 시집감)
24	烈婦南氏傳	〃	〃	〃		○		安東士人 裵潤模	安東 士族, 英陽 南應元의 後裔
25	道村金烈婦傳	〃	〃	〃		○			金氏
26	兩趙氏烈女傳	拓菴集	金道和	1825~1912		○	○	士人 柳淵兢	玉川 趙德鄰의 傍裔, 漁溪 趙旅의 後孫
27	烈女趙召史傳	恥庵集	金碩奎	1826~1883	○			晉州 姜思允	咸安趙氏
28	烈婦鄭氏傳	愚軒集	金養鎭	1829~1901		○		進士 高彦相의 子, 高瀟	文莊公의 後裔, 晉陽 鄭熙愚의 女
29	朴烈婦傳	曉庵集	李中轍	1848~1937		○		固城 李㫤基	密陽朴氏, 忠肅公 松隱 朴翊의 后, 士人 朴廷澄 女
30	宋烈婦傳	汎庵集	柳淵楫	1853~1933		○		林魯秀(안동)	宋奎鉉의 女(안동)
31	朴節婦傳	石塢集	權秉燮	1854~1939		○		固城 李旻基	忠肅公 松隱先生 翊의 後裔, 密陽 朴廷澄의 女
32	孝烈婦恭人 趙氏傳	愛鋼集	李和聖	1865~1945	○		○	晉州 姜賢秀	咸安 趙輝祐의 女
33	節婦尹孺人金氏	〃	〃	〃	○		○	士人 倫永基	訥齋 金生溟의 後裔, 安東 金以鍊의 女
34	孝烈婦趙氏傳	貞山集	金東鎭	1867~1952	○		○	晉州 姜思允	咸安趙氏
35	雙節傳	〃	〃	〃		○	○	退陶先生의 14세손, 眞寶 李命羽	安東權氏

(계속)

번호	작품명	출전	저자	생몰연도	殉節		論贊	남편 신분	열녀 출신
					生	死			
36	李烈婦傳	石我集	金進源	1872~1944		○		孝寧大君의 後裔 全州 李允儀	牛溪李氏 端宗때 忠臣인 李秀馨의 後裔
37	金烈婦傳	止菴集	黃永祖	1872~1942	○			宣城 金錫奎	義城金氏 雲川先生의 12代孫
38	安烈婦傳	〃	〃	〃		○		安東 權應麟	順興安氏
39	烈婦咸陽朴氏傳	忍庵集	權相圭	1874~1961		○	○	拱北軒 李自靖의 後孫, 李潤旭	咸陽 朴元熙의 女
40	烈婦平海黃氏傳	〃	〃	〃	○		○	李廷華	平海 黃俊良의 後裔, 億周의 女
41	烈婦李氏傳	〃	〃	〃			○	○	密城 孫錫奎	退陶夫子의 鬯孫이며 章寢郎 忠鎬의 아들, 士人 眞城 李源河의 女
42	孝烈婦金氏傳	〃	〃	〃	○		○	興海 裵達周	豊山 金宗道의 女
43	朴孝烈婦具氏傳	雨岡集	金浩直	1874~1953	○		○	密陽 朴炳烈	綾州 具然河의 女 眞寶에서 生長
44	孝烈婦卓夫人傳	古山集	柳淵承	1880~1962	○			全州 李龍圭	卓光茂의 後裔, 光山 卓仁燮의 女
45	朴孝烈婦金氏傳	陽田集	李祥鎬	1883~1963	○			密陽 朴孝業	慶州金氏, 金分信의 後裔
46	孝烈婦柳氏傳	孝烈婦柳氏實紀	李載敏 外	미상 (구한말)		○	○	退陶先生의 宗兄 李河의 後裔, 眞城 李益教	岐峰 柳復起의 後裔, 全州 柳致宇의 女
47	千氏孝烈傳	千氏孝烈實紀	朴龍錫 李道宰	미상 (현대)		○		金宣平의 後孫, 安東 金舜鎭	潁陽千氏, 千萬里의 後裔 仁洛의 女

안동 열녀전의 외형적 특징

도표에서 보듯이, 안동 사인층의 열녀전 창작은 18세기 전후의 작품으로 보이는 이시선의 「열녀홍씨전」을 시작으로 하여 구한말과 일제강점기를 거쳐 현대에 이르기까지 줄곧 이어지고 있다. 47편의 열녀전 가운데 11편이 19세기 이전, 17편이 갑오경장 이전 19세기, 그리고 나머지 19편은 20세기의 작품으로 생각된다. 즉 시대가 내려올수록 전 창작의 빈도가 높아졌음을 알 수 있다. 18세기 이후 안동에 외침이나 내란, 혹은 천재지변과 같은 특별한 환난이 있었던 것 같지 않음에도 불구하고 열녀전이 증가 추세를 보이는 것은 무엇 때문인가? 이는 아마도 앞장에서 언급한 바와 같이 봉건해체기를 맞아 '상실의 위기에 몰린 봉건적 윤리덕목을 강조하기 위한 사대부 계층의 용트림이 후기에서 말기에 이를수록 더욱 가열화'한 때문이 아닌가 싶다.

　　안동 사인층이 창작한 열녀전에서 입전인물의 출신이 대부분 재지사족층이라는 점이 주목된다. 뿐만 아니라 열녀의 남편도 거의 명망 있는 사인층에 속해 있다. 물론 18세기 이후 중세신분질서가 서서히 와해되어 나갔던 것이 사실이나, 안동의 양반 사인층은 재지사족으로서 가문의 명예를 수호하고 향촌질서와 윤리강상을 유지하려는 노력을 게을리 하지 않은 것으로 보인다. 열녀의 수효가 늘어가게 된 원인도 이러한 노력과 긴밀히 연관되어 있다. 가문의 명예를 목숨보다 소중히 여겼던 안동의 사인층은 아녀자들에게 유년 시절부터 『내훈』이나 『삼강행실도』와 같은 교훈서를 읽혀, 삼종지의와 일부종사(불경이부)를 바로 실천에 옮길 수 있는 여성으로 자라도록 만들었다고 생각된다. 물론 이면에는 국가의 정표정책이 일정한 작용을 행사하였던 것도 부인할 수 없을 것이다. 그리하여 '열' 관념이 늘 의식 속에 잠재하여 있던 여인들로 하여금 남편의 죽음 앞에서 무의식적으로 죽음을 선택하여 순절하도록 하였을 것이다.

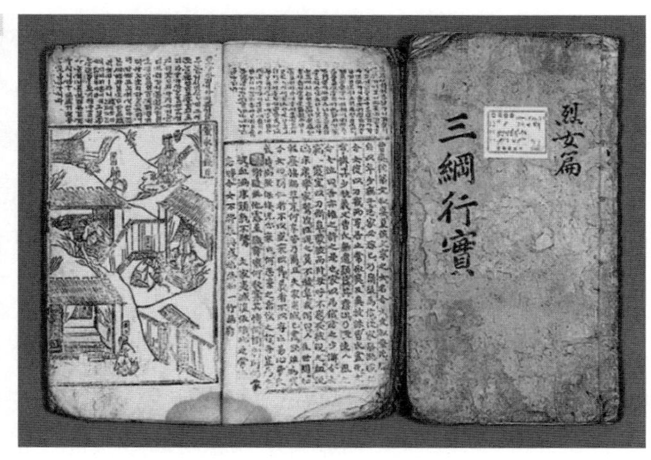

　그런데 흥미로운 것은 47편의 열녀전 가운데서 12편이 순절하지 않고 살아남아 수의하는 열녀 형상이 그려지고 있다는 사실이다. 이는 창작시기와 관련이 있을 것 같다. 이미 갑오경장 시에 여성의 개가가 허용되었으므로 과부녀의 수절문제가 전보다 조금은 덜 강요되었던 것으로 보인다. 그러나 법제적 강제가 따르지 않는다고 해서 순절관행이 쉽게 바뀌어진다고 볼 수 없다. 다만 순절과 열녀를 일치시켜 보았던 종래의 절대화된 관념이 변화되어 상대화된 열 관념의 추구로 이어져 살아남아 수절하는 것 역시 열녀의 미덕으로 칭송 받을 수 있었을 것이다. 더구나 일제강점기의 상황은 그 이전의 상황과는 비교할 수 없을 정도로 열 관념이 사뭇 달라져 있었기에 과부녀로 수절하는 열녀 형상마저도 찾아보기 어려운 국면이 전개되었던 것이 아닌가 한다.

　안동 사인층의 열녀전은 17편이 논찬부를 두고 있다. 숫자적으로 논찬부가 없는 것이 우세를 점하는 것은 무엇을 뜻하는가? 일반적으로 전 작품은 서사와 의론으로 구성되나 반드시 의론이 개입해야 한다는 원칙은 없다. 따라서 작자가 의론이 필요하다고 생각되면 논찬을 덧붙이면 그만이다. 때로는 때로 논찬부를 두지 않고 서사가 진행되는 가운데 작자의 목소리를 살짝 삽입하는 예도 있다. 이른바 서사와 의론이 착종되는 경우이다. 독자의 입장에서는 격앙된 작자의 목소리를 듣기보다는 차분하고 곡진한 서사에서 더 큰 감동을 받기를 원한다. 안동 열녀전은 대체로 작자가 본문 서사에 미진한 점이 있거나 서사하면서 느꼈던 감동을 억제할 수 없을 때에 논찬부를 두고 있다. 그러므로 논찬부를 설정한 작품들은 열 구현양상이 비교적 탁월했던 것으로 생각된다.

안동 열녀전의 또 다른 특징은 열녀(열부·절부)라 칭한 작품이 38편으로 다수를 점하지만 효열부라 하여 '효'와 '열'을 병칭한 작품도 8편이 된다는 데 있다. 안동의 효열부전은 19세기에 창작된 1편을 제외한 나머지 7편 모두가 일제강점기의 작품이다. 이는 아마도 앞에서 언급한 바와 같이 일제강점기의 변화된 열 관념과 관계가 있는 듯하다. 일제강점기에는 과부녀로 수절하는 열녀 형상이 권장되고 있었거니와 그에 따라 남편에 대한 순절의 정감이 시부모에 대한 효성으로 전이될 수 있었기 때문이다. 그런데 왜 '열효부'라 하지 않고 '효열부'라 했을까? 이 역시 충→효→열로 진행되는 삼강의 차서문제에 기인한다. 분명 효부와 열부, 그리고 효열부는 다르다. 효열부는 남편의 죽음을 전제로 성립하는 열부형상의 출현이 선행될 때 구현될 수 있다. 다시 말하면 열부 속에 효부가 부가되는 국면에서 부를 수 있는 것이 효열부인 것이다. 남편이 살아 있는 상황에서 효를 구현한 효부는 결코 열부의 속성을 부가시킬 수 없기에 효열부가 될 수 없다. 일제강점기에 즐겨 효열부로 불리게 되는 것은 점차 열의 관념이 희박해져 가면서 효의 관념이 강조되기 시작하는 조짐을 드러내 보여주는 것이라 하겠다.

안동 사인층의 열녀전 창작에서 몇 가지 외형적 특징을 알아보았다. 이제 다음 장에서는 주목되는 문제의 열녀전을 뽑아 그 내용을 '열' 구현양상을 중심으로 구체적으로 검토해 보기로 한다.

4

'열' 구현의 몇 가지 유형

선행연구의 유형구분

열녀전의 시원이라 할 수 있는 한대 유향의『열녀전』은 열녀 형상을 모의·현명·인지·정순·절의·변통·얼폐 등 일곱 가지 유형으로 나눈 바 있다. 이 중에서 '정순' 유형이 우리나라 열녀의 공통적인 특징으로 수용된 것으로 보인다. 이와 관련하여『삼강행실도』에서부터[1] 조선 후기에 이르는 기간에 걸쳐 창작된 열녀전에 보이는 열녀 형상의 전통과 변모를 다룬 이혜순의 논문은[2] 음미할 만하다. 이혜순은『삼강행실도』에 나타난 열녀의 유형을 다음과 같이 구분하고 있다.

▼ 행위에 따른 구분:　①자결, ②피살, ③신체훼손, ④헌신, ⑤항거,
　　　　　　　　　　　⑥예도묵수禮道墨守

▛ 행위자에 따른 구분:　① 능동, ② 피동
▛ 행위목적에 따른 구분: ① 순절형殉節型,[3] ② 수절형守節型,[4] ③ 헌신형獻身型[5]
　　　　　　　▶ 수절형의 구분: ① 남편이 살아 있는 경우,
　　　　　　　　　　　　　② 죽은 경우[6]
▛ 행위결과에 따른 구분: ① 살아있는 열녀, ② 죽은 열녀[7]

또한 열녀의 '죽음'이 지니는 의미[8]를 ① 자신의 정체성을 지키기 위한 죽음,[9] ② 부부질서를 위한 죽음,[10] ③ 가족의 질서를 위한 죽음,[11] ④ 사회적

3　남편이 죽은 후 따라 죽는 부인에 관한 것으로 훼절의 염려가 있어 자결하는 것과 다르다. 그중에는 남편으로부터 '따라 죽지 말고 자기 대신 아이나 부모를 양육해 줄 것'을 부탁받는다. 그러나 아이나 부모가 죽자 자신도 따라 죽거나 남편의 부탁을 다른 사람에게 맡기고 자결하는 유형도 여기에 포함된다고 본다.

4　이 유형에는 개가와 훼절에 대한 자기방어의 두 가지 형태가 있다. 개가는 남편이 죽은 여인을 아내로 맞아가려는 경우이고 훼절은 결혼과 상관없이 여인을 범하려는 것을 의미한다. 개가의 강요는 친가, 세력자에 의한 것이 많지만 남편에 의해 이루어지는 경우도 있으며, 개가에 대한 저항은 코·귀를 베거나 머리카락을 자르고 손을 베는 등 주로 자신의 용모를 훼손하는 형식이 많다고 본다.

5　여인의 절의 문제와 무관한 것으로 주로 어려움에 처한 남편을 살리기 위해 자신의 목숨을 버리는 경우인데, 위기에 처한 남편 이외에도 아버지, 시어머니, 가문을 위해 헌신하는 예도 있다.

6　①은 병들거나 유배가거나 다른 아내를 얻은 남편을 위해서, ②는 남편 사후 시부모와 자식을 위해서 살아 수절한다.

7　이혜순은 ①에는 대체로 수절형 중 개가거부형(改嫁拒否型)이 속하고, ②에는 순절형과 헌신형 그리고 수절형 중 훼절거부형(毁節拒否型)이 속한다고 보고 있으나, 조선 후기 열녀전에서는 개가거부형이 죽음을 택하는 경우가 많다.

8　이혜순은 일반적으로 열을 죽음과 동일시하여 즉시적인 죽음을 선택하는 경우가 많은데, 이때는 삶에 대한 욕구나 고통이 나타나지 않고 죽음을 위기에서 벗어나기 위한 방편으로 선택하기에 비교적 충동적이며 강한 분노에서 오는 무의식적 방어행위를 보여준다고 하였다. 또한 이러한 죽음의 이면에는 순결에 대한 강한 집념이 밑받침되어 있으며 분명치는 않으나 목숨을 버려서 후대의 기림을 받을 것이라는 잠재적 소망도 있었던 것이 아닌가 하였다.

9　예법에 의하지 않은 남성의 폭력에 굴복하지 않는 것을 말하며, 미혼 여성이거나 결혼한 여성이거나 욕을 당하지 않기 위해 항거하다 초래된 죽음으로, 수절형 중 훼절의 위협으로 죽거나 피살된 자기방어형의 여성이 이에 속한다.

10　남편을 따라 죽은 여인들은 자신을 부부의 질서 속에 위치시키고 있는데 순절형이 여기에 속한다. 그러나 순절을 일단 긍정적으로 수용하였다고 해서 남편이 죽었을 때 무조건 따르는 것을 옳게 보지 않는다. 三從之義를 따를 수 없는 상황, 즉 절의를 실천할 내외가 없는 상황에서 가문의 일원으로 자신을 보지 않고 남편과 아내의 개별적 관계로 남으려는 강한 욕망을 보이는데, 이는 삼종지의라는 전통윤리의 順應이라기보다 變動으로 간주된다고 하였다.

질서를 위한 죽음[12] 등 네 가지로 요약하고, 이어서『삼강행실도』이후에 창작된 열녀전에 나타난 열녀의 유형을 ① 쫓겨난 여자가 수절 또는 자결하는 경우, ② 남편 사후 상기를 마치거나 아이를 키우다가 자결하는 경우,[13] ③ 살아있는 열녀(생열녀) 등 세 가지로 구분해 놓은 바 있다.

이와 같은 유형구분법은 열녀를 주인공으로 하는 설화나 전기, 소설 등에 공통적으로 적용할 수 있다. 그러나 구분의 기준이 지나치게 세분화되어 있어 열의 구현양상을 포괄적으로 개괄하여 간명하게 유형화하는 데 어려움이 따른다. 본고에서는 일단 위의 구분방식을 선택적으로 수용하면서 아울러 조선 후기 사인층이 제출한 열녀관을 존중하여 보다 구체적인 유형을 추출 · 정리해 보기로 한다.

정약용의 경우

조선 후기 실학을 집대성한 다산 정약용(1762~1836)의「열부론」은 비록 중세 이데올로기를 완전히 극복하지 못했다는 시대적 한계를 지니고 있지만, 당대 사인층이 모색했던 합리적인 열녀관을 효과적으로 제시하고 있다.

---

11 혼인 전에는 아버지에게 의지하고 순종하며 아버지가 위험하면 목숨을 바쳐 구원하고, 혼인 후엔 남편에게 의지하여 그를 위해 목숨을 던진다. 여기서 아버지의 자리가 집안 어른이나 어머니로 확대되기도 하고, 남편의 자리가 시부모를 포함한 시가식구로 확대될 수 있다고 본다.

12 기존질서의 혼란을 야기하는 사태에 대처하는 자세와 관련되는데, 비상시에는 經法보다는 權道가 필요하나 권도가 횡행하면 질서의 붕괴가 초래되므로 죽음으로써 경법을 고수하여 질서를 유지하고자 하는 것이라 한다.

13 자결을 실천하기까지의 기한이 다양하다. 이러한 유형에 대해 작자들은 남편을 따라 죽지 않고 남편의 葬禮나 시부모와 자식을 위해 자결을 연장하는 것을 찬미하거나 남편 사후 세월이 흐른 뒤에도 여인네가 처음 결심대로 죽을 수 있었던 변함없는 貞一함을 찬미한다. 이는 열과 삼종지의 사이의 괴리인식의 결과로 본다.

정약용의 〈열부론〉

　　정약용은 먼저 '효'와 '충'의 실현 방식을 제시하고 나서 '열'의 그것에 연결시킴으로써, 효·충·열을 일원론적으로 이해하는 태도를 보여주고 있다.[14]

　　아비가 병들어 죽었는데 자식이 따라 죽으면 효도인가. 효도가 아니다. 오직 그 아비가 불행하게 호랑이나 도둑에게 몰렸을 때에 그 자식이 호위하다가 죽으면 효자이다. 임금이 죽었는데 신하가 따라 죽으면 충성인가. 충성이 아니다. 오직 그 임금이 불행하게 난리에서 역적에게 찬시당하게 되었는데 신하가 호위하다가 죽거나, 혹은 자기가 불행하게 포로로 되어 오랑캐 뜰에 끌려가서 강제로 절하도록 하나 굽히지 않고 죽으면 충신이다.[15]

14　정약용의 논리전개에서 忠보다 孝를 上位에 놓고 있는 것이 주목된다. 이는 아마도 그의 原始儒學的 사유방식이 반영된 결과가 아닐까 한다.

15　『與猶堂全書』第1集 第12卷, 경인문화사, 1970, 238쪽, 「烈婦論」, "厥考病且死 子從而死之孝乎 曰

부자와 군신관계에서 성립하는 강상 개념이 효와 충이다. 정약용은 명분과 질서에 기반하여 성립하는 상하의 주종관계에서 주의 상실과 부재가 곧 일방적으로 종의 상실과 부재로 이어짐으로써 효와 충이 정당하게 실현된다고 보지 않는다. 효와 충을 정당하게 실현하기 위해서는 주의 상실과 부재가 어떠한 조건하에서 발생했는가를 먼저 따져보아야 한다는 것이다. '병사'는 정상적인 주의 상실이다. 이러한 내부적 조건하에서 발생한 주의 상실에 대응하여 종이 일방적으로 '종사'하는 것은 효와 충의 본래적 의의에 위배되는 무의미한 행위이다. 다만 '불행'이라는 외부적 조건하에서 주의 상실이 비정상적으로 발생했을 때, 효와 충의 본래적 의미가 실현될 수 있다. 즉 상호간의 유대를 단절시키는 죽음이 주 자체에 기인하는가 아니면 타율적으로 강요되는가에 따라 종의 대응방식이 달라질 수 있으며 그에 따라 효와 충의 실현여부도 판가름 난다고 보는 것이다.

이러한 관점은 '열'에도 그대로 적용된다.

그런즉 남편이 죽었는데 아내가 따라서 죽으면 열부라 하여 그 문설주를 빛나게 하고 그 패목(榜)을 붉게 하고, 호세를 면제하며 그 자손의 부역을 경감하는 것은 무슨 까닭인가. 열부가 아니다. 성정이 좁은 것뿐인데 유사가 살피지 못했을 따름이다. 여기에 명망을 구하는 마음이 있었는가. 아니다. 이런 마음은 없었다. 이것은 그 성정이 편협하여 통하지 못했던 탓이다. 혹 별다른 원한이 마음속에 있었다면 반드시 열부가 아니라고 하는 것은 무슨 이유인가. 천하에 죽음보다 어려운 것이 없는데, 저 묘소한 인간이 자기 몸을 스스로 죽였음에도 반드시 열부가 아니라고 하는 것은 무슨 이유인가. 대저 천하만사 가운데 흉한 것으로는 제 몸을 죽이는 것보다 심한 것이 없는데 제 몸을 죽여서 무엇을 한다는 것인가. 오직 제 몸을 죽이는 것은 의리에 합당하기를 도모하는 것이다.[16]

匪孝也 唯厥考不幸爲虎狼盜賊所逼迫 厥子從而衛之死焉 則孝子也 君薨 臣從而死之忠乎 曰匪忠也 唯厥君不幸爲亂逆所篡弒 臣從而衛之死 或己不幸而被虜至虜庭 强之拜不屈而死 則忠臣也".

16 앞의 글, "然則夫卒妻從而死 謂之烈 爲之綽其楔 丹其榜 復其戶 蠲其子若孫徭役者 何也 曰匪烈也 隘也 是有司者 不察耳 是有徼名之心也乎 曰否 無此心也 是其性褊狹不通 或別有恨在中也 則必謂

정약용은 종사형 '열' 구현방식을 정당하지 못한 것이라 보고, 이를 권장하기 위해 베풀어졌던 정표정책의 잘못을 지적하고 있다. 이는 행위주체의 입장에 서서 행위의 결과보다 그 동기를 중시하는 열녀관의 표현이다. 행위주체가 명예욕에서 종사를 결행한 것이 아닐진대 정부에서 베푸는 정표정책은 열녀에게 아무런 의미가 없다. 그래서 조선조 정려제도의 모순과 그 혜택으로 주어지는 요역견감이라는 대가가 과연 올바른 처사인가에 대해 반문하고 있다. 실제로 개가를 거부하고 수절과 관련된 뛰어난 행위의 여성과 그 가족에게 정문을 내리고 요역을 감해주는 국가적 정책 때문에 일부 농민층 및 노비층의 여성들도 수절하기에 이른다.[17] 이러한 반강제적 수절로 인해 순종을 예찬하는 분위기는 점차적으로 가련한 조선조 여성들을 압제된 성문화의 질곡으로 빠져들게 하였던 것이다.

정약용은 종사형 열녀의 출현은 행위주체가 '열'의 정당한 실현방식을 터득하지 못한 데 원인이 있다고 보았다. 그는 열의 정당한 실현을 위해서 불합리한 편견이나 즉흥적인 감정을 제어할 수 있는 '이성적 분별력'을 요구하였다. '성정이 편협하여 사리에 통하지 못했다'라거나 '다른 원한을 마음속에 두었다'라는 것은 '이성적 분별력의 결여'를 뜻하기 때문이다. 행위의 결과보다 그 동기를 중시하는 입장에서 볼 때, 죽음을 예찬하고 생명을 경시하는 태도는 유가가 지향하는 인도주의 정신에 반하는 것이다. '종사형'을 정당한 열 구현방식으로 긍정할 수 없고 이러한 열녀의 출현을 '흉사'로 단정할 수밖에 없는 이유가 바로 여기에 있었던 것이다.

이처럼 정약용의 열녀관은 인도주의 정신과 '오직 제 몸을 죽이는 것은

之匪烈也 何哉 天下莫難乎死 彼眇小殺其身以自死 則必謂之匪烈也 何哉 夫天下之事之凶 未有甚
於殺其身者也 殺其身 奚取焉 唯殺其身 當於義是圖也."

17 문소정, 「한국 가부장제 확립의 가구경제적 배경과 여성의 위치」, 『한국의 사회와 문화』, 한국정
신문화연구원, 1993, 208~212쪽 참조. 이는 연암의 「烈女咸陽朴氏傳」의 다음 대목에서도 확인되
는 바이다. "然而國典 改嫁子孫 勿敍正職 此豈爲庶姓黎氓而設哉 乃國朝四百年來 百姓 旣沐久道
之化 則女無貴賤族無微顯 莫不守節 遂以成俗".

의리에 합당하기를 도모하는 것이다(唯殺其身 當於義是圖也).'라는 합리주의 정신으로 요약되고 있다. 그렇다면 정약용은 인도주의 정신과 합리주의 정신에 입각한 '열'의 구현양상이 어떻게 이루어져야 한다고 보았는가? 그 몇 가지 유형을 제시해 보기로 한다.

① 남편이 호랑이나 도둑에게 몰렸을 적에 아내가 따라서 호위하다가 죽음[18]
② 제 몸이 도적이나 음탕한 자에게 몰려서 더럽히게 되었으나 굴하지 않고 죽음[19]
③ 일찍 과부가 되었는데, 그의 부모와 형제가 제 마음과는 다르게 남에게 개가 改嫁시키려고 하는데 거절하여도 되지 않아서 죽음[20]
④ 그 남편이 원통한 일로 죽어, 그 아내가 실상을 알리고자 울부짖다가 아울러 형을 당해 죽음[21]

이는 열녀의 죽음을 전제로 한 '열' 구현양상을 개괄한 것이다. 열녀의 '죽음'이 자신의 정체성과 부부질서를 고수하기 위해 이루어지고 있는 것이 특징이다. 위의 내용을 종합하여 네 가지 유형을 추출해낼 수 있다. 첫째, 남편의 위기를 구원하려다가 죽음을 당하는 ① 위부구난형, 둘째는 당사자의 의도와는 무관하게 남편 이외의 남자가 겁박을 하여 몸을 더럽히려 할 때 굴하지 않고 죽는 ② 불오불굴형, 셋째는 일족의 개가 권유를 물리치고 소신 있게 처신하다 죽음을 결행하는 ③ 개가거부형, 넷째는 남편이 억울한 일을 당해 아내가 이를 신원하고자 애쓰다가 형벌을 받아 죽는 ④ 신원설치형이다. 정약용은 이러한 유형을 모두 '의리'에 합치되는 것으로 보았다.

정약용에 의해 긍정되고 있는 이러한 유형들은 앞서 검토한 바 있는 이

18　『與猶堂全書』第1集 第12卷, 경인문화사, 1970, 238쪽, 「烈婦論」, "夫爲虎狼盜賊所逼迫 妻從而衛之死焉 烈婦也".
19　앞의 글, "或己爲賊人淫人所逼迫 强之汚 不屈而死 則烈婦也".
20　앞의 글, "或蚤寡 其父母兄弟 欲奪己之志 以予人 拒之弗能敵以死 則烈婦也".
21　앞의 글, "其夫抱冤而死 妻爲之鳴號 暴其狀不白 並陷刑以死 卽烈婦也".

혜순의 구분에 따르면, 행위자체는 '① 자결, ② 피살'에 속하고, 행위자는 '능동'에 속하며, 행위목적은 '수절형·헌신형'이 복합되어 있고, 행위결과는 모두 '죽은 열녀'에 속한다. 그러므로 정약용은 그가 앞서 '흉사'로 단정한 '남편의 정상적인 죽음 앞에서 따라 죽는 단순종사형 열녀유형'을 긍정할 수 없었고, 아울러 이를 선양하는 정부의 정표정책도 '흉사를 권장하는 행위'로 보아 거듭 그 부당함을 비판하지 않을 수 없었던 것이다.[22]

정약용은 위와 같은 네 가지 유형의 열녀 형상만을 긍정하지 않았다.

> 남편의 죽음은 집안의 불행이다. 혹 시부모가 늙었는데도 봉양할 사람이 없고, 혹 여러 자녀들이 어린데도 젖을 먹여 기를 사람이 없으니 죽은 자의 아내된 사람은 마땅히 슬픔을 참고 억지로라도 살아서 봉양할 사람이 없는 시부모를 힘써 봉양하다가 그가 죽거든 장사하고 제사하며, 아래로 양육할 사람이 없는 자녀들을 양육하여 자라나거든 관례를 시켜 시집보내고 장가를 들이는 것이 옳은 일이다.[23]

이는 이혜순의 행위목적에 따른 구분에서 '수절형'(남편이 죽은 경우)과 '헌신형'이 복합되어 있고, 행위결과로는 '살아있는 열녀'에 해당한다고 할 수 있다. 이러한 복합유형을 본고에서는 '수절헌신형'으로 칭하기로 한다. 사실 조선 후기의 열녀전에서 '수절헌신형'에 속하는 열녀 가운데 살아있는 경우보다 죽음을 결행한 경우도 적지 않다. 그러므로 이 유형에 '생존'과 '살신' 두 가지 형태가 있음을 염두에 둘 필요가 있다. 살신-수절헌신형은 가족에 대한 헌신에 주력하다가 일정 시기에 이르러 남편에 대한 의리를 지키는 죽음

---

22   앞의 글, "今也不然 夫安然 以天年 終于正寢之中 而妻從而死之 是殺其身而已 謂之殺其身 當於義則 未也 吾固曰 殺其身 天下之凶也 旣不能殺其身 當於義則是徒爲天下之凶而已 是徒爲天下之凶者 而 爲民上者 且爲之綽其楔 丹其榜 復其戶 蠲其子若孫徭役 是勸其民 相慕效爲天下之凶也 惡乎可哉".

23   앞의 글, "丈夫死 有家之不幸也 或舅故老無所養 或諸子女有無所乳育 爲死者妻者 當忍其哀 黽勉 其生 仰而養其無所養者 至其死也 爲之葬薶焉 祭祀焉 俯而育其無所育者 至其長也 爲之冠笄焉 嫁 娶焉 可也".

을 결행하는 예가 많다. 이는 엄격히 말해 '수절헌신형'과는 일정한 거리가 있어 오히려 '순절형'으로 보는 편이 적절하다. 왜냐하면 남편이 죽은 후에 남편으로부터 '따라 죽지 말고 자기 대신 아이나 부모를 양육해 줄 것'을 부탁 받는데, 아이나 부모가 죽자 자신도 따라 죽거나 아니면 남편의 부탁을 다른 사람에게 맡기고 자결하는 유형도 순절형에 포함된다고 보기 때문이다.

정약용은 앞에서 열녀의 '죽음'이 자신의 정체성과 부부질서를 고수하기 위해 이루어지는 수절헌신형을 제시한 바 있다. 그러나 여기에서는 자신의 정체성과 부부질서를 넘어 '가족의 질서'를 위해 '살아 있는' 수절헌신형을 제시하였다. 남편의 죽음은 1차적으로 부부의 일방인 여성에게 개인적 불행을 가져온다. 그러나 불행이 또 다른 불행으로 이어지는 것은 비극의 확대 재생산이라는 면에서 권장할 것이 못된다. 정약용은 이 점을 주목하였다. 2차적 불행은 가장을 상실한 가족의 불행이다. 그리하여 '슬픔을 참고 억지로라도 살아서(忍哀勉生)'라고 하여 가족의 평화와 안녕을 수호하는 것도 열녀로서 마땅히 행해야 할 도리라고 하였다.[24]

남편의 죽음은 병사와 같은 단순형이 있는가 하면 가문·사회·국가적 사건과 연계된 복합형도 있다. 어떠한 경우이든 생존-수절헌신형은 가족의 질서를 중시하는 경향을 보인다. 그러나 정약용의 생각처럼 살아남아 가족의 질서를 유지하고 남편의 몫을 대행하는 열녀의 형상은 20세기 이전 조선 후기 열녀전에서는 좀처럼 찾아보기 어렵다. 이는 일반인들의 뇌리에 종사 자체를 열녀로 간주하는 열녀관이 고착되어 있었기 때문이다. 본고에서는

----

24 사실 열녀의 유형을 살펴보면, 남편의 죽음으로 인해 함께 따라 죽는 경우가 대부분이지만, 남편 死後에 남편의 장례를 마친 후에 죽거나, 혹은 大祥까지 치르고 죽는 경우가 있다. 또한 자녀 양육이나 시부모 봉양의 이유 때문에 죽지 못하다가 자식이 어느 정도 성장하여 스스로 해결할 능력이 생기면 죽거나, 시부모 봉양의 임무를 완수하고 죽는 경우가 있다. 그러나 죽는 것만이 능사가 아니라고 생각하여 살아남아서 죽은 남편이 이루지 못한 가정사를 마무리하는 경우도 있다. 가문의 계승·자식의 양육·시부모 봉양·후사선정 등 홀로 된 여인으로 감내하기 어려운 온갖 난관을 희생과 봉사의 일념으로 극복하여 가문을 홍기시키는 生烈女의 형상은 언제나 일정한 평가를 받을 수 있는 것이다.

이러한 수절헌신형을 인애효자형으로 칭하기로 한다.

정약용은 자신의 정체성과 부부의 질서만을 수호하기 위해 가족의 질서를 염두에 두지 않고 따라 죽는 것은 천도에 역행하는 것이라 하면서, 그러한 열녀의 심성을 '모질고 잔인하다(狼戾殘忍)'라고 표현하였다. 천인합일의 정신에 따르면, 천도에 역행한다는 것은 곧 인도에 반함을 의미한다.

> 하루아침에 모질게도 스스로 제 마음속에 작정하기를, '남편 한 사람이 죽었으니 나한테 시부모 될 것도 없고, 남편 한 사람이 죽었으니 나한테 자녀 될 것도 없다.'하여 횃대 밑에서 스스로 목을 매어 돌아보지도 않는다면, 이와 같은 사람은 어찌 모질고 잔인하지 않으며 크게 불효하고 크게 부자不慈한 사람이 아니겠는가. 천하의 도는 한 길 뿐이다. 크게 불효하고 부자하면서도 홀로 그 남편에게만 도리를 다했다는 것은 있을 수 없는 일이다.[25]

이렇듯 정약용의 열녀관은 인도주의와 합리주의를 바탕으로 한 순절형의 부정과 수절헌신형의 긍정으로 요약된다. 그러나 혹자는 정약용이 여성의 인간성 해방을 위하여 개가를 적극적으로 주장하지 못했다고 하여 그의 열녀관이 지닌 한계를 지적하기도 한다. 기실 열녀라는 것이 '일부종사'와 '삼종지의'를 요체로 하는 것이기에 개가의 긍정은 곧 열녀의 존재를 부정하는 것이고, 나아가 조선의 중세봉건체제를 거부하는 것이다. 정약용은 중세체제의 산물인 열녀의 존재를 부정할 수 없었던 체제 내의 비판적 지식인의

---

25 앞의 글, "一朝悍然 自刻于心日 一人死 吾無所爲舅故矣 一人死 吾無所爲子女矣 於是 引吭自經于桁椸之下 而弗與顧也 若是者 庸詎非狼戾殘忍 大不孝不慈者耶 天下之道 一而已 未有大不孝不慈 獨於夫 得其道者也". 19세기 영주 출신의 선비인 恥庵 金碩奎(1826~1883)는 「烈女趙召史傳」(『恥庵集』卷7)에서, "已乃日 死爲身也 非夫志也 舅姑老無依 吾死誰爲養 孤子幼尙乳 吾死誰能鞠"라 하여, 열녀의 목소리를 빌려 여인이 살아서 절의해야 할 이유 두 가지를 분명하게 제시한 바 있다. 첫째는 시부모의 봉양이요, 둘째는 자식 양육이다. 단순한 생각으로 남편을 따라 운명을 달리하는 것만이 미덕이 아니라, 남편이 채 종료하지 못한 부모에 대한 효도와 자녀의 부양이라는 책무를 살아남은 사람이 감당해야 한다는 것이다. 김석규가 이러한 '수절헌신형' 열녀를 입전하는 데 적극적이었다는 점에서 안동 열녀전의 향방을 어느 정도 짐작해 볼 수 있을 것이다.

한 사람이었기에 기존의 열녀관이 지닌 문제점을 환기시켜 새로운 열녀관을 모색하는 것으로서 자신의 사명을 다하고자 한 것으로 평가된다.

안동 사인층의 경우

이어서 정약용의 열녀관과 안동 사인층의 열녀관을 비교해 보기로 한다.

영주 출신의 선비 두암 김약련(1730~1802)은 정약용보다 한 세대 앞선 사람이다. 그는 부인의 남편에 대한 관계는 신하가 임금을 섬기는 것과 같다고 하면서, 혹 불행하게 남편이 환난을 만났거나, 일찍 과부가 되어 남이 자신의 뜻을 빼앗으려 할 때 죽는 것은 '의'이지만 남편을 상실한 고통을 참지 못하여 따라 죽는 것은 '의'에 지나친 행위라 하였다. 그러나 생사는 간단한 문제가 아니기 때문에 남편을 독실하게 섬기고 순절에 과감한 여인이 아니고서는 남편의 죽음 앞에서 쉽게 사생을 결단할 수 없다고 보았다. 다만 남편 사후에 조용히 생활하면서 일정한 시간이 경과된 다음에 남편 곁으로 돌아가려는 뜻을 결행하는 것은 일시적인 순사와 비교할 수 없을 정도로 어렵다고 하였다.[26] 여기서 우리는 순절형을 경세결사형과 일시순사형으로 나누어 볼 수 있겠다.

김약련은 단순종사형을 소극적으로 평가하면서 앞서 정약용이 제시한 열녀유형 중 위부구난형과 불오불굴형을 적극 평가하고 있다. 그러나 단순종사형 열녀를 소극적으로 평가하였지만 순절을 통해 부부의 질서를 지켜내

26　『斗庵集』卷5,「烈女傳」, "婦之於夫 如臣事君 或不幸而夫遭患難 或蚤寡而人奪其志 則死之義也 世有不忍夫死之痛 而從夫以死 是過於義者 然死生亦大矣 苟非篤於事夫 果於殉節者 烏能決死生於 哭死之日哉 或能從容料理 經歷歲月 不變決死之志 而終遂同歸之願 則又非特一時殉死者比也 豈不 難哉".

려는 순수한 내면의지에 대해서만은 아낌없는 신뢰를 보냈다. 그래서 그는 '강과경조'한 기질의 소유자보다 '온유침정'한 행실을 지닌 여인 가운데서 열녀가 많이 나왔다고 말하면서 순절이 일시적인 격앙 상태에서 감행되는 것으로는 이해하지 않았다. 왜냐하면 '강과경조'한 기질의 소유자는 뜻을 정하고 마음을 한결같이 하여 조용히 순절을 결행하기 어렵고, 반드시 온유하면서 들뜨지 않고 침정하면서 굽히지 않은 후에야 충신이나 의사처럼 대절을 이룰 수 있다고 생각했기 때문이다.[27] 또한 김약련은 일정 기간 수절헌신한 뒤에 순종을 택하는 순절형 열녀를 긍정하였다. 이는 순절형을 부정한 정약용의 입장과 차이가 있다. 그러니까 김약련은 헌신형 〉 수절형 〉 순절형 순으로 열녀 형상을 평가하는 태도를 보여주고 있는 것이다.

또 다른 영주 출신의 한말 유학자 정산 송호곤(1865~1929)은 자신의 열녀관을 이렇게 표현한 바 있다.

　　내가 고금의 역사를 살펴보건대, 부인이 의를 지키면서 다른 남자에게 시집가지 않는 것과 따라 죽는 것을 동등하게 열부로 취급하지만, 우리나라만은 그렇지 않다. 남편을 따라죽어야만 정려와 포상이 내려지고, 따라 죽지 않으면 그 행적이 민멸되고 만다. 순종은 일시의 격분이지만, 수의하기란 종신토록 괴로운 것이다.[28]

송호곤은 고금 열녀의 유형을 개가하지 않고 남편에 대한 의리를 지키는 '수의'와 남편을 따라 죽는 '순종'으로 대별한다. 즉 남편의 죽음 앞에서 대두되는 여인의 '생존'과 '살신'이 그 기준이다. 그런데 문제는 '순종'만을 열녀

27　앞의 글, 「金烈婦傳」, "余見女子殉節死者 不在於剛果輕躁之質 而多在於溫柔沈靜之行 蓋其志定心一 從容循義 非剛躁者所能 而必須溫柔而不浮 沈靜而不撓 然後 方可以辦得大節 自古忠臣義士 亦固如是 此豈激昻於一朝一夕之頃而爲之者哉".

28　『靖山集』 卷15, 「節孝婦尹氏傳」, "靖山子曰 余觀古今史 婦人之守義而靡他者 與殉之而下從者 均之爲烈婦, 而我東則不然 殉則旌褒之 不殉則泯焉 然殉從者 一時之激也 守義者 終身之苦也".

로 인정하는 세태이다. 구한말까지
열녀의 상징인 정려나 포상이 '순종'
에 한해서 주어지고 있었기 때문이
다. 그러나 송호곤은 이를 인정할 수
없었다. 그는 순종은 일시의 격앙된
행위에 불과하지만 수의는 평생의
고통이 따른다고 하여, 순종보다 수
의의 열녀 형상을 높이 평가하였다.
이러한 관점은 정약용의 열녀관에
접근해 있다.

　　여기서 송호곤이 말한 순종과
수의는 안동 선비들의 일반적인 유
형구분법으로 보인다. '수의형'은 정
약용의 '인애효자형'과 일치하는 것
으로 '생존―수절헌신형'에 해당하고,

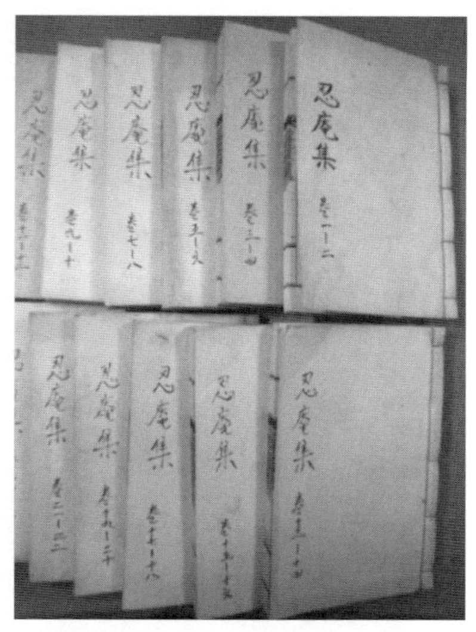

권상규의 문집 〈인암집〉 24권 12책. 권상규는 충재 (沖齋) 권벌(權橃)의 후손으로 자는 치삼(致三)이 고 호는 채산(蔡山) 또는 인암(忍庵)이다. 본관은 안동(安東)으로 을미사변 때 의병을 일으켰으나 실 패하였으며, 1896년 다시 의병을 일으켜 활동하였 다. 경술국치 이후로 세상과 인연을 끊고 동서양의 역사를 탐독하며 당시의 국제 정세를 살폈다.

'순종형'에는 '단순종사형'으로 '순절형'에 속한다고 볼 수 있다.

　　봉화 유곡 출신의 학자 인암 권상규(1874~1961)는 보다 적극적으로 수의
형 열녀 형상을 긍정하였다.

　　세상에서 일컫는 열부란 대부분 '여인네가 남정네를 따라 죽는 것을 열이다.'
라고 한다. 열烈이라고 하면 열烈이라 할 수는 있을 것이다. 그러나 내 생각엔 이
미 죽어버린 남편의 육신(已死之形骸)을 따르는 것이 죽지 않았을 때의 뜻(未死之心
志)을 받드는 것보다 못하다고 생각한다. 대개 자식이 아버지에 대해서 살아계실
때는 그 봉양을 지극히 하고, 돌아가셨을 때는 그 슬픔을 다하여 종신토록 사모
함을 지극히 하는 것이 본성의 자연스러움이다. 달주공達周公(남편)의 생각도 또
한 이와 다르지 않았을 것이다. 바야흐로 병이 위중해졌을 때, 그(남편)는 마음속
으론 반드시 '나는 천명을 얻지 못해서 종신토록 부모님께 효를 다할 수 없기 때

문에 눈을 감기 어렵소. 나를 대신해서 내 부모에게 봉양할 수 있는 사람은 부인 밖에 없소.'라고 했을 것이다. 비록 남편이 입으로 말하지 않았더라도 마음속으론 부탁함이 있었을 것이니 남편의 부탁을 받아 실천한 것을 '열'이라고 할 수 있겠는가? 정에 이끌려 일시에 아무것도 모른 채 죽는 것을 '열'이라고 할 수 있겠는가?[29]

권상규는 단순히 죽은 남편의 시신을 따르는 '순종'만을 열로 보는 세인들의 관점을 반박하면서 죽기 전에 남편이 가졌던 뜻을 따르는 '수의'의 중요성을 거듭 강조하고 있다. 이미 죽은 이를 위해 자결하는 것보다는 남편이 채 이루지 못한 뜻을 구현하는 것이 더 합당하다는 것이다. 권상규는 이러한 논리의 근거를 부자간에 성립하는 '효'에서 찾았다. 아버지가 세상을 떠났을 때 아들이 따라 죽지 않고 슬픔을 다한 뒤 종신토록 아버지를 사모하는 것이 성정의 자연스러움(性之自然)이라고 했다. 성이란 하늘이 명하는 것이다. 따라서 남편이 죽게 되면 아버지에 대한 도리를 행할 수 없어 하늘의 명을 어기게 되어 불효를 짓게 된다. 남편에 대한 의리를 지킨다는 관점에서, 남편의 불효를 그대로 방관하는 것은 옳지 못하다. 어떻게든 남편이 불효자가 되는 것을 막아내야 한다. '수의'의 본질은 바로 여기에 있다고 생각했다. 그러하기에 정에 따라 죽는 '순종'보다 하늘의 명(남편의 뜻)에 따라 의리를 지키는 '수의'가 '열'의 본질에 보다 더 부합한다고 보는 것이다. 권상규가 김씨를 '효열부'로 부른 것도 이 때문이다. 따라서 '효열부'를 '생존－수절헌신형'의 동의어로 보아도 무관할 것이다. 여기서 우리는 단순순종형을 '경정순신형徑情殉身型'으로, 생존－수절헌신형을 '종천부지형從踐夫志型'으로 칭해도 좋을 듯싶다.

'순종'과 '수의'의 개념을 중심으로 안동 선비들의 열녀관을 살펴보았다.

29　『忍庵集』卷23,「孝烈婦金氏傳」, "世之稱烈婦 率多以殉身下從爲烈 烈則烈矣 而愚則以爲從夫己死之形骸 未若從夫未死之心志也 盖子之於父 生則致其養 死則致其哀 以極其終身之慕 乃性之自然 達周公之心想 亦無異同 方其病革 其心必日 我不得於命 不能終孝於親 是難暝之恨也 代吾身 而孝養吾親者 夫人是耳 口雖不言 而心則有託 受其託而踐行之 可謂烈乎 徑情殉身 溘然無知 可謂烈乎".

일단 안동 선비들과 정약용의 열녀관 사이에 큰 차이가 드러나지 않고 있음이 주목된다. 또한 안동에서는 18세기에는 순종형도 긍정되고는 있었으나 시대가 내려올수록 순종형보다 수의형이 권장되고 있음이 두드러져 보인다.

지금까지의 논의에서 제시된 열녀유형을 '살신'과 '생존'을 기준으로 나누어 도표로 정리하면 다음과 같다.

<u>도표 1-2</u> '열' 구현의 몇 가지 유형

殺 身	① 一時殉死型(單純從死型, 徑情殉身型)
	② 衛夫救難型
	③ 不汚不屈型
	④ 改嫁拒否型
	⑤ 伸冤雪恥型
	⑥ 經歲決死型
生 存	⑦ 忍哀孝慈型(從踐夫志型)

5

안동의 열녀전에 나타난 열녀 형상

본 장에서는 열녀들의 형상을 몇 가지 유형으로 나누어 당대인들이 긍정한 열녀들의 형상을 고찰하고자 한다. 앞장에서 추출한 유형들이 열녀 형상의 모든 양상을 완벽하게 개괄해 낼 수 있다고는 생각하지 않는다. 이는 의도적이고 선택적인 유형화 방식이 지닌 한계일 것이다. 이 같은 한계에도 불구하고, 앞서 제시되었던 유형들은 정약용의 열녀관에서 보인 바와 같이 인도주의와 합리주의 정신, 그리고 당대인들의 가치관을 상당 부분 반영해 내고 있다. 다만 현재적 관점에서 볼 때, 기왕의 유형들이 여성에게 가해진 모든 굴레를 벗겨내어 하나의 '인간'으로 바라보고자 하는 의식이 결여되었거나 부족한 것이 아쉽다. 본고에서 그러한 현상을 비판하여 새로운 열녀관을 제기할 생각은 없다. 열녀관은 열녀가 존재했던 시대의 논리이기 때문이다.

여기에서 다룰 작품은 죽음으로 귀결되는 것이지만, 단순하게 죽는 것이 아니고 주어진 조건에서 최소한의 일은 마무리하고 죽는 경우들이다. 그녀들의 죽음 선택은 현실의 비극에 대한 일시적 도피나 은둔이 아니라, 보다 명확한 삶의 종결이라고 생각된다. 작품의 문면에 드러난 그녀들의 행적은 매우 다양하다. 본 장에서는 이렇게 다양하게 전개될 여성들의 결사 과정을

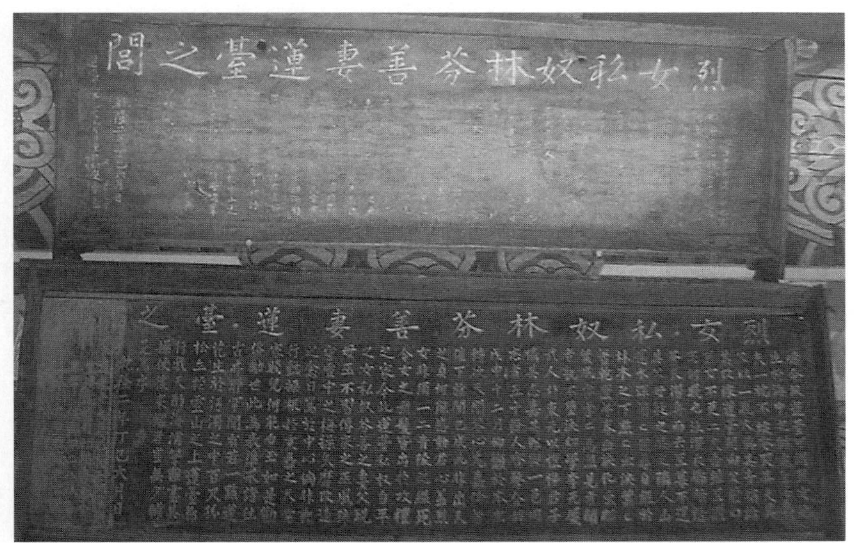

〈열녀사노임분선처연대지려(烈女私奴林芬善妻蓮臺之閭)〉. 경남 남해군 남해읍 평리 평현 고개 오르막에 있는 정려 각이다. 궁벽한 바닷가에서 태어난 연대라는 여인이 사노 임분선에게 시집갔으나 초야도 치르지 못하고 신랑이 죽는다. 친정아버지는 그녀에게 개가할 것을 권유했지만 "열녀는 불경이부이니 비록 지극히 천하다 해도 지조마저 천하겠습니까?" 하고는 집을 나가 나무에 목을 매어 죽었다고 한다. 이에 마을 사람들이 관아에 이 사실을 고하고 남해현감이 경상감사를 통해 예조에 품신하여 마침내 1737년(건륭 2년 丁巳)에 조정에서 정려하라는 명이 내려졌다. 사노(私奴)란 문자 그대로 권문세가에서 사적으로 부리던 노비로 주인에 의하여 재물처럼 취급되어 매매 · 상속 · 증여되기도 한 최하층 백성이었다. 그럼에도 불구하고 연대는 남편을 따라 죽음을 택하여 '일시순사형' 열녀 형상을 구현했다.

중점적으로 그녀들의 행동 양상에 주목하고자 한다. 순종한 여성들의 치사 과정의 형상화이다.

이제 본 논의로 들어가 안동 사인층이 창작한 열녀전에서 각 유형에 대응될 수 있는 작품을 선정하여, 구현된 '열'의 양상을 분석함으로써 특징적 열녀 형상을 파악해 보기로 한다.

작품 분석에 앞서 안동 열녀전에 나타난 죽음의 유형을 간략히 살펴보면 다음과 같다.

① 음독자결　　　　　　② 단식자결
③ 목매어 자결함　　　　④ 물에 빠져 자결함

⑤ 칼로 목 찔러 자결함   ⑥ 화재에 의한 자결
⑦ 사인死因이 분명치 않은 경우

남편을 따라 죽음을 택한 열녀 형상

— 時 殉 死 型

'일시순사형'은 열녀전의 전형적인 죽음의 유형으로 죽음과 열녀를 동일시했던 열녀관이 고착된 이후로 가장 빈도 높게 형상화되었다. 본고에서는 단순 고립적으로 진행된 죽음의 유형, 즉 남편을 향해 격앙된 감정, 그것이 원망에서 나왔건 아니면 정한에서 나왔건 어떠한 경우를 막론하고, 조건반사적으로 죽음을 결행하는 '경정순신형'이나 순종의 동기가 분명히 드러나 있지 않은 열녀전은 논의의 대상에서 제외하였다. 남편의 죽음과 여성의 죽음이 분명한 동기를 지니고 있으면서 거의 동시적으로 진행된 열녀전만을 '일시순사형'으로 다루고자 한다. 왜냐하면 그 같은 유형은 종래의 '단순종사형'과 다른 열녀의 형상이 부각될 것이라 믿기 때문이다.

김동진의 강학처, 도강서당 전면. 경북 영주시 부석면 상석리 도탄마을 뒷산에 있다.

도강서당 마루. 김동진은 백암 김록의 10대손으로 한말 영남지역을 대표하는 유학자이자 독립운동가였다.

　　먼저 정산貞山 김동진金東鎭(1867~1952)의 문집에 실린 「쌍절전雙節傳」을 예로 들어본다.

　　우선 이 작품은 '열녀전'이라는 공식 명칭이 부여된 것은 아니지만, 전반적인 체제와 입전 동기가 분명하고 '절부'는 열녀의 범주에 포함되므로 함께 검토하기로 한다.

　　이 작품은 죽음의 유형별로는 '음독자결'에 해당되는 작품이다. 작중 여인 권열부의 남편은 퇴계의 14세손 이명우이다. 권열부는 을미사변 이후 외세에 의한 조정의 침탈 상황에 울분을 참지 못해 남편과 같은 날 음독자결하여 거국적인 의기를 드러낸 여성으로 형상되어 있다. 결과는 죽음이지만, 나라에 대한 애국의식이 강하게 표출되어 있음을 볼 수 있다. 이는 단순히 자신의 정체성이나 부부의 질서를 지켜내기 위한 죽음의 차원을 넘어서서 민족 사이의 모순상황에 직면하여 국가적 의리심을 실천하는 쪽으로 선회하여 죽음의 의미가 확대된 경우이다.

　　작품 구성을 엿보기로 한다. 두 부부의 탁월한 의기를 표현하기 위한 복선으로 서두에 이명우의 소싯적 기상을 묘사하고 있다.

봉화군 봉화읍 유곡리(일명 달실)
에 위치한 충재 권벌의 묘소

상사 이명우의 자는 명보요, 그 선대는 진보인이며 퇴계 선생의 14세손이다. 어려서부터 강직하고 지기가 있어 어떠한 것에도 얽매임이 없었다. 그는 막 학문할 즈음에 시구를 능하게 지어, '소나무는 장부의 절개를 지니고 서 있고, 대나무는 군자의 품위를 불어주누나!'라고 하였으니, 그의 기상은 이미 여기에서 징조가 엿보인다.[1]

작자는 그녀 역시 충재沖齋 권벌權橃(1478~1548)의 후손이라는 점을 강조하면서 어려서부터 남달리 지각과 총명이 뛰어났으며 성현의 교훈을 명심하는 열정을 보였다고 했다. 나아가 작자는 균형감 있는 남녀관을 통하여 남정네 못지않은 여성의 출중한 의기를 표출시킨다.

권씨 부인은 충재 권벌의 후예이며, 학생 양하養夏의 딸이다. 태어나면서 특이한 기질이 있었다. 이웃집에 갔는데 같은 또래 아이가 탐스러운 과일을 몰래 취해서 그녀에게 주자, 그녀는 정색을 하고 받지 않았다. 또 한 아이가 그가 찬 패옥을 풀어서 주었는데, 아마 그것의 아름다움을 자랑하기 위함이었다. 부인은

---

1   『貞山集』卷12, 「雙節傳」, "李上舍命羽 字明甫 其先眞寶人 退陶先生十四世孫也 少剛直有志氣 不數數也 甫上學 能屬句曰 松立丈夫節 竹吹君子風 其氣象 已兆於此".

혹 그것을 잃어버릴까 염려가 되어 패옥을 받아 그의 어머니에게 돌려주었다. 그의 지각은 의연히 노숙한 경지에 이른 듯하였다. 부모가 병에 걸리자, 밤낮으로 곁에서 시중을 들었다. 부모께서 고기반찬을 드실 만큼 회복된 연후에 처음같이 행동하였다. …… 항상 대인을 따랐으며, 옛 성인들의 격언을 많이 익혀 종신토록 체행하면서도 남음이 있었다.[2]

작자는 영남 사족 진성이씨 퇴계 후손과 안동권씨 충재 권벌의 후손이 부부관계를 맺어 서로의 의기를 합치시켜 나가고 있음을 부각시켰다. 그리하여, 두 가문의 영예획득과 영남 의리지심의 선양이라는 이중의 효과를 실현하고자 하였다.

이렇듯 구한말 왜적의 침탈에 맞서 죽음으로 저항하는 것과 같은, '역사적 사건'에서 죽음의 동기가 부여된 열녀전은 흔치 않다. 이 점이 바로 「쌍절전」의 첫 번째 특징이다. 두 번째는 역사적 사건을 배경으로 하면서도 가문의식이 여전히 죽음의 결행에 막대한 작용을 행사하고 있다는 것이다. 퇴계도 일찍이 삼태사의 후손으로 안동을 본향으로 하는 권씨·김씨·장씨를 대표적인 토착세력으로 보면서 그중에서 가장 번성한 씨족을 권씨로 보았듯이[3], 안동권씨는 조선 중기 이후 퇴계의 후예들인 진성이씨와 함께 영남 사림파 형성에 중추적 역할을 한 안동의 대표적 재지사족에 속한다.[4] 이러한 막강한 족세를 형성하게 된 이면에는 누대에 걸쳐 구성원들에게 전수된 양가의 가문의식이 강한 결속력으로 작용했던 것이고, 그것이 국가를 향한 의리지심으로 확대되면서, 이들 부부의 비장한 죽음을 산생할 수 있었던 것이다.

---

2   앞의 글, "權氏 卽冲齋先生橃后 學生養夏女 生有異質 才免齔 往隣家 同輩 潛取美果 以與之 正色不受 又有一兒 解其珮而與之 蓋誇其美也 宜人 慮或遺失 輒受而還其母 其知覺 凝然如老成 父母有疾 晝夜於側而扶將之 復膳然後 翔矧如初 … 常從大人 多識古聖賢格言 終身體行而有餘".

3   『退溪集』卷42, 「安東府三功臣廟增修記」, "三姓之子孫境內者 張氏未聞焉 金氏之冠冕於世者 固多有之 而權氏 最爲繁衍".

4   이에 대한 전반 논의는 李樹健, 『嶺南學派의 形成과 展開』, 一潮閣, 1998 참고.

남편을 위난에서 지키고 구해낸 열녀 형상

衛 夫 救 難 型

열부들의 삶의 궤적 가운데서 특히 주목되는 것은 인종의 세월을 겪으면서도 자신을 희생하며 가족 성원들을 위해 살신성인하는 자세를 견지한 사실이다. 여느 열부전을 보아도 이는 예외 없이 표현되고 있다. '헌신형'의 열녀 형상이 열녀전에서 많이 출현하는 것은 역시 중세체제를 형성하는 기초단위라 할 수 있는 '가족의 안정'이 여인의 정체성이나 부부의 질서 못지않게 강조되었던 때문이다. '가족의 안정'은 기본적으로 가장인 남편의 몫이다. 남편의 부재는 곧 가족의 불안정으로 이어지고, 가족의 불안정은 다시 사회의 불안정으로 이어져 국가의 안정을 해치는 결과를 낳게 된다. 남편의 부재가 사회경제적 변동에서 초래될 수도 있지만 '병사'와 같은 것은 대부분 개인에게 원인이 있다. 죽음의 원인이 개인적 불행에서 그칠 때, 일반적으로 '단순순종형' 열녀를 만나게 된다.

먼저 '위부구난형' 열녀 형상을 보여주는 것으로 남편의 시신을 반송하는 과정을 곡진하게 그려낸 지암止菴 황영조黃永祖(1872~1942)의 「김열부전」을 소개하기로 한다.

열부 김씨는 의성김씨 운천雲川 김용金涌(1557~1620)의 후예로 친가는 제천이었으며, 가난한 예안김씨 김석교에게 시집을 간다. 시집간 후로 김씨 부인은 길쌈을 하면서 시부모를 봉양하고 자식을 기른다. 그러던 어느 날, 재주 있는 남편은 강원도 김

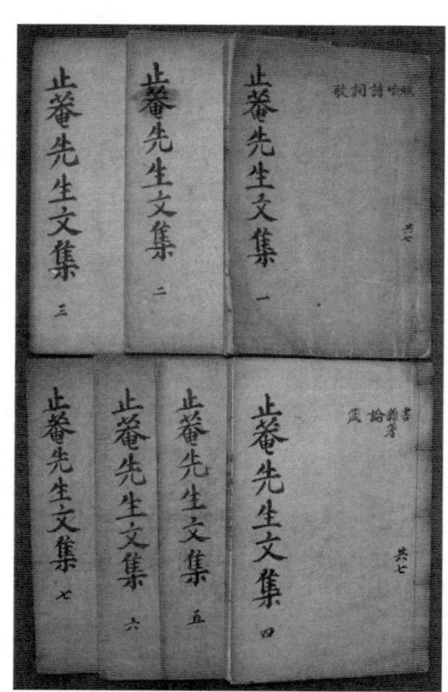

황영조의 〈지암집 止菴集〉 13권 7책

화군에 사는 거부인 김기옥이라는 자의 초청을 받아 김화로 떠난다. 그러나 안타깝게도 그해 겨울 남편이 병에 걸려 위급한 지경에 이르러서야 본집으로 급보가 날아든다. 시아버지가 걸음을 재촉하여 도착했을 때는 이미 남편이 죽은 뒤였다.

부인 김씨의 '열' 구현과정은 죽은 남편이지만 시신도 반송하지 못한 것에 대한 안타까움에서 시작된다.

이날 야밤에 손수 짠 포 두 필과 비단 한 필을 가지고 일어나 남편의 시체를 반송할 계획으로 문을 나와 김화로 향해 갔다. 집안에서는 그 사실을 모르고 있다가 새벽이 되어 젖먹이 삼 남매가 엄마의 젖을 찾아 운 뒤에서야 알게 되었다. 사방으로 찾았지만 종적을 알 수 없었다. 시부모는 평소 그녀의 지절을 알기에 친정에 알리고 뒤를 쫓게 하였지만 발견할 수 없었다. 이웃 마을에서 그 사실을 들은 사람들은 개가를 할 것이라 생각하였다. 부인은 그 시부모의 걱정을 염려하여 입을 다물고 자취를 감추면서 행색을 드러나지 않고 몸을 숨기면서 갔다. 비록 사람들이 많이 다니는 큰길을 가더라도 어떠한 사람인지 알아 볼 수가 없었다. 풍기와 김화 간의 거리는 약 700여 리이다. 친정에 살 때 북쪽에 있다는 것만 들었을 뿐이다. 하염없이 고개를 넘고, 이 집 저 집 빌어먹으면서도 비록 아침저녁조차도 점방에서 지체하지 않았기에 수십 일이 지나도 어디에 있는지 알 수가 없었다. 강원도로 길을 향하였다가 지름길을 잃어 마침내 서울에 이르러서야 김화로 가는 길을 알게 되었다. 낮에는 사람에게 놀라고 밤에는 사나운 짐승과 나란히 부닥쳐도 조금도 동요됨이 없이 이 마을 저 마을 거치면서 나아갔다. 누가 이 여자를 머무르게 할 것이며, 누가 이 여자를 그만두게 할 것인가.[5]

김씨 부인이 김화로 가는 여정을 낱낱이 기록하고 있음이 눈에 들어온

---

5   『止菴集』卷10,「金烈婦傳」, "是夜半 手所織布二匹帛一匹 起身若便旋樣 出門向金化去 家人莫之知也 及曉而乳兒三男妹 索母乳啼而後 乃覺之 四面搜覓 了無形影 舅姑素知其志節 治告其親家 使之追後 而不得焉 隣里聞者 例以爲隨俗改行矣 婦慮其舅姑之憂也 自近地 緘口滅跡 不露行色 潛身間步 雖在大路絡繹之中 不得見知爲何樣人 基之距金 殆七百有餘里 居家時 只聞在北 轉轉踰嶺 村村乞食 雖一朝一夕 未嘗遲滯於店幕之次 故前後數十日 終莫之聞也 始自作路於江原中 失捷徑 竟低京城 而得達其郡 晝而駭人 夜而暴獸 騈肩接跡 少不動念 村村前進 誰得以留之 誰得以止之".

다. 이렇게 자세히 부인의 김화행을 묘사한 것은 '반장행'을 '열' 구현의 중요 모티브로 설정하려는 작자의 치밀한 의도에 의한 것이다. 작자는 '새벽이 되어 젖먹이 삼 남매가 엄마의 젖을 찾아 운 뒤에야 사실을 알게 되었다'라고 함으로써, 김씨 부인의 김화행이 타율적으로 이루어진 것이 아니라 능동적으로 선택되었음을 먼저 밝혀 놓고 있다. 이어서 작자는 이웃들이 그녀가 남모르게 결행한 김화행을 개가를 위한 의도로 간주했다고 덧붙였다. 주변 사람들이 그녀의 '반장행'을 의심하고 '개가행'을 긍정했다는 것은 당시 열녀관의 해이현상을 반증해 주는 것이다. 작자는 이러한 일반인의 인식을 알리면서 그에 역행하는 주인공의 행위를 보여주는 것으로 '열'의 형상을 구체화시키는 수법을 사용하였다. '시부모의 걱정을 염려하여 입을 다물고 자취를 감추면서 행색을 드러나지 않고 몸을 숨기면서 갔다'라는 것은 바로 규방에 갇혀 지내는 것을 여성의 미덕이라고 여겼던 시절에 밖으로 나다니는 것을 문제시한 세간의 눈을 의식한 표현이다. 주인공의 잠행이 탄로나게 될 때, 어떠한 사태가 빚어질 것인가? 자신의 김화행을 극구 변명한다 하더라도 세인들의 의문을 해소할 수 없게 되어 마침내 '부정한 여인'으로 매도되고 말았을 것이다. 이렇게 되면 여인은 죽음을 택함으로써 자신의 결백을 드러내고 여기에서 자신의 자기 정체성을 확인하고 수호하는 열녀 형상을 드러내었을 개연성이 높다. 그러나 작자는 주인공에게 권도를 택하는 '지혜'를 부여하였다. '잠행'이 '반장행'으로 이어지도록 배려한 것이다. 그리하여 이집 저집, 이마을 저 마을을 거치는 700여 리의 먼 여정에서 겪게 되는 부인의 고난을 곡진히 묘사함으로써, 모험적이면서 과감한 여성의 행동이 오직 남편의 시신을 반송해야겠다는 일념으로 이루어지고 있다는 것을 부각시켜, 독자에게 주인공의 '의열심'을 절감하도록 한 것이다.

　이어지는 서사는 김화에 도착해서 반송을 실현하는 국면이다.

　　도착하는 날 주인에게 남편의 묘소를 물었다. 우선 남편의 무덤에 절하고 곡한 후에 반장을 청하였다. 그 사람은 처음에는 어렵다고 하였다. 그러자 부인은 성을 내면서 꾸짖어 말하기를, "편지로 초빙할 때는 그리도 간곡하게 하더니 남편이 죽음에 호송도 안 해주니 어찌 그리도 인색하십니까?" 하면서 품속의 편지를 꺼내어 보이면서 "이것이 누구의 이름이오? 내 지금 천리 길을 걸어와서 남편의 시신을 반송하지도 못하고 편안히 홀로 돌아가서 구차하게 살겠습니까?" 하고는 남편의 무덤 곁에 나아가 엎드려 울부짖으며 다시는 남과 더불어 말하지 않고 장차 목숨을 버려 남편의 무덤에 묻히고자 하였다. 주위에서 구경하는 사람들이 모두 놀라 실색하였다. 주인이 그녀의 마음에 감동되어 재빨리 사람을 시켜 무덤을 파라고 하였다. 부인은 그들을 따라 출관出棺되기를 기다렸다가 몸소 널을 열고는 남편에게 고하기를, "제가 지금에서야 왔소이다. 당신은 저와 함께 돌아갑시다." 하고는 시퍼렇게 변한 시신을 미리 준비한 포와 비단으로 정성스럽게 염을 하고는 그날 바로 떠났다. 주인은 사람을 시켜 관을 들도록 하고 여비를 주었다. 곁에 있던 친척 2, 3명 또한 부조扶助하였다. 부인은 밤낮으로 배행하면서 시신의 곁을 떠나지 않았다. 왕복 수천 리 길을 풀숲 길을 걷고, 이슬을 맞으면서 자기도 하고, 목마르고 넘어지기도 하였지만 발에는 굳은살이 없었고 기운은 피곤한 기색이 없었다.[6]

여인이 몸소 남편의 시신을 반송하는 과정이 자세하게 표현되어 있다. 반송에 대한 '주인의 비협조적인 태도'는 거절에 가까운 것으로 주인공의 반송행을 어렵게 한 첫 번째 난관이었다. 작자는 남편의 편지를 증거로 삼아 남편의 죽음을 결과한 원인을 설파하는 지혜를 주인공에게 부여함으로써 위기를 극복케 한다. 자신이 김화에 온 목적이 '반송'에 있다고 강조하면서 반송이 실현되지 않으면 절대로 혼자 돌아갈 수 없다고 선언하는 대목에 이르

---

6   앞의 글, "得到之日 請主人間夫墓 一次拜哭後 請以返葬之意 其人 始而難之 婦憤然詰之曰 書以招來 昔何勤也 死不護送 今何吝也 出懷中書示之曰 是誰名也 吾今千里星行 不能返夫尸 而寧忍獨歸以偸生乎 遂就夫坎之側 呼號俯伏 絶不與人復接語 將欲判命而下從之 左右觀者 皆愕然失色 主人乃感其意 促遣人而破墓 婦隨其後 俟出棺 躬啓而告之曰 我今來矣 願夫君 同我還矣 澡類尸身 製所齎布帛 斂襲備精 卽日發行 主人 使人昇之 而資贐之 傍族人 亦有一二賻之者 婦晝夜陪行 不離尸側 往還數千里 草行露宿 飢渴頓踣 足不繭 氣不困".

러, '잠행'과 '반송'의 불일치가 또 다른 '죽음'을 불러올 것이라는 예정을 하게
한다. '반송'이 실현되지 않았을 때, 주인공이 취할 수 있는 길은 너무도 제한
되어 있다. 목숨을 버려 남편의 무덤에 묻히는 '종사'를 택하는 길밖에 없다.
그러나 주인공의 '종사'는 이루어지지 않는다. 그녀의 견결한 마음이 주위 사
람들을 감동시켜 반송이 이루어졌기 때문이다.

작품의 클라이맥스는 주인공이 몸소 널을 열고 남편에게 고하는 장면이
다. "제가 지금에서야 왔소이다. 당신은 저와 함께 돌아갑시다."라 말하면서
시퍼렇게 변한 남편의 시신을 미리 준비한 베와 비단으로 정성스럽게 염을
하는 정경은 독자의 심금을 울리기에 족하다. 마치 「온달전」에서 평강공주
가 온달의 관을 어루만지면서 생사의 길이 판가름 났으니 이제 편안히 돌아
가라고 한 대목을 연상시킬 만하다. '죽은 영혼에 대한 위로'가 극적 요소를
배가하고 있다는 점에서 우리는 주인공의 '열' 구현이 남편에 대한 의리적 측
면과 아울러 애정적 측면에서 상당 부분 연유한 것으로 이해할 필요가 있다.
그 애정이 단순히 따라 죽는 열녀의 그것을 뛰어 넘고 있기에 더욱 그러하다.

작자는 말미에서 "열렬하구나! 정정하구나! 이것이 굳세고 단단한 철석
의 마음이 아니겠으며, 늠름한 송백의 절개가 아니겠는가? 뜨거운 용광로도
녹일 수 없을 것이며, 비바람으로도 꺾을 수 없는 것인져! 옛날 열장부라 하
는 사람이 비록 수십 수백 명이 있더라도 하기 어려운 것은 분명하도다."[7]라
고 하여 주인공의 '열'과 '정'을 극도로 예찬하였다. 이어서 작자는 이러한 그
녀의 '열' 구현이 국가적으로 인정받지 못한 데 대한 서운함을 표현하였다.
주인공에게 정려와 같은 포상이 내려지지 못한 이유는 어디에 있을까? 주인
공의 행위를 국가가 열로 인정하지 않았기 때문인가? 원인은 다른 데 있는
것 같다.

---

7   앞의 글, "烈矣哉 貞矣哉 此非轟轟凜凜鐵石之心 松栢之節乎 炎炭之所不能鑠 風霜之所不能摧 古
     之所謂烈丈夫者 數十百其人 其難能者 必矣".

아마도 작품이 지어진 시기가 갑오경장 이후가 아닌가 싶다. 갑오경장으로 여성의 개가가 용인되어 부분적으로나마 여성해방의 단초가 마련되었다. 그런 상황에서 '열'적인 행위를 국가차원에서 선양한다는 것은 다소 논리적 모순이 있었다. 그럼에도 불구하고 여전히 열녀전이 지어진다는 것은 제도의 변화가 곧장 의식의 변화로 이어질 수 없었던 까닭이다. 한편 작자의 아쉬움은 또한 자신의 처지를 반영하는 것이기도 하다. 작자는 종래의 사대부가 걸었던 과거를 통한 입신출세의 길을 지향했으나, 과거제도의 폐지로 뜻이 좌절되어 새로운 체제에 적응하지 못한 낙오자의 대오에 편입되고 만 것이다. 이러한 입장이 열녀전의 주인공을 형상화하는 과정에 잠재적으로 작용하였다.

옛날 오대의 난에 괵주虢州에 사는 사호司戶 왕응王凝의 처 이씨는 남편의 시신을 짊어지고 청주의 점방店房에서 기숙하였는데, 점방 주인이 그녀의 손을 잡고 끌어내려 하였다. 이씨는 울면서 "나는 여자의 몸으로 남편의 시신도 안치하지 못했는데, 이 손이 또 남에게 잡혔구나!" 하고는 칼로 손을 잘라 버렸다. 청주자사가 그 사실을 듣고 의롭게 여겨 장사 지낼 부조금을 주어 보내고는 점방 주인을 잡아 가두었다. 또 우리나라의 내포內浦 상인 부인이 남편의 시신을 원산에 반송하려다가 고깃배에게 속임을 당해 동래항 다리 밑에서 남편의 시신을 지키게 되었다. 동래부사 정공은 어질고 덕이 많았는데, 그녀의 상황을 슬프게 여기고 그녀의 열적인 행동을 가상히 여겨, 여러 관리로 하여금 '각자 부조금을 기부하라' 하고는 글을 지어 그녀를 기렸다. 지금 열부를 보건대 상하 수천 년이 지나도 삼절인이 되기에 부끄럽지 않다. 저들은 명석한 자사와 현명한 부사를 만나 그녀들의 열적인 행동을 표창 받았다. 열부 같은 사람은 윤리도덕이 무너지는 날에 어떤 방법으로 그녀의 선을 표현할 것인가? 오백년 동안 예의를 숭상하고 명절을 숭상하던 풍화가 없어져, 그녀는 밝게 드러남과 열렬함을 얻지 못하고 한 아낙네로만 확립되었으니 이것이 이른바 비바람 속의 닭이요, 주나라의 옥玉인 것이다. 훗날 반드시 훌륭한 역사가가 있어 그녀의 행적을 채록할 것이다. 그리하여 풍도의 전말에 열거한다.[8]

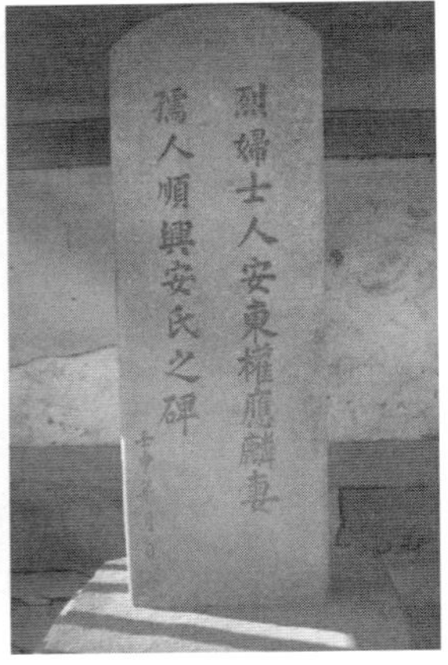

안동시 남후면 고하리에 위치한 순흥안씨 숭열각. 지암 황영조가 지은 「안열부전」의 주인공이다.

　　작자는 반장返葬을 위해 헌신적인 행동을 보여준 역사 속의 두 여인을
예로 들어 주인공의 열 형상과 비교하여 기술하고 있다. 중국의 여인은 타인
에게 더럽혀진 손을 칼로 자른 열적인 행동 때문에 명석한 자사刺史에게 그
대가를 보상받았고, 우리나라의 여인은 고깃배에게 속임을 당했지만, 남편
의 시신을 끝까지 지켜내어 현명한 동래부사의 재정적 도움과 표창하는 글
까지 받았다는 것이다. 그러나 우리의 주인공이 보여준 '열'은 결코 두 여인
의 그것에 뒤지지 않았지만 어떠한 표창이나 보상을 받지 못했다고 했다. 이
점이 주인공을 열녀로 입전하게 된 동기로 볼 수 있을 것이다. 전에 입전하
여 후세의 역사가로부터 정당한 평가를 받는 것으로 표창과 보상을 대신할
수 있다는 믿음이 그것이다.

8　앞의 글, "昔五代之亂 虢州司戶 王凝之妻李氏 負其夫尸 寄宿於淸州店 店人 携其手而出之 李氏泣
　　曰 吾爲女子 不能安夫尸 此手 又爲人所執耶 遂以刀斷去 刺史 聞而義之 賻其葬而送之 捕治店人焉
　　又我東近古 內浦商人婦 返其夫尸於元山 誤被賈船之見欺 夜泊東萊港 橋下守之 府使鄭公賢德 哀
　　其狀而嘉其烈 令衆胥 各捐義賻 爲文而褒之焉 今以烈婦觀之 可謂上下數千載 無愧作三截人 彼得
　　明刺史賢府使 而能彰其烈 若烈婦 則矧綱倫斁廢之日也 何從而表之善乎 五百年崇禮義尙名節之餘
　　化澌滅 他不能炳炳焉烈烈焉 萃于一婦女而扶植也 此所謂風雨之鷄 周府之玉 後必有良史氏 作而採
　　之 俾列於馮道之傳末矣".

본고에서는 이상과 같은 내용을 가진 「김열부전」을 '위부구난형'으로 파악하였다. 그 이유는 이러하다. 유형구분의 준거를 남편의 죽음을 바라보는 주인공의 의식에 둔다면, 비록 남편이 죽었다고 해서 단순히 따라 죽지 않고, '남편의 주검'을 하나의 위난상황으로 인식하여 갖은 신고를 감내하는 여성형상이 부각되어 있는 점에 유의할 필요가 있다. 김화에서 객사한 남편의 주검을 온전하게 운구해오는 일과 어려움에 처한 남편을 구원하는 일을 주인공은 동일한 행위로 생각하였다. 중간에 죽음도 불사하겠다는 의지가 드러난 것을 보아도 이는 충분히 긍정되는 것이다. 따라서 「김열부전」은 생존적 위부구난형의 또 다른 형태의 하나로 간주할 수 있는 것이다.

그런데 남편의 부재가 반드시 '죽음'으로 표현되는 것은 아니다. '부재'의 의미 속에는 '없다'라는 존재를 부정하는 완료형과 함께 '없는 것과 같다'라는 가정적 존재 부정형도 있다. 현실적으로는 존재하나 그 존재의 의미가 제대로 작동하지 않는 경우도 상정해 볼 수 있다. 이 같은 가정적 존재 부정형 가운데 본고에서는 '불구자 남편'을 둔 열녀 형상에 주목하기로 한다.

살펴볼 작품은 『천씨효열부실기』에 실려져 있는 박용석朴龍錫(1913~1989)의 「천씨효열부전」이다. 이 작품은 1978년(무오년)에 지어진 것으로 시대가 너무 늦은 시기의 작품이지만, 안동의 열녀전통을 역사적 맥락에서 이해한다는 의미에서 논의에 포함하기로 한다.[9]

천열부는 안동김씨 순진舜鎭의 처로, 시부모를 극진히 봉양하며 '농아'인 남편을 잘 보살핀 여인이다. 말도 못하고 듣지도 못하는 남편을 수발하는 일

9 　李道宰가 1980년에 지은 「傳」(『千氏孝烈實紀』에 수록)에 의하면, 당시에 천씨 부인의 열녀행이 주변에 알려져서 경북지사의 표창을 받았다고 한다. 천씨 부인의 이른바 중세 안동 열녀의 현대적 부활에 대해 원근 인사들에게 글을 받아 후세에 전하고자 한 자손의 뜻은 갸륵하다 할 것이다. 그러나 과연 한문으로 傳이나 頌을 지어 열행을 예찬할 필요가 있을지 의문이 간다. 아마도 이러한 관행이 여전히 최근에까지 안동 일각에서 이루어지고 있다는 사실이 그저 우리들을 놀라게 만들 뿐이다. 이를 안동의 유교 문화전통이 살아 숨쉬고 있다는 증거로 해석하기에는 무언가 시대에 맞지 않는 석연치 않은 점이 있다.

이 그렇게 수월하지 않았다. 그러나 천씨 부인은 그 일을 자신이 담당해야 할 몫으로 알고 전혀 동요하는 기색이 없었다. 남편의 심정을 마음으로 헤아려 실천해가는 아름다운 마음씨를 지닌 여인이었다.[10] 판소리 「심청전」에 나오는 간교하고 심술궂은 뺑덕 어미의 형상이 아니라 지고지순한 마음씨를 지닌 심청이의 형상을 연상케 하는 여성이었다. '농아'인 남편에게 부인으로서 의리를 지키는 방법은 무엇이었을까? '왜 나에게 이러한 고통을 내려주었는가' 하고는 죽음으로 불행한 현실에 저항하는 방법도 생각해 볼 수 있다. 그러나 우리의 주인공은 죽음을 거부하였다. 살아남아 의리를 지키는 길을 택했다. 사실 남편의 부재가 죽음으로 된 것이라면 주인공의 고민이 그리 크지 않을 수도 있다. '남편의 형식적인 생존'과 '실제적인 부재' 사이에서 주인공의 내면적 갈등과 고통은 매우 심대하였을 것이다. 본인은 살아남아 모든 상황을 감내하겠다는 결심을 세우고 실천해 간다 할지라도 주변의 시선은 늘 그녀를 괴롭히고 있었다.

> 사람들이 혹 기롱하여 말했다. "말 못하는 사람에 무슨 희망이 있으며, 그를 돌보느라고 고생을 하는가?" 부인은 정색하여 꾸짖어 항변했다. "채나라 첩인 송씨 여인의 말도 알지 못하는가?" 이에 사람들이 부끄러워하고는 다시는 그렇게 하지 못했다고 한다.[11]

주변 사람들은 "벙어리 남편에게 무슨 희망이 있다고 그토록 구호에 힘쓰는가?" 하고 그녀를 기롱하였다. 지체 높은 사대부 가문의 여인에게 이러한 기롱이 가해질 수 없었을 것이다. 아마도 이는 작품이 지어진 시기와 일

10　『千氏孝烈婦實紀』卷2, 「千氏孝烈婦傳」, "而猶最難之事 則夫以聾啞之疾 有許多非情之態 許多過情之責 人人所無奈 而夫人 獨自詳得其實情 而使夫之安心處和 因之而必自手謹衣食之供枕席之具 以致便宜".

11　앞의 글, "人或譏之曰 有何希望於言語不能者 而辛苦於其救護也 夫人正色而叱之曰 不知蔡妻宋女之言耶 人慚不復犯".

정한 관련이 있어 보인다. 분명치는 않지만 열녀관에 일정한 변화를 보인 일
제강점기를 전후한 시기에 입전된 것으로 보이기 때문이다.

그런데 주변인들의 기롱 속에는 '다른 남자에게 시집가서 팔자를 고쳐
보라'라는 권유가 섞여 있는 듯하다. 그러나 부인의 대응은 단호하기 그지없
다. 부인의 자세에서 자못 숙연함이 느껴진다. 만일 개가권유를 거부하여 부
부의 질서를 수호하는 쪽으로 열녀전이 전개되었다면, 이 작품을 '개가거부
형'에 넣었어야 할 것이다. 또한 수의를 실현한 '효열부'라는 점에서 '인애효
자형'에 속한다고 생각할 수 있을 것이다. 하지만 작품의 중심사상은 '남편을
구호'하는 여성형상이 드러내 보이는 '열'이고 남편이 생존해 있다는 두 가지
요소를 감안한다면, '위부구난형'에 해당시켜야 마땅하다고 본다.

작품에서 부인의 행동심리에 주목할 필요가 있다. 농아인 남편을 일편
단심으로 섬길 수 있었다는 것은 한 인간에 대한 여인의 따뜻한 사랑이 밑받
침되어 있지 않고는 어려운 것이다. 남녀 간의 애정 이전의 두터운 인간애가
여인의 헌신을 가능케 한 원동력으로 보이므로, 주제 분석에 구차한 일부종
사의 유교적 명분을 동원할 필요가 없다.

작자는 부인의 인간애를 선언적으로 말하지 않는다. 남편이 69세 무렵
에 극한 질병에 걸렸는데 이를 구완하는 과정에서 '신이적 요소'를 끼워 넣어
부인의 의기를 점증시킨다.

> 부인이 이에 집 뒤 담장 아래에 정결한 단을 마련하고 단식하면서 하늘에 기
> 도한 나머지 꿈속에서 노인이 나타나 몸을 대신해야 한다는 가르침을 받고, 그
> 달 이십 일에 병으로 죽었는데 남편의 병은 완쾌되었다. 사람들은 기이하게 여기
> 면서 "부인의 지성이 하늘을 감동시켰다."라고 했다.[12]

---

12 앞의 글, "夫人 乃於家後墻下 設精壇而絶食禱天之餘 受夢中老人之敎身代 於同月二十日而病卒 夫
   則就愈 人異之日 至誠感天".

〈삼강행실도〉. 두 눈을 잃은 남편을 찾아 배에 몸을 실은 도미부인. 백제 개로왕(蓋鹵王) 시절에 도미(都彌)라는 사람이 있었다. 그는 하찮은 백성이었지만 의리를 알았고, 그의 아내도 행실에 절조가 있고 아름다워 사람들의 칭찬을 받았다. 왕이 그 소문을 듣고 도미를 불러 "대저 부인의 덕은 비록 지조를 지킴을 앞세우지만 만약 그윽하고 어두우며 사람이 없는 곳에서 교묘한 말로 유혹하면 능히 마음을 움직이지 않는 사람이 드물다."라고 하였다. 이에 도미는 "저의 아내와 같은 사람은 비록 죽더라도 두 마음을 갖지 않을 것입니다."라고 답했다. 왕은 도미를 잡아두고, 가까운 신하에게 왕으로 가장하도록 하여 도미의 집에 보냈다. 그 신하는 도미의 처를 궁인(宮人)으로 삼겠다고 하며 그녀를 취하려 했다. 그러자 도미의 처는 옷을 갈아입을 시간을 달라고 한 다음 계집종을 자신처럼 치장시켜 그 신하에게 들여보냈다. 나중에 도미의 처에게 속은 것을 깨달은 왕은 도미의 눈을 뺀 다음 작은 배에 태워 강에 띄웠다. 그리고 도미의 처를 강제로 취하려고 하였다. 그러자 도미의 처는 목욕을 하고 오겠다며 그 자리를 물러나와 바로 도망쳤다. 그 후 도미를 찾아 헤매던 그녀는 천성도에서 남편을 만나 함께 고구려로 가서 살았다.

꿈속에 신인(노인)이 나타난 것은 부인의 지극한 치성 탓이다. '남편의 병을 고치자면 누군가가 대신 죽어야 한다.'라는 것은 부인의 '열'을 고조시키기 위한 장치이다. 부인의 병사를 남편의 죽음을 대속하는 '살신성인'으로 볼 수 있다. 여기서 부인의 '열'은 최고조에 달한다. '신이적 요소'의 첨가는 합리적이지 못한 열녀 형상을 만들어 낼 수밖에 없다. 비록 죽음으로써 남편을 구원했다는 결과를 부부의리에 합당하다고 볼 수 있을지 모르나 죽음의 의지와 그 전개과정마저 정당하게 평가할 수 있을지는 의문이다. 정약용이 「열부론」에서 제시한 '위부구난형'과 일정한 거리가 있어 보이는 것도 이 때문이다.

우리는 여기서 부인의 두터운 인간애가 극단의 상황으로 선회하면서 '위부구난형'의 또 다른 유형을 형상하고 있음을 본다. 즉 생존적 위부구난형에서 살신적 위부구난형으로 '열' 구현양상이 변모하는 것이다. 그 결과 열녀전은 비극적 종말을 드러낸다. 이는 『삼국사기』 열전에 등장하는 '도미처'의 서사구도와 정면으로 대조되는 것이다. 결국 죽음을 열과 동일시하는 풍조가 주인공 천씨부인의 희생적 헌신을 불러온 것이 아닌가 싶다.

　이 작품을 통해 우리는 열녀의 죽음이 어떠한 방식으로 이루어지든 남편과의 연관 아래에서 진행될 경우 안동에서는 모두 '열'의 구현으로 인정하고 있음을 알게 된다. 뿐만 아니라 안동의 열녀전은 죽음의 동기와 결과에 무게 중심을 두고 있기에, 행위의 과학성이나 합리성을 엄밀하게 따지는 일은 고의적으로 회피 내지 간과한다. 아무리 천씨 부인과 같이 개명된 현대에 산 인물이라 할지라도 오히려 신이한 요소를 삽입함으로써 '열'의 밀도를 더욱 극적으로 고양시키는 효과를 거두고자 하였다.

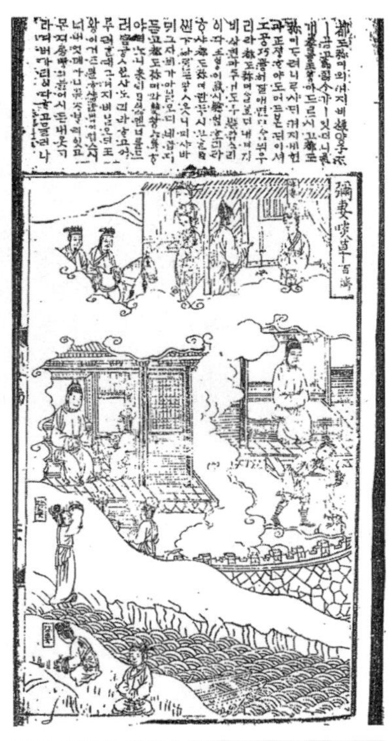

〈삼강행실도〉 열녀도, '미처담초(彌妻啖草: 도미의 처가 풀을 먹다)'

정조를 지키기 위해 굴하지 않은 열녀 형상
不汚不屈型

정약용의 표현을 빌리면, '제 몸이 도적이나 음탕한 자에게 몰려서 더럽히게 되었으나 굴하지 않고 죽음'이 '불오불굴형'의 전형이다. '불오불굴형'의 핵심은 정조관념의 고수에 있다. 그런데 이 유형은 남편이 죽었을 경우, 즉 과부

녀인 경우와 그렇지 않고 처녀이거나 남편이 살아있는 경우 등 세 가지 상황으로 나누어 살펴볼 수 있다. 또한 각각의 상황도 다음과 같은 몇 가지 경우로 구분하여 진행할 수 있다. 첫째 정조를 더럽히지 않기 위해서 자결하는 경우인데, 여기에는 다시 남자의 겁박을 받는 경우와 직접적인 겁박은 없지만 그 같은 상황이 예견되는 경우로 나누어진다. 둘째 정조를 고수하는 과정에서 타살되는 경우, 셋째 정조가 더럽혀지자 자결하는 경우, 넷째 남자의 겁박을 막아내어 정조를 고수하고 살아남는 경우 등이다. 자신의 정조가 더럽혀지지 않았음을 증명하거나 증명하고 나서 자결한 경우는 '불오불굴형'보다는 '신원설치형'에 가깝다.

'불오불굴형'은 「춘향전」에서 보이는 것처럼 한국열녀전의 대종을 이룬다고 할 수 있다. 특히 국가적인 변란 즉 외적의 침입과 같은 상황에서 주로 이 유형의 열녀가 만들어진다. 고려말기 우왕 때에 극심하게 자행된 왜구의 침입이 수많은 열녀를 탄생시키고 있음은 『고려사』 열녀조에서 충분히 확인되고 있다. 뿐만 아니라 임진왜란과 병자호란을 겪은 조선조에서 남아 전하는 열녀전이 많지 않은 것이 유감이지만 상당한 수효의 '불오불굴형' 열녀 형상을 산생하였을 것이다.

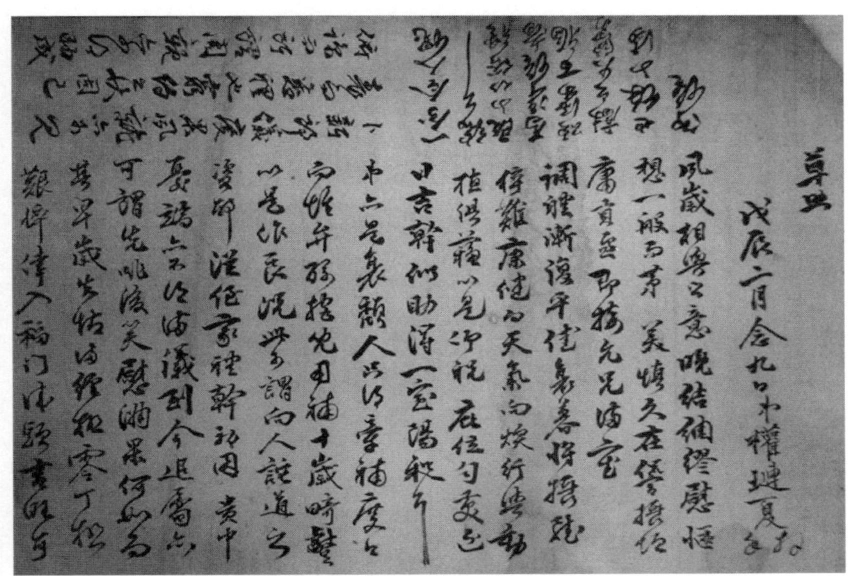

권련하의 간찰

안동의 열녀전에는 이러한 유형의 열녀를 다룬 작품이 좀처럼 보이지 않는데, 아마도 전란상황이 아닌 경우에 발생한 이러한 유형의 사건에 대해서 안동 사인층이 드러내어 말하기를 꺼렸던 것이 아닌가 한다. 기실 여인에게 있어 '정조'의 문제는 단순히 개인적인 차원에 그치지 않고, 가문의 영예와 직결되어 있다. 남녀 간의 성과 관련된 이야기들은 세인들의 입방아에 오르내리기 쉬운 사안이어서, 잘못 전해지면 가문의 권위에 심각한 손상을 줄 수도 있었다. 그래서 특별한 경우가 아니면 입전이 이루어지지 않았던 것이다.

이 유형의 작품으로 이재頤齋 권련하權璉夏(1813~1896)의 「열부남씨전」이 있다.

주인공 열부 영양남씨는 안동의 세족인 참봉 응원의 후예로 같은 고을의 사인 배윤모에게 시집간다. 배씨 집안은 근세에 이르러 가세가 진작되지 못했지만 예전엔 안동의 엄곡리에서 꽤나 행세하는 가문이었다. 시집온 남씨는 아녀자의 도리를 잘 실천하여 가난한 가운데 길쌈을 부지런히 하여 살림을 꾸려나갔다. 남편에게 같은 동리에 사는 형이 하나 있었다. 어느 날 갑자기 자식도 남기지 못한 채 남편이 죽는다. 이에 남씨는 남편을 따라 죽고자 했으나, 남편의 제사가 염려되었다. 그래서 은인자중하며 1년을 보낸다. 한 해가 저무는 어느 날이었다. 동네 남정네인 권씨 성을 가진 놈과 촌에서 품팔이하는 김가라는 놈이 그녀를 겁탈할 모의를 하고는, 밤중에 갑자기 남씨 집에 들이닥쳐 그녀를 묶고 마을 거리로 내모는 것이었다. 남씨는 빠져나갈 수 없다고 생각하고, 이왕에 떠나는 마당에 남들 손에 들어갈 길쌈하는 기구를 가지고 오는 것이 어떻겠냐고 놈들의 의중을 타진하는 속임수를 구사한다. 그러자 놈들은 그녀의 말을 믿고 바로 풀어준다. 기지로 풀려난 권씨는 바로 아주버니 집으로 달려가 구원을 요청하여 위기에서 벗어나게 된다.[13] 그러나 남씨는 이를 통한으로 여긴 나머지 단식에 들어간다. 아주버니가 집안사람들로 하여금 다방면으로 그녀의 마음을 위로하고 풀어주게 하였다. 그러나 그녀가 자결할까 염려되어 집안 식구들로 하여금 단속을 엄하게 하였다. 며칠 뒤에 남씨는 귀가를 청하고, 시가 사람들에게 음식을 대접하면서 설날이라 일이 많을 터이니 집으로 각기 돌아가는 것이 좋겠다고 하자, 여러 일가들이 아무런 염려를 하지 않고 흩어져 떠나간다. 그러자 남씨는 시아버지 내외의 사당에 참배하고 남편의 빈소에 들어가 슬프게 한바탕 곡을 하더니 이내 자결을 감행하고 만다.

글의 내용으로 보아 주인공 남씨가 몸을 더럽힌 것 같지는 않다. 그러나 남씨는 외간 남정네에게 묶임을 당하고 동구까지 끌려갔다는 사실 자체만으로도 커다란 치욕을 당한 것으로 생각하였다. 주위의 시가媤家 쪽 사람들의 방수防守가 삼엄했으나 남씨의 죽음을 막아낼 수 없었다. 앞에서 치한들을 속임수로 따돌렸던 슬기를 자신의 자결을 모색하는 기회에 다시 한 번 발휘하

---

13 『頤齋集』卷16,「烈婦南氏傳」, "是歲歲除 有洞民權漢與村賃金哥者 同謀欲劫之 夜猝入南氏家 縛而敺之出洞門 南氏度不得脫 紿曰 吾旣至此 吾有紡績具 必爲他人所取將收來 兇徒信其言 卽釋之 遂直走夫兄家呼曰 叔救我 夫兄驚惶 與鄰里共救被捽打 流血乃舍去".

고 있다. 따라서 이 「열부남씨전」은 살신적 '불오불굴형'의 전형을 보여주는 작품이라 하겠다.

다음은 이 유형에서 드물게 보이는 '남자의 겁박을 막아내어 정조를 고수하고 살아남은 열녀'를 형상화하고 있는 애간愛襉 이화성李和聖(1865~1945)의 「절부윤유인김씨전」을 살펴보기로 한다.

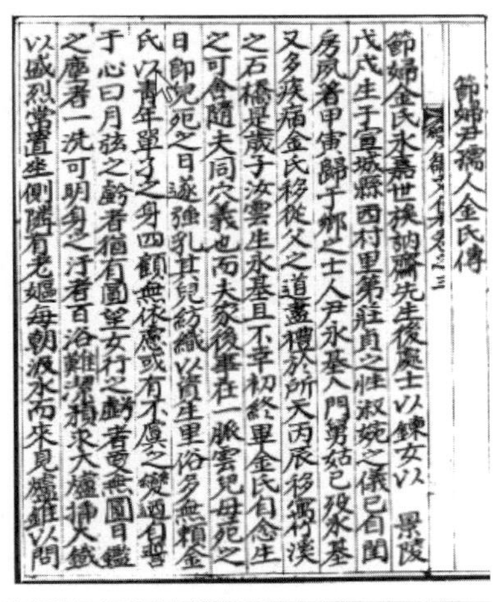

『애간집』에 실린 〈절부윤유인김씨전〉

주인공 절부 김씨는 눌재訥齋 김생명金生溟(1504~1577)의 후손으로 1838년 예안에서 태어나 74세(1911)의 수를 누리고 고종명한 열녀이다.

부모를 모두 여의고 병약한 몸으로 살아가고 있던 같은 고을 선비 윤영기에게 시집가서 아들 하나를 생산하였으나 얼마 안 되어 남편을 여의는 불행한 처지가 된다. 남편이 병사한 이후로 자결을 생각하기도 하였으나, 외아들의 미래를 염려하여 죽음을 단념하고 길쌈으로 살림을 꾸려나간다. 그러나 무뢰배들이 많은 세상이었는지라, 시부모도 없이 청상과부로 외롭게 살아가는 그녀였기에 뜻하지 않은 사태를 염려하지 않을 수 없었다. 그녀가 가장 염려한 일은 바로 정조를 더럽히게 되는 사태의 발생이었다. 그래서 그녀는 큰 화로에 부쇠(火鐵)를 꽂아 뜨겁게 달구어 자리 옆에 놓아두고 절의를 지킨다. 이웃한 노파가 매일 아침마다 물을 길어 오다가 화로에 꽂힌 송곳을 보고 물으면 "부쇠를 물에 담갔다가 마시면 가슴의 불(胸火)이 수그러든다."라고 대답한다. 이러한 표현은 마치 연암 박지원의 「열녀함양박씨전」에서 과부가 열정을 누그러뜨리기 위해 자신의 무릎을 바늘로 찌른다는 행위와 흡사하다. '가슴의 불'이란 청상과부의 뜨거운 정욕을 우회적으로 표현한 말로 보이기 때문이다.

그러던 어느 달 밝은 깊은 밤이었다. 김씨에게 흑심을 품고 있던 서너 명의 적도들이 가마를 가지고 갑자기 김씨 집에 들이닥친다.

어느 날 깊은 달밤에 도적 서너 놈이 가마를 둘러매고 갑자기 들이닥쳐서 말하기를, "당신을 안아다가 가마로 태워 가서 평생을 편안히 지내게 해주마."라고 했다. 김씨는 곧 일어나서 그렇게 하겠다고 허락하니, 도적이 그럴 것으로 믿었다. 뒤에 조용히 가마를 인도하여 대문에 이르자 김씨는 송곳을 꺼내어 놈들을 마구 찔러댔다. 그러자 도적놈들은 놀라서 혼비백산했다. 그 다음날 노파가 와서 말하기를, "어떤 마을에 장정 몇 놈이 어제 저녁에 밥 잘 먹고 자다가 밤새 병을 얻어 위독한 지경인데, 허리 위로는 모두 송곳 상처로 형편이 없더라."라고 하는 것이었다.[14]

김씨가 놈들의 요구에 응하겠다고 하고는 미리 준비한 부쇠로 위기를 모면하는 대목이 매우 현장감 있게 묘사되어 있다. 위와 같은 도적들의 겁박에 대한 대응은 여러 가지로 나타날 수 있다. 그러나 대부분의 여인들은 스스로 은장도를 꺼내어 자결을 하겠다고 윽박을 하다가 여의치 않을 경우에는 그 자리에서 자결하여 자신의 순결을 고수하려 할 것이다. 그러나 작품의 주인공은 주어진 상황을 면밀하게 분석하고 국면을 유리하게 전개시켜 위기를 극복하는 슬기를 보여준다. 조선 후기 야담에서 엿보이는 '지혜로운 여성 형상'이 돋보이는 것이다.

주인공은 정조를 고수하기 위해 임기응변하는 권도를 발휘하여 상대를 안심시키고 마침내는 허술한 틈을 이용하여 '송곳으로 찌르기'라는 과감한 행동을 통하여 겁박하려 했던 놈들을 곤경으로 몰아넣었다. 유약한 과부녀를 겁탈하려는 행위는 일상의 도덕에 반하는 행위이다. 따라서 겁박자들을

14　『愛鬪集』卷3,「節婦尹孺人金氏傳」, "一日夜深月明 賊徒三四 持轎突入曰 抱兒乘去 安過平生 金氏卽起而諾之 賊信然 後從容引轎及門 金氏拔錐亂刺 賊驚散 其翌嫗來言 某里有丁年幾人 昨夕善飯 夜間得病 方在危篤 而自腰以上 皆似針穴云".

경남 함양군 함양읍에 있는 밀양박씨의 열녀비: 밀양박씨는 연암 박지원이 안의현감(安義縣監)으로 있던 1793년 (정조 17) 이후에 쓴 한문 단편소설 〈열녀함양박씨전(烈女咸陽朴氏傳)〉의 주인공이다. 통인(通引) 박상효(朴相 孝)의 조카딸인 박씨는 19세에 함양의 아전 임술증(林述曾)에게 시집갔는데 남편이 반년이 못되어 죽는다. 박씨 는 초상을 치른 뒤 시부모를 섬기다가 남편의 대상(大祥)날에 약을 먹고 죽어 '경세결사형'에 속하는 열녀가 되었 다. 박지원은 〈열녀함양박씨전〉에서 사대부 계층에서부터 일반 평민층 여인들에 이르기까지 과부로 절개를 지키다 가 자결하는 현실과 과부의 개가를 금지시킨 사회제도를 직시했다. 박지원은 자결만이 열녀의 능사가 아니라고 보 았다. 오히려 과부가 동전(銅錢)을 굴리면서 깊은 고독과 슬픔을 삭이고 아들 형제를 입신시킨 이야기를 소개하여 수절의 어려움을 극복한 여성이야말로 진정한 열녀라고 했다.

송곳으로 응징한 절부의 행동은 정당방위이다.

　　작자는 말미의 논찬 부분에서 아낙네에 불과한 김씨가 규방에서 생장하여 일찍이 글을 읽은 적이 없었음에도 불구하고 '처변합의處變合義'할 줄 알았다고 예찬하였다. '처변합의'란 바로 임기응변할 줄 아는 주인공의 슬기를 가리키는 것이다.

　　작품에서 '불오불굴'의 여성상이 부각되어 있으나, 전반부의 내용은 '인애자효형' 수의守義 형상이 표현되고 있다. 그러나 주인공의 '열' 구현이 가장 강렬하게 이루어지는 계기가 위와 같은 사건처리에 있었으므로 여기서는 생존적 '불오불굴형'으로 보는 것이다.

새 삶에 대한 권유를 물리친 열녀 형상
改嫁拒否型

남편이 죽은 뒤에 여성을 괴롭히는 것은 남편을 향한 정념과 뒤이어 찾아오는 본능적 정욕의 억제이다. 그 즉시적인 해결책은 남편을 따라 죽거나 아니면 다른 남자를 찾아 나서는 길밖에 없다. 사대부 계층의 여성들에게 후자를 택할 수 있는 용기를 바란다는 것은 무리였다. 다만 일반 민중 사이에서는 간혹 이루어질 수 있는 것이 개가였다.

　　안동의 여성들 속에서 개가를 거부하여 열녀로 형상된 경우는 찾아 볼 수 없다. 그렇다면 개가가 금기시되지 않았다는 것인가? 결코 그렇지 않았다. 개가를 권할 만한 여성관을 안동 사인층이 소유하고 있지 않았을 뿐 아니라 여성 스스로도 규방의 교훈으로 그러한 생각을 꿈에도 갖지 못했다. 또 설혹 개가가 이루어졌다 하더라도 세인들의 이목을 의식하여 사실이 은폐되었을 가능성이 높다.

그러므로 본고에서는 비록 안동의 열녀가 아니지만 안동 선비가 쓴 '개가거부형' 열녀를 소개함으로써 안동 사인층의 열녀관을 엿보기로 한다.

눌은 이광정(1674~1756)은 18세기 안동을 대표하는 전 작가이다. 그는 문집에 선산의 평민층 아낙인 박향랑의 비극적 인생을 그린 「임열부향랑전」을 남겼다.[15] 향랑은 미천한 농가출신의 여성이다. 17세의 나이에 3살 연하年下인 14세의 소년 임칠봉에게 시집을 간다. 임칠봉은 무식하고 패려한 성격의 소유자였다. 이미 향랑의 불행은 예정된 것이나 마찬가지였다. 터무니없는 이유로 남편에게 학대를 당하고 시부모에게 구박을 받다가 마침내는 칠봉에게 소박을 당한다. 향랑은 친정으로 발걸음을 옮겼다. 친정식구들이 그녀를 받아줄 것이라 믿었기 때문이었다. 그러나 친정은 시집가기 전의 자기 집이 아니었다. 출가외인이란 이름으로 문전박대를 받고 만다.

이처럼 그녀의 삶은 남편의 학대와 구박 → 시부모의 학대 → 친정의 축출로 이어지는 비련의 연속이었다. 향랑의 딱한 사정을 안타깝게 여긴 이모들은 개가하여 팔자를 고쳐보라고 권유한다. 문지門地를 염려하지 않아도 되

이광정(李光庭, 1674~1756)의 〈임열부향랑전〉

---

15 이것에 대한 연구로는, 향랑에 대한 여러 異本을 비교해서 다룬 朴玉嬪, 「香娘故事의 文學的 演變」, 『成均漢文學硏究』 第5輯(1982)이 있으며, 민경대의 「李鈺의 傳 硏究」(경기대학교 석사학위논문, 1990)에서는 작자인 이옥이 香娘이 아닌 尙娘으로 바꾸어 기술한 부분을 중점적으로 서술하고 있다. 또한 『訥隱集』에서는 제목이 香娘이 아닌 薌娘으로 기록하고 있다. 여기에 대한 언급은 본고에서는 다루지 않기로 한다. 다만 訥隱은 여기에 관심을 집중시켜 『訥隱集』에 7언 장편 고시 형식으로 104행의 「薌娘歌」를 남기고 있음이 주목되며, 이는 현대시 김소월의 「산유화」로 그 맥이 이어짐을 볼 수 있다.

었던 민중의 정서는 아직 규범보다 인간을 우위에 놓고 생각할 수 있는 여유가 있었기 때문이다. 그러나 향랑은 '열녀불경이부'의 원칙을 내세우며 주위의 권유를 뿌리친다.

> 몇 달이 지나서 그의 이모들이 그녀에게 말했다. "너는 불행하게도 지아비에게 용납되지 못해 갈 곳이 없게 되었구나. 우린 네가 평생토록 처녀로 지낼 생각을 하니, 가엾구나. 너는 보통 사람의 자식으로서 마음이 맞는 바에 따라야지, 어찌하여 오래도록 혼자서 이 고생을 하려느냐?" 부인이 울면서 말했다. "이모님들, 그런 말씀 말아요. 제가 듣건대, 여자란 두 남편을 섬기지 않는다고 했지요. 제 몸이 미천하여 견식이 없고 또 불행하게도 만난 사람이 어질지는 못하지만, 이미 몸을 허락하였으니 개가를 할 수 없고요, 버림받았다고 해서 개가할 수 있겠어요? 죽어도 따를 순 없어요."[16]

이모들은 그녀가 말을 듣지 않자, 급기야 사람을 시켜 협박하게 했지만 그녀는 결국 굴복하지 않는다.[17] 향랑은 다시 이모들의 강요를 피하여 시댁으로 도망쳐 달려간다. 그러나 시댁에서도 역시 그녀를 받아들이지 않고 재차 개가를 권유하기에 이른다.[18] 아무리 포학한 남편에게 버림받았다고 하더라도 일단 '몸을 허락한 처지'였다. 따라서 남편이 살아있기는 하나 부재하는 것과 같은 상황에서 여인이 택할 수 있는 절의를 지키는 방법은 죽음뿐이었다. 죽어도 개가는 할 수 없다고 외치는 향랑의 애절한 항변은 마음에 맞는 남자를 찾아 나서는 길이 최선이라고 외치는 주변의 목소리를 공허하게 만들고 있다. 향랑의 애절한 항변이 힘을 얻고 개가를 외치는 사람들의 목소리가 무력하게 되어가고 있던 상황이 18세기에 이르러 점차 고착화되어 있

---

16 『訥隱集』 卷20, 「林烈婦薌娘傳」, "居數月 其母兄弟謂婦曰 女不幸不得於夫 無所歸 吾憐女不能處 女平生 女常人子 從意所適 何爲久自苦乎 婦泣曰 公無出此言 妾聞女不二行 妾卑微無所知 又不幸 遇人之無良 然已許身矣 不可以改 其以見棄之故 而二吾行乎 死而無從".

17 앞의 글, "且約人潛脅婦 婦覺之 亡走夫家".

18 앞의 글, "舅悶然憐之曰 吾兒無義 不可以教 且與女絶 女來何爲乎".

조선시대 경상도 선산부 상형곡(현 경북 구미시 형곡동 형남중학교 뒷산)에 있는 향랑(1683~1702)의 묘: 향랑은 17세에 같은 마을 사는 임칠봉과 혼인을 했으나 남편의 외도와 폭행을 견디다 못해 이혼을 한다. 그 뒤 친정으로 돌아갔으나 그녀를 받아주지 않았고 숙부에 몸을 의탁했지만 개가를 요구하자 이를 거부하고 다시 시댁으로 찾아간다. 시아버지 또한 개가를 권유한다. 향랑은 개가를 거부하며 '산유화'를 노래한 뒤 낙동강에 몸을 던져 '개가거부형' 열녀의 전형이 되었다.

음을 알게 된다. 그 같은 흐름은 향랑이 자살을 결행하는 단계에 이르러 돌이킬 수 없는 역사의 주류로 변모하고 만다.

결국 주인공은 버림받은 친가와 시댁으로부터 강요된 개가를 거부함으로써 한편으로는 주체적인 행동방식을 보여주었지만 다른 한편으로는 그 같은 주체적 행동방식이 적극적으로 긍정되는 시대조류를 형성하는 계기를 제공하고 있다. 주체적인 행동방식은 자신을 학대하고 버린 남편에 대한 관용이면서 새로운 삶을 거부하는 존엄한 자기 순결성(정체성)의 확인이다.

이에 탄식하여 말했다. "오호라, 이 몸뚱이 돌아갈 곳 없구나! 부모님 나를 자식으로 여기지 않으시고, 남편마저 나를 아내로 여기지 않고, 시부모 역시 나를 며느리로 여기지 않으시는데, 이 몸이 무슨 미련으로 연명할까? 차라리 강물에 몸 던져 강물과 함께 깨끗하여 혼백에게 부끄러움 없어야지."[19]

하늘은 높고 땅은 멀기만 한데, 이내 몸은 어디로 갈거나. 강물에 한 많은 몸 던져, 고기밥이나 되려네.[20]

강물에 투신 자결하면서 남긴 노래는 고백조로 이루어진 '사의 찬미'이다. 남편의 박대와 그로 인한 애정 결핍, 시가와 본가의 몰인정과 개가권유가 한 시골 아낙을 죽음으로 내몰아 마침내 강물을 마지막 안식처로 삼게 하였으나, 정작 죽음 앞에 선 담담한 향랑의 모습은 처절함을 넘어 당당하기까지 하다.

이 작품은 당대 사회의 여러 가지 모순점을 반영하고 있다. 모순에 가득 찬 향랑의 죽음은, 그럼에도 불구하고 당대 사대부층 문인들에게 회자되어 여러 양식으로 기록되어 찬양 받게 된다.[21] 무식하고 패려한 남편의 박대를 마다하고 수절한 향랑 이야기의 에필로그는, 선산지방에서 절의로 유명한 길재의 유풍이 계승되어 평민층에까지 침투되었다는 말로 처리되고 있다. 그리고 말미에 같은 유형의 야담 한토막이 덧붙여진다. 어느 아낙의 남편이 변방에 갔다가 돌아왔건만, 밤중에 찾아온 남정네이기에 비록 남편의 목소리가 들려왔지만 결국 문을 열어 주지 않았다는 것이다.[22] 이 역시 길재의 교화에 힘입어 아낙들마저 귀동냥으로 '열녀불경이부'의 유교적 윤리를 실천할

---

19 앞의 글, "乃歎曰 嗚呼 其無歸也夫 父母不以我爲子 夫不以我爲妻 舅母不以我爲婦 我何以立於世乎 寧赴江流 與之同潔 魂魄不愧矣".

20 앞의 글, "乃作歌曰 天高地遠 我何適兮 托體江流 載魚復兮".

21 박옥빈, 앞의 논문 부록 참조.

22 『訥隱集』卷20,「林烈婦薌娘傳」,"始吉先生退居鳳溪 每讀至忠臣不事二君列女不更二夫 三復致意 隣有女子輒至門下 傾耳聽之 先生問其故 女子曰 敢問所讀書何意 先生爲解之 女子欣然若會其意 其後女子有夫戍邊 女子閉門獨居 及夫還 會夜門閉 夫呼令開門 女子不可 夫曰 良人遠來 人家皆顚 倒以迎 汝獨閉門何也 女子曰然 吾固望子 然吾聞女子愼夜不出入人 吾旣閉此門 夜不開也 猶有明 日 遂不開門 人以是女爲聞先生風者".

수 있었음을 강조하기 위한 설정에 불과하다.

　　작자는 비련의 주인공 향랑을 입전하여 그녀가 생을 마감하기까지의 일련의 상황을 핍진하고 절실하게 그려내었다. 그러나 주인공의 절의 관념이 궁극적으로는 길재의 유풍에서 진작된 것이라 하여 사대부층의 절의 의식이 여성적 관점에서 실천된 것으로 이해하였다. 표면적으로는 향랑의 비극적 삶이 드러나 있지만 이면적으로는 유교적 명분의식이 강하게 흐르고 있는 것이다. 더구나 사대부층이 아닌 평민층에서 나타난 '열'의 형상을 특서함으로 인해 상하의 명분을 위배하지 않는 중세 질서의 안정을 확신하면서도 그 같은 안정의 유지가 보다 절실히 요구되었던 18세기 사회상을 역으로 반영하고 있다. 말하자면 하층민인 향랑의 열녀 형상을 적극 선양함으로써 임·병 양란 이후 동요하기 시작한 전통 윤리 관념을 확립하려는 의도가 깔려 있어 보인다.

억울함을 풀고 치욕을 씻어낸 열녀 형상
伸寃雪恥型

정약용의 「열부론」에서 '남편이 원통한 일로 죽어, 그 아내가 실상을 알리고자 울부짖다가 아울러 형을 당해 죽는 경우'를 이끌어 와서 '신원설치형'으로 유형화했다. 신원하고 나면 이전에 발생한 치욕도 씻어지는 법이기에 '신원'과 '설치'를 연결시켜 보았다. 대부분의 경우 남편을 신원하다가 여인이 죽게 되는 경우에 열녀 형상이 부각된다. 그러나 본고에서는 그와 달리 여인 자신이 무고를 입어 위기에 처했을 때 자신의 결백을 밝히고 죽음을 택하는 유형도 '신원설치형'에 포함시켰다. 신원설치형은 이처럼 죽음으로써 부정한 현실에 저항한다는 특징을 지니고 있다.

경북 봉화군 법전면 풍정리(일명 '시드물')에 있는 송월재: 창설재 권두경이 쓴 「이시선 행장」에 따르면, "송월재는 소나무의 늘 푸른 절개와 달이 늘 일정하게 밝음을 취해서 송월이라 이름 붙였다〔取松之後凋月之有常〕."라고 한다. 소나무의 늘 푸른 절개〔松之後凋〕는 『논어』의 "날씨가 추워진 뒤에 소나무와 잣나무가 늦게 시드는 것을 안다〔歲寒然後知松柏之後凋〕."에서 따온 것이다. 이시선은 나라 안을 두루 돌며 가슴 속 큰 기상을 달래다가 향리의 숲속에 송월재라는 3칸짜리 작은 서재를 짓고는 두문불출한 채 독서와 학문연구에 전념했다. 그는 송월재 방 1칸의 사방에 서가를 두고 책상 하나만을 들여놓은 채 독서에 몰두했다. 잠은 언제나 두 식경 정도만 잤고, 음식은 흰죽으로 아침저녁으로 두 끼만 먹었다. 한겨울이 돼도 화롯불을 쬐지 않았고, 여름에 아무리 무더워도 부채질을 하지 않았다고 한다.

신원설치형의 핵심은 '원통한 일'로 간주할 만한 사건의 발생이다. 안동의 열녀전에는 이에 속하는 작품들이 여러 편 전해지고 있다. 그 가운데서 여인에게 발생한 '원통한 일'로 인하여 신원과 설치가 이루어지는 열녀전을 먼저 살펴보기로 한다.

18세기 안동 사인층의 열녀전을 대표하는 송월재 이시선(1625~1715)의 「열녀홍씨전」[23]과 한 세대 후배인 밀암 이재(1657~1730)의 「홍열부전」[24]은 동일한 인물을 입전하고 있는데 여성중심의 '신원설치형'의 전형으로 보인

---

23   『松月齋集』卷3, 「烈女洪氏傳」.
24   『密菴集』卷16, 「洪烈婦傳」.

다.[25] 두 작품을 비교해 가면서 논의를 전개해 가기로 한다.

이시선의 「열녀홍씨전」은 현재까지 조사한 바로는 안동에서 창작된 열녀전의 효시로 볼 수 있다. 또한 이 작품은 숙종조에 발생한 사실에 바탕하여 창작된 작품으로 남편 사후에 주인공에게 억울한 누명을 씌우는 반동적 인물의 움직임과 이를 벗어나기 위한 주인공의 노력이 매우 곡진하게 그려져 있어 보는 이의 감동을 불러일으킨다. 특히 「열녀홍씨전」은 3,495자로 되어 있어 2,589자로 된 이재의 「홍열부전」보다 1/3 정도 긴 장편이다. 그에 따라 여타의 전에서 찾아 볼 수 없을 만큼 등장인물의 수효가 많다. 이는 사건의 구성이 복잡하고 갈등의 요소가 적지 않을 것이라는 점을 암시해 준다.

먼저 작품의 내용을 요약하기로 한다.

내용요약

1 주인공 홍씨에 대한 인정기술과 진천 사람 이명인에게 시집가는 과정을 그려진다.

2 시집간 뒤 얼마 안 되어 남편이 병사하자 부군의 빈소에 들어가 자결을 시도했으나, 시아버지 이세중이 설득하여 포기한다.

3 그 후 시아버지의 후처소생인 명기와 명린 형제가 주인공의 재산에 욕심을 내어 형수인 주인공이 다른 남자와 접촉하여 아이를 배었다고 이야기를 꾸며낸다.

4 시아버지 세중은 꾸며낸 이야기에 속아 관청에 주인공을 고발하여, 구속되어 청주감옥으로 이감된다.

5 주인공은 관청의 조사를 받아 신체의 일부를 증거물로 내보이는 적극적인 행위를 통하여 잉태한 사실이 없음을 증명해낸다.

6 그 결과 세중을 비롯하여 관련자 전원이 무고죄로 극형에 처해지고 주인공은 석방된다.

---

25 『玉川集』卷8에 「洪烈婦旌門後叙」가 보인다. 이는 烈婦가 죽은 뒤 45년 되던 己酉(1705) 해에 旌閭하라는 특명이 내려왔을 때, 열부 姪孫들의 청탁을 받고 趙德鄰(1658~1737)이 쓴 글이다. 역시 열녀 홍씨의 열행을 극구 찬양하였다.

7 누명을 벗었으나 주인공은 자신의 치부를 남에게 보인 것은 몸을 더럽힌 것
   이라 하여 유서를 남기고 자결한다.
8 작자의 논찬이 이어진다.

내용요약을 통해 보듯이 주인공의 열 구현을 초반부만을 주목하고 후반
부의 죽음을 단선적으로 결합시키면 '경세결사형'으로 볼 수도 있을 것이다.
그러나 역시 '죽음'의 시점과 동기가 무엇보다 중요하기에, '신원설치형'으로
귀결시킬 수밖에 없는 것이다. 그 다음 작품에 등장하는 인물을 소개하면 다
음과 같다.

1 **열부홍씨**烈婦洪氏: 봉화奉化 거주, 남양南陽 홍씨 이원爾遠의 딸
2 **이명인**李命寅: 진천인鎭川人, 열부 홍씨의 남편, 조씨趙氏 소생, 조부모께서 장
   손으로 어린 나이에 어머니를 여읜 것을 가엾게 여겨 토지와 노복을 후하게
   분급해줌, 열부 홍씨와 혼인한 지 1년도 안 되어 병사함
3 **이세중**李世重: 열부 홍씨의 시아버지, 조씨趙氏(初娶)가 죽자 정씨鄭氏(後娶)를 아
   내로 맞았고, 정씨마저 죽자 김씨를 첩으로 둠. 사건에 연좌되어 호남으로 유
   배 갔다 돌아온 적이 있음
4 **이명기**李命麒: 이세중의 아들, 정씨 소생, 간통사건 주모자
5 **이명린**李命麟: 이세중의 아들, 정씨 소생, 간통사건 주모자
6 **이씨**李氏(1): 이세중의 딸, 정씨 소생
7 **김씨**金氏: 이세중의 첩, 홍씨를 질시함
8 **박씨**朴氏: 같은 고을 사람 지태之泰의 딸, 이명기의 처, 두 아들을 둠
9 **박지태**朴之泰: 이명기의 장인, 간통사건 조작의 배후인물
10 **신향**信香: 첩의 계집종, 사건조작의 하수인
11 **회경**會庚: 이명인의 유모의 아들로 홍씨의 노복으로 1차 간통자로 조작되려
    하다 중지됨(「열녀홍씨전」), 호경好京: 이명인의 유모의 아들(「홍열부전」)
12 **신필양**辛必揚: 홀아비로 홍씨와 척의가 있어 왕래하는 사이임, 홍씨와 간통한
    장본인으로 조작됨

13 이씨李氏(2): 이세중의 누이동생, 홍씨에게 호감을 가지고 사건에 가담한 인물들을 증오함

14 정심貞心: 홍열부의 계집종

15 신필진辛必振: 신필양의 형, 경박한 성격의 소유자, 아우를 간통인으로 조작하는 데 가담

16 진천군수鎭川郡守: 1차로 간통사건을 담당하여, 감영으로 이첩함

17 이만제李萬濟: 홍열부의 종부형從父兄(사촌오빠), 홍씨의 신원을 위해 수행했다가 시신을 수습함

18 남두원南斗元: 이세중의 고을 사람

19 사인의 노奴: 사인의 노복

20 노비老婢: 이명기의 종

21 관비官婢(1): 청주 관아의 종, 신체검사 조작에 동원됨

22 관기官妓: 청주고을 기생들, 신체검사 조작에 동원됨

23 관비官婢(2): 2인, 홍씨 신체검사자

24 추관推官: 청주 관아의 사건 조사관

25 비婢: 이세중의 종

26 방백方伯: 충청도 관찰사

27 최숙崔翻: 무인 출신의 실제 인물, 당시에 충청도 병마사를 지낸 것으로 기술됨(「열녀홍씨전」), 최숙崔橚: 홍씨의 시신 운구를 지원함(「홍열부전」)

이처럼 이 작품은 편폭에 비례하여 등장인물이 30여 명에 이르고 모든 인물들은 세 가지 유형에 각기 소속되고 있다. 제1유형은 열부의 입장에 선 인물로 정의 편에 속하고, 제2유형은 간통사건을 조작하는 데 가담한 인물들로 불의의 편에 속하며, 제3의 인물은 사건을 조사하여 판결하는 입장에 선 인물로 관변 측의 심판자에 속한다. 따라서 이 작품은 정의와 불의의 선명한 대립과 갈등의 구도로 엮어지고 있는 것이다. 주인공 홍씨를 제외한 나머지 인물 가운데 사건을 진행시키는 데 주요한 역할을 한 인물은 주인공의 시아버지 이세중과 2인의 시동생이다. 사실 사건은 이세중의 처신이 바뀜에 따라 반전이 이루어진다. 처음에 이세중이 홍씨의 편을 들다가 나중에 시동생들

의 농간에 넘어가 옥사가 일어난다. 또 처음에 이세중이 홍씨에게 가산을 맡기면서 측실과 시동생들의 암투가 일어났고 나중에 이세중이 홍씨를 의심함으로써 죽음을 당하기에 이른다.

작품은 두 가지 축을 중심으로 구성되어 있다. 하나는 가산 탈점욕에 눈먼 후처소생의 시동생들의 거듭된 모의와 이를 좌절시키는 주인공의 활동이고, 다른 하나는 순절을 이루기 위해 반복되는 주인공의 살신 행위이다. 이야기가 이 두 가지 축을 중심으로 진행되다가 모의의 좌절과 주인공의 살신이 한 지점에서 결합되면서 파국과 종말을 맞게 된다.

이를 단계별로 요약하면 다음과 같다.

단계별 요약

☐ 1차 자결기도
남편의 장례를 치른 뒤 목을 매어 자결하려 했으나 시아버지의 만류에 의해 좌절

☐ 첫 번째 모략
▶ 내용: 시동생들의 후사선정을 통한 가산 승계와 탈점
▶ 결과: 열부가 후사선정을 후일로 미룸으로써 좌절

☐ 두 번째 모략
▶ 내용: 홍씨의 가출을 유도 → 1차 간통사건조작 → 첩의 계집종인 신향信香에게 뇌물을 먹여 날조捏造하여 홍씨가 밖에서 간통하였다고 퍼트리고 시아버지에게 알림 → 시아버지의 결단에 의한 홍씨 축출
▶ 결과: 홍씨에 대한 시아버지의 신뢰로 좌절

☐ 세 번째 모략
▶ 내용: 2차 간통사건조작 → 간통한 남자로 신필양을 지목하고 會庚을 속여 증인으로 삼음 → 계속해서 시아버지에게 참소하여 홍씨 축출
▶ 시아버지의 누이가 홍씨에게 누설하자 홍씨가 이명기의 처이자 박지태의 딸인 박씨에게 자신의 유복을 보여주며 결백을 주장함으로써 좌절

⑤ 네 번째 모략
▶ 내용: 친정에서 왜구의 침입이 있을 거라는 소문을 듣고 홍씨를 불러간 틈을
이용 → 시아버지가 홍씨의 간통을 믿게 됨 → 3차 간통사건조작 → 필진에게
발설하지 않겠다는 서약서를 받고 홍씨의 여종인 정심이 홍씨의 간통을 인정
한다는 진술을 받은 것처럼 승복서를 위조 → 홍씨에게 이를 알리게 하여 자결
을 유도 → 관가에 간통사건을 고발 → 재판을 통해 홍씨를 축출
▶ 결과: 홍씨가 수치심을 무릅쓰고 조사관에게 유복을 들어내어 반증해보임으
로써 좌절 → 주모자 처형 → 홍씨 석방

⑥ 2차 자결기도
관리들이 옥사를 공정하게 다스리지 않고 먼저 구금한 것을 치욕으로 여겨 목을
찔러 자결 기도 → 진천군수의 배려와 감호로 좌절

⑦ 3차 자결기도
자신의 결백을 밝힌 뒤 석방되어 유서를 남기고 감시를 피해 목을 찔러 자결 →
성공

사건의 발단은 1차적으로는 남편의 죽음에 있고, 2차적으로는 홍씨에
게 후사가 없는 데 있다. 또한 모든 암투와 모략은 시아버지의 신뢰를 받아
주인공 홍씨가 부잣집 재산을 관리하는 처지에 있다는 데에서 비롯된다. 조
작된 간통사건이 옥사로 번지면서 한쪽은 재산의 획득을 노리고 다른 한쪽
은 자신의 결백을 증명하려 한다. 이 과정에서 작품의 공간적 배경이 몇 차
례 바뀌고 있음이 주목된다.

공간적 배경의 이동상황

① 봉화(친정 : 출생) → ② 진천(시가 : 외출) → ③ 진천(관아) → ④ 봉화(친정) →
⑤ 진천(관아) → ⑥ 청주(감영 : 자결) → ⑦ 봉화(친정 : 장례)

공간배경에서 우리는 주인공이 봉화에서 출생하여 봉화로 돌아와 묻히
고 있음을 본다. 남편 곁에 묻혀야 할 열부의 시신이 봉화 친정으로 돌아오

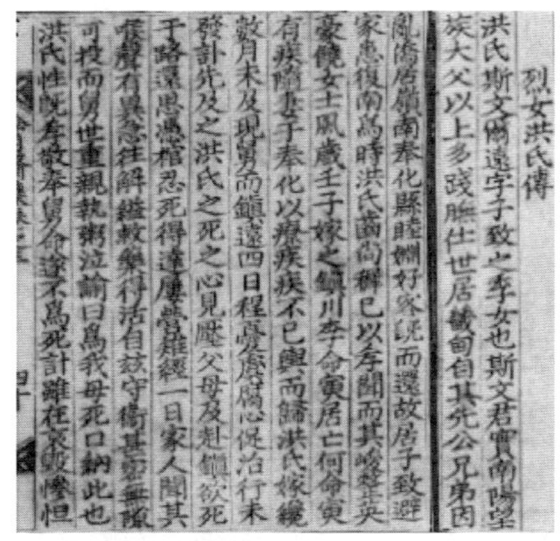
이시선의 〈열녀홍씨전〉 수록 원문

지 않을 수 없었던 사정이 결국 이 작품이 산생하고 있는 비극적 서사구조를 여실히 보여주고 있는 것이다.

작품 속에서 극적 요소가 강한 대목을 잠시 엿보기로 한다.

홍씨에 대한 인정기술에서 작자는 "홍씨는 사문斯文 이원爾遠〔자 자치(子致)〕의 막내딸이다. 사문은 실로 남양의 망족으로 대부이상은 높은 벼슬과 봉록을 많이 받으면서 대대로 서울 근교에 살았다. 그 선공 형제가 난리 때문에 영남 봉화현에 교거하였고 가족들이 화목하게 지내면서 손님을 좋아하다가 옛날 살던 곳으로 되돌아갔으나, 자치는 집안의 우환을 피해 다시 남쪽으로 왔다. 이때 홍씨의 나이가 아직 어린데도 이미 효녀로 소문이 났다. 그녀의 빼어나고 호걸스러움에서 여장부의 기풍이 넘쳤다."[26]라고 하여, 주인공이 열녀로 성장할 수 있는 두 가지 바탕을 이미 확보해 놓고 있다. 하나는 '효녀'로 소문났다는 것이고 다른 하나는 '여장부의 기풍'을 가지고 있었다는 것이 그것이다. 이러한 표현은 암암리에 적극적으로 활동하는 '열녀'를 강화하는 요인으로 작용하면서 그러한 상황전개가 결코 우연이 아니라는 점을 확신시키는 데 효과적일 수 있다.

다음은 사건 이전의 주인공의 자결과 관련된 대목을 보기로 하자.

아마도 결혼 후 남편과 함께 친정 봉화로 신행을 왔다가 얼마 안 있어 병이 난 남편이 먼저 시댁으로 돌아갔다가 이내 일어나지 못한 듯하다. 남편의

26　李時善의 『松月齋集』 권3, 「烈女洪氏傳」, "洪氏 斯文爾遠字子致之季女也 斯文君 實南陽望族 大父以上 多踐膴仕 世居畿甸 自其先公兄弟 因亂 僑居嶺南奉化縣 睦姻好客 旣而 還故居 子致避家患 復南爲 時洪氏 齒尙穉 已以孝聞 而其峻整英豪 饒女士風".

죽음을 전해 듣고 주인공은 죽으려 했으나 친정 부모를 생각해서 차마 결행하지 못한다. 그 뒤 다시 시댁인 진천에 이르러 죽으려 생각했으나 남편의 장례를 생각하고는 이내 단념하고 만다. 장례를 마친 후 주인공은 마침내 1차 죽음을 결행한다. 그녀는 여러 차례 목을 매어 죽으려고 시도했으나, 하루는 하인들이 목맨 소리를 듣고 이상히 여겨 황급히 달려가서 끈을 풀고 약을 먹이어 살아난다. 이로부터 주변의 감시가 심해져서 목숨을 버릴 기회를 얻기 어려웠다. 이때에 시아버지가 손수 죽 그릇을 잡고 울면서 깨우쳐 말하기를 "나를 위해서 죽지 말고 제발 이것을 입에 넣어라."라 하였다. 홍씨는 성품이 효성스러웠는지라 시아버지의 명을 공경으로 받들어 죽지 않기로 한다.[27]

다음은 각 국면별 서사과정을 알아보기로 한다.

1 시아버지의 신뢰를 얻는 과정에 대한 묘사

비록 슬픔이 북받쳐 올랐지만, 남편의 제사는 반드시 풍성하고 청결히 하였다. 사사로이 시아버지를 봉양하기에 힘썼으니, 맛있는 음식과 좋은 옷으로 봉양했다. 행동거지는 정정貞靜하여 멀리 외출할 때는 수레를 타고 가니 세중의 얼굴은 늘 싱글벙글하여 이웃 사람들이 칭찬하기를 그치지 않았다. 남편이 죽은 지 7년 동안 고기를 먹지 않아 거의 죽을 지경에 이르자 시아버지가 억지로 먹으라고 하였다. 세중의 집안은 비록 부유하였지만 누추하였는데 홍씨가 며느리로 들어오고 나서부터 효과가 나타나 비루함을 변화시켜 점차 大家의 모습을 갖추게 되었다. 그 집안의 다른 부인네들은 잘하느니 못하느니 하여 서로 화합하지 못했는데, 유독 세중이 그녀를 애지중지 하여 가산을 주관하도록 하였다.[28]

---

27 앞의 글, "世壬子 嫁之鎭川李命寅 居亡何 命寅有疾 隨妻于奉化 以療疾 疾不已 興而歸 洪氏嫁纔數月 未及現舅而鎭 遠四日程 憂慮腐心 促治行未發 訃先及之 洪氏之死之心 見壓父母 及赴鎭 欲死于路 還思憑棺 忍死得達 屢營雉經 一日 家人聞其喉聲 有異 急往解縊 救藥得活 自玆 守衛甚密 無隙可投 而舅世重 親執粥泣諭曰 爲我毋死 口納此也 洪氏性旣孝 敬奉舅命 遂不爲死計".

2 첩의 질시와 암투과정의 묘사

세중은 장가를 두 번 가서 두 번 상처하고는 첩을 두어 살림을 하게 하였는데, 첩은 하루아침에 홍씨가 자신을 대신하게 되자 속으로 불평을 품었다. 남편의 후모 소생인 남편의 아우 명기와 명린 그리고 여동생은 첩을 무례하게 대했지만 홍씨는 그녀를 예우했다. 그러나 첩은 자기를 반대한다고 더욱 혐의하여 삐뚤어진 심보가 날로 더해갔다. 늘 세중에게 홍씨를 헐뜯자, 홍씨는 제대로 말도 못하고 두려워하면서 숨을 죽이고 살아야 했다.[29]

3 제1차 모의과정의 묘사

명기의 처 박씨는 비록 두 아들을 두었지만 홍씨가 시아버지에게 받는 사랑만 못하고 재산이 홍씨보다 못하기 때문에 일찍부터 자신의 자식으로 하여금 홍씨의 대를 잇고 재산을 승계하고자 하였기에 몇 차례 의도적으로 홍씨를 깨우쳤다. 홍씨는 받아들이는 것이 옳다고 여겼지만 박씨의 자식이 자질이 부족하여 남편의 아우형제 모두가 자식을 두기를 기다려 그중에 어진 사람을 양자로 받아들이려고 하였다. 그래서 훗날을 기약하고는 갑작스럽게 취하지는 않았다.[30]

4 제2차 모의과정의 묘사

명기命麒 부부夫婦는 홍씨가 뒤를 이음이 반드시 자신들의 자식에게 있지 않다는 것을 의심하고는 크게 혐오하였으며 첩과 함께 서운하게 생각하여 옳

---

28   앞의 글, "雖在哀毀慘怛之中 必豐潔其祭 而私辦養舅 奉之以美味美服 擧止貞靜 迥出輿人 世重欽歎動色 鄰里頌之不容口 去喪七年 不食肉 及病 病瀕死 舅强而食之 世重家雖富不華 自洪氏之奉嬪 視效變陋 漸成大家容 而其家他婦 玉石相懸 不盡相合 獨世重重之 使尸家産".

29   앞의 글, "蓋世重 再娶再喪 畜妾治棲 妾以一朝代己 內懷不平 而夫後母弟命麒命麟及女弟之爲妾不禮者 洪氏禮之 妾益嫌反己 悖心日滋 常惡之世重 洪氏見不雨畏約屛息".

30   앞의 글, "且命麒妻朴氏 雖擧二男 不若洪氏爲舅賢之光 且財産豐約莫肩 早欲其所生 爲洪氏嗣 以承其富 數以意曉之 洪氏誼可受之 而短其稟質 欲待其弟兄俱有子 而收其賢 解以後辰 不遽取也".

고 그름을 따지지 않고 모해하기로 합심合心하고는 쉬쉬하였다. 홍씨는 평소 병이 많았는데, 남편이 죽게 된 후로는 더욱 심하였다.

명기가 말하기를,

"제가 출타하여 형수의 점을 보았는데, 점괘에 '금년 운수가 좋지 않으니 책이나 읽으면서 집을 피하는 것이 좋겠다'라고 합니다."

하니, 홍씨가 일러주는 것을 곧이곧대로 믿고는 집을 나갔다. 그들이 동심한 모의가 비로소 행해졌으며 모의는 첩의 계집종 신향信香에게까지 미쳤다. 신향에게 뇌물을 먹여 날조하여 홍씨가 밖에 살면서 간통하였다고 퍼트리게 하였다. 이보다 1년 전에 세중이 죄를 얻어 호남에 귀양을 갔다가 풀려나게 되었다. 명기 등은 홍씨가 몰래 음란한 짓을 하여 애를 배어 종적을 감추었다고 밀고하였다.

세중은 낙심하고 실성하여 말하기를,

"우리 며느리는 평소 나를 보기를 하루 세 번 함에 하녀의 부름이 없으면 당에도 내려오지 않았거늘 어찌 이런 일이 있을 수 있는가? 반드시 말을 꾸며 모함하고자 하는 자가 있을 것이다."

하고는 믿지 않았다.[31]

⑤ 제3차 모의과정의 묘사

첩은 오히려 밤낮으로 참소하여 세중이 끝내 의혹이 없을 수가 없었다. 홍씨를 대함이 처음과 같지 않았다. 명기의 장인 박지태는 명기에게 홍씨를 참소하는 데 게을리하지 말 것을 권하였다.

---

31 앞의 글, "命麒夫婦 疑其立後之不必在厥兒 大嘯之 與妾爲二憾 同心謀害 詭隨匿跡 洪氏素多疾 自喪所天 益沈綿 命麒曰 吾出卜嫂病則卜云 今年運凶 誦經避家 可也 洪氏信然所指 出舍于外 其同心之謀始肆 而謀及於妾之婢信香 餌信香多行革言搆捏 洪氏以居外有奸 先一年 世重 罪謫湖南 至是放還 命麒等 密告云洪氏潛誕所淫之震而鑵形跡 世重氣短失聲曰 此婦平日見我日三 而非下女不下堂 今豈有是乎 必有造言欲傾之者 不信之 妾猶日夜浸潤之 世重終亦不能無惑 待洪氏不如初".

이에 참소하는 자들이 모의하기를,

"눈 안의 가시를 어떻게 하면 제거해 버릴까?"

하니 명기가 말하기를

"죽은 형의 유모 아들 회경은 홍씨가 신임을 하고 있으니 음란한 짓을 했다고 지목함이 어떻겠습니까?"

하였다. 첩이 말하기를,

"회경은 구변口辯이 뛰어나 이웃 마을에 사는 신필양만 못합니다. 그는 아직 장가도 가지 않았고 또한 어리석으며 또한 척의로 간혹 홍씨의 당堂에 오르기도 하니 이로써 배척하면 사람들이 믿을 것이고 그도 또한 스스로 어찌할 수 없을 것입니다. 이로 인해 이익을 구실로 회경을 속여 증인으로 삼으면, 일은 반드시 성사될 것입니다."

하니 모두가 그의 의견을 가장 좋다고 하고는 때를 기다려 시행하려고 하였다. 홍씨는 아무것도 모르고 있었다. 세중의 누이는 평소 홍씨를 어질게 여겨 이미 그들의 기미를 눈치채고는 홍씨에게 누설하였다. 홍씨는 하늘을 우러러 가슴을 치면서 길게 탄식하였다.

박씨가 때마침 옴에 홍씨가 그녀를 보고 울면서 하소연하였다.

"미망인이 무슨 잘못이 있기에 당신들이 융합하여 망극한 말을 하십니까? 하늘이 만약 안다면, 말한 자는 재앙이 있을 것입니다."

하고는 즉시 저고리를 풀어 젖가슴을 보여주니 박씨는 결코 보려하지 않았다.

물러나 그 무리들에게 말하기를,

"누가 누설하여 내가 저에게 곤욕을 당하도록 했습니까?"

하자, 그 후로는 다시 참소하는 말이 없었다. 그러나 홍씨는 스스로 머지않아 큰일이 일어날 것이라는 생각 때문에 마음을 안정하지 못하였다. 생사가 모두 어려워 늘 스스로를 원망하였다.[32]

6 제4차 모의과정 묘사

숙종 7년(1681) 신유년에 왜구가 침입했다는 잘못된 말이 있었다. 홍씨의 부모는 진천이 병로가 될까 염려하여 홍씨를 불러오게 했다. 홍씨는 노비 회경과 정심을 남겨두면서 집을 잘 보라고 하고는 친정으로 갔다.

명기 등은 그녀의 아버지가 참언을 믿었음을 알고 이때를 이용하여 크게 말하기를,

"필양이 홍씨와 사통하였으니, 저 자식 없는 아낙으로 나쁜 짓을 하였으니 어찌 잘못됨을 돌아보고 자결하지 않겠는가! 지금 내쫓아 돌아오지 못하게 할 수 있지만 이와 같이 하면 남들이 재산 때문에 내쫓았다 할 것이기에 관가에 알려 단번에 없애는 것이 낫다."

라고 했다. 그러나 관에 고발함에 증거가 없을 수 없었다. 세중이 재빨리 필양의 형 필진에게 그 이유를 이야기하였다. 필진은 어리석어 꾐에 빠져 누설하지 않을 것을 글로써 세중에게 맹세하였다.

또한 정심을 겁박하여 말하기를,

"너의 주인의 음란한 일을 사실대로 고하면 살려주고 후한 상금도 보태줄 것이지만, 그렇지 않으면 죽을 것이다."

하였다. 정심은 매우 놀라 오직 빨리 죽기만을 바랐다. 세중은 그녀를 무자비하게 때려 허위 자백을 받아내려 하였다. 살결이 완전한 구석이라고는 한 군데도 없었으나 정심은 끝내 죽기를 각오하고 입을 다물었다. 명기는 손수 허위로 승복한다는 서류를 만들었다.

이에 홍씨에게 들리도록 말하기를,

---

32 앞의 글, "命麒婦翁朴之泰勸命麒不怠其讒 於是 讒者合謀曰 眼中刺 若之何去之 命麒曰 亡兄乳母子 會庚 乃洪氏信任之役 指以爲淫蒸 可乎 妾曰 會庚有甚口 不可 近鄰辛必揚 未娶且癡 有戚誼或升堂 以此斥之 必濟矣 皆甲其謀 將待時而發 洪氏實不知也 世重妹素賢洪氏 微知其機而洩之 洪氏仰天 椎胸長息 朴女適至 洪氏見之涕泣曰 未亡人何辜 而君輩陶鑄 云云罔極之言 天若有知 言者有殃 卽 解紐示乳腹 朴絶諱之 退謂其黨曰 誰不愼口 致吾甚困於彼耶 是後更無所聞 而洪氏自念履霜氷至 卒必不靖 生死兩難 常切自怨".

"홍씨의 잘못된 행동은 매우 자세하게 드러났고 이를 모든 종들은 사실대로 자백하였으며, 필진은 글로 서약하였다. 일이 사제에 관계되어 있으니 어찌 면하겠는가? 모름지기 자결하고 감히 나오지 말라!"

하였다. 마침내 세중의 이름으로 진천관을 찾아가니, 그날로 세중은 옥에 갇히게 되었고, 그 다음 필진이 갇히자 필양은 달아났다. 진천 관아로부터 방백에게 급변이 알려졌다. 방백은 글을 영남에 돌려 홍씨를 체포하게 하였다. 홍씨의 아버지 자치는 놀라고 분하고 부끄러워 문을 닫아걸고 손님을 사절하였다. 이 일을 들은 사람들은 놀라고 의혹하여 사건의 본말을 알지 못하였다. 홍씨는 자결하는 것이 공연히 간사한 무리들의 꾀에 빠져드는 것임을 알았기에 반드시 법정에 나아가 실정을 밝히고자 하여 압송되어 갔다. 종형인 만제도 그녀와 함께 갔다.[33]

7 진천관아에서의 간통사건에 대한 심리과정 묘사

진천의 옛날 살던 곳에 다다르자 명기와 세중의 첩은 홍씨의 성질이 급하여 반드시 자결하고 돌아오지 않을 것이라 생각하고는 이미 가산을 몰수하여 감추었는데, 그녀가 도달했다는 소식을 듣고는 놀라 서로 돌아보며 어쩔 줄을 몰랐다. 세중은 감옥에서 막 밥을 먹으려다가 운심하여 수저가 떨어지는 줄도 몰랐다.

필양은 홍씨가 이르렀다는 소식을 듣고는 홍씨가 무고한 죄를 씻으려고

33 앞의 글, "及上之八年辛酉 有訛言倭兵至 洪氏父母 畏鎭爲兵路 召洪氏來覲 洪氏留奴會庚婢貞心 使守家而歸寧 命麒等知其父信讒 乘其時 敢大言必揚 私於洪氏 彼無子之婦 有邪行 何所顧惜 而不早絶乎 今可以因去圖黜 令不得回然 如此則人謂崇財而黜之 莫如告官一擧而滅之 但告官無證不可 世重速必揚兄必振語之故 必振惛惐墮術中 與爲勿洩 誓書世重 又威刦貞心曰 汝主陰事 汝直告則生加有厚賚 否則死 貞心駭震 惟願速死 世重亂抶之 期取誣服 身無完膚 貞心卒外死緘默 命麒手自僞作承服狀 於是 使聞于洪氏曰 洪氏失行孔昭 率婢首實 必振詛文 事係士制 其何以免 須自裁無敢前 遂以世重名 謁鎭川官 卽日世重被囚 次囚必振 必揚出走 自官上變方伯 方伯移文嶺南逮洪氏 子致駭憤縮恧 杜門謝客 聞者驚惑 莫知端倪 洪氏知自裁之 徒爲奬姦自陷 必欲就理以白其情 被押而去 從兄萬濟 與之偕行".

함을 알고 스스로 나가서 심문을 받았다. 대개 세중은,

"홍씨가 필양과 사통하여 섣달에 아이를 낳았다고들 하며, 초봄부터 늦여름까지 충원에서 천연두를 피했다는 것은 마을 사람들이 질정함에 서로 어긋남이 없습니다."

라고 말하였다. 또 묻기를,

"자식을 낳았다는 것을 무엇으로 증명하겠느냐?"

세중은 바로 대답하지 못하고 다만,

"외인들은 모두 알 것입니다."

라고 하면서 마을의 웃어른인 남두원 등이 상황을 알 것이라 끌어대었다. 세중은 지난 번 소장을 올릴 때 먼저 홍씨의 이야기를 이웃마을에 전파하여 듣지 않은 이가 없도록 하였기 때문에 마을 사람들이 그 소문을 증명하리라 생각했지만, 두원 등은 그의 속내를 보고 그 거짓됨을 싫어했다. 홍씨가 세중 등이 묵은 잘못을 이것저것 들추어 말하니, 세중은 머리를 떨구고 입을 다문 채 아무 의욕이 없는 듯하였다. 바야흐로 홍씨는 심리하는 관리들이 죄수를 다루는 듯한 것을 보고 깨끗한 몸이 사나운 짐승들에게 욕을 당하게 됨을 참지 못하였고, 또 심리하는 자가 쌍방의 조서는 참고하지 않고 먼저 구금한 것에 분개하여, 죽음을 참고 정황을 밝히려는 처음의 마음을 돌아볼 겨를도 없이, 말 위에서 칼을 뽑아 목을 찌르고 실신하여 땅에 떨어졌다. 진천 군수가 형틀을 쓰지 말 것과 칼과 치마끈을 없애도록 하고, 여러 명의 관비들을 두어 그녀의 죽음을 막았다.

옥사는 마침내 확실한 증거가 없어, 장차 뒤집어지려 하자, 세중은 크게 두려워 말을 올리기를,

"옥관이 사정을 받아들여 판결을 그르쳤으니, 경옥京獄에 나아가 올바른 판결이 되도록 하소서."

라고 하여, 이내 청주로 옮겨 처리하도록 하였다. [34]

8 청주감영에서의 간통사건에 대한 심리과정 묘사

홍씨는 대양역 명인의 무덤을 지나다가 무덤에 절을 하고 엎드려 곡하다가 혼절했다가 다시 깨어나서 옥사에 임했다. 세중 등은 이에 이르러 필양을 끌어들이지 않고, 다만 아이를 낳은 잘못만 지적하였다. 홍씨는 스스로 자술서를 썼는데 무려 만여 마디나 되었다. 그 평생의 행실과 참소를 입은 억울함을 서술하였는데, 말이 처량하고, 가리키는 뜻이 밝고 올발라 사람들을 감동시키기에 족했다.

대개 말하기를,

"시아버지와 며느리의 송사는 인륜의 지극한 변괴입니다. 만약 다른 잘못에 연루되었다면 저는 비록 만 갈래로 찢겨 죽어도 마음을 달게 죄를 받을 것이오. 어찌 감히 시아버지와 대항하여 자신을 변명하겠습니까? 그러나 이것은 간사한 무리들의 유혹에 시아버지께서 속임을 당했으니 망극하옵게도 더럽힌 이 몸이 이에 한꺼번에 누명을 씻고 죽어 지하에서 불결한 귀신이 됨을 면하고자 합니다."

라고 하면서, 또 거짓을 분변하고 증거를 밝힌 것이 열두어 가지가 넘었다. 그러나 세중은 말이 궁해져서 동쪽을 가리면 서쪽이 무너지는 격이어서 계속할 수가 없었다. 남두원 등도 앞에서 대답한 것을 번복하지 않았다.

명기는 궁지에 몰리자 두려워한 나머지 홍씨를 꾀어 말하기를,

"형수가 필양이 범하고자 함에 항거하여 욕을 당하지 않았다고 말하면, 필양 혼자 죄에 연루될 것이고, 형수와 우리 부자는 아무런 일이 없을 것입

34　앞의 글, "迫鎭之舊居 命麒及世重之妾 意洪氏性尤 必自裁不還 而沒家藏 聞其行迫 愕然相顧 無人色 世重在囚方食亦隕心不覺失匙 而必揚聞洪氏至 知其被誣之昭雪 自出對簿 蓋世重供辭 謂洪氏通必揚 臘月生子云 而必揚之自春初至夏盡 避痘于忠原者 質之里人 無有相違 又問生子明證之爲何 而世重莫之指摘 只稱外人皆知之 至引里中爲首者南斗元等知狀 世重以曩日將發狀也 先播洪氏說於鄰里 使無不耳之故 欲里人證其所聞 而斗元等 見其肺肝 嫉其僞繩 洪氏多數世中重等宿惡 世重俯首結舌 若死灰而已 方洪氏之見理官如獄也 不忍以玉潔之身 受辱狌犴 又憤司理之不閱兩造 而先拘禁 不暇顧耐死白情之初心 馬上拔刀刺頸 昏眩賣地 鎭倅命不用械 去刀去裳帶 爲置數官婢 防其死 獄事竟無實事 將反之 世重大懼 令上言云 獄官容私誤決 願就京獄得平 乃徙淸州以治之".

니다."

하였다. 홍씨가 못들은 체하자, 세중은 계속해서 이것으로 꾀었다.

홍씨가 말하기를,

"남을 죄에 빠뜨리고 자신은 죄에서 벗어나는 짓을 죽은들 어찌 차마 하겠습니까?"

하였다. 명기는 사인士人의 종을 매수하여 새롭게 묻은 죽은 아이의 태아를 홍씨의 아이라고 하려 하였으나, 사인이 종을 꾸짖어 그만두게 하였다.

명기 등은 또한 늙은 여종에게 장사밑천을 대어 주고는 주경州境에서 물건을 팔도록 하면서, 고을마다 소리쳐 말하기를,

"나는 청주로 진천으로 돌아다니며 물건을 팔았는데, 길에서 홍씨가 진짜로 아이를 낳았다는 것을 들었습니다."

하고 말하도록 하였다. 추관이 홍씨의 유복乳腹을 조사하려 하자 명기는 몰래 종들에게 뇌물을 주어 아이를 밴 흔적이 있다고 말하도록 하였다. 만제가 관기들에게 뇌물 준 일을 알아채고는 주고받은 자를 잡아 관에 나아가 힐문하니 과연 자복하였다.[35]

⑨ 최종 심리와 판결과정

이윽고 동쪽 마루 아래 병풍과 장막을 설치하고는, 관비 2인과 세중의 비婢가 함께 유복을 검사하도록 하였다.

---

35 앞의 글, "洪氏路過代良驛 命寅冢墓 入拜伏哭 絶而復甦 遂之獄 世重等至是 不援必揚 但稱生兒之累 洪氏自書供辭 無慮萬餘言 敍其平生行身之蹟 遭讒被玷之寃 辭氣悽惋 指意明正 有足感人者 蓋曰舅婦之訟 人倫極變 若係他累 妾雖萬萬磔死 甘心服罪 何敢抗舅自伸 而此則羣姦鑠金之口 誣誤舅心 爲言罔極 汚纖妾身 玆願一泄而死 免作天下不潔之鬼 且其辨誣明證 不止十數 而世重單辭 東掩西潰 無可繼 所引南斗元等 亦不易前對 命麒墊阤怔懼 誂洪氏曰 嫂言必揚欲犯 拒之得免 則必揚獨坐 而嫂若吾父子 可無事 洪氏爲不聞也者 世重繼以此誘之 洪氏曰 陷人自脫 死何忍爲 命麒買士人奴 新瘞死胎 將指爲洪氏兒 士人叱止之 命麒等 又資老婢物貨 行買於州境 村村唱言 吾自京自鎭路聞洪氏眞生子矣 及推官覈洪氏乳腹 命麒潛賂妓輩 要言有胎痕 萬濟知賂妓事 使捕與受者 詣官詰之 果服".

관비가 나와서 말하기를,

"아이 밴 흔적이 없었습니다."

세중이 홍씨의 잘못을 다그치어 말하기를,

"아이 밴 어미는 젖이 나옵니다."

세중의 여종이 나와서 말하기를,

"과연 아이 밴 흔적이 있습니다."

홍씨는 세중의 여종의 말을 듣고는 분개하여 갑자기 일어나서 장막을 헤치고 계단에 올라가 추관 앞에 가까이 다가가서 말하기를,

"내 죽는 것이 늦었습니다. 내 죽는 것이 매우 급한데, 어찌 유복(젖가슴)이 이러니저러니 하고 따지려 이 지경에 이르렀겠습니까? 신첩은 진실로 여자가 몸을 드러내는 것이 부끄러운 일인 줄 아오나, 지금 이와 같이 하지 않으면 시끄러운 말을 막기 어려우니 멀지 않은 데서 증명하겠사오니 원컨대 친히 보십시오."

하고는 스스로 옷깃을 풀어 유복을 드러내었다. 추관은 대옥을 다스리는지라 서서 자세히 살펴보니 진실로 아이 밴 흔적이 없는 엄연한 처자였다.

홍씨가 오열하듯 분노하니 원한의 눈물이 비같이 흘렀다. 좌우에서 구경하는 사람들이 눈물·콧물 흘리지 않는 사람이 없었다. 추관도 또한 오래도록 슬퍼하였다. 사건의 정황을 낱낱이 상부에 보고하고는 홍씨와 정심을 풀어 주었다. 정심은 주인을 위해 의리를 지켜, 갖은 형벌에 거의 죽을 지경에 이르렀어도 주인을 배반하지 않았기 때문이다. [36]

36　앞의 글, "洪氏聞世重婢言 慨然忽起 披屛帳 挺身升階 逼進推官前日 吾死暮矣 吾死甚急 而何其考乳腹之多說 乃至此乎 妾固知女子露體之爲羞恥事 而今不如此 難支饒舌 證之不遠 願賜親監 乃自披襟 發乳腹 推官爲大獄之故 立而諦視之 誠無胎痕 一處子矣 洪氏方鳴咽呑聲 冤淚如雨 左右觀者無不爲之酸鼻 推官亦不怡者良久 枚達上使 卽釋洪氏幷貞心 貞心爲主守義 驟刑 幾死而不撓故也".

홍씨는 구금된 지 몇 개월이 되도록 옷과 머리를 살피지 못해 이가 개미떼 같이 득실거렸다. 감옥에서 나와 목욕을 하고 머리를 만진 다음 새 옷으로 갈아입고 두 어버이에게 편지를 올리기를,

"불효여식이 재앙에 걸리어 부모님께 걱정을 끼치고, 먼 곳에서 영원히 이별을 하오니 다시는 뵙지 못할 것입니다. 게다가 지아비의 위패를 부탁할 곳이 없음을 생각하니 이것이 매우 원통합니다."

라고 하였다. 추관에게 글을 올리기를,

"다행히 명석한 판결에 힘입어 깊은 원한을 씻을 수 있었습니다. 그러나 시아버님은 오로지 남에게 속임을 당한 것이지, 진실로 본심이 아니라고 생각합니다. 지금 만약 사면하지 않으시면 신첩은 지하에서 제 남편을 대할 면목이 없습니다. 감히 청하옵건대, 이 심정을 어여쁘게 여기시어 특별히 시아버님의 죄를 용서해 주십시오."

라고 하였다. 홍씨가 감옥에 있을 때에 음식이 있으면 반드시 먼저 세중에게 진상하였으며 혹시라도 혼자 맛보는 일이 없었다. 만제는 그녀의 부질없이 하는 행동을 비웃었지만 막지는 않았다. 그 광경을 본 사람들이 사사로이 말하기를,

"이 지경에서도 오히려 며느리의 도리를 잃지 않으니 그 평소의 행동을 알 수 있다."

라고 했다.

홍씨는 이미 두 통의 편지를 써 놓고는 얼굴빛이 편안한 것이 예전과 달랐다. 이날 밤 등불을 밝혀 놓고 앉아서 잠자지 않았다. 시비侍婢가 잠에서 깨어나 홍씨가 이미 죽은 것을 보고는 재빠르게 만제에게 알렸다. 만제가 황급히 달려가 보니 피가 방안에 가득하고 칼이 목 아래에 있었지만 칼자루는 보이지 않았다. 그 곁에 약하게 찌른 흔적이 있으니 이는 거듭 찔러 깊이 들어간 것이다.[37]

11 홍씨의 반장과 열녀의 탄생 과정 묘사

만제는 애도하면서 추관推官에게 죽음을 알렸다. 추관은 사람을 보내어 문상하도록 하고 만제에게 일러 말하기를,

"내 지난번에 네 누이의 의지로는 반드시 죽을 것을 알았다."

하였다. 병마사 최숙崔翽이 벼슬아치를 보내어 상례를 보살피도록 하고 부조를 많이 하였는데, 서로 알아서가 아니고 그녀의 뜻을 슬퍼한 때문이다. 근처의 사대부들이 듣고는 매우 짧은 시간에 슬퍼하고 칭송하면서 다투어 찾아와 돌보았다. 관리나 여염의 남녀들도 탄식하고 문상하지 않은 이가 없었다.

세중도 또한 그녀를 위해 슬퍼하며 말하기를,

"내가 스스로 이왕의 실상을 살펴보고, 비로소 그 거짓됨을 깨달았노라. 아녀자에게 속임을 당해 일이 이렇게 되었으니 한스럽구나. 암탉이 울면 집안이 망한다더니, 죽음 이외엔 피할 형벌이 없구나. 시종 스스로 정직하여 변함이 없었도다."

하였다. 세중의 딸은 박지태朴之泰가 명기를 부추겨 옥사를 일으키게 한 것과 박씨의 딸 또한 죄를 얽어 화근을 만든 것을 원망하면서, 수차례 박씨의 딸에게 말하기를,

"무고한 옥사를 일으켜 무고한 사람을 죽게 만든 사람이 누구야? 너의 아비가 이미 죽고 내 아버지가 죽게 되었으니 아버지가 죽게 되면 너를 찔러 죽여서 아버지의 원수를 갚을 것이다."

하다가 결국 화병으로 죽었다.

37　앞의 글, "洪氏拘幽 凡幾箇月 而不理衣髮 蝨如亂蟻 及出沐浴理髮 更衣鮮潔衣裳 而修書二親曰 不孝罹禍 貽父母憂 而遠地永辭 不復反面 且念所天木主 無處可託 是深痛也 其上推官書曰 幸賴明鑑 得洩深冤 而舅惟爲人所誑 實非其心 以妾之故 今若不免 妾於泉下 難對我儀顔面 敢請憐悲此情 特貰舅罪 洪氏在圖時 如得飮食可口者 必先進世重 無或獨嘗 萬濟笑其枉施 而亦不沮 其見者私語曰 此地而猶不忘婦道 其平日可知矣 洪氏旣作二書 伸眉舒顔 頗異於前 是夜明燈坐不寐 侍婢寐覺 見洪氏已死 奔告萬濟 萬濟匍匐而赴 血光滿室 刀在喉下 沒其柄 旁有淺揷之瘡 此再揷得深也".

홍씨가 추관에게 올리는 글 끄트머리에,

"여름엔 시체가 냄새가 많이 나니 종형 혼자 거두게 하고, 시신을 거둔 뒤에는 처리할 수 있게 해 주십시오."

하였다. 추관은 이를 측은하게 여겼으나 사체事體에 구속되어 감히 짐꾼을 쓰지 못하였다. 청주의 모든 장정들을 내어 운구하게 하였고, 모든 경내의 사람들이 이름하여 '열녀 홍씨의 장사'라 불렀다.

연로에 통문하니 列邑이 이르는 곳마다 이야기를 듣고 감동하여 힘을 써주지 않는 곳이 없었다. 그 아버지 집에서는 관졸을 사양하고 가동으로 하여금 마주 들고 돌아오도록 하였다. 비복들이 통곡하면서 가니 슬픔이 길가는 사람들마저 감동시켰다. 그해 모월 모일에 봉화 병현에 장사지냈다.[38]

⑫ 시아버지와 죄인들의 처리과정 묘사

세중의 첩과 명기·신향은 장살을 이기지 못하고 죽었다. 회경은 형벌을 받고 말을 바꾸었기 때문에 정심과 함께 석방되지는 못했고, 명린은 달아났다.

사대부들은 홍씨의 뜻을 슬퍼하여 세중의 죄를 용서할 것을 임금에게 아뢰고자 하였다.

어떤 이는 죄는 용서할 수 없다고 하였다. 세중은 스스로 반드시 죽을 것을 알고 곤장을 참고 자복하지 않았다. 장차 날이 새어서도 여전히 죽지 않았는데, 그 형벌을 가함이 죽음에까지 이르지 않은 것은 또한 홍씨 유서의 뜻에 힘입은 것이다. 유서에 올린 말은 원근의 사람들이 기이하다 여기고,

---

38　앞의 글, "萬濟擧哀 告死于推官 秋官送人問喪 謂萬濟曰 吾於鄕者 知汝妹之爲意 其必死矣 兵馬使崔翻遣吏護喪 賻甚富 非相識 而哀其義也 近方士夫 聞而彈指 一盡一褒 爭來顧見 以至官吏閭閻男女 莫不咨嗟致問 世重亦爲之悲泣云 世重自其閱實以往 始覺其虛僞 竊恨爲兒女子所罔 而業已成獄 若出雌音 則知渠家盡 劉無追刑 終始自直不變 世重之室女 怨朴之泰之勸命麒起獄 朴女亦鍛鍊構禍 乃數朴女曰 起冤獄 殺無辜者 誰耶 汝夫已死 吾父方論死 父死則將刺殺汝 以報父仇 竟憂傷而死 洪氏上推官書尾 有云夏月臭屍 堂兄獨收 收屍之後 乞賜處置 推官爲之惻然 而拘事體不敢調擔軍 西原士夫俱發于運櫬沒境 名之曰 烈女洪氏之喪 通文于沿路 列邑所到 動聽無不勉力 而其父家辭官卒 使家僮舁歸 婢僕號行 哀動路人 其年某月日 葬于奉化並峴".

서로 다투어 베껴서 전송하는 이야기로 삼았다고 한다.[39]

우리는 이상에서 열녀전이 주인공 홍씨의 '열' 구현을 어떠한 묘사법으로 형상화하고 있는지 알아보았다. 우선 눈에 들어오는 것이 '대화법'이다. 특히 후미에서 주인공의 신체를 검사하는 장면은 그야말로 생동감이 넘쳐흐른다. "있는가? 없는가?" 하는 짤막한 질의와 "있다, 없다."로 이어지는 응답을 통하여, 젖가슴을 드러내고 있는 여인의 부끄러움만큼이나 긴장의 밀도를 끌어올리는 데 성공하였다. 한 사람의 엄연한 처자로 확인 받기까지 주인공이 감내해야 했던 수모와 고뇌는 독백과도 같은 항변 속에서 진하게 묻어나온다.

작품에서 주인공은 여러 차례에 걸쳐 죽음을 생각하고 죽음을 결행한다. 전반부의 죽음이 지닌 의미는 남편의 죽음에 대한 순절의 의미를 담고 있다면, 간통사건에 연루되고 난 후의 죽음은 자신에게 주어진 비참한 현실에 대한 저항의 의미를 깔고 있다. 주인공은 당초부터 남편의 죽음 앞에서 죽어있던 존재였다. 문맥을 천천히 짚어 보면, 이 같은 의지가 분명히 느껴진다. 또한 그녀는 결코 죽을 수 없던 여인이었다. 남편이 죽은 뒤에 시아버지에게 몸을 의탁한 상황이었고 시아버지의 의심을 받은 뒤로는 자신의 결백을 증명해야 하는 처지에 놓였기 때문이다. 그러나 주인공은 끝내 죽고 말았다. 이미 자신의 삶을 구속했던 모든 굴레에서 벗어났음에도 불구하고 스스로에게 약속한 당초의 죽음을 회피할 수 없었기 때문이었다.

주인공은 엄연한 처자였다. 처자의 죽음이 '열녀 홍씨의 장사'로 이어졌다는 사실이 이 작품이 단순한 순종형 여인상을 그려내고 있는 것이 아니라는 점을 명백히 해준다. 여기서 '신원설치형' 열녀 형상이 지향하는 미의식을 읽어낼 수 있다. 그것은 강직함과 집요함의 추구이다. 주인공이 더 이상 순

---

39 앞의 글, "世重妾泊命麒信香 不勝杖而死 會庚被刑變辭 不得與貞心同放 命麒迅 薦紳多悲洪氏意 欲白上蕡世重死 或言其罪不可赦 世重自知承款必死 忍杖不服 將周星而猶不死 其施刑不至於死 亦 賴洪氏遺書之意爾 其遺書供辭 遠近異之 爭相謄寫 以爲傳誦之談云".

결할 수 없는 상태에 이르러서도 자신의 순결을 의심하는 행위 그 자체가 강직함과 집요함의 표현이다. 오직 죽음만이 그녀의 순결을 수호해줄 수 있을 뿐이다.

끝으로 이시선의 「열녀홍씨전」과 이재의 「홍열부전」 말미에 붙여진 논찬 부분을 비교해 보기로 한다. 이시선은 "의왈議曰"로 시작되는 다음과 같은 평설을 남겼다.

홍씨가 아무리 어질다고 하지만, 변고를 만나지 않았다면 어찌 남들이 그녀가 이토록 어진지 알았겠는가? 험난한 일을 겪으면서도 마음을 강하게 먹고 종신토록 꺾이지 않았다. 의가 있음만 알고, 자신의 몸이 있음을 알지 못하더니 마침내 절의를 온전히 하여 자신의 몸을 죽이어, 그 마음은 편안한 바가 있었다. 오직 옥사에 나아갈 때 말 위에서 스스로 목을 찔러 분개하여, 뒤도 돌아보지 않았으니 일은 거의 위태하였다. 이 지절이 너무 깨끗하여 협애함을 면하지 못했다. 홍씨로 하여금 변명한 후에 자취를 감추고 집으로 돌아가 그 몸을 보존하게 하였던들, 어찌 구차하게 사는 누가 있었겠는가? 오직 이름을 욕되게 하고 시아버지와 소송했다는 부끄러움이 사는 것보다 심함이 있었기에 죽음 보기를 집으로 돌아가는 것같이 하여 두 번이나 목을 찔렀던 것이다. 지난날 여러 번 자결하려는 독한 마음은 벗어버리고 시아버지의 죽음이 면해지기를 기도함이 죽음에 임하는 소리에 나왔다. 그 빙얼의 지조와 측달의 정이 나란히 어그러지지 않아, 그 빛을 밝고 밝게 하였으니, 옛날 열장부가 한 것에 비겨보아도 어찌 시궁창에 처해 있으면서도 그 더러움을 알지 못하는 것과 같겠는가? 명기 등은 사리사욕에 어두워, 무고한 사람을 재앙에 빠뜨려 자신의 이익을 구하려고 하여 감히 참혹한 송사를 부추기어, 이익도 얻지 못한 채 자기 집안을 몰락시켰으니, 아마도 하늘을 속이기는 어렵다 할 것이다. 대저 이익을 좋아하는 소인이 군자를 무고한다면, 비록 기회를 이용해서 목적을 이룬다 하더라도 끝내 하늘의 재앙을 받을 것이니, 이런 경우가 또한 명기에게서 그치겠는가? 감계하지 않을 수 있으리오?[40]

40　앞의 글, "議者曰 洪氏雖賢 不遇變 人何知其賢之至此乎 履險剛中 終始不撓 知有義 不知有身 卒以全節殺其身 其心有所安也 惟就獄之初 馬上自刎 憤不顧後幾危事機 此志節太潔 未免隘處也 使洪氏於其辨明之後 斂跡歸家保存其身 有何偸生之累 而惟以辱名訟舅之恥 所欲有甚於生 視死如歸 刭刃至

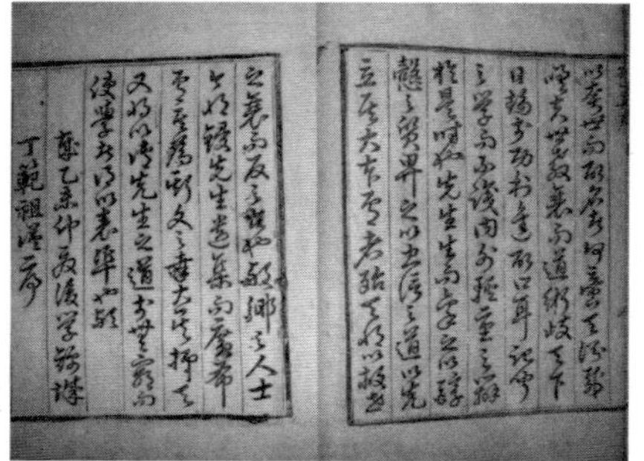

이유장의 문집 〈고산집〉 목판본 9권 5책(위쪽)과 〈고산집〉에 대한 정범조(丁範祖, 1723~1801)의 서문(아래쪽)

이시선은 주인공의 지조가 너무 깨끗하여 자기 고집이 너무 앞섰다고 보았다. 그래서 마지막 죽음은 결행하지 않았어도 좋았을 것이라는 아쉬움을 표현하였다. 직접적인 표현은 하지 않았지만 주인공의 지절을 '과절過節'로 중도를 벗어난 것으로 본 듯하다. 이와는 반대로 송사를 일으킨 주범 명기의 죽음이 뜻하는 의미도 분명하게 지적하고 있다. 사람은 속여도 하늘은 속일 수 없다는 단순한 진리를 이끌어 내어 소인과 군자를 대립시켰다. 소인-명기, 군자-홍씨라는 대응구조 속에서 양자가 모두 죽게 되지만 그것이 만들어 내고 있는 의미는 전혀 다르다는 점을 명백히 한 것이다.

이와 관련하여 송월재의 벗이었던 안동의 선비 고산孤山 이유장李惟樟(1624~1701)은 '「봉화홍씨전」의 옥중 진술 대목을 읽고서'라는 제목의 시를 남겼다.

初遲引決豈貪生　　처음 자결 늦춘 것이 어찌 삶을 탐내서였을까
強就公門辨對明　　애써 관청에 가서 대면하고 변명하기 위함이지

再 不負疇昔累度自裁之心 而祈免舅死 出於臨絶之音 其冰蘗之操 惻怛之情 並行不悖 烈烈其光 比古烈丈夫之所蹈 豈如溝瀆之莫之知也哉 命麒等利令智昏欲殃無罪以求利 敢煽蚓訟之慘 利不得而覆其家 豈非天難誣耶 凡好利小人之誣君子者 雖乘時見售 而卒受天禍者 是亦命麒而已 可不鑑歟".

密菴先生文集卷之十六

洪烈婦傳

白日照心雷雨作　　　밝은 해가 마음을 비추어 천둥 비가 일어났건만
終敎軀命一毫輕　　　끝내 목숨 한 털처럼 가볍게 여겼다네![41]

　　이유장의 시는 열녀전의 내용을 잘 개괄해 놓고 있다. 남편을 따라 바로 죽지 않은 것은 자신의 무고를 밝히고자 함이었고, 무고를 밝히고서 자결을 택한 저간의 이야기가 행간에 숨어들게 하였다. 세 번째 구의 '백일조심뇌우작白日照心雷雨作'은 『주역周易』 「해괘解卦」 상사象辭에 "뇌우雷雨가 일어나는 것이 해解이니, 군자는 그것을 본받아 죄를 사면한다(雷雨作解 君子以 赦過宥罪)."란 대목을 용사한 것이다. '백일白日'은 태양이고 '照心'은 마음을 비추어준다는 것이니, 어둠에 가려 있던 무고가 풀렸다는 뜻이다. 따라서 무고가 풀리면 자연스럽게 구속에서 풀려나 죄를 용서받는 것이 된다. '뇌우'는 임금이나 군자를 말하므로, 위 시구를 현명한 임금이나 군자(양심적인 목민관)가 나타나 억울함을 풀어주었다고 이해하면 된다. 그럼에도 불구하고 스스로 치부를 드러낸 수치를 씻기 위해 서슴없이 죽음을 택한 홍씨의 열행에 놀라움을 드러내었다.

　　다음으로 밀암 이재의 논찬 부분을 살펴보기로 한다.

41　『孤山集』 권2, 「讀奉化洪氏傳獄中供辭」.

이재는 "찬왈"로 시작되는 다음과 같은 평설을 남겼다.

태사공의 말에 "죽는 것이 어렵지 않고 죽음에 처하는 것이 어렵다"라고 하였다. 바야흐로 명기 등이 무고를 얽어서 사건이 일어났을 때, 열부로 하여금 답답한 분노를 이기지 못하고 스스로 목을 매어 해명하려 했다면 지극한 원한을 풀어서 당세인들에게 알리지도 못하였으리니 헛되게 죽는 것이 무슨 이익이 있었겠는가? 이에 남몰래 참아가면서 구차하게 살아남아 큰 수치를 씻어내고 조용히 죽음에 나아갔으니 마음에 부끄럽고 뉘우치는 바가 없었다. 이는 진실로 열사들도 하기 어려운 것인데 하물며 모질지 못한 성품을 가진 아낙네에 있어서랴! 저 열부와 같은 경우는 죽음에 처하여 의리에 합당하였다고 이를 수 있을 것이다. 그녀가 세중의 일을 용서해줄 것을 청한 것은 또한 어찌 그리도 효성에 독실하였던가? 인륜의 변고에 처하여서도 끝내 그 바름을 잃지 않았으니, 비록 옛 도서에 실린 바라도 어떻게 이보다 더하겠는가? 나는 당세에 그림을 잘 그리는 사람이 없어 그려낼 수 없는 것을 슬퍼하노라. 이에 그 사실을 차례대로 열거하여 왕세정弇州이 「왕자전」에서 절부를 슬퍼한 뜻을 붙인다.[42]

이재는 사마천의 말을 이끌어와 평설의 단서로 삼았다. 죽음에 처하기가 어렵다는 말은 옳은 죽음을 택하기 어렵다는 뜻으로 이해된다. 즉 꼭 필요한 죽음, 꼭 죽어야 할 시점을 판단하는 힘이 보통 사람들에게 부족하다는 관점이다. 이재는 주인공 홍씨가 죽을 때와 죽을 곳을 바르게 택하여 실천에 옮겼다고 본다. '분'을 이기지 못하고 죽음을 택하지 않았고, 은인자중 하면서 '때'를 기다려 조용히 죽음을 결행하는 주인공의 마음에 찬사를 보냈다. 그때란 '치욕을 씻어야 할 때'이다. 분忿 → 도사徒死 → 무익無益를 피하고, 분忍 → 서원抒寃 → 설치雪恥로 나아가야 한다는 것이다. 이재는 이시선과 마찬

----

42 『密菴集』卷16, 「洪烈婦傳」, "贊曰 太史公有言 非死之難 處死之難者 方命麒等搆誣事起 使烈婦不勝悁悁之忿 自經以爲諒 則已不得抒至寃 而以曉當世 徒死何益 迺隱忍苟活 以雪大恥 從容就死 無所愧悔於心 此固烈士所難爲 況婦人濡忍之性乎 若烈婦可謂處死能合義矣 其乞贖世重事 又何其篤於孝也 處人倫之變 而終不失其正 雖古圖書所載 何以尙玆 余悲當世不無善畫者而莫能圖也 因次其事而列焉 以竊附弇州王子傳未節婦之義云".

가지로 '열'과 함께 '효'를 쌍거雙擧하는 데 인색
치 않았다. '효'는, 자신을 고발했지만 인륜상
부모에 해당하는 이세중에 대한 끊임없는 섬김
과 관용이다. 죄는 밉지만 사람은 미워하지 않
는 인간애, 그것이 시아버지를 향하여 일관되
게 표현되었다고 본 것이다.

　　작중 주인공이 말한 바 있고, 이재가 위에
서 지적했듯이 '인륜의 변고'를 당하여 그 바름
을 잃지 않는 길은 어디에 있겠는가? 무고에 대
한 변명과 시아버지에 대한 의리(물론 이면에는 근
원적으로 남편에 대한 의리와 맞닿아 있음) 가운데 어느
것이 우선인가? 불의의 화신인 시아버지를 시
아버지로 볼 수 있을 것인가? 선후본말의 관계

琴烈女傳

余嘗作烈女傳凡五人皆吾郡人也
以其死相類故合而爲傳琴氏夫家在花
山其遭變異於人是以用特例爲琴烈女傳
琴氏籍鳳城進士運心孫也生於榮州之北楊谷村
其地接興州朶葇世居興人或謂之興人年十六爲
花山之春陽縣黃氏婦黃聘而歸有疾甚篤琴氏告

김약련의 〈금열부전〉 수록 원문

를 고민하게 해주는 작품이 바로 이 열녀전의 흥미이며 큰 관절이다.

　　또 다른 '신원설치형'으로 두암 김약련의 「금열부전」[43]을 들 수 있다.

　　열부 금씨는 영주에서 출생하여 16세에 안동 춘양현에 사는 황씨에게
시집간다. 그런데 얼마 되지 않아 남편 황씨가 병이 들어 갑자기 세상을 떠
난다. 처음에 금씨는 남편을 따라 죽으려 하였으나 시부모를 저버리고 죽는
다는 것은 곧 지아비를 저버리는 것이라 생각하고 슬픔을 억제한 채 살아간
다. 3년이 되도록 머리빗을 바꾸지 않았고 길쌈을 하여 시부모를 봉양하였
다. 시부모가 수를 누리고 세상을 떠나자 상제를 모심에 예를 다하였다.

　　최초로 자신의 결사를 방해하였던 시부모의 존재가 사라졌기에 금씨는
당초의 의지를 실행에 옮길 수 있는 처지였다. 그러나 남편의 후사를 세워야
한다는 또 하나의 과제가 그녀를 기다리고 있었다. 그런데 그녀의 삶의 방향

43　『斗庵集』卷5, 「琴烈婦傳」.

을 뒤바꾸어 놓는 인물이 나타난다. 그는 바로 이석李碩이었다. 이석은 관가
와 뇌물로 결탁하고 제 멋대로 도둑질을 일삼았으나 아무도 그를 건드릴 수
없었다.

먼저 이석이란 자의 만행을 들어보자.

1 한 소민小民의 아들이 어려서 무척 아름다운 아낙에게 장가를 들었다. 이때
이석이 그 소민에게 공갈을 쳐서 아낙을 빼앗아 자기의 첩으로 삼았다.[44]

2 금씨의 친족들이 이석과 같은 고을에서 살았는데, 이석이 그들의 토지를 빼
앗고자 했으나 방도가 없었다. 황씨와 이씨의 밭 사이에 어떤 백성의 밭이 있
었는데 이석이 장차 술수를 써서 탈취하려고 하자 그 사람이 그 밭을 황씨에
게 팔아넘긴다. 이 때문에 이석은 더욱 황씨 집안을 미워하게 되었다.[45]

위의 2 사건으로 인해 금씨는 이석의 모함을 받기에 이른다. 그 진행
과정을 요약해 본다.

1 하루는 금씨를 무고하는 익명서를 만들어 마을 앞에 세워 두었다. 며칠 뒤에
이석의 노복 예닐곱 명이 촌사람 중에 평소 이석을 두려워하는 자들을 협박
하여 금씨의 집으로 와서는 금씨를 모함하였다. 황씨집 사람들이 깜짝 놀라
이들을 꾸짖어 물리쳤다. 이석의 소행이라는 것을 알았지만 이석을 어떻게
할 수 없었다.[46]

2 그 뒤에 무뢰배 김상겸金相謙을 사주하여 밤을 틈타 무리를 이끌고 안뜰로 돌
입하게 하였다. 금씨가 깜짝 놀라 잠에서 깨어 구가舅家의 사촌집으로 달려
들어갔다. 도적들이 금씨가 떠난 줄도 모르고 계속 찾아 헤맸다. 황씨들이
황급히 모여 도둑을 잡았는데, 도둑이 "이석이 '금씨가 행실이 좋지 못해 아

44 　앞의 글, "嘗有一小民子 幼娶婦甚美 碩往喝其民曰 …… 遂納其婦爲妾".

45 　앞의 글, "琴氏稍有貲産而少 族黨與碩居鄰 碩欲并其土田 顧無計可施 有民田間於黃李田 碩將用計
　　奪取 而民鬻其田于黃 以此碩益疾黃氏家".

46 　앞의 글, "一日, 作匿名書, 搆誣琴氏, 竪之村前, 後數日, 李奴六七人, 脅村氓之素畏李者, 來毀琴氏
　　家, 黃氏諸人, 驚駭叱退, 知碩所爲, 而無如碩何."

기를 배었다'라고 하면서 저로 하여금 데려가라고 하였기 때문에 감히 왔을 뿐이지, 그렇지 않다면 내가 어찌 감히 이런 짓을 하겠는가?"라고 하였다.[47]

3 금씨가 이 소식을 듣고 칼을 품고 이석의 집에 가서 옷을 걷어 배를 보여주니 엄연한 처녀의 몸이었다. 이석의 집안사람들이 모두 당황해 하면서 용서를 빌었다. 금씨는 마침내 칼을 빼어 목을 찔렀다. 칼날이 목 뒤로 나왔으나 다행히 기도가 끊어지지 않아 주위 사람들이 구호하여 죽지는 않았다.[48]

4 황씨들이 달려가 안동부에 고발하여 이석과 도둑들을 잡아 가두었다. 그러나 안동부사가 일찍이 이석에게 뇌물을 받았는지라 죄를 결판 내릴 생각이 없었다.[49]

5 이석은 금씨가 반드시 소생하지 못할 것으로 여기고 거짓말을 꾸며 "금씨가 스스로 목을 찌르지 않고 황씨가 찔렀다"라고 하였다.[50]

6 금씨가 소생하여 이를 듣고 말하기를 "내가 죽으면 이 무고를 변명할 사람이 없게 된다." 하고 마침내 다시는 죽을 생각을 하지 않고서 손가락을 찍어 피를 내어 글씨를 써서 원정原情을 올린 것이 다섯 차례였으나, 안동부사는 이석과 도둑을 편들었다.[51]

7 이에 영주·순흥·풍기, 세 읍의 뜻있는 선비들이 모두 안동에 글을 띄워 이석의 죄를 다스려 줄 것을 청하였으나 안동부사는 꿈쩍도 하지 않았다. 이에 감사에게 사건을 청송으로 옮겨 치송해 줄 것을 청하였으니, 청송군수는 반드시 자기와 다를 수 없다고 생각했기 때문이다.[52]

8 금씨가 "무고를 입고 욕을 당했으니 곧바로 밝히지 않는다면 어찌 상례常禮를 그대로 지킬 수 있는가?"라고 생각하고는 장차 몸소 재판장에 나아가 폭로하고자 가마를 타고 빠르게 길을 나섰다. 친족들이 모두 모여 이별해 보내주면

---

47 앞의 글, "又其後喉無賴者金相謙 乘夜率徒 突入內庭 琴氏驚覺 走入從舅家 盜不知琴氏已去 索之不已 諸黃急聚 捕盜盜云 李碩謂琴氏 失行有孕 敎我率去 故敢來耳 不然 吾豈敢爲此".

48 앞의 글, "琴氏聞地 懷刃往碩家 褰衣示腹 卽一處女身也 碩家亦皆惶恐乞服 琴氏遂拔刀刺吭 刀出臚後而氣門未斷 傍人救而不死".

49 앞의 글, "諸黃奔告花府 捕囚碩及諸盜 然花伯嘗受碩賂 無意決罪".

50 앞의 글, "碩意琴氏必不甦 誣言 琴非自刎 黃刺之".

51 앞의 글, "碩指出血 寫呈原情者五 而花伯右袒碩賊".

52 앞의 글, "於是 榮順豊三邑人士 皆飛文花山 請治碩罪 花伯不爲動 請於監司移訟靑松 以松倅必不能異於己也".

서 눈물을 흘리지 않은 이가 없었다. 금씨는 태연히 동요하는 기색 없이 말하기를 "죽는 것이 본래 어려운 것이 아니라 제대로 죽는 것이 어려운 것이다." 하고는 마침내 청송에 이르러 세 번 혈서를 올렸다. 청송군수가 비록 그의 억울함을 알고 있었으나 안동부사에게 매수되어 있어 도리어 황씨들이 수령을 무고했다는 이유로 여러 황생을 잡아서 안동부로 압송하여 가두었다. [53]

9 금씨가 즉시 귀경한 감사에게 사유를 적은 글을 올리자 봉화로 이관하게 하였다. 봉화의 원은 자세히 실상을 조사하여 사실대로 보고하자 비로소 이석에게 한 차례 형벌을 가하니 금씨가 감읍하여 혈서를 써 고맙게 여겼다. 그 말이 간곡하고 측은하여 사람들로 하여금 분개하고 탄식하며 눈물짓게 하였다. [54]

10 감사가 감히 안동부사의 뜻을 어기지 못하여 즉시 이석을 안동부 옥獄으로 옮기게 하였다. 금씨는 또 혈서로 감영에 올렸으나 안동부사에게 저지당하였다. [55]

11 금씨가 탄식하여 말하기를 "내가 죽기로 이미 결정하였으나, 원수가 죽는 것을 보고서 죽으려 했더니만 이제 일이 틀려버렸으니, 길에서 애쓰기보다는 차라리 관아 뜰에서 죽어 나의 마음을 밝히는 편이 낫겠다." 하고는 관문에 들어가려 하였으나 막는 바람에 들어갈 수 없었다. [56]

12 때마침 안동부사가 호숫가로 놀러 나왔기에 수레 앞에서 복검伏劍하려 하였으나 부사는 가마를 돌려 뒤도 돌아보지 않고 달아났다. 그 다음날 주관主館에서 다시 목을 맸지만 곁에 있던 사람이 또 풀어주었다. [57]

13 어느 날 밤 몰래 밖으로 나와 강에 이르러 물속으로 투신하였다. 얼마를 부침하다가 물결에 떠밀려 몸이 강가로 밀쳐졌다. 이렇게 하기를 세 번이나 하였다. [58]

---

53 앞의 글, "琴氏以爲 橫罹誣辱 不卽伸白 豈可膠守常禮 將欲躬曝訟庭 輿疾就道 族人咸聚送訣 莫不泣下 琴氏夷然不變曰 死固非難 而成死爲難 遂到靑松 三呈血書 松倅雖知其冤 而拘於花伯 反以諸黃誣土主 促黃生數人 送花府囚之".

54 앞의 글, "卽呈由歸京監司 又移鳳城 鳳倅詳覈得情 據實直報 始刑碩一次 琴氏感泣 寫血書以謝之 其辭懇惻 令人有扼腕歎息流涕者".

55 앞의 글, "監司不敢違花伯意 卽移碩花獄 琴氏又血書上營 而爲花伯所遏".

56 앞의 글, "琴氏歎曰 吾死已決 而欲見讐死而死 今其已矣 與其奔走道路 寧死於官庭 以明吾心 欲入官門 而牢拒不納".

57 앞의 글, "適府伯出遊湖上 乃伏劍轎前 府伯驅轎不顧而走 厥明復縊項主館 而傍人又解之".

58 앞의 글, "一夜潛出 赴江投身水中 浮下未幾 水輒簸出岸邊 如是者三".

⎡14⎤ 이에 이석의 무리가 "금씨가 도망갔다." 하고 고하니 부사가 이에 말하기를 "금씨가 밤에 달아났으니 이석이 금씨가 나쁜 짓을 했다고 한 말이 거짓이 아니었다." 하고 저자에서 황생을 매질하고 고을 사람들에게 "감히 이 아낙을 집에 들이는 자가 있으면 죄를 주겠다." 하고는 관졸로 하여금 성문 밖으로 쫓아내게 하였다.[59]

⎡15⎤ 금씨가 스스로 '관아도 이석의 편이라서 관아에서도 마음대로 죽지 못하니, 돌아가 이석의 집에서 죽는 것이 낫겠다.' 생각하고는 이에 곧장 돌아가 이석의 집 앞에서 자결하였다. 잠시 뒤에 다시 살아나자 다시금 목을 매어 죽으니, 금상 21년 정사년(1797) 2월 13일이었다.[60]

주인공 금씨의 결사는 다섯 차례나 이어진다. 자신의 모함을 밝히기 위함이었다. 이석이란 자와 안동부사가 연합하여 금씨를 점점 죽음으로 내몰았다. 그녀의 의거는 주위 사람들을 감동시키기에 족했다. 감히 대적할 수 없는 권력 앞에서 그녀는 혈서로 울부짖으며 저항하였다. 주변에서 아무도 그를 도와주지 않는 외로운 투쟁이었다.

이 작품이 '신원설치형'으로 말해질 수 있는 것은 그녀의 죽음과 직접적인 연관이 있다. 초년의 금씨는 착실히 '수의'로 자신의 사명을 다하고자 했다. 시부모와 후사선정이라는 자신의 본분을 다하고 남편 곁을 찾고자 한 그녀였다. 문제는 권력에 투탁하여 힘없는 백성의 전답을 침탈하는 도둑들의 횡행이었다. 그녀는 바로 말했다. '관청이 바로 도둑'이라는 뼈있는 말 한마디가 이 작품의 사회적 성격을 여실히 드러내 보여준다. 앞서 열부 홍씨가 인륜 사이의 투쟁을 벌였다면, 여기의 금씨는 공권력과 폭도와 싸우고 있다. 이 싸움에서 안동부사는 금씨의 또 다른 적으로 형상되어 있으며, 부패한 목민관의 표상으로 각인되고 있다. 주변의 청송·봉화의 원들은 상부의 눈치를 보

---

59 앞의 글, "於是 碩之黨 告琴逃去 花伯乃曰 琴夜奔 碩言琴失行果不誣也 撻黃生于市 令府中曰 敢有 舍此婦人者 罪之 使官卒逐出城門".

60 앞의 글, "琴氏自思曰 官亦碩也 旣不得死於官 不若歸死碩家 乃歸自刎於碩家前 俄又復甦 乃縊而絶 卽上之二十一年丁巳 二月十三日也".

기에 급급한 기회주의자들의 형상이다. 더구나 이 작품은 남성과 여성의 대립구도로 전개되고 있음이 특징이다. 연약한 금씨의 외로운 투쟁을 무참하게 유린하는 남성군상을 통해 청상과부로서의 의기가 극명하게 부각되고 있다.

금씨는 불의와 맞서는 투사의 형상만 보여주는 것이 아니다. 죽음을 결행하기 전에 자신의 임무를 온전히 실천할 계책을 세워 놓을 수 있던 주도면밀하고 헌신적인 여성이었다. 시가와 친정 사람들에게 죽기 전에 세 가지 유언을 남긴다. 첫째는 자신의 억울함을 잊지 말라는 것이고, 둘째는 지아비의 후사를 끊게 하지 말라는 것이며, 셋째는 부후父後를 세워서 나의 부조父祖를 제사 지내도록 해 줄 것 등이다. 그녀는 이를 위해 길쌈으로 일정액을 저축해두는 기민함을 보였던 것이다.

작품의 정리부에 이르면, 불의한 무리들에게 징벌이 가해지고 금씨에게 정려 내려진 사실이 기록되어 있다. 경상감사가 체직되고 안동부사가 새롭게 부임함으로써 모든 사실은 백일하에 드러나게 된다. 그러나 금씨의 신원과 설치는 생존에 이루어지지 못했다. 앞의 홍씨는 신원설치 후 자결을 택하지만, 여기의 금씨는 죽음으로 저항하여 추후에 신원 받는 진행을 보인다. 어느 쪽이 더 합리적인 선택이었는지는 단언할 수 없다. 홍씨의 예와 금씨의 예가 일면에서는 통하고 있지만 세부적인 사건진행은 그 방향을 달리하고 있기 때문이다. 홍씨의 적은 내부에 있었고 무고의 방식도 내부적으로 이루어져 제3자의 우위적 개입이 이루어지지 않았다. 반면에 금씨는 적이 외부에 있고 무고도 외부적으로 이루어졌으며 제3의 우위적 세력이 엄존하고 있다.

홍씨의 경우는 단순히 고발 내용이 거짓임을 밝히거나 고발자가 충분한 증거를 대지 못하면 흑백이 일시적으로 판가름 날 수 있었다. 그에 비해 금씨는 판가름을 내주어야 할 심판자가 적과 한패였고, 직접적인 적이 보호받는 경우여서 보다 높은 권력의 작용이 없이는 무한정 미제의 사건으로 남겨질 가능성이 있었다. 그러나 홍씨나 금씨 모두 강직하고 집요한 의지를 시종 견지해 나가고 있다. 모두 죽음 자체를 두렵게 여기지 않고 죽어야 할 곳을 현명하게 택할 줄 아는 지혜로운 여성들이었다. 그녀들도 죽음이 만사를 해결해 줄 수 있다고 믿지 않았다. 또한 결백이 죽음으로 보장될 수 있다고 보지도 않았던 것 같다. 다만 스스로에게 부끄럽지 않은 순결에 대한 자기 확인의 과정으로 죽음이 결행된 감이 짙다. 이 점에서 '신원설치형' 열녀 형상이 지닌 숭고함과 비장함이 강조될 필요가 있는 것이다.

다음은 시대가 많이 내려오지만 『효열부유씨실기』에 실려 있는 이재민李載敏(생몰년 미상)의 「효열부유씨전」(1901년 작)을 살펴보기로 한다. 열부 유씨는 남편의 방면을 위해 몸소 자결하는 적극적 성향의 여인이다. 사건의 발단은 장지 문제로 시작된다. 줄거리를 개략적으로 정리한다.

1 열부 전주유씨가 진성 이익교에게 시집을 가서 시부의 초상을 당했다.
2 그런데 산소를 남의 산지 경계 부근에 잡아서 말썽이 생겼다.
3 지주의 척당이라 칭한 이주경이란 자가 이를 빌미로 상주에게 재물을 요구하며 행패를 부렸으나 수포로 돌아가자 길에서 칼을 빼어 들고 상주와 격투를 벌이다 중상을 입고 죽는다.
4 상주가 하옥되자, 열부는 칼로 자해하여 남편의 신원을 호소하고는 순절한다. 이때 열부의 나이는 27세로 1898년(무술년)이었다.
5 원근 사림들이 궐기하여 예부에 상주上奏하여 1년이 거의 되어 남편은 방면되고 열부에게 포증의 명이 내려진다.
6 선비들이 예장할 것을 의론하여 열부의 시신을 살펴보니 모습이 변하지 않았고 벌레들의 침오가 없었다.
7 그 후 조야의 선비들이 다투어 글을 지어 그녀의 의열을 찬양하였다.
8 작자의 논찬이 "외사씨왈"[61]로 시작된다.

이 작품의 발단은 당시 이 지방에서 만연하고 있던 '산송문제'에 있다. 탐욕에 물든 이주경이란 자의 소행은 패려하기 짝이 없다. 상주에게 무례한

61 　『孝烈婦柳氏實紀』卷2,「孝烈婦柳氏傳」.

행동을 일삼았고, 재물까지 요구하여 상주의 노기를 촉발시켜 급기야 격투 끝에 죽게 된다. 동기야 어쨌든 살인죄는 쉽사리 모면하기 어렵게 된 터에 상주는 살인범으로 몰려 사형될 처지에 놓인다. 이 대목에서 부인의 희생적인 의기가 드러난다. 급기야는 대리 자결로 남편의 위기를 모면케 하겠다고 선언한다.

> 시어머니에게 고하여 말하기를, "살인한 사람은 죽게 되며, 법을 피하기란 어렵습니다. 제가 자결하여 대속하면 남편은 아무런 일이 없을 것입니다. 원컨대 어머니께서는 안심하십시오." 하니, 시어머니가 말하기를, "내가 대신 죽을 것이니 너는 집안을 보살펴라!" 하자, 부인은 울면서 간하기를, "어미가 자식을 대신함은 의리상 마땅하지 못하며, 아내가 남편을 대신함은 삼강오륜의 큰 절개인데 하물며 겸하여 어버이를 위하는 일에 있어서이겠습니까? 다만 부탁드릴 말씀은 제가 죽은 뒤 절대로 송장을 거두지 마세요. 남편께서 출옥한 후 여하간 조처를 기다립시오." 하고는 칼로 자결했지만 친척 한 사람이 막아서 마침내 뜻을 이루지 못했다. 다시 독약을 마셨으나 집안사람들이 힘써 구원해 죽지 못했다. 세 번째는 기름을 끓여 귀에 부었지만 또한 구원을 입어 자결하지 못했다. 재차 시도할 때쯤 검관이 때마침 마을로 들어왔다. 온 집안이 허둥지둥할 때 조용히 틈을 타서 스스로 처마 끝에 목을 매었다. 검관이 와서 목숨을 구하려 했지만, 이미 손을 쓸 수가 없었다.[62]

부인의 3차에 걸친 자결 시도 과정이 돋보인다. 칼로 목을 찌름 → 독약을 마심 → 기름을 끓여 귀에 부어도 가족들의 극구 만류로 실패한다. 마침내 식솔들의 눈을 피해 목을 맴으로써 그녀의 생을 마감한다. 죽음의 길을 택하기란 그리 쉬운 일만도 아니다. 지아비를 죽음에서 구하기 위한 유일 방

62　앞의 글, "告於姑曰 殺人者死 在法難避 吾決代償 則夫乃無事矣 願姑安之 姑曰 我死代償 汝則保家 云 孺人泣諫曰 以母代子 義理不當 以婦代夫 綱常大節 而況兼爲親事乎 第有一託語曰 余後屍身 切 勿收斂 君子出獄後 如何間 待基措處 乃以刀自刎 以隻薰捄防 竟至未遂 再以飮藥 以家人 力捄未獲 三以灌油 亦見捄不絶 第次之際 檢官適入閭里 而擧家蒼黃之時 從容秉隙 自縊於簷端 檢官來捄 而 已無及矣".

안으로 대리 자결을 모색한 그녀의 의기는 유별한 것이다. 이러한 죽음이었기에 남편이 신원되기 전에는 썩어질 수 없었다. 시신의 불변은 바로 그 같은 염원의 표현으로 남편을 향한 변함없는 애정의 징표였다.

남편의 목숨은 단순한 목숨이 아니라, 가문을 번성케 하고 대를 이어갈 고귀한 목숨으로 인식되었기에 그녀는 과감히 자신의 목숨과 대치시킨 것이다. 그녀에게 있어 가문과 후사 문제는 생명보다 소중한 것이다. 그렇기 때문에 작가는 작품의 말미에 이 여인의 전투적이고 남성적

〈조선환여승람(朝鮮寰輿勝覽)〉. 충남 공주(公州)의 유학자인 이병연(李秉延, 1894~1977)이 1910년부터 100여 명을 동원, 12년 동안 전국 13도 229개 군 가운데 129개 군을 직접 조사하여 편찬한 백과사전적인 지리서이다.

인 의기를 적극 선양하면서, 장황한 논평으로 종결짓고 있다. 아울러 그녀의 기재는 사소한 군자나 선비의 의기와는 비교될 수 없을 만큼 출중하다고 언급한다. 그녀에 대한 다수의 실기가 존재하고 있으며, 특히 『조선환여승람』에는 그녀에 대해 다음과 같이 적고 있다.

본적은 전주이며, 치우의 딸이다. 구암 이홍중의 후손 익교의 처다. 남편이 무고를 당해 옥사를 치르게 되자 남편을 대신해 복검, 음독, 관유灌油로 죽으려고 하다가 결국 목매어 죽었다. 사실이 조정에 전해져서 특별히 그 남편을 풀어 주었다.[63]

---

63 『朝鮮寰輿勝覽』慶尙道3,「貞烈篇」, "籍全州致宇女 龜巖李弘重后益教妻 夫橫被獄禍 代夫償命 伏劍飮毒灌油 竟至縊死 事聞于朝 特赦其夫"(韓國人文科學院).

이처럼 당대 그녀에 대한 평가가 매우 대단했음을 알 수 있다. 자신이 반드시 죽어서 남편의 죄를 신원하려는 그녀의 적극적이고 진취적인 자세는 유약한 성격의 소유자로는 감내하기 어려운 것이다.

이 외에도 열부들의 적극적 성향을 구한 것으로, 남편이 이속들의 농간에 의해 무고죄로 결국 장살당하자 부인이 칼을 들고 관아로 달려가 하소연하다가 연못에 투신, 자결하여 남편의 신원을 호소한 작품도 있다.[64] 반남박씨 부인의 경우 인근의 부잣집 김가 놈이 야밤에 그녀를 겁탈하려고 시도했으나, 부인의 완강한 거부로 실패하게 되었는데, 놈이 과부녀가 임신했다고 소문을 퍼트리자 자결하게 된다. 이는 노비 만석이 어가 앞에서 신원을 호소하면서 해결되는데 그녀의 시신은 3년이 지나도록 부패하지 않았다고 한다.[65] 시신이 부패하지 않았다는 설정은 억울한 죽음에 대한 처절한 항거를 형상하고 있음은 물론이다.

이렇듯 열부들의 살신성인적 행동은 이 같은 저돌적이고 저항적인 자세가 뒷받침되었기에 가능한 것이다. 그리고 인간에 대한 신뢰, 애정미가 합치되어 의기를 발휘할 수 있었다고 생각된다.

---

64 『素軒集』卷27, 「朴烈婦傳」, "縣人憤倉吏 弄法具狀 往訴巡閫 官聞之 怒以爲構 已收某等數人 杖而幽之獄 數日夫死 孺人聞變 頓絶方蘇 旣葬 聞官過縣 挾一長釖 挺身入官所 舍吏卒大駭 遂束縛".

65 『頤齋集』卷16, 「烈婦朴氏傳」, "有强鄰金姓人 挾富豪 縱其奸慝 一夜叩門請開 烈婦秉燭叱退 金反肆誣戯語 播諸鄉里 謂烈婦旣乳 而復孕 烈婦矢死自明身 入官門而籲其寃 金行貨賂 以亂官聽 烈婦進不得暴寃 退不得雪誣 遂自刎於官道 上時奸吏及鄉人之無良者 多護金而譸張焉 獄情累變 三載不決 列邑守 四次會查而疑案 猶未晰 烈婦奴萬石者 號訴營邑 再犯蹕路 乞復主讎 相特命本道 嚴覈得情 觀察使金相休 始得躬查 備達烈婦被誣狀 時烈婦死已三歲 而面貌如生 柩中有裂帛聲".

세월이 지난 후에 죽음을 결행한 열녀 형상
經 歲 決 死 型

'경세결사형'은 '일시순절형'과는 달리 일정 기간이 경과한 뒤에 죽음을 결행하는 것이 특징이다. 본 단락에서 다룰 부분은 무엇 때문에 남편의 죽음과 동시적인 죽음이 이루어지지 않았는가를 살피는 것이다. 이러한 유형의 열부들에게서 공통적으로 목도할 수 있는 것은 '남편에 대한 추모의 정'이다. 남편에 대한 애정이 그녀들에게 물·불과 같은 환난을 뛰어 넘는 용기를 부여해 준다. 옥천玉川 조덕린趙德鄰의 손자인 만곡晩谷 조술도趙述道(1729~1803)가 지은 「권열부전」의 경우를 살펴보자.

> 1 권열부는 정씨에게 시집을 가서 49세에 남편이 죽어 3년 상을 마쳤다.
> 2 때마침, 열부도 집을 비웠고 외아들도 과거 보러 간 사이에 집에 불이 났다.
> 3 열부는 불 속에 뛰어 들어가 신주를 껴안고 순절했다.
> 4 이는 정씨 선대의 유풍여열이다.
> 5 논찬[66]

열부 권씨는 남편의 신주를 남편의 분신으로 생각하고 있다. 이는 일반적으로 열녀전에서 보기 드문 상황설정이다. 그런데 더욱 흥미 있는 것은 고립적 상황에 처한 권씨의 의식 활동이다. 화재는 공교롭게도 집안사람이 없는 사이에 일어났다. 외로움과 두려움이 권씨를 엄습하였다.

> 집안은 텅 비어 사람이 없었고 대낮에 불이 나서 바람을 타고 순식간에 집을 덮었다. 불길이 하늘을 찔렀고 곁에 있는 사람은 모두 소리만 지를 뿐 감히 어찌 할 수가 없었다. 부인은 소리치면서 말했다. "내가 세상에 살아남은 이유는 남편

---

66 『晩谷集』卷19,「權烈婦傳」.

의 신주가 있었기 때문인데 지금 불이 나버렸으니, 내 어찌 삶을 살아갈꼬." 끝내 스스로 몸을 던져 들어가서 불에 휩싸인 채 감실을 열고 신주를 껴안고 불 속에서 죽었다. 불길이 멈추자, 사람들은 그녀가 가슴에 두 손으로 신주를 꼭 안고 죽어 신주는 온전히 보존되었음을 보았다. 이날, 불을 끄러 온 여러 사람들은 그녀의 정열적인 모습을 보고 모두 감탄하고 한숨지으면서 눈물을 흘리지 않는 사람이 없었다.[67]

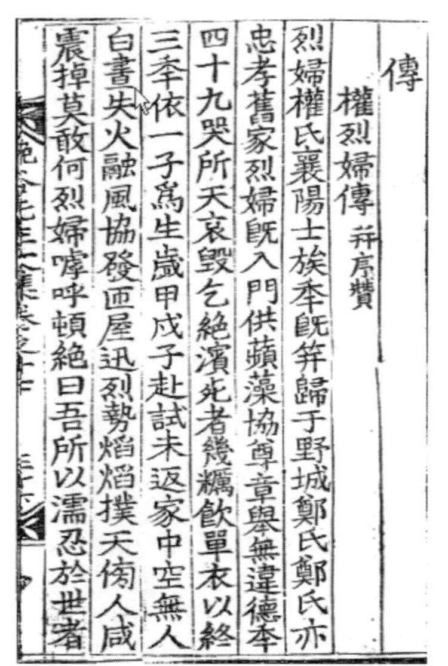

조술도의 〈권열부전〉 수록 원문

권씨는 누구를 향해 외치고 있는가? 다른 사람은 알 수 없는 밝히고 싶지 않은 비밀을 알아 줄 자 누구였던가? 살아가는 이유, 즉 존재 근거가 남편을 내 마음속에 살아있게 해 준 그것, 신주에서 찾았던 여인에게 또 한 번의 찾아드는 상실감 앞에서 열녀의 탄생을 보게 되는 것이다. 왜냐하면 그 신주를 태운다는 것은 곧 지아비를 두 번 죽게 한다는 원리와 이어져 있기 때문이었다. 여기서도 작자는 권씨의 '열' 구현이 결국 일부종사의 원칙을 철저하게 지켜내는 방식으로 이루어지고 있음을 형상하였던 셈이다.

두암 김약련(1730~1802)의 「열녀전」[68]에 입전된 이씨·김씨·안씨나 「속열녀전」[69]에 입전된 황씨·장씨 등의 열 구현도 모두 '경세결사형'에 속하는

---

67   앞의 글, "家中空無人 白晝失火 融風協發 匝屋迅烈 執焰焰撲天 傍人咸震掉 莫敢何 烈婦嘮呼頓絶 曰 吾所以濡忍於世者 以有吾夫之木主在耳 今將火矣 吾何忍生爲 遂自推身攔入 直犯火之所掀 闢 廟龕而抱其主 焦爛以殉 火旣已 人見其奉置心上 兩手拱掩而死 而主固宛然矣 是日救火諸人 目擊 其赫然蹈烈狀 皆咨嗟太息 莫不流涕者".

68   『斗庵集』卷5,「烈女傳」.

69   앞의 글,「續烈女傳」.

작품들이다. 이씨는 남편의 제사를 받들기 위해 죽음을 연기한 후 단식 자결하였고, 김씨는 남편 시신의 염을 마치고 음독 자결하였고, 안씨는 남편의 병구완을 위해 10년 동안 애쓰다 죽음을 택하였다. 또한 황씨는 자식양육을 위해 죽지 못하다가 목을 찔러 자결하였고, 장씨는 남편의 병을 구완하다가 남편이 죽자 시부모 봉양을 위해서 죽지 못하다가 동서가 들어오자 동서에게 봉양을 부탁하고 목을 매어 죽었다.

슬픔을 참고 효성과 자애를 실천한 열녀 형상
忍哀孝慈型 - 〈從踐夫志型〉

앞의 여섯 가지 유형에서 거론한 열녀들 대부분 남편의 죽음과 자신의 죽음을 동일시하는 기반 위에서 형상화되고 있다. 그러나 죽음의 원인이나 동기가 여러 가지여서 단순고립형의 종사가 이루어지는 예는 극소수에 불과하다.

이제 이른바 안동 사인층에 의해서 적극적으로 긍정된 '수의'의 열녀 형상을 추적해 보기로 한다. 열녀가 살아서 절의를 고수하려 한 이면에는 이를 가능케 한 이유가 반드시 있다. 그냥 능동적으로 남편의 부재상황에서 오는 개인적 슬픔을 감내하면서 시부모에게 효도를 다하며 자식에게 훈육을 다하는 경우가 있는가 하면, 남편의 유지를 받들어 행하는 경우도 있다. 이러한 유형의 열녀들이 주로 행동으로 옮겼던 사업들은 시부모 봉양, 봉제사, 후사 선정, 남편이나 가족의 병구완, 자녀교육을 통한 가업의 계승, 가문의 흥기 등으로 요약된다. 이렇듯 열부들의 '수의'는 단순한 순종에 비해 무거운 질량을 갖는 것이고, 보다 현실적으로도 합리적인 결과를 맺을 수 있는 것이다.

먼저 치암恥庵 김석규金碩奎(1826~1883)의 「열녀조소사전」을 살펴보기

烈女趙名史傳

烈女趙姓長安東安奇道二十嫁爲驛人姜悳允妻二年夫病歿哭踊賣倒絕而復甦欲自裁爲俱人止如是者數已乃曰死爲身也非夫志也舅姑老無依吾死誰爲養孤子幼尚乳吾死誰能鞠襲殮之具手自裁縫葬祭之需殫誠備奠皆無憾夫塚在屋後雖大風雨雪必日造號泣涙血莎草爲枯山蹊成路三年梳不上頭滋味不入口勤紡績養舅姑傯體適口以終天年其子患骨疽醫言非蛇莫可時當隆冬啼號巷曲攢手望天曰吾爲育

김석규의 〈열녀조소사전〉 수록 원문

로 하자. 작품에서 주인공은 시집 간 지 2년 만에 남편이 병사하자, 3년간의 시묘살이를 마치고 한 점 혈육을 간신히 양육하였다. 보통 여기에서 시묘살이를 마치고는 남편에 대한 도리를 다했다고 판단해서 죽는 경우가 많지만, 열녀는 길쌈을 하며 모진 목숨을 연명하는 한편, 외아들의 훈육에도 진력을 아끼지 않았다. 죽음보다는 살아남아서 자식을 훈육함이 오히려 죽은 남편을 위하는 길이며 자신이 취해야 할 행동이라고 판단했기 때문이다. 여기서도 신이적인 요소가 수용되고 있다. 즉, 아이가 다리에 중한 병이 들게 되었는데, 의원은 뱀이 직효라고 일러주었다. 하지만 때는 바야흐로 엄동설한인지라 겨울잠을 자는 뱀이 나타난다는 것은 있을 수 없는 일이었다. 그래서 열녀는 본인이 살아가는 이유는 오직 '자식 하나뿐'이라고 하늘에 호소하니 하늘이 그녀의 행동에 감동을 한 탓인지, 붉은 뱀 몇 마리가 눈 위로 기어 나옴에 열녀는 뱀을 잡아 아이에게 달여 먹여 아들의 병을 치유하게 된다.

> 그 자식은 뼈에 종양을 앓았다. 의원은 뱀보다 더 좋은 약이 없다고 일러주었다. 때는 엄동설한인지라, 그녀는 길거리에서 울부짖으며 손을 모으고서 하늘을 바라보면서 말하기를, "저는 외아들 기르는 낙으로 살아왔는데, 하느님께선 이렇게 하실 수 있으십니까?" 했더니, 갑자기 붉은 뱀 몇 마리가 차가운 눈 위로 꿈틀거리며 기어 나왔다. 그녀는 이를 잡아서 달여 먹이니 아이의 병이 곧 나았다.[70]

----

70 『恥庵集』卷7,「烈女趙召史傳」, "其子患骨疽 醫言非蛇莫可 時當隆冬 啼號巷曲 攢手望天曰 吾爲

이후로 그녀의 방정한 성행은 안기역(현 안동시 안기동) 마을 사람들까지 감복시켜 부역까지 감면 받게 되었으며, 사람들은 그 마을을 '열부리'로 불렀다고 한다.[71] 여기서 붉은 뱀의 출현은 현실적 불가능을 가능으로 변환시켜 주는 매개체로서, 그녀의 자식에 대한 지성을 부각시키는 요소로 구사되었다. 남편이 죽은 후 남편이 해야 할 몫을 스스로 감내하면서 처신한 행동에서 효부로서의 입장보다는 열부로서의 입장을 더욱 강조하였음이 엿보인다.

嗚呼人之殉義成仁非烈不能朕蒼猝以殉或易而從容就死者不其尤難乎烈婦羽溪人 端廟忠臣署令公諱秀馨之后也烈婦出嫁于孝寧大君後李允儀者越四年而遭崩城之痛此實妙年青孀也便欲自裁於初終中為舅姑所泣誘未伸其志又欲從於入地之日則舅據理責之曰孝烈一也我在而汝若死則但知夫而不知夫之父可乎且烈之為道非

李烈婦傳

石我文集　卷之二　銘　十二

김진원의 〈이열부전〉 수록 원문

석아石我 김진원金進源(1872~1944)의 「이열부전」은 남편을 따라 결사를 자원하는 며느리를 설득하는 시아버지의 언명에서 구체적으로 드러난다.

> 이에 항상 자결하고자 했지만 시부모님께서 울면서 말리는 바람에, 뜻을 이루지 못했다. 또 남편의 시신이 땅속에 들어가는 날 따라죽으려 하니, 시아버지께서 갑자기 이치를 들어 꾸짖어 말하기를, "효와 열烈은 한 가지이다. 내가 살고 네가 만약 죽으면 다만 남편만 생각한 것이고, 남편의 아비는 알지 못하는 처사이니 옳은 것인가? 또 열이 도道가 되니, 단순히 죽는 것보다 귀하지 않겠는가? 삼년상을 마치고 남편의 후사를 잇게 해서 집안일을 전수함이 부부의 도로 당연함이니라."[72]

育孤苟活 天胡忍爲 忽赤蛇數尾 蛇蜒於氷雪上 取以劑之 病邃良已".

71　앞의 글, "驛村素好利鮮 能向義而感女之行 私自復其家 不可徭役 樵牧相戒 斧斤不入於其夫之塚 名其洞曰烈婦里云".

72　『石我集』卷2,「李烈婦傳」, "便欲自裁於初終中 爲舅姑所泣誘 未伸其志 又欲從於入地之日 則舅據

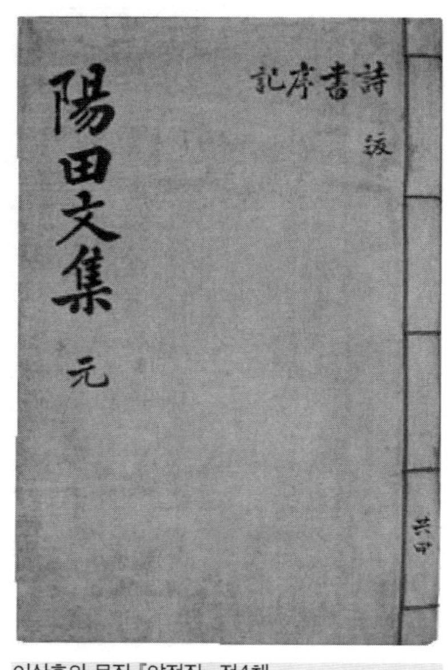

이상호의 문집 『양전집』 전4책

여기서 주목되는 대목은 '효'와 '열'은 같다는 관점이다. 즉 살아남아 망인이 못다 한 제반 가정사(봉제사, 부모봉양, 자녀양육, 후사선정, 가업계승)를 수행함(孝)이 죽은 이를 따라 자결함(烈)과 동등한 것이므로, 살아남아 효를 실천하기를 권면한다는 것이다. 이제 이렇게 설정된 논지를 바탕으로 하여 구체적인 작품 검토에 들어가기로 한다.

다음 살펴볼 작품은 양전陽田 이상호李祥鎬(1883~1963)의 「박효열부김씨전」이다.

열부 김씨는 김유신의 후예로서 20살이 채 못 되어 남편을 잃고 자결하려다가 개연히 마음을 고쳐먹고 시부모 봉양과 자녀 양육, 남편의 길지 선정 등으로 한 가문을 흥기시킨 인물로 묘사되어 있다. 열부는 조상추모, 자녀양육, 후대 번영까지 다방면으로 역할을 수행한 인물이다. 그녀에게서 산 열부를 재확인할 수 있다.

이에 눈물을 거두고 마당으로 내려와 물을 끓여서 시부모에게 마시도록 권하면서 마음을 위로해 드렸다. 몸소 수의를 재봉하여 장사지냄에 소홀하지 않도록 했다. 그때 동네 서당에 한 훈장이 있었는데, 촌사람들이 그를 풍수장이라고 알려 주었다. 부인은 마침내 그를 모셔 장지를 모색하였다. 하루는 꿈에 어미닭이 여러 병아리를 껴안고 어느 산 어느 기슭에 있는 것을 보았다. 꿈에서 깨어나 그

理責之曰 孝烈一也 我在而汝若死 則但知夫 而不知夫之父 可乎 且烈之爲道 非貴於徒死 禮終三祥 而續夫之後嗣 以傳家事 是爲人夫婦之道當然".

점을 기이하게 여겼다. 곧바로 풍수장
이에게 고하고 그 땅을 찾아가니, 땅은
고을 서쪽 소길리 동북 방향의 신화산
정좌였다. 그가 보고 놀라고 기뻐하여
말하기를, "훌륭한 산이로다. 내 평생
산의 형상을 많이 보아왔지만 이 같은
길지는 본 적이 없었소이다. 이 산은 금
닭이 알을 품고 있는 형상이오. 어찌 꿈
의 일과 이같이 흡사한고? 박씨 가문은
장차 흥할 조짐이 이 길지에 있음이로
다!"[73]

그녀의 과단성 있는 생존의 선택은
유복자의 탄생 → 시부의 봉양 → 금계
포란형의 길지 획득으로 연결된다. 이
후 그 후대들이 다복多福하게 되었음은
자명한 사실이다. 이로써 그녀는 시부

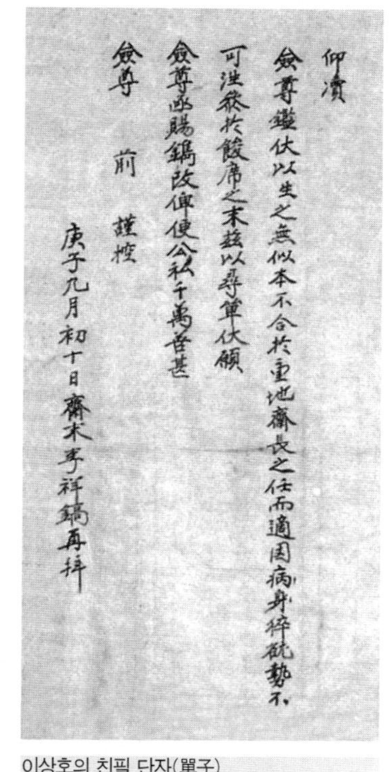

이상호의 친필 단자(單子)

모에게 효를 다했고, 혈속을 이어 대를 잇게 했으므로 열烈도 동시에 성취하
게 된다.[74]

　　말하자면, 죽은 임을 따라 하종下從하는 것만이 열이 아님을 명백히 밝
힌 것이다. 이들이 살아남아 노부모를 봉양하고 후사를 일으켜 가문을 번
성·흥기함도 죽어서 열을 고수하는 것 못지않게 고귀한 효열임을 반증한
사례라 할 수 있다.

73　『陽田集』卷8,「朴孝烈婦金氏傳」, "於是 收淚下堂 煎洴水 勸舅姑飮 慰解其心 斂襚之具 親自點檢
　　裁縫 於送終無憾也 時洞塾 有一敎授 村人目之 以地師 夫人 遂迎師求山 一日夜夢 母雞抱衆雛 在某
　　山某阡 覺而異之 卽告師 往審其地 地在州西召吉里東北新花山下坐 師見而驚喜曰 美哉之山也 吾
　　平生 相山多矣 無如此山者 此金雞抱卵形也 何其與夢事 若是相符也 朴氏將興之兆 其在此歟".

74　앞의 글, "乃回轉初心 含忍隱約 苟延支離之歲月 使父母 得以爲命 血脈 從而不絶 此豈非一身而兼
　　孝與烈者乎 孝烈 而亦豈非得其中正者乎".

그러면서도 열부들은 조상들에 대한 예, 곧 봉제사에 대해서도 지극한 정성과 관심을 기울였다. 이미 돌아가신 조상과 현재 당면한 문제, 그리고 향후 가문의 번성과 흥기까지도 홀로 일을 감당하고 수행해야 할 책무를 지닌 것이다. 그렇기 때문에 열부들은 생사여부와는 무관하게 위에서 전제한 여러 일을 수행함에 최선의 노력을 경주했던 것으로 파악된다.

앞에서 우리는 살아남아서 자신에게 주어진 제반사를 해결하려는 여성의 기상을 찾아 볼 수 있었다. 이러한 기상은 정산靖山 송호곤宋鎬坤(1865~1929)의 「절효부윤씨전」에서도 드러나고 있다. 절효부 윤씨는 남편이 병으로 자리에 눕자, 단지까지 하면서 완치하려 했지만, 결국 뜻을 이룰 수 없었고 자녀를 양육하여 후사를 세우는 한편, 치산에 힘써서 가업을 일으켰다. 치산과 함께 집안을 화목하게 이끌어 귀감이 되었다고 한다.[75]

또한 현산玄山 이현규李玄圭(1882~1949)의 「예모박유인전」의 주인공 박부인은 광기가 든 남편의 치유를 위해 갖은 고초를 다 겪는다. 박부인은 남편을 따라다니며 먹을 것을 공급하며, 3년 동안 시중을 들어 마침내 병을 완쾌시킨다.[76] 이 작품의 후반부에는 부인이 광기가 발한 남편을 따라 구완하는 과정에서 어린 두 남매가 고생한 고생담도 함께 싣고 있어 가족 중 어느 한 부분이 결손되면 전 공동원이 함께 동고동락하여 환난이나 시련을 극복해야 된다는 교훈도 제보해 준다.

이상에서 본 바와 같이, '수의형', '인애효자형' 열부들의 행적은 이미 가신 조상에 대한 예우, 살아남은 자들에 대한 현실 문제를 해결하고 가문의 미래까지도 부담해야 하는 어려움이 있었다. 그러나 작중 열부들은 이를 인고하며 극복하는 슬기로운 여성들이었다. 남편에 대한 의리를 중요시해서 죽

75　『靖山集』卷15,「節孝婦尹氏傳」, "又善於治産 屋潤而室和 舅姑甚安之 鄉里 無不稱頌".

76　『玄山集』卷7,「芮母朴孺人傳」, "海陽 偶發疾 使氣狂易 不省無晝 夜亂行山谿間 或笑或叫呼 或誦古詩文已 又掘草根啗之 或數日不歸家 家益旁落無所賴 孺人 日行乞粥糜 求其處食之 海陽見 孺人至 輒怒詬罵無理 孺人怡顏 謝之三年 而海陽疾良愈".

음을 택한 경우와 조상에 대한 제사, 시부모 봉양, 자녀 양육, 가문 흥기 등은 죽은 남편이 해야 할 일이다. 그러나 유약한 여성으로 살아남아 제반사를 해결하려는 움직임에서 우리는 큰 감동을 받게 되는 것이다.

맺음말: 안동 열녀전의 특징과 의의

주지하듯이, 「열녀전」은 일반적 전의 통상적인 구분인 「사전史傳」, 「사전私傳」, 「가전假傳」, 「탁전托傳」 중에서 「사전私傳」에 속한다. 「사전」은 문인들 간에 자의든 타이든 간에 선조들의 탁월한 업적을 드러내기 위해 개인 문집에 실은 전을 통칭한다. 이렇듯, 특정 인물을 입전하게 된 동기는 해당 가문과 문벌의 입지를 선양하여 영예를 획득하는 일차적 목적을 이루기 위한 것이라 할 수 있다.[1] 전의 일반적인 형태는 인정기술 – 행적부 – 논찬인바, 「열녀전」에서도 이와 같은 서사 구조를 차용하고 있다.[2]

전의 일반적 기술 형태를 살펴보면, 인정기술 부분에서는 입전자의 가

1　『斗庵集』卷5, 「續烈女傳」, "吾邑, 自古多義烈. 然或朝命旌表, 或家傳狀銘…吾榮地, 不過數十里, 少婦人之殉節死者, 相續".

2　이 부분에 대한 견해는 차이점이 있다. 김균태는 서두부 → 전개부 → 논찬부로 분류하여 입전 인물의 가계, 신분 따위를 전개부로 취급해서 행적과 함께 다루고 있다. 이대형은 그의 논문 「18세기 열녀전 연구」(1994)에서 인정기술과 행적부를 합쳐서 敍事라고 하고 논찬 부분을 議論이라고 규정하여 설명하고 있는데, 박희병은 「한국문학에 있어 '전'과 '소설'의 관계양상」(『韓國漢文學研究』 第12集, 1989)에서 "동양의 산문을 議論의 文과 敍事의 文으로 구분하면서 傳은 이 중에서 전통적으로 서사의 문에 속한다."라고 했다. 박희병은 인정기술 – 행적부 – 논찬부를 수용하고 있는데, 연구자도 이 분류기준을 따르고자 한다. 왜냐하면, 안동의 가문의식을 부각시키기 위해서는 논찬 부분을 중요시하지 않을 수 없기 때문이다.

문과 가계 및 선대의 업적을 소개한다. 그리고 행적부에서는 주인공의 인물 형상화가 주축이 되며, 이어 논찬은 평결로 이루어진다. 그런데 안동 열녀전에서 특이한 것은 인정기술 부분의 확대와 논찬 부분의 장황한 유교적 논리전개가 특징이라 하겠다. 이렇게 되다보니, 실제 입전 인물의 인물 형상화는 극히 간략하게 서술된 경우의 작품들이 보인다.

논찬 부분의 편폭이 상당히 확대된 작품으로, 『우부인안동김씨행적』에 실려져 있는 「우부인안동김씨」나 우강 김호직이 창작한 「박효열부구씨전」, 그리고 고산 류연승의 「효열부탁씨부인전」을 들 수 있다. 이들 작품들은 서두에서 간략히 입전 인물에 대한 인정기술 및 행적부에서의 간략한 입전 인물의 행적 진술로 이루어진 반면에 마지막 부분인 논찬 부분에 이르러 작가의 장황한 논변으로 이루어져 있다.

각각 서술된 논찬 부분을 살펴보면, 「우부인안동김씨」에서의 논찬부는 그녀가 살아생전에 가정을 위해 헌신한 주요 행적을 정리하면서 작가의 견해를 제시하고 있다. 즉, 그녀가 길쌈을 하여 시부모를 봉양하는 한편 조상의 제사를 받든 행적을 소개하면서 그녀의 모진 인생 역정은 「여사」에서도 그 유래를 찾아보기 어렵다고 강조하고 있다. 다음 「박효열부구씨전」의 경우는 효와 열의 개념을 동일시하고 있다. 구씨 부인이 비록 시골 출신의 한미한 여자이지만 부모의 양생송사에 정성을 다한 행적은 중국 역대 효행을 실천한 인물들의 그것과 비교해 보아 조금도 손색이 없다고 한다.

외사씨外史氏는 말한다. 효와 열은 차이가 없다. 어버이에게 효도를 했으면, 남편에게도 정절을 다할 것이므로 그 도는 한 가지라고 할 수 있다. 도가 거론되지 않음이 오래되었다. 그 어찌 서로 이적이나 금수로 여기지 않겠는가? 아, 풍화와 도가 떨어지는 날에, 구씨는 향곡의 한 아낙으로 시부모를 섬기면서 양생송사에 유감이 없었으며, 남편을 살리기 위해 온갖 약을 다 썼다. 그리고 병을 치료하기 위해 온갖 어려움을 견디었으니 천고의 상강은 떨어지지 않았다. 그녀가 세교를 돕고 인기를 도운 공이 어떠하였는가? 하물며 물에 들어가서까지 사람을 구하고, 산을 넘어서까지 호랑이가 앞에 있으며 겨울날의 뱀이나 쓸개는 얻기 어려운 것이며, 강아지 젖에서 더욱 효열의 감동한 바를 볼 수 있으니, 왕리·맹순과 더불어 천고에 미덕으로 짝하여 후인들의 경계로 삼을 수 있을 것이다. 아, 이상하도다. 다만 세상에 대인 선생이 없는 것이 한스러워 여사를 지어 태상의 기강으로 삼고, 여항의 이요에서 전파하고 베끼고, 주야의 만필에서 적료함에 불과할 뿐이다. 내 구씨로 인하여 세도가 개연함을 더욱 애석해 하노라.[3]

작가는 구씨 부인의 논찬 부분에서 그녀가 살아남아 효를 실천한 것이 곧 그 남편에 대한 절의를 고수한 방식이라며 마무리를 짓고 있다. 상당히 편폭이 길어진 느낌을 준다. 그만큼 열녀들의 행적보다는 장황한 작가의 변론에 초점을 두고 서술한 방식임을 파악하게 된다.

다음 「박절부전」의 경우는 남편이 사망한 후에 즉시 순사하기란 쉬운 일이지만 가정사를 완결하고 서서히 죽기란 매우 어려운 일임을 강조하면서 그녀의 행적은 우리나라 정절 전통의 유풍에 의한 것이라는 결론을 맺고 있다. 마지막으로 「효열부탁씨부인전」은 이러한 열녀에 대해 무감각해진 현실을 개탄하는 심정으로 탁씨 부인의 어진 행적이야말로 시대적 귀감이라고 평결한다.

이제 탁씨 부인의 행적을 돌아보니, 더욱 절실하고 탄상한 것이다. 효부를 진술함에 "남편이 전쟁터로 가면서 부탁하는 바가 있었다."라고 말하는 경우가 있다. 탁씨 부인은 이런 부탁도 없었는데도 타고난 본성의 효성을 나타내었다. 효라는 것은 온갖 행실의 근원이며 어진 도가 생겨나는 바이다. 하물며 청춘에 홀로 살면서 가난과 어려움을 겪으면서도 조금도 원망하는 마음이 없이 시부모를

---

3 『雨岡集』卷4, 「朴孝烈婦具氏傳」, "外史氏曰 孝烈無二 致孝於親 則烈於夫 其道一也 而道之不講久矣 其何不胥以爲夷狄禽獸也 噫 迨此風漓道下之日 具氏 以鄉曲一巾幗 事姑而無憾於養生送死救夫而盡力於用藥 治病能盡受中天 而不墜千古之綱常 其所以扶世敎 淑人紀之功 顧如何也 矧又溺水而人救 蹴山而虎前 冬月之蛇膽 難得之狗乳 尤可見孝烈之所感 而直與王鯉孟笋 匹美於千古 以驚來世之耳目 吁其異矣 只恨世無大人先生者 作書之女史 紀之太常 而不過播騰於閭巷之俚謠 寂廖於州野之謾筆 吾爲具氏 惜重爲世道慨然也".

봉양함에 시부모 역시 탄복하였으니, 어찌 금석같이 굳세고 송백같이 곧은 당당한 마음이 아니겠는가? 인륜이 무너지고 도의가 상실되는 시점에서 보통 사람들이 하기 어려운 일을 행하였으니 순순한 효부요, 곧으면서 맹렬하구나.

이와 같이 아름다운 행적을 겸비하였음에도 그녀의 행적이 기록된 책은 보기 드물구나. 옛날 국법이 밝은 날에는 마땅히 포상을 내려 숭상하는 전교가 있었을 것인데, 지금은 기강이 무너지고 폐해져서 결국 궁핍하고 어두운 속에서 사라지게 되었으니 진실로 한스러운 것이다. 임금을 잇고 한결같이 변하지 않는 천유의 정성이 또한 어질고 밝은 효성에서 나오게 되면 나는 비록 늙고 병들어 글을 짓지 못하더라도, 떳떳한 성품은 오히려 없어지지 않을 것이기에 대략을 서술하여 여러 군자(효자)들과 함께 부기하되 사실을 근거하여 기록한다. 뒷날 적료한 이 한마디가 어찌 숨겨진 사실을 천발할 수 있겠는가마는 아마 이 열부로 하여금 일세의 권계는 삼을 것이다.[4]

작가는 탁부인의 모진 인생 역정을 소상히 보고하면서 이 여인의 청상 과부로서의 미담을 극구 칭송하고 있다. 탁부인은 천성적으로 효행이 뛰어났으며, 이를 바탕으로 하여 가난과 생활고를 극복하며 수절하는 미담을 이루어 낸 점을 특기하고 있다. 그러면서 이 여인의 선행이 제대로 보상받지 못하는 현실의 정려 정책에 대해서 일정한 불만을 표시한다. 이 여인의 미담을 기록해 두지 않는다면 이내 역사상에 민멸될 것이므로, 기록을 통해 후인들에게 경계를 삼고자 한다고 했다.

이는 결국 당대 안동이라는 특수 상황과 깊은 연관이 있다고 생각된다. 왜냐하면, 당대 영남 지역은 문벌門閥과 족세族勢를 그 어느 지역보다 소중히 여겼던 만큼 자기네 집단에서 그러한 열부의 입전과 형상화는 곧, 자기의 소

---

4   『古山集』卷3,「孝烈婦卓夫人傳」, "今觀卓夫人之蹟 尤切歎賞也 陳孝婦 縱云夫有行戍所屬 卓夫人 無是屬 而出於根天之孝 孝者 百行之源 而仁道之所由生也 況靑春孤居 備經艱險 少無怨人之意 孝養舅姑 舅姑亦得歡心 豈非烈烈肝腸 堅如金石 貞如松柏者乎 及此斁倫商義之日 行人所難行之事 純乎孝矣 貞而烈哉 若是兼嫩之蹟 載籍所罕見矣 在昔王章赫赫之日 宜下褒崇之典 而矧今綱紀頹廢 竟沈湮於窮蔀隱閨之中 誠所慨恨者也 嗣允君 斷斷闡幽之誠 亦出於仁明之孝 則余雖老廢無文 彛性則尙未泯 畧叙附于諸君子 撫實遺錄之 後寂廖一言 何足以闡發幽潛 庶或因此 俾爲一世勸".

속집단 전체의 이익 확보와 함수관계에 있었던 것이다. 그렇기 때문에 열녀와 열부를 입전하되, 자기네 소속 가문과 문벌을 내세움과 동시에 유교적 교화의 설교를 장황하게 서술할 수밖에 없었다고 생각된다.

　다음으로 안동 열녀전의 의의를 나름대로 정리해 보고자 한다. 이미 위에서 검토한 바와 같이 그녀들의 죽음은 헛된 죽음 자체로 종결되지 않는다. 주어진 여건 하에 최선의 열烈을 실천한 삶이라 할 수 있다. 여성들의 절개와 정조, 이는 소중한 인륜이며 고귀한 정신적 자양분임에 틀림없다. 이들 열부들의 고결한 삶은 조선조 선비들의 깐깐한 형상과 견주어도 손색이 없을 것이다. 실제 작품의 논찬 부분에서도 이 점에 대해 언급하고 있다. 나약한 선비들의 정신 자세는 도리어 열부들의 강렬한 정신 철학과 지조에 뒤지는 것이라고 한 것이 그것이다.

　위에서 보듯이 대부분의 작품들이 구한말을 전후하여 창작되었음을 확인할 수 있다. 당시 안동은 왜적에 대항하여 싸운 수많은 의사와 열사들을 배출하였다. 명망 있는 지도적 독립유공자가 적지 않았다는 사실이 이를 증명해준다. 한편으로 안동의 열녀전은 구한말 일제강점기라는 위기상황에서 나태하고 무기력하게 기존의 양반관행을 틀어쥐고 체면이나 고수하면서 소극적인 자세로 현실에 대응하려는 선비들에게 경종警鐘과 감계鑑戒의 염念을 심어주었다는 의미도 있다. 즉 적극성과 합리성이 남녀 간의 의리를 발판으로 삼아 사회와 민족 국가로 확대되는 구도를 기대하고 열녀전의 창작이 이루어졌을 개연성도 없지 않은 것이다.

　그렇기 때문에 안동의 사인층은 명확한 인생의 목표 없이 망설임과 임기응변으로 살아가는 남성들의 삶보다는, 차라리 자신의 삶과 죽음을 선택하고 실천하는 데 분명한 동기와 이유 목표를 가지고 적극적으로 사고하고 행동하는 열녀의 형상을, 가치 있는 것으로 긍정하자 했던 것이 아닌가 한다.

　열녀전의 여성형상은 모두가 불행과 고난의 현실을 그려내고 있었다. 임이 떠난 현실은 여인네 혼자서는 감내하기 어려운 극한 상황, 그 자체이다.

봉제사 · 가사 경영 · 자녀 양육 · 시부모 봉양 · 가문의 계승 및 흥기 등의 과업을 이루는 강인한 인고의 삶을 헤쳐 나갈 수 있던 원동력도 다름 아닌 목숨보다 더 소중한 그 무엇을 향한 강한 집념이었다.

본론의 내용을 간략히 정리하는 것으로 결론을 대신한다.

서론에서는 우선 연구 목적과 기존 연구사 검토 및 연구 범위를 중심으로 정리하였고, 2에서 우선 「열녀」의 개념과 「열녀전」의 성립을 중국과 우리 문헌을 참고로 하여 정리하였다. 열녀는 "기상이 강하며 위난에 부딪혀도 자신의 정조를 지키면서 끝까지 항거하거나, 남편을 위해 죽음을 무릅쓰고 절개를 지키는 여자"로 요약되었다. 열이 성립하기 위해서는 남편과의 관계에서 파생된다는 것이다. 남편이 죽거나, 혹은 살아있지만 인간으로서의 구실을 잃은 상태에서 취하는 여인의 행동에 대한 개념 규정을 하였다. 다음으로 형성배경에 대해 검토하였다. 한국 열녀의 형성배경이 당대 우리 사회의 여러 가지 사회적 · 문화적 요인과 상호 깊은 연관이 있음을 주목하였다. 조선조 여성들의 일상생활 규제는 당대 사회 통념이었던 유교적 윤리규범과 맞물려 결국 법적 조치로 강화되기에 이른다. 이런 유습은 신분고하를 막론하고 일반 부녀자들이나 천민에게도 파급되어 모든 여성은 수절해야 한다는 당위적 논리가 정립되었다.

이어 한국 열녀전의 사적 전통을 검토했다. 유향의 『열녀전』이 지닌 특징과 그것의 한국 유입에 대해 알아보고, 한국의 열녀전 창작의 역사를 검토하였다. 『고금열녀전』이 전해진 것은 대략 조선 초기라고 보지만 유향의 「열녀전」은 그보다 앞선 고려 중기에 수입되었을 것으로 본다. 한국의 열녀 이야기는 『삼국사기』 열전에 그 출발을 두어야 하고 그 전통이 『고려사』 열녀조로 이어졌으며, 동시에 이곡의 「절부조씨전」과 같은 문인층의 창작이 생겨났음을 알 수 있었다. 여말에 확립된 열녀전 창작방식은 그대로 구한국 말기까지 이어진 것으로 보고 그 가운데 17~18세기를 기점으로 해서 전후기의 특징을 달리하는 다량의 작품들이 창작되고 있음에 주목했다. 여기에는 광해군의 폭정과 임란·병란 등과 같은 격변과 시련들 거치면서 해이된 중세체제의 질서와 이념을 수호해내려는 정치적 의도와 깊은 관계가 있다고 보았다.

　　본고에서는 이러한 역사적 배경을 기반으로 창작된「열녀전」중, 안동 사인층이 안동을 중심으로 창작한「열녀전」을 대상으로 하여 검토하였다.

　　3장에서는 안동 사인층의 열녀전 창작양상을 개괄적으로 검토하여 몇 가지 외형적 특징을 추출하였다. 이어서 4장에서는 열녀들의 열 구현 양상을 통해서 몇 가지 열녀 형상을 유형화하였다. 기존의 연구에서 제기된 유형들과 정약용의「열녀전」에서 표현된 열녀관, 그리고 안동 사인층의 열녀전에서 드러나는 열녀관을 종합하여 일곱 가지 유형을 추출해 보았다. 추출된 유형이 모두 합리성에 기초해 있다는 점을 중시하여, 시대적 차이에서 오는 강조 유형의 변화도 아울러 포괄하려 하였다.

　　5장에서는 추출된 유형에 안동 사인층의 열녀전을 일대일로 조응시켜 일곱 가지 단락으로 나누어 분석하였다. 분석의 내용은 이미 본론에 상세하게 드러나 있으므로 재론을 피하기로 한다.

　　다만 열녀 형상을 2대별하게 될 때 말해지는 '순종'과 '수의'에 대해 간략히 요약하고 넘어가기로 한다. 먼저 가신 남편을 따라 이내 죽음을 선택하여 절개를 고수하거나, 최소한의 가정사를 이룩하고 죽는 순종형과 죽지 않고 살아남아서 모진 인생을 개척해 나가는 수의형의 두 형태를 살펴보았다. '순종'에 못지않게 '수의'도 값진 삶의 방식임을 우리는 본문의 여러 여인들의 행적을 통해 파악할 수 있었다. 그런데 남편에 대한 추모와 절의 고수 차원에서 죽음을 선택한 것도 열 고수의 한 방편일 뿐만 아니라, 살아남아 죽은 남편의 미완성 과제인 '봉제사, 가문 잇기, 재산 증식, 가족의 건강 및 부양책임' 등을 해결하는 헌신적이고 적극적인 자세 또한 같은 차원의 것임을 검토했다.

　　먼저 순종의 대체적 양상으로, 그녀들의 죽음 선택은 현실의 비극에 대한 일시적 도피와 은둔이 아니라, 보다 명확한 삶의 종결이라고 생각된다. 이들의 결사 과정을 중점적으로 그녀들의 행동 양상을 풀어서 말한다면, 애국적 삶을 통한 가문의식 선양 및 비련의 삶 묘사, 님에 대한 변하지 않는 애정 표출, 헌신적인 삶의 표출 등으로 정리된다.

그리고 수의의 구체적 양상에서 열부들은 죽음을 일단 보류한 채, 살아서 절의를 고수한 형태로는 남편이 이루지 못한 가업을 계승한 경우도 있었고, 남편의 시신을 반장하면서 겪는 여인의 애한을 적나라하게 묘사한 경우, 여성 특유의 지혜를 내어서 도적들을 물리친 적극적인 형상 등을 볼 수 있었다. 이런 점에서 열부들의 '수의'와 '순종'은 동등한 의의를 지닌다고 할 수 있다. 그런데 이들 열부들은 인종의 세월을 겪으면서도 자신을 희생하며 가족 성원들을 위해 살신성인하는 자세로 봉사의 삶을 실천했으므로, 간혹 가정의 일부분이 결손되더라도 그 가정이 유지·보존될 수 있었던 것이다. 그녀들이 희생과 봉사의 삶은 가정을 재건할 수 있는 자양분으로 작용했다는 점에서 큰 의의를 갖는다. 즉, 그녀들의 적극적 행동과 인간에 대한 신뢰, 애정이 합치되어 의기를 발휘할 수 있었다고 생각된다.

안동 열녀전에 나타난 특징으로, 지역 가문의 입지 고수 경향을 들 수 있다. 이는 안동이 문벌과 가문을 중시하는 경향이 그 어느 지역 못지않게 강한 곳임을 작중 인물들의 문중별 파악에서 확인되었다. 문면에서 작가들의 가문 의식이 상당히 부각되었음을 알 수 있다. 대부분의 작품들이 집안 내력이 확연하다고 볼 수 있다. 이것은 작가가 그 집안의 내력을 밝혀줌으로써 당사자 집안 배경이 열녀가 나올 수밖에 없는 집안임을 주지시키고 있다. 아울러 출가한 가문을 내세움으로 인해 명문 집안의 가문임을 부각시키고자 한 것 같다.

우리가 지금 이 시대에 어떤 여성에게 "당신은 열녀다."라고 말할 수 있다면, 그것은 다분히 강렬한 정조관념과 무조건적 자기희생에 연유한다고 본다. 근대에도 헌신적인 여성형상은 언제나 존재했으며 지금도 알려지지 않은 현대판 열녀 형상이 어디선가 출현하고 있을지 모른다.

본고는 전근대적인 여성형상을 정리하고자 착수되었다. 나아가 열녀의 속성이 인간적인 측면에서 어떠한 의미를 가질 수 있는지도 유의하여 살폈다. 과연 이러한 두 가지 과제가 얼마나 정확하고 객관적으로 파악되었는지는 확언할 수 없다. 바라건대, 이번의 작업이 보다 폭넓은 시야를 지닌 동학들에 의해 거듭 검토되기를 기대한다. 아직 우리는 현존하는 모든 열녀전을 연구의 대상으로 하기에는 역부족을 느낀다. 이 같은 어려움을 극복해가는 길은 지역적 단위의 연구방법밖에 없다. 동시에 공시적 연구도 권장할 만하다. 같은 시대에 지어진 모든 열녀전을 분석의 대상으로 삼는 일은 오히려 지역적 연구보다 용이하다고 보기 때문이다. 그리하여 지역 간, 시대 간 연구를 통해 열녀전 서사전통의 전체적 흐름을 파악하고, 이를 움직인 사인층의 열녀관을 다면적 시각에서 분석해 들어간다면, 작품과 작자, 시대와 지역을 넘나들면서 각각의 다름과 같음을 변별해 내는 소득을 거둘 수 있을 것이다. 이것이 본고가 추구하는 장래의 방향이며, 과제이다.

조선 후기 의리의식과 김약련의 열녀전

김약련 친필: 무술(戊戌, 1778) 3월 28일 거행된 7대 조부 김륵(金玏)의 묘소에 있는 익곡제사(益谷齋舍; 안동부 내성현 익곡) 상량식을 위해 지은 상량문(上梁文)의 일부분

1

머리말

한국한문학사에서 18세기는 매우 역동적인 문예양상을 보여주는 문제의 시대이다. 16~17세기에 발생한 임진왜란과 병자호란이 남긴준 후유증을 극복해 가는 과정에서 매우 다채로운 문학작품들이 창작되었기 때문이다. 특히 병자호란 이후 전개된 동아시아 국제질서의 재편으로 인해 문인층이 보다 자주적이고 주체적인 방향에서 문예활동을 전개하려 한 점이 주목된다. 『시경』에 대한 새로운 해석과 고시류의 한시창작, 그리고 서사장르인 한문단편류의 산문창작이 활발하게 이루어졌다.[1]

  18세기 중앙문단은 영·정조의 문예진흥책과 탕평정국에 힘입은 바 크다. 또한 청으로부터 유입된 다수의 신간 서적을 통해 중앙문인층은 중국에서 제기된 여러 가지 문예사조를 접할 수 있었고, 그에 따라 보다 넓은 시야에서 문예창작에 임할 수 있었다. 비록 사상계는 숙종대의 사문난적이라는 탄압이 자행된 이래 주자성리학의 보수적 전통을 온존해 나가고 있었지만,

----

1 18세기 중앙문단은 계곡 장유와 서포 김만중을 이은 농암 김창협과 삼연 김창흡의 비평활동에 힘입어 '천기'를 중시하는 고풍창작이 진작되었고, 연암 박지원의 새로운 문예정신을 계승한 실학파 문학이 대두하였다.

문단에서는 역량 있는 문인들에 의해 다양한 실험들이 이루어지고 있었던 것이다. '연암체'와 같은 새로운 문체의 구사라든가 국토자연을 배경으로 하여 이루어지는 '진경산수시'의 창작 등이 그러하다.

　　한국사학계에서는 18세기를 중세체제의 해체기로 보는 듯하다. 임·병양란 이후 18세기에 오면 종래의 신분질서가 동요하고 경제적으로도 자본제적 맹아가 출현했다는 것이다. 변화에 중심을 두는 역사인식이다.[2] 그러나 다른 한쪽의 역사인식은 조선중세체제는 그렇게 간단히 무너지지 않았다고 본다. 기존의 양반제를 중심으로 하는 신분체제가 임·병 양란 이후에도 여전히 그 골격을 유지하였다는 것이다. 그들은 중인층이나 서민층의 신분상승을 인정하려 들지 않는다.[3] 이 상반된 시각을 종합해 보면 결국 18세기 조선은 중세적 형식과 근대지향적 내용으로 재편되어 갔다고 말할 수 있다. 그러므로 문예창작에도 이러한 두 가지 모순적인 상황이 반영되어 있을 것으로 생각된다.

　　18세기 중앙문단은 앞서 언급한 대로 옛것에 대한 회의와 새것에 대한 모색이 어느 정도 나타났다고 본다. 그러나 지방문단은 이와 달랐다. 새것에 대한 모색보다도 옛것에 대한 유지가 현저하였다. 이러한 까닭은 중앙문단과 지방문단을 형성해 간 인물들의 사회경제적 처지가 달랐기 때문이다. 우리가 이 글에서 살피고자 하는 안동권의 경우에 한정해서 말한다면, 숙종대 경신대출척 이후 거의 봉쇄된 영남남인의 중앙진출과 관련이 있다. 영정조대에 탕평책에 힘입어 경남京南계의 후원으로 소수의 영남사인이 중앙정계로 진입한 바 있으나 대부분은 향촌사족으로 명맥을 유지해 나갔을 뿐이었다.[4] 부진한 중앙진출은 새롭게 발흥하고 있던 중앙문단의 문예사조에 둔감

2　　정석종의 『조선 후기 사회변동연구』(일조각, 1983)와 근대사연구회가 편찬한 『한국중세사회 해체기의 제문제』(한울, 1987)를 참조.

3　　송준호의 『조선사회사연구』(일조각, 1987)를 참조.

4　　이수건의 『영남사림파의 형성과 전개』(일조각, 1995) 제4장 「영남학파의 정치·사회적 기능」을

영주시 이산면 신암2리 304 (友琴)에 위치한 두암 김약련의 종가. 최근 문화재로 지정되어 새롭게 단장을 하였다. 만간암과 정안와는 부친 김지(金墀)의 당호인데, 김약련이 기문을 썼다.

하게 만들었고, 16세기 이래 유전되어 온 처사적 기풍을 그대로 답습하게 하였다.

이 글의 주인공 두암 김약련 역시 처사적 기풍이 강력한 힘을 발휘하던 영남 남인층의 일원이었다. 18세기 영남 남인층의 문예성과에 대한 논의는 아직 만족할 만한 수준에 이르지 못했다. 기존의 논의들은 대체로 개별 작가의 문학세계를 조감하는 수준에서 그친 감이 있다. 18세기 영남 문인층의 문예성과에 대한 총체적인 논의는 보다 많은 작가의 발굴과 연구가 선행되어야 비로소 가능해질 수 있다.[5] 이 글도 그러한 종합적 논의의 토대를 마련하기 위해 시도되고 있다.

두암 김약련은 학계에 아직 정식으로 소개된 인물이 아니다. 그의 문예성과가 지니는 의의는 이 글의 본론과 결론에서 검토될 것이나, 일단 필자는

참조.

5   조선 후기 안동권 한문학과 관련한 연구로 이종호의 일련의 논문이 보고된 바 있다. 예를 들면, 「조선 후기 영남남인의 문학관 연구」(『퇴계학보』 제103집, 퇴계학연구원, 1999.9), 「17~18세기 안동한문학 연구」(『대동한문학』 제9집, 1997.12), 「17~18세기 갈암학파 제현들의 산문창작」(『퇴계학』 제9집, 안동대학교 퇴계학연구소, 1997.12), 「병곡 권구의 천유록 연구」(『성신한문학』 제5집, 성신한문학회, 1995) 등이 있다.

1. 머리말

김약련의 '전'을 중심으로 전개된 산문창작에 유의하여, 그를 18세기 안동에서 일정한 비중을 지닌 작가라고 보고 논의를 전개하려 한다.[6]

　　본론에서는 먼저 김약련의 가계와 생애를 족보와 문집을 통해 알아보고, 그의 문집에 나타난 저작내용을 고찰한다. 이어서 그의 문학관과 현실인식을 검토한 뒤 전기산문을 중심으로 산문창작의 양상을 알아본다. 결론에서는 본론의 논의를 정리하고 김약련의 문학세계가 안동권 한문학에서 의미하는 바가 무엇인지 논하기로 한다. 이 글의 텍스트는 영남대학교 도서관 소장 목판본『두암선생문집』10권 5책으로 하였다.[7]

---

[6]　黃萬起는「烈女傳 硏究: 安東文化圈을 中心으로」(안동대학교 대학원 석사학위논문, 1999)에서 최초로 김약련을 발굴하여 그의 전 작품을 일부 분석한 바 있다. 필자는 위의 논문을 통해 본격적으로 김약련을 연구할 필요가 있다고 느꼈다. 그동안 황만기 동학은 관련자료를 흔쾌히 제공해주었고 연구방법에 대한 조언도 아끼지 않았다. 지면으로 그간의 후의에 사의를 표해 둔다.

[7]　『두암집』에 대한 서지사항은 영남대학교 민족문화연구소에서 편찬한『영남문집해제』(영남대학교출판부, 1988), 278~280쪽을 참조. 현재 두암공의 8세손 金秉黙 씨가 영주시 이산면 신암2리 304(友琴)에서 頹落해가는 고택을 지키고 있다. 필자가 백암 김륵 선생의 14세손인 金禹榮 翁(영주시 이산면 석포1리 802 거주)의 안내를 받아 두암고택을 답사하여 家藏文獻을 조사하였는바, 대체로 壯紙에 적힌 여러 장의 山訟관계 문자나 伯氏遺稿 초고는 볼 수 있었으나 두암집의 草稿本은 발견할 수 없었다. 궁금한 점들을 친절하게 敎示해 주신 두 분의 정성에 감사드린다.

2

김약련의 생애와 저작

김약련의 가계와 출사

김약련은 자가 유성幼成이며 호는 두암斗庵 혹은 인수忍叟라고 한다. 그는 고려 때 김씨 성을 얻은 예안禮安 사람이다. 예안의 옛이름은 선성宣城인데, 선성 김씨가 영천榮川(현 영주)에 자리를 잡은 것은 현령縣令을 지낸 김소량金小良에서 비롯된다. 소량은 영천에 세거하던 황유정黃有定(평해인으로 공조전서를 지냄)의 사위가 되면서 영천으로 이거하여 처가마을인 성밑(구성공원 남록)에 살았다. 소량은 장인에게서 가장을 물려받았는데, 그것이 바로 삼판서고택三判書古宅이다. '삼판서고택'은 여말 형부상서를 지낸 정운경鄭云敬(1305~1366, 정도전의 父)이 살던 집으로 정운경이 그 사위인 황유정에게 물려주고, 황유정이 다시 그 사위 김소량에게 물려주었다. 이후 소량의 아들 담淡이 이조판서에 임명되었기에 내리 판서 3인이 살았다 하여 '삼판서고택'이라 불렸다.[1] 영천

---

1   이 고택은 소량의 21대손까지 5백 년을 버텨왔으나, 구한말 주인이 바뀌고 1961년 대수해가 있은 뒤 도시 확장으로 헐렸다가 2008년 다시 중건되었다.

163

영주시 이산면 석포리(일명 번계)에 위치한 천운정

의 선성김씨는 문수면 황조동, 무섬(水島里), 이산면 우금, 영주 구대(구학정),
이산면 번계(석포리), 장수면 갈미(갈산), 부석면 도탄(상석리), 봉화 문단(옛 영천
경내), 봉화 물야면 너다리(판교, 옛 영천경내) 등지에 세거하고 있다. 담의 사손
은 문수면 황조동에 세거하며 사당도 그곳에 있다.[2]

조선조에 예안김씨를 빛낸 김약련의 선조로 두 분을 들 수 있다. 세종조
에 형 증滬[3]과 함께 문과에 급제하여 집현전에 뽑혀 들어간 뒤 뛰어난 천문역
법학자로 활동하였고, 단종이 양위讓位한 후에 판서의 직임으로 불렸으나 나
아가지 않고 낙향하여 49세에 졸卒한 무송헌撫松軒 김담金淡(1416~1464)[4]과 퇴

2　宋志香의 『榮州・榮豊鄕土誌』(驪江出版社, 1987), 77~78쪽을 참조.

3　金滬은 1435년 아우 淡과 함께 문과에 급제, 1447년 다시 중시에 급제, 집현전 교리와 금산군수를
　　역임하고 세조원년(1455) 졸하였다. 일찍이 書狀官으로 朝天했고 예조좌랑으로 성삼문・신숙주
　　와 함께 『洪武正音』을 번역하였고 병조좌랑으로 『歷代兵要』를 편찬하였다. 『宣城(禮安)金氏世
　　譜』卷上(編纂委員會, 回想社, 1999)를 참조.

4　金淡은 저작・박사・수찬・교리・사간원 헌납・이조좌랑・정랑을 역임한 뒤 1439년(己未)에 박

계의 문도로 임진왜란에 안집사安集使의 공로를 세우고 참판의 지위에 올랐으나 광해군의 생모인 공빈김씨恭嬪金氏 별묘別廟의 의물儀物을 종묘의 의물과 똑같게 하는 것에 반대하다가 강릉부사江陵府使로 좌천된 뒤 파직되어 고향으로 돌아와 집에서 임종한 백암柏巖 김륵金玏(1540~1616)[5]이 바로 그들이다.

사로 명을 받아 역법을 撰定하였고, 1447년(丁卯)에 부교리로 명을 받아『田賦九等』을 撰定하였다. 御書가 있어 이해 가을 또 교리공과 함께 重試에 올라 제2등을 하였다. 詹事院同詹事·書雲副正을 역임하고, 전라도 어사로 나아갔는데 특별히 御札이 내려져 귀향하여 省親하였다. 1449년(己巳) 명을 받아『天官經緯』를 바로잡고 日影臺를 세웠는데 그 후 觀象監에서 이를 遵用하였다. 1452년(壬申) 직제학, 1453년(癸酉) 충주목사를 역임, 道臣이 褒啓를 올려 통정대부에 올랐다. 뒤에 예조참의에 제수되었으나 나아가지 않고 부친이 늙었다는 이유로 외직을 청해 경주부윤으로 나아갔다. 이때 단종이 遜位한 뒤였는데, 한 朝士에게 주는 시에 이르기를 "조정에서 묻는 이가 있거들랑 팽택의 늙은 도연명이라 하게나."라 했다 한다. 그 뒤 특별히 자헌대부 이조판서에 제수되었다. 세조9년 갑신에 졸하니 향년 49세요, 贈諡는 文節이다. 退溪가 建祠를 의론한 뒤 사림들이 영주의 龜江書院, 順興의 丹溪書院을 세워 배향하였다. 權鑰이 行狀을 찬하였고, 神道碑銘은 張顯光이 짓고, 金光炫이 篆額하고, 金柱漢이 글씨를 썼다. 11대손 埠가 墓誌를 찬하였다. 逸稿 2권을 남겼는데 후에 文集 3권이 간행되었다(『宣城金氏世譜』를 참조).

5　金玏은 進士 士明의 아들로 백부 士文에게 입양되었다. 퇴계의 급문제자로, 1576년(丙子) 문과 급제하고, 1578년 검열·전적을 거쳐서 예조원외랑·정언이 되었다. 1580년 전적 겸 서학교수가 되고 弘文錄에 등록되었다. 이듬해 부수찬·지평·직강 등이 되고, 1584년 영월군수로 나아가 魯山君(단종)의 묘를 배알하고 祭廳·齋室·饌廳을 묘 옆에 짓고 처음으로 '노산군'이라는 호칭을 神主에 써서 부인 宋氏의 신위와 함께 모셔 신임군수마다 죽던 변을 막았다. 3년 후에 돌아와 선조로부터 많은 치하를 받고, 교리에 서용되었고, 1590년 집의·사간·검열·사인·사성·사복시정이 되었다. 1592년 임진왜란이 일어나자 경상도 安集使가 되어 영남의 선비들에게 국가의 뜻을 알려 왜적을 토벌하도록 격려하였다. 형조참의를 거쳐 안동부사가 되었다가, 이듬해 경상우도관찰사가 되어 전라도의 곡식을 운반하여 飢民을 구제하였다. 이어 도승지·대사간·한성부우윤·대사성을 거쳐, 1594년 동지의금부사·대사헌·이조참판·부제학 등을 역임하였다. 1598년 부제학으로 유성룡을 구원하는 상소를 올렸다가 파직되었다. 1599년 명나라 장수를 접반하고 형조참판에서 충청도관찰사로 나아갔다. 1602년(壬寅) 冬至上使로 朝天하여 왜군의 동태가 걱정할 만하다고 하여 請兵하였는데, 명의 兵部에서 5難을 펴자 일일이 자세하고도 간절하게 대꾸하자 황제가 이에 감동하여 일본이 다시 준동하지 못하도록 하겠다는 特旨를 내렸다. 그리고 아울러 首卷에 欽文之璽가 찍힌 錦粧『大學衍義』(全 20冊)와 蜀錦 2段을 내려 주었다. 대사성을 거쳐 1604년 안동부사로 나아가 범람하는 낙동강의 재해를 막기 위하여 두 곳에 큰 제방을 수축하였다. 1610년 광해조에 대사헌으로 奉慈殿 儀節을 힘써 쟁론하다 강릉부사로 좌천되었고 곧이어 삭탈관직되어 향리로 쫓겨났다. 1614년 職牒이 還給되었으나 이듬해 졸하였다. 榮川의 龜山書院에 제향되었고 저서로는『백암집』이 있다. 효종 4년 이조판서에 追贈되고, 정조 무신년 敏節이란 시호가 내려졌다. 영조 병인년(1746)에『대학연의』를 進覽케 하고 內藏『연의』를 하사했다. 정조 갑인년(1794)에 다시『연의』를 진람케 하고 序文 御詩와 大學 1부를 하사했는데 모두 家藏되었다. 李玄逸이 行狀을 지었다. 당초에 神道碑銘은 權瑎가 찬술하였는데, 益谷으로 이장 후 趙顯命의 글을 다시 받았고, 諡號

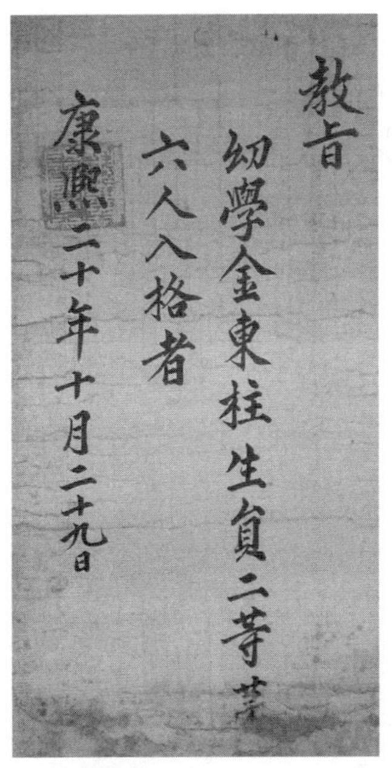
김약련의 증조부 김동주가 생원시에 합격
하였음을 알리는 교지

김약련은 영천에 세거하는 선성김씨 가운데 번계파樊溪派 출신이다. 번계는 현 이산면伊山面 석포리石浦里로 우금友琴의 아랫마을이다. 백암 김륵의 둘째 아들로 생원에 장원하여 의금부도사를 지낸 김지선金止善(1573~1622)이 처음 이곳에 터를 잡아 살았으며 백암 김륵이 여기에 천운정天雲亭을 지어 여생을 보냈다. 김지선의 고택이 천운정의 서쪽에 잇대어 있어 정자와 그 사손이 세거하는 고택을 아울러 '천운정'(큰집인 백암의 종택은 '구학정'[6]이라 함)이라 부른다. 본래 내성천乃城川이 천운정 부근으로 흘러 그 일대가 모두 물구덩이었는데, 김지선이 집을 짓고 나서 그 물길을 멀리 서쪽으로 돌려 마을 앞을 농토로 개척하였다. 그래서 내성천 줄기가 이 마을의 울타리가 되었다 하여 마을 이름을 '번계樊溪'라 했다고 한다.[7]

김약련의 고조高祖는 종부宗溥인데 일찍 죽어 족자族子인 동주東柱를 후사로 이었다. 증조인 동주는 바로 김지선의 증손이다. 그는 나이 26세에 본생本生의 두 형과 함께 숙종 신유년(1681)에 사마시에 합격하였으나 이듬해 죽었

가 내려진 후 다시 蔡濟恭이 改撰하였다. 墓誌銘은 처음에 權斗寅이 찬하였는데, 이장 후 李光庭의 글을 받아썼다(『宣城金氏世譜』와 『行狀』·『神道碑銘』, 『年譜』를 참조).

6   영주 龜城공원 서편 西龜臺 아래에 있는 龜鶴亭은 栢巖 金玏이 세운 정자로 그 서편에 백암이 살던 고택이 있어 함께 '구학정'이라 부른다. 이곳에서 백암의 長子로 찰방을 지낸 幾善, 그 후손으로 1919년 파리장서 운동에 참여한 澤鎭, 학문과 문장으로 알려진 思鎭 등이 나왔다(송지향의 앞의 책, 108쪽).

7   김지선의 증손 東柱가 進士, 동주의 손자 塀가 生員, 墇가 문과로 持平, 증손 若鍊이 진사·문과로 參議, 象鍊이 生員, 후손 聲振이 경술국치에 자결, 晦鎭이 文行으로 이름이 있었다(송지향의 앞의 책, 125쪽을 참조).

다. 조부는 원렬元烈인데 과거공부를 달갑게 여기지 않았고 시례詩禮를 돈독히 하여 자제 교육에 힘썼다. 부친은 지墀(1697~1750)인데 1723년 사마시에 합격하여 생원이 되었고 문사文詞와 행의行誼가 뛰어났으나 수를 누리지 못했다.[8] 모친 반남박씨(1695~1741)[9]는 소고嘯皐 승임承任(1517~1586)[10]의 6세손인 생원 태래泰來의 따님이며, 집의執義를 지낸 홍준弘儁의 누이이다.

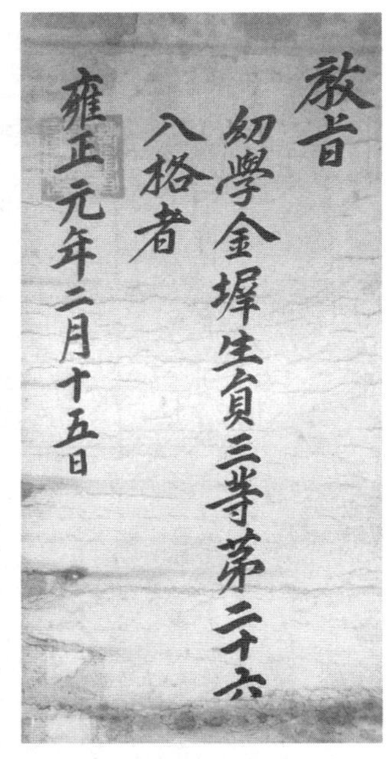

김약련의 부친 김지의 생원 합격을 알리는 교지

이처럼 김약련의 가계는 조선 초기에서 중기에 이르는 기간 당시 안동권에서 매우 명망 있는 씨족으로 그 가세를 떨쳤으나, 17세기 이후 한동안 사환을 하지 못하다가 김약련의 시대에 와서 다시 가세가 진작되고 있음을 알 수 있다. 백암 김륵의 둘째 아들 김지선이 분가한 이래, 김약련 가문과 혼인을 맺은 문중을 살펴보면, 6세조 지선止善은 진성이씨 순도純道(將

----

8 김약련 찬 「유사」. 김위 찬 「묘갈명」을 참조.

9 김약련의 숙부 김위가 「묘지」를 찬술하였다.

10 朴承任은 영주 출신으로 珩의 아들이며, 모친은 선성김씨 萬鎰의 딸이다. 퇴계의 문인으로 1540년 문과에 급제, 승문원·예문관·승정원·홍문관 등에서 淸宦職을 역임하고, 賜暇讀書하였다. 이어 수찬·이조좌랑·정언을 지냈다. 尹元衡의 심복 陳復昌이 그를 만나보기를 청하였으나 응하지 않았고, 그 뒤 윤원형의 횡포가 심해지자 벼슬을 버리고 귀향하였다. 1547년 예조정랑에 다시 임명된 후 현풍현감·직강·사예·풍기군수·군자감정·판교를 거쳐 1565년 병조참의에 승진되고, 그 이듬해 동부승지로 전직되었다가 얼마 뒤 진주목사로 나아갔다. 1569년 동지부사로 명나라에 다녀왔으며, 1571년 이후 황해도관찰사·좌승지·도승지·경주부윤을 역임했다. 1576년 다시 도승지에 임명되었고, 강화부유수·여주목사를 거쳐 1581년 춘천부사에 나아갔다가 병으로 사직하고 귀향하였다. 1583년 공조참의를 거쳐 대사간이 되었으나 言事에 연루되어 왕의 뜻을 거슬러 창원부사로 좌천되었다가 중앙에 소환되었는데 얼마 후 병사하였다. 『논어』와 『朱子書』를 탐독하였고 시문에 능하였다. 영주의 龜山精舍에 제향되었다. 저서로 『性理類選』·『孔門心法類聚』·『綱目心法』 등과 『소고문집』이 있다.

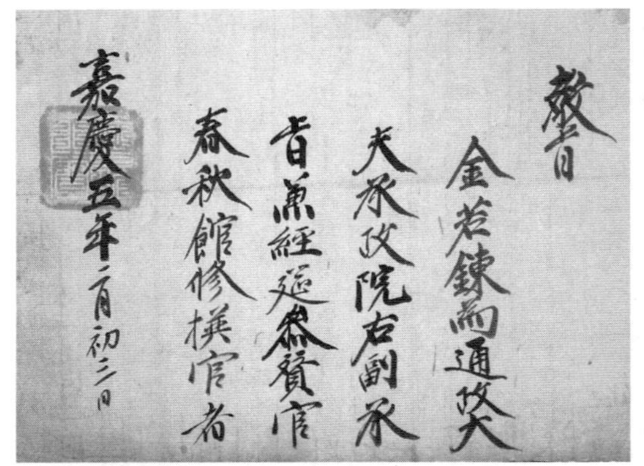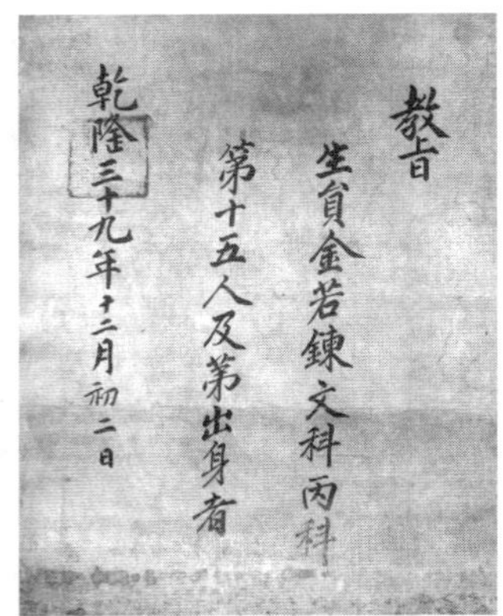

1800년(71세) 우부승지에 임명한다는 교지(왼쪽)와 1774년(45세) 김약련의 문과 급제를 알리는 교지(오른쪽)

仕郎),[11] 5세조인 윤鎣(1593~1647)은 안강노씨安康盧氏 경임景任(文科·校理), 고조 종부宗溥(1627~1656)는 광산김씨 석중錫重,[12] 증조 동주東柱(1655~1682)는 경주 이씨 영갑英甲(도사),[13] 조부 원열元烈(1678~1732)은 전주류씨 창시昌時(進士),[14] 부 지墀(1697~1751)는 반남박씨 태래泰來(生員)[15] 등이다. 대체로 고조 이래 결연한 처족 중에는 당대에 현달한 분이 보이지 않는다. 다만 모두가 같은 고을인 영천이나 인근한 예안, 안동 등지에서 재지사족으로서 품위를 유지하고 있던 가문의 후예들이다. 이는 백암의 종택인 구학정파와 일정한 차이를 보인다.[16] 구학정파의 처족에 문과를 거쳐 대부로 발신한 이들이 많았던 것은 백암의 사손이라는 점이 크게 작용한 것 같다. 그에 비해 김약련 집안은 고조 이래 한 번도 문과 출신자의 딸을 며느리로 맞지 못하고 서로 맞보기 식

---

11 祖는 㝖(僉正), 退溪先生 曾孫, 善山 金仁玉(校理)의 外孫.

12 祖는 伯熊, 曾祖는 得碅(生員), 外祖는 義城 金溙(洗馬), 潭庵 用石의 후손.

13 曾祖는 胤忠(直長), 參判 文漢의 후손, 月峯 開城 高仁繼의 外曾孫.

14 祖는 挺輝(文科·牧使), 外祖는 義城 金學基(進士), 參判 義의 후손.

15 祖는 文麟(通德郞), 曾祖는 忠基(參奉), 外祖는 晉山 姜再弼(宣敎郞), 嘯皐 承任 후손.

16 구학정파의 妻族을 살펴보면 다음과 같다. 宗源(1616~1666)은 鵝洲申氏 悅道(文科·掌令), 夏柱 (1652~1715)는 昌寧曺氏 友仁(文科·郡守), 偉烈(1673~1759)은 眞城李氏 溪翼(文科·監司), 重 衡(1692~1752)은 光山金氏 升國, 祖는 璁(文科·校理), 外祖는 廣州 李元楨(吏判), 養正堂 富信 후손 등으로 거의 모두가 문과 출신자들을 妻父로 두고 있다.

으로 처지가 비슷한 집안과 혼인을 했다. 그럼에도 불구하고 김약련의 숙부 위埠가 문과에 급제하여 지평을 지내고, 김약련 역시 문과를 거쳐 승지에 오름으로써 이전의 약화된 가문의 위세를 높이게 된다.

김약련 집안의 세계를 도표로 제시하면 다음과 같다.

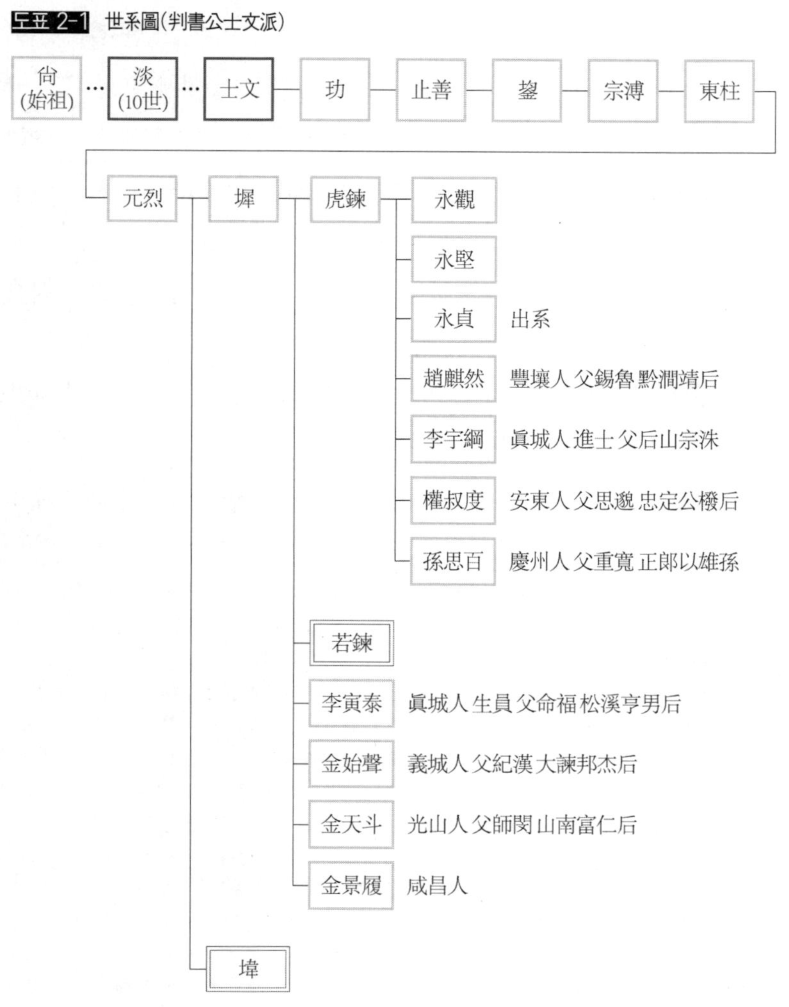

이러한 가문배경 아래에서 김약련은 영조 경술년(1730) 12월 11일 출생하였다.

김약련은 자태가 풍만하고 두뇌가 비상했으며 어려서부터 도량이 넓고 일을 처리함에 보통 사람들의 생각보다 뛰어났다고 한다. 종조從祖인 졸묵헌拙黙軒 형렬亨烈(1681~1755)은 감식안이 있었는데, 매양 말하기를, "장래의 문호의 희망은 오로지 이 아이에게 달려있다."라고 하였다. 또한 김약련이 겨우 약관 무렵이었을 때, 현감 이만굉李萬宏이 무리 가운데서 그를 보고 극구 칭찬하여 말하기를, "뉘 집 소년이 이와 같이 호상豪爽한고? 무슨 공부를 하는고? 무관인즉 통제사요, 문관인즉 호조판서는 충분히 하겠구먼!"하고 말하였다고 한다.[17]

영천에 거주하던 김약련의 부항父行에서 당대에 명성이 높았던 분으로 갈수헌渴睡軒 위埠(1709~1789)[18]와 쌍암雙巖 김방金埄(1706~1778)[19]이 있다. 갈수헌은 김약련의 중부仲父로 지음이었던 상련象鍊(1731~1804)[20]의 부친이었고, 쌍암은 갈수헌의 종형宗兄이면서 김약련에게는 종숙宗叔 항열에 있었다. 이 두 분은 영천 경내에서 향선생(고을 원님)과 같은 반열에 있었기 때문에 고을

----

17 『斗庵集』附錄, 1~2쪽, 「家狀」: "公姿貌豊滿, 頭角岐嶷, 自少量度宏濶, 料事出人意表. 從祖拙黙軒公, 有鑑識, 每曰, 將來門戶之望, 惟此兒在. 甫冠, 縣監李公萬宏, 見公於衆中, 極口稱贊曰, 誰家少年 如此豪爽, 而所業何居, 武則統制使, 文則夏官卿, 其茶飯也."

18 金埠의 자는 公準, 호는 渴睡軒으로 영조 경오년(1750) 문과에 급제, 持平을 역임하고 老職으로 僉樞에 이르렀다. 향년 81세. 문집 2권을 남겼다. 김약련이 행장, 권상익이 갈문, 김도화가 묘지를 각각 찬하였다. 妻는 의성김씨(1711~1783)로 운천 涌의 후손, 父는 통덕랑 挺河, 祖는 內翰 世鎬이고, 外祖는 弼善 仁川 蔡獻徵이다. 김약련의 「叔父渴睡軒府君狀草」를 참조.

19 金埄은 友益의 5세손이자 月灘 金昌錫(義城)의 外孫으로 자는 巨卿, 호는 雙巖(김약련의 선고가 붙여줌), 생원·문과를 거쳐 성균전적·각조 좌랑을 역임하고 강원도사·함경도사에 임명되었으나 혹은 不赴하고 혹은 肅拜卽遞하였다. 1757년(丁丑) 사간원 정언에 올랐다가 다시 자인현감으로 나아갔다. 향년 73세(김약련이 찬한 「從叔父雙巖公行狀」을 참조).

20 金象鍊의 자는 德翁, 호는 南皐. 1771년 생원이 되었고 처사로 늙었다. 향년 74세. 문집이 있다. 弟 龜鍊이 行狀을 찬하고, 柳必永이 墓誌를 찬하였으며, 族後孫인 東鎭이 墓碣銘을 찬하였다. 妻는 昌原黃氏 牧使 曙의 후손이고, 外祖 贈吏曹參判 淸州 鄭碩濟, 後妻는 豐山金氏 正字 延祖의 후손, 外祖 潘南 朴世南이다. 김상련은 김약련의 발의에 따라 선성김씨 족보 第3刊을 편찬하는 데 중심적인 역할을 하였다(1803년에 김상련이 쓴 「族譜三刊序」를 참조).

도표 2-2 斗庵從班圖

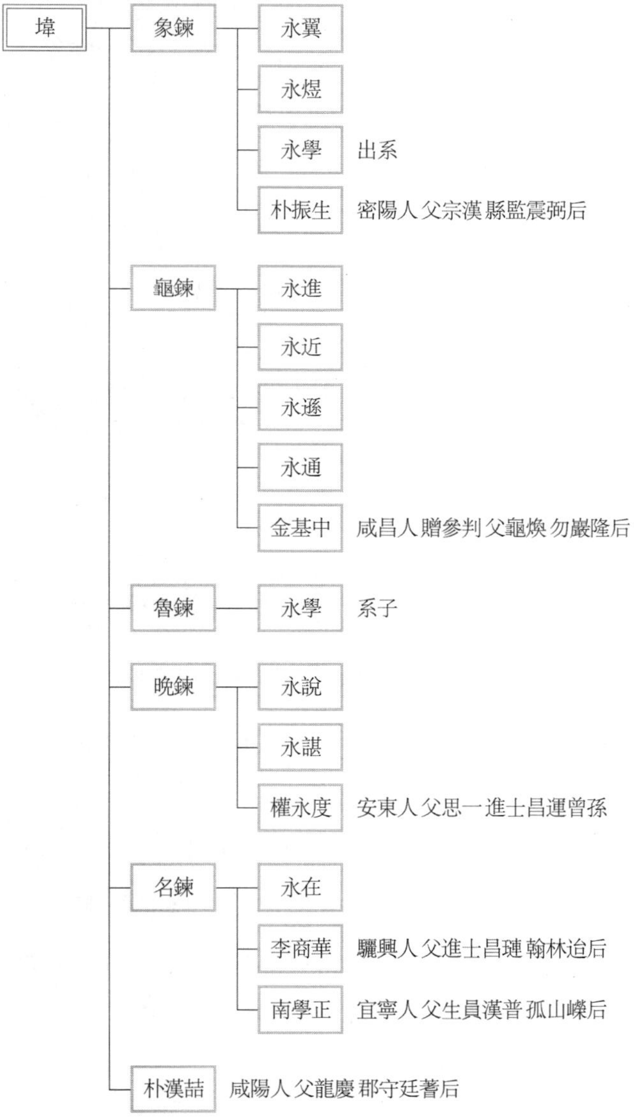

墇

象鍊
永翼
永煜
永學 出系
朴振生 密陽人 父宗漢 縣監震弼后

鼃鍊
永進
永近
永遜
永通
金基中 咸昌人 贈參判 父鼃煥 勿巖隆后

魯鍊
永學 系子

晚鍊
永說
永諶
權永度 安東人 父思一 進士昌運曾孫

名鍊
永在
李商華 驪興人 父進士昌璉 翰林迫后
南學正 宜寧人 父生員漢普 孤山嶸后

朴漢喆 咸陽人 父龍慶 郡守廷蓍后

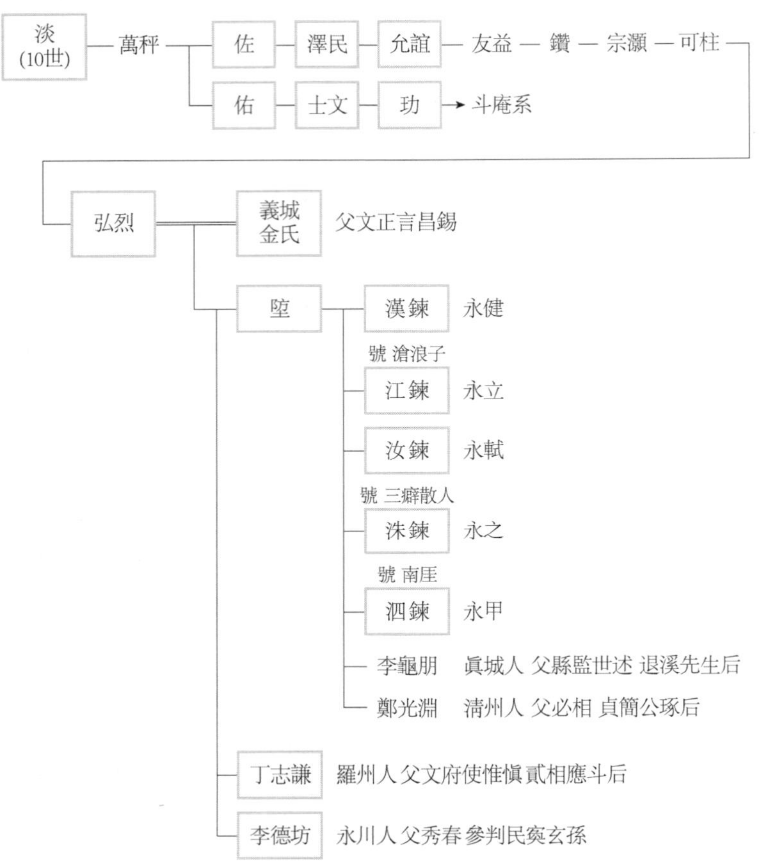

사람들이 다투어서 모든 일을 이들에게 물어 처리했다.[21] 그런데 이 두 분도 어려운 문제는 반드시 김약련에게 물어 그의 의견을 참작하여 결정했다는 것이다. 이 때문에 고을 사람 모두가 그의 언론을 표준表準으로 삼았고, 그에 따라 출사도 하기 전에 이미 그 명망이 자자하게 되었다.[22]

---

21 김약련 역시 이 두 분의 훈도를 받았던 듯하다. 문집 여러 곳에서 이분들에 대해 스승과도 같은 경모의 정을 표한 바 있다.

22 『斗庵集』 附錄, 2쪽, 「家狀」: "象鍊先考持憲府君, 公之仲父也. 與再從兄正言府君年相若, 而並在

김약련은 12살 어린 나이에 모친을 여의고 약관 무렵(21세) 부친상을 입어 청년기를 고독 속에서 형 호련虎鍊(1718~1799)[23]과 함께 가난하게 살면서도 성격은 늘 쾌활하였다.[24]

그렇게 지내던 중 김약련은 1756년(병자, 27세) 정월 보름 눌은訥隱 이광정李光庭(1674~1756)[25] 선생이 각화사로 거처를 옮겼다는 소문을 듣고 2월 6일 눌은을 뵙고자 김상련과 함께 길을 떠난다. 눌은은 당대 안동권을 대표하는 문장가로 명망이 높았는데 김약련을 만난 그해에 세상을 떠났다. 김약련은 당시의 정황을 「알눌은선생일록謁訥隱先生日錄」으로 남겼다. 김약련은 여러 날 동안 눌은을 모시고 담론을 나누었다. 그때 눌은이 "그대는 무슨 책을 가장 익숙하게 읽었는가" 하자 김약련은 "소자는 책에 대해 아직 백 번 읽은 것이 없습니다. 오직 맹자 책만 겨우 백여 번 읽었나이다."[26]했다. 그러자 눌은은 "좋다. 맹자는 쇠미한 시대의 성인일세. 그의 말은 모두 시대의 폐단을 구제하는 것이므로 읽어서 금세의 병통을 바로잡을 수 있지. 인욕을 막고 천리

鄕, 先生尊列, 境內之公私事就質者, 相望於門, 凡有難處事, 二府君必詢公而參決也. 故其在韋布, 已著聞望, 無論親疎少長, 莫不倚以爲表準."

23　金虎鍊은 82세의 수를 누렸는데, 초명은 百鍊, 자는 幼精, 호는 里東居士로 遺稿가 전한다. 妻는 眞城李氏(1717~1797)로 松齋 李塏의 후손이며, 父는 通德郞 仁兼, 祖父는 縣監 學標, 曾祖는 觀察使 溟翼이고, 外祖는 參判 光山 金升國이다. 김약련의 「伯氏斂柩公行略」을 참조.

24　『斗庵集』附錄, 13쪽, 「墓銘」: "幼而喪母, 弱冠而孤獨, 與兄貧居潤略也."

25　李光庭은 原州人으로 자는 天祥, 호는 訥隱이다. 1696년(숙종 22) 진사가 되었으며, 영조 때에 참봉·감역·세마를 제수하였으나 모두 나아가지 않았다. 趙顯命이 경상도관찰사로 있을 때 지방에 학문과 교화를 일으키고자 많은 선비를 뽑았는데 그를 스승으로 모셔 安東府訓都長으로 삼았다. 조정에서 孝廉을 천거하라 하였을 때 조현명이 그를 문학과 行誼가 山南의 제일이라고 천거하였고, 뒤에 金在魯가 嶺伯으로서 조정에 들어가 또 천거하여 厚陵參奉을 제수하였는데, 예전에 徐敬德과 成守琛이 그 자리를 사양한 바 있음을 알고 병을 핑계로 물러났다. 그뒤 莊陵參奉을 제수받았지만 끝내 사양하였다. 당시 재상이던 趙榮國은 그가 문장과 학술에 중망이 있었음에도 여러 차례의 관직 제수를 사양하고 산림에 묻혀 후학을 교수한 점을 높이 평가하여 6품직 하사를 건의하여 왕의 허락을 얻었다. 영남 文苑의 모범이며 世敎를 떨쳤던 인물로 전해온다. 저서로는 『눌은문집』이 있다.

26　『斗庵集』卷3, 30쪽, 「謁訥隱先生日錄」: "先生曰, 汝讀何書最熟. 對曰, 小子於書, 未有讀百遍者. 惟讀孟子書僅百餘."

를 보존하는 것이 당금의 급무일 것이니 맹자 글 칠 편에서 말한 바는 모두 오늘날에 절실하지 않은 것이 없다네. 또한 성선을 말한 일절은 능히 잠심완미潛心玩味할 것 같으면 진실로 힘이 될 걸세. 인성이 선함이 어찌 고금의 다름이 있겠나. 그런데 금인들은 대체로 자획한다네. 만일 사람이 모두 그 성의 본이 선함을 안다면 금인이 선을 행함이 또한 어찌 고인과 다르겠는가."[27] 하였다. 김약련이 다시 "수신은 무엇으로부터 착력함이 마땅하겠습니까" 하니, 눌은은 "지신은 경敬을 위주로 하고 옛 성현을 따라가야지. 요·순 같은 이는 지극하다고 할 것인데도 오히려 흠명하고 온공하였고, 저 문왕에 이르면 태왕을 할아버지로 하고 왕계를 아버치로 했으며 무왕·주공을 아들로 두어 몸은 성인이요, 서토제후의 백이 되었으니 의당 천하에 두려울 바가 없었을 것이지만 오히려 소심小心 익익翼翼하면서 늘 경외하는 마음을 간직하였네. 경은 이처럼 잠시라도 떠날 수 없나니 늘 힘쓰지 않을 수 있겠나!"[28] 하였다. 그리고 눌은의 담론은 주역·상서 및 주자서 그리고 동방 제현의 서적에까지 두루 언급하지 않음이 없었다.

이들의 만남을 기록한 「일록」에는 문예에 대한 언급이 없다. 그러나 두 사람의 성향에 비추어 도학적 이야기보다는 문학적 이야기가 더 많았을 것으로 생각한다. 주목할 대목은 두 사람이 맹자를 매우 중시하고 있다는 사실이다. 이 점은 뒤의 본론에서 다시 언급하기로 한다.

1757년(28세) 정월 서울에 있을 때 김상련과 함께 강화도 유람길을 떠난다. 당시에 숙부인 김위가 강화도 장령전 참봉으로 있었다. 그때의 정황은

---

27   앞의 글, 30쪽: "善. 孟子衰世之聖人也. 其言皆救時之弊者, 故讀之可以矯今世之病也. 遏人欲存天理, 最爲當今之急務, 而孟子書七篇所言, 皆莫不有切於今日. 且道性善一節 能潛心玩味之, 儘有力焉. 人性之善, 豈有古今之異, 而今人例多自畫. 若人皆知其性之本善, 則今人之爲善, 亦何與古人異哉."

28   앞의 글, 30쪽: "修身當從何着力. 先生曰, 持身敬以爲主, 從古聖賢. 若堯舜極矣, 猶欽明而溫恭, 至於文王, 以太王爲祖, 以王季爲父, 以武王周公爲子, 身爲聖人, 爲西土諸侯之伯, 宜若無所畏於天下, 而猶小心翼翼, 常存敬畏. 敬之不可須臾離, 如是其可不孶孶爾."

「유강도록遊江都錄」에 자세하다. 당시에 함께 유람길에 올랐던 제인들이 말하기를 "오늘날 천리의 기이한 유람이 또한 통쾌하지 않은가"라고 하자, 김약련은 "그렇소. 장부가 살면서 능히 호로胡虜가 감히 압록의 나루를 엿보지 않도록 하지 못하고 또한 능히 왕자대군을 따라서 여기에서 교수驍帥와 나장懶將의 목을 효수하고 우리 왕을 위해 성을 등지고 한번 싸우다 죽지 못하고 갑곶진 머리에서 공연히 천고지사의 눈물을 뿌리는 것이 가히 한스럽다."[29]라 했다. 여기서 우리는 20대 후반 김약련이 지녔던 조국애와 호기로움을 엿볼 수 있다.

아마도 김약련은 20대 후반 이후 과거공부에 치력한 듯하다. 김약련은 일찍이 조충전각雕虫篆刻은 모름지기 대장부가 할 것이 못되나 과거에 급제하여 발신하는 것은 곧 임금을 얻어 도를 행하는 시발점이라고 하였다. 그래서 과문공부에 열중하였지만 남들처럼 시대 풍조에 구차하게 영합하려 하지 않았기 때문에 여러 차례 과시에서 낙방하였다.[30]

후인들이 전하는 기록에 근거하여 김약련의 과거응시와 관련한 유명한 일화 두 토막을 잠시 소개하기로 한다.

첫 번째 일화는 다음과 같다. 약관 때에 향시를 보러 갔는데 어떤 사람이 참시관 수령이 사람을 알아보게 하는 물색표物色表를 얻어서 김약련에게 주었다. 그러자 김약련은 말하기를, "조정에서 과시를 열어 선비를 뽑는 것은 그 사람의 능력 여부를 시험하는 것이다. 이름을 발라 비밀히 봉하는 법이 이미 엄격하다. 남몰래 부탁하여 그 누구를 속이겠는가? 나는 이런 좀도둑 같은 짓은 하지 않겠다."라고 하였다.[31] 두 번째 일화는 과장출입과 관련

29　『斗庵集』卷3, 34쪽,「遊江都錄」: "今日千里之奇遊, 不亦快乎. 余曰, 唯丈夫生, 不能使胡虜不敢窺覦於鴨綠之津, 又不能從王子大君於此梟驍帥懶將首, 爲吾王背城, 一戰以死, 甲串津頭, 空灑千古志士之淚, 爲可恨也."

30　『斗庵集』附錄, 2쪽,「家狀」: "嘗曰, 雕虫篆刻, 雖曰丈夫之不爲, 而科第出身, 乃得君行道之發軔路頭也. 未嘗不留意於十日之工, 而亦未嘗汲汲於苟合時樣也. 故其成也晚."

31　『斗庵集』附錄, 4쪽,「家狀」: "朝家設科取士, 所以試其能否也. 糊名秘封, 法旣嚴矣. 暗地圖囑, 其

한 것이다. 병술년(1766) 정시廷試 때에 영조가 영남출신 대간臺諫들이 상소하여 임금의 뜻을 거역한 것에 분노하여, 영남유생들로 서울에 들어오는 자들을 찾아 내쫓으라고 명하였다. 그런데 영남유생들이 모두 한강을 건너고 난 뒤에 문득 소환召還하라는 명령이 다시 내려졌다. 이때에 영남 선비들 가운데 관망하면서 서성이는 자가 대부분이었는데 소환하라는 명을 듣자 기뻐 날뛰지 않는 이가 없었으며, 송파松坡 · 삼포三浦에서 한강 나루까지 서로 다투어 가며 배에 오르는 이가 많았다. 그러나 김약련은 홀로 삼종제三從弟 한련漢鍊(1734~1783)[32]과 함께 호연浩然히 고향으로 돌아왔다. 여기에 대해 후인들은 그가 벼슬하거나 공로를 세우려는 데에 급급해 하지 않았고 행동거지行動擧止에 구애됨이 없음을 볼 수 있다고 평했다.[33]

그러다가 김약련은 늦은 나이인 45세(갑오, 1774)에 이르러 비로소 식년式年 사마시에 합격하고 그해 겨울 다시 증광增廣 문과에 급제한다. 이때 친구들이 "우리 영남의 영수가 나왔다."라고[34] 말했다 한다.

그로부터 2년 뒤 병신년(1776) 3월 영조가 승하하였다. 김약련은 그해 7월 산릉山陵(因山)이 있었을 때 승문원 주서注書로 입직하고 있었으므로 곡반哭班에 나아갔다. 이때까지만 해도 김약련은 '득군행도得君行道'라는 포부를 가지고 만년의 출사에 상당한 기대를 걸고 있었다. 그러나 그의 기대는 1개월 후 벌어질 크나큰 사건으로 인해 수포로 돌아가고 만다.

다음 절에서 출사 이후 김약련의 생애를 알아보기로 한다.

誰欺乎. 吾不爲此等穿窬事也."

32　金漢鍊은 正言을 지낸 雙巖 塦의 長子로 50세에 졸했다(김약련의 「滄浪子行略」을 참조).

33　『斗庵集』附錄, 4쪽, 「家狀」: "丙戌廷試時, 英宗大王怒嶺南人臺臣之上疏忤旨, 令索逐嶺儒之入京者, 旣盡涉江, 旋降召還之命. 伊時, 嶺士多有觀望而低徊者, 莫不聞命欣躍, 自松坡三浦至于漢津, 舟中之指可掬, 而公獨與三從弟漢鍊, 浩然而歸, 此一事可見公之不苟於行止也."

34　『斗庵集』附錄, 2쪽, 「家狀」: "甲午春, 始陞式年上庠. 其冬, 又擢增廣乙科. 聞之者則曰, 才之不可誣也. 如是見之者則曰, 眞功名骨也. 朋舊以書相賀曰, 吾嶺之領袖出矣."

「사도세자신원소」와 김약련의 유배

1776년(丙申)은 정조가 즉위한 해이다. 그해 8월 6일(을사) 옥사가 일어난다. 사도세자의 죽음과 관련된 의문점 등에 관한 영남 유생 이응원李應元의 상소 문이 올라왔기 때문이다. 실제 상소문을 작성한 이는 이응원의 아버지 이도 현李道顯[35]이었다. 상소문의 내용은 『왕조실록』[36]에 자세히 나와 있다. 상소 의 결론 부분을 요약해 보면 다음과 같다.

> 신축년·임인년[37]의 역적의 무리들을 능히 소탕掃蕩시키지 못함으로 해서 무

35 李道顯(1726~1776)의 자는 釋文, 호는 溪村이다. 본관은 전주로서 눌은 이광정의 문인이다. 1776 년 영조가 승하하고 정조가 즉위하니 장헌세자가 임모변란(1762)이 있은 지 15년만이었다. 유계 가 편찬한 『여사제강』 말미에 성조를 거짓으로 핍박한 구절이 있어 사실무근이라고 상소하면서 극형을 받아도 성조를 위함이요, 세자를 위함이니 한이 없다고 서울에 갔다. 장자 이응원이 몰래 뒤따라 상경하여 문밖에 엎드려 있다가 부자가 함께 참혹한 화를 당하였다. 124년 뒤 1899년(광무 3 기해)에 이도현 부자에 대한 처분에 시정이 내려졌다. 『고종실록』(1899년 10월 9일조)에 보면, "李道顯 부자에 대한 병신년(1776) 正廟朝의 처분은 차마 말할 수 없고 차마 들을 수 없는 데에서 나온 것이었는데, 오늘날 그 상소문 내용을 보면 감흥을 일으킬 만한 것이 있다. 더구나 의식을 거 행하는 날을 당하였으니, 특별히 은전을 베푸는 조치가 있어야 할 것이다. 이도현은 그의 관작을 회복시키는 동시에 종2품 벼슬을 추증하고, 李應元은 정3품 벼슬을 超資해서 추증하라."라는 조령 이 내려진다. 그리하여 이도현에게는 贈嘉善大夫內部協判이, 아들 이응원에게는 贈通政大夫 秘書 院丞이 내려졌다. 1900년(광무 4 경자)에 법전면 풍정리에서 焚黃禮를 행하고 1904년 몰수된 재 산을 돌려받았다. 저서로는 『箕書』 5책을 '凡文'이라 이름하여 베껴 왕에게 올리니 국왕이 극찬하 였다고 한다. 『溪村集』 4책이 전하며 묘갈명은 拓菴 金道和가 지었다.

36 『정조실록』 권2, 2~7쪽(『조선왕조실록』 제44집, 610~612쪽)을 참조.

37 왕위계승을 둘러싸고 노론과 소론 사이에 일어난 당쟁. 곧 辛壬士禍, 혹은 壬寅獄이라고도 한다. 1721년(辛丑, 景宗 1) 8월 당시 노론 4대신의 주장이 관철되어 왕제인 연잉군(延礽君, 후일의 영 조)을 王世弟로 책봉하자 趙泰耉, 柳鳳輝 등이 그 부당함을 상소하였으나 뜻을 이루지 못하였다. 그 뒤 김창집 등 노론의 건의에 따라 왕세제가 정무를 대리하게 되었는데 소론은 金一鏡으로 하여 금 노론 4대신을 四凶으로 지목, 공격하여 노론 4대신을 遠竄시키고, 그해 12월 소론 조태구가 영 의정이 되었다. 1722년(壬寅, 景宗 2) 3월 소론은 睦虎龍으로 하여금 역모를 무고케 하여 大獄事 가 일어났는데, 建儲를 주장한 4대신 이하 노론 일파가 극형을 당하여 실각하였다. 이 옥사로 소론 이 집권하게 되고 6월 목호룡은 錄勳되어 東城君의 작위까지 받았다. 그러나 왕세제 연잉군이 왕 위에 오르자 다시 소론일파가 쫓겨나고 참살당했다. 이는 뒤에 이인좌의 난이 일어나는 원인이 되 기도 하였다. 또한 영조가 탕평책을 시행하게 된 것도 신임사화의 참담함을 몸소 경험한 데서 비 롯된다.

신년의 난[38]을 점차 몰고 왔고, 을해년의 변고[39]를 빚어내는 데에 이르게 된 것이다. 이로 본다면, 전의 일을 징계 삼아서 뒤의 일을 삼가는 것이 중요하므로 작금의 난역의 근원은 임오년의 무함을 만든 여당餘黨에 있다. 임오년의 흉역을 주토誅討한다는 엄중한 글을 게시揭示하여 팔도에 효유曉諭하고 만백성에게 고하여 적당賊黨이 모두 죽었다는 것을 알게 해야만 세상 사람들을 진정시키고 미래의 화를 막을 것이다.

이응원의 상소는 두 가지로 압축할 수 있다. 하나는 임오화변 당시 사도세자의 죽음을 방조 내지 방관한 신료들에 대한 처벌이고, 다른 하나는 태조가 왕권을 찬탈했다고 볼 수 있는 혐의를 갖도록 「별록」을 만든 송시열에 대한 성토이다. 후자의 문제는 별개로 한다고 하더라도 사도세자의 신원문제, 곧 영조가 아들 사도세자를 죽이는 것을 막아내지 못한 신료들을 처벌해야 한다는 주장은 막 즉위한 정조를 측면에서 지원하고자 한 의도가 있다. 왜냐하면 당시 정국을 주도하고 있던 노론계가 임오화변 시에 정권을 잡고 있었기 때문이다. 정조로서도 부자간에 발생한 비극적인 사건을 어떻게든 마무리 지어야 하는 부담을 안고 있었다. 그러나 아들을 죽인 영조를 비난할 수도 없고 그렇다고 사도세자에게 문제발생의 원인을 돌릴 수도 없었다. 그래서 그 문제를 차마 입에 담을 수 없는 일이라고 되뇌어 왔던 것이다. 그런데 이응원 상소는 정조에게 그 해결책을 제시하고 있다. 영조나 정조에게 사도세자에게 대처분을 내려야 한다고 건의했다는 생모 영빈을 논의선상에서 배제하면서 사도세자의 죽음을 막아내지 못한 일부 신료들에게 책임의 화살을

---

38 1728년(戊申, 英祖 4) 3월 소론계인 김일경의 여당 李麟佐 등이 密豐君 탄(坦)을 추대하여 반란을 일으켰는데, 都巡撫使 吳命恒을 보내 討平하였다.

39 1755년(乙亥, 英祖 31) 소론일파가 일으킨 謀逆사건으로 羅州掛書의 변, 을해옥사, 혹은 尹志의 난이라 부른다. 윤지는 그의 아버지가 1724년 김일경의 옥사에 연좌되어 죽고 자신은 제주도와 나주로 유배되어 20여 년간 귀양살이를 했다. 이에 불만을 품고 동지를 규합하여 민심을 자극하기 위해 나주 객사에 나라를 비방하는 글을 써서 붙였다가 발각되어 처형당했다. 이로써 소론계는 치명적인 타격을 받았고 영조는 앞서 있었던 변란의 시말을 사실대로 기록하게 하였는데 그것이 바로 그해 11월 완성된 『闡義昭鑑』이다.

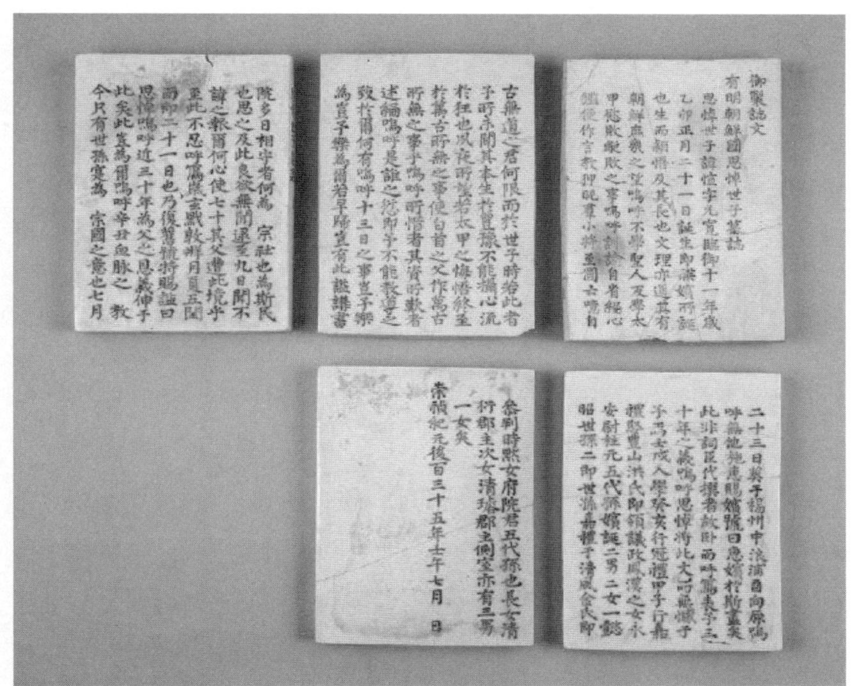

〈사도세자 백자묘지(思悼世子白磁墓誌)〉. 영조는 직접 쓴 묘지에서 사도세자가 어려서는 총명해 나라의 큰 기대를 받았다고 한다. 그런데 성장하면서 성인의 도를 배우지 못하고, 포악한 왕으로 쫓겨난 적이 있는 은(殷)나라 왕 태갑(太甲)의 길을 배웠다고 책망했다. 결국 백발의 아버지가 자식을 죽게 하는 만고에 없는 일을 했다. 이렇게 자식을 죽이는 일을 '내가 좋아서 했겠는가?'라며 자신의 행위를 정당화하면서 자신이 시호를 내리는 것은 사도세자의 행위를 용서해서가 아니라 세손(훗날 정조)의 왕위 계승에 걸림돌을 없애고자 함임을 분명히 밝혔다. 영조는 세손으로 왕위가 이어져 효종·현종·숙종으로 이어진 혈맥을 계속 잇게 하는 것을 자신의 본분으로 생각했던 것이다.

돌리는 방법이 그것이다.

그러나 정조는 아직 노론계를 제어할 수 있을 만한 통치력을 확보하지 못한 처지였다. 이응원이 지적한 토죄의 대상이 정국을 주도하고 있던 노론계의 핵심인물들이었기 때문에 자신의 통치력이 확보되고 왕권이 안정될 때까지 기다리지 않으면 안 되었다. 오히려 즉위 초년부터 노론계에 자신들을 배척하고자 하는 기미를 보이지 않음으로써 그들을 안심시켜 은밀히 왕권강화의 기반을 다질 필요가 있었다. 때문에 정조는 이응원 상소를 내심으로 동조하면서도 일단의 정치력을 발휘하는 수완을 보인다. 그것이 바로 이응원 부자를 극형에 처하여 노론계의 의구심을 제거하는 것이었다.

정조는 상소가 올라오자 정국庭鞫할 것을 명하고, 또 시임 대신과 원임 대신을 입시入侍하라고 명하면서 하교하기를, "이응원李應元을 처음에 정국할 것을 명한 것은 차마 듣지 못할 망극罔極한 부도不道의 말이 다만 오늘날 국가의 악역惡逆이 될 뿐만 아니라 곧 우리 선대왕先大王과 선친先親의 극악한 대역大逆이니, 마땅히 친히 국문할 것이다."라고 말했다.[40] 대신들을 입시하라고 명한 것은 자신이 노론계를 표적으로 삼아 사도세자 문제를 해결하지 않을 것임을 분명하게 보여주기 위한 포석이다. 정조는 내사복內司僕에 나아가 이도현李道顯과 이응원 부자를 친국한 내용을 잠시 살펴본다.

정조는 이도현 등에게 말하기를, "너도 떳떳한 천성을 갖추었을 것인데 대체 무슨 심정으로 선대왕의 인산因山이 막 지나 대소 관민大小官民이 슬퍼하며 허둥거리는 때를 당하여 이 만고에도 없는 극도에 달한 흉악하고 망측한 부도의 상소를 지었으니, 예로부터 악역을 어떻게 한정을 지으랴마는 어찌 너와 같은 자가 있겠는가? 국가의 의도는 사실 차마 말할 수 없는 것과 차마 들을 수 없는 것과 차마 써놓을 수 없다는 것으로써 참지 못하고 너에게 자세히 캐어묻는 것이다. 그런데 너는 향곡鄕曲의 비천卑賤한 사람으로서 올빼미와 같은 사특한 마음을 겸하여 혼미해서 깨닫지 못하니, 그 정상을 캐어 보면 말할 수 없이 흉악한 짓이다. 너의 죄를 네가 마땅히 스스로 알 것이다. 너의 지난날의 상소는 다만 국가의 악역일 뿐만 아니라 곧 선대왕의 악역이고, 또한 곧 경모궁景慕宮의 악역이며, 또한 곧 종사宗社의 악역이다. 너의 심장心腸은 원래 자세히 캐물을 일도 아니니 지만遲晩하고 납초納招하라."라고 한다. 이에 이도현과 이응원이 공초供招를 바치면서 부도不道한 말을 꺼내었다. 그러자 입시하고 있던 좌의정 김상철金尙喆 등이 울면서 아뢰기를, "신 등은 맹세코 이 적賊과는 함께 살 수 없으니, 곧장 손으로 때려죽이고 입으로 물어뜯

---

40   『朝鮮王朝實錄』 제44권, 610쪽.

고 싶습니다.”라고 하고는, 인하여 여러 신하와 국정鞠庭에 내려가 이응원 등의 머리를 내려치니, 시위侍衛하는 군졸도 또한 채찍으로 난타亂打하지 않는 이가 없었다. 이윽고 갑자기 죽을 염려가 있기에 정조는 곧 법에 적용할 것을 명하였다.

그리하여 정조는 그날로 이도현·이응원은 모두 대역부도大逆不道한 죄로 결안結案하여 처형하고(正法), 연루된 김약련金若鍊 등은 등급을 나누어 참작하여 처리하라고 명한다.

그 다음날(8월 7일) 양사兩司에서 대사헌 김노진金魯鎭, 장령 이겸빈李謙彬·어석령魚錫齡, 대사간 송재경宋載經 등이 아뢰기를, “이응원李應元 부자의 흉역凶逆한 심장은 실로 만고에도 없는 극심한 적賊이긴 하나, 그 근본을 캐어 보면 곧 권정침權正忱의 일기日記였습니다. 그 아우인 권정흠權正欽이 그 형 권정침이 죽은 후에 일기의 내용을 낭자하게 전파하여 이런 망측罔測하고 부도不道한 상소가 있게 하였으며, 더구나 그 수작하여 화응和應하였다는 말이 이미 이도현李道顯의 공초供招에서 발설되었으니, 청컨대 권정흠을 국청으로 잡아들여 엄히 신문하소서.”라고 하여, 이응원의 흉역을 제공한 권정흠을 잡아 엄히 신문하기를 청하였으나, 정조는 이를 윤허하지 않는다.[41] 더 이상 사건이 확대되는 것을 원치 않았던 까닭이다.

그로부터 얼마 후인 8월 19일 장령掌令 이겸빈李謙彬이 아뢰기를, “김약련金若鍊이 이응원李應元 부자父子의 흉소凶疏에 대하여 처음부터 끝까지 동정同情한 정상이 적賊의 공초에서 탄로되었는데도 처음부터 끝까지 변명하고 자복하지 않아 해당되는 형률을 시행하지 못하고 있으니, 왕정王政으로써 헤아려 보면 너무 관대한 실수가 됩니다. 청컨대 다시 왕부王府로 하여금 잡아다 국문하여 실정을 캐내소서.”라고 하였지만, 정조는 이를 윤허하지 않는다.[42]

41　『朝鮮王朝實錄』제44권, 613쪽.
42　『朝鮮王朝實錄』제44권, 616쪽.

이로 보면 당시의 간관들은 김약련이 이응원 상소에 동정한 것으로 믿고 있음이 분명하다. 하지만 정조는 권정흠을 국문하지 않은 것과 마찬가지로 김약련에 대한 재국문도 원하지 않았다. 이 역시 정조의 심중을 살피게 해주는 대목이다. 정조는 옥사의 확대를 막는 것이 정국불안을 최소화할 수 있고 그럼으로써 자신의 왕권기반을 공고히 할 수 있다고 판단했다.

그 대신 당일(8월 19일) 정조가 내린 또 하나의 조치는 안동부를 강등하여 현으로 삼는 것이었다. 이도현李道顯과 이응원李應元이 안동에서 태생胎生했기 때문이었다.[43] 대역무도한 죄인이 태어난 고장을 격하시킴으로써 자신의 단호한 정치력을 내외에 보여주기 위함이었을 것이다. 그리고 며칠 후(8월 24일) 정조는 서둘러 숭정전에 나아가 토역을 알리는 교문을 반포하여 사건을 마무리 짓는다.

이응원 부자가 올린 「사도세자신원소」[44]는 안동부가 현으로 강등되는 수모를 겪게 한 큰 사건이었다. 그러나 정조는 뛰어난 정치적 수완을 발휘하여 이응원 부자를 처형하는 선에서 단기간에 옥사를 수습하였다. 이 글의 주인공 김약련은 이러한 정조의 정치력에 힘입어[45] 생사의 갈림길에서 벗어나 유배에 처해진 것은 불행 중 다행이었다.

『두암집』을 통해 이응원의 상소를 저지하게 된 정황을 다소 엿볼 수 있다. 김약련은 백씨에게 보낸 편지에서 상세하게 사건의 전말을 밝힌 바 있다.

김약련은 당시에 서울 반촌泮村(현재의 종로 명륜동)에서 우거하고 있었다.[46] 김약련이 이도현을 만난 것은 그해 7월 26일이었다. 그때 이도현이 문득 김약련의 처소에 찾아들어 소를 올리겠다는 뜻을 말했다. 김약련은 본래

---

43 『朝鮮王朝實錄』제44권, 616쪽.

44 李道顯의 문집인 『溪村集』卷3에는 「請思悼世子伸雪疏」로 나와 있으나, 이 글에서는 「사도세자신원소」로 부르기로 한다.

45 정조가 김약련을 유배에 처한 것은 사형을 덜어준(減死) 것이라고 볼 수 있다.

46 사건이 나자 김약련이 머물고 있던 반촌 우거의 주인이 경상도 영천으로 사람을 보내 기별을 알렸다.

이도현이 고집이 세어 변화시키기 어렵다는 것을 알고 순순히 타일러 고향으로 내려가도록 하였다. 그러자 이도현이 자못 회혹回惑하는 기색을 보였다. 그런데 뜻하지 않게 곧이어 그의 아들 이응원이 찾아 왔기로 김약련은 그로 하여금 그 아비가 내려가도록 권유케 하였다. 그 뒤에 마침내 아무 소식이 없기에 김약련은 이도현이 고향으로 내려갔을 거라고 생각했다. 그러나 이도현 부자는 어느

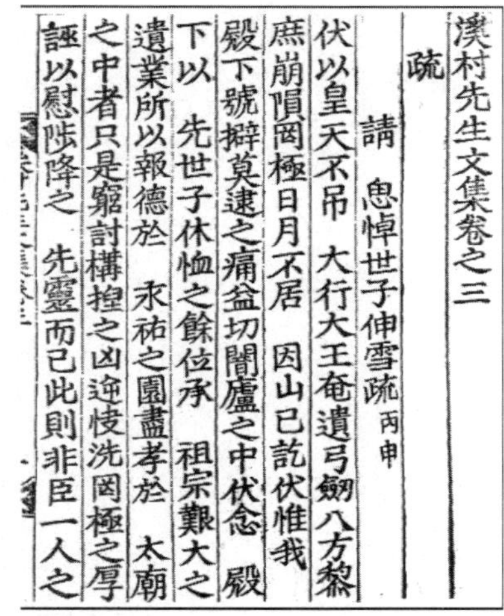

이도현이 올린 사도세자 신원에 관한 상소문

곳인가에 잠복하고 있다가 8월 6일 결국 소를 올리고 말았다. 그리하여 엄청난 국문이 벌어졌다. 공초에 김약련의 이름이 올랐다. 이도현은 공초에서 김약련이 저지했다고 말했다. 김약련은 두 번이나 공초에 나아갔다. 그때마다 저지했다는 말을 거듭했다. 정조가 김약련에게 무엇 때문에 저지했는가 하고 물었다. 김약련은 이렇게 답했다.

> 국옥鞫獄이 여러 차례 일어나 성심聖心이 초려焦慮하고 인산因山이 이미 박두하여 효사孝思가 망극한데, 남의 신하 된 자로서 마땅히 군부君父를 사랑하는 것으로 근본을 삼아야 하거늘 어찌 가히 이때에 또 성효께서 차마 듣지 못할 말을 하겠는가? 그래서 저지했습니다.[47]

김약련은 그 다음날 또 장전帳殿에 들어갔다. 이도현의 소장 초본이 국정鞫庭에 들어왔는데, 봉조하奉朝賀(홍봉한) 조條가 뭉개지고 고쳐진 곳은 김약

---

47 『斗庵集』附錄, 5쪽, 「家狀」: "鞫獄屢起, 聖心焦慮, 因山已迫, 孝思罔極, 爲人臣子, 當以愛君父爲心, 豈於此時, 又進聖上不忍聞之說乎, 所以沮止."

련이 말한 바에 따른 것이라는 공초가 있었기 때문이었다. 김약련은 이에 대해 "이 소장은 본래 올릴 수 없는 것인데 어찌 어떤 곳을 고칠 수 있겠습니까? 그(이도현)가 봉조하의 집안이 완전하겠는가 하고 묻기에 제가 '나도 모르겠네. 다만 봉조하의 아들이 역초逆招에 들어갔다는구만' 하고 답했습니다."[48] 라고 했다. 정조가 말하기를 "네가 어떻게 그 사실을 아는가?" 하기에 김약련은 "분발分撥을 보고서 알았습니다."[49]라고 답했다. 정조가 또 묻기를 "너는 이를 가지고 그가 뭉개어 고치도록 권했는가?" 하니 대답하기를 "소본疏本은 본디 자세히 보지 못하였고, 그가 이 말을 듣고서 고쳤는지는 잘 알 수 없습니다만 저는 원래 고치라고 권한 일이 없습니다."[50]라고 했다. 정조가 묻기를 "5월에 내린 전교傳敎를 너로 인해 얻어 보았다고 하는데, 이것은 무슨 뜻인가?"라고 하자, 대답하기를 "이것을 본다면 (그가) 반드시 소가 올라가서는 안 된다는 것을 알 것이라 생각했기 때문에 보여주었습니다. 하단에서 말한 바에 대해서는 또한 일이 편론偏論에 관련되는 것이어서 그치도록 한 것입니다."[51]라고 했다. 옥관獄官이 말하기를 "상단은 '공측성효恐惻聖孝'로써 그치게 하고 하단은 '작위편론作爲偏論'으로써 그치게 하였는가?" 하니, 대답하기를 "그렇습니다."[52]라고 했다. 김약련은 백씨에게 말하기를 공초를 바침에 한결같이 "자기의 마음을 속이지 않고 인군을 속이지 않는 것을 주된 근본으로 삼았다(不欺心不欺君)"[53]라고 했다. 또한 그는 이도현이 불행히도 찾아왔을 때 저지하는 일 외에 다른 도리가 없었으며 지력으로써 도모할 바가 아니었다고

---

48 『斗庵集』 卷3, 12쪽, 「上伯氏」: "此疏本非可呈, 豈論某處可改乎. 彼問以奉朝賀家完全乎矣, 身答以吾亦不知, 但奉朝賀之子, 入於逆招云云矣."

49 앞의 글, 12쪽: "汝何以知之. 對曰, 見分撥而知之."

50 앞의 글, 12쪽: "汝以此, 勸其抹改乎. 對曰, 疏本本不詳見, 渠聞此言, 而改之則未可知也矣. 身元無勸改之事也."

51 앞의 글, 12쪽: "五月傳敎, 因汝得見云, 此何意也. 對曰, 見此, 則必知其疏之不可上, 故示之也. 至於下段所言, 則亦以事涉偏論止之也."

52 앞의 글, 12쪽: "上段以恐惻聖孝止之, 下段以作爲偏論止之乎. 對曰, 然矣云云."

53 앞의 글, 12쪽: "弟之始終納招, 只以不欺心不欺君爲主本."

고백했다.

상소건에 연루되어 한밤중에 금오랑金吾郞이 포박하러 그의 침실로 들어섰을 때 김약련은 조금도 겁을 내지 않았다고 한다. 또한 의금부에 나아가 심리를 받고 궐 밖 감옥에 구금되었을 때, 나졸들이 흔들어대는 방울 소리가 귀에 떠들썩하였으나 목에 두른 칼끝을 베개 삼아 조용히 한숨을 잔 뒤 일어나 국문장을 향했다고 한다.[54]

김약련은 옥에 구금되었을 때 이렇게 당시의 심회를 시로 표현했다.[55]

欺心則是欺君親	마음을 속인다면 이는 임금과 어버이를 속이는 것
生不如亡豈曰人	살아도 죽은 것만 못하니 어찌 사람이라 하겠는가
頭上靑天紗不隔	머리 위의 푸른 하늘은 조금도 떨어져 있지 않아
昭昭日月照微臣	밝디밝은 해와 달은 이 몸을 비추어 주네

당시에 어떤 사람은 김약련이 소장을 보던 날 능히 그 사람을 잡아서 발고하지 못했고, 또한 면전에서 질문을 받을 때에 능히 준열하게 책망하지 못했기 때문에 죄를 받아 귀양 가는 빌미가 되었다고 말했다고 한다. 그러나 「가장」을 찬술한 김상련은 이렇게 말했다.

그럴듯한 말이다. 그러나 그 소장을 비밀히 했더라면 모두 무사했을 것이고, 발설하였다면 극형에 처해졌을 것이다. 나는 오직 무사한 지경에 그를 인도하면 그걸로 족한 일이다. 어찌 차마 내 손으로 직접 극형에 몰아넣겠는가? 그가 내 말을 듣지 않는다고 어찌 형벌을 받게 하겠는가? 다만 그것이 매우 의혹이 갈 뿐이다. 나에게 화를 입히고자 하지 않았다면 나는 다만 그를 슬퍼할 뿐이지 어찌 분노함이 있겠는가? 대저 이는 모두 공이 마음을 속이지 않고 임금을 속이

54　『斗庵集』附錄, 9~10쪽, 「行狀」: "夜半, 有拿公命, 金吾郞突入睡中. 公略無怖怵狀, 見於言動從容, 整衣冠 就理, 拘住於闕外囚幕, 公枕枷頭, 穩宿一餉而起, 遂入鞫庭納供."

55　『斗庵集』附錄, 6쪽, 「家狀」.

지 않는 것에서 나왔으니 바로 이른바 신명에게 질정하여도 부끄러움이 없다는 것이다.[56]

아마도 앞에 인용한 옥중시 역시 이러한 뜻을 담고 있는 것으로 보인다. 김약련은 그해 8월 6일[57] 유배의 명을 받고 삭령으로 떠났다. 그리고 그 다음해 정유년(1777) 1월 15일 풀려났다. 이때 정조는 정배定配해 처했던 죄인 11명과 감사減死하여 정배한 죄인 김약련金若鍊, 그리고 연수年數를 한정하지 않고 정배한 죄인 구보만具普萬과 안치安置한 죄인인 이굉과, 투비된 죄인 윤광소尹光紹, 도배島配한 죄인 윤시동尹蓍東 등을 석방하였다.[58] 그러자 이튿날 교리 이재학李在學이 상소上疏하기를, "또 삼가 듣건대 정배定配한 죄인 김약련金若鍊도 특별히 석방시키는 가운데에 들어 있다고 하는데, 김약련은 당초 참작하여 처분한 것도 이미 관대한 형전이었습니다. 그런데 반년도 지나지 않아 갑자기 완전히 석방하니, 이러고서야 어떻게 괴귀怪鬼의 무리들을 징계시켜 두렵게 할 수가 있겠습니까?"라 하여, 석방의 명을 거두라고 청하였다. 그러나 정조는 비답하기를, "진달한 내용은 옳은데, 나의 뜻에도 짐작하는 바가 있다."라고 하여 윤허하지 않았다.[59]

「행장」[60]을 찬술한 김굉金㙆(1739~1816)[61]은 이 당시의 정황을 이렇게 평

---

56 『斗庵集』附錄, 6쪽, 「家狀」: "或似也, 而其疏秘之則都無事, 發之則抵極律. 吾惟導之於無事之地, 足矣. 豈忍自我手驅納於極律乎. 彼之不聽吾言而何校滅耳. 特其惑之甚者. 非欲餂禍於我, 則吾直哀之而已, 何怒之有. 凡此皆出於公之不欺心不欺君, 而正所謂質神明而無愧者."

57 백씨에게 올린 편지에서는 8월 10일 밤 특별히 성은을 입어 삭령으로 定配되었다고 하였다.

58 『朝鮮王朝實錄』 제44권, 647쪽.

59 『朝鮮王朝實錄』 제44권, 647쪽.

60 김굉에게 행장을 청한 이는 김약련의 손자 樂在이다. 김약련의 從弟인 龜鍊이 그의 형 象鍊이 찬술한 김약련 「家狀」과 청탁서찰을 써서 낙재를 통해 김굉에게 보내었다. 행장이 이루어진 것은 신미년(1811)이었다.

61 김굉은 의성인으로 자는 子野, 호는 龜窩. 生員 光憲의 아들이며, 李象靖의 문인이다. 사마시·문과를 거쳐 전적·지평·정언·단양군수·시강원문학을 역임한 뒤 예조참판에 이르렀다. 1781년 이상정의 遺文을 정리하였고, 1787년에는 胥吏를 엄단하고 爲政廉簡하여 군민들 사이에 명성이 높았다. 문학과 필법에 뛰어났다. 『龜窩集』이 전한다.

하였다.

　아, 선왕의 성명聖明이 아니었다면 어찌 공의 무죄를 판단했겠으며, 공의 충직忠直이 아니었다면 또한 어찌 임금의 마음을 바로잡아 죽음을 면할 수 있었겠는가? 대저 사람이 평상시에는 스스로 의리를 알고 일의 변화를 헤아려 바름을 지켜 흔들림 없기를 마치 사생死生에도 그 지조를 잃음이 없어야 한다고 생각한다. 그러나 작은 이해가 급박한 곳을 당해서는 그 지킨 바를 변하여 신명身名을 낭패狼狽시키지 아니함이 드물다. 하물며 갑자기 예상치 못한 재앙과 막대한 죄상이 가해짐에 능히 마음을 잃고 지조를 잃어 기겁에 질려 쓰러지지 않을 자가 있겠는가? 저 소장공蘇長公이 그 자허自許함이 어떠하였기에 사람들 또한 기절氣節한 선비라고 일컬었는가. 그러나 화를 입어 쫓겨나던 날을 당하여 얼굴에는 사람 기색이 없고 똥오줌을 모두 싸게 되었거늘 하물며 그보다 못한 사람에 있어서랴? 공은 이에 여사旅舍에서 홀로 기숙하던 날, 한밤중 깊은 잠을 자던 중에 포졸들이 갑자기 들어와 체포하라는 명을 급하게 시행하였으나, 그의 처신은 상도常度를 잃지 아니하여 마치 평상시와 같았으며, 항쇄項鎖와 족쇄足鎖로 감옥에 구속되어 있는 가운데 코를 골면서 잠을 잤고, 우레와 천둥처럼 임금이 진노하는 가운데서도 공초에 응하는 말이 어긋나지 않았으며, 죄인과 면질面質하여 이야기할 때도 또한 전혀 분을 내어 욕하거나 얼굴에 침 뱉는 일이 없었으니, 평소의 행실이 확고하고 마음을 수양한 것이 깊지 않았다면 능히 이와 같았겠는가?[62]

　김약련은 삭령 유배지에 있을 때 「감은록感恩錄」을 엮었는데, 그중 한 수를 옮겨 보면 다음과 같다.[63]

62　『斗庵集』附錄, 10쪽, 「行狀」: "噫, 非先王之聖明, 何以鑑公之無罪, 非公之忠直, 亦安能格天而免死乎. 夫人平居, 自謂識義理料事變, 守正不撓, 若可死生無失其操, 而及當有小利害急滾處, 鮮不變其所守, 而狼貝身名, 而況於猝然加之, 以不測之禍, 莫大之罪, 其有能不喪心失操, 蒼黃顚倒者乎. 如蘇長公其自許何如, 而人亦稱之以氣節之士者也. 然而當被逐之日, 面無人色便溺俱下, 況其下者乎. 而公乃於旅舍孤寄之日, 深夜熟睡之中, 緹騎猝入, 拿命遽下, 而其所措處, 不失常度, 如平昔鼾睡方酣, 於枷鎖拘囚之中, 供辭不錯於雷霆震疊之下, 至於面質, 酬酢亦了無憤罵色辭, 非有素履之確, 所養之深, 能如是乎."

63　『斗庵集』附錄, 6쪽, 「家狀」: "及在謫所, 作感恩錄一編, 以叙往來顚末而無一語. 及於怨尤, 題一絶于卷首曰, 愛君心赤質神明, 夷險何曾二此誠, 得保微軀由聖德, 惟將銘感效忠貞. 其忠君惻怛之誠,

愛君心赤質神明　　임금 사랑하는 충정을 신명에게 질정하니
夷險何曾二此誠　　즐거우나 괴로우나 어찌 이 정성 바꾼 적 있으랴
得保微軀由聖德　　하찮은 몸이나마 보전함도 임금님 덕분이라
惟將銘感效忠貞　　정녕 잊을 수 없는 은혜를 충정으로 보답하리

이처럼 그는 자신의 불운한 유배에 대해 한마디도 원망하거나 탓하지 않았다. 오히려 그는 정조에게 충성하는 측달側怛한 마음을 절절히 담아내고 있을 뿐이다.

김약련이 변방 삭령에서 돌아오자 어떤 이가 그에게 권하기를, "그대가 비록 요행히 귀양가서 죽음은 면했지만 아마도 조정에 다시 복귀하지 못할 것이 틀림없다. 어찌 또한 부뚜막 귀신에 아첨하여 고난에서 빠져나올 생각을 하지 않는가?"[64]하였다. 그러나 김약련은 "전원에 돌아와 천은天恩을 외우기에도 겨를이 없거늘 또 어찌 여기에 나아가기를 바라겠는가? 사람이 어두운 밤에 애걸하는 것은 그 몸을 잃는 것이다. 그 몸을 잃고서 능히 마땅한 도로써 임금을 섬긴 사람이 아직 없었다. 능히 임금을 도로써 섬기지 못한다면 인끈을 휘날리고 허리띠에 찬 패옥을 끌면서 대로에서 양양하게 굴어댄다 해도 다만 어린이들의 동정을 살 뿐, 어찌 마음에 부끄럽지 않겠는가?"[65]라고 말했다 한다. 그는 실제로 복관된 후 여러 차례 도성에 들어갔지만 한 번도 현달한 벼슬아치의 문거리를 기웃거리지 않았다.

<hr>

有如此者."

64　『斗庵集』附錄, 6쪽, 「家狀」: "後人有勸之者曰, 子雖幸免邊沙之羈魂, 其不復厠跡於朝端, 則決矣. 盍亦媚於竈, 而爲解懸之計乎."

65　『斗庵集』附錄, 6~7쪽, 「家狀」: "公曰, 歸伏田園, 誦天恩不暇, 尙何覬進於此者乎. 人之昏夜乞哀者, 失其身也. 失其身而能事君以道者, 未之有也. 不能以道事君, 則凡其飛綬扡王, 揚揚於衢路之上; 只得市童憐也, 獨不愧於心乎."

해배와 복관 그리고 전원은거

그는 유배지에서 석방된 후 향저에서 연거하였는데, 정말 앞에서 복직 운동의 필요성을 거론한 사람의 말처럼 16년 동안 조정에서 아무런 벼슬도 내려오지 않았다. 그러나 김약련은 사방이 쓸쓸한 집에서 단표箪瓢조차 여러 번 비었어도 편안하게 지냈다. 또한 칩거하며 지낸 16년 동안 폭넓게 독서하고 고금의 인물들을 상고하고 논정하였다.[66]

그렇게 지내던 어느 날 정조는 그에게 특명을 내려 예전 직책인 승문원 가주서로 불러들인다. 그때가 바로 계축년(1793) 4월 16일이었다. 당시 나라에는 경사가 겹치고 조정과 민간이 조용하고 편안하였다. 그러자 이날 정조는 화기를 맞아들이고 하늘의 명을 이어가는 방도는 막힌 자들을 소통시키고 침체한 자들을 진작시키는 것보다 더 좋은 것이 없다고 생각하여, 이조와 병조에 신칙하여 죄명을 벗겨주는 정사를 크게 시행하였다. 정조는 전조에 명하여 검토해서 의망하게 하고, 혹은 어필御筆로 망단望單에 보태 써넣기도

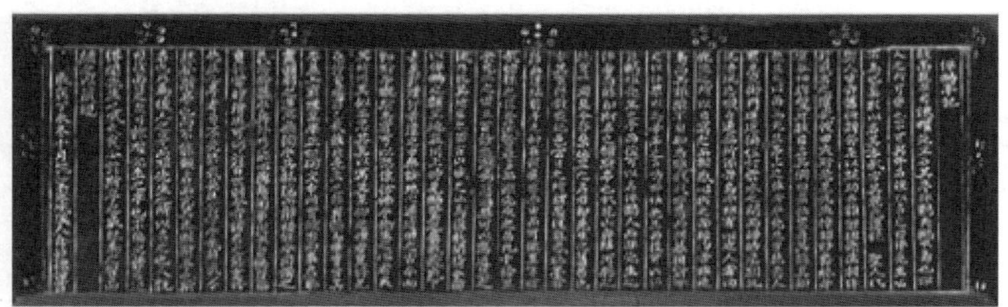

두암(斗庵) 김약련(金若鍊, 1730~1802)이 권정(權定, 1353~1411)이 건립한 반구정(伴鷗亭)에 쓴 반구정기(伴鷗亭記)이다. 여기에서는 권정이 반구정이란 이름을 붙인 이유에 대해 설명하고 있다. 권정은 자가 안지(安之), 호는 사복재(思復齋)이며, 권현의 아들이다. 우왕 때에 문과에 급제하여, 괴산 군수 및 좌사간이 되었다. 고려가 망하여 벼슬을 버리고 안동 임하현의 기사리에 은거하였다. 반구정과 봉송대를 짓고 스스로 아호를 사복재라 한 것은 고려를 사모하는 마음에서였다고 한다

---

66 『斗庵集』附錄, 14쪽, 「墓銘」: "特命赦歸鄕里, 臺章猶訴訴也. 又不聽由是, 而廢居十六年, 讀書覽觀古今 考論人物."

하고 혹은 전망前望에 넣기도 하여 비점을 내려서 차례로 서용하니, 수십 년 동안 침체되어 있다가 비로소 벼슬길에 오른 사람도 약간 있었다.[67] 이때 약 70여 명이 죄명을 벗겨주는 정조의 은혜를 입었는데, 그중에 김약련의 이름도 들어갔던 것이다.

　　정조는 5일 후 다시 전적典籍으로 올렸다가 같은 날 병조좌랑을 제수한다. 다시 그의 행공行公이 시작된 것이다. 그가 병조좌랑으로 있을 때의 일이다. 당시에 당상관들이 궐내에 출입하면 낭관郎官들이 모두 땅에 엎드려 공경을 표하는 관행이 있었던 모양이다. 김약련은 이를 보고, "이 풍속은 어느 때에서 비롯되었는가? 내 들으니 국법에 낭관들은 아뢰어 처리할 일이 있지 않으면 당상관을 만나지 않는다고 한다. (이는) 염치廉恥를 높이고 체모體貌를 중히 여기기 때문이다. 이제 어찌하여 번거롭게 아전들이나 하는 짓거리를 하는가?" 하고는 홀로 따라 행하지 않았다고 한다.[68] 이 일화를 통해서 우리는 윗사람에게 아첨하지 않는 그 고상한 절조의 일면을 읽을 수 있다.

　　김약련은 병조에서 한 달 남짓 있다가 또 특명으로 지평持平에 제수된다. 그러나 숙배肅拜한 후 사직서를 올리고 고향으로 내려온다. 그 후 갑인년(1794) 12월부터 무오년(1798) 겨울에 이르기까지 5년 동안 헌납獻納에 제수된 것[69]이 5번이고, 정언正言에 제수된 것이 1번이고, 지평持平에 제수된 것이 1번

67　『朝鮮王朝實錄』제46권, 382쪽.

68　『斗庵集』附錄, 4쪽, 「家狀」: "其直騎省也, 見堂上之出入闕內. 時郎官皆伏地祗候. 公曰, 此風自何年而始. 吾聞國法, 郎官非有稟處之事, 則不見堂上, 所以崇廉恥重體貌也. 今何爲僕僕作吏肆樣耶, 獨不隨行."

영조 어진(御眞)(왼쪽)과 정조 어진(오른쪽)

이며, 더러는 외직外職에 변통됨이 있었고, 더러는 기한이 지나 체직遞職되기도 하였다.[70] 실제로 봉직한 기간은 분명치 않다. 추측컨대 대부분 숙배만 하고 낙향을 거듭했던 것이 아닌가 한다.

김약련이 말년에 향중에서 치력한 사업 중의 하나는 선성김씨 조상의 묘역을 확정하는 일이었다. 『두암집』에 수록된 「여백운지석역소제유사與白雲池石役所諸有司」[71]와 「백운비변白雲碑辨」,[72] 「백운산망제단입석고유문白雲山望祭壇立石告由文」,[73] 「선조칠세분영전의비지先祖七世墳塋傳疑碑識」,[74] 「백운지전의

---

69 『왕조실록』은 정조 18년 12월 22일(을해)조에서 김약련을 사간원 헌납에 제수한 것으로 기록하고 있다. 『朝鮮王朝實錄』 제46권, 532쪽을 참조.

70 『斗庵集』附錄, 2~3쪽, 「家狀」: "伊後自甲寅臘月, 至戊午冬, 其間五年除, 獻納者五, 正言者一, 持平者一, 而或以在外變通, 或以過限遞罷."

71 『斗庵集』 권2, 24~26쪽, 「與白雲池石役所諸有司」.

72 『斗庵集』 권3, 26~29쪽, 「白雲碑辨」.

73 『斗庵集』 권6, 6쪽, 「白雲山望祭壇立石告由文」.

74 『斗庵集』 권10, 7~9쪽, 「先祖七世墳塋傳疑碑識」.

비지白雲池傳疑碑識는 그 같은 정황을 잘 알 수 있게 하는 글이다. 1798년 4월에 지은 「전의비지」의 일부를 소개해 본다.

대저 우리나라의 김씨 성은 신라 왕족인 김씨를 근본으로 하고 있으며 또 김해김씨 그리고 영양김씨가 있는바 우리 김씨는 시조이신 호장공 이상의 선계는 증명할 만한 문헌이 없는 실정이다. 그러나 호장공 이하 4세까지는 호장, 그 후 3세는 대부의 벼슬을 지냈으며 현령공 휘 소량은 조선조 초기에 벼슬을 하신 데 이어 총재공이 세종 문종조의 명신으로서 문절이라는 시호를 받았을 뿐 아니라 두 고을에서 공을 제사지내고 학덕을 우러르는 사당이 세워졌다. 이로부터 훌륭한 인물들이 끊이지 않고 출세하여 살아서는 덕행과 사업으로 이름을 날리고 죽어서는 향리에서 우러러 제사지내며 대과·소과에 오른 사람이 많고 내외 모든 자손들의 번창함이 20여대에 이르니 이는 선조의 음덕임이 분명하다. 그런데 어찌하여 선영을 지키지 못하고 성묘할 곳이 없어 선조를 사모하고 은공에 보답하려는 조그마한 정성마저 펼 수가 없게 되었단 말인가? 자손 된 자 백대에 이르기까지 가슴 아픈 한이 어찌 가실 수 있으랴!

이에 비로소 숙종 경신 1680년에 이르러 문중 어른들이 선대어른들의 뜻을 받들어 백운산 기슭에 설단을 하고 시조 이하 7세의 위패를 차례대로 모시고 제사를 올리기 시작하였다. 이때부터 5년에 한 번씩 제사를 올리다가 근년에 와서 약간의 위토를 마련하고 다시 3년에 한 번씩 제사를 올리는 것을 영원히 지키도록 하였는데 처음 제사를 올린 때부터 이때까지 일백 수십 년이 되었다. 특히 경건한 마음으로 제수를 갖추어 의와 예로써 제사를 올리지만 기대고 의지할 곳이 없으니 제사를 지내고도 지내지 않은 것 같아 제사를 마치고 각각 흩어지고 나면 또다시 슬퍼지고 허전하여 마음 붙일 곳이 없었다. 그래서 제단을 쌓고 표석을 세워 우러러 의지하는 장소로 하자는 의론을 한 지 몇 해 뒤인 정조 20년 병진(1796) 봄에 산소 가까운 산 아래에 흙을 쌓아 단을 만들고 2년 뒤인 무오(1798)에 돌을 깎아 단위에 세우고 「선성김씨 칠세분영 전의지비」라 새겨 후세 자손들로 하여금 이 산중에 우리 선조의 산소가 있다는 사실을 알리게 함이다.[75]

---

75 『宣城金氏世譜』,「白雲池傳疑碑識」: "東方之金, 大抵多本於羅王, 而又有金海英陽之金, 由戶長公以上, 無書籍可徵. 然四世之後三世官大夫, 縣令公, 實當我國之初, 而冢宰公, 爲 世文朝名臣, 贈諡文節, 立祠二邑. 自是而賢人君子彬彬, 間出生而有德行事業, 歿而祀鄕祠里社, 大小科第之盛, 內外

경신년(1800) 정월에 일찍이 시종侍從으로 인해 세자世子 책봉례册封禮에 하반賀班으로 참여하였다가 품계가 통정대부로 올랐고, 첨지중추부사僉知中樞府事가 되었다가 같은 날 병조참의兵曹參議에 첫머리로 의망擬望되어 낙점을 받았다. 나아가 숙배하기도 전에 다시 우부승지右部承旨에 제수되었고 곧이어 좌부승지左部承旨에 올랐다. 그러나 김약련은 늙고 병들어서 직무를 감당하지 못한다는 핑계를 대고 굳게 사양하여 체직遞職을 허락 받았다.[76]

체직을 받자 그날로 도성을 빠져 나왔으니, 때는 2월 5일이었다. 파일破日 풍속에서 꺼리는 일(俗忌)을 가지고서 그가 낙향하는 것을 만류하는 이가 있었다. 파일이란 음력으로 매월 5일, 14일, 24일을 가리키는데 이날 일을 하면 불길하다고 한다. 그런데 김약련이 웃으며 말하기를, "여러분은 반궁泮宮으로써 집을 삼고 있으니, 집을 나올 때 파일破日을 꺼리는 것이 마땅하나, 나는 집이 영남에 있으니 집으로 돌아가는데 어찌 날을 잡겠소?"[77]라 했다. 이는 아마도 나아가기는 어렵고 물러서기는 쉽다는 뜻을 희언戲言에 붙여 말한 것으로 볼 수 있다.

낙향 후 김약련은 동중洞中의 선부로先父老들이 지은 학제學制와 재규齋規에 따라 날마다 마을의 젊은이(秀才)들과 더불어 강설講說하고 과시課試하였다. 이로 인해 마을에서 훈도를 받고 감화를 입은 이들 가운데 반듯하게 되지 않은 이가 없었고 빈빈彬彬하게 문학하는 선비가 많았다고 한다. 이에 대

本支之繁, 至于今二十有餘世, 則吾先祖積仁種德, 以有其餘慶者爲何如, 而乃反封塋, 莫護奠掃無地無, 可以小伸追報之誠, 其爲子孫百代之痛恨, 曷有窮哉. 始於肅廟庚申, 門中諸父老, 式遵先世遺志, 設壇山足, 列次七世昭穆, 而祭之. 自是, 厥後每五年一祭, 近年以來, 措置若干祭田, 復以三年一祭, 爲永世遵行之規, 盖自始祭至今, 爲一百有十數年矣. 特以莫的供虔, 以義起禮, 而無憑無依, 祭如不祭, 祭畢而散, 則又復慨廓悠邈, 無所寓慕謀, 所以築壇埒竪表石, 以爲瞻依之所者, 亦旣有年. 今上二十年丙辰春, 始就山下相望處, 纍土爲壇, 越二年戊午, 伐石竪壇, 上表之曰, 宣城金氏七世墳塋傳疑之碑, 俾後世子孫, 有以知此山中有吾先祖墳塋云."

76 『斗庵集』附錄, 3쪽, 「家狀」: "庚申正月, 以曾經侍從, 參春宮册禮賀班, 階加通政, 卽付僉樞, 同日以兵議, 首擬蒙點, 未及晉肅, 旋授右副承旨, 俄陞左. 以老病不堪卯申之役, 固辭蒙遞."

77 『斗庵集』附錄, 3쪽, 「家狀」: "公笑曰, 諸君以泮爲家, 出家宜忌破日, 吾則家在嶺南, 歸家何用卜日."

해 김상련은 「가장」에서 말하기를 "그 지방수령이 행정권을 위임받아 녹봉을 쪼개고 자금을 덜어서 자손을 위한 가계에 보태는 짓거리를 하는 자와 비교한다면 그 공로가 몇 배나 되었을 것이다. 그러나 세상 사람들 중에는 도리어 작은 벼슬도 받지 못한 것으로 공을 안 되었다고 여기는 이들이 있다. 아아! 그들 또한 식견이 좁은 장부들이다."[78]라 했다.

김약련은 매양 생일이 되어도 술잔치를 벌이는 일이 없었다. 나이가 깊고 기운이 쇠한 뒤라 자부子婦들이 조석으로 밥상을 올릴 때에 조금이라도 맛있는 반찬을 보태려고 하였으나 김약련의 뜻을 상할까 두려워 감히 그렇게 하지 못하였다고 한다. 이처럼 김약련은 평소에 주연을 베풀고 풍악을 잡히는 일을 꺼려했을 뿐 아니라 노년의 생활도 지극히 검소했음을 알 수 있다.[79]

1800년 6월 28일 김약련을 아끼던 정조가 승하한다. 김약련은 스스로 정조에게 두터운 은혜를 입었다고 생각하여 11월에 있을 인산 곡반에 나아가려고 하였다. 이때 주변 사람들이 상경을 만류하였다. 날이 춥고 길이 멀며 또 삼가야 할 바가 있기 때문이었다. 그러나 김약련은 "신하가 유배지에서 등용되어 다시 대궐 안에 들어갔으니 처음부터 끝까지 모두 조화 속 일이었다. 왕께서 갑자기 승하하시니 은혜에 보답할 길 없구나. 차라리 길가에서 거꾸러져 죽어서 작은 정성이라도 보답할지언정 어찌 감히 근력으로 되지 않는다고 자처하는 것이 예이겠는가?"[80] 하고는 마침내 눈과 바람을 무릅쓰고 상경하여 졸곡卒哭을 마치고는 돌아왔다.

정조가 승하한 뒤로부터 그는 문을 닫고 완전히 세상사에 대한 생각을

---

78 『斗庵集』附錄, 7쪽, 「家狀」: "其視專城分竹割俸捐資, 以作子孫家計者, 功倍蓰也, 而世反有以不沾一命弔公者. 嗚呼, 其亦淺之爲丈夫也."

79 『斗庵集』附錄, 7~8쪽, 「家狀」: "公每遇弧辰, 不許設酌. 年深氣衰之後, 子婦輩欲因朝脯進飯稍加饌味, 而恐傷公志, 亦不敢焉."

80 『斗庵集』附錄, 3쪽, 「家狀」: "公曰, 臣之拔出於叢棘之中, 而復入於脩門之內, 頂踵皆造化也. 弓劍遽遺, 圖報無地. 毋寧顚死於廠路之側, 以效蚊蟻之誠, 何敢自處以不以筋力爲禮乎."

끊어버리고 돌아가신 정조를 그리는 마음을 억제하지 못했다. 1802년(壬戌) 입춘에 문설주 위에 시 한편을 써서 남겼다.[81]

三年痛哭老臣情	삼 년 동안 통곡한 늙은 신하의 마음이라
聞道春還再拜迎	봄이 돌아왔단 말 듣고 거듭 절하고 맞이하네
庶幾冲王無疾病	어린 임금께서 질병 없기를 바라오니
凡諸考翼效忠誠	모든 선왕의 신하들은 충성을 다하리라

김약련은 이 입춘시를 짓고 3월 23일 향년 73세를 일기로 세상을 떠난다.[82] 이와 같이 김약련은 죽는 순간까지 국왕에 대한 충성이 변하지 않았다.

김약련이 세상을 떠나자, 일가친척들은 "병풍과 덮개가 철거되었구나. 동량이 꺾어졌네. 내 어디에다 의지하리오?"라 하였고, 빈객들로 위문하러 온 이들도 "이는 모든 영남의 운명에 관련된 것이지, 단지 김씨 한 가족의 화만은 아니다"[83]라 하였다고 한다. 그만큼 김약련은 18세기 후반의 선성김씨 문중과 영남일원에서 차지하는 비중이 자못 컸던 것이다.

김약련의 부인 순천김씨順天金氏(1729~1799)[84]는 사인士人 만채萬采의 딸로 김약련보다 1살 위로 19세에 그에게 시집와서 그보다 3년 먼저 세상을 떠났다. 김약련은 슬하에 아들 셋과 딸 둘을 두었다. 장남 영충永忠(1760~1795)[85]은 사인士人 강도姜櫂의 딸에게 장가들어 딸 하나만을 두고 36세로 일찍 죽었기에 막내 동생 영덕永悳의 아들 낙재樂在(1790~1851)[86]를 계자系子로 들였다.

---

81 『斗庵集』附錄, 3쪽, 「家狀」.

82 卒하던 해 5월 15일에 榮川郡 동쪽 집 가까이 數 3리 卯坐 언덕, 즉 淑夫人 順天金氏의 墓 뒤에 장사지냈다. 뒤에 禮安縣 北 新巖 艮坐 언덕으로 移葬하였다.

83 『斗庵集』附錄, 8쪽, 「家狀」: "公之喪也, 闔門諸族, 擧皆失聲痛哭曰, 帡幪撤矣, 棟樑摧矣, 吾安所庇依. 賓朋之來唁者則曰, 此關全嶺運氣, 非獨金氏一門禍也."

84 順天金氏의 父는 萬采이며 平陽君 舜皐의 後孫이다. 外祖는 咸陽 朴東陽이다.

85 金永忠의 妻 晉州姜氏의 父는 櫂로 參判 徽의 후손이며, 外祖는 生員 宣城 李大錫이다.

86 金樂在의 初娶 海州鄭氏는 父가 監察 選이고 祖는 郡守 惟轍이며, 外祖는 光山 盧贊元이다. 再娶

딸은 김면수金勉銖[87]에게 시집갔다. 차남 영서永恕(1763~1816)[88]는 출계하여 재종형 학련學鍊(1728~1756)[89]의 뒤를 이었고, 권박權樸의 딸에게 장가들어 2남 3녀를 두었다. 아들은 낙의樂毅(1786~1826),[90] 낙광樂廣(1803~1826)[91]이고, 딸은 김예수金禮銖,[92] 황중신黃中愼,[93] 유진문柳進文[94]에게 시집갔다. 셋째 영덕永惪(1766~1798)[95] 또한 사인 장태영張泰永의 딸에게 장가들어 낙재樂在,[96] 낙존樂存(1792~1818),[97] 낙좌樂左(1795~1841),[98] 낙우樂右(1798~1829)[99] 등 4남을 두었으나 김약련에 앞서 33세로 일찍 죽었다. 김약련의 맏딸은 이재순李載淳[100]에게 시집가 계자로 휘옥彙玉을 두었고 사위로 생원 윤병이尹炳頤를 두었다. 둘째 딸은 황수한黃秀漢[101]에게 시집갔다.

김약련의 직계자손을 도표로 정리하면 다음과 같다.

妻 淸道金氏는 父가 萬雄(大諫 鷺祥의 후손)이며, 外祖는 潘南 朴澄大이다.

87 金勉銖는 義城人으로 父는 在華, 八吾軒 聲久의 후손이다. 아들로 駿永, 夔永을 두었고 사위로 金樂傛(宣城金氏)을 맞았다.

88 金永恕는 通德郎, 垸의 2子 學鍊에게 出系하였다. 妻 安東權氏는 樸(桐溪 達手의 후손)의 딸로 外祖는 昌寧 成憲祖(文科·郡守)이다.

89 金學鍊은 垸의 제2자로 29세로 요절하였다. 初娶 妻父는 延安金氏 守達(晩翠 蓋國의 후손), 再娶한 花山李氏의 妻父는 斂樞 春馨이고 外祖는 判官 冶城 宋儒文이다.

90 金樂毅의 妻는 豊山柳氏로 父는 崧祚이며 謙庵 雲龍의 後孫이다.

91 金樂廣의 妻 眞城李氏는 和燮의 딸로 貞愍公 瀣의 후손이다. 外祖는 公州 李世植이다.

92 金禮銖는 義城人으로 父는 在命인데 八吾軒 聲久의 후손이다.

93 黃中愼은 昌原人으로 父는 耆漢인데 息庵 暹의 후손이다. 아들로 仁夏(文科·承旨)를 두었고 딸은 金益永에게 시집갔다.

94 柳進文은 豊山人으로 父는 一祚이며 謙庵 雲龍의 후손이다. 아들로 道河, 道徹을 두었다.

95 金永惪의 妻 仁同張氏의 父는 泰永으로 果齋 壽禧의 후손이며 外祖는 冶城 宋栴이다.

96 伯父 永忠에게 出系.

97 金樂存의 妻 光山金氏는 父가 壽洛으로 潭庵 用石의 후손이며, 外祖는 金重九(宣城金氏)이다.

98 金樂左의 妻 冶城宋氏는 父가 井煥이며 訥齋 碩忠의 후손이다.

99 金樂右의 妻 沃川金氏는 父가 萬欽이며 休溪 希哲의 후손이다.

100 李載淳은 眞城人으로 父는 退溪先生의 後孫인 龜洛이다.

101 黃秀漢은 昌原人으로 父는 最源이며 參判을 지낸 士祐의 후손이다. 系子로 中燁을 두었다.

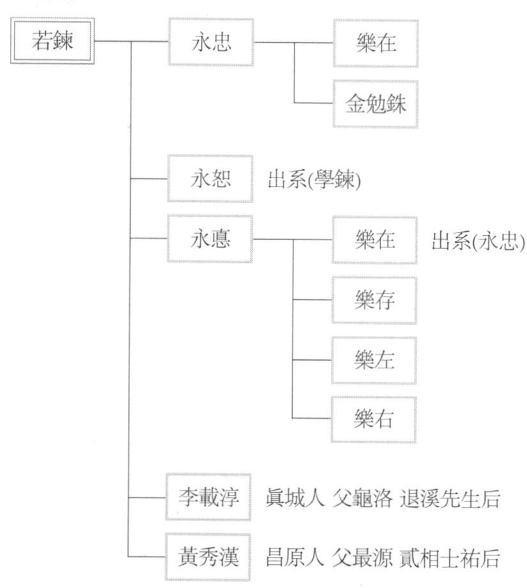

김약련의 인품과 일생에 대한 후인의 평가를 들어본다.

김굉은 "다만 생각해보니 어려서 공을 따라 노닐었고 공의 깊은 은혜를 입어 마음속에 새겨져 있어 내 또한 그 나이를 잊고 담소하며 해학諧謔 했는데도 혐애嫌碍한 바가 없었으니 그 친밀함이 다른 사람보다 못하지 않다."[102] 라고 하여 자신이 행장을 쓰게 된 인연을 말하였다. 이어서 김굉은 "아아, 공의 종정鐘鼎의 그릇과 보불黼黻의 글은 끝내 세상에서 배척되어 그가 온축한 바를 능히 펼치지 못하였으나 다행히 선대왕의 일월의 밝음과 천지와 같은 후덕에 힘입어 유배지에서 등용되어 사색沙塞의 귀신이 됨(이름도 없이 죽음)을 면하였고, 늦게는 은지恩旨를 자주 내려 위계가 청현淸顯의 직에 올랐으니 또한 불우不遇하였다고 말하여서는 안 될 것이다. 다만 그 나이에 지극히 힘이

---

102 『斗庵集』附錄, 13쪽, 「行狀」: "第念, 少從公遊, 蒙公之不鄙夷, 而收置懷抱之中, 不佞亦忘其年紀, 而談笑諧謔, 無所嫌碍, 其契好之密, 盖不在人."

쇠하여 힘써 나아가 잇지 못함을 한해서 그 만 분의 일이나마 보답코자 하여 한가롭게 살면서 강설講說하고 유액誘掖·권장勸獎하여 후진을 성취시켜 고향에서 빈빈彬彬하게 문학하는 선비를 많이 배출시켰으니 이는 이른바 '불보지보不報之報'이니 어찌 반드시 관직에 나아가 세상을 진무鎭撫하겠는가?"[103]라고 하였다.

황용한[104]은 "구차하게 자신의 모습을 닦지 않았으며 농담을 잘하였다. 겉으로는 회연詼然히 작은 법도를 지닌 것 같았으며 안으로는 진실로 웅건하고 분명하여 서는 것이 있었다. 험난함에서도 한결같은 절개로 지켰으며, 사생死生에서도 오직 의로움을 지켜 용감했다. 한 번 시험을 치렀으나 간략적인 시험이었다."[105]라고 했다.

황용한은 또한 "공이 거처하는 곳은 겨우 한 말(斗) 정도였으나 친구들이나 후생들과 함께 글을 읽으면서 즐기었으며, 그 속을 이름 붙이기를, '두암斗庵'이라 하였다. 그 기문記文은 외울 만하였다. 공이 늙은 뒤에도 나그네 중에 그 두암을 지나가는 자가 공의 독서하는 것을 듣게 되었는데, 그 소리가 크고 우렁차서 마치 금석에서 나오는 듯하여 나그네가 오랫동안 문밖에 서 있었지만 공은 오히려 그것을 깨닫지 못했다고 한다."[106]

황용한은 「묘갈명」에서 "두암선생께서 즐겨 읽으시던 맹자 7편, 이목을 모으는 웅장한 목소리에, 지나가던 나그네들 담 주위로 자리를 폈네. 웅장한

---

103 『斗庵集』附錄, 12쪽, 「行狀」: "嗚呼, 公以鍾鼎之器, 黼黻之文, 卒齟於世, 不能展布其所蘊, 而幸賴先大王日月之明, 覆載之德, 拔出於叢棘之中, 而得免爲沙塞之鬼, 晚而恩旨荐降, 位躋淸顯, 則亦不可謂無所遇也. 獨恨其年至力衰, 不能竭蹶趨承, 以報答其萬一, 而閑居講說, 誘掖勸獎, 成就後進, 鄕社之間, 彬彬多文學之士, 斯所謂不報之報矣, 何必進爲而撫世哉."

104 黃龍漢의 호는 貞窩, 黃暹의 후손 영조20년(1744)에 출생. 대산 이상정의 문인으로 문장과 학문에 높아 문하에 많은 선비를 배출함. 『정와집』 6권이 전한다.

105 『斗庵集』附錄, 16쪽, 「墓銘」: "公未嘗苟修邊幅, 善戲謔, 外若詼然小繩墨, 而內實雄毅犖落, 有所立 夷險一節之守, 死生惟義之勇, 一番拍試了已略驗矣."

106 『斗庵集』附錄, 17쪽, 「墓銘」: "公居室僅如斗, 樂與朋友後生讀書, 其中命之, 曰斗庵, 其記文可誦也. 公老後, 客有過庵外者, 聞公方讀書, 其聲洪喨, 若出金石, 客故久立門外, 公尙不覺."

그 기개, 강직함을 얻었네. 험난함에 부딪혀도, 의지를 굽히거나 슬퍼함이 없으셨네. 곤궁과 검약으로 생활하시어, 평소처럼 여유로웠네. 임금의 밝으신 은혜와, 신하의 정직으로 죽음은 면하였네. 세상이 편벽되고 약아도, 나의 믿음은 넓고 넓네. 반평생 외로운 몸, 세 번이나 승정원에서 지냈네. 옛 법을 인용하여, 구렁텅이 속에서도 뜻 있는 선비로세. 신에게 질정하는 상소가 상자 속에 들어있네. 역사에 잊히지 않도록, 묘비에다 새기네."[107]라고 했다.

김약련의 저작과 내용

현재 남아 전하는 김약련의 저작은 다른 것이 없고 오직 『두암집』 5책이 유일하다.

『두암집』의 간행과정을 박시원[108]이 지은 「발문」에 의거하여 잠시 살펴본다.

김약련은 몇 권의 유고遺稿를 남긴 바 있는데, 이를 간행하고자 힘쓴 이는 그의 손자 김낙재金樂在였다. 김낙재는 정와貞窩 황용한黃龍漢의 교감校勘과 한평閑坪 류영익柳令益의 근정斤正을 받아 내용을 축약하였다. 당시에 고을 사람들은 여러 차례 간행할 계획을 세웠는데 주로 영천의 구강서원龜江書院에서

---

107 『斗庵集』附錄, 17쪽, 「墓銘」: "斗庵好讀, 孟氏七篇, 目轍聲鉅, 環壁就筵, 雄雄厥氣, 養得來直, 措之險難 不貳不惕, 驗以窮約, 裕哉素履, 王明用惻, 臣直無死, 世遹便儇, 我信恢恢, 半世孤臣, 三宿銀臺, 古法引年, 志士溝壑, 歸質于神, 有疏在簏, 史無失書, 墓宜顯刻."

108 朴時源(1764~1842)은 潘南人으로 호는 逸圃, 師豹의 아들이며 榮川에서 거주하였다. 1798년 문과급제 후 벼슬이 사간에 이르렀다. 안동김씨 세도정치가 시작되자 향리로 돌아와 학문연구에 몰두하였다. 영천에 있는 伊山書院이 강학을 오래 폐지하였는데, 동향인 李仁行과 함께 學廩을 정비하여 매년 가을과 겨울에 『朱書』·『近思錄』·『心經』등을 강론하는 등 서원의 옛 규정을 회복하고자 하였다. 저서로는 『일포집』 8권이 전한다. 김약련에게는 먼 인척이 된다.

김약련의 시문집, 『두암집(斗庵集)』 10권 5책

모여 내용을 배치排置하고 힘을 모아 나갔다. 그리하여 1836년(丙申, 헌종 2) 중하仲夏 초 길일에 비로소 김약련 본댁에서 활자로 인쇄하기 시작하여 몇 달을 지나 일을 마치고 책을 편찬해 놓으니 모두 10권 5책이었다. 문집이 간행된 1836년은 김약련이 1776년 국문을 당하고 정조의 성은을 입어 유배에 처해진 지 60년(일주갑)이 되는 해이다. 아마도 이 해를 기념해서 문집발간을 계획하고 실행에 옮긴 듯하다.

김굉은 「행장」에서 "남겨진 글 약간 권이 집에 보관되어 있어, 훗날 공을 알고자 하는 사람은 이를 보면 무릇 공의 행한 바가 확실하고 기른 바가 깊었으며 임금을 사랑하고 나라를 걱정하는 빛나는 충정과 천지를 경영하는 것을 보면 또한 만 분의 일이라도 어렴풋이 알 수 있을 것이다."[109]라고 했고, 황용한은 「묘갈명」에서 "지은 글들은 대부분 평탄하고, 시를 지으면 흐르는 물처럼 구차하게 꾸밈이 없어 마치 그의 사람됨과 같았다."[110]라고 했다. 즉 김약련의 성품과 삶의 모습이 고스란히 문집에 담겨 있다고 본 것이다.

----

109 『斗庵集』附錄, 12쪽, 「行狀」: "有遺文若干卷, 藏于家, 後之欲知公者, 觀於此, 凡公所履之確, 所養之深, 與夫愛君憂國, 炳炳之丹忱, 天經地緯, 念念之秉執, 亦可彷彿其萬一矣."

110 『斗庵集』附錄, 17쪽, 「墓銘」: "爲文章, 率意平坦, 下筆滔滔, 不苟雕飾, 如其爲人."

김약련이 64세 되던 해에 쓴 「포수암기(飽壽庵記)」. 친필 유묵. 『두암집』에는 보이지 않는다.

박시원은 김약련의 글을 평하기를 "아아, 공의 문장은 어찌 식견 없는 이가 평론할 바이겠는가? 혼후渾厚하면서도 영화英華롭고 굉사宏肆를 발하면서도 쇄밀鎖密을 관關하였으니 간가와 기력이 소노천蘇老泉(蘇洵, 1009~1066)[111]이 일컬은바 '맹자의 글은 참각巉刻하고 참절斬絶하지 않으면서 그 날카로움은 범할 수 없다.'라고 한 것과 비슷하다."[112]라고 했고, 또한 "공이 맹자를 읽어 힘을 얻음이 어찌 다만 저술만이 그러했겠는가? 가만히 살펴보니 공의 한 평생 실천함은[113] 모두 맹자의 글에 따라 나온 것이다."[114]라고 하여 김약련

---

111 宋나라의 眉山사람. 자는 明允, 호는 老泉. 당송팔대가의 한 사람. 문장이 힘차고 웅장하여 모방하는 이들이 많았는데, 그를 老蘇, 아들 軾과 轍을 각각 大蘇, 小蘇라 하고, 三父子를 三蘇라 함.

112 『斗庵集』附錄, 18쪽, 「跋文」: "嗚呼, 公之文章, 豈蔑識所容喙哉. 渾厚而英華, 發閎肆而關鎖密, 間架氣力, 髣髴乎蘇老泉所稱, 孟子文之不爲巉刻斬絶, 而其鋒不可犯者."

113 박시원은 "옛날 우리 정조 초에 공이 橫罹 被訊을 입어 天威가 咫尺이고 人鬼가 呼吸하는데도 공의 정신은 평상시와 같았다. 몇 구의 공사(供辭)는 말이 간략하고 뜻이 정밀하여 진실로 秉執之牢와 充養之素가 아니면 능히 그러했겠는가? 이 때문에 聖明이 밝아 특별히 임금의 생각이 멀리 유배시키는 것에 머물렀고 반년 만에 죄를 사하고 몇 년 만에 등용을 하였다. 앞뒤로 除授되고 배임된 것이 모두 임금의 첨부한 글과 은혜로운 批點에서 나왔다."라고 했다.

114 『斗庵集』附錄, 18쪽, 「跋文」: "公之讀孟子得力, 豈獨著述然哉. 竊覰, 公一生踐履, 皆從孟子書

의 문장이 맹자의 글에서 힘을 얻었다고 보았다.

유치명[115]은 「서문」에서 "내 두암 김공의 시와 문 약간 권을 읽어보고, 남몰래 괴이한 것은 입에서 침이 생기고 흉격胸膈(마음속)이 상쾌한 듯하니, 말은 족히 사람을 송동竦動(감동하여 공경하는 마음이 됨)하게 할 뿐만 아니라 유연하게 마치 풍소風騷(시경의 국풍과 초사의 이소)의 남은 울림을 듣는 것 같아 양양하게 느낀 것이 있었다. 기氣가 성하면 소리가 넓고 도량이 크면 울림이 원대해지니, 그것을 모범 삼아 본받는다면 어찌 족히 공을 흠모하지 않을 수 있겠는가?"[116]라고 하여, 김약련의 문장에서 일종의 호연지기를 발견하고 있다.[117] 이러한 평가는 다음 대목에서도 여전히 드러난다.

공의 풍조風調가 드높고 기격氣格 높고 밝아, 마치 거업擧業을 구하되 남의 미열媚悅을 받지 않았고 (남들은) 무리 지어 종종걸음을 쳤지만 홀로 탈연히 동쪽으로 돌아가 낭관이 되었으며 번거롭게 빨리 달리는 형상은 없었다. 대개 모두 얽매이지 않고 뛰어나게 훌륭하며 너그러워 운치가 있음이다. 갑자기 뇌정雷霆이 진동

<hr>

出來."

115 柳致明(1777~1861)은 全州人으로 자는 誠伯, 호는 定齋이다. 아버지는 진사 晦文이며, 어머니는 韓山李氏이다. 李象靖의 외중손으로 외가인 안동의 蘇湖에서 출생하였다. 이상정의 문인인 南漢朝·柳範休·鄭宗魯·李堣 등의 문하에서 두루 수학하였다. 1805년(순조 5) 문과급제한 후, 내외 요직을 거친 후 1832년 홍문관교리, 1835년 우부승지, 그 뒤 초산부사·공조참의, 1847년 대사간, 1853년 嘉善階에 오르고 한성좌윤·병조참판 등을 역임하였다. 1855년 莊獻世子(思悼世子)의 추존을 청하는 상소를 하였다가 대사간 朴來萬의 탄핵을 받고 상원에 유배되었다 智島에 안치되었으나 그해에 석방되었다. 1856년 嘉義大夫의 품계에 올랐으나 다시 벼슬길에 나아가지 않고, 1857년 제자들이 지어준 雷巖의 晩愚齋에서 후진양성에 전념하였다. 그 뒤 1860년 동지춘추관사가 되고, 다음해에 85세로 죽었다. 그는 퇴계학파의 적통을 이어 수많은 제자를 배출하였다. 저서 및 편서로는 『정재문집』·『禮疑叢話』 등 다수가 있다.

116 『斗庵集』 卷頭, 1쪽, 「序文」: "余讀斗庵金公詩若文若干卷, 竊怪夫口生津而胸膈灑然, 不獨其言有足竦動人, 而儵然如聞風騷餘響, 洋洋乎有感也. 氣盛則聲洪, 量大則響遠, 則而象之, 寧不足以有慕於公耶."

117 유치명은 「서문」에서 "그 글은 평이하고도 명백하며, 그 말은 온화하고도 장엄하며, 그 마음은 넓고 활달하면서도 웅장하고 씩씩하니, 곧 이른바 호연하면서도 상하지 않은 것이기에 그 평소 기른 바를 알 수 있다. 아! 그 공경할 만하다."라고 했다. 이처럼 김약련의 글은 맹자류의 호연지기를 느끼게 할 만큼 힘이 있었던 것이다.

하는 곳에 빠져도 형구에 기대어 코골며 달게 낮잠을 잤고, 솥을 늘어놓은 국문
장에서도 말은 바로 하였다. 충성과 기백이 남들보다 크게 뛰어난 것이 있은 연
후에야 기氣는 넓고 넓은 가슴속에서 토해졌으며, 영향은 공의 성향聲響에서 얻어
졌다는 것이 그릇되지 않았음을 알 수 있다. 찬바람과 굳센 눈 속에서도 평소 편
안하고 태평스럽게 행동하였으며, 고향에서 누추한 생활을 함에도 지절志節은 견
고하고 확고하였다. 마침내 임금께서 이를 아시고 아껴 발탁하심이 더욱 융성함
에 이르렀으나, 공은 이미 늙었으므로 벼슬길에 나아감을 즐기지 않아 사직하고
향리로 돌아와 날마다 책을 읽고 글을 지으며 무릇 걱정스러운 일이나 즐거운 일
도 한결같이 글에 부쳤으므로 밝게 쓴 것이 세대를 격하여도 마치 아침과 저녁
같았다.[118]

이는 앞서 박시원이「발문」에서 지적한 내용과 일치한다.

김약련의 문장과 맹자와의 관련성에 대해서는 약간의 설명이 필요할 듯
하다.

김약련은 나이 20세에 발분發憤하여『맹자』를 이삼백 번 읽어 문사文辭
가 샘물이 용솟음치듯 하여 입에서 나오면 문장이 이루어졌다고 한다. 눌은
訥隱 이광정李光庭이 그의 과문(程文) 외의 여러 작품들을 보고서 "능력을 헤아
릴 수 없구나! 매양 말하기를 문장은 세교世敎와 관계되지 않으면 아무리 많
더라도 무익함이 많다."라고 하였다. 그러므로 약간의 저술들은 모두 고금古
今의 득실得失을 논하고 의리義理의 정미精微함을 분별하여 앞사람들이 발하지
못한 바를 많이 발하였으며 무릇 저 게판揭板할 글을 짓거나 묘도墓道를 꾸미
는 글을 지으면 대체로 모두 사실에 근거를 두었고 부질없이 과장된 말을 하
지 않았다[119]는 것이다.

---

118 『斗庵集』卷頭, 1쪽,「序文」: "盖公風調軒昂, 氣格亢爽, 若求擧, 而不受人媚悅, 羣趨, 而獨脫然東
歸爲郞, 而不僕僕爲趨走狀. 大抵皆倜儻奇偉, 綽有韻致. 及夫倉卒坎窘雷霆震疊, 而鼾睡甘於倚桍,
辭供直於據鼎. 忠誠氣魄, 有大過人者然後, 知氣吐胸中汪洋宏肆, 而嚮之得公於聲響者, 爲不謬也.
朔風勁雪, 素履安泰, 故山簞瓢, 志節堅確, 終致上聖燭幽寵擢彌隆, 則公已老矣, 故不樂仕進, 謝事
歸田, 日讀書爲文, 凡可憂可樂一寓之文, 故炳然筆之, 而隔世, 如朝暮焉."
119 『斗庵集』附錄, 7쪽,「家狀」: "年二十, 始發憤, 讀鄒書二三百遍, 文辭泉湧, 發口成章. 訥翁李先生,

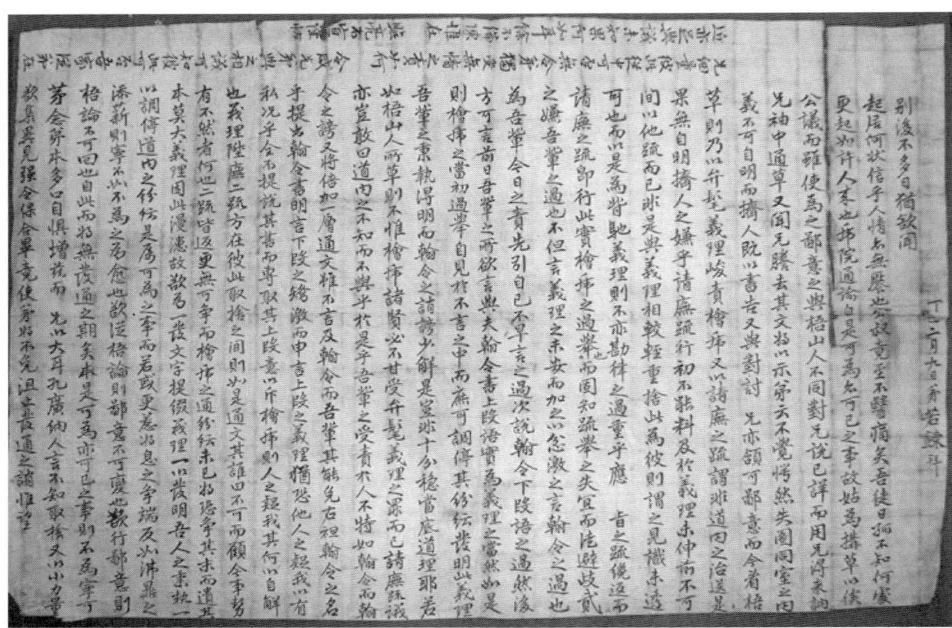

김약련의 1797년(丁巳) 간찰

김상련은 「가장」에서 김약련이 『맹자』 읽기를 좋아했다고 말한 바 있다. 또한 김약련은 일찍이 1756년 스승의 예로 눌은訥隱 이광정李光庭을 각화사에서 찾아뵙고 강론을 통해 그 요지要旨를 깨달았으며, 옥사가 일어나 삭녕의 유배지에 도착하기까지 밤과 새벽으로 『맹자』를 풍송諷誦하며 스스로를 면려하였다고 한다.

삭녕 유배지에서는 『열사김장군응하순절록烈士金將軍應河殉節錄』과 『창려문昌黎文』 1편編을 빌려서 살펴보고 송독誦讀하였다고 하는데, 그가 『맹자』를 비롯한 위와 같은 종류의 책을 읽었다는 것은 만년의 그의 산문창작의 성격과 밀접하게 관련되었을 것으로 본다. 즉, 한유韓愈의 고문에서는 작법이나

見其程文外諸作曰, 地步不可量也. 每謂文章不關世敎, 雖多無益也云. 故若干著述, 皆論古今之得失, 辨義理之精微, 多有發前人所未發者, 而凡他揭板之製, 貢隲之作, 率皆據實, 而無浮誇語."

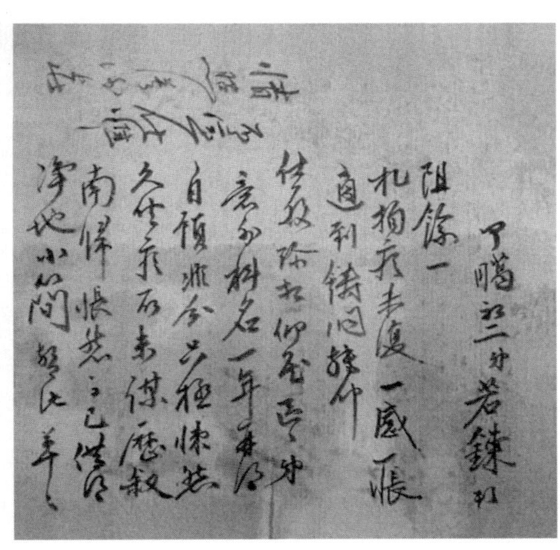

스타일을 빌려오고 맹자나 「순절록」에서는 절의정신을 수용하지 않았을까
한다.

문집에 보면 「감은록」이 보인다. 김약련은 「감은록感恩錄」을 지어 임금
의 은혜를 칭송하였다.[120] 김상련의 지적에 따르면, 「감은록」이 유배지로 가
는 길에 두루 다닌 것을 기록하고 나그네의 곤궁한 슬픔을 쏟아낸 것에 지나
지 않으나, 눈에 보이는 대로 생각을 일으켜서 인정과 사물의 형태를 묘사한
것도 풍화風化에 도움 되는 것이 적지 않으니, 또한 지식과 식견이 남음이 있
고 의지意志와 격치格致가 다하지 않음을 상상해 볼 수 있다고 한다.[121]

김상련은 「가장」에서 또한 말하기를 "저 천지의 경의經義를 굳게 잡고
지켜나가 능히 잠시라도 새겨 잊지 않은 것과 저 남몰래 힘쓰고 묵묵히 도모
하여 영남 사람들의 졸렬한 점을 감추어 준 것은 별도로 말할 대목이 남아 있

---

120 『斗庵集』附錄, 16쪽, 「墓銘」: "作感恩錄, 以頌天恩."
121 『斗庵集』附錄, 7쪽, 「家狀」: "所編感恩錄, 不過記沿道經歷, 瀉羈旅窮愁, 而觸目興思, 描寫人情物
態, 有補於風化者, 不少亦可想, 其知見之有餘, 而意致之不窮矣."

先慈自出結重親　十載陰遊舊誼新
詩禮風存君子澤　睦媚心見丈人眞
因吾婦孝知庭訓　八德門交總席珍
浮世八旬同大被　仙驂歸去莫傷神
通家侍生宣城金若鍊再拜痛哭輓

김약련의 만사

다. 그러나 일이 정중鄭重한 데 관계되어 감히 가볍게 말하지 못하고, 뒤에 만일 안목을 갖춘 자가 공의 「의소擬疏」와 「통문通文」 같은 글을 살펴본다면, 또한 가히 공의 마음 그림자를 비슷하게 상상할 수 있을 것이다."[122]라고 했다. 여기서 「의소」는 아마도 황용한이 「묘갈명」에서 "그 뒤에 현륭원顯隆園(사도세자의 묘)을 옮기는 일이 있었는데, 공은 마침내 수백 마디의 소장을 초하여 대의大義를 개진하여 이로 인해 상의 마음을 감동시키고자 하였지만 결국 올리지 못했다."[123]라고 한 그 소장이 아닌가 한다.

『두암집』에서 후인들이 주목한 것은 위에서 말한 세교와 관련한 글, 「감은록」, 「의소」나 「통문」이라 하겠다. 구체적인 내용은 본론에서 다시 언급하기로 하고, 여기에서는 문집의 체제와 내용을 간략히 〈도표 2-5〉로 제시하는 것으로 그친다.

---

122 『斗庵集』附錄, 8~9쪽, 「家狀」: "其天經地義之堅執固守, 不能項刻忘者, 與夫陰功黙籌之爲嶺人莊拙者, 別有在焉, 而事係鄭重, 不敢輕說, 後苟有具眼者, 觀公擬疏及通文諸篇, 則亦可彷像公方寸影子矣."

123 『斗庵集』附錄, 16쪽, 「墓銘」: "其後, 有顯隆園遷厝事, 公遂草疏數百言, 開陳大義, 欲因事以感上心, 竟不果上."

책	권	문체	편수	내용
	卷頭	序文(柳致明 撰)		
1	1	詩	49(64수)	76五言古詩(5수), 三五七言古詩(1), 七言律詩(22수), 五言律詩(11수), 七言絶句(14수), 五言絶句(11수)
		輓詞	27	金聖集, 權琦, 趙玉然, 趙錫魯, 成必魯, 雙巖公, 金應延, 李寅泰, 金漢鍊, 金魯鍊, 李垸, 李世述, 金玄奭, 姜樂, 金永健, 趙錫穆, 金英集, 裴是袗, 金龍正, 金熙稷, 李宗洙, 朴聖祥, 蔡濟恭, 金受鍊, 金鎭東, 丁範祖, 金世鍊
		誄詞	2	柳長源, 從姪婦安東權氏
	2	疏	4	擬疏: 己酉, 癸丑, 辭獻納附陳所懷 / 疏: 辭持平
		書	6	東巖內叔(柳長源), 丁上舍(志宬), 金埦, 趙虎然(2), 白雲池石役所諸有司
2	3	書	16	川城諸友, 張光玉, 李垸, 權思溥, 權讜·權訪(2), 權相允, 鄭章簡(2), 崔㯫, 伯氏, 叔父, 從叔父, 金世鍊五昆季, 龍兒, 反浦門中
		雜著	9	論: 箕子 / 辨: 曾子責子夏, 箕子朝周, 白雲碑 / 日錄: 謁訥隱李先生 / 遊錄: 江都 / 通文: 虎溪書院士林 / 기타: 除夜書示兒子壽, 擇日說戒門內後生
	4	序	10	文集: 滄溪遺稿, 新溪集, 素庵遺稿, 忍齋遺稿, 北壁遺稿 / 기타: 贈別西亭宗叔擎厦氏歸西亭, 洞契, 德山宋氏譜牒, 伯氏重牢宴, 楊州宋氏世譜
		記	16	斗庵, 斗庵後, 宗宅重修, 野逸堂重修, 黙窩, 素庵, 三陋庵, 夏寒亭重修, 雙竹齋, 東巖亭, 九峯精舍, 木假山, 無用齋, 箭溪草堂, 希白堂, 曠慕祠創建
3	5	跋	8	書(題)後: 庚午曆末伯氏詩, 澗雲居士金剛錄, 吳氏六世文稿, 光山卓氏世稿, 於于堂文稿, 金孝子(始器)事蹟 / 跋: 樊浦書齋落成會題名册粧修, 闕里耆老會題名錄
		說	7	敎子以身, 兄子永觀名字, 三子名字, 人雞, 買草, 灌水, 雜說
		傳	6	孝婦, 烈女, 續烈女, 琴烈女, 金烈女, 杏堂童子
	6	傳	3	烈雞, 忠狗, 義狗
		上樑文	3	宗宅重修, 野逸堂重修, 北山精舍

(계속)

책	권	문체	편수		내 용
3	6	祝文	8	告由文	先祖敏節公廟, 白雲山望祭壇立石, 外先祖黃判書祭壇, 雲谷祠錦江張先生題位版
				奉安文	從先祖集賢殿校理公別祠, 道溪書院移建後
				祝文	常享, 鍾山精舍新溪李公
		祭文	13		荷塘權先生遷厝時, 伯氏葬事時, 叔母淑人義城金氏, 舅氏大祥, 聾叟全上舍(必錡), 內弟朴善初(時復), 申維降(翰周), 亡女李室遷葬時, 女壻李載淳, 從弟得翁, 艾軒, 渼广金公叔, 馬壽海
4	7	行狀	13	行略	學生眞城李君, 從弟嫂恭人達城徐氏
				行狀	成均生員丹砂張公, 折衝將軍龍驤衛副護軍閔公, 處士永嘉權公, 孝子四非閔公, 通德郎豊壤趙公, 六友堂朴公, 成均生員繩軒權公, 處士潘南朴君, 成均進士丹丘趙公, 處士西山金公, 素庵處士金君
	8	行狀	12	行略	伯氏僉樞公, 族弟處士君, 從弟釣叟, 從弟無庵子, 兄子永堅, 滄浪子, 從姪永說
				行狀	從叔父雙巖公
				記實	先考晩菴府君世系行蹟
				狀草	叔父渴睡軒府君
				記略	亡子生卒, 季子志行
5	9	碑碣墓誌	8	神道碑銘	左議政貞烈公浩然亭崔公, 資憲大夫吏曹判書權公
				墓碣銘	丹城縣監權公, 成均生員東渠宋公, 成均進士秋月堂韓公, 中訓大夫軍資監副正高公, 通訓大夫兵曹佐郎宋君, 朝奉大夫行刑曹都管正郎農隱金公
	10	墓表	7	墓表	處士高敞吳公, 長陵參奉權公, 孝子金君
				碑識	先祖七世墳塋傳疑, 資憲大夫工曹典書黃公祭壇, 贈通政大夫兵曹參議柳公祭壇
				墓誌	處士仁同張公
		附錄			家狀(金象鍊 撰), 行狀(金㙔 撰), 墓碣銘(黃龍漢 撰)
		卷末			跋文(朴時源 撰)

3

김약련의 의리정신과 문학관

김약련의 의리정신

김약련의 현실인식을 보여주는 자료는 많지 않다. 앞에서 김약련의 저작을 살펴볼 때 김상련이 「가장」에서 "뒤에 만일 안목을 갖춘 자가 공의 「의소擬疏」와 「통문通文」 같은 글을 살펴본다면, 또한 가히 공의 마음 그림자를 비슷하게 상상할 수 있을 것이다."라고 말한 바 있는데,[1] 「의소」와 「통문」을 통해 대략 그의 현실인식을 파악하는 것으로 그칠 수밖에 없다.[2] 이 글에서는 김약련의 의리정신을 중심으로 논의를 전개하기로 한다.

1800년(정조 24)에 쓴 후기에서 김약련은 그가 올렸거나 올리려 한 상소와 관련한 자신의 심회를 이렇게 밝혔다.

---

1   『斗庵集』附錄, 9쪽, 「家狀」: "後苟有具眼者, 觀公擬疏及通文諸篇, 則亦可彷像公方寸影子矣."

2   「의소」는 1789년(정조 13) 「己酉擬疏」, 1793년 「癸丑擬疏」(代士林作), 1793년(정조 17), 「擬辭獻納附陳所懷疏」, 직접 올린 소로는 「辭持平疏」가 유일하다. 嶺南儒疏(萬人疏)와 관련한 글로는 「與表弟權仲得(讜)季周(訪)」, 「與權公允(相允)」, 「答鄭敬式(章簡)」, 「再與敬式」 등의 편지와 「通虎溪書院士林文」 등이 있다.

오호라! 기유년의 「의소」와 계축년의 「대소代疏」는 놓칠 수 없는 기회요, 그만 두어서는 안 될 사리事理였는데 종적이 위태롭고 논의가 모순되어 괜히 작은 정성만 안고서 한 번 올려 관철시키지 못하였으니 이는 진실로 평생의 통한이다. 그리고 지평으로 올린 말씀은 바야흐로 겨우 소가 통해졌는지라 감히 다른 것을 의논하지 못하였고 헌납으로 소초를 얽은즉 결국 소명을 받지 못하여 뜻을 가지고 이루지 못했다. 매양 한결같이 생각한 것은 다시 소명을 받는다면 거친 말이라도 올려 조금이나마 신하의 직분을 펴려 하였다. 그러나 (정조가) 승하하시니 성은을 갚을 데가 없게 되었다. 우리 선조께서 이른바 '무록지인無祿之人은 제대로 한번 죽기가 어렵다'라고 했으니 정녕 불초한 자손을 위해 말씀한 것이라. 오호라! 애석함을 이길 수 없도다.[3]

(1) 「기유의소」

먼저 기유년에 올리려 했던 소장을 살펴보기로 한다. 기유년(1789, 정조 13) 7월, 정조는 양주 배봉산拜峰山 아래에 있던 부친 사도세자의 묘역인 영우원永祐園을 수원 화산花山 아래로 이장하여 현륭원顯隆園이라[4] 하고 수원의 읍치邑治를 팔달산八達山 기슭으로 옮기는 대역사를 단행한다.[5] 이를 맞아 김약련은 평소에 느끼고 있던 바를 소장에 담아 정조에게 전하려고 하였다.

오호라! 우리 선세자께서는 선대왕을 아비로 두고 우리 전하를 아들로 두어 춘궁春宮에 바르게 자리하시어 임금의 자리를 대리代理하였으나 국가가 비색否塞

3 　『斗庵集』卷2, 13쪽, 「擬辭獻納附陳所懷疏」: "嗚呼, 己酉擬疏, 癸丑代疏, 自是不可失不可已之機會事理, 而蹤跡橐危脆, 論議矛盾, 空抱微悃一未登徹, 是固平生之痛恨, 而持平呈辭, 則方纔疏杚, 不敢猥論及他, 獻納搆草, 則竟未承召, 不免齎志莫遂. 每意一者, 復承召命, 則擬進蕘言少伸臣分, 而弓劍莫攀報效無地. 吾先祖, 所謂無祿之人, 得一死爲難者, 正爲不肖孫道也. 嗚呼, 可勝惜哉."

4 　정조는 나중에 이를 다시 隆陵으로 올렸고, 그 인근의 龍珠寺를 개수, 확장하여 願刹로 삼는다.

5 　그 전 해인 1788년(무신) 2월 정조는 남인 재상인 蔡濟恭을 우의정으로 삼고 8월에는 서학의 서책을 소각하도록 명하고 1790년(경술) 3월엔 정약용을 유배 보냈다.

에 해당하는 운수를 만나 천고에 없던 변고(千古所無之變)를 당하였으나, 이제 현실_{玄室}을 열어 면례_{緬禮}를 행하는 날에야 그 국가 수적_{讎賊}의 죄를 바로잡게 되었으니 전하께서 미루어 보답하는 정성에 만일 조금이라도 그 도에 미진한 것이 있다면 그 어찌 우리 선대왕의 지극히 자애롭고 선세자의 지극히 효성스러운 마음을 천추 만세 뒤에 다시 밝힐 수 있겠습니까? 신 등은 매양 우리 전하께서 병신년(정조 즉위년)에 행하신 하교_{下敎}를 읽을 때마다, 일찍이 재삼 눈물을 흘리지 않은 적이 없었습니다. 전하께서 동궁시절 선왕을 섬기실 때 위로는 선대왕의 지극히 자상하신 정과 아래로는 우리 전하의 지극히 효성스런 마음이 있었으나 간흉_{奸凶}들이 중간에 끼어들어 반역을 짓고 기계를 베풀어 해치려 도모함에 온갖 짓을 모두 저질렀으되 다행히 위로 하늘의 덮어주고 도와주시는 명_命과 종사가 무강_{無彊}하는 훌륭함에[6] 힘입어 국가가 오늘이 있게 되었습니다. 지금에 이르러 미루어 생각하면 어찌 늠연하여 한심_{寒心}하지 않겠습니까? 우리 전하께서 당일 처분한 바를 가지고 선세자께서 지난 시절 만난 바를 생각한다면, 지금 우리 성상께서 미루어 선세자의 억울함을 펴시어 선대왕의 마음을 밝히는 일(追伸先世子之寃, 以明先大王之心者)을 어찌 일각이라도 잠시 늦추어서야 되겠습니까?[7]

김약련이 말한 '천고에 없던 변고(千古所無之變)'란 1762년(영조 38) 윤 5월에 왕세자, 즉 사도세자가 뒤주에 갇혀 굶어죽은 변고를 말하는데, 역사에서는 이를 '임오화변_{壬午禍變}'이라 한다. 이 사건은 사건의 당사자가 부왕_{父王}과 왕세자였기에 사건의 성격이 분명하게 밝혀지지 못했고 사건에 대한 정확한 기록도 남기지 못했다. 또한 사건이 발생한 후 사건에 대한 논의가 일체 금지되어 있었기 때문에 임오화변 자체를 논의한다는 것 자체가 매우 위험스

---

6 『書經』: "惟王受命, 無彊惟休."

7 『斗庵集』卷2, 1~2쪽, 「己酉擬疏」: "嗚呼, 恭惟我先世子, 以先大王爲父, 以我殿下爲子, 正位春宮, 代理天位, 值國家中否之運, 遭千古所無之變, 今於啓玄室, 行緬禮之日, 其所以正國家讎賊之罪, 致殿下追報之誠, 苟或有一分未盡其道者, 則其何以復明我先大王先世子止慈止孝之心於千秋萬世之後乎. 臣等每讀我殿下丙申下敎, 未嘗不三復流涕也. 殿下之在東宮事先王也, 上而有先大王止慈之情, 下而有我殿下止孝之誠, 而奸凶之居間, 作逆設機, 謀害無所不至, 幸賴上天覆佑之命, 宗社無彊之休, 國家得有今日, 至今追思, 豈不懍然寒心哉. 以我殿下當日之所處, 而思先世子昔年之所遭, 則今我聖上所以追伸先世子之寃, 以明先大王之心者, 其可容一刻少緩哉."

런 행위였다.

임오화변에 대한 논의는 대체로 두 가지로 압축된다. 첫째는 부왕과 세자간의 성격적 갈등으로 보는 견해이고, 둘째는 당파 간에 벌어진 권력투쟁의 산물로 보는 견해이다. 즉 임오화변을 부왕과 세자간의 갈등으로 보는 측은 주로 영조, 생모인 영빈暎嬪, 세자빈 홍씨, 장인 홍봉한 등 세자의 측근으로 이른바 '부홍파扶洪派'이고, 당파간의 갈등으로 보는 측은 화변을 홍봉한의 책임으로 규정하고 홍봉한 일파를 공격하는 노론 내부의 '공홍파攻洪派'와 화변을 노론의 음모로 규정하여 노론 전체를 공격하는 소론과 남인 일부세력이다. 최근에 이루어진 연구에서는 임오화변을 당쟁적 요인과 비당쟁적 요인이 복합적으로 작용한 것으로 이해되고 있다.[8] 즉 관련 자료를 어떻게 이용하는가에 따라서 임오화변의 성격이 달라지는 것이다.[9]

---

8   최봉영의 「임오화변과 영조말·정조초의 정치세력」(『조선 후기 당쟁의 종합적 검토』, 217~295
     쪽, 정문연, 1994)을 참조.

9   임오화변에 관한 자료는 注書 李光鉉의 『壬午日記』와 春房官 權正忱의 『某年日記』, 『영조실록』
     관계기사, 惠慶宮 洪氏의 『閑中錄』, 정조의 『현륭원지 顯隆園誌』, 그밖에 『待闡錄』과 『玄皐錄』
     등이 남아 있다. 『한중록』은 자신의 친정인 홍봉한 일가의 입장을 옹호한 측면이 있으나 부왕과
     세자의 갈등을 기록한 부분은 사실에 충실을 기하고 있다. 『현륭원지』는 정조가 영조와 사도세자

정조正祖(1752~1800, 재위 1777~1800)는 영조의 둘째아들인 장헌세자莊獻世子(일명 思悼世子)와 혜경궁 홍씨惠慶宮洪氏 사이에서 맏아들로 태어났으며, 청원부원군淸原府院君 김시묵金時默의 딸 효의왕후孝懿王后를 비妃로 맞았다. 1759년(영조 35) 세손에 책봉되고 1762년 장헌세자가 비극의 죽음을 당하자 일찍 죽은 영조의 맏아들 효장세자孝章世子(뒤에 眞宗이 됨)의 후사後嗣가 되어 왕통을 이었다. 1775년에 대리청정을 하다가 다음해 영조가 승하하자 25세로 왕위에 올랐는데, 생부인 장헌세자가 당쟁에 희생되었듯이, 정조 또한 세손으로 갖은 위험 속에서 홍국영洪國榮 등의 도움을 받아 초년의 난관을 돌파하였다. 그는 1776년丙申 3월 즉위하자 효장세자를 진종대왕眞宗大王으로 사도세자를 장헌세자莊獻世子로 추숭하였다. 그리고 7월에 그의 즉위를 방해하였던 정후겸鄭厚謙·홍인한洪麟漢·홍상간洪相簡·윤양로尹養老 등을 제거하였다. 이것이 곧 위에서 김약련이 말한 '병신년(정조 즉위년)에 행하신 하교下敎'의 내용이다. 또한 정조는 1777년(丁酉)과 1778년(戊戌) 2차에 걸쳐 김치인金致仁으로 하여금 『명의록明義錄』과 『속명의록』를 편찬하도록 하여 정후겸·홍인한 등이 자신의 섭정을 반대하다 죽은 일의 전말을 기록하여 왕위계승의 정통성을 밝히려 하였다. 그 후 정조는 자신의 즉위에 큰 공을 세운 홍국영을 배려하여 그의 누이를 빈嬪으로 맞고 그를 훈련대장으로 임명하였으나 그가 또 하나의 외척으로서 세도를 부릴까 염려하여 1780년(庚子) 그를 전리田里로 방환放還시켜 축출함으로써 친정체제를 구축하는 데 주력하였다.

정조는 재위기간 내내 비명에 죽은 아버지 사도세자에 대한 복수와 예우문제로 고심하였다. 외조부 홍봉한洪鳳漢이 노론 세도가로서 아버지의 죽음과 관련되었지만, 홀로 된 어머니를 생각하여 사면해야 했으며 또 아버지를 장헌세자로 추존하는 등 예우문제에도 노력을 기울었다. 그는 아버지의

사이에서 자신의 입지를 살리기 위해 집필한 것으로 사도세자를 죽인 영조를 비난할 수도 없고 자신의 부친인 사도세자를 비난할 수도 없는 처지에서 화변의 책임을 주위의 다른 인물에게 돌림으로써 조부와 부친의 허물을 없애고자 하였다.

홍봉한(洪鳳漢, 1713~1778). 혜경궁 홍씨가 세자빈이 되면서 중앙 정계로 진출했다. 사도세자의 장인이며, 세손(정조)의 외할아버지로서 영조계비 정순왕후 김씨(貞純王后金氏)의 친정 인물인 김구주(金龜柱) 세력과 권력 다툼을 하였다. 영조대 중반 이후 김구주 중심의 남당(南黨)에 대립했던 북당(北黨)의 중심인물로 평가되었다. 세자 죽음의 전말을 상세히 적은 〈수의편(垂義篇)〉을 편찬해 반대파를 배격하는 구실로 이용하였다. 정조 연간에는 그의 행적에 대한 시비가 정파 대립의 중요한 주제가 되었다. 그래서 그를 공격하는가 또는 두둔하는가의 여부에 따라 벽파(僻派)와 시파(時派)를 구분하기도 하였다.

죽음으로 인하여 당쟁에 대하여 극도의 혐오감을 가지고 있었을 뿐 아니라, 왕권을 강화하고 체제를 재정비하기 위하여 영조 이래의 기본정책인 탕평책을 계승하였다. 그러나 강고하게 그 세력을 구축하고 있었던 노론이 끝까지 당론을 고수하여 벽파僻派로 남고, 정조의 정치노선에 찬성하던 남인과 소론 및 일부 노론이 시파時派를 형성하여, 당쟁은 종래의 사색당파에서 시파와 벽파의 갈등이라는 새로운 양상으로 전개되고 있었다.

여기서 잠시 사도세자를 죽인 영조의 왕위계승 과정과 그 고민을 살펴보기로 한다. 경종은 즉위하였지만 병약하여 언제 죽을지 모를 뿐 아니라 자녀를 전연 생산하지 못하였다. 영조는 그 같은 형을 계승하여 왕위에 올랐다. 이는 영조가 즉위하기 전에 이미 기정사실로 굳어져가고 있었다. 또한 삼종혈맥三宗血脈이라는 측면에서 보더라도 주위에는 영조를 대신할 인물이 아무도 없었다. 그러나 당시의 정치집단, 즉 노론과 소론은 그들의 이해를 확보하기 위해 경종이 왕위에 오르자 곧 세제世弟 책봉이란 사건을 일으켰다. 이것이 곧 노론과 소론 사이에 벌어진 신축년(1721)·임인년(1722)의 사화이

다. 당시 노론들은 그들의 정치적 기
반을 이용하여 경종이 병약할 뿐 아
니라 후사를 볼 가망이 없기에 동생
인 연잉군延礽君(훗날의 영조)을 세제로
책봉하여 국가의 기틀을 굳건하게
다져야 한다고 했고 또한 이를 실천
에 옮겼다. 그들은 이렇게 함으로써
소론에 대해 기선을 제압하고 또한
자연스럽게 연잉군을 자기편에 묶어
두어 훗날 정권장악을 위한 기반을
조성하고자 하였다. 그러나 노론의
이러한 행위는 즉각 소론의 반발을
불러들였다. 이로 인해 노론, 소론을

조재호(趙載浩, 1702~1762). 1762년 당시 장
헌세자(莊獻世子)가 화를 입게 되자 그를 구하려고
서울로 올라왔으나, 오히려 역모로 몰려 종성으로
유배, 사사되었다가 1775년 신원(伸寃: 억울하게
입은 죄를 풀어줌)되었다.

가릴 것 없이 많은 사람들이 목숨을 잃거나 귀양을 갔다. 영조는 자신의 정
당성이 의문시될 이유가 없었음에도 불구하고 노소당쟁에 의해 그의 정당성
이 문제로 제기되었으며 그들이 조성한 의리義理의 시비 속에 계속 이끌려 다
녔다. 영조는 결국 이 신임의리辛壬義理 문제에 연루됨으로써 나중에는 자신
의 생명까지 위태롭게 되었을 뿐 아니라 결국에는 형인 경종을 독살했다는
혐의까지 쓰게 된다.

　　형을 독살했다는 혐의는 의리라는 입장에서 볼 때 영조에게 치명적인
것이었다. 그는 적들로부터 자신을 보호하고 수치스런 누명을 벗기 위하여
더욱 철저하게 의리로써 자신을 해명하는 작업을 재위 기간 내내 계속하지
않을 수 없었다. 영조는 의리 문제에서 해방되고자 하는 욕구는 임오화변의
처리과정에서도 드러난다. 영조는 나경언의 고변을 통해 세자가 저지른 비
행의 전모를 알았고 또한 세자를 어떻게 처리할 것인가에 대해서도 결심이
서 있었다. 그럼에도 불구하고 대처분을 내릴 때 세자의 적모인 정성왕후의

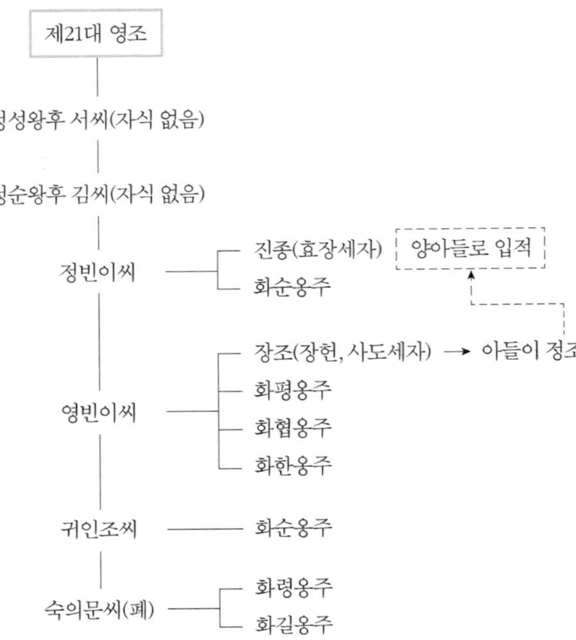

신주가 있는 휘령전에 나아가 정성왕후의 신어神語를 끌어대고 또한 세자의
생모인 영빈이씨가 대처분을 내릴 것을 간청했다는 주장을 끌어대었다. 이
는 곧 자기가 세자를 죽이면서도 그 구실은 다른 이에게 돌림으로써 차후에
제기될 의리 문제에서 자유로운 위치에 서고자 했기 때문이었다.

영조는 이렇듯 노련한 정치력을 발휘하여 1740년(庚申) 노론 4대신인 김
창집·이이명의 벼슬을 회복시키는 경신처분을 이끌어내었다. 이로써 영조
는 신임의리를 노론측 명분에 입각하여 재정립함으로써 노론을 중심으로 한
안정된 탕평정국을 운영해 갈 수 있었다. 또한 영조는 탕평책을 내세워 의리
로써 자신의 입장을 정당화하고 실추된 왕권을 강화하는 수단으로 삼았다.
즉 당파에 대한 사사로운 감정을 억제시키고 우선 불편부당한 탕평의리蕩平
義理를 앞세웠다. 그러나 영조가 주장하는 탕평의리를 불신하는 무신란戊申亂

(1728)이 발발하였다. 소론과 남인, 북인의 불만세력인 이인좌·정희량·박
필현 등이 영조와 노론을 타도할 목적으로 군사를 모아 난을 일으킨 것이다.
그들은 경종을 위해 복수하고 소현세자의 증손인 밀풍군 탄을 추대할 것을
표방하고 경종의 위패를 모시고 조석으로 곡하였다. 영조는 이러한 상황이
벌어지자 '이이제이以夷制夷'하는 식으로 소론정권에게 반란군 토벌을 맡겼고
십여 일 만에 난을 평정하였다.[10]

영조의 정치행태와 고민에서 우리가 알 수 있는 사실은 18세기는 전에
없던 '의리'의 문제가 제반사를 압도하는 시대였다는 것이다. 영조는 자신의
즉위와 관련한 의리, 즉 경종을 독살하고 왕위에 올랐다는 부끄러운 의리, 이
것이 그를 평생 괴롭혔는데, 그것이 정치적으로 극명하게 표출된 사건이 곧
신임사화였다. 그리고 그것은 후에 신임의리로 말해지게 된다. 앞서 말했듯
이 영조가 경종을 이어 즉위하는 것은 아주 지극히 당연한 사태발전이었다.
그러나 노론과 소론의 정권쟁취 과정에서 무고하게 영조가 휘말려 들었고
급기야 씻을 수 없는 부끄러움을 그에게 안겨주고 말았다. 영조는 이를 극복
하기 위해 탕평의리를 들고 나왔다. 그러나 재위기간 동안 그의 탕평의리가
신임의리를 대체하지는 못한 듯하다. 오히려 영조는 사도세자를 죽임으로써
또 다른 의리 문제를 야기시켰다. 그것은 바로 임오화변을 통해 등장한 사도
세자에 대한 의리 문제이다. 이 문제는 당사자인 영조의 손에서 해결될 수
없었다. 자연스럽게 세손인 정조에게로 넘겨지게 된 것이다. 그런데 영조에
의해 야기된 사도세자에 대한 의리 문제는 여전히 노론계가 관련되어 있었
다. 영조 시대의 정권 담당자들이 노론이었기 때문이다. 정조 역시 그들의
집권기에 왕위를 계승하였다. 그러나 즉위를 전후하여 노론계 일부가 집요

---

10   그러나 영조는 결국 그의 好惡가 편벽된 성격, 즉 손자는 사랑하고 아들은 미워하는 성정은 임오
화변을 불러와 자신의 아들을 죽이는 비극적 상황을 초래하게 하였다. 즉, 임오화변은 혈육간의
恩의 영역과 군신간의 義의 영역에서 표현되는 영조의 행동이 너무나 극단적인 대조를 이루었기
때문이다. 최봉영의 앞의 논문을 참조.

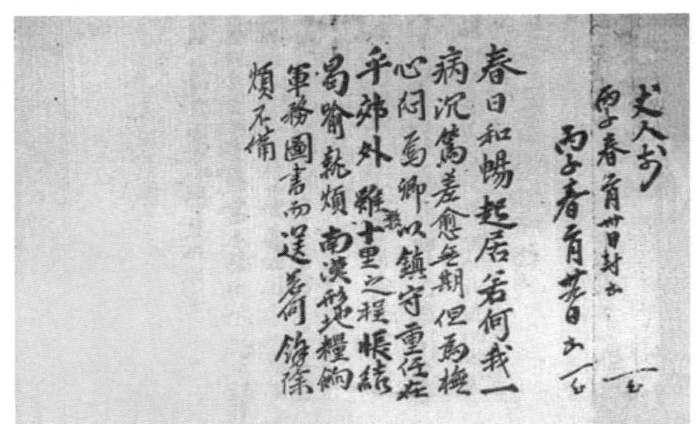

사도세자가 장인 홍봉한(洪鳳漢)에게 보낸 편지. 최근 일본에서 발견되었다.

하게 방해공작을 폈었고 자신의 생부인 사도세자가 노론보다 소론계 대신들과 친밀한 관계에 있었다는 점들이 노론계를 불안하게 만들었다.

정조의 과제는 사도세자에 대한 의리 문제를 해결하는 데 집중되었다. 그는 우선 선왕 영조의 탕평의리를 계승하되 자신의 왕권강화, 즉 사도세자 의리 문제를 해결하는 데 보다 용이한 방식으로 정책을 운용하였다. 즉 영조가 조제調制와 보합의 인재등용을 골자로 하는 탕평책, 즉 완론緩論 탕평을 폈다면 정조는 이를 계승하면서 사대부의 의리와 명절을 중시하면서 척신계열을 비판해온 청류淸流를 대폭 기용하는 준론峻論 탕평을 견지해 나갔다. 정조는 선왕인 영조가 기존의 척신계열이 탕평운영에 있어 노론계의 정국우위를 고집하는 것을 허용하다가 마침내 임오화변에 빠져들었다고 판단했기 때문이었다. 물론 이러한 정조의 탕평운영은 시파에게 유리한 것이었기에 노론 벽파의 의구심과 결집을 가져오게 하였다.[11]

이러한 상황에서 김약련은 위의 글에서 '선세자의 억울함을 펴시어 선대왕의 마음을 밝히는 일(追伸先世子之寃, 以明先大王之心者)'을 잠시라도 늦추지

---

11 여하튼 정조는 1788년 채제공을 비롯한 남인계열을 본격적으로 등용하여 노론과 남인의 보합을 이루어 내었다. 이에 힘입은 남인들은 1792년 노론의 우위에 눌려 금기시 되어온 壬午義理 문제를 정면으로 제기하여 노론을 궁지로 몰아넣었다. 그 결과 이른바 時僻論爭이 더욱 가열화 하였다.

말고 단행해야 한다[12]고 역설하였다. 즉 임오의리壬午義理 문제의 해결을 촉구한 것이다. 김약련은 이미 영조가 생전에 세손인 정조에게 내린 유교遺敎에서 '상로는 너의 원수이다(尙魯汝讐)'라고 말했으니 이는 영조가 원수와 역적讐賊을 징토懲討하라는 책임을 정조에게 부여한 것이라 단정한다. 그러므로 선왕의 명을 받았으면 응당 이를 실천에 옮겨야 한다는 것이다. 그런데 문제는 김상로만 처단하면 모든 것이 해결되는가이다. 김약련은 역사에서 흉역凶逆을 저질러 군부君父와 원수가 된 자들을 살펴보면 그와 마음과 악행을 함께하여 근저根柢와 조아爪牙가 된 자들이 반드시 있다고 보았다.[13] 말하자면 영조가 유교를 내릴 때 다만 그 우두머리만 들어서 말했던 것이므로 흉적 김상로뿐 아니라 반드시 그 패거리(무리)까지 모두 제거해야 원수와 역적을 징토하는 책무를 다할 수 있다는 것이다. 또한 정조가 즉위한 뒤에 흉역이 잇따라 일어나 그치지 않았는데, 그 일에 관련된 자들은 결국 모두가 김상로 무리로 보아야 한다는 논리를 폈다.[14]

병정丙丁(1776 병신 · 1777 정유) 이래로 서로 이어서 흉역을 저지른 자들은 그 집안이 대대로 나라의 녹을 먹고 그 사람의 몸이 벼슬길에 올라있다는 이유로 저 절개를 다한 자로 하여금 왕가에서 전하에게 힘써 보답하게 하여 암랑巖廊(조정)을 평탄하게 걸어 다니며 종신토록 부귀와 영화를 누릴 수 있게 하였는데, 대저 어찌 그들의 마음에 부족함이 있어 이에 도리어 우리 성궁聖躬(왕의 몸)을 도모하여 위태롭게 하고 우리 성사聖嗣(왕세손)를 남몰래 해친단 말입니까? 이는 그 전일에 부범負犯하여 장차 선세자, 성자신손聖子神孫의 조정에 스스로 용납될 수 없음을 알았기 때문에 이에 감히 제 몸을 도모하여 나라에 재앙을 입히는 생각을 한 것이 아니겠습니까? 그들이 상로의 무리요, 전하의 원수라는 것을 이른바 '길 가

---

12 『斗庵集』卷2, 2쪽, 「己酉擬疏」: "追伸先世子之冤, 以明先大王之心者, 其可容一刻少緩哉."

13 앞의 글, "尙魯汝讐, 旣有先大王遺敎, 則讐賊懲討之責, 先大王已付我殿下, 而殿下已受命於先王矣. 臣等歷觀前代凶逆之與君父爲讐者, 必有同心同惡相與爲根柢瓜牙者."

14 앞의 글, 2쪽: "自殿下卽祚之後, 凡凶逆之繼起, 而不止者, 雖其事或不同名若有異, 而是皆尙魯之黨也. 臣等, 何以知其然也."

는 사람들(路人)'도 모두 다 아는 바입니다. 다행히 역절逆節이 문득 탄로되어 하늘의 목 베임이 바로 가해졌으나 일찍이 흉역의 근본이 상로에게 나와 비롯되었다고 생각한 적은 없었습니다. 지난해로부터 그의 죄명을 밝게 바로잡아 위로 종묘에 고하고 아래로 신민에게 효유함으로써 신인神人의 울분을 풀어주었노라고 여기면서 어찌 감히 '우리 성상의 원수를 모두 토벌하고 우리 선대왕과 선세자의 마음을 미루어 밝혔노라'라고 말하겠습니까? 흉악한 음모가 이미 오래되었고 도당은 참으로 번성해졌습니다. 흉역의 마음이 틈을 나타내기도 하고 흉역의 자취가 모두 탄로되기도 하였으나 죄가 유배를 보내는 데 그치기도 하고 벌이 파직시켜 내쫓는 정도로 가볍기도 하였습니다. 왕장王章(王法)이 엄하지 않고 국시國是가 안정되지 못함이 이때보다 심한 적이 없었습니다.[15]

김약련은 이처럼 국법과 국시가 문란한 상황을 방치할 수 없었다. 만일 지금 아무 말도 없이 침묵한다는 것은 영조와 사도세자 그리고 정조를 모두 배반하는 것으로 생각했다. 더구나 사도세자의 묘를 이장하는 뜻깊은 때에 진실을 말하지 못한다면 더 이상 좋은 기회는 오지 않으리라 여겼다. 그래서 위와 같이 원흉 김상로와 그 무리를 처결해야 함을 누누이 강조하고 있는 것이다.

김약련은 김상로의 무리가 서울에만 포진하고 있었다고 보지 않았다. 그 하나의 예중으로 경상도 안동권에서 듣고 본 사실을 들어 말했다. 임오화변이 일어났을 때, 신대손申大孫(1728~1788)이란 자는 순흥부사로 있으면서 아무런 이유도 없이 병을 핑계로 문을 닫고 여러 날 있다가 변고가 났다는 소식을 듣고 참새처럼 날뛰며 일어나 크게 풍악을 잡히고 놀았으며, 용궁현감으

15　앞의 글, 2~3쪽: "自丙丁以來, 相繼爲凶逆者, 以其家則世食國祿, 以其人則身躋宦路, 使彼盡節者, 王家効力殿下, 則可以平步巖廊, 終身榮貴, 夫豈有不足於渠心者, 而乃反謀危我聖躬潛害我聖嗣. 此莫非自知其前日負犯, 將無以自容於先世子聖子神孫之庭, 故乃敢爲謀身, 禍國之計. 其爲尙魯之黨, 而爲殿下之讐者, 是所謂路人之所知也. 幸而逆節旋露, 天誅卽加, 而未嘗以凶逆根本之出自尙魯肇. 自昔年, 明正其罪名, 上告宗廟, 下曉臣民, 以洩神人之憤, 則其敢曰盡討我聖上之讐, 而追明我先大王先世子之心乎. 凶謀已久, 徒黨寔繁. 凶逆之心, 或已闖發, 凶逆之跡, 或盡綻露, 而或罪止竄逐, 或罰薄罷黜. 王章之不嚴國, 是之未定, 未有甚於此時者也."

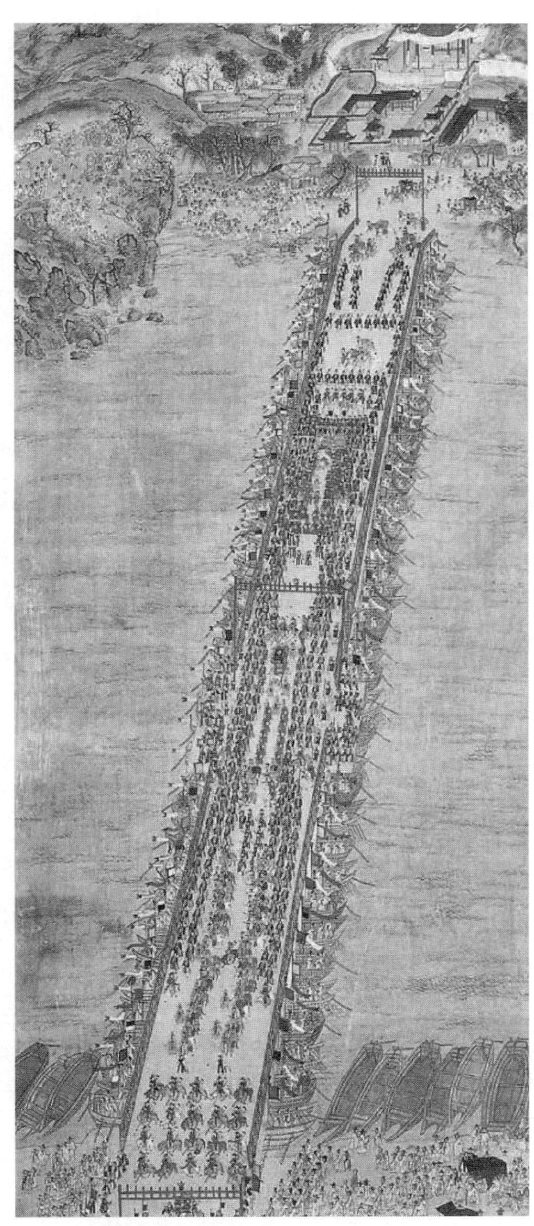

정조대왕 〈능행도(陵行圖)〉. 정조가 아버지 사도세자의 능에 행차하는 모습을 그린 그림. 한강을 건너는 풍경이 장관이다. 국왕 행렬이 한강을 건너갈 수 있도록 하기 위해 큰 배를 수십 척이나 이어서 묶은 뒤, 그 위에 널빤지를 깔아 오늘의 부잔교(浮棧橋)와 같은 교량을 만들었다.

3. 김약련의 의리정신과 문학관

정조를 보필한 남인 정승 채제공(蔡濟恭, 1720~1799)의 73세 때의 초상화. 정조의 어진을 그렸던 당대의 화가 이명기 작품이다.

로 있던 김상묵金尙黙[16]은 안동에 가서 부사 유한소俞漢蕭(1718~1769)와 함께 그날 문루에 올라 술과 음악을 베풀어 축하했다는 것이다. 김약련은 이같이 통탄스러운 짓을 행한 자들이 바로 김상로의 지엽이요, 파류派流일 거라 믿었다. 그럼에도 불구하고 조정에서는 이들을 주토誅討하지 않았기에 이들 3흉은 침상 이부자리에서 편안히 드러누워 죽을 수 있었다. 김약련은 이 3흉의 존재로 미루어 당시 김상로의 무리가 도성 안팎에 있었을 것이고 조선 8도에 속한 여러 고을에 또한 3흉이 무수하게 있었을 것이라고 믿었다.[17]

따라서 김약련은 임오화변이 있은 후 정조 즉위 초년을 거쳐 자신이 상소문을 초하고 있는 당시까지 흉모역절凶謀逆節의 뿌리가 서로 이어지고 심장과 내장이 함께 연결된 자들이 여전히 살아남아 있다고 생각했다. 김약련의 생각으로는 사도세자의 묘를 이장하는 시점에서 정조가 할 일은 바로 김상

---

16   金尙黙(1726~1779)은 청풍인으로, 자字가 백우伯愚이다. 1766년(영조 42) 문과에 급제하여 교리에 제수되었고, 이어 겸문학·수찬 등을 지냈다. 1771년 수원부사 재임 때 굶주린 백성들을 구제한 공으로 포상되었다. 1774년에 형조참의를 역임하였다. 1776년 안동부사로 재임할 때 민정을 잘 살피고 사무를 공정히 처리한다 하여 명성을 얻었고, 뒤에는 대사간까지 이르렀다고 한다. 김약련의 말대로 아무런 법적 제재도 받지 않고 고종명한 인물이다.

17   앞의 글, 3~4쪽: "臣等之至今泯黙, 已負我先大王先世子及我殿下矣. 不陳於今日啓玄室之時, 而更待何時也. 嗚呼, 當千古所無之變, 擧國臣民, 孰不驚遑罔, 措奔走痛泣, 而伊時有申大孫者, 爲順興府使 無端稱疾, 閉閣累日, 而聞報之日, 雀躍而起, 大張音樂, 金尙黙以龍宮縣監, 適到安東, 與府使俞翰蕭, 卽日登樓, 置酒張樂. 噫噫痛矣, 何忍爲此乎. 此特爲凶逆之枝葉派流, 然其與之通謀共惡昭, 然難掩而未加誅討, 臥死床褥, 寧不痛心哉. 臣等, 邈在嶺陬, 所聞而知者, 惟此三凶, 而當時尙魯之黨, 布在中外, 則又未知入路列郡之中, 更有幾箇三凶也."

로의 잔당을 모두 법에 따라 처단하
는 것이었다. 살아있는 잔당을 색출
하여 제거하는 것뿐 아니라 이미 죽
었거나 이미 목 베었던 자들도 반드
시 그 죄명을 밝게 바로잡아 토적주
수討賊誅讐하는 까닭을 갖추어 사도세
자 묘소에 고해야 마땅하다고 했다.
그렇게 해야만 영조가 남기신 가르
침을 저버리지 않고 사도세자를 위
해 신원설치하는 뜻도 후세에 전할
수 있다는 것이다.[18]

한편 김약련은 사도세자를 국왕
영조를 대신하여 국가를 10년 동안
통치한 인군으로 본다. 따라서 송종
추보送終追報하는 절차를 다만 동궁東
宮의 장례로 보고 관례에 따라 행해

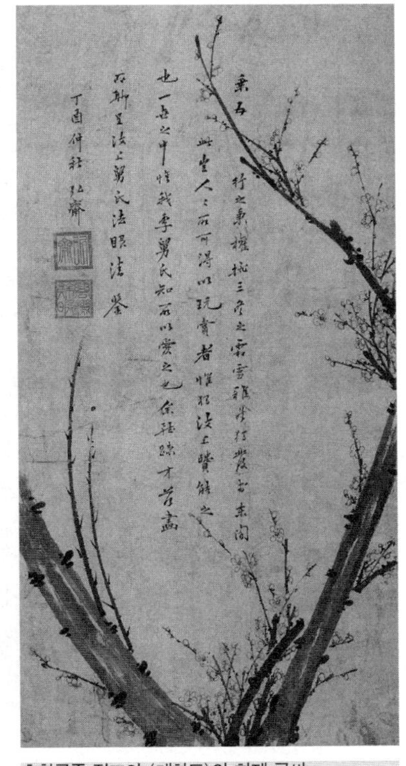

호학군주 정조의 〈매화도〉와 화제 글씨

서는 안 되며 고전을 상세히 살피고 여러 예를 널리 모아 신원新園(새로운 묘소)
에 영구히 옮기는 예를 행함에 일호라도 유감이 없게 해야 한다고 하였다.
이것이 그가 생각하는 사도세자에 대한 의리를 분명히 밝히는 방법이었다.
즉 그의 말을 빌려 요약하면, 징토무유懲討無遺하는 도리와 숭보무감崇報無憾하
는 의리,[19] 그것이 바로 임오의리를 해결하는 두 가지 핵심이었던 것이다.

---

18 앞의 글, 4쪽: "伏願殿下, 趁玄室再出之時, 盡誅其凶逆之未盡伏法者, 雖其已死已誅者, 必須明正其
     罪名, 而具陳其討賊誅讐之由, 以告我先世子玄室之前, 夫而後可以不負我先大王遺敎之意, 而我 殿
     下所以爲先世子雪冤之義, 亦可以永有辭於後世也."

19 앞의 글, 4쪽: "嗚呼, 惟我先世子, 卽我國家十年代理之君也. 作君蒸民其勤王家, 不但爲問寢視膳之職
     而已, 則其於送終追報之節, 不可直以東宮葬禮依例遵行, 而已伏願殿下, 詳稽古典, 博采衆禮, 使新園
     永遷之禮, 更無一毫遺憾, 千萬幸甚. 臣等, 職非言責跡甚疎賤, 其於懲討無遺之道, 崇報無憾之義."

(2) 「계축의소」

1793년(癸丑) 도내 사림을 대신하여 초하였던 「계축의소」도 「기유의소」와 마찬가지로 임오의리를 다루고 있다. 이미 1792년 2차에 걸친 영남유소가 올라간 바 있다.

영남유림들의 언론활동은 현종조에 예소禮疏에 집중된 바 있는데 궁극적으로는 서인의 영수인 송시열에게 오례誤禮의 책임을 지워 정권교체를 기도하려 했던 것이었다. 한편 사도세자에 대한 신원과 추존운동에 집중된 정조조의 영남유소도 표면으로 들고 나온 것은 의리 또는 전례문제였지만 실제로는 정조의 호감과 관심을 사서 벽파를 물리치고 남인이 득세할 수 있는 계기를 마련해 보자는 데 궁극적인 목표가 있었다. 그런데 정조 즉위 당시에 김대비를 비롯한 궁액과 조정이 온통 노론으로 둘러싸여 있어 왕위를 부지하기조차 염려되었기에 앞서 정조 즉위년에 올린 안동인 이도현 부자의 상소는 정조로 하여금 자신의 내심에 반하는 조치를 취하지 않을 수 없게 만들었던 것이다.

이도현 부자의 상소가 있은 뒤 10여 년이 지난 정조 12년 2월에 영남유림과 긴밀한 관계에 있던 채제공이 우의정에 특배되었고 이는 곧 영남 유림

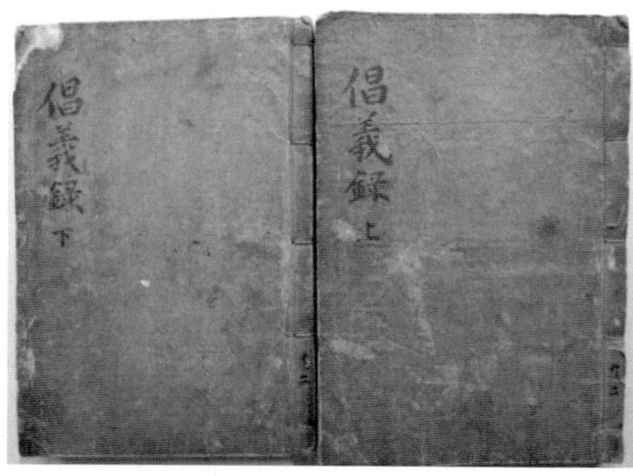

이인좌의 난 때 이인좌 군에 저항하여 창의(倡義)한 영남 사대부들의 행적을 기록한 자료인 〈무신창의록(戊申倡義錄)〉 목판본 상하 2권. 1874년에 쓴 유후조(柳厚祚, 1798~1876)의 서문이 있다.

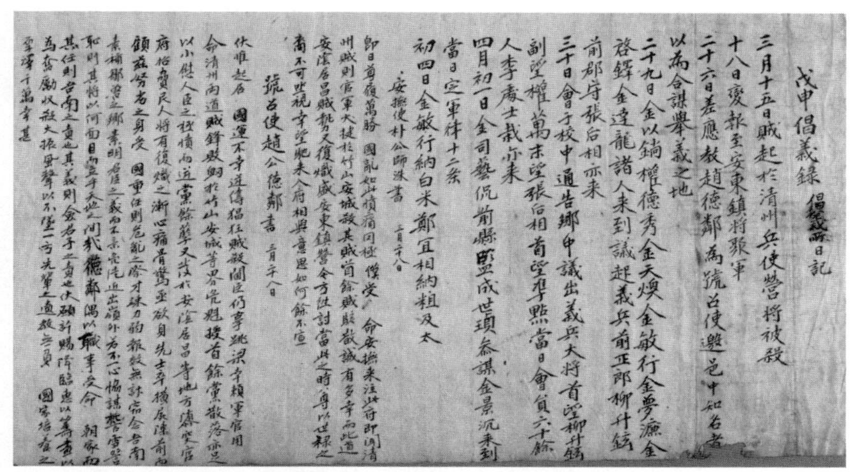

필사본 〈무신창의록〉 중 창의소일기(倡義所日記). 안동 금계 의성김씨 학봉종가 소장

사회에 새로운 희망을 주었다. 이러한 분위기 속에서 1788년(정조 12) 8월 소수疏首 이진동이 『무신창의록』를 가지고 복합상소하자, 같은 해 11월 11일 정조는 소두 이진동을 접견한 뒤 특별교서를 내리고 책자간행을 지시했으며, '명의죄인名義罪人'의 혐의를 받은 이현일을 신원하려다 처벌받은 조덕린과 황익재의 죄명을 탕척시켜 주었다. 또한 정조는 16년 3월 영남봉명각신 이만수를 경주에 보내 옥산서원에 치제하고 귀로에 도산서원에 들러 치제한 뒤 별시別試를 보이게 하였다.

도산별시가 있은 지 1개월여 만에 마침내 사도세자를 신원하는 영남유림(진신·장보 합동)의 '만인소'가 올라갔다. 만인소의 직접적 동기는 정조 16년 4월 유성한柳星漢의 상소에서 발단되었다. 4월 18일 정언 유성한이 겉으로 풍간하는 척하면서 정조를 비방하는 상소를 올렸는데, 그 상소내용이 공개되자 조정에서 대신과 삼사가 연일 엄벌을 주청하였고 관학유생들도 상소하여 논죄하였다. 또한 유성한의 상소가 올라간 뒤 22일 만인 윤4월 10일 부수찬 최현중崔顯重이 윤구종尹九宗의 해괴한 행동을 고발하면서부터 유·윤 양인의 죄목을 함께 묶어 탄핵하였다. 윤구종은 결국 역률로 치죄하는 과정에서 장폐杖斃되었다. 영남유소는 윤구종 사건 발생 이전에 소회疏會를 열고 소를 닦아 상경했기에 당초 영소에는 유성한만 상소에 언급하였다가 상경하여 고친 상소에서는 윤구종 문제를 삽입하였다.[20]

---

20 이우(李堣)의 「疏廳日記」에 보면, 정조 16년 윤4월 13일 三溪書院通文에 "현재 조정에서는 진신·장보가 유성한의 상소를 성토하고 있으니 우리 영남유림도 상소해야 한다."라는 연락을 道內 列邑에 돌리고 疏會를 거쳐 17일에 發行, 18일 풍기를 거쳐, 20일 충주에서 윤구종 사건을 전문했으며 23일에 입경, 24일에 道會를 四賢祠公廳에서 개최하였다고 한다. 당초에 이 嶺疏가 搢紳·章甫의 合同疏라는 데서 前修撰 金翰東을 疏首로 추대했다가 同月 26일 衆議가 유생이 주관하는 상소이니만큼 장보 중에서 소수가 나와야 한다 해서 幼學 이우를 추대하였다. 27일 유학이 소수가 된 유소이므로 승정원에 捧入되기 전에 館學의 '謹悉'을 받아야 했다. 成均館 齋任(掌議)은 모두 노론이 장악하고 있어 영소에 근실을 해주지 않아 승정원에서는 근실이 없다는 이유로 捧疏를 거절하자 소에 참여했던 전수찬 김한동이 단독상소를 올렸다. 김한동은 "의리가 날로 어두워져 난역(亂逆)이 잇따라 자꾸 일어납니다. 고금에 없었던 흉악한 역적인 柳星漢과 尹九宗 같은 자가 계속해 일어나 공공연히 못된 말을 함부로 하고 흉악한 심보를 감히 멋대로 부렸으니, 이것이 어찌 금일 신하로서 차마 말하고 들을 수 있는 것이겠습니까. 신이 시골집에 엎드려 있었으므로 뒤늦게 비로소 들어 알고는 분개심을 이루 견딜 수 없었습니다. 搢紳들과 유생들이 서로 거느리고 문경새재를 넘어와서 정성을 쏟아 울부짖으며 호소한 것이 임금에게 알려지기를 바랐습니다. 그런데 상소를 만들어 올리려고 하니, 성균관의 掌議가 여러모로 핑계 대고 미루어 삼가 살폈다〔謹悉〕는 것을 인정해주지 않았고 승정원은 성균관의 謹悉이 없다는 이유로 또 핑계를 대고 미루었으므로 여러 차례 왕복을 하였으나 끝내 올리지 못하였습니다. 이는 대개 영남의 搢紳 아무개가 나름대로 한 도의 士論에다 부쳐 유생으로 疏頭를 삼았기 때문입니다. 아, 임금이 욕을 당하면 신하는 죽어야 한다는 것은, 秉彝之心을 지니고 있는 자는 모두가 같은 바인데, 신들의 이 상소는 도처에서 저지를 당하니, 금일 의리가 어둡고 막힘이 어쩌면 이토록 극도에 이르렀단 말입니까. 신이 한 도의 많은 선비들이 방황하고 억울해 하면서도 위에 아뢸 길이 없는 것을 목격하고 지극히 개탄스러워 감히 짧은 글을 올려 작은 정성을 드러내는 바입니다."라 했다(『왕조실록』 제46집, 301쪽). 이처럼 김한동의 상소는 진신소였기에 근실이 없이 어전에 오를 수 있었다. 이를 계기로 정조가 소수(疏首) 이우 등 간부를 접견하고 이우로 하여금 대전에 올라와 소장을 읽도록 하였다. 정조는 소장의 내용을 다 들은 뒤 이른바 '義理'(사도세자) 문제에 대해 언급한 다음 승지에게 "너희들이 천릿길에 고개를 넘고 물을 건너 대궐에 호소하였는데, 그 일은 지극히 외경스럽고 중대하고 지엄한 것이며, 그 말은 차마 들을 수도 볼 수도 없으며 감히 제기할 수도 말할 수도 없는 것이다. 내가 어찌 입을 열어서 조칙〔絲綸〕의 글에서 말하기를 마치 평상시 비답을 내리는 것처럼 할 수 있겠는가. 그러므로 너희들을 筵前에 불러 면대하여 본뜻을 말한 것이다. 목이 메고 말이 막혀서 말로써 비록 뜻을 다하지는 못했으나 대략은 이에 벗어나지 않을 것이다. 너희들은 의리가 밝혀지지 않고 刑政이 거행되지 않음을 걱정하지 말고, 오직 나의 본뜻이 더욱 어두워지는 것을 두려워하고 염려하여 서로 경계하며 闡明할 것을 생각하고 생각한다면 이는 너희들 영남의 搢紳과 유생들의 공로이다."라는 비답을 적게 하고, 뜰에 있는 진신과 유생들을 전각의 뜰로 올라오라 명하고는 전교를 마친 다음 史官에게 이르기를, "금일 筵敎에서 차마 들을 수 없고 감히 쓸 수 없는 것을 제외하고는 혹시라도 사실과 다르지 않게 상세히 記注에 기록하라."라고 하였다(『왕조실록』 제46집, 302쪽). 그 기록이 『承政院日記』에 상세히 나와 있다. 이수건의 앞의 논문을 참조.

『실록』, 정조 16년 4월 27일(을미)에 수록된 '경상도 유학 이우李瑀 등 1만 57인'이 올린 상소문의 내용 일부를 소개하면 다음과 같다.

　　성상께서 즉위함에 미쳐서는 해가 중천에 떠 있는 것과 같았으니, 온 나라가 바라는 바는 오직 삼가 천벌을 시행하고 흉악한 무리들을 과감히 없애버려 의리를 밝히는 데 있었는데, 어찌하여 17년 동안 조정에 있는 신하 중 건의하여 세자의 무함을 변석하자고 청한 자가 한 사람도 없었단 말입니까. 비록 전하의 다함이 없는 효성으로서도 또한 통쾌히 여러 역적들의 형을 바루지 않았으니, 대성인大聖人이 생각한 바를 이처럼 보잘것없고 어리석은 자가 헤아릴 바는 아니지만, 초가 밑에서 마음속으로 탄식한 것이 없지 않았습니다. 최근 비로소 두 노신이 연명하여 상소한 데에 대한 비답을 삼가 보았는데, 비답에 '지난번 등극登極하였을 초기에 차례차례 대대적으로 처벌을 시행하여 요행히 이미 죽은 흉악한 자들을 제외하고는 일찍이 그 형벌을 용서하지 않았고, 가까운 친척이라 하여 팔의八議의 규정에 적용시키지 않았다.'라고 하였습니다. 신들이 읽어본 이후에 비로소 전하께서 옛 역적을 제거하는 의리에 엄격하지 않은 적이 없었고 또 천하의 대법을 전하고 인륜을 만대에 수립하는 데에 열중하지 않은 적이 없었음을 알았습니다. 아, 훌륭합니다. 신들과 같이 우물 안에 앉아 있는 자들이 어찌 능히 하늘의 광대함을 알겠습니까. 그러나 신들은 나름대로 전하의 이 조치가 지극히 아름답기는 하지만 지극히 잘 되지는 않았다고 생각합니다.

　　아, 전하께서 선세자先世子의 역적을 다스리는 것은 천지가 허여한 바이고 신명도 살펴보는 바이니, 마땅히 그 죄를 명시하고 명백히 그 죽임을 가하여 온 나라 사람들로 하여금 모두 아무개는 어느 해의 극악한 역적으로 극형을 당하였고 아무개는 어느 해의 수종자로 그 다음의 형벌을 받았다는 것을 알게 한 뒤라야 의리가 세상에 크게 밝아질 수 있고 형정刑政이 후세에 법이 될 수 있을 것입니다. 지금은 그러하지 않아 전하의 마음은 비록 어느 해의 역적을 다스린 것이라고 하지만 죽은 자도 자기의 죽음이 어느 해의 죄로 연유한 것인지 모르는데 더구나 조정에 있는 신하가 어떻게 알겠으며, 또 더구나 먼 지방에 사는 신들과 같은 자가 더욱 어떻게 알겠습니까. 전하께서는 의리를 밝혔다 하지만 사람들은 밝혔다 여기지 않고 전하께서는 형정刑政을 거행했다 하지만 사람들은 거행했다 여기지 않으니, 어찌 애석한 일이 아니겠습니까. 사람들이 혹 말하기를 "전하께서는 선조先朝 때에 있었던 일이기 때문에 감히 선세자先世子의 역적을 토죄討罪한다고 드러내놓고 말하지 못한다."라고 합니다. 신들은 죽을 죄를 무릅쓰고 매우 그렇지 않다고 생각합니다. 삼가 듣건대 선대왕先大王께서도 모년某年 뒤에는 즉시 뉘우치면서 매번 그때에 안금장安金藏과 같은 자가 한 사람도 없었던 것을 눈물을 흘리며 탄식하였고, 또 고故 중신 조중회趙重晦가 입시入侍하였을 때에 전교하기를 "경은 볼 수 있으나 이이장李彝章은 어떻게 다시 볼 수 있겠는가." 하였으며, 선대왕의 안색에 수심이 가득하여 오래도록 말을 하지 못했다고 하니, 이는 이이장이 그때 이미 작고作故하였기 때문입니다. 또 삼가 듣건대, 전하를 앞으로 나오게 하고 전교하기를 "너의 원수는 김상로金尙魯이다." 하였다고 하니, 이로 말하면 선대왕께서 그때의 간신諫臣을 추후 생각하고 당시의 참소한 역적을 몹시 미워한 것이 이와 같았습니다. 전하께서 비록 모년某年(임오년)의 의리를 천지에 세워 법을 범한 여러 흉적들을 법대로 다스린다 하더라도 이는 실로 선대왕의 본심本心을 받드는 것이 되지 어찌 선대왕의 지극히 자애로운 덕에 손상이 되겠습니까. 오직 전하께서 처치한 것이 은밀하여 알기 어렵기 때문에 흉악한 무리의 잔당이 오히려 흉악을 멋대로 부려 선세자先世子를 무함하는 사람이 있으면 도리어 충신이라 하고 선세자를 옹호하는 자가 있으면 곧바로 역신逆臣이라고 하였습니다. 그러므로 충신과 지사志士들은 말하려고 하다가 즉시 입을 다물고 눈물을 흘리려고 하다가 즉시 자제하였으니, 이는 다름이 아니라 의리가 밝혀지지 않은 까닭입니다. 『춘추春秋』의 의리는 어버이를 위하여 휘諱하고 높은 이를 위하여 휘하니, 높은 이와 어버이에게는 설령 휘할 수 없는 일이 있더라도 오히려 휘하는데, 더구나 무함하는 말로 기필코 세상에 드러내려고 한 자는 『춘추』의 의리로 논한다면 사람마다 죽일 수 있는 대상이 되지 않겠습니까.

아, 억세어서 법을 두려워하지 않는 무리들이, 소굴이 이미 깊고 근본이 이미 견고해져서 공공연히 흉악한 말을 멋대로 하기를 마치 아비는 전해주고 자식은 물려받는 것처럼 하였기 때문에 금일에 이르러 성한星漢의 상소가 나오게 된 것입니다. 그 상소가 비록 강학講學을 권면한 것 같지만 권면하는 곳에서는 모두가 희미하게 헤아릴 수 없는 말이 있고, 비록 임금의 잘못을 진달한 것 같지만 임금의 잘못을 진달하는 곳에서는 모두가 전일의 습관대로 기만하는 것이었습니다. 저 성한은 일개 미천한 부류일 뿐이니 그가 비록 사나운 짐승과 같은 심보를 가졌다 하더라도 진실로 익히 듣고 보아서 예사로운 일로 여기지 않았다면 홀로 어찌 멋대로 흉악한 입을 열고 종족이 침몰당하는 것을 생각하지 않았겠습니까. 이는 반드시 믿는 바가 있어 그랬을 것입니다.

신들도 이 말이 한 번 나오면 성한의 무리들이 역적으로 몰아낼 것을 잘 알고 있습니다. 그러나 충신이 되는지 역적이 되는지는 전하께서 반드시 통찰할 것이고, 후세에 동호董狐의 붓을 잡은 자도 또한 반드시 판단하는 것이 있을 것이니, 신들이 또 무엇을 두려워하겠습니까. 오직 전하께서 특별히 유의하여 선세자의 무함이 참소하는 역적에게서 연유했음을 명백히 변명하여 팔도에 알리고, 허다한 역적에게 미처 시행하지 못한 형벌을 바로잡아 윤리와 강상을 부식扶植하며, 성한星漢과 같이 지극히 흉악한 자는 그의 소굴과 근거를 심문하여 화禍의 근본을 근절하면 종묘사직에 어찌 매우 다행스럽지 않겠으며 신민臣民들에게도 어찌 매우 다행스럽지 않겠습니까.

신들이 도중에서 또 삼가 듣건대 역적 윤구종尹九宗이 천지간에 없었던 흉악한 말을 하였다고 합니다. 아, 이 무리들의 믿고 재범하는 짓이 어쩌면 이처럼 갈수록 더욱 극심합니까. 성한은 그 말이 동에 번쩍 서에 번쩍 종잡을 수 없고 은미하여서 반드시 분석해 깨뜨린 뒤라야 그의 흉악한 심보가 드러나게 할 수 있지만, 구종으로 말하면 자기 입으로 직접 지극히 흉악한 공초를 하였으니 오직 법을 적용할 뿐입니다. 구종과 성한은 역적질한 것이 비록 같지는 않지만 이 무리가 선세자先世子에게 불충한 것은 대체로 같습니다. 선세자에게 불충한 자가 미루어 위로 경종에게까지 그 불충이 미친 것은 그 형세상 필연적인 것이니, 참으로 이른바 하나이면서 둘이고 둘이면서 하나인 자입니다. 어찌 자복하였으나 지레 죽었다고 하여 노적孥籍의 법률을 적용하기를 어렵게 여길 수 있겠습니까. 삼가 원하건대 성명께서는 빨리 여러 신하의 요청을 따라 조금이라도 귀신과 사람들의 분憤을 덜어주시길 천만 진심으로 빌겠습니다.[21]

정조는 이우가 상소를 다 읽자 억제하느라 목이 메어 소리를 내지 못하여 말을 하려다가 말하지 못하였다. 이처럼 여러 차례 되풀이 하다가 한참 후에 이르기를, "마음이 이미 억눌리고 막혀 말에 두서가 없어서 말하자니 먼 곳에서 온 유생들이 보는 데 좋지 않을 듯하다." 하고는, 또 한참 있다가 이르기를, "차마 문자로 기록할 수 없기 때문에 대면하여 말하려고 하였으나,

---

21 『朝鮮王朝實錄』 제46권, 301쪽.

또한 어찌 차마 너희들의 상소를 들을 수 있겠는가. 그러나 너희들이 천릿길을 발을 싸매고 올라왔고 1만여 명이 연명聯名하였으며 또 막중한 일이니, 내가 어찌 한 번 보는 것을 어렵게 여겨 한마디 말을 내리지 않겠는가. 만약 한마디 말도 없다면 너희들이 억울해 할 뿐만 아니라 영남의 몇만 명의 인사人士들이 장차 그 의혹을 풀 수 없을 것이다. 다만 정신이 혼미하여 다 말하기는 어려우니, 그 대략만을 말하겠다."라고 하였다.

내가 애통哀痛함을 머금고 참아온 지가 이미 30년이 지났고 왕위에 올라 예禮를 거행한 지도 또한 20년에 가깝다. 허다한 세월에 어느 날인들 근심을 품지 않은 날이 있었겠는가마는, 이미 감히 의리로 명백히 말하지도 못했고 또한 능히 형벌을 통쾌히 실시하지도 못했다. 평일에 독서한 것이 학력學力에 바탕이 되었다는 것이 아니라 이 일에 이르러서는 스스로 몸소 실천하고 마음으로 체득한 이치가 조금 있다고 여겨진다. 40년 동안 강구한 것은 바로 이 의리이니, 가령 순임금과 주공周公이 이 처지에 놓였다면 어떤 투철한 견해가 있었을지 모르겠으나 나의 식견으로서는 평소 강론하여 결정한 것에서 벗어나지 않는다.

진실로 너희들의 상소 중에 말한 바와 같이 비록 죄로 처벌을 받은 자도 자기 죄가 무엇인지 알지 못한다면 보고 들은 당세의 사람들과 전해 듣는 후세의 사람들이 장차 무엇을 가지고 나의 본심을 알겠는가. 영남은 본래 시례詩禮의 고장으로 불려왔고 열조列朝에서 돌보고 대우한 것이 다른 도道와는 달라, 건국 이래로 큰 의리에 관계된 일이 있을 적에는 참여시키지 않은 적이 없었다. 무신년의 일은 비록 한 도道의 수치였으나 이는 또한 의리를 잘못 보아 스스로 역적에 돌아가는 것을 모른 데서 나온 것이다. 그때에도 또한 속이고 선동하는 무리들이 금일보다 심한 자가 있었기 때문에 끝내 온 도를 그르치는 데 이르게 되었었다. 너희들의 상소는 의리에서 나왔으니, 비록 차마 세밀하게 분석하지는 못하겠으나 이미 대궐 앞의 작은 자리를 빌려 나왔는데 어찌 한마디 말이 없을 수 있겠는가. 천지가 생긴 이래로부터 군신君臣과 부자父子의 윤리가 있었으니 나의 정사情事로 어찌 한 푼이라도 가리우고 막을 마음이 있었겠는가. 그러나 그 일은 지극히 말하기 어렵고 그 말은 감히 말할 수 없는 것이다. 천하의 일에는 경법經法과 권도權道가 있으니, 권도(權)라는 한 글자에 대해서 성인聖人보다 한 등급이 낮은 자는 비록 통달한 도에 대하여 섣불리 의논할 수 없으나 나는 이 일에 대하여 스스로 헤아려 알맞게 정해둔 것이 있다. 그러나 반드시 다 말하려고 한즉 또한 감히 하지 못할 바가 있으니, 차라리 천하 후세에 비방을 받을지언정 어찌 감히 다 말할 수 있겠는가.

김상로金尙魯는 이미 선조先朝의 하교가 있었고 문녀文女의 죄는 상로와 같았기 때문에 즉위하던 초기에 한 번 처리했던 것이니, 이는 다만 대체大體와 의리에서 나왔으며, 그 나머지 여러 역적들은 을미년과 병신년 사이에 스스로 천벌을 범하여 거의 모두 처벌되었다. 비록 홍인한洪麟漢을 처분한 것으로 말하더라도 이미 팔의八議의 대상에 들어 있었고 또 그의 '굳이 알 필요가 없다(不必知)'라는 세 글자는 문득 '있었을지도 모른다(莫須有)'라는 등의 근거 없는 말과 같았는데, 끝내 사형을 받게 된 것은 그 당시의 범죄 때문만이 아니라 인한麟漢의 죄는 바로 역적 구선복具善復과 같기 때문이었다. 비록 말하고 싶으나 모년某年 모월某月의 일을 내가 어찌 차마 말하겠는가.

역적 홍계희洪啓禧로 말하면 한 집안의 부자 형제, 남녀노소, 노비奴婢의 무리들까지 모두 법에 복주되지 않은 이가 없었던 것은 주벌이 생긴 이후로 없었던 일이니, 이는 한漢나라의 삼족三族을 멸하는 법과 다를 것이 없다. 옛적 서연에서 일찍이 역적 계희를 지적하여 강충江充과 같다고 하신 분부가 있었으니, 역적 계희의 죄는 여기에서 알 수 있다. 비록 병신년 가을의 죄악을 가지고 말하더라도 비수를 끼고 다니고 흉물을 파묻은 일이 모두 역적 계희의 집안에서 나왔으니, 이는 천고에 듣지 못했던 바이다. 인한과 계희는 특별히 큰 자들이고 그 나머지 처벌해야 할 만한 자들은 거의 모두 제거하였다. 역적 선복善復으로 말하면 인한보다 더 심하여 손으로 찢어 죽이고 입으로 그 살점을 씹어 먹는다는 것도 오히려 헐후歇後한 말에 속한다. 매번 경연經筵에 오를 적마다 심장과 뼈가 모두 떨리니, 어찌 차마 하루라도 그 얼굴을 대하고 싶었겠는가마는, 그가 병권을 손수 쥐고 있고 그 무리들이 많아서 갑자기 처치할 수 없었으므로 다년간 괴로움을 참고 있다가 끝내 사단으로 인하여 법을 적용하였다. 전후 흉악한 역적들을 끝내 성토하고 처벌하지 못한 것은 실로 선조先朝 시대에 있었던 일이라서 말하기 곤란하기 때문이었는데 의리가 이로 인하여 어두워질까 내 나름대로 염려해 왔다.

병신년 봄의 옥사獄事에 대해 사람들이 더러 의심하는데 재한載翰의 무리가 극악한 역적이 된 것은 이미 한 번의 상소가 있기 전부터였다. 공공연히 뇌물이 오가고 내시들과 결탁하였으며 더구나 결탁한 자는 바로 효충效忠·국래國來 등 흉악한 내시들로서 계희啓禧·상로尙魯 등 여러 역적들이 일찍이 결탁했던 자들이다. 온갖 계책으로 찔러보고 여러모로 부추겨 혹은 감언이설로 달래고 혹은 위협하는 말로 두려움을 조성하였으니, 내가 비록 어린 나이였지만 어찌 이 무리들의 음흉한 심보를 알지 못하였겠는가. 장차 선조先朝에게 아뢰어 그들의 간악한 실정을 밝히려고 하면 그들은 또한 감히 폐하고 다른 사람을 세운다는 등의 흉악한 말로 공공연히 욕을 하였으니 그들의 심보를 알기 어렵지 않았다. 대저 복復이란 한 글자는 선대왕先大王의 신하로서 감히 말하지 못하는 바였고, 죽인다(殺)는 한 글자는 봉조하奉朝賀의 처지로서 제의할 수 있는 것이 아니었다. 설령 대대적으로 처벌을 시행하고 명백하게 말하여 숨기지 않는다면 하늘에 계신 선대왕의 영혼은 비록 저 세상에서라도 기뻐하겠지만 밝게 오르내리는 경모궁景慕宮의 영혼이 또한 어찌 두려워하고 불안해하는 마음이 없겠는가. 진실로 이와 같다면 내가 후일에 지하에 가서 절하고 뵈올 면목이 없을 것이다. 어버이 마음으로 자기의 마음을 삼은즉 그렇게 하지 않을 수 없는 점이 있다. 재한載翰의 무리는 나의 죄인일 뿐만 아니라 바로 경모궁景慕宮의 죄인이고, 또 경모궁의 죄인일 뿐만 아니라 바로 선대왕先大王의 죄인이다. 병신년의 처분을 어찌 그만둘 수 있었겠는가. 영남 지방에서 도현道顯이 나타난 것은 또한 처분의 외면에 나타난 대략에 대해서 의심을 하고 이 일의 본뜻은 전혀 몰라서 그랬던 것이다. 너의 상소 중에도 또한 이이장李彝章과 조중회趙重晦 등의 일을 말하였지만 이 사람들을 내가 어찌 잊을 수 있겠는가. 지난번 정포旌襃한 은전恩典은 족히 그의 공로에 만분의 일도 갚지 못한 것이다. 대저 정情이 있는 곳에 이치도 또한 있는 것이니, 이치에는 정이 없는 이치가 없고 정에는 이치가 없는 정이 없다. 나의 주관은 스스로 정情과 이치에 어긋나지 않는다고 여기지만 또한 일마다 정과 이치에 합하는지 어떻게 알겠는가.

근일 유성한柳星漢의 일에 대해서도 또한 헤아려 보았다. 임금이 어찌 사적인 원수가 있겠는가마는 옛적에는 또한 임금의 원수니 국가의 역적이니 하는 말이 있었다. 성한의 상소 중 위 조항이 하나같이 인한麟漢과 선복善復처럼 나의 원수가 되는지의 여부를 끝내 확정짓지 못하였다. 아직 법을 적용하지 않은 것은 이 때문이다.

이지영李祉永의 상소 중 정휘량鄭翬良과 신만申晩에 관한 일은 본 사실을 알지 못한 듯하다. 신광수申光綏는 비록 추후로 벌을 적용하였으나 신만은 반드시 그 아들과 같이 악한 짓을 하였다고는 못한다. 만약 당시의 정승이라 하여 용서할 수 없다면 이는 또한 그렇지 않은 것이 있다. 최익남崔益南이 다만 김 영부사金領府事만을 논죄한 것과 무엇이 다르겠는가. 정휘량은 역적 나경언羅景彦을 국문하자고 청한 차자에서 사람들이 말하지 않는 바를 말하였으니, 또한 그 마음을 알 수 있다. 그리고 신사년 가을에 이 사람이 아니었다면 일이 장차 헤아릴 수 없는 지경에 이르렀을 것이다. 나의 본뜻은 원수나 역적을 제외하고는 죽은 뒤에 추후로 논죄하고 싶지 않다. 역적 나경언은 국청을 설치하기 전에 이미 액정서掖庭署에서 심문할 때 흉서凶書를 얻었으니, 수색해냈다는 한 조항은 금오랑金吾郎과는 무관하다. 삼포三浦에서 배를 띄우고 논 것은 바로 김양택金陽澤과 홍인한洪麟漢 등이 한 짓이었으므로 모두 이미 처벌을 하였다. 지영祉永이 또한 어떻게 그때의 일을 다 알겠는가. 나도 또한 상세히 다 알지 못하는데, 사오십 세 이하의 후생들로서는 알지 못하는 것이 괴상할 것이 없다. 사람들이 이미 감히 말하지도 못하고 또 차마 제기하지도 못하니, 참으로 세월이 점점 멀어질수록 의리가 더욱 어두워져서 백대百代 후에 나의 본심을 알지 못할까 염려된다. 그러므로 근일 여러 신하들이 상소로 제기하는 말에 차마 들을 수 없고 감히 말할 수 없는 것도 하지 말도록 할 수 없는 것은 참으로 만부득이해서 그런 것이다. 혹자는 말하기를 "인한麟漢에게 「굳이 알 필요가 없다(不必知)」라는 말이 없었고 선복善復이 만약 먼저 죽었다면 장차 그들의 죄를 바로잡을 수 없었을 것이다." 하니, 이 말이 근사한 듯하나 또한 그렇지 않은 것이 있다. 인한에게 비록 을미년의 범죄가 없더라도 어찌 처분할 방도가 없겠으며, 선복善復도 또한 어찌 스스로 죽기를 기다렸겠는가.

영남은 바로 국가의 근본이 되는 지역으로서 위급할 때에 믿는 곳이니, 내가 영남에 바라는 것은 다른 도道에 비할 바가 아니다. 나의 본뜻이 대략 이와 같으니, 너희들은 모름지기 나의 본뜻을 가지고 돌아가 온 도道의 인사人士들에게 말해주는 것이 옳겠다.[22]

그 뒤 영남유림 1만 3백 68인은 5월 7일(갑진) 2차 상소를 올렸다. 상소에서 말하기를 "삼가 원하건대, 전하께서는 특별히 애통한 윤음綸音을 내리시어 선세자께서 무함을 입게 된 까닭을 다 말하여 팔도에 반포하시고, 이어서 또 전 수찬 이지영李祉永의 상소 가운데서 논한 여러 역적에게 혹 노적孥籍하는

경기도 화성시 안녕동에 있는 사도세자와 정조의 능인 융건릉(隆健陵). 융릉(隆陵)은 조선 정조의 아버지이자 사도세자로 알려진 조선 장조(莊祖, 1735~1762)와 혜경궁 홍씨로 널리 알려진 헌경의황후(獻敬懿皇后, 1735~1815)를 함께 모신 능이다. 본래 사도세자의 묘는 경기도 양주시 배봉산(현재 서울특별시 동대문구) 기슭에 수은묘(垂恩墓)로 있었으나 왕위에 오른 정조가 사도세자를 장헌세자(莊獻世子)로 추숭하고 난 뒤, 묘를 영우원(永祐園)으로 높였으나 묘지 이장을 준비하고 곧 그의 지시로 지금의 자리로 옮겨 현륭원(顯隆園)이라 이름 붙였으며 효성이 지극한 정조는 죽은 후 그 곁에 묻혔다고 전해진다. 1899년 대한제국 고종은 왕계 혈통상 고조부인 장헌세자를 장조로 추숭하면서 현륭원이란 명칭도 융릉으로 격상시켰다.

율을 시행하거나 혹 추탈追奪하는 법을 시행하여 윤리와 기강을 세우고, 유성한柳星漢의 소굴을 따져 조사하고 윤구종尹九宗에게 빨리 추율追律을 행하소서. 그와 아울러 대청臺請을 윤허하되 하루라도 지체시키지 않는다면 신들은 비로소 의리가 크게 행하여져 돌아가 부모와 종족에게 자랑하고 귀신에게 질정할 수 있겠습니다. 사람이 하찮다고 하여 말까지 버리지 않으시면 종묘사직에 다행한 일이며 백성들에게도 매우 다행한 일이겠습니다."라고 했다.

이에 정조는 비답하기를, "그대들의 오늘 상소에 어찌 차마 마음을 억제하며 답을 내리겠는가. 그러나 1만여 명의 선비들의 논의는 바로 나라 사람들의 공론公論인데 공론이 같아서 천리天理가 크게 공변됨을 보겠으니, 내 자신의 사정 때문에 그대들에게 한마디 하지 않을 수 있겠는가. 그대들의 이른 바 반포하라는 청을 내가 따를 수 없는 것은 비단 감히 하지 못할 뿐 아니라 차마 하지 못하는 것이다. 내 말은 곧 나 한 사람의 말이므로 사私에 가까우 니, 어찌 그대들의 1만 명의 말에 비교하겠는가. 내가 여기에 대해 감히 다시 한마디라도 할 수 있겠는가. 전 수찬 이지영의 상소 가운데에서 여러 역적을 노적하고 혹은 추탈하라는 일을 지금까지 윤허하지 않고 있는 것은 일반적 인 상식으로 헤아려볼 때 어찌 까닭 없이 그렇게 하겠는가. 정휘량과 신만의 일은 외정外廷에서 들은 바가 내가 아는 것과는 다르며, 이밖의 것 역시 사실 이 감히 그렇게 하지 않을 수 없는 것과 부득이 그렇게 하지 않으면 안 되는 것이 있다. 하나는 고故 궁관宮官 유수柳脩가 입대했을 때 하교한 것이요, 하나 는 게시한 훈사訓辭에 수택手澤이 분명하니 내가 과연 선양하기에 급하여 지 키며 감히 어기지 못하였으니, 그 자세한 것은 기거주起居注에 있다. 끝에서 진달한 최근의 일은 혹 이미 기신耆臣의 상소 비답에 자세히 언급하였고, 혹 은 선조先朝의 성헌成憲을 인하여 시행하지 못하였으니, 그대들은 모름지기 내가 결단코 지키려는 원래의 본심이 모두 선인先人의 뜻을 밝히고 선인의 아 름다움을 드러내려는 데서 나온 것임을 알라. 아, 가슴의 피가 끓어올라 흉 폐胸肺를 꿰뚫는 듯하고 황천皇天·후토后土가 위아래에서 비춰주고 실어주며 오르내리는 신명神明이 그대들에게 강림하여 질정하고 있는데 내가 어찌 감 히 나 한 사람의 한때의 말로써 너희 1만여 장보들에게 말할 수 있겠는가."라 고 하였다.[23]

　그러고 나서 정조는 5월 11일(무신) 더 이상 유성한의 일로 상소하지 말 라는 전교를 내린다.[24] 2차 상소의 내용은 1차 상소내용을 다소 부연하여 사 도세자 신원문제를 강도 높게 언급하였는데, 정조로부터 위와 같은 우답優答

23   『朝鮮王朝實錄』제46권, 308쪽.

24   『朝鮮王朝實錄』제46권, 309쪽.

일본 도쿄대에서 발견한 사도세자가 장인에게 보낸 편지

을 받았다. 정조는 5월 10일 승정원에 명하여 김한동, 이우 등을 불러 환향을 종용하고 진휼청으로 하여금 환향 시 양식을 공급하도록 하고, 전일 접견한 소유 김희택, 이경유 등에 대해 전조銓曹로 하여금 수용토록 지시하였다. 그러나 의리 문제가 제대로 청납聽納되지 못했다는 이유로 소유疏儒들은 환향을 지연시키고 서울에 체제하면서 3차 상소를 준비하였다. 그러다 마침내 정조의 설득에 따라 국왕의 교서를 갖고 귀향하였다.

귀향한 뒤 영남유림들은 자신들의 쾌거를 목판으로 새겨 널리 알리고자 했던 것 같다. 김약련이 권당, 권방 형제에게 보낸 편지를 보면 그 같은 정황을 엿볼 수 있다. 「여표제권중득계주與表弟權仲得季周」의 내용을 잠시 소개하기로 한다.

화교花校(안동향교) 통문에서 자네들의 이름을 보았다. 혹자는 계군(권방)이 그 논의를 주장했다고 한다. 그런가? 약련과 같이 얕은 식견으로는 그 논의가 지당한지 잘 모르겠다. 비록 의리가 십분 모두 밝혀져서 다시는 남은 것이 없도록 했다고 해도 우리 영남에서 등재登梓(인쇄)하여 후세에 전하여 마치 자기의 공을 자랑하는 듯한 구석이 있어서는 안 된다. 하물며 의리가 아직 모두 밝혀지지 않았고 일도 여서餘緒가 남아 있다고 생각한다면 어찌 급히 먼저 판각을 하여 결말이 없는 문자를 만들어서 되겠는가? 또한 이른바 흉소凶疏라는 것은 누구의 소를 가리키는가? 만일 흉소배들이 날조한 소를 편간編間에 끼워 넣어 영소嶺疏를 가지고 변파辨破하는 문자로 만든다면 영소가 과연 능히 일에 따라 조목조목 변론함에 조금도 유루遺漏함이 없겠는가? 또한 흉역이 무함한 바는 정녕 이른바 차마 내놓지 못하고 차마 말하지 못하는 것이다. 말을 하는 것도 오히려 차마 해서는 안 되는데 하물며 또 글로 쓰고 인쇄해서 후세에 보이겠는가? 전후前後로 모두 아직 그 설을 얻지 못했으니 여러 군자들이 비록 혹 자세히 헤아렸다고 하나 어찌 여기에 대해 생각이 미치지 못하는가? 바라건대, 모름지기 다시 잘 헤아려서 빨리 각처에 보낸 통문을 거두어들여 먼 곳에 있는 이들에게 손가락질을 받지 않도록 하는 것이 어떠한가?[25]

흉소배들의 상소란 유성한이나 윤구종 등이 올린 것을 말하는 듯하다. 이처럼 김약련은 공과를 자랑하는 식의 유소활동을 반대했으며 2차에 걸친 만인소로 임오의리가 해명되었다고 보지 않았던 것이다.

아마 그 후 다시 영남유림들이 상소를 준비했던 것으로 보인다. 「계축의소」는 그 같은 정황을 엿보게 해준다. 김약련이 비록 사림을 대신하여「계축의소」를 초했다고는 하나 그의 현실인식이 상당 부분은 투영되어 있다.

김약련은 "작년 여름에 만사를 무릅쓰고 한마디를 진언하여 감히 외월猥越한 죄를 피하지 않은 것은 실로 선조先朝를 위한 일사一死의 작은 충정에서 나온 것이오나, 반야半夜에 궁금宮禁에서 친히 효유曉諭하시는 열 줄 말씀을 내리시고 물러 돌아가라고 권면하시어, 신 등이 감읍하고 황율惶慄하여 몸 둘 바를 몰라서 생각이 있어도 감히 말을 다하지 못하고 말이 있어도 감히 그 생각을 다하지 못한 채, 돌아와 내려주신 말씀을 널리 퍼뜨리고 물러나 전려田

---

25 『斗庵集』卷3, 4~5쪽, 「與表弟權仲得譧季周訪」: "花校通文, 得見左右聯御. 或傳季君主其論云, 信否. 如若鍊淺識, 不見其論之爲至當. 雖使義理已十分盡明, 更無餘蘊, 吾嶺不可登梓垂後, 有若誇耀已功, 況念義未盡明, 而事有餘緒, 豈可遽先剞劂, 以做無結末文字耶. 且所云凶疏者, 指誰疏也. 若以兇逆輩, 搆誣之疏厠之編間, 而以嶺疏把, 作辨破文字, 則嶺疏果能逐事, 條辨無小遺漏否. 又況兇逆所誣, 正所謂不忍提, 不忍言者也. 言之猶不可忍, 況又書之印之以示後世乎. 由前由後, 俱未得其說, 僉君子雖或詳量, 而何不念及於此也. 望須再, 入消詳亟收各處通文, 無爲遠人指點, 如何."

廬에서 엎드려 삼가 조정의 처분을 기다린 지 이제 1년여가 되었습니다. 매양 전하의 '차마 말하지 못하고 감히 말하지 못한다(不忍言不敢言)'라는 6자 가르침을 외울 적마다 일찍이 거듭 눈물을 흘리면서 또한 마음에 억울한 바 있지 않은 적이 없었습니다."라고 하였다.[26] 여기서 '작년 여름'이란 곧 1792년 4월과 5월을 가리킨다.

「계축의소」를 초하게 된 것은 당시에 영부사領府事 채제공[27]과 판부사判府事 김종수金鍾秀가 동시에 재상에 발탁되어 서로 번갈아 소를 올렸으나 모두 정조로부터 봉환封還된 일에서 비롯되었다. 『실록』에는 정조 17년 5월 25일(병진) 채제공을 의정부 영의정에, 김종수[28]를 좌의정에 임명한 것으로 되어

26　『斗庵集』卷2, 6쪽, 「癸丑擬疏」: "臣等, 於昨年之夏, 冒萬死, 進一言, 不敢避猥越之罪者, 實出於爲先朝一死之微衷, 而半夜宮禁, 親賜曉諭十行絲, 綸勉令退歸, 臣等感泣惶慄, 罔知攸措, 有懷而不敢盡其言, 有言而不敢盡其懷, 歸布綸音, 退伏田廬, 恭竢朝廷之處分者, 于今一年有餘矣. 每誦我殿下不忍言不敢言六字之敎, 未嘗不三復流涕, 而復有所抑鬱於中者也."

27　樊巖 蔡濟恭(1720~1799)은 사도세자와 영조의 사이가 악화되어 세자폐위의 비망기가 내려지자 죽음을 무릅쓰고 막아 이를 철회시켰는데, 이 사건으로 인하여 후일 영조는 채제공을 지적하여 "나의 사심 없는 신하이고 너의 충신이다."라고 정조에게 말하였다 한다. 1776년 3월에 영조가 죽자 국장도감제조에 임명되어 행장·시장·어제·어필의 편찬 작업에 참여하였다. 이어 사도세자 죽음에 대한 책임자들을 처단할 때 형조판서 겸 판의금부사로서 옥사를 처결하였다. 1780년(정조 4) 洪國榮의 세도가 무너지고 소론계 공신인 徐命善을 영의정으로 하는 정권이 들어서자, 홍국영과의 친분, 사도세자에 대한 신원의 과격한 주장으로 정조 원년에 역적으로 처단된 인물들과의 연관, 그들과 동일한 흉언을 하였다는 죄목으로 집중공격을 받아 이후 8년간 서울근교 명덕산에서 은거생활을 하였다. 1788년 국왕의 친필로 우의정에 특채되었고, 1790년 좌의정으로서 행정수반이 되었고, 3년간에 걸치는 獨相으로서 정사를 오로지 하기도 하였다. 1793년에 잠깐 영의정에 임명되었을 때는, 전일의 '영남만인소'에서와 같이 사도세자를 위한 단호한 討逆을 주장하였으므로, 이후 노론계의 집요한 공격이 야기되기도 하였다. 그 뒤로는 주로 수원성역을 담당하다가 1798년 사직하였다. 1799년 1월 18일에 사망, 3월 26일에 士林葬으로 장례가 거행되었다. 1801년 黃嗣永 帛書事件으로 추탈관작되었다가 1823년 영남만인소로 관작이 회복되었다.

28　金鍾秀(1728~1799)는 1768년(영조 44)에 문과에 급제하여 예조정랑·홍문관부수찬을 지내고, 왕세손 시강원필선으로 성실히 보좌하였다. 이때 외척의 정치 간여를 배제해야 한다는 의리론이 정조에게 깊은 감명을 주어, 뒷날 정치의 제1의리로 삼은 정조의 지극한 신임을 받았다. 1792년에 嶺南萬人疏가 올라와 사도세자를 위한 討逆을 주장하자, 예전에 정조와 대담하였던 내용인 "舜·周公과 같은 大公至正의 도리로서 부모를 섬김이 효도"라는 상소문을 올려 이 논의를 가라앉혔다. 다음해에 좌의정에 임명되었고, 1794년에 사도세자를 위한 토역을 다시 주장한 남인 蔡濟恭과 양립할 수 없다는 의리를 굽히지 않음으로써 정조의 두 의리를 조제하는 탕평에 대한 배신으로 지목되어 평해에 유배, 남해에 이배되었다가 그해에 致仕하여 봉조하가 되었다. 순조 때에는 척신인

있다.[29]

　채제공은 그해 5월 28일(기미) 사도세자의 일을 거론하며 상소를 올렸는데 정조는 소장을 되돌려 보냈다. 소장의 내용을 잠시 살펴보면 다음과 같다. 그는 서두에서 "대체로 나라가 나라꼴이 될 수 있는 바탕은 오직 의리뿐입니다. 의리가 행해지면 그 나라는 다스려지고, 의리가 행해지지 않으면 그 나라는 어지러워집니다."라고 하면서 그러나 당연히 행해져야 할 의리가 행해지지 않은 지가 그럭저럭 18년이 되었다고 하였다. 채제공은 정조가 사도세자에 대한 의리 문제를 늘 마음속에 지니고 있으면서도 의리가 크게 천명되지 못하게 하는 것은 단지 혹시라도 선대왕 영조의 훌륭한 덕에 털끝만큼이라도 관계됨이 있을까 염려한 때문이라고 보았다. 이어서 "아, 당시 여러 역적들의 참소와 무함 가운데도 세자를 일러 화리貨利와 성색聲色을 탐한다는 말과 말달리며 사냥하거나 즐긴다는 말을 만들어낸 경우는 그 죄가 참으로 하늘에 사무친 것입니다. 그런데도 전하께서 이를 선왕조에 속한 일이라 하여 꾹 참고 발설하지 않으신 것은 그런대로 할 말이 있을 수 있겠습니다. 그러나 신이 수십 년 동안 마음을 썩이고 뼈에 사무치는 아픔으로 마치 살고 싶지 않은 것 같았던 까닭은 바로 여러 역적 무리가 무함하였던 일들은 곧 천고에 차마 말할 수 없는 일이었는데도 아직까지 미처 눈을 부릅뜨고 용기를 내서 그 거짓들을 소상하게 변파하여 천하 만세에 알리지 못한 때문이었습니다."라고 하여, 사도세자에 대한 무함을 밝히지 못한 불충을 고백하였다. 그런데 정조는 "'차마 들을 수 없는 일'이라 하여 끝내 듣지 않고 자신은 '차마 말할 수 없는 일'이라 하여 끝내 말하지 않는다면, 천하 만세에 동호董狐(춘추

金龜柱 및 沈煥之 등과 당파를 이루어 정조를 기만하고 뒤에서 그 치적을 파괴하여 자신의 이익을 추구했다 하여 관작이 추탈되었다가 곧 회복되었다. 1802년(순조 2)에 俞彦鎬와 함께 정조 사당에 배향되었다. 정조는 윤시동·채제공과 더불어 3인을 자신의 의리를 조제하는 탕평의 기둥으로 지적하였다.

29　『朝鮮王朝實錄』 제46권, 390쪽.

시대 직필로 유명했던 晉나라의 사관)의 붓을 잡은 자가 만일 정조와 자신의 마음을 자기의 마음으로 삼아 또한 차마 그것을 기록하지 않는다면 이는 그래도 다행이겠지만, 여러 역적들의 무함은 흉악한 무리들 사이에 널리 퍼졌는데, 그것을 밝게 씻어주는 글은 적막하게 전해진 것이 없다면 장차 근거해서 믿을 만한 것이 없게 되는 것을 어찌 하겠는가?"라고 했다. 그래서 그는 사도세자에 대한 무함이 깨끗이 씻겨서 징계와 토죄가 크게 시행되기 이전에 다시 관복을 찾아 입고 반열의 한가운데에 선다면 이는 의리를 잊어버리고 부귀를 탐하는 것이라고 굳게 결심했다고 한다. 즉 자신의 고민은 사직에 대한 깊고 원대한 염려를 하는 것이었고 흉악한 무리들이 넘보지 못하도록 조짐을 막는 것이었다. 그런데 정조의 조처는 매우 미흡하였다.

다음으로 요사이의 일을 가지고 본다면 전하께서는 의리의 제방을 아무 어려움도 없이 무너뜨려 버리셨습니다. 그리하여 천지간의 극악무도한 자들의 지친과 인척들이 모두 갓의 먼지를 털고 벼슬길에 나와 벼슬아치의 대장을 꽉 메우고 있습니다. 신이 괴이하게 여기는 것은 세력 없는 역적에 대해서는 그 죄가 8, 9촌까지 미치나, 세력 있는 역적에 대해서는 국법에 의해 체포되어 조사받는 당사자 이외에는 비록 3, 4촌이거나 사위이거나 처남이거나 매부로서 평소 친숙하게 지냈던 자들까지도 연루시키지 않을 뿐만 아니라 오히려 행여나 늦을세라 좋은 벼슬을 주기에 급급하고 있습니다. 천하의 역적은 똑같습니다. 그런데 국가가 그들을 징계하는 데에는 마치 그 사이에 차별이 있는 듯하니 그 까닭이 무엇입니까. 이것은 모두가 전하께서 큰 의리의 관건에 대해서 끝내 어렵게 여기는 마음이 있어 국법을 시원스레 시행하려 하시지 않기 때문입니다. 그리하여 일마다 간 곳마다 제방이 날로 허물어져서 이 지경에 이른 것이니, 이는 실로 충신과 지사들이 통곡하며 눈물을 흘릴 일입니다.[30]

채제공은 자신이 명색이 대관大官으로 큰 의리를 군부君父 앞에 진언하

---

30 『朝鮮王朝實錄』 제46권, 393쪽.

였으되 끝내 일분이나 반분도 채용된 실상이 없는데도 수상의 자리에 올랐다는 이유로 평소의 집념을 굽히어 태연하게 명을 받든다면 이보다 더 큰 신하의 수치는 없을 것이라 하여 오직 이 큰 의리만이 가슴속에 자리 잡고 있으니, 이것이 받아들여지면 나갈 것이고 받아들여지지 않으면 그대로 간직한 채 황천으로 돌아갈 뿐이라고 했다.

이러한 채제공의 상소에 대해 당시 사관은 이렇게 평했다.

> 제공이 상이 즉위하던 병신년에 사도세자를 추숭推崇하자는 논의를 제창하였다가 김수현金壽賢의 옥사에 말이 관련되어 거의 사형을 당하게 되었는데, 홍국영洪國榮의 비호를 힘입어 죄를 면하였다. 그리고 나서는 비로소 공의에 용납되기 어려운 것을 알고서 숨을 죽이고 감히 다시 말을 꺼내지 않았으나, 그가 흉악한 꾀를 가슴에 품고 국시國是를 뒤바꾸려는 책략은 진정 하루도 잊어본 적이 없었다. 그리하여 임자년(1792, 정조 16) 여름에 영남의 패거리들을 불러 모아 만인소萬人疏를 꾸며내서 장차 군부를 협박 제어하는 꾀로 삼으려고 하였다. 그러나 상이 연석에 임어하여 분명하게 하유해서 전형典刑을 밝게 보이자, 제공이 크게 두려워하여 다시 여러 대신들과 연명 상소를 올려 죄를 스스로 인정하고 맹세의 말까지 하였다. 그러다가 급기야 특별 전지로 화성 유수가 되었고, 또 이어 수상으로 부름을 받자, 상의 마음을 넘보며 기세를 돋워 묵은 감정들을 일으켜서 전혀 기탄없이 붓을 휘둘러 자기 속마음을 토로한 것이다.[31]

정조는 그의 상소문을 보고는 진노하여 사관을 보내 되돌려 주게 하고, 또 비답하기를, "경의 상소에서 '구구하게 가진 생각은 바로 이 두 가지 의리 운운' 하였다. 그런데 첫째의 일은 바로 차마 들을 수 없고 차마 말할 수 없는 말이었다. 지난 해(1792) 이 달(5월) 22일의 구교口敎를 내릴 적에 눈물 섞인 먹물에 붓을 적시고 통곡을 삼키며 입으로 부르다가 한참 동안 숨이 막혔다가 겨우 소생했던 일을 경은 앞자리에 있으면서 목격했었다. 대저 그때 한번 하

---

31   『朝鮮王朝實錄』제46권, 393쪽.

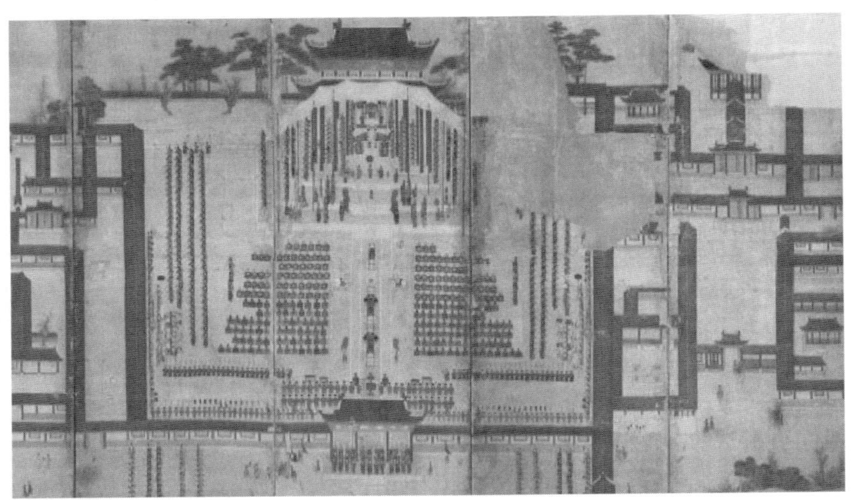

유언호(兪彦鎬, 1730~1796) 등 12명의 관원들이 장헌세자와 정조의 어머니 혜경궁 홍씨에게 존호를 올리는 행사를 기념하여 제작된 병풍인 〈진하도(陳賀圖)〉. 어좌를 중심으로 줄지어 도열한 관원의 규모라든가 곳곳에 구사한 금 안료와 화사한 채색 등에서 뛰어난 궁중화원이 그린 궁중행사도의 진면목을 볼 수 있다. 정조는 이때 장헌세자에게 '수덕돈경(綏德敦慶)', 어머니 혜경궁 홍씨에게는 '자희(慈禧)'라는 존호를 올렸다.

유한 것은 본의를 밝게 보이려는 것이 아니었고 이렇게 한 다음에야 천하 만세에 길이 할 말이 남을 수 있기 때문이었다. 그때 한 번도 오히려 감당할 수 없는 일을 한 것이요, 차마 할 수 없는 일을 한 것인데, 나같이 어리석은 사람으로 그 일을 오늘날 다시 제기할 수 있겠는가. 경도 그 뒤로는 감히 다시 꺼내지 않았던 것은 곧 몰랐던 것을 알고 깨닫지 못했던 바를 깨달아 나의 마음을 경의 마음으로 삼았기 때문이었다. 그리고 두 번째의 일도 역시 방금邦禁에 속한 것이다. 붙여 진술한, 벼슬길을 넓히고 죄를 씻어준 데에 관한 폐단에 대해서는 생각을 더듬어 자세히 답할 여가가 없다. 아, 나는 매우 무능하나 알고 있는 것은 천지의 큰 원칙이고 지키고 있는 것은 인간의 윤리이다. 그래서 마음에 부끄러울 것도 없고 남에게 요구할 것도 없다. 말이 여기에 미치니 간장과 피가 거꾸로 치오르는 것을 스스로 억제하지 못하겠다. 경도 나의 이 말을 들으면 아마도 역시 마음이 두렵고 정신이 몽롱해질 것이다. 경은 모름지기 행장 채비를 기다리지 말고 즉일로 상경하라."라고 하였다.

그러자 채제공은 사관에게 부쳐 아뢰기를, "신이 어제 올린 한 장의 상소가 우리 성상을 슬프게 할 것을 왜 몰랐겠습니까. 그러나 성상의 마음을 슬프게 하는 것은 황송스런 작은 일이고 의리를 밝히는 것은 천지의 큰 법도입니다. 작은 일을 가지고 큰 법도를 방해하는 것은 임금을 섬기는 첫째 의리가 아닙니다. 그래서 감히 다른 것을 돌볼 겨를이 없이 충심을 다해 상소문을 올렸던 것입니다. 그런데 지금 사관이 달려와서 성상의 비답을 전해주어 읽어보니 말씀의 내용이 매우 슬프고 펴 보이심이 분명하고 간절하였습니다. 신이 받들어 읽다가 목이 메어 소리를 제대로 내지 못하였습니다. 아, 전하가 간직하여 지키시는 것과 신이 굳게 간직한 것이 범연하게 보면 비록 조금 다른 것(差殊) 같을지라도 그 귀추를

1787년 도화서 화원 이명기가 그린 〈유언호 초상〉. 그림 윗부분에 정조의 어평(御平)이 보인다. 유언호가 이 당시 우의정에 오른 기념으로 제작한 것으로 추측된다. 유언호는 벽파로, 시파 홍봉한 중심의 척신정치를 없애는 것이 청의와 명분을 살린다고 생각한 정치적 모임인 청명류 사건에 연루되어 정배되었다. 정조 즉위 후 시파로 태도를 바꾸고 이조참의, 이조참판, 형조판서, 우의정, 좌의정 등을 지냈다.

돌아본다면 전하의 고심과 혈성이 어찌 일찍이 그 사이에 차이(異同)가 있었겠습니까. 그러나 옛날의 대신들은 도를 가지고 진퇴를 하였습니다. 신이 감히 옛사람에 비기는 것은 아니나, 명색은 대신입니다. 그런데 말씀을 올려 윤허를 입지 못하고서 얼굴을 쳐들고 나아가 은명恩命에 숙배하는 것은 결코 의분義分에 있어 감히 할 수 있는 일이 아닙니다. 오직 바라건대 속히 엄한 처벌을 내려서 신하의 분의를 독려하소서."라고 하여 자신의 뜻을 굽히지 않았다.

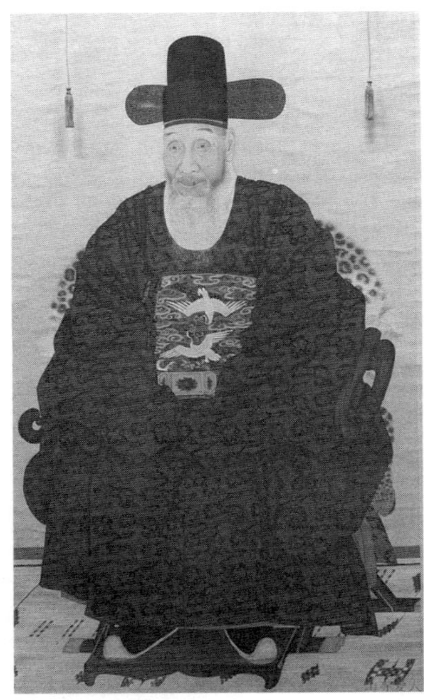

〈심환지(沈煥之, 1730~1802) 초상〉. 언관직을 거쳐 영의정에 올랐으며, 노론계 인물로서 벽파의 영수였다. 철저한 노론계 인물로서 신임의리(辛壬義理)를 고수하였고, 정조의 아버지 사도세자의 죽음이 정당했다고 주장하는 벽파의 영수를 지냈다. 그리하여 정조가 죽은 후 장용영(壯勇營)을 혁파하였고, 나이 어린 순조의 원상(院相)이 되어 정권을 장악하고 신유사옥을 일으켰다. 그가 죽은 해인 1802년(순조 2) 문충(文忠)이라는 시호가 내려졌으나 1806년에는 관작이 추탈되었다. 2009년 2월에 정조가 심환지에게 보낸 비밀편지가 공개되면서 정조는 현안 발생 시, 심환지에게 비밀편지를 보내 미리 의논하고, 정책을 추진한 것으로 밝혀졌다.

이에 정조는 승정원에 전교하기를, "조금 다르다느니 차이가 있다느니 한 말들을 보노라니 나도 모르게 등에 땀이 젖고 마음이 오싹해진다. 반드시 노망 중에 미처 점검하지 못한 것이리라. 이 계문을 봉함하여 돌려보내라." 라고 하였다.[32]

채제공의 상소가 되돌려진 후 5월 30일(신유) 어전에서 영의정 채제공과 좌의정 김종수가 서로 책망하는 일이 벌어졌다.

정조는 좌의정 김종수에게 이르기를, "근래에 벼슬길을 넓히고 죄를 씻어준 정사는 내가 생각하는 것이 있어서였다. 나와 너의 구분도 없고 구별짓지도 않아서 비록 분수에 너무 지나친 듯하기는 하나, 나는 응당 연좌해야 할 사람을 제외하고는 진실로 경중이나 천심을 말할 것이 없다고 생각한다.

---

32   『朝鮮王朝實錄』 제46권, 393쪽.

더구나 경은 가장 의리를 주장했던 사람이니, 이러한 때에 정승의 자리는 경이 아니고는 적합한 사람이 없다. 경이 어찌 나의 마음을 헤아리지 못하겠는가. 경은 다시 사양하지 말라. 영상의 상소는 이미 싸서 되돌려 보냈다. 내가 비록 말하지 않더라도 제학提學 한 사람이 대략 들어 알고 있으니 경이 나와서 물어보는 것이 좋겠다." 하니, 김종수가 아뢰기를, "작년 5월 22일 구전으로 하교하실 때에 심지어 '사한師翰 두 글자의 흉언凶言'이란 말씀으로 하교하셨습니다. 그때 이 하교를 친히 받들었던 신하들 중에는 지금까지 연석에 나오는 자도 있거니와, 대신들의 연명 차자와 선비들의 연명 상소도 지금까지 기억하고 있습니다. 신하 된 자로 어떻게 감히 다시 이런 말을 할 수 있단 말입니까."라고 하였다. 이에 정조가 이르기를, "근래 조정의 일이 모두 이러하다. 금령이 버젓이 있는데 비록 대신의 상소라 할지라도 승지가 어떻게 한 마디 말도 없이 받들어 들일 수 있단 말인가." 하니, 김종수가 아뢰기를, "비록 낮은 벼슬아치라 할지라도 감히 다시 제기할 수 없을 터인데 더구나 대관의 경우이겠습니까. 성인은 인륜의 지극한 잣대입니다. 지극히 중대한 의리에 대해서 이미 성상의 뜻을 명백하게 보이셨는데, 하늘을 이고 땅을 밟고 다니는 신자로서 어떻게 감히 전하의 앞에서 이런 말을 다시 꺼낼 수 있단 말입니까. 영남 유생들이 입시한 연석에서 한 말씀과 구전한 하교는 모두 만부득이 한 데서 나온 것으로 전하께서 차마 듣지 못하고 신들이 차마 말하지 못할 일이었습니다. 밖에서 하교를 전해들은 여러 신하들도 그러하였는데 더구나 그 당시 현직 정승이겠습니까."라고 하여 채제공의 상소를 비난하였다.

정조가 다시 이르기를, "영상의 상소는 늙어 정신이 흐린 소치에서 빚어진 것인 듯한데, 무어 꼭 이같이 말할 것이 있겠는가." 하니, 김종수가 아뢰기를, "지난 2월에 신이 채제공과 득중정得中亭에서 서로 만났습니다. 그때 신이 묻기를 '여러 해 동안 독상獨相으로 있으면서 어찌하여 한마디 말도 없다가 지난겨울에 수차袖箚를 올린 것은 무슨 까닭인가?' 하니, 그가 대답하기를 '지난겨울 삼사三司의 합계 속에서 한 구절을 지워 없앤 것이 실로 원통했기 때문에 부득이 발뺌의 계책을 한 것이다.' 하였습니다. 이 어찌 대단히 한심한 일이 아니겠습니까. 대저 역적 이덕사와 조재한이야말로 바로 두 글자의 흉언이요, 그들이 남의 형세를 빙자한 말은 더욱 몹시 흉패하였습니다. 그러니 오늘날 조정에서 벼슬하고 있는 자로서 다시 흉악한 역적의 자취를 밟는 자는 단지 '역적을 비호한 자도 역적이다'라는 법률로만 논할 수 없습니다. 그리고 역적 종실의 일에 이르러서도 영남 사람 만여 명이 모두 '우리가 종실의 일에 대해서는 처음부터 간섭하지 않았다……' 하고 있으니, 그들의 속셈을 헤아려보면 바로 이덕사李德師·조재한趙載翰의 역모 사건과 맥락이 서로 연관되어 있습니다. 영남 사람들의 이 말에 대해서는 들은 자와 전한 자가 다 따로 있으니, 대체로 수현壽賢·흥록興祿 무리와 서로 체결한 자들이 모두 이 부류입니다. 그런데 만여 명을 즉각 불러 모을 수 있는 힘이란 반드시 변괴가 있게 마련이니, 이것이 어찌 대단히 놀랍고 두려운 노릇이 아니겠습니까." 하였다. 즉 사도세자 신원과 토역논의가 채제공과 일정한 관련이 있다는 주장을 넌지시 편 것이다. 결국 김종수는 "신이 오늘 한번 나온 것은 오로지 충신과 역적을 엄격히 구분하고 의리를 분명히 하려는 뜻에서였는데, 성상의 하교가 옳게 여기지 않으시니 지금으로서는 오직 몸을 붙들어 회피할 뿐입니다. 당당한 정승 자리가 과연 어떠한 지위입니까. 이미 저 사람과는 의리상 차마 한 하늘 밑에 있을 수 없는데, 어찌 어깨를 나란히 하여 동료가 될 리가 있겠습니까. 원소原疏는 비록 반포되지 않았지만, 조지朝紙에 실린 비답을 가지고 말한다면 상소문의 내용은 듣지 않고도 알 수 있습니다. 그런데 지금 여러 날이 지났는데도 조정에는 적막하게 한마디 말도 없습니다. 세도가 이러하니 변괴가 어떻게 겹쳐 나타나지 않을 수 있겠습니까."라고 하여 좌의정에 나갈 수 없음을 분명히 했다.

김종수가 물러간 다음 정조는 채제공이 금오문金吾門 밖에서 거적자리에 앉아 명령을 기다린다는 말을 듣고 숙배 사은할 것을 재촉하고 이어 입시하라고 명하였다. 채제공이 관을 벗은 채 뜰 아래 엎드려서 스스로 죽을죄를

〈김종수(金鍾秀, 1728~1799) 초상〉. 1792년에 영남만인소(嶺南萬人疏)가 올라와 사도세자를 위한 토역(討逆)을 주장하자, 예전에 정조와 대담했던 내용인 "순(舜)·주공(周公)과 같은 대공지정(大公至正)의 도리로서 부모를 섬김이 효도"라는 소를 올려 이 논의를 가라앉혔다. 다음해 좌의정에 임명되었고, 1794년 사도세자를 위한 토역을 다시 주장한 남인 채제공(蔡濟恭)과 양립할 수 없다는 의리를 굽히지 않아 정조의 두 의리를 조제하는 탕평에 대한 배신으로 지목되어 평해에 유배, 남해에 이배되었다가 그해에 치사(致仕: 벼슬길에서 은퇴함)해 봉조하가 되었다. 순조 때에는 척신인 김구주(金龜柱) 및 심환지(沈煥之) 들과 당파를 이루어 정조를 기만하고 뒤에서 그 치적을 파괴해 자신의 이익을 추구했다 하여 관작이 추탈되었다가 곧 회복되었다. 1802년(순조2)에 유언호(俞彦鎬)와 함께 정조묘정에 배향되었다.

지었다고 말하니, 정조가 명하여 자리로 오르게 하고 하유하기를, "경이 스스로 죄에 빠져든 것이 이번 상소의 일에 이르러 극에 달하였다. 경이 이 상소를 낸 것은 무슨 뜻이었는가? 상소문을 펴들고 두어 줄도 못 읽어서 나도 모르게 마음이 오싹하고 뼈가 저리었다. 이것을 중외에 반포하였다면 장차 경을 어떤 사람이라고 하겠는가. 지금의 입장에서는 종전에 경을 살려낸 뜻이 허사로 돌아갔음을 면치 못하게 되었고 목하 터져 나올 의논들을 막을 수가 없으니 비록 애써 감싸주고자 하여도 어떻게 할 수가 없게 되었다. 그리고 서계書啓에서 한 말들은 또 무슨 말인가? 이것이 만일 전파되면 경의 죄안이 장차 어느 지경에 이를지 모를 것이다. 오늘 좌상이 자리에 나와 첫 마디의 제일의第一義가 바로 경을 성토하는 한 가지 일이었는데, 말뜻이 준엄하였고 바로 그것을 좌상 직임의 거취에 연관시켜 쟁론하였다. 이는 좌상 한 사람만의 말이 아니라 바로 온 나라 사람들의 공공의 논의이니, 경이 이 시점에서 장차 무슨 계책으로 죄를 면하겠는가." 하자, 채제공이 "신의 죽을죄는 신이 스스로 압니다. 죽음이 있을 뿐인데 다시 무슨 말로 우러러 대답하겠습니

정조의 〈파초도〉

까." 하고, 이어 눈물을 삼키며 엎드려 손바닥을 모으고서 아뢰기를, "신은 천지간에 혈혈단신으로 아비도 어미도 없고 오직 우러러 믿는 곳은 오직 전하뿐입니다. 그런데 어찌 감히 일호라도 말을 꾸며내서 거듭 스스로 죽을죄에 빠져들겠습니까. 작년에 구전으로 하교하신 의리는 지극히 정미하고 지극히 엄중하였습니다. 그래서 신이 그때 시임 정승 자리에 있으면서 소장을 올려 다짐을 한 일까지 있었습니다. 그런데 뜻밖에 영의정에 임명되고 보니 기필코 물러나야 하는 의리를 말씀드리려다가 죽음이 임박하여 그만 다시 이런 죄에 빠졌습니다. 속히 죽기만을 원합니다."라고 하였다.

정조는 앞서 김종수와 나눈 대화내용을 전하면서 "아침 연석에서 좌상의 말에 '그러한 처지에서 염치를 무릅쓰고 벼슬길에 나온 자에게는 징계와 토죄를 시급하게 해야 한다.'라고 하였다. 허다하게 늘어놓은 말들을 모두 기억할 수는 없으나, 올봄에 좌상이 경과 수원에서 서로 만났을 때, 지난겨울 선비들이 상소한 일을 가지고 경에게 질문하자, 경이 대답하기를 '지난겨울 합계한 내용 중에 글귀 하나를 지워 없앤 것이 참으로 원통하였다. 그래서 수차袖箚의 일이 있었던 것이니 그것은 과연 발뺌하려는 계책에서 나온 것이다.'고 했다기에 나는 듣고서 놀라움을 감당하지 못했다. 어떻게 대관이 대관을 대해서 선뜻 이런 말을 한단 말인가. 과연 좌상과 이러한 말을 주고받았다는 것인가?"라고 물었다. 그러자 채제공은 손으로 앞자리를 치면서 아뢰기를, "세상에 어찌 이러한 도리가 있겠습니까. 올봄에 신이 좌상과 처음으로 득중정得中亭에서 서로 만났는데, 한참 동안 말을 주고받는 즈음에 '가려운 곳을 긁어주는 것과 같다.'라는 말에 언급하여 좌상이 말하기를 '수차 중에 호해湖海니 산동山東이니 하는 등의 말들은 무슨 뜻으로 쓴 것인가?' 하기에, 신이 대답하기를 '호해라는 말은 지난겨울 호서湖西의 한씨와 윤씨 집안에 대한 일이고 산동은 바로 관동關東의 일을 지칭한 것일 뿐 특별히 다른 뜻은 없었다.' 하였더니, 그도 다시 대답하는 말이 없었습니다. 그 다음날 원소園所에서 작별할 때에 좌상이 신에게 '소생이 대감과 정분은 진실로 여전하지만 이번 주고 받은 말이 만일 서울에 퍼진다면 반드시 말들이 자자하게 될 것이니 신중히 하여 발설하지 말아야 한다…….' 하기에 신은 의당 경계시킨 대로 하겠다고 말하였습니다. 그 후 서울에 들어오자 이익운李益運이 찾아와서 김 판부사와 서로 만났을 때 어떤 얘기를 나누었느냐고 물었습니다. 그러나 신은 이미 그와 서로 약속한 일을 번거롭게 다른 사람에게 알려줄 수 없었기 때문에 비록 이익운이 물었어도 말을 전하지 않았습니다. 그런데 그가 스스로 작별할 때의 약속을 저버리고 신이 하지도 않은 말을 지어내서 연석에서 아뢰기까지 할 줄을 어찌 헤아렸겠습니까. 그리고 합계 중에서 한 구절을 지워 없앴다는 말은 신은 전혀 기억하지 못하겠고, 발뺌하려 했다 운운한 말에 이르러서는 이야말로 하천배의 말투입니다. 어떻게 사부로서 이런 말을 할 자가 있겠습니까. 이 한마디에 대해서는 그와 대질을 하고 싶습니다." 하고 소명하였다.

그러자 정조는 "경의 말이 지나치다. 두 대신이 대질을 하다니, 어찌 이런 일이 있을 수 있겠는가. 다만 좌상이 여러 사람이 모인 빈연에서 아뢰었던 말인데 지금 경이 이렇게 놀라고 의아해하니, 이 일은 뒷날 서로 만나서 설파하더라도 늦지 않을 것이다. 좌상이 연석에서 아뢴 말에 또 '영남 사람들이 스스로 말하기를 「우리가 종실에 관한 일에는 처음부터 한 번도 손을 쓴 일이 없다.」고 하니 대단히 놀랍고 두렵다.'라고 하였고, 또 경의 발뺌에 대한 말은 지난겨울에 당한 일에서 연유된 것이라고 하였다. 대저 경의 지난겨울의 일은 어찌 경이 스스로 취한 것이 아니겠는가. 윤영희尹永僖를 왜 그다지도 싸고돌면서 하마터면 큰 죄에 빠질 뻔했단 말인가.”라고 하자, 채제공이 아뢰기를, “윤영희가 죄를 벗어나거나 못 벗어나는 것은 참으로 신과는 아무런 관계도 없는데, 신이 하필 영희를 애써 감싸주려 하였겠습니까. 신의 본래 버릇이 남의 의견에 따라 자신의 뜻을 굽히려고 하지 않기 때문에 사람들이 영희의 일을 가지고 신을 몰아세우려고 하자 신이 과연 격분하여 그렇게 된 것이었습니다. 신이 만일 남을 따라 처신하면서 뜻을 굽혀 자신만을 꾀하였다면 어떻게 누차 재앙의 그물에 빠져들었겠습니까.”라고 하였다. [33]

　　5월 30일(신유) 김종수는 채제공을 비난하는 상소를 올린다. 그가 말하기를 “수상과는 결코 어깨를 나란히 하여 조정에 설 수 없는 의리를 전석에서 이미 모두 말씀드렸습니다. 아, 작년 5월 22일에 구전하신 하교는 곧 성상의 효성에서 나온 것으로 열어 보임의 명백함과 우려의 심원하기가 그러한 지경에 이르렀으니, 그 몹시 슬퍼하시고 애통해하시는 성의가 충분히 귀신을 울리고 돼지나 물고기까지도 감동시킬 만하였습니다. 그리하여 그때의 대신으로서 ‘이 뒤에 만일 다시 이 일을 제기하는 자가 있으면 그는 바로 난역亂逆이다.’라는 말로 소장에서 다짐을 했던 자가 겨우 한 해가 지난 이때에 그가 도리어 수범首犯이 되었으니 이는 천고에 없었던 세상의 변괴입니다. 군부도 안중에 없는 그의 심술은 길 가는 사람들도 다 아는 바입니다. 비록 전하의 비답 내용과 그의 상소문을 돌려보내고 반환하지 않은 것만 보더라도 상소의 말들이 매우 흉패하였음을 미루어 알 수 있습니다. 이러한 형세를 본다면 그가 다시 군부를 협제하는 계책을 써서 역적들의 앞잡이가 되려고 한 것이 명약관화합니다. 몹시 놀라고 분개하여 나라의 여론이 물 끓듯 하니 실로 어떤 화란이 조석 사이에 닥쳐올지 모르겠습니다. 생각이 여기에 미치니 뼈가 저리고 몸에 소름이 끼칩니다. 삼가 바라건대 깊으신 생각으로 확연히 넓게

33　『朝鮮王朝實錄』 제46권, 394쪽.

살피시어 그의 원소를 특명으로 다시 가져다 반포하서서, 제때에 성토하여 백성들의 마음을 크게 안정시키는 바탕으로 삼으소서." 하였다. 그러나 정조는 사관을 보내 차자를 되돌려 주도록 하였다.[34]

　　며칠 뒤인 6월 1일(임술) 좌의정 김종수는 영의정 채제공을 비난하고 사직 상소를 올린다. 김종수가 상소하여 아뢰기를, "신이 연석에서 채제공의 극히 흉악한 정상을 통렬하게 말씀드렸는데도 처분을 받들지 못하였고, 연석을 물러나와서는 상차하여 채제공의 상소문을 반포해서 제때에 성토할 수 있는 계기가 되도록 해 주실 것을 빌었으나 한 글자의 비답도 받지 못하였습니다. 그리고 번거롭게 사관을 보내 차자를 되돌려 주셨습니다. 신이 명색이 대신으로 있으면서 흉악한 역적 하나를 논하였는데, 윤허를 내리시지 않을 뿐만 아니라 심지어 전고에 없던 극악한 역적으로 하여금 버젓하게 숙배하고 등대하게까지 하셨습니다. 신이야 무어 말할 것이 있겠습니까마는 나라의 체통을 손상시켰으니 이것도 신의 죄입니다. 그리고 제공의 상소 내용을 여기저기서 얻어들은 것만으로도 이미 마음이 놀라고 뼈가 저림을 감당하지 못하겠습니다. 아, 난신적자가 어느 시대인들 없겠습니까마는 마음 쓰는 것이 흉특하고 참독하여 마구 욕설을 해대는 것이 어찌 이 역적 같은 자가 있겠습니까. 조정에 가득한 여러 신하들이 맹세코 이 역적과 함께 살지 않겠다는 마음을 가지고서도 지금까지 성토하지 못하는 것은 다만 상소가 아직까지 반포되지 않았기 때문입니다. 삼가 바라건대 속히 반포할 것을 명하여 그의 죄를 분명하게 바로잡아서 종묘사직과 신민의 행복이 되게 하소서. 가령 신에게 전부터 상직에 나올 수 없는 내세울 만한 조건이 없다 할지라도 이 역적이 토벌되기 이전에는 의리상 차마 한 하늘 밑에 함께 있을 수 없습니다. 그런데 더구나 같은 관료로 한 자리에서 어깨를 나란히 하기를 논할 수 있겠습니까. 이것이 또한 신이 당연히 물러가야 하는 한 가지 단서이기도 합니다."

34　『朝鮮王朝實錄』 제46권, 395쪽.

라고 하였는데, 정조는 승정원에 명하여 싸서 되돌려 보내게 하였다. 그러자 김종수가 말이 채용되지 않으면 떠나야 한다는 의리를 내세워 도성 밖으로 물러가면서 녹사錄事를 보내 명소패命召牌를 들이니, 정조가 다시 명하여 받들어 들이지 말고 승정원에서 가져다 전하도록 하였다.[35]

정조는 마침내 6월 4일(을축) 소란을 일으킨 장본인인 영의정 채제공과 좌의정 김종수를 파직시킨다.[36] 그런 뒤 얼마 안 되어 6월 16일(정축) 다시 채제공과 김종수를 판중추부사로 임명한다.[37] 채제공의 상소문제가 한동안 잠잠하였다.

7월 2일(계사)에 정조가 부스럼병(癤候)이 있어 대신·각신閣臣과 약원藥院의 세 제조提調를 소견召見하였는데, 영의정 홍낙성洪樂性이 아뢰기를, "채제공蔡濟恭의 상소를 반포하지 않아서 그중의 숱한 패역스런 말들을 상세히 알지는 못하지만 김 판부사金判府事(김종수)가 전하는 네 글자의 흉언凶言(동호지필)을 듣고는 놀랍고 비통함을 이기지 못하겠습니다. 이 네 글자만 가지고도 곧바로 극역劇逆이 되니 즉시 엄중 토죄하여 흉역을 징계하여야 됩니다."라 하니, 규장각 제학 정민시鄭民始가 아뢰기를, "그 상소의 구절에 흉한 말이 많이 있기는 하나 만일 원소原疏 자체를 그르게 여기는 것은 옳지 않습니다."라고 하였다.

이때 마침 정조가 판중추부사 김종수가 도성에 들어왔다는 소식을 듣고 입시하도록 하니, 김종수가 아뢰기를, "신이 도성에 들어온 것은 실상 그 일 때문입니다. 그 상소가 내려왔더라도 비교하여 말하면 또한 한 사람의 정후겸鄭厚謙입니다. 공자孔子께서 말씀하시기를 '내가 중유仲由를 얻고서부터 악한 말이 이르지 않았다.' 하셨는데, 신 등이 자로子路의 강용强勇에는 미치지 못하지만 이 같은 흉언을 어찌 보통의 악한 말에 견줄 수 있겠습니까. 아래

---

35   『朝鮮王朝實錄』제46권, 395쪽.

36   『朝鮮王朝實錄』제46권, 396쪽.

37   『朝鮮王朝實錄』제46권, 398쪽.

에 있는 사람일지라도 만일 이로써 그 어버이에게 욕을 끼친다면 그 자식으
로서 너무도 속이 썩고 뼈에 사무칠 것인데, 더군다나 이런 비할 데 없는 막
중한 일에 있어서이겠습니까. 이는 실로 역적 가운데에서도 비할 데 없는 역
적입니다."라고 하여 채제공을 역적으로 몰았다. 이로 인해 정조는 "나의 마
음이 몹시 괴롭다. 이것이 어디 이 사람 저 사람이 서로 따지며 옥신각신할
문제인가."라고 하였다. 이때 정민시가 아뢰기를, "대신이 만일 성토하려면
의당 처음과 끝을 잘 헤아려서 해야 될 것이고 그렇지 않으면 단지 문안만 올
리고 나가야지 결코 금방 말을 내었다가 금방 위축되어서 한갓 실없는 사람
이 되고 말아서는 안 될 것입니다."라고 하였고, 도승지 심환지沈煥之는 "한
제학의 말이 개탄스럽습니다. 원소를 반포하지는 않았으나 신도 귓전에 들
은 말이 있습니다. 신하의 의리로써 의당 성토하기에 겨를이 없어야 될 터이
니, 어찌 한가롭고 느슨하게 지낼 수 있겠습니까."라고 하여 의견을 달리하
였다. 김종수는 아뢰기를, "신의 미욱한 고집으로는 이를 허락받지 않고서는
그만둘 수가 없습니다." 하고 고집을 꺾지 않자, 정조는 "경이 이처럼 굳이
고집을 부리니, 대신과 면질面質을 시킬 수는 없으나, 경이 저 대신과 면대面

對하여 상소의 구절에 대하여 흉역스러운 것인지 아닌지를 결판 짓겠는가?"
하였다. 그러나 김종수는 "함께 한 하늘을 이고 사는 것도 통분하게 여기는
터에 더구나 함께 연석筵席에 오르는 경우이겠습니까. 신은 감히 명을 받들지
못하겠습니다." 하여 정조에게 저항하였다.[38]

　　김종수는 고향에 돌아가서 상소하기를, "신이 연석筵席에서 물러나온 다
음날 고을과 도道를 통하여 봉장封章을 올린 것은 충성을 다하고자 했던 것으
로, 더없이 중대한 일에 관계되는 것이었습니다. 그런데 전해 듣건대 원소原
疏가 승정원에 도착한 뒤 승지와 도신道臣이 사사로이 서로 주고받느라 지금
껏 상이 읽어보지 못하였다 합니다. 이런 일이 전에는 있지 않았기에 이 말
을 듣고는 크게 놀랐습니다. 신에 있어서야 무슨 말할 나위가 있겠습니까마
는, 조정을 욕되게 한 점이 있으니 즉시 상소문을 들여오게 하여 분명한 처분
을 내려주시고, 그런 뒤에 승지와 도신을 각기 지은 죄에 따라 벌을 주어서
국가의 체면을 보존하소서."라고 하니, 정조가 비답하기를, "아직 읽지 못한
상소문에 일언반구라도 금지하는 일에 관계되는 것이 없다면, 승정원이 기
영畿營을 왕복하면서 상소문을 되돌려 보내어 마치 제신諸臣들이 올린 장주章
奏를 물리치는 것처럼 한 것은 후일의 폐단에 관련되는 것이니, 결단코 엄격
히 처치하지 않을 수 없다. 만일 조금이라도 이에 반하면 재상의 상소문이라
그 체면이 중하다 하더라도 금령이 또한 엄연히 존재해 있다. 금령을 거두기
전에는 어찌 단지 승지만 감히 받들어 올리지 못할 뿐이겠는가. 경도 금령
거두기를 요청하지도 않고서 그 금령을 범하는 행동을 하여 스스로 남의 흉
내를 내는 죄과罪科에 돌아가서는 안 될 것이다. 정말로 금령에 저촉되는 바
가 있었는지의 여부를 경은 사신이 돌아오는 편에 덧붙여 아뢰도록 하라."
하였다. 이에 김종수는 사신 편에 덧붙여 아뢰기를, "신의 상소문에는 금령
에 저촉되는 구절은 없고 단지 신의 말을 받아들이고 신의 죄를 처결하기를

38　『朝鮮王朝實錄』 제46권, 401쪽.

바란다는 따위의 스스로의 허물을 뉘우치는 말이 있었을 뿐입니다."라 하니, 정조는 7월 6일(정유) 김종수의 상소문을 정체시킨 승지 심환지를 체직하여 해부該府에서 법에 따라 처결하도록 명하였다.[39]

채제공의 상소건을 둘러싸고 김종수와 정조 사이에 진행된 논변은 이로써 일단락된 듯하다. 그런데 이러한 소식이 영남유림 사회에 소상히 전달되었던 것이다. 김약련은 「의소」에서 이렇게 말했다.

> 신 등은 두 신하란 자가 아뢴 바가 무슨 말인지는 잘 알지 못하겠습니다. 그러나 가만히 생각하건대 저 두 신하는 모두 선조先朝의 구신舊臣이고 전하의 대신입니다. 어찌 그 소어疏語가 차마 선조의 지극한 은택을 잊고 성상에게 보효報效를 생각하지 않은 것이겠습니까? 무엇 때문에 봉환封還하시고 제신諸臣들에게 보이지 못하는 지경에 이르렀습니까? 잇따라 관유館儒들이 판부사에게 부합附合하여 토역討逆을 가지고 영부사의 봉환된 소장을 지적指斥하고 아울러 신 등이 작년에 올린 소에 미쳐 영인嶺人들을 벌주어 내쫓아 현관賢館에 발을 붙이지 못하도록 해야 한다는 말을 들었습니다. 신 등은 이에 종수의 소어疏語가 영부사의 소와 서로 배치되고 작년에 아뢴 의리와 크게 어긋남이 있음을 알겠습니다. 신 등은 모골毛骨이 차갑고 심담心膽이 찢어질 듯합니다.[40]

말하자면 채제공의 견해는 영남유림과 일치하므로 채제공을 공격한 김종수의 처사는 곧 영남유림에 대한 공격이라고 보는 것이다. 그런데 김약련은 「의소」를 초하고 있을 무렵 또 다른 소식을 접한다. 그것은 그해 8월 8일 여러 대신들이 입시한 가운데 정조가 영부사 채제공이 도승지로 있을 때 영조의 어서御書를 받들어 갈무리한 일에 대해 전 영상만이 이 사실을 알기 때

---

39 『朝鮮王朝實錄』 제46권, 401쪽.

40 『斗庵集』 卷2, 7쪽, 「癸丑擬疏」: "臣等, 不知二臣者所奏者何語, 而竊自以爲彼二臣, 皆先朝之舊臣, 而殿下之大臣也. 豈其疏語, 忍忘先朝之至澤, 而不思報效於聖上耶. 何爲而至於封還, 而不以示諸臣也. 繼而聞館儒之附合判府者, 稱以討逆指斥領府封還之章, 並及臣等昨年之疏, 罰逐嶺人, 使不得接跡於賢館. 臣等於是, 有以知鍾秀疏語, 相背於領府之疏, 而與臣等昨年所陳義理, 大有逕庭. 臣等不覺毛骨寒, 而心膽裂矣."

〈홍낙성 영정〉. 1771년 반세손파(反世孫派)에 의해 사도세자의 아들 은신군(恩信君)·은언군(恩彦君)이 제주도로 유배되고 세손(뒤의 정조)의 지위마저 위태롭게 되자 홍봉한과 함께 이를 저지하다가 삭직당해 전라도관찰사로 부임했다. 1775년 예조판서를 거쳐, 우참찬·형조판서·병조판서를 지낸 데 이어, 정조 즉위 후 좌의정에 올랐고, 1783년(정조7) 사은사(謝恩使)로 청나라에 다녀왔다. 1793년 영의정에 올랐고, 1797년 영중추부사에 전임되어 기로소(耆老所)에 들어갔다.

문에 그 혼자서 그 일을 말한 것이니, 이는 속에서 우러나온 충성과 의리의 발로라고 함이 옳을 것이라고 특교特敎를 내렸다는 소식이다. 이른바 '금등金縢'[41]과 관련한 사건이 당시 조야에 현안으로 대두하였던 것이다.

여기서 잠시 8월 8일(무진) 시임時任·원임原任 대신과 문관·음관蔭官·무관으로서 2품 이상인 경재卿宰와 내각內閣 삼사의 제신들을 만나본 자리에서 정조가 내린 말씀을 알아보기로 한다.

정조는 말하기를 "경 등을 소견한 것은 나의 뜻을 말하여 주려고 해서이다. 요즈음 나타나고 있는 좋지 못한 꼴들을 보고 연석에 올라온 제신들도 어찌 요량되는 바가 없겠는가. 차마 말하지 못할 것을 차마 말하고 감히 제기하지 못할 것을 감히 제기하는 것은, '의리를 밝히고 윤리를 바루자(明義理正倫綱)'는 이 여섯 글자에 지나지 않고 있다. 전 영상領相이 상소한 말을 경들은 정말 어느 사람에게 들었으며 또 무슨 일을 가지고 죄를 삼는가?" 하니, 영의정 홍낙성洪樂性, 판중추부사 박종악朴宗

---

41   '금등'은 쇠줄로 단단히 封하여 祕書를 넣어두는 箱子라는 뜻으로, 억울하거나 祕密스런 일을 글로 남겨 後世에 그 眞實을 傳하고자 할 때 使用되는 말이다. 金縢之詞란 영조가 자신의 아들이자 정조의 아버지인 사도세자의 죽음에 관련하여 남긴 글이다. 영조는 노론의 모함으로 사도세자를 뒤주에 가둬 죽게 하였는데, 훗날 그 일을 후회하며 쓴 것이다. 이로 인해 노론과 소론이 대립을 했고 더 나아가서는 정조와 신료들의 갈등도 빚어졌다. 금등지사를 입수해야만 죄인 신분으로 죽은 사도세자의 무죄를 입증하여 명예를 회복하고, 나아가 정조의 정치적 권위를 회복할 수 있었다. 그러나 영조는 금등지사를 바로 공개하지 않고 후세에 남기도록 했다. 따라서 이를 사도세자의 신위를 모신 사당인 垂恩墓 내부에 보관하도록 했던 것이다.

〈낙남헌양로연도(洛南軒養老宴圖)〉. 1795년 윤2월 14일 신시, 정조 가 화성(華城)의 낙남헌(洛南軒)에서 영의정 홍낙성(洪樂性, 1718~ 1798) 등 능행에 수행한 노대신(老大臣) 15명과 수원부의 노인 총 384명에게 양로연을 베푸는 장면이다.

岳, 좌의정 김이소金履素가, 모두 원소原疏를 보지 못하였다고 말하였다.

정조가 이르기를, "이 문제에 만일 범법한 사실이 있다면 전 영상이라고 하여 무엇을 아낄 것이며, 혹시 이와 반대가 된다면 또 전 좌상이라고 하여 무엇을 아낄 것인가. 전 영상의 상소 가운데 한 구절의 말은 곧 아무 해(某年 : 1762년 임오화변)의 큰 의리에 관한 핵심인데, 내가 양조兩朝의 미덕美德을 천양하고픈 마음이 있으면서도 감히 한 번도 이를 제기하지 못한 이유는 참으로 이 일이 아무 해에 관계된 것이어서 감히 말하지도 못하고 또 차마 제기하지도 못하고 있는 것이다. 전 영상의 상소 가운데는 비非 자 한 구절로 말머리를 꺼내고 즉卽 자 한 구절로 말을 끝맺었는데, 즉 자 이하의 내용은 아무 해의 일과 관계되어 있는 지극히 중대한 일이었다. 가령 전 영상이 국가를 위하여 한 번 죽기로 작정하고 미덕을 천양하려는 애타는 마음과 피 끓는 정성에서 한 말이라 하더라도 내가 감히 말하지 못하는 것을 전 영상이 감히 말하였으니 그 겉면만을 얼핏 본다면 그의 죄는 용서하기 어려운 것이다. 내가 비지批旨로 이미 부월鈇鉞 같은 엄한 뜻을 보인 이상 오늘 조정에 있는 신료들이 어떻게 놀라 통분해 하지 않을 것이며 전 좌상이 성토聲討한 것도 형편상 그럴 수 있었던 것이다.

그러나 전 영상이 남이 감히 말하지 못하는 것을 감히 말한 것은 대체로 곡절이 있어서였다. 전 영상이 도승지로 있을 때 선조先朝께서 휘령전徽寧殿에 나와 사관史官을 물리친 다음 도승지만을 앞으로 나오도록 하여 어서御書 한 통을 주면서 신위神位의 아래에 있는 요(褥) 자리 속에 간수하도록 하였었다. 전 영상의 상소 가운데 즉 자 아래의 한 구절은 바로 금등金縢 가운데의 말인 것이다. 내가 처음 왕위에 오른 병신년 5월 13일 문녀文女의 죄악을 드러내어 공포할 적에 전 영상이 윤음綸音을 교정하는 일에 참여하여 아뢴 것이 있었고 승지와 한림翰林을 보내어 이를 받들어 상고한 일까지도 있었다. 지금 물러가기를 청하는 상소에서 죽음에 임박하여 이런 진실을 말한 것은 전 영상만이 이 사실을 알기 때문에 그 혼자서 그 일을 말한 것이니, 이는 속에서 우러나온 충성과 의리의 발로라고 함이 옳을 것이다. 전 좌상은 이런 본 내막을 모르기 때문에 단지 그 표면에 나타난 것만을 의거하여 지난여름 이후로는 감히 말하지 못할 의리로써 성토한 것이니 이 또한 속에서 우러나온 충성과 의리에서 발로된 것이다. '금등' 속의 말은 하나는 자식을 사랑하는 마음이요, 하나는 지극한 효성에서 나온 것이니 이 어떠한 미덕인가. 단지 감히 말하지 못할 일이라는 이유 때문에 차마 제기하지 못하고 장차 묻힌 채 드러나지 못하게 되었던 것이 지금 전 영상의 상소로 인하여 그 단서가 발로되었고 그대로 잠자코 있을 수 없게 된 것이다. 동호지필董狐之筆이라는 네 글자에 있어서는 그 뜻이 대개 이 다음에 동호와 같은 훌륭한 사가史家가 있어서 전하의 마음을 십분 이해하고 신들의 마음도 충분히 이해한다면 지금 굳이 들추어내려고 할 필요가 없다는 것으로 이 역시 흉악한 말이라고 할 수 없는 것이다."라고 하였다.

그리고는 '금등' 가운데의 두 구절 '피 묻은 적삼이여 피 묻은 적삼이여, 동桐이여 동이여, 누가 영원토록 금등으로 간수하겠는가. 천추에 나의 품으로 돌아오기를 바라고 바란다(血衫血衫, 桐兮桐兮, 誰是金藏, 千秋予懷, 歸來望思).'라는 내용을 베껴낸 쪽지를 여러 대신들에게 보여주게 하였다. 그리고 정조는 이렇게 말하였다.

이덕사李德師와 조재한趙載翰을 사형에 처하게 하던 날 문녀와 김상로金尙魯도 처단했을 것이지만 나는 그때 이미 금등의 글 가운데 들어 있는 선왕의 본의本意를 이해하고 그 뜻을 약간 반영하였던 것이다. 내가 비록 보잘 것 없기는 하지만 일단 결정을 하려면 저울질을 해보고 결정하지 어떻게 내 마음대로 경중을 좌지우지할 것인가. 내가 차마 이 말을 하는 것은 나도 생각이 있어서이다. 요컨대 온 세상 사람들에게 전 영상이 상소에서 말한 것이 위에서 말한 바와 같고 또 전 좌상이 준엄한 성토를 한 것도 내면의 사실을 모른 데에서 나온 것임을 알리고 싶을 뿐인 것이다. 그리고 또 분명히 밝혀두지 않을 수 없는 것이 있다. 오늘날의 신하들은 언제나 한 가지 문제가 일어나면 곧 그것을 제멋대로 추측하는 버릇이 있어서 예컨대 전례典禮 문제 같은 것은 의심하지 않아도 될 것을 의심하고 있으니 그것이 어디 감히 마음이나 둘 일인가. 즉위한 처음에는 으레 정청庭請이 있으면 뒤에 애써 따르곤 하지만 나는 세 번의 사양에만 그치지 않고 세 가지 일은 끝까지 사양하며 여러 신하들이 그 뜻을 따라줄 것을 바랐다. 그 첫째는 강왕康王이 면류관을 벗은 일이 선유先儒들로부터 예가 아니라는 비난을 받았기 때문에 차마 문에 임하여 조하朝賀를 받지 못했던 것이고, 둘째는 영릉永陵을 추존하는 일은 선왕先王께서 비록 유언까지 하였으나 다시 더 신중을 기함이 합당했던 것이고, 셋째는 왕대비전의 칭호에 대하여 왕王 자 위에 대大 자를 감히 더 놓을 수 없었던 것이다. 속된 견해에 얽매이어 맨아래 한 조항 이외에는 모두 거론할 수도 없게 되고 말았다.

이것도 오히려 이와 같았는데 더구나 전례에 관한 문제를 감히 의논한단 말인가. 병신년 3월 10일의 하교[42]를 보면 나의 본의를 알 수 있을 것이다. 오늘 분명

---

42 정조는 즉위년 3월 10일(신사) 대제학 李徽之가 지어 올린 교문을 중외에 반포하여 사면의 은전을 내렸다. 그 내용을 보면, "왕은 말하노라. 皇天이 한없는 재앙을 더없이 내리어 갑자기 거창한 일을 만나게 되었다. 小子가 寶位를 이어받게 되었는데, 억지로 백성들의 심정에 따르고 공경히 떳떳한 법을 지키려는 것이었으니, 어찌 임금의 자리를 편히 여겨서이겠느냐? 지난날에 列聖들께서 남기신 전통은 거의 三代 시절의 융성한 것과 견주는 것으로서, 祖宗의 功德은 上帝의 大命을 받든 것이었고, 文武의 謀烈은 후손들에게 편안함을 끼친 것이었다. 공손히 생각건대, 大行大王께서는 진실로 잘 繼述하시어 舜과 같은 총명을 사방에 펼치므로, 아! 만백성이 이에 화합하게 되고, 文思는 三才의 도리를 겸하였으니 참으로 八道가 좋아서 감화되었다. 고은 毛氈에 앉는 것을 엷은 얼음을 디디는 것처럼 생각하여 매양 공경하여 두려워하는 정성이 간절하였고, 가난한 집의 곤궁을 풀어 주기에 진념하여 더욱 자식처럼 돌보는 정사에 힘을 썼다. 근검이 王家와 나라 가운데 나타나게 되었으니 진실로 순일한 덕이 밝아졌기 때문이고, 孝悌가 神明에게도 통하게 되었으니 이는 百行의 근본이라고 하는 것이다. 麟經의 尊王의 의리를 게양하여 皇壇에 享祀하는 儀式을 갖추어 놓았고, 洪範九疇의 會極에 관한 공부에 힘을 써 만물들이 化育의 테두리 안에 안기게 하였다. 아! 아름다워도다. 50년 동안 빛이 나게 임어하시어 이에 千載一遇의 국운이 비로소 돌아올 날을 보게 되었다. 춘추는 唐나라 堯임금이 間治하던 때를 넘게 되어 만백성들이 모두 받들게 되고, 덕은 이미 衛나라 武公의 抑戒에 부합되어 임금의 지위를 편안하게 누리시었다. 그동안 기쁘기도 하고 두렵기도 한 마음으로 오직 장수하시기를 빌었는데, 어찌 마음이 끊어지는 듯한 애통에 갑자기 하루아침에 잠기게 될 줄 알았겠는가? 金縢에 納册하며 이 몸으로 대신하기 빌었지만 효과를 보게 되지 못하였고, 玉几에서 명이 내리며 영원히 수염을 움켜쥐는 슬픔을 안게 되었다. 怳然히 嘗藥할 때가 있게 될 것으로 여기다가 그만 視膳할 날이 없게 되어버리고 말았다. 외롭고도 외롭게 애통 속에 있으며 바로 枕塊하고 處苫해야 할 때를 당했기에, 경황없이 무엇을 찾는 것 같은 참인데 어찌 즉위하여 御寶를 받는 예식이 편안하겠느냐? 지극한 애통을 스스로 견딜 수 없는데 차마 더욱 굳어지는 당초의 뜻을 늦출 수 있겠느냐마는, 大位를 비워서는 안 되는 것이니 어찌 막을 수 없는 대중의 심정을 헛되게 하겠느냐? 위로는 慈殿의 분부를 받들고 아래로는 옛 의식을 따라 이에 금년 3월 초10일 辛巳日에 崇政門에서 즉위하고, 睿順聖哲王妃 金氏를 존승하여 왕대비로 올리

히 밝혀두는 것은 대체로 '대고大誥'의 뜻을 모방하여 사람마다 그 뜻을 충분히 알고 있었으면 하는 생각에서이다. 지금부터는 다시 이를 빙자하여 이러쿵저러쿵 시끄럽게 구는 일이 있으면 사람마다 성토할 것이다. 오늘 이후로 사리를 천명할 책임은 오로지 경 등에게 있는 것이다.[43]

이는 정조가 채제공의 상소를 긍정하고 '금등'의 존재를 확인하는 발언이다.

정조는 다음 날인 8월 9일(기사) 판중추부사 김종수를 소견한 후 『일성록日省錄』을 빈청賓廳에 가서 보도록 윤허한다. 다시 한 번 채제공의 상소에 문제가 없음을 밝히기 위함이었다. 이때 정조는 김종수에게 이르기를, "어제, 의리를 밝히고 윤리를 바루어 잡는 일에 대하여 이미 여러 신하들에게 말하였는데 한번 말을 꺼내기에도 나의 마음이 어떠했겠는가. 그런데 또 어떻게 차마 말하랴만 오늘 경을 만났기 때문에 말하지 않을 수가 없는 것이다. 전에는 차마 말하지 못했던 것을 오늘은 차마 말하는 이유를 내가 먼저 말하리라. 아무 해(임오년)의 사변은 차마 제기할 수 없는 일이기 때문에 감히 말하지 못했던 것이고 감히 말할 수 없는 일이기 때문에 차마 제기하지 못했던 것이다. 비록 양조兩朝의 미덕을 천명하기 위한 일이라 하더라도 여태껏 차마 제기하지 못하고 감히 말하지 못했기에 차라리 덮어둔 채 드러내지 않은 지가 지금 거의 10년이나 되었는데도 끝내 감히 말을 꺼내지 못하였던 것이다.

고, 嬪 김씨를 왕비로 올렸다. 綴衣를 돌아보니 측은하게 마음이 더욱 슬퍼지고, 晝純에 임해서는 주르륵 눈물을 흘리며 울게 된다. 앞서는 '대신 노력하라.'라는 성스러운 명을 받들고서 모든 기무를 섭행하기 힘쓰다가, 이제는 繼序해야 하는 상례를 준수하느라 三讓하는 일을 이루지 못하게 되었다. 크고 힘든 왕업을 생각하건대 순조롭게 감당할 수 있을까 싶고, 즉위하는 예식을 거행할 참을 돌아보건대 부탁받은 것을 저버리게 될까 두렵다. 오직 혹시라도 堂構를 이어가지 못할까 경계하며, 한없이 羹墻에서도 사모되어짐을 견딜 수 없다. 이에 10행의 綸音을 반포하여 널리 사면하는 은전을 내리는 것이니, 어둑새벽 이전의 잡범 가운에 사죄 이하는 모두 용서하여 면제해주라. 아! 오늘날은 처음으로 즉위한 참이기에 마땅히 널리 탕척하는 仁을 생각하였고 나의 일을 끝맺기를 도모하니, 거듭 밝은 아름다움을 보게 되기 바란다."라고 했다(『왕조실록』 제44집 561쪽).

43 『朝鮮王朝實錄』 제46권, 403쪽.

이는 도리상은 그러할지라도 양조의 미덕이 그대로 드러나지 못할 염려가 있는 것이며 세변世變이 거듭 생겨나는 것도 여기에서 연유한 것이다. 그러니 이 일을 한 번 말하여 사람마다 알도록 한 다음이라야 양조의 미덕이 천추만세에 환히 드러날 것이며 거듭 생겨나는 세변도 이로부터 영원히 그치게 될 것이다. 전 영상(채제공)의 상소문 가운데는 비非 자 아래의 말과 즉卽 자 아래의 말이 있는데 비 자 아래의 말도 이미 차마 제기할 수 없고 감히 말할 수 없는 것이지만 즉 자 아래의 말은 더욱이 차마 제기할 수 없고 감히 말할 수 없는 내용인 것이다. 이는 대체로 그 일이 아무 해(임오년)에 일어난 망극한 사변 가운데의 핵심적인 내용에 관계된 것이고 상소를 올려 세초洗草할 것을 청한 내용 중의 가장 중요한 부분인 것이다. 전 영상이 설사 국가를 위하여 한 번 죽기로 작정한 마음이 있었더라도 차마 제기할 수 없고 감히 말할 수 없는 일을 제기하여 나에게 들려준 것은 죄가 되는 것이고, 가령 그 마음이 옛날의 미덕을 드러내기 위한 데에서 나왔더라도 도리어 차마 들을 수 없는 말로 막중한 자리에 미치게 한 것도 죄이며, 옛날 일을 언급하면서 선조까지 언급이 된 것도 역시 죄인 것이다. 이 중에 한 가지만 있어도 이미 용서받을 수 없는 극형의 죄안罪案이 되는데 내 그의 상소문을 한 번 보고서는 그가 무슨 마음으로 그 상소를 쓴 것인지 금방 판단이 안 서서 비답과 전교 등으로 부월보다 더 준엄한 뜻을 보였던 것이다. 이를 보았거나 들은 뭇 신하들로서 그를 엄중히 성토하려 했던 것은 경만이 그런 것이 아니라 누군들 그와 같은 심정이 아니었겠는가. 다만 전 영상이 차마 제기할 수 없고 감히 말할 수 없는 내용을 혼자서 말한 데에는 대체로 그 이유가 있는 것이다. 선대왕先大王께서 휘령전에 친림했을 적에 전 영상이 도승지로 입시하였는데 사관을 문 밖으로 물러가게 한 다음 선대왕께서 한 통의 글을 주면서 신위神位 밑에 있는 요의 꿰맨 솔기를 뜯고 그 안에 넣어두게 하였던바 그것이 바로 금등 문서였던 것이다. 내 그 내용을 반포하는 것이 막중한 관계가 있고 또 시급한 일이라는 것을 모르는 바 아니었으나 아픔을 참고 억울함을 간직한 채 오늘까지 끌어

온 것은 오로지 차마 말할 수 없었기 때문이었다. 그러나 문녀의 처분에 관한 전교를 내리면서는 그 속에 약간의 언급이 있었던 것이다. 전 영상의 상소문 가운데 즉 자 이하는 바로 아무 해 이전의 흉도凶徒들이 한 흉악한 말이 있었는데 아무 해(임오년) 이후에 선대왕께서 즉각 이를 깨닫고 이 '금등의 글'을 내렸던 것이고 전 영상만이 그 사실을 알고 있었기 때문에 그 혼자서만 이를 말하게 된 것이다. 그 상소문이 나온 뒤로 조정이 시끄럽게 들끓었으나 그대로 방임했던 것은 내가 차마 제기할 수 없어 아직껏 감히 말하지 못했던 것인데, 오늘에서야 한 번 말하지 않을 수 없음을 깨닫고 나서 비로소 말하게 된 것이다. 나는 세초하는 일로 상소를 올린 것은 단지 그런 기록을 아예 이 세상에 남겨두고 싶지 않아서였던 것으로 여겼다. 그러나 나의 마음에 밤낮으로 동동거리며 잊히지 않는 것은 초야의 조각난 문서도 잘못된 내용이 잘못 전해지는 것이 대부분인데 더구나 정승의 상소문은 사체가 중한 것으로 비록 봉하여 불태워 버리게 하더라도 승정원에서 그것을 본 사람이 있고 연석筵席에서 들은 사람도 있으며 또 이를 베껴 쓸 때에도 필시 듣거나 본 사람이 있었을 것인데 그렇게 하는 사이 한 번 전해지고 두 번 전해지면 틀림없이 세상에 전파될 것이 아닌가 하는 점이었다. 또 이제 와서 내가 차마 말할 수 없는 말이라고 하여 감히 말을 꺼내지 못했다가 도리어 차마 말할 수 없는 사실이 세상에 멋대로 전파되도록 내버려 둔다면 세상에서 이를 보는 사람들이 앞으로 어떻게 볼지 모를 일이니, 그렇다면 한때에 차마 말할 수 없는 것은 작은 문제이고 차마 말할 수 없는 그 사실이 후세에 흘러 전하게 되는 것은 관계됨이 매우 중대할 것이라 여겼다. 그래서 어제 그렇게 하였던 것이다." 라고 하였다.

이에 김종수가 아뢰기를, "신은 그때 마음과 몸이 모두 떨렸었습니다. 차마 꺼내지 못할 말을 감히 꺼낸 것이 더욱 더 흉참한 일임을 모르는 바가 아니었으나 특히 차마 꺼내지 못할 말을 꺼내 성토하는 것도 차마 하지 못할 일이었기 때문에 감히 꺼내지 못하고 다만 '동호지필' 그 네 글자를 가지고 성토했던 것입니다. 신이 전에 올린 상소는 오로지 그의 상소문을 반포하여 그것이 역적인지 아닌지를 결정할 것을 청한 것이었는데 그 상소문을 지금 보여주신다면 신이 올릴 말씀이 또 있을 것입니다." 하였다. 그러자 정조가 채제공에게 사관史官을 보내 본래의 상소문을 봉하여 올리도록 하였는데, 채제공이 벌써 불태워 버렸다고 하면서 올리지 않았다. 이에 정조는 각신閣臣에게 명하여 『일성록』의 등본을 가지고 빈청에 가서 종수에게 보여주도록 하였다.[44]

그 뒤 9월 12일(임인) 정조는 김종수를 다시 소견하였다. 그때 김종수는 『일성록』에서 채제공의 상소를 보았던 터라 자신의 느낌을 정조에게 아뢸 필요가 있었다.

김종수는 수차袖箚를 올려 아뢰기를, "아, 그렇게 소중하고 존엄할 수 없는 자리에서 차마 꺼내지도 못하고 감히 말할 수도 없는 사실을 쓰면서 일찍이 직접 눈으로 본 것을 마치 잊은 것처럼 속이고 고의로 더없이 망측한 말을 만들어내어 우리 두 임금의 미덕과 성상의 효성을 묻어버리고야 말려고 하였으니, 그렇게 사람들 마음을 현혹시키고 온 세상을 선동시키려고 한 그 뜻이 과연 무엇을 하려고 한 것이겠습니까. 아, 역시 흉측합니다. 그의 상소 가운데 숱한 음흉한 말들을 감히 제기하지 못하는 까닭에 어쩔 수 없이 일체 모르는 것으로 생각하고 지나가지만, 이 한 가지 일만으로도 벌써 그가 흉역의 마음을 가졌다는 것은 판별이 된 것입니다. 우리 성상의 하늘처럼 포용하는 큰 덕을 신도 살뜰히 받들고는 싶지만 많은 사람의 눈을 가리기 어려운 데 있어서는 어찌하겠습니까. 신의 차자를 대신과 여러 신하들에게 낱낱이 물어보소서. 그리하여 만일 신이 한 말을 옳지 않다고 하는 자가 있으면 신이 면대하여 따지겠습니다."라고 하여, 채제공이 '금등'을 발설한 저의를 '흉역의 마음'을 가진 것이라 의심하였다.[45] 결국 김종수는 1794년 사도세자를 위한

44　『朝鮮王朝實錄』제46권, 404쪽.

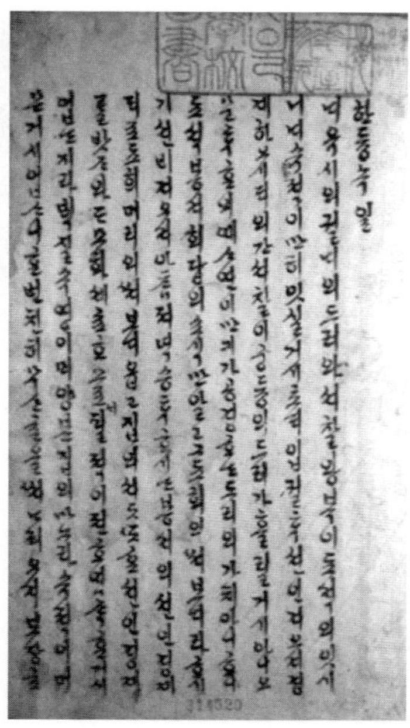

〈한중록(閑中錄)〉. 1795년(정조19) 혜경궁 홍씨(惠慶宮洪氏, 1737~1815)가 지은 자전적 회고록. 모두 4편으로 되어 있다. 제1편은 작자가 회갑을 맞은 해에 썼고, 나머지 세 편은 1801(순조1)~1805년(순조5) 사이에 썼다. 글을 쓰게 된 동기는 사도세자 사건으로 비난받는 아버지 홍봉한의 결백을 입증하는 내용을 손자인 순조에게 읽히기 위한 것이었다. 즉 홍국영 등 정적들의 모함으로 친정이 멸문지화를 당하고 홍봉한이 사도세자가 참변을 당할 때 뒤주를 바쳤다는 혐의까지 받자 아버지의 결백을 입증하기 위해 쓴 것이다.

토역을 다시 주장한 채제공과 양립할 수 없다는 의리를 끝내 굽히지 않음으로써 정조의 사도세자와 영조 사이에 두 의리를 조제하는 탕평에 대한 거역으로 지목되어 유배에 처해지고 만다.

김약련은 「의소」에서 '금등'에 관해 이렇게 말하였다.

> 신들은 이러한 하교를 듣고 더욱 영부사 소어疏語가 한결같이 충의에서 나왔음을 믿었습니다. 그러나 연교筵敎 가운데서 또한 '종수가 본 내막을 모르기 때문에 단지 그 표면에 나타난 것만을 의거하여 죄를 성토한 것이니 이 또한 속에서 우러나온 충성과 의리에서 발로된 것이다'라고 말씀하셨으니 신들은 우러러 듣자옵고 엎드려 의아함을 이길 수 없습니다. 종수가 그 내막을 자세히 알았다 해도 아마 영부사가 홀로 안 것만 같지 못하였을 것입니다. 그로 하여금 만일 조금이라도 충애하는 마음을 가지게 했다면 단지 표면에 나타난 것에 근거해 살펴본

---

45 『朝鮮王朝實錄』 제46권, 409쪽.

혜경궁 홍씨 가마 그림

다 할지라도 어찌 선대왕 선세자의 지극히 자애롭고 지극히 효성스러운 미덕을 알지 못하고서 감히 이런 선조先朝(사도세자)를 잊고 의리를 배반하는 짓이 있었겠습니까? 신들은 또한 본 내막을 알지 못하고서 단지 외면만 보았으나 또한 능히 우리 성상께서 허다한 세월 동안 받들어 주선하신 것이 모두 선대왕의 마음과 명命이 아님이 없었음을 알 수 있었습니다. 신들이 어떻게 그것이 그러함을 알겠습니까? 금등을 간수할 이가 아무도 없다고 탄식하신 것은 바로 우리 선대왕의 지극히 자애로우신 명이시고 우리 성상께서 우러러 선대왕의 마음을 체인하여 친히 선대왕의 명을 계승하시어 무릇 18년 사이에 상량하고 주선하신 까닭입니다. 그리고 원악元惡·대대大憝들을 대략 솎아내신 것은, 첫째 선대왕의 마음이요 두 번째 선대왕의 명 때문이었습니다. 혹 간절히 문文으로 선교宣敎하시고 혹 순순히 훈訓으로 연교筵敎하시었습니다. 비록 신들처럼 몸은 초야에 엎드려 있어 자취가 서울에 드문 자로도 오히려 이목으로 문견한 바와 심간心肝에 패명佩銘한 것이 있으니, 저 연곡^{輦轂} 옆에서 생장하여 경상^{卿相}의 지위를 밟은 자가 어찌 선대 왕의 명을 듣지 못했으며 어찌 우리 성상의 마음을 알지 못하여 이에 감히 더불 어 유교^{遺敎}를 준봉^{遵奉}하여 반드시 선대왕 선세자의 덕을 천하후세에 밝히고자 하는 자가 각립하고 배치(^{角立背馳})하여 반드시 의리를 저억^{沮抑}하고 공의^{公議}를 협 제^{脅制}하여 선조^{先朝}의 미덕이 가려져 드러나지 못하게 되어도 돌보지 않음이 아 아! 심하다고 하겠습니다. 어찌 선조에게 불충하고 도리어 수적^{讎敵}에게 우단^{右袒} 하려는 자가 되었단 말입니까? 이 무슨 심장^{心腸}입니까?⁴⁶

김약련은 채제공이 상소를 올려 정조가 평소에 '차마 말하지 못하고 감 히 말해서는 안 된다(不忍言, 不敢言)'는 6자의 조칙을 내려 임오의리 문제를 제 기하지 못하게 한 것에 반기를 들고, 영조가 남긴 금등문자를 들어 사도세자 와 영조의 미덕을 함께 발양해야 하고 그래야만 정조의 입장(효성)이 제대로 밝혀질 수 있다고 주장한 것을 전폭적으로 지지하고 있다. 그러나 김종수는 '불인언 불감언'을 금과옥조로 믿었기에 '토역'을 제기하거나 '금등문자'를 발 설한 채제공의 처사가 매우 못마땅했던 것이다.

그래서 김약련은 "신들은 남몰래 다만 그 '차마 말하지 못함'을 알 뿐 다 시 선세자의 효성을 밝히지 못하고, 다만 그 '감히 말하지 못함'을 알 뿐 다시 선대왕의 마음을 밝히지 못하는 것이 충성입니까? 잠시 '차마 말하는 죄'를 범하여 반드시 선세자의 효성을 밝히고자 하고 차라리 '감히 말하는 율^律'을

---

46 『斗庵集』卷2, 7~8쪽,「癸丑擬疏」: "臣等, 得聞此教, 益信領府事疏語之一出於忠義, 而筵教中, 又 以鍾秀之不知本事, 裏面只據外面聲罪者, 亦出於忠義爲教, 臣等不勝仰悶而俯訝者矣. 鍾秀之詳知 裏面, 或不如領府之獨知, 而使彼苟有一分忠愛之心, 則只據外面觀之, 豈不知先大王先世子止慈止 孝之德美, 而敢有此忘先朝, 背義理之擧哉. 臣等亦不知本事裏面, 而只見得外面, 然亦能知我聖上 許多年奉以周旋, 皆莫非先大王之心與命也, 臣等何以知其然也. 發歎於金縢之無人者, 是惟我先大 王止慈之心也. 親教以伯魯之爲譬者, 是惟我先大王止慈之命也. 惟我聖上仰體先大王之心, 親承先 大王之命, 凡所以商量周旋於十八年之中, 而元惡大憝之略施鉏治者, 一則先大王之心也, 二則先大 王之命也. 或懇懇於宣教之文, 或諄諄於筵教之訓. 雖以臣等之身, 伏草野 跡疎京城者, 猶有所聞見 於耳目, 佩銘於心肝者, 則彼生長輦轂之側, 踐履卿相之位者, 豈不聞先大王之命, 豈不知我聖上之 心, 而乃敢與遵奉遺教, 必欲明先大王先世子之德於天下後世者, 角立背馳, 必期於沮抑義理, 脅制公 議, 至使先朝德美掩翳, 不章而莫之恤也. 嘻嘻, 甚矣. 寧爲不忠於先朝, 而反欲爲讎賊右袒者, 是何 心腸也."

범해서라도 반드시 선대왕의 마음을 밝히고자 하는 것이 의리입니까?"라고
묻는다.[47] 김약련의 생각으로는 "선대왕께서 미루어 선세자의 억울함을 생
각하시어 전하에게 거듭거듭 교조敎詔하신 것이 지극하다 할 것입니다. 이미
직간直諫하는 이가 아무도 없음을 탄식하시고, 다시 수적讎敵이 아무개라고
가르쳐 주시며, 또한 이를 위해 친히 20자 금등의 글을 지으시어 반드시 절개
있고 충적忠赤한 한 신하를 고르시어 신위神位의 아래에 있는 요(褥) 자리 속에
간수하도록 하셨으니 이 어찌 이 한 사람만 홀로 알고 다시 훗날 발설하지 말
도록 한 것이겠습니까? 대성인大聖人(영조)께서 하시는 일은 신들의 얕은 생각
으로 감히 헤아릴 바가 아니지만, 생각건대 선대왕께서 당일 이 일은 이 사람
에게 명한 다음에야 훗날 이 글을 발표할 수 있고, 이 글을 발표한 다음에야
이 마음을 후세에 밝힐 수 있다고 생각하셨으니, 그 천하 만세를 위한 염려가
깊다고 할 것입니다."라고 했다. 그러므로 신하 된 자가 선대왕의 이 마음을
천명하는 도리에 대해 감히 일각이라도 잠시 늦출 수 없다고 하였다.[48]

우리 전하께서 선대왕의 지극히 자애로운 마음과 명을 따라 행하신 것이 지극
하다 아니할 수 없고, 거듭 선세자의 지극히 효성스런 마음과 일을 밝히신 것도
매우 지극하다 할 것이나, 무릇 수적을 숨아내실 때 한 번도 일찍이 그 '선조에게
난역亂逆한 신하'라고 밝게 말씀한 적이 없어, 선대왕께서 거듭거듭 교조敎詔한 뜻
을 천하 후세에 밝힐 수 없게 하였습니다. 선대왕께서 친히 짓고 친히 쓰신 금등
과 같은 글을 가지고 한 번도 널리 반포하여 팔방의 신서臣庶들에게 밝게 보인 적
이 없이 이에 '불인언, 불감언'으로 한 가지 의리를 삼았기 때문에 끝내 종수와 같

---

47 앞의 글, 8~9쪽: "臣等竊, 未知徒知其不忍言, 而不復明先世子之孝, 但知其不敢言, 而不復明先大王
之心者爲忠乎. 姑犯忍言之罪, 而必欲明先世子之孝, 寧犯敢言之律, 而必欲明先大王之心者爲義乎."

48 앞의 글, 9쪽: "臣等於此, 反復而思之, 先大王所以追思先世子之冤, 而申申教詔於殿下者至矣. 旣歎
直諫之無人, 復敎讐賊之爲某, 而又爲之親製二十字金縢之書, 必擇其一介忠赤之臣, 而藏之於靈褥
之中, 是豈使此一人獨知, 而不復發於後日哉. 大聖人所作爲, 固非如臣等淺見所敢臆度, 而意者, 先
大王當日此擧, 盖以爲命此人然後, 可以發此書於異日, 發此書然後, 可以明此心於後世, 則其爲天下
萬世之慮深矣. 爲今日臣子者, 其於闡明先大王此心之道, 何敢一刻少緩也."

은 대신이나 관유館儒와 같이 부합附合한 자들로 하여금 (이를) 기화奇貨로 삼아 의리를 변란變亂시켜 감히 천일天日 아래에서 (성덕을) 가리는(掩翳) 계획을 이루려고 하였습니다. 신들은 천하 후세 사람들이 장차 이런 흉역배들에게 괘오註誤되어 양조兩朝의 미덕이 마침내 천하 후세에 밝게 드러나지 못하게 될까 두렵습니다. 생각이 이에 이르니 어찌 한심하고 뼈에 사무치지 않겠습니까?[49]

결국 정조의 단호하지 못한 처사로 인해 김종수와 같은 임오의리를 변질시키고 어지럽히는 무리가 양성되었다고 보는 것이다. 그래서 김약련은 "엎드려 청하옵건대 성명聖明께서 특별히 부촉俯燭을 드리우시어 빨리 굳센 결단乾斷을 베푸시어 저 수적讎敵을 편들고 성덕聖德을 가린 사람들로 하여금 삼척三尺의 법에서 도망할 바가 없도록 하시고 선대왕의 금등 일서一書를 받들어 선포하시어 대신이 홀로 알게 하지 마시고 천하가 모두 알도록 하시며, 금세만 듣게 하지 마시고 만세가 모두 듣도록 하소서. 또한 상로 이하 여러 적신賊臣의 죄를 가지고 그 반역됨을 밝히시어 그 죄명을 바로잡으시어 위로 종묘에 고하시고 아래로 방역方域에 선포하시어 천하 만세로 하여금 밝게 유명遺命을 따라 수적을 토벌하는 뜻을 알게 하십시오. 그런 다음에야 우리 성상께서 선대왕, 선세자에게 효성을 다한 바가 바야흐로 영원히 천하 만세에 말씀으로 남을 수 있을 것입니다."[50]라고 했다.

「계축의소」를 통해 우리는 김약련이 임오의리 문제를 '토역'의 기치 아

---

49 앞의 글, 9~10쪽, "我殿下, 所以遵行先大王止慈之心與命者, 不爲不至, 申明先世子止孝之心與事者, 亦云已極, 而凡於鉏治讐賊之時, 一未嘗明言其爲先朝亂逆之臣, 使先大王申申敎詔之意, 無由以明於天下後世, 至以先大王親製親書如金縢之書者, 不一廣布昭示於八方臣庶, 而乃以不忍言不敢言作一義理, 故終使大臣, 如鐘秀附合如館儒者, 作爲奇貨變亂義理, 敢於天日之下, 欲售掩翳之計. 臣等竊恐天下後世之人, 將未免爲此等凶逆輩所註誤, 而兩朝德美, 卒無以昭著於天下後世也. 思之至此, 寧不寒心而痛骨哉."

50 앞의 글, 10쪽: "請伏乞, 聖明特垂俯燭, 亟施乾斷, 使彼右袒讐賊掩翳聖德之人, 無所逃於三尺之法, 而奉宣先大王金縢一書, 無使大臣獨知, 而天下皆知之, 無使今世得聞, 而萬世皆聞之. 又將尙魯以下諸賊臣之罪, 明其爲逆, 而正其罪名, 上告宗廟, 下布方域, 使天下萬世, 曉然知遵遺命討讐賊之意. 然後, 我聖上, 所以盡孝於先大王先世子者, 方可以永有辭於天下萬世也."

래 '금등문자'의 공개라는 정공법으로 돌파해 내려는 의지를 읽을 수 있다. 이러한 의지는 말년에 올리려 한 「의사헌납부진소회소擬辭獻納附陳所懷疏」에도 거듭 나타나고 있거니와 여기에 대해서는 생략하고 논하지 않기로 한다.

「계축의소」를 올리지 못한 이유를 「여권공윤 상윤與權公允 相允」이란 편지를 통해 짐작해 볼 수 있다.

천성川城에서 귀교貴校(안동향교)에 이서移書하여 강우江右(경상우도) 도회道會를 정지시킨다는 말을 들었다. 아마도 소사疏事가 지중하니 급히 서둘러서는 안 되니 의당 삼가 살펴서 천천히 도모함이 지당할 것이다. 그런데 글 속의 말뜻이 오로지 금등金縢이 이미 고포告布되었다는 것을 위주로 하여 다시 해야 할 말이 없는 듯함이 있으니, 나의 의견과는 매우 다르다. 잘 모르겠으나 귀향貴鄕에서는 이미 천성의 편지에 따라 통문을 발송했는지? 가만히 생각건대 이 소거疏擧는 다만 금등일서金縢一書를 위함이 아니라면 이 글이 고포된 것을 이유로 갑자기 정지하는 것은 마땅치 않다. 오직 나라의 의례가 막 시행되었으니 의리상 경솔히 독요瀆撓함이 합당치 않고, 유소儒疏의 체례體例가 가볍지 않으니 형세상 갑자기 결정해서는 불가하다. 또한 듣건대 소수疏首가 병으로 단자를 올렸다고 하니 잠시 도회를 멈추고 가깝게는 화창한 봄날로 기약하고 멀게는 추수하는 가을로 물려 기다려서 조용히 상확商確하여 급작스레 저지하지 아니하면서 대의大義의 뜻을 보존하는 것이 옳다. 어찌 끊듯이 정지하여 문득 전혀 아무런 일도 없는 기상을 함께 따르겠는가? 그대가 지금 호계서원의 수석을 맡고 있으니 귀향에서 통문을 발송하는 것을 반드시 서로 더불어 알 것이니, 바라건대 이 뜻을 가지고 향교와 서원의 제임諸任들과 상의하여 무릇 통고하는 문자에 대해 자세히 살피도록 힘써 한결같이 신중한 도리를 행하고 한결같이 엄정한 의리를 보이는 것이 어떠하겠는가?[51]

---

51 『斗庵集』卷3, 6~7쪽, 「與權公允 相允」: "聞自川城移書貴校, 以爲停止江右道會云. 盖以疏事至重, 不可急卒, 宜加愼審, 徐圖至當, 而似聞書中辭意, 專以金縢之己經告布爲主, 有若更無可言者, 殊異鄙中意見, 未知貴鄕已爲依川書發通否, 竊念今此疏擧, 不但爲金縢一書, 則不宜以此書告布遽爲停止, 而惟是邦家之縟禮纔擧, 義不合率爾瀆撓, 儒疏之體例不輕, 勢不可猝然決定. 且聞, 疏首以病呈單, 不如姑停道會, 近則期以春和, 遠則退待秋, 成從容商確, 不遽不沮, 以存不忘大義之意, 可也. 豈可斷然停寢, 便同從此都無事氣象乎. 左右方主虎院首席, 貴鄕發通, 必相與知, 望以此意, 相議于校院諸任, 凡於通告文字, 務歸詳審, 一以爲愼重之道, 一以示嚴正之義, 如何."

'천성'은 아마도 안동의 월경지인 내성현에 있던 삼계서원을 말하는 듯하다. 당초에는 경상우도에서 도회를 열어 유소문제를 추진할 계획이었으나 '금등 일서'가 내외에 알려졌다는 이유로 중도에 정지되었던 것이다. 이때 김약련도 사림을 대신해서 소장을 기초했던 것으로 보인다. 김약련은 '금등 일서'가 고포告布되었다는 이유로 유소를 갑자기 정지한다는 것은 문제가 있다고 하였다. 그의 생각으로는 임오의리 문제가 금등 일서의 고포로 완전히 해결되었다고 볼 수 없었기 때문이었다. 그래서 상소문제를 전혀 없었던 일로 하기보다는 '대의'의 뜻은 보존하여 추후에 다시 상의하는 것이 좋을 것이라 했다.

(3) 「통호계서원사림문」

정확히 언제 추진된 일인지는 상세하지 않으나 만인소가 있은 후 영남유림의 상소활동은 계속 모색되었던 듯하다. 정장간鄭章簡에게 보낸 편지에서 김약련은 "의리가 아직 풀리기 전에는 다른 일을 간여해서는 안 된다. 이는 실로 우리들이 평소에 병집秉執한 것으로 매양 친지를 대하면 이 의리를 외웠다. 그런데 당초에 호계서원의 모임에서 일찍이 한 사람도 이 뜻을 말한 이가 없었고, 그 뒤 삼강三江서원의 모임에서도 또한 한 글자도 생각한 바를 말한 적이 없었으니, 진실로 우리들이 스스로 둘로 갈라지는 혐의를 피하기 위하여 물어도 말하지 못하고 시일만 질질 끌었다. 그러다가 여러 선배들의 병거並擧하는 논의가 겹겹이 나왔으나 우리 영남인들의 병집하는 의리는 어디서나 침묵하였다. 소행疏行으로 하여금 바로 조령을 넘도록 놓아두었다가 소유들이 입성한 뒤에 한령翰令의 투서가 있어 이 무한한 정외情外의 꾸지람을 얻게 되었다. 우리들의 추한追恨이 무궁하나 이제는 사세事勢가 전과 다름이 있고, 소유도 이미 다 퇴귀退歸하였으니, 동실同室한 사람들이 또한 의리로 전

경북 안동시 임하면 임하리에 있는 〈호계서원 강당〉. 안동 지방의 대표적인 서원으로 1575년(선조8) 지방 사림들이 안동부 동북쪽 여산촌 오로봉 아래에 있는 백련사 절터에 여강서원(廬江書院)을 세워 퇴계 이황의 위패를 봉안하고 도학을 강론하였는데, 1605년(선조38) 대홍수로 인해 유실되어 중창하였다. 1620년(광해군12) 이황의 큰 제자인 서애 류성룡, 학봉 김성일의 위패를 추가 배향하였다. 1676년(숙종2) 사액을 받고 '호계'로 이름을 바꾸었다. 대원군의 서원철폐령 때 훼철되었다가 7년 뒤에 강당만 새로 지었으며, 원래 월곡면 도곡동에 있었으나 안동댐 건설 수몰지구로 1973년 현 위치로 이건하였다.
1620년 이후 호계서원의 종향자인 서애 류성룡과 학봉 김성일 가운데 누구의 위패를 퇴계의 왼편에 둘지를 두고 문제가 발생하였는데 이를 '병호시비(屛虎是非)'라고 한다. 즉 '애학(厓鶴)'이냐, '학애(鶴厓)'냐 하는 위차 문제를 두고, 조선 말기까지 안동을 비롯한 영남 유림이 호파(虎派)와 병파(屛派)로 나뉘어 향전(鄕戰)을 이어갔다.

일을 추구追咎한다면 이는 다만 자기변명에 치우쳐 도리어 의리의 밖으로 남을 밀어내는 것밖에 되지 못한다. 사람들이 장차 '어째서 일을 시작하던 날 서로 경계하는 말을 전혀 하지 않았는가?'라 한다면, 우리들이 장차 무슨 말로 답할 것인가?"[52]라고 했다. 여기서 '한령'은 김한동을 가리키는 듯하다. 이

---

52 『斗庵集』卷3, 7쪽, 「答鄭敬式 章簡」: "義理未伸之前, 不可間以他事. 此實吾輩, 平日秉執, 每對親, 知誦此義理, 而當初虎溪之會, 曾無一人道得此意, 其後三江之會, 又無一字說到所懷, 實緣吾輩自避 岐貳之嫌, 咨且不言, 延拖時日, 而諸先輩幷擧之論, 層生疊出, 吾嶺人秉執之義, 東黙西瘖任. 使疏 行, 徑先蹂嶺, 致有翰令投書於疏儒入城之後, 得此無限情外之誚. 吾輩之追恨無窮, 而今則事勢有 異於前, 疏儒旣己退歸, 而同室之人, 又以義理追咎前日, 則是徒爲自明之歸, 而反未免擠人於義理

어서 김약련은 말하기를 "만일 강우江右(경상우도)로 하여금 과연 보내온 편지에서 이른 바와 같이 다시 소론疏論을 발의하게 한다면 이에 정론을 분명히 말하고 다시 한령의 편지 상단에서 말한 것을 강조하여 전일에 말하고자 한 의리를 밝혀 앞으로는 결단코 그만둘 수 없다고 하면 가만히 생각건대 강우의 제현들이 반드시 급급히 재거再擧하는 의론을 하지 않을 것이다. 잠시 참고 말할 만한 기회를 기다려 피차 교격矯激하는 근심이 있도록 하지 않는다면 어떠할지 모르겠다."라고 했다.[53]

전후사정을 분명히 알 수 있는 자료가 없기 때문에 영남유소가 무슨 이유로 추진되었는지 알 수 없다. 다만 호계서원과 삼강서원에서 모임이 있었고 그곳에서 유소문제가 논의되었으며 어떤 결정이 내려져 소행이 조령을 넘어 입경한 뒤에 김한동이 '의리'문제가 언급되지 않았다고 지적하여 퇴귀하였다는 것이다. 이때 김약련과 뜻을 같이한 사람들은 중간에서 깊이 개입하지 않고 방관하는 태도를 취하다가 사단이 일어나자 수습하는 입장에 서게 된 것이다.

김약련은 재차 정장간에게 보낸 편지에서 '호계통유虎溪通諭' 문제를 제기한다. 즉 호계서원에 통문을 보내어 문제를 해결하겠다는 것이다. 그는 통문은 지어도 되고 그만두어도 되는 일이기에 잠시 초를 얽어 두고서 공의公議를 기다리고 있었다. 그런데 그가 지은 통문은 오산梧山 사람의 것과 달랐다. 오산 사람이 초한 글은 의리를 경시했다는 이유로 회연서원과 호계서원을 준열히 책망하고 또한 청무請廡하는 소는 도내道內에서 치송治送(소장을 만들어 보낸 것)한 것이 아니라는 이유로 비난함으로써 자기를 변명하고 남을 배척하는 혐의를 피할 수 없었다. 그는 같은 집안 안에서 의리상 자기변명을 하면

之外矣. 人將曰, 何不一言相警於始事之日云爾, 則吾輩將何辭以答之也."

53 『斗庵集』卷3, 7~8쪽, 「答鄭敬式 章簡」: "若使江右, 復發疏論果如來書所云, 則於是乎明言正論, 更伸翰令書上段語, 以明前日所欲言之義理, 自是斷斷不可已者, 而竊想, 江右諸賢, 必不急急爲再擧之議矣. 姑宜含忍以待可言之機, 無至有彼此矯激之患, 未知如何."

서 남을 배척하는 것은 불가하다는 입장을 견지했다. 그래서 그는 이렇게 통문을 만들어야 한다고 했다.

청무소행請廡疏行은 당초에 능히 의리가 제대로 펴지기 전에는 다른 소를 개입시켜서는 안 된다는 것을 헤아리지 못했으니 이미 잘못되었다. 의리와 서로 경중을 비교하여 이것을 버리고 저것을 한다면 견식이 투철하지 못하다고 해도 옳지만, 이것을 가지고 의리에 배치된다고 하면 또한 힐난하는 것이 과중하지 않겠는가? 응지應旨한 소가 돌려지자마자 청무하는 소가 바로 행해졌으니 이는 실로 회연서원과 호계서원의 지나친 행동이다. 본디 소거疏擧가 마땅함을 잃었으나 다만 둘로 갈라지는 혐의를 피한 것은 우리들의 잘못이다. 다만 의리가 미안하다고 말하지 않고 교격한 말을 더한 것은 한령의 잘못이다. 우리들에게 금일의 책임은 먼저 스스로 일찍 말하지 못한 허물을 인용한 다음 한령이 하단에서 한 과격한 말을 언급한 다음에야 바야흐로 전일 우리들이 말하고자 한 바와 한령이 편지 상단에서 한 말이 실로 의리의 당연함이었다고 말할 수 있다. 이와 같이 한다면 회연서원과 호계서원에서 당초에 행한 지나친 행위가 말하지 않는 가운데 절로 드러나서 분쟁을 조정하고 이 의리를 발명하여 우리들의 병집이 밝혀져서 일도一道의 풍색風色이 조금은 안정될 수 있을 것이니, 이 어찌 십분 온당한 도리가 아니겠는가?[54]

김약련은 의리를 담은 소와 승무를 담은 소가 모두 되돌려지면 다시 다툴 수가 없을 것이나 회연서원과 호계서원의 통문이 어지럽게 그치지 않아서 장차 그 말단을 다투다가 그 근본을 잃어버릴까 두렵다고 생각했다. 막대한 의리가 이 일로 해서 손상되기 때문에 한번 문자를 펴서 의리를 말하여 한

54　『斗庵集』卷3, 8~9쪽, 「再與敬式」: "請廡疏行, 初不能料及於義理未伸前, 不可間以他疏, 而己非. 是與義理相較輕重, 捨此爲彼, 則謂之見識未透可也, 而以是爲背馳義理, 則不亦勘律之過重乎. 應旨之疏纔返, 而請廡之疏卽行, 此實檜虎之過擧也. 而固知疏擧之失宜, 而徒避岐貳之嫌, 吾輩之過也. 不但言義理之未安, 而加之以憤激之言, 翰令之過也爲. 吾輩今日之責, 先引自已不早言之過, 次說翰令下段語之過, 然後方可言前日吾輩之所欲言, 與夫翰令書上段語, 實爲義理之當然. 如是, 則檜虎之當初過擧, 自見於不言之中, 而庶可調停其紛紜, 發明此義理, 吾輩之秉執得明, 而一道之風色少定, 是豈非十分穩當底道理耶."

편으로 영남인의 병집秉執을 천명하고 한편으로 도내의 분쟁을 조정한다면
이는 가히 할 만한 일에 속할 것이지만 설혹 장차 쟁단을 더욱 불러들인다면
도리어 끓는 솥에 섶나무를 더하는 격이어서 차라리 하지 않는 것이 낫다고
보았다. 그렇기 때문에 그는 일찍이 통문을 내는 일은 해도 되고 하지 않아
도 그만이라고 말했던 것이다.

이제 호계서원의 사림에게 보낸 통문의 내용을 살펴보기로 한다.

잠시 듣건대 회연檜淵서원에서 귀원貴院에 통유通諭하고 귀원에서 회연서원에
답통答通했다고 한다. 생각건대, 회연의 통문은 반드시 소행疏行이 의리 때문에
철귀撤歸한 것은 김령金坽이 간여하여 힘을 썼기 때문이요, 하단의 교격한 말은 자
못 같은 집안사람이 서로 아끼고 걱정하는 의리가 아니었다고 생각했고, 귀원의
답통도 또한 반드시 이와 같으니 왕래한 문자를 보니 김령의 편지 하단을 공격했
을 뿐 전혀 상단의 말을 언급하지 않아 마치 상단 의리를 모두 사의私意로 귀결시
킨 듯한 것이 있다. 그러나 아! 김령의 편지 하단에서 말한 바는 장황하고 교격함
을 면치 못했으니 그 편지 가운데 의리를 말한 것이 남에게 백안시 당한 것은 괴
이할 것이 없다. 그러나 오직 이 의리가 실로 우리 영남인들이 평소에 병집하는
것으로 의리가 펴지기 전에 다른 소를 간여시키는 것은 옳지 않다. 김령의 편지
만 그럴 뿐 아니라 온 도의 사람들 중 누가 이 마음이 없겠는가? 승무소거陞廡疏擧
또한 사문斯文의 막대한 의론이다. 한번 지중至重한 말을 발하여 둘로 갈라지는
혐의를 받을까 두려워 물어도 머뭇거리며 감히 바로 말하지 못한 채 소행疏行이
곧바로 먼저 조령을 넘도록 방임하여 김령의 편지가 이에 소유가 입성한 뒤에 나
와 우리 한 도의 소행으로 하여금 낭패를 당하고 돌아오게 만들었으니 우리들이
먼저 말하지 못한 것을 문제삼아 미루어 한탄한들 미칠 수 없다. 그러나 이제 소
행이 이미 철귀했다. 다만 마땅히 '우리 영남의 이 소는 본디 사문의 대사이고 공
의가 그만둘 수 없으니 잠시 의리가 능히 펴지기를 기다린 뒤에 천천히 재거再擧
할 것을 의론하자.'라고 하면 정녕 이른바 명분이 바르고 말이 순조로울 것이나
만일 서로 비교하고 서로 격론하여 글을 날려 서로 공격한다면 다른 도의 사람들
이 능히 그 전말과 곡절을 상세히 알지 못하고 반드시 장차 '김령이 의리로 소를
정지하여 영인들이 김령을 공격해 마지않는다.'라고 말할 것이다.[55] 회연의 통문

과 귀원의 답문을 잘 알고 있는데 그 편지의 상단으로 하지 않고 다만 그 하단의
말로 하여 한 번 전하고 두 번 전하여 구설이 어지러우니 남몰래 우리 영중의 평
소 병집이 일세에 절로 밝혀질 방법이 없어질까 두렵다. 김령의 편지 하단은 배
척해야 되지만 상단은 공격해선 안 된다. 공격해선 안 될 뿐 아니라 반드시 소행
이 돌아온 것은 그 편지의 상단 의리에서 말미암은 것이라 말한다면 영인이 의리
를 주로 하기에 저 소행이 의리 때문에 잠시 정지한 것이 어찌 명백하고 정대正大
해져 후세에 할 말이 있지 않겠는가?[56]

우리는 여기서 다시 한 번 '의리'문제를 집요하게 물고 늘어지는 김약련
의 정신을 살필 수 있다. 의리가 제대로 밝혀지기 전에는 다른 어떠한 문제
를 가지고 상소해서는 안 된다는 확고한 신념, 그것은 정조 즉위년 이도현 부
자가 죽음으로써 보여준 영남인의 다짐이기도 했다. 이처럼 김약련은 이도
현 부자의 죽음에서 결코 자유롭지 못했다. 김약련이 의리에 집착하는 이면
에는 채제공과 연대하여 정조의 호감을 이끌어 내어 영남남인의 세력을 확
대하려는 의도가 개재되어 있을 것이다. 그러나 김약련은 다른 영남인들과
달리 이도현 부자의 상소에 연루되어 유배에 처해진 경험이 있다. 김약련은
이도현의 상소를 한 번도 부정한 바 없다. 시기가 상소를 올리기에 부적당하

55 　김상련이 「가장」에서 "저 남몰래 힘쓰고 묵묵히 도모하여 영남 사람들의 졸렬한 점을 감추어 준
　　것은 별도로 말할 대목이 남아 있다."라고 한 것은 아마도 이 대목을 가리킨 듯하다.

56 　『斗庵集』卷3, 37～38쪽, 「通虎溪書院士林文」: "俄聞, 檜淵通諭貴院, 貴院答通檜淵. 意謂檜淵之
　　通, 必以爲疏行之以義理撤歸, 金令與有力焉, 而下段矯激之言, 殊非同室人相愛相憂之義耳. 貴院
　　答通, 亦必如是, 及見往來文字, 則不惟攻金令書下段而已, 全不提起上段語, 有若以上段義理同歸於
　　私意者. 然, 噫, 金令書下段所言, 未免張皇矯激, 則其書中義理之說, 無怪乎其不見白於人. 然, 惟此
　　義理, 實是吾嶺中平日秉執, 則義理未伸前, 不宜間以他疏. 非但金令書爲然, 一道之人, 孰無此心,
　　而陸厞疏擧, 亦斯文莫大之議也. 一發持重之言, 恐涉岐貳之嫌, 否且囁嚅, 不敢遽言, 任使疏行徑
　　先踰嶺, 而金令之書, 乃出於疏儒入城之後, 使我一道疏行, 顚沛還歸, 生等之先事不言, 追恨無及.
　　然今則疏行旣已撤歸. 但當日 吾嶺此疏, 自是斯文之大事, 公議之不已, 而姑待義理克伸後, 徐議再
　　擧云爾, 則正所謂名正言順, 而若復爲相較相激, 飛文相攻, 則他道之人, 不能詳聞其首尾委折, 必將
　　曰, 金令以義理止疏,, 而嶺人攻金令不已. 熟知檜淵之通貴院之答, 不以其書之上段, 而只以其下段
　　之語乎. 一傳再傳口舌紛紜, 則竊恐吾嶺中平日秉執, 無由以自明於一世矣. 金書之下段可斥, 而上
　　段不可攻也. 不但不可攻而已, 必以疏行之歸, 謂由於其書之上段義理, 則嶺人之以義理爲主, 與夫
　　疏行之以義理姑停, 豈不明白正大,, 可以有辭於後世乎."

다고 말했을 뿐이다.

　이러한 의리에 집착하는 그의 현실인식은 문학관이나 산문창작에 철저하게 관철되고 있는 것이다.

김약련의 기절을 중시하는 문학관

(1) 글은 말의 알맹이요, 말은 마음의 꽃이다

김약련의 문학관은 한마디로 인성과 문예의 일치를 지향한다.

　그는 「서어우문고후」에서 '글이란 말의 알맹이요, 말이란 마음의 꽃(文者言之實也, 言者心之華也)'이라는 견해를 제출하였다. 글과 말, 말과 마음의 관계를 알맹이와 꽃으로 연결하여 자신의 문학관을 드러낸 것이다. 그런데 무엇때문에 이 같은 주장을 펴게 되었는가. 여기에는 '처세'의 문제가 깊숙이 개입되어 있다. 김약련은 한 인간의 처세와 문예창작은 동일한 선상에 놓여 있다고 보고 어우 유몽인의 문예를 비판한다.

　조선 중기에 활동한 저명한 문인 어우於于 유몽인柳夢寅(1559~1623)은 1589년 증광문과에 장원급제한 뒤 1592년 수찬으로 명나라에 질정관質正官으로 다녀오다가 임진왜란이 일어나 선조를 평양까지 호종하였고 문안사問安使 등 대명외교를 맡았으며 세자의 분조分朝에도 따라가 활약한 바 있다. 그 뒤 병조참의·황해감사·도승지 등을 지내고 1609년(광해군 1) 성절사 겸 사은사로 세 번째 명나라에 다녀온 뛰어난 외교 수완을 보인 분이다. 한때는 벼슬에 뜻을 버리고 고향에 은거하였는데 광해군은 그를 불러들여 남원부사, 한성부좌윤·대사간 등에 제수하였다. 그러나 선조의 왕비인 인목대비를 폐비하자는 폐모론이 일어났을 때 가담하지 않고 도봉산 등에 은거하며 도성 안으로 발을 들여놓지 않았다. 이 때문에 1623년 인조반정 때 화를 면하였다. 그 후 관직에서 물러나 방랑생활을 하던 중 그해 7월 현령 유응시가 "유몽인이 광해군의 복위음모를 꾸민다."라고 무고하여 국문을 받았고, 마침내 역률逆律로 다스려 아들 약과 함께 사형되었다. 결국 서인들이 그를 중북파中北派라 하여 반대세력으로 몰아 죽인 것이다.[57]

이러했던 유몽인에 대해 김약련은 절의의 상징인 백이伯夷와 기자箕子의 처세방식을 예로 들어 비판을 가한다.

옛날에 백이伯夷는 주紂임금을 피하여 바다에 살았다. 상商나라가 망하자 주나라의 곡식을 먹지 않았다. 기자箕子는 주 임금에게 간언을 하다가 노예가 되었다. 주周나라가 일어나자 신복臣僕이 되지 않았다. 고금에서 절의節義를 말하는 자는 두 분으로 종주로 삼는다. 만일 어떤 사람이 주 임금에게 벼슬하면서 지혜롭게 능히 피하지 못하고 충성스럽게 능히 간언하지 못하면서 주나라가 일어나고 상

---

57 그는 이때 관작의 추탈은 물론 임진왜란의 공으로 봉하여진 瀛陽君의 봉호도 삭탈되었다. 정조 때 신원되고 이조판서에 추증되었다. 그는 조선 중기의 문장가 또는 외교가로 이름을 떨쳤으며 篆書·예서·해서·초서에 모두 뛰어났다. 그의 淸名을 기려 전라도 유생들이 文淸이라는 私諡를 올리고 雲谷祠에 봉향하였는데, 신원된 뒤에 나라에서도 다시 義貞이라는 시호를 내리고 운곡사를 공인하였다. 高山의 三賢影堂에도 제향되었다. 저서로는 야담을 집대성한 『어우야담』과 시문집 『어우집』이 있다.

나라가 멸망함에 미쳐서 비록 능히
신하가 되지 않고 곡식을 먹지 않았
다 하여도, 어찌 두 분과 비교할 수
있겠는가. 비록 그러하나 이는 피하
지 않고 간하지 않으면서 마음으로
주 임금을 섬김을 달갑게 여기고 또
한 다시 주나라에게 신복이 된 자와
는 또한 동일하게 말할 수 없는 것
이다. 가령 고요皐陶와 같은 이가 맡
아서 다스린다면 마땅히 그가 주 임
금에게 벼슬할 때 행한 바가 어떠한
지를 논하여 그 죄의 경중을 따질
뿐이다. 그 사람이 단지 간언을 할
수 없었을 뿐 아니라, 또한 그가 주
임금을 돕는 악행을 저질렀다면 목
을 벨 것이요, 비록 능히 간언하지

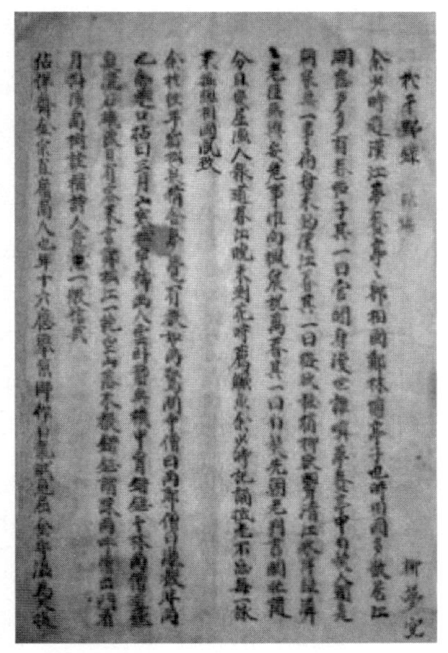

유몽인의 〈어우야담〉

는 못했으나, 그 악행을 방조하는 지경에 이르지 않았다면, 내쫓았을 것이요. 비
록 주 임금에게 벼슬을 했으나 죄를 줄 만한 일이 없었다면, 그 재주의 유무에 따
라서 그를 등용하거나 버렸을 것이요. 주가 비록 무도하였지만 이미 그 조정에
벼슬하면서 두 인군을 섬기기를 원하지 않았다면, 그를 내버려 주고 스스로 그
뜻을 지켜나가도록 하면 된다. 이것을 표준으로 하여 폐조廢朝(광해조)의 신하를
논한다면 그 죄의 경중을 가히 결단할 수 있을 것이다.[58]

김약련은 폭군조정에 몸담았던 신하의 처신방식에 따라 몇 가지 평가유
형을 제시하였다. 첫째, 폭군에게 간언을 하지도 못하고 폭군의 악행을 방조

---

58 『斗庵集』卷5, 8~9쪽, 「書於于文稿後」: "昔者, 伯夷避紂居海, 商亡不食周粟, 箕子諫紂爲怒, 周興
    罔爲臣僕. 古今言節義者, 以二子爲宗. 若有人仕於紂, 智不能避, 忠不能諫, 及周興商亡, 雖能不爲
    臣不食粟, 奚可與二子比. 雖然, 此與不避不諫, 甘心事紂而, 又復臣僕周者, 亦不可同日語矣. 使如
    皐陶者聽理, 則當論其仕紂時所爲何如, 以輕重其罪耳. 其人不但不能諫, 又爲之助紂之惡則誅, 雖
    不能諫, 而不至於助其惡則黜, 雖仕於紂, 而無事之可罪, 則隨其才之有無, 而用舍之. 紂雖無道, 而
    旣仕其朝, 不願事二君, 則置之使自守其志, 亦可也. 率是, 而論廢朝之臣, 則其罪之輕重可決矣."

한 경우엔 사형에 처한다. 둘째, 폭군에게 간언을 못했지만 폭군의 악행을 방조하지 않은 경우엔 축출한다. 셋째, 폭군조정에서 벼슬을 했지만 개인적으로 아무러한 문제가 없는 경우엔 재주의 유무에 따라 등용여부를 결정한다. 넷째, 무도한 폭군 아래에서 벼슬하였지만 절의를 지키기 위해 새 조정에 참여하지 않을 경우엔 그 뜻을 존중하여 참여를 종용하지 않는다. 이러한 네 가지 유형에 비추어 볼 때 유몽인은 어디에 해당하는가.

어우가 폐조에서 벼슬하면서 그가 죄가 있는지 없는지는 자세히 알 수 없다. 그러나 이제 그 문고 속에 「송이상국부의주서送李相國赴義州序」[59]가 있는데 이李는 즉 이첨爾瞻이다. 그 글에 말하기를 "전에 조정에 큰 논의가 있어 사생영락死生榮落이 말미암아 판가름 나는데, 이때에 공을 대하여 서로 자취를 분변해 보니 이른바 큰 논의와 조금 다르다."라고 하였다. 무슨 논의를 가리키는지 잘 모르겠으나 아마도 이첨과 그 시비를 함께 하지 않는다는 뜻일 게다. 또한 말하기를 "공의 척화斥和와 명옥明獄이 내 마음과 딱 들어맞아 마음으로 남몰래 공의 차자箚子와 같이 논하여 늘어놓고자 했으나 바야흐로 석고대죄 중인지라 그렇게 하지 못했다."라고 했다. 이른바 명옥(옥사를 밝게 처리하다)은 아마도 무옥誣獄을 논한 것을 가리키는 듯하니, 아마도 이첨과 뜻이 같지만 그 일을 함께 하지 못함을 뜻한다. 또한 말하기를 "산지散地에 침윤沉淪한 지 7년이요, 몸이 죄의 그물에 얽혀있는 것이 4년이다."라고 했고, 또 "비록 공과 '맞다', '그르다' 함을 함께 하려 하나 운니雲泥처럼 길이 사뭇 다르니 어찌하겠소!"라고 했으며 또 "성상이 승낙하지 않는다.", "자취가 성진城塵에 들어가지 못한다."와 같은 말 등은, 그가 벼슬한 날은 적고 벼슬하지 못한 날이 많음을 볼 수 있다. 그밖의 여러 작품은 대체로 모두 뜻을 얻지

59 이 글은 현재 전하는 『어우집』에 수록되어 있지 않다. 정조가 1794년(갑인) 유몽인을 伸寃시켜 주었을 때, 徐有防(1741~1798)이 찬술한 「諡狀」에 따르면, 유몽인의 저술은 모두 40여 책에 달하였는데 유점사 승려가 그의 절의에 감동하여 이를 판각하여 절 안에 수장하고 있었으나 중간에 유실되었고, 당시에 남아있던 유고는 약간 권에 불과했다고 한다. 『어우집』 발문을 보면, 그 뒤 7世 旁孫인 柳琹과 8세 방손인 榮茂가 수년 동안 殘篇들을 모아 原集6卷, 後集6卷, 合6冊으로 1832년 중간하였다. 민족문화추진위원회에서 영인한 『한국문집총간』 63집에 수록된 활자본 『어우집』도 중간본이다. 그렇다면 김약련이 보았던 『어우집』은 아마도 산일되어 떠돌아다니던 초간본 유고일 가능성이 있다.

못해 지은 것들이다. 그가 폐주의 총임寵任을 받지 못하여 이첨과 정적情跡이 밀접하지 않았음을 여기에서 가히 볼 수 있는 것이다.[60]

김약련은 유몽인의 문고 속에 「송이상국부의주서」를 찾아내어 꼼꼼히 읽어내고 있다. 그는 이 글 속에서 유몽인이 보여준 이이첨에 대한 인식의 이중성을 간파하였다. 이이첨이란 인물은 어떤 자인가?

이이첨李爾瞻(1560~1623)은 선조의 후사문제後嗣問題로 대북·소북이 대립하자, 대북의 영수로 정인홍鄭仁弘과 짜고 광해군의 옹립을 주장하면서 당시 선조의 뜻을 받들어 영창대군永昌大君을 옹립하려는 유영경柳永慶 등 소북을 논박하였다. 이로 인하여 선조의 노여움을 사서 갑산에 유배를 당하게 되었는데, 이해 2월에 선조가 갑자기 죽고 광해군이 즉위함으로써 일약 예조판서에 올랐다. 이어 대제학을 겸임하고 광창부원군廣昌府院君에 봉하여졌다. 권세를 장악한 그는 정인홍과 함께 자기 심복을 끌어들여 대북의 세력을 강화하는 한편, 임해군과 유영경을 사사하게 하는 등 소북일파를 숙청하였다. 1612년(광해군 4) 김직재金直哉의 무옥誣獄을 일으켜 선조의 손자 진릉군 태경晉陵君 泰慶 등을 죽이고, 이듬해 강도죄로 잡힌 박응서朴應犀 등을 사주하여, 그로 하여금 영창대군을 옹립하려 하였다고 무고하여 영창대군을 서인庶人으로 떨어뜨려 강화에 안치하게 하고 김제남金悌男 등을 사사하게 하였다. 이듬해 영창대군을 살해하고, 1617년 인목대비仁穆大妃에 대한 폐모론을 발의하여 이듬해 대비를 서궁西宮에 유폐하는 등 생살치폐生殺置廢를 마음대로 자행하였다. 1623년 인조반정으로 광해군이 폐위되자 가족을 이끌고 영남지방

---

60 앞의 글, 9쪽: "於于之仕廢朝, 其有罪無罪不可詳. 然, 今其文稿中, 有送李相國赴義州序, 李卽爾瞻也. 其文有曰, 向也, 朝家有大議, 死生榮落所由判, 此時對公, 相辨蹤跡, 稍異所謂大議, 未知指何議, 而盖不與爾瞻, 同其是非也. 又曰, 公之斥和明獄, 洽合余心, 竊辱論列如公箚, 而方在席藁中, 未果. 所謂明獄, 似指論誣獄, 而盖與爾瞻意同, 而不與同其事也. 又有曰, 沉淪散地者七年, 身嬰罪罟者四年. 又曰, 雖欲與公曰是曰非, 奈雲泥路殊何. 又如曰聖上之不領, 曰跡不八城塵等語, 可見其仕目爲少, 而不仕之日多. 其他諸作, 大抵皆不得志而作者也. 其不爲廢主之寵任, 而與爾瞻情跡不相密, 可見於此矣."

으로 도망가던 중 광주의 이보현利甫峴을 넘다가 관군에게 잡혀 참형 당하였고 그의 아들 삼 형제도 모두 처형되었다.

　이처럼 이이첨은 여러 차례 옥사를 일으켜 많은 사람을 죽이고 폐모론을 주장하여 강상을 문란케 하는 비행을 저질렀다. 그런데 위에서 인용한 「송이상국부의주서」에 나타난 유몽인의 발언으로 볼 때, 과연 그가 이이첨을 반대했는지 명확치 않다. 이러한 불분명한 태도는 결국 김약련의 판단에 따르면, 광해군의 총애와 신임을 받지 못한 연유로 부득이 이이첨과 밀접한 관계를 유지하지 못했다는 결론에 이른다. 이를 역으로 보면, 만일 광해군의 총애를 받았다면 이이첨과도 각별한 사이가 되었을 것이라는 추론이 가능해지는 것이다. 다시 말하면 유몽인이 폐모론에 가담하지는 않았지만 광해군에 대한 의리는 저버리지 않았고, 간신인 이이첨의 비행도 적극적으로 막지 않았다고 할 수 있다.

　이처럼 유몽인은 폭군의 조정에 있으면서 개인적으로는 어떠한 잘못도 저지르지 않은 사람이다. 그러므로 앞서 구분한 네 가지 유형에서 세 번째에 속할 수 있다. 유몽인은 새로운 조정에 등용될 수 있는 여지가 충분히 있었다. 그러나 유몽인은 네 번째 유형을 스스로 택했다. 세 번째 유형에 속했으므로 1623년 인조반정이 있었지만 화를 입지 않았다. 그런데 유몽인은 인조반정이 나던 해에 산에서 내려오면서 보개사 벽에다 쓴, 흔히 「상부사孀婦詞」라 불리는 시에서 이미 '불사이군'을 다짐하고 있었다. 유응시가 광해군의 복위음모를 꾸몄다고 그를 무고하여 국문을 받았을 때, 「상부사」에 표현된 불사이군하는 절의정신을 죄악으로 여겨 자신을 죽인다면 사양하지 않겠노라고 말했던 유몽인이었다. 당시에 문초하던 오리 이원익은 그의 말을 의롭게 여겨 풀어주려 했다. 그러나 반정의 원흉인 김류가 장래에 문제를 일으킬 소지가 있는 부류는 미리 제거하는 것이 마땅하다고 하여 마침내 사형에 처해졌다.[61] 그리하여 유몽인은 제3의 유형에서 제4의 유형으로 바뀌었다. 김약련도 제4의 유형을 선택한 유몽인의 죽음을 애통하게 생각했다.

그런즉 그 죄는 아마도 반드시 목 베는 율에는 이르지 못할 듯하나 그가 장전帳殿에서 술회한 시를 보면, 미남美男(인조)이 무궁화 같음을 모르지는 않았지만 스스로 그가 백수 늙은이로 젊은 여인의 모습을 차리는 일(白首春容)을 부끄럽게 여겼으니,[62] 그 뜻이 또한 슬프다. 당일 옥사를 다스리는 관리로서 과연 고요와 같은 자가 있었다면 아마도 장차 무슨 율로 처리했을까. 담론하는 자들이 그의 죽음을 원통하게 여기는 것은 여기에서 살펴봄이 있지 않겠는가. 비록 그러하나 사군자가 나아가 조정에 벼슬하다가 불행하게도 무도한 인군을 만나 그 잘못을 힘써 쟁론하다가 죽기도 하고 죽지 않기도 함으로써 자신의 뜻을 실천하는(自靖) 책임을 다할 수 있다. 만일 쟁론할 수 없다면 몸을 받들어 물러나 떳떳한 인륜의 죄인을 면할 수 있다. 비록 그 조정을 떠날 수 없으나 다행히도 폭군과 간상奸相의 친애와 신임親任을 받지 않았다면 또한 여파가 미침을 면할 수 있다. 이를 스스로 다행으로 생각하기에도 겨를이 없어야 마땅하거늘 이윽고 도리어 자기의 뜻을 제대로 펴지 못했다는 것을 가지고서 언어문자 사이에서 울적해 하며 감개해 함은 무엇 때문인가. 이와 같은 자라면, 그 뜻을 얻어서 능히 비의非義를 저지르지 않으리라고 어찌 보장할 수 있겠는가. 어우가 그 일에 죽은 것은 원통하나 그 마음은 무죄라 할 수는 없다.[63]

김약련은 「상부사」에 드러난 유몽인의 절의정신을 가상하게 여겼다. 그러나 이상적인 처신은 폭군 앞에서 당당히 바른말을 할 줄 아는 용기와 지조이다. 그에 비하면 유몽인의 처신은 너무도 소극적이고 안일하다. 소극적인 처신의 결과로 다행히 죽음을 면하였을 뿐 평가할 만한 처신은 아니었다. 그럼에도 불구하고 유몽인은 '자기의 뜻'이 제대로 펼쳐지지 못한 데서 오는

61　徐有防이 찬술한 「於于諡狀」(『於于集』後集, 卷6, 32~38쪽)을 참조.

62　「孀婦詞」의 原題는 「題寶盖山寺壁」이다. 원시는 다음과 같다. "七十老孀婦, 單居守空壺, 慣誦女史詩, 頗知姙姒訓, 傍人勸之嫁, 善男顏如槿, 白首作春容, 寧不愧脂粉."

63　앞의 글, 9~10쪽: "然則其罪, 似不至必誅之律, 而觀其帳殿述懷之詩, 則非不知美男之如槿, 而自愧其白首春容, 其志亦悲矣. 當日理獄之官, 果有如皐陶者, 則其將以何律處之哉. 談者之冤其死, 無乃有觀於是歟. 雖然, 士君子出而仕於朝, 不幸而遇無道之君, 力爭其非, 或死或不死, 可以盡自靖之責. 如不能爭, 則奉身而退, 可免爲彝倫之罪人. 雖不能去其朝, 幸而不爲暴君奸相之所親任, 則亦可以免餘派之及. 是宜自幸之不暇, 乃反以其志之不得伸, 而鬱拂感慨於言語文字間, 何也. 若是者, 安保其得志, 而能不爲非義也哉. 於于之死其事則冤, 而其心不可謂無罪也."

불평의 정서를 언어문자, 문예로 드러내었다. 김약련은 앞에서도 유몽인의 작품은 '대체로 모두 뜻을 얻지 못해 지은 것들이다.'라고 선언한 바 있거니와, 그 '뜻'이란 광해조정에 벼슬하여 군주의 총애를 한 몸에 받는 일이었다. 만일 유몽인이 '뜻'을 얻어서 정치활동을 했다면 어떠했을까? 이에 대한 김약련의 대답은 부정적이다. 유몽인도 이이첨과 같이 비의非義를 행할 개연성이 짙다고 믿는다. 이 때문에 김약련은 유몽인이 무고에 죽은 것은 원통하지만, '그 마음'은 무죄라 할 수는 없다고 단언했다.

　　김약련은 이렇듯 '그 마음'이 어떻게 움직이고 있었는가하는 문예창작의 동기를 중시하는 관점을 보인다. 그는 유몽인의 처신에 흠결이 있다고 해서 그의 탁월한 문예성과마저 폄하하는 일은 옳지 못하다고 본다. 그러나 글이란 말의 알맹이이고 말은 마음의 꽃이므로 공정한 마음으로 유몽인의 글을 살펴볼 필요가 있다고 했다. 그는 유몽인의 마음자리가 바르지도 않고 단단하지도 않았기에 거기에서 발현된 문예적 표상 역시 비딱하거나 얄팍하게 된다고 하였다. 유몽인의 글을 처음에 보면 놀랍고 다시 보면 기이하지만 음미를 거듭할수록 그 의미가 도탑지 못함을 느끼게 된다는 것이다. 그래서 유몽인의 글을 좋아하는 이들에게 경계하기를, 반드시 이러한 병통을 잘 알아야만 그의 글을 공정하게 평가할 수 있다고 말했던 것이다.[64] 여기서 우리는 문예를 예술적 관점이 아니라 도덕적 관점에서 평가하려는 김약련의 문학관을 살필 수 있다.

64　앞의 글, 10쪽: "是以, 其爲文章甚高, 有不可以人廢之者. 然, 文者, 言之實也, 言者, 心之華也, 以公案案其文昭, 然知其根於心者, 不正不固不正, 故其出或斜不固, 故其發或淺, 初見之則駭, 再見之則奇, 三四見, 便覺其意味不厚. 噫, 好其文者, 必須知其病, 然後其文之功罪, 亦可得而論也."

(2) 맹자의 문예관, '이의역지', '지인논세'의 수용

인성의 도덕성을 중시했던 김약련은 맹자의 '이의역지以意逆之'와 '지인논세知
人論世'라는 문예적 입장을 철저히 실천하였다. 앞에서 유몽인의 문예적 공과
를 '그 마음'에서 찾았던 것은 맹자의 '이의역지'하는 문학관과 관계가 있다.
'이의역지'란 작품을 이해할 때 반드시 "문文으로써 사辭를 헤치지 않고, 사辭
로써 지志를 헤치지 않으며 의意로써 지志를 파악해야만 문장을 제대로 이해
할 수 있다"[65]라는 뜻이다. 요컨대 문사의 표면적 의미만 가지고 기계적으로
작품에 담긴 사상을 이해해서는 안 된다는 것이다.

여기서의 '의'가 작자의 사상을 가리킨다고 본다면, 작자의 기본적인 마음가
짐을 제대로 파악해야만 문장에 드러난 주제를 정확히 인식할 수 있다는 견
해이다. 김약련은 유몽인의 문예가 아무리 문사적인 면에서는 예술성이 뛰
어나다고 하여도, 그 이면에 숨겨진 생각(그 마음)이 도덕적으로 어떠한 상태
를 지향하고 있는지를 정확히 파악하지 않고서는 바른 문예분석이 이루어질
수 없다고 생각하였다.

　　'지인논세'는 "그 시를 낭송하고, 그 글을 읽고서 그 사람됨을 알지 못한
다면 되겠는가? 그러므로 (작품을 가지고) 그 시대를 논할 수 있어야 한다."[66]라
는 주장을 줄인 표현이다. 이는 작품을 이해하고 분석하여 반드시 작자가 지
닌 사상과 처한 시대를 파악해야 한다는 말이다. 김약련은 「소암유고서素庵
遺稿序」에서 그의 지음이었던 소암素庵 김세련金世鍊(1733~1790)의 문집을 읽고
이렇게 말한다.

　　문득 그의 시장을 읊조리고 그의 문의를 반복해보니 완연히 그 사람이 앞에

65　『孟子·萬章上』: "不以文害辭, 不以辭害志, 以意逆志, 是爲得之."
66　『孟子·萬章下』: "頌其詩, 讀其書, 不知其人可乎. 是以論其世也."

있는 듯하다. 그 책 가운데, 시에서 그 지취를 보고 서書에서 그 풍치를 보며, 죽은 이를 애도한 데서 그 간측함을 보며, 배우는 이를 훈계한 데서 그 근후함을 본다. 바람을 읊조리고 달을 노래하면, 바람과 달이 그의 금회襟懷이고, 매화를 찾고 버들을 따르면, 매화와 버들이 그 표격標格이다. 소쇄한 기상, 강개한 언어, 돈실한 행실, 자상한 덕성이 그의 장구와 편간 사이에서 어렴풋이 드러난다. 아아! 문이 능히 사람을 불후하게 한다 함이 아마도 이를 이름인 듯하다.[67]

여기서 김약련의 작품분석은 '지인' 방면에 집중되어 있다. 그는 글을 통해 완연하게 그 사람됨을 알 수 있다면 글이 사람을 불후하게 만들 수 있다고 믿는다. 문장과 인격의 일치에서 무게를 두는 쪽은 역시 인격이다. 김약련은 문장은 인격의 반영이라는 신념에 투철하다. 「인재이공유고서」에서 인격은 '덕행'으로 말해진다.

내가 받아서 읽고 보니 참으로 덕을 지닌 분의 말씀이었다. 돈후박실敦厚樸實하여 한 푼 조회부천雕繪浮淺한 기상이 없으니 의당히 그 자손 된 자가 애호하여 잃어버림이 없어야 할 것이다.[68]
맹자가 이르기를 "그 시를 낭송하고 그 글을 읽어보고서 그 사람을 알지 못하면 되겠는가?"라 했다. 공의 시를 낭송하고 공의 글을 읽고서 공의 덕행을 알지 못한다면 어찌 족히 더불어 시와 글을 말하겠는가?[69]

덕행의 여하가 문장의 기상을 결정한다는 논리이다. 맹자가 말한 '지인'의 의미가 김약련에 오면 '덕행'으로 정리됨을 알 수 있다. 문장이 인간을 불

67　『斗庵集』卷4, 10쪽, 「素庵遺稿序」: "輒吟哦其詩章, 反復其文義, 宛然其人如在, 其卷中, 於詩見其志趣, 於書見其風致, 於悼亡也, 見其懇惻, 於訓學也, 見其勤厚, 吟風而詠月, 則風月其襟懷也, 訪梅而隨柳, 則梅柳其標格也, 蕭灑之氣, 忼慨之言, 敦實之行, 慈詳之德, 依俙彷彿於其章句編簡之間. 嗚呼, 文能不朽人, 其斯之謂歟."

68　『斗庵集』卷4, 11쪽, 「忍齋李公遺稿序」: "余受而讀之, 眞有德者之言也. 敦厚樸實, 無一分雕繪浮淺之氣, 宜其爲子孫者之所愛護而勿失之也."

69　앞의 글, 12쪽: "孟子曰, 誦其詩, 讀其書, 不知其人可乎. 誦公之詩, 讀公之書, 而不知公德行, 烏足與言詩書也哉."

후하게 만든다고 할 때, 그 전제조건으로 김약련은 '돈후박실'한 문장의 기상을 들었다.

또한 맹자는 '지언양기知言養氣'를 주장하기도 하였다. 그는 "나는 남의 말을 잘 알아낼 수 있다(知言). 나는 나의 호연한 기운(浩然之氣)을 잘 기를 줄 안다."[70]라고 했다. 즉 남의 말을 잘 이해하려면 '호연지기'를 잘 길러야 한다는 것이다. 맹자가 생각한 '호연지기'는 '인간의 심성 내면에서 우러나오는 것으로 바른 마음(義理)이 집적되어 산생되는 것(集義所生)'이다. 작품은 선악은 작가의 도덕수양의 반영으로 보고 문예를 평가하는 관점이다. 김약련은 『맹자』를 평생 존신한 분이다. 그러므로 문예적 관점을 다른 것에서 구하지 않고 『맹자』로부터 확보해 나갔다. 문예를 인격의 반영으로 보는 김약련의 문학관은 일반 문인층에서 공히 나타난다. 특히 안동권 선비들에게서 더욱 두드러진다고 볼 수 있다.

다만 주목할 것은 김약련이 살아간 시대적 상황이 그로 하여금 맹자의 문예적 입장에 보다 밀착되도록 하였다는 사실이다. 앞장에서 검토했듯이 김약련은 '의리'의 문제에 강한 집착을 보였다. 그는 한창 활동해야 할 무렵에 사도세자에 대한 의리 문제와 관련하여 국문을 받고 유배에 처해진 경험이 있다. 이러한 경험은 '의리'의 문제가 그의 문예창작과 비평 활동을 관류하는 지배원리로 작용하도록 하였다. 뒤에서 상세하게 고찰하게 될 그의 산문세계도 결국은 '의리'의 문제로 설명할 수밖에 없게 되는데, 이렇듯 그는 모든 문예행위를 '의리'의 관점에서 인식하였다.

「북벽유고서」에서 기절氣節을 숭상하여 선성김씨 종중이나 향촌사회에서 고사로 일컬어졌던 북벽北壁 김홍제金弘濟(1661~1737)의 작품[71]을 예의 '지

70　『孟子·公孫丑上』:"我知言, 我善養吾浩然之氣."

71　『斗庵集』卷4, 12쪽, 「北壁遺稿序」:"自吾在童稚時, 從先父老, 聞吾宗有高士北壁翁, 尙氣節超俗曰, 顔瓢原堵, 不變吾所好, 一時名碩, 如八吾荷塘茅山蒼雪諸公, 無不折輩行與之交, 嘗有京華一名士, 聞風踵門, 翁適上山採樵, 俯視而語之曰, 客從何來, 吾方負吾薪矣. 客姑待也, 遂荷薪緩步下山

인론'으로 평가한다.

　　그의 시에 "증점의 늦봄이요, 요부의 십오야라. 앞내 꽃버들 고요하니, 고인이 금인이로세." 이는 봄 삼월 보름날 달 아래에서 읊조린 것인데, 그 바람이 화기롭고 달이 명랑함을 생각하고 산보하면서 높이 읊조려보니 의연히 증점 소요부 두 분과 천년을 격해서 세 사람이 되었다. 어렴풋이 그 기상의 쇄연함을 보는 듯하다. 진실하구나, 추맹씨의 말씀이여! "그 시를 낭송하고 그 글을 읽고서 그 사람을 알지 못하면 되겠는가!" 안색을 받들고 장구를 배행함을 기다리지 않고서도 나는 이미 친히 우리의 북벽옹을 보았도다.[72]

　　여러 작품들을 음영해보니 대체로 모두가 천진에 맡기고 소리를 즐기었고 기타 저작들은 한 품의 조회분식한 기상이 없다. 그 시, 그 글은 옹의 탈략한 흉차에서 나왔고 한 구절 한 말씀이 그 모두 그 지개기안에서 나오지 않음이 없으니 시와 글을 가지고 그 사람을 안다 함이 바로 여기에 있지 아니한가?[73]

따라서 문예와 인성의 일치를 지향하는 길에서는 현세에서의 궁달을 크게 문제 삼지 않는다. 문예를 통해 인성의 여하를 판단해 내면 그만이다. 김약련은 「창계유고서」에서 자신의 고장 영천榮川은 예로부터 문예가 탁월한 선비가 많았지만 궁곤하여 세상에 베풀지 못한 자가 대부분이었다고 한다. 왜냐하면 시속의 좋아함(시호)에 교묘히 영합해서 작록을 구차하게 취하는 것을 고장 사람들이 달갑게 여기지 않았기 때문이다. 그런데 동방 사람들은

入門, 具衣巾, 出揖客, 上堂與之言自若也. 客驚歎而去曰, 眞高士也. 所見過於所聞, 於是, 名聞都下人, 皆願一見北壁翁云."

72　『斗庵集』卷4, 12~13쪽, 「北壁遺稿序」: "獨得聞翁獨步臺園詩一絶 其詩曰, 曾點暮春者, 堯夫十五夜, 前川花柳靜, 古人今人也. 此春三月望日月下吟也. 想其風和月明, 散步高吟, 依然與曾邵二子隔千載成三人, 怳乎如見其氣象之灑然也. 信矣哉, 鄒孟氏之言也. 誦其詩讀其書, 而不知其人, 可乎. 不必待承顏色陪杖屨, 而吾己親見吾北壁翁."

73　『斗庵集』卷4, 13쪽, 「北壁遺稿序」: "吟咏諸篇, 率皆任天眞, 樂素履, 其他著作, 無一分雕繪粉飾之氣, 嗚呼, 偉矣. 家有畜鳩成羣, 每於翁獨坐彈琴, 輒飛集肩臂, 有若相感而相樂也. 其忘機絶欲, 至使微禽自馴, 噫, 翁豈不誠異人乎哉. 之詩也, 之書也, 出自翁脫略胸次, 一句一言, 無不畫出其志槩氣岸, 以詩書知其人, 顧不在是歟."

작록을 중히 여기고 문예를 경시한다. 비록 그 문예가 후세에 전할 만한 것이 있어도 작록이 현달하지 못하면 대부분 인몰되어 일컬어지지 못한다. 김약련은 이를 안타깝게 여겼다. 작록의 현달 여부가 문예의 성패를 결정하는 기준이 결코 될 수 없다는 것이다.[74]

---

74 사실 이러한 김약련의 생각은 모든 문예활동이 중앙의 관각을 중심으로 전개되면서 지방문예가 철저하게 소외되어 가고 있던 현실에 대한 불평일 수도 있다. 18세기 관각문예는 이미 노론계가 주도하고 있었고, 그에 힘입은 자제들이 외각에서 사단활동을 이끌어 나갔기 때문에 지방의 문예는 문단에서 거의 논의되지 않았다. 더구나 영남남인계의 문예활동은 채제공이나 이익과 같은 경남계 일부의 관심을 제외하고는 전혀 중앙문단의 주목을 받지 못했던 것이다.

4
김약련의 산문창작
-「전」 작품을 중심으로 -

김약련은 그의 문집에 여러 형식의 시문을 담은 바 있는데, 산문의 형식을 빌려 다수의 전傳 작품을 남겼다. 그의 전 작품에는 조선조 유교의 이념인 충忠·효孝·열烈의 이념이 충실히 반영되어 있다. 그는 전 작품을 통해 그가 견지하고 있던 유교적 이념의 문학적 형상화에 이바지하였던 것으로 보인다. 작가는 평소 자신이 지니고 있던 사상과 철학 및 이념을 문자 언어인 시문을 통해 십분 표출하는 것임은 주지의 사실인바, 김약련의 경우도 예외가 아니다.

그는 전 작품을 통해서 그의 평소 지론을 문학적으로 형상화시켜 보다 의미 있는 문제를 제시하였던 것으로 보인다. 그의 전 작품은 대체로 세 가닥으로 규정지을 수 있을 것 같다. 첫째, 남성이 아닌 여인의 몸으로 시댁을 위해 효행을 다하는 효부의 입전 양식이며, 둘째, 먼저 가신 남편에 대한 열烈을 실천하는 열녀의 문학적 형상화이다. 셋째, 충과 의리지심으로 주인을 위해 헌신하는 동물들의 의기를 수용한 작품을 들 수 있다. 이 세 가지 분류의 중심점은 역시 충·효·열의 실천 의지 선양이라 할 수 있다.

이러한 점에서 김약련의 전 작품은 여성 입장의 충·효·열의 실천 의지가 투영되어 있다고 추정해 볼 수 있다. 일반적으로, 효의 실행에 있어 여성보다는 남성들의 효행을 부각시키는 경우가 지배적인 데 비해 김약련의 경우는 역시 여성의 입장에서 효행을 실현한 효부의 입전에 충실하고 있다. 그리고 7편의 열녀전을 통해서도 그러한 의식을 고조시키고 있으며, 동물들의 입전을 통해서 주로 표상된 남편에 대한 충 내지는 열의 실현을 강조하고 있다.

이러한 김약련의 의도는 결국 당대 유교적 이념에 충실한 역할 수행의 기대에 크게 벗어나고 있지는 않다. 그러나 이러한 발상이 여기서 종결되지 않고 남성들의 절의와 충에 대한 권면과 교훈성으로 확대되고 있다는 점에서 주목된다. 먼저 여성의 효 실현 양상을 검토하기로 한다.[1]

「효부전」에 나타난 효 구현 양상

(1) 「효부전」의 입전의식

서두에서 김약련은 「효부전」을 짓게 된 경위를 설명하고 있는데, 그가 굳이 여성 인물의 효부전을 창작하게 된 연유를 해명한다. 이는 남성보다 여성의 입장에서 혈연적으로 맺어진 부모가 아닌, 남편과의 만남을 통해 맺어진 시부모를 섬기기란 더욱 극난한 점에서 이들의 효행이 돋보인다는 것이다.

부녀자의 입장으로서 孝를 행하기란 남자보다 어렵고, 천한 사람의 입장에서

---

1   김약련의 「전」 창작과 관련한 글은 이원걸 동학의 도움에 힘입은 바 크다.

효를 행하기란 선비보다 어렵고, 청상과부의 입장에서 효를 행하기란 남편이 있는 경우보다 더 어렵고, 가난하고 누추한 입장에서 효를 행하기란 부유하고 풍요로운 사람보다 어려운데, 이 네 가지 어려움을 모두 겸한 처지에서 효를 행하기란 더욱 어렵다. 이런 까닭에 어려운 처지에서 효를 행한 사람들을 차례대로 열거하여 '효부전孝婦傳'을 짓는다.[2]

김약련은 이 글에서 부녀자, 천한 신분, 청상과부, 가난하고 누추한 입장에서 참으로 행하기 어려운 것이 효인데, 이를 실천한 사례를 예증한 것은 극난한 상황에서 孝를 실천했기 때문이라고 한다. 그만큼 이들의 효의 실천은 유의미한 기능과 작용력을 가진다고 보았기 때문이다. 위에서 언급한 바와 같이, 이들의 효행 대상이 시댁의 부모라는 점에서 더욱 그러하다. 김약련은 일반적으로 아들이 그 부모를 위해 효행하는 경우를 입전한 것과는 달리, 여성이 시부모에게 효행을 행한 경우를 문학적으로 형상화하였다는 점에서 특색을 지닌다. 그의 이러한 인식 논리는 「인계설人鷄說」에서 파악된다.

이웃집에서 닭을 길렀는데, 닭은 그 새끼를 사랑하여 더러는 그 어미와 먹이를 다투어서 그 새끼에게 먹이기까지 하였다. 명년에 그 새끼가 자라면 또 그 새끼를 낳을 것이고 또한 그 새끼를 사랑하기를 마치 그 어미가 그를 사랑하였듯이 할 것이다. 하루는 그 어미가 부뚜막에 떨어져 있던 밥을 주워 먹으려 하자 그 새끼가 와서 그것을 빼앗아 가지고 그가 낳은 새끼에게 먹이기를, 마치 작년에 그 어미가 그 자식을 위해서 그 어미와 싸우는 것같이 하였다. 내 마침 그것을 보고 탄식하여 말하였다.

"아! 아! 작년에 그 어미가 그 새끼를 기를 때 어찌 금년에 그 새끼가 또 그 어미가 그 할미에게 한 짓을 하라고 일렀겠는가? 무릇 사람이라고 하는 자도 또한 이와 같은 자들이 있다. 능히 부모의 봉양을 다하지 못하는 자는 열에 열이지만, 그 자식을 사랑할 줄 모르는 자는 백에 하나가 있겠는가? 능히 부모의 은혜에 보

---

2   『斗庵集』卷5, 22～23쪽, 「孝婦傳」: "婦女而孝, 難於男子, 賤人而孝, 難於士族,. 孀居而孝, 難於有偶, 貧窶而孝, 難於富饒,. 兼是四難, 其孝尤難. 是以, 序列其人, 爲孝婦傳."

답하지 못하는 자는 백에 백이나, 자식에게 보답하기를 바라지 않는 자는 천에 하나가 있겠는가? 마치 이것은 작년에 어미닭이 바야흐로 그 어미와 싸워 그 새끼를 기르고서, 그 새끼 또한 그 어미와 싸워 그 새끼를 기를 것이라는 것을 모르는 것과 같다.

　　아! 사람으로서 닭과 같아서야 되겠는가? 만약 그런 사람이 있다면 그를 사람이라고 불러야 할까, 닭이라고 불러야 할까? 그런 사람은 사람이라고 일러서는 안 되고 모름지기 닭 같은 놈이라고 부르는 게 마땅하다."[3]

김약련은 이 예문에서 병아리가 자라나서 어미닭이 된 뒤에 자기 새끼 부양을 위해 어미닭에게 박대하는 형상을 눈 여겨 봐 두었다가 작품화하였다. 미물의 닭이 자기 새끼 부양을 위해 어미를 구박하는 형상은 흡사 인간사에서도 그러한 경우가 현시되고 있음을 꼬집고 있는 것이다. 그러면서 그러한 인간들에 대한 경각과 교훈성을 보여주며, 감계적 의미를 제시하였다. 이러한 효의 논리를 바탕으로 해서 창작된 작품을 검토하기로 한다.

(2) 「효부전」에 수록된 5편의 구성과 줄거리

제1화

① 순흥의 응정리凝井里에 장씨 성을 가진 부인이 16세에 안씨 성을 가진 남성에게 시집을 갔다.

② 안씨가 몇 달을 같이 살다가 그만 죽고 말았다.

3　　『斗庵集』卷5, 16~17쪽, 「人雞說」: "鄰家畜雞, 雞愛厥子, 或至與厥母爭食, 以哺其子者. 明年, 其子 長而又生子, 亦愛之, 如厥母之愛厥也. 一日, 厥母拾遺飯於竈廚之間, 將食之, 厥子來, 與之鬪奪, 以哺厥所生, 若昨年厥母之爲其子而戰厥母也. 余適遇之, 歎曰, 噫噫, 昨年厥母養厥時, 豈謂今年其子, 又作厥母之於厥祖樣也哉. 凡名爲人者, 亦若是不能盡父母之養者, 什什, 不知愛厥子者, 百而有一乎. 不能報父母之恩者, 百百, 不塱報於子者, 千而有一乎. 若此者, 即昨年母雞也. 方鬪其母養其子, 不知厥子又鬪其母養其子. 噫, 可以人而同於雞乎. 然則以是謂人耶, 雞耶. 謂之人不可, 則雖謂之人雞, 亦可也."

3 부모들이 개가를 권했으나, 그녀는 시어머니 봉양을 빌미로 굳이 거부했다.

4 이후, 지성으로 시어머니를 봉양하며 종신토록 절개를 지켰다.

5 평어[4]

제2화

1 재산현의 장씨 성을 가진 여인이 안동 고을의 미관 말직인 강씨에게 시집을 왔다.

2 장씨는 얼굴이 못나, 강씨는 늘 기생에게 미혹되어 집안 일을 돌보지 않았다.

3 강씨는 장씨 사이에서 딸 하나를 남긴 채 죽어 버렸다.

4 장씨는 정성을 다해 시아버지를 모시다 시아버지의 초상을 치렀으며, 수절하였다.

5 평어[5]

제3화

1 남씨 성을 가진 벼슬아치의 아내 박씨는 남편을 여의었다.

2 그녀는 가난하고 의지할 데가 없었다.

3 그녀는 시어머니를 봉양하며 다른 데로 시집가지 않았다.

4 선비들이 효부라며 칭송하였다.[6]

제4화

1 관료였던 민씨에게 장씨가 시집을 갔다.

2 그녀는 늘 맛난 음식을 시아버지께 바쳤다.

3 그녀는 남편을 경계시켜 맛난 반찬을 부모에게 올리게 하되, 입에 대지 않도록 하였다.

4 평어[7]

---

4 『斗庵集』 卷5, 23쪽, 「孝婦傳」.

5 앞의 글, 24쪽.

6 앞의 글, 24쪽.

7 앞의 글, 24쪽.

제5화

1 玄風의 松古村에 어떤 여인이 17세의 외동아들에게 시집을 갔다.

2 시댁은 가난한 데다 시아버지는 장님에 홀아비였다.

3 부부는 품을 팔아 가며 연명을 했다.

4 몇 년 뒤, 남편이 병으로 죽게 되었다.

5 여인은 이에 더욱 힘써 노력하며 시아버지를 모셨다.

6 이웃의 부유한 사람이 그녀를 며느리로 맞이하고자 친정 부모에게 뇌물을 써서 친정으로 유인하였다.

7 여인은 친정에 다녀온다며 각종 반찬과 먹거리를 준비해서 맹인 시부에게 일러두고 친정으로 갔다.

8 그녀는 친정에 이르러 여동생에게 전말을 듣고 자결 의지를 보이고는 시댁으로 발길을 돌렸다.

9 산중에 호랑이가 나타나서 길을 막자, 시댁까지 가도록 피해 준다면 기꺼이 먹이가 되어주겠다고 하자, 호랑이는 길을 터 주었다.

10 시댁에 당도한 그녀는 시부에게 이런 정황을 다 털어놓고 호랑이 밥이 되기를 자청하고 사립문을 나섰다.

11 그러자 호랑이는 그녀를 물고 달아났으며, 이를 슬퍼하며 따르던 시부의 두 눈에 피가 흘렀다.

12 한참 지나, 호랑이는 여인을 길가에 버려 두고 떠났고, 눈을 뜬 시부가 그녀를 집으로 지고 오자, 그녀는 되살아났다.

13 장사꾼이 이야기를 들려주었다.

14 평어[8]

(3) 「효부전」의 유형적 특징

이상 5편의 「효부전」에서 제4화의 장씨 여인이 남편과 함께 시아버지를 모신 경우를 제외하면, 모두 홀로 된 여인이 시부모를 극진히 모신 이야기로 구

---

8   앞의 글, 24~26쪽.

성되어 있다. 그리고 제3화와 제4화는 극히 축약적으로 구성되어 있다. 제1화에서는 장씨 부인의 권도적인 측면이 강조되고 있다. 집안사람들이 그녀에게 개가를 권유하자, 그녀는 시어머니를 종신토록 봉양해야 한다며 이를 거절하였다. 그리고 시어머니가 죽은 뒤, 또 그러한 권유가 들어오자, "천천히 그렇게 하겠다." 하며 말머리를 돌리고는 남편 무덤에 가서 곡하였다고 한다.[9] 그리고 주위 사람들의 눈길을 피하였으며, 50에 이르러서는, "내 늙어 어찌 시집 갈 수 있으리오?" 하며, 종신 수절하였다고 한다. 여인의 임기응변적인 태도가 돋보이는 작품이다.[10] 전체 작품에 긴박한 상황의 전개 등은 보이지 않는다. 다음 제2화에서는 지독한 음주가인 시아버지의 술값 비용 마련을 위해 일심으로 헌신하면서도 이맛살을 찌푸리지 않았던 효부의 입전이다. 해당 내용을 살펴보기로 한다.

강씨가 죽자 장씨는 정성을 다해 시아버지를 섬겼다. 자신은 지게미와 쌀겨와 같은 거친 음식도 마다 않고 먹으면서 시아버지에게는 반드시 술과 고기를 올렸다. 시아버지는 술을 좋아하여 베틀 위에 한 자의 베라도 있는 것을 보면 반드시 잘라서 술값으로 썼으며, 새 옷을 바치면 헌 옷은 벗어서 술을 사 먹었지만 장씨는 싫은 기색을 보이지 않았다.

베를 짜서 돈을 벌어서 조석으로 공양하고 한 푼이라도 남겨 번번이 시아버지를 위해 술빚을 갚았다. 시아버지가 병들어 장차 죽게 되었다. 사촌 시아주버니가 장씨에게 말하기를, "숙부는 일어나시지 못할 것이니, 입고 있던 옷가지와 이불을 빨리 빠십시오!" 하니 장씨가 말하기를, "제가 마련해 둔 수의가 있습니다." 하였다. 그 사람이 놀라서 말하기를, "베틀 위의 베는 입을 옷으로 드렸고 남은 돈은 숙부가 모두 써버렸는데 어떻게 마련해 감추어 둔 것이 있단 말입니까?" 하

---

9 『斗庵集』卷5, 23쪽, 「孝婦傳」: "父母欲嫁之, 夫家人, 亦憐而勸之. 婦曰, 吾豈不嫁哉. 但姑獨居無子女, 吾當養姑. 姑歿則嫁, 父母不敢强. 姑老病風, 目漸昏, 不視也, 脚痺, 不能動. 婦事之至孝, 若筋骨竭精誠至, 有人不堪其勞者, 而婦未嘗少懈. 及姑歿, 勸之嫁則曰, 唯吾其嫁矣, 以爲信然而將嫁之, 則輒往其良人之墓而哭之."

10 이는 烈女의 烈 구현 양상 가운데, '改嫁拒否型'에 속한다. 해당 논의는 황만기의 「열녀전 연구」, 61~64쪽을 참조. 이하, 본고의 열녀의 열 구현 양상은 이 논문의 연구 업적을 수용한다.

였다. 장씨가 말하기를, "비단을 짜서 물들이고 마름질하여 옷을 만들어서 모두 곁방의 비밀스런 곳에 간수해 두었기 때문에 시아버지께서는 정말 몰랐을 겁니다."라고 하면서 상자 하나를 꺼내었다. 거기에 옷이며 이불이며 베며 솜 등이 모두 갖추어져 있었다. 시아버지가 돌아가시자, 비록 부유하고 자녀를 많이 둔 사람이라도 미칠 수 없을 만큼, 습염襲殮이며 장례, 제례 등 모든 절차를 훌륭히 치를 수 있었다.[11]

장씨 부인은 주벽가인 시아버지의 수발을 위해 헌신하였다. 지극한 정성으로 술값을 대는 한편, 시아버지의 장례를 위한 준비까지 철저히 하였던 것이다. 이러한 그녀의 열烈 실천 행위는 '인애효자형忍哀孝慈型'·'종천부지형從踐夫志型'에 속한다.[12]

(4) 현풍 효부 이야기의 소설적 결구

제5화는 작품 구성도가 높은 작품이므로, 상세히 분석하기로 한다. 이 작품 역시 제1화와 동일한 '인애효자형忍哀孝慈型'에 속하는 작품이다. 여인은 애당초 수절하기로 결심한 터에 마음이 흔들림이 없었다. 그러나 친정 식구들의 집요한 개가 의지와 부유한 집의 유혹의 손길에 의해 그녀는 강제적으로 개가를 해야만 하는 위기에 직면하게 된다.

이웃 마을에 아내를 잃은 부유한 사람이 있었는데, 평소 부인의 어짊을 알고

---

11 『斗庵集』卷5, 24쪽, 「孝婦傳」: "姜死, 張竭誠事舅. 身不厭糟糠, 而舅必有酒肉. 舅耆酒, 見機上有尺布, 則必斷之, 以爲飮費. 供新衣, 卽脫舊以沽酒, 張不變色焉. 備紝得金, 以供朝夕, 餘一金, 輒爲舅償酒債. 舅病且死. 其良人之兄語張曰, 叔其不起矣. 亟澣所着衣衾. 張曰, 吾有藏之者矣. 其人驚曰, 機上之布, 着外之衣, 供餘之金, 叔皆用之, 何爲而有藏焉. 張曰, 織繒而染之, 裁衣而製之, 皆從傍舍藏之在密處, 舅固不知. 乃出一篋, 衣衾布縣皆具. 及舅歿, 凡襲殮葬祭, 雖富而多子女者 莫及焉."

12 황만기의 논문, 95~99쪽을 참조.

그녀의 부모에게 많은 예물을 주면서 혼사를 청하였다. 부모들은 그 예물을 탐내어 몰래 날짜를 잡고서 딸을 속여 말하기를, "내일이 내 생일이어서 네 형제들이 나를 위해 술잔치를 마련한단다. 네가 비록 마음을 다해 너희 시아버지를 섬기고 있지만 어찌 부모의 마음은 생각하지 않느냐? 내가 네 마음을 잘 알기에 술과 고기를 가지고 왔단다. 이것으로써 네 시아버지 하루 끼니를 준비해 드리고, 가서 네 형제들과 함께 슬하에 나란히 서서 부모를 위로해 주렴. 오늘 가면 내일 되돌아 올 수 있을 것이니 너는 사양하지 말거라."라고 하였다. 부인이 아버지의 말에 느끼는 바가 있어 방으로 들어가 시아버지께 아뢰자 시아버지가 허락을 하였다. 이에 시아버지를 위해 이틀 동안의 밥을 짓고 술과 고기와 밥을 차려놓고는 일일이 여러 차례 말씀드리기를, "이 물건은 여기 있고, 저 물건은 저기 있습니다. 입맛대로 드시고 굶지 마십시오!" 하니, 시아버지가 "알았다." 하였다.

마침내 아버지를 따라 갔다. 자기 집이 가난한데도 차려진 음식이 사치스러운 것을 보고는 속으로 의심스러워서 여동생을 집 뒤로 불러서 캐물었다. 여동생이 말하기를 "언니는 모르고 있었니? 오늘 언니 시집보낸다던데." 하였다. 부인이 깜짝 놀라서 곧바로 돌아갈 것을 고했다. 부모가 말하기를, "날이 저물었는데 어찌 갑자기 돌아가려고 하느냐?" 하니 부인이, "부모님께서 저를 시집보내려고 하신다면 저에게는 죽음만 있을 뿐입니다. 차마 시아버지를 버리고 시집갈 수가 없습니다." 하고는 차고 있던 작은 칼을 가리키며 말하기를, "내가 이런 일을 대비해 이것을 차고 다닌 지가 오랩니다." 하고는 자결하려고 하였다. 부모들은 딸의 뜻을 억지로 꺾을 수 없음을 알고는 스스로 돌아가도록 내버려 두었다.[13]

그녀는 결국 친정 부모들의 속임수에 의해 친정에 당도하였는데, 생일이라고 속여 그녀를 친정에 오도록 유인하였다. 그녀는 맹인 시부를 떠나오

---

13 『斗庵集』卷5, 25쪽, 「孝婦傳」: "隣有富人, 喪其耦. 素知婦賢, 重賂其父母, 以求之. 父母利其賄, 潛爲之期日, 而紿其女曰, 明日, 吾弧辰也. 爾兄弟, 爲吾設酒酌. 爾雖專心事爾舅, 獨不念父母心乎. 吾知爾心, 持酒肉來. 以此爲爾舅一日食, 往與爾兄弟, 共列膝下, 以慰父母. 今日往, 則明日返, 爾無辭也. 婦感父言, 入告其舅, 舅許之. 乃爲之炊二日飯, 列置其酒肉及飯. 歷數而告曰, 此某物也在此, 彼某物也在彼, 可隨意而食無飢也. 舅曰, 諾. 遂隨其父而往見. 家貧而所需奢, 心疑之, 招小妹于屋後而詰之. 妹曰, 姊不知耶. 今日將嫁姊. 婦大驚, 卽告歸. 父母曰, 日暮矣, 何遽歸乎. 婦曰, 父母欲嫁我, 我有死耳. 不忍棄舅而嫁, 指所佩小刀曰, 我爲是之慮佩此, 久矣. 欲自刎, 父母知其不可强, 任其自歸."

는 데서 효심이 드러나고 있다. 그녀는 며칠 동안 친정을 다녀오는 동안 맹인 시부가 혼자서 생활해야 하는 여러 가지 애로를 덜어주려고 갖은 배려를 아끼지 않았다. 시부가 드실 각종 반찬의 준비에서부터 소용되는 물건의 비치 등 세심한 배려로 시부의 혼자 생활에 어려움이 없도록 주선하였다.

그녀는 친정에 당도해서야 친정댁의 개가 구상안을 제대로 간파하게 된다. 친정에서는 그녀를 부유한 집 홀아비의 재취 자리로 맡기려고 제반 준비를 해둔 터였다. 그러나 그녀는 이미 서두에서 본 바와 같이, 시부에 대한 효심은 여전히 유효하여 그들의 술책 회유를 거부한다. 결국 그녀는 여동생에게서 친정 식구들의 술책을 알고는 자결을 고수하며 이 위기를 벗어난다. 그녀는 결연한 의지를 드러내 보임으로써 첫 번째 난관을 벗어나게 되었다. 그러나 두 번째 난관은 이렇게 전개된다.

송현松峴은 본디 맹수가 많았다. 날은 이미 저물었는데, 커다란 호랑이가 길을 막고 서 있었다. 부인이 호랑이에게 말하기를, "네가 비록 짐승이지만 영험한 동물이다. 내가 시아버지를 위하여 가는 중인데, 네가 어찌 나의 갈 길을 막느냐?" 하였으나 호랑이가 여전히 꿈쩍도 하지 않았다. 부인이 다시 말하기를, "내가 오늘 너에게 죽는 것은 운명이니 진실로 모면할 길이 없다. 그러나 나의 시아버지께서는 자식이 없어 내가 홀로 시아버지를 섬겨야 한다. 시아버지는 내가 돌아오기를 기다리고 계시니 네가 잠시 물러나 준다면, 내가 돌아가서 시아버지와 이별을 하고 나와서 너에게 목숨을 바치겠다. 나는 너를 속이지 않겠다."라고 하였다. 호랑이가 그제야 길 왼편으로 비켰다. 부인이 떠나가자 호랑이는 그녀를 따라갔다.

집에 이르자 문은 이미 닫혀 있었다. 시아버지가 놀라서 말하기를, "며늘아기야, 내일 돌아온다고 해놓고 지금 날이 저물었는데 어찌 돌아왔느냐?" 하니, 며느리가 그 이유를 아뢰고는 다시 새 밥을 지어 올리고는 배 불리 드시게 하였다. 이윽고 울면서 말씀드리기를, "제가 죽을 때까지 아버님을 섬기려고 했으나 오늘 명이 다하여 이별코자 합니다." 하자, 시아버지가 깜짝 놀라서 말하기를, "이 무슨 말이냐?" 며느리가 말하기를, "제가 이미 호랑이와 약속을 하였습니다. 호랑이가 지금 뜰에 있습니다. 사람이 어찌 짐승과 한 약속을 저버릴 수 있겠습니까? 이 또한 운명이니, 만일 제가 나가지 않으면 호랑이가 반드시 방으로 들어와 아버님을 해칠까 두렵습니다." 하고는 문을 나가서 호랑이 앞에 서니 호랑이는 곧 바로 그녀를 낚아채서 달아났다.[14]

작품이 소설적인 결구를 갖추고 있다. 사건의 앞뒤가 상호 조응되고 긴밀하게 연결되어 긴박감을 드러내 보이면서 긴장미를 보여 준다. 그녀의 침착한 태도가 문면에 잘 반영되어 있다. 호랑이에게 타이르며, 도리를 일깨우는 모습과 발언에서 어진 여인의 형상과 효성스러운 면모가 동시에 포착되고 있다. 이는 우리 고전 소설 「심청전」에서 심청이가 인당수에 몸을 팔러 가는 정경과도 일치된다. 자신의 희생과 눈먼 아버지의 애통이 비슷하게 보여지기 때문이다.

후반부에 이르러서 이렇게 숨가쁘게 전개되던 현실은 급진전되어 신이적神異的 장치의 설정으로 전화위복이 된다. 즉, 시아버지는 며느리의 살신성인적 노력에 의해 눈이 떠지고, 이에 감동한 호랑이는 그녀를 길가에 버려 두어 다시 살아나게 되었다는 것이다. 이로써 작품의 갈등(개가 권유, 호랑이 먹거리 신세)은 완전히 해소되어 한 가정의 평온을 되찾고 그녀의 수절과 효행이 동시에 이루어진 것이다. 흥미로운 것은 작가가 이 이야기를 전해 듣고서 작가의 상상력을 발휘하여 작품을 완성했다는 점이다.

그때가 바로 성상聖上(정조) 즉위 7년인 계묘년(1783)이며, 이때 부인의 나이 21세였다고 한다. 어떤 장사꾼이 현풍玄風에서 와서 효부의 일을 낱낱이 전해주

14 　『斗庵集』卷5, 25~26쪽,「孝婦傳」: "松峴, 素多猛獸. 日已向昏, 有大虎當徑. 婦語之曰, 爾雖獸, 亦物之靈者也. 吾爲舅往, 爾何尼吾行. 虎猶不起, 婦復曰, 吾今日死於爾, 天也, 固無所避. 然吾舅無子女, 吾獨事舅, 舅方待吾歸, 爾可少避, 吾歸與舅訣, 出而投汝, 吾不汝欺也. 虎乃移于途左, 婦遂行, 虎隨之. 至家, 門已閉. 舅驚曰, 婦言明歸, 今何暮還. 婦告其由, 更炊新飯而進之, 勸令至飽食. 旣泣而告曰, 婦將終事舅氏, 今日命盡矣, 敢訣. 舅愕然曰, 是何言也. 婦曰, 吾己約虎矣. 虎今在庭, 人豈與獸約而背之哉. 且命也. 若吾不出, 虎必入室, 恐驚傷舅. 出門而立, 虎卽攫而走."

었는데, 나는 장사꾼에게 직접 들은 사람에게서 효부의 이야기를 들었다. 그러나 효부의 성명을 그 사람이 장사꾼에게 묻지 못했으니, 애석하도다! 굶주린 묵태墨胎(孤竹君)의 두 아들(백이, 숙제)로서 천하에 신하 된 자들을 독려하였고, 곤액을 당한 하후씨夏侯氏의 딸로서 천하에 남의 아내가 된 사람을 힘쓰게 하였다. 하늘이 무슨 뜻이 있어 그리했는지 내 잘 모르겠으나, 옛날엔 장부로 태어나면 의사義士가 되고, 지금은 여자로 태어나면 효부孝婦가 되니, 현풍 땅엔 반드시 충열忠烈의 기운이 모여 있다. 그러나 예교를 주상 전하께서 밝히시어 절의하는 사람들을 길러내지 않았다면 어찌 이렇게 될 수 있었겠는가?[15]

작가는 이 흥미롭고 어진 여성의 미담을 장사꾼에게서 들었다는 사람에게서 전해듣고, 작가적 상상력을 가미하여 작품화하였다. 작가는 평어 부분에 이르러, 그녀가 이렇게 의로운 기개를 발휘하고, 절의를 고수할 수 있었던 것이 위로부터 예교를 밝히 들었기 때문이라고 한다. 말하자면, 유교적 덕목의 충실한 교화와 학습이 그녀의 이러한 덕행 실천의 기초가 되었다는 점을 강조한 것이다. 그러면 구체적으로 여인들의 열烈이 어떠한 양상으로 실현되었는가. 이는 다음 절에서 검토하기로 한다.

「열녀전」에 나타난 열 구현 양상

김약련은 일곱 편의 「열녀전」을 남겼다. 김약련은 효부들의 입전을 통해 남성들이 감당하기 어려운 조건하에서 효행을 실천궁행한 여성상을 문학적으

---

15 『斗庵集』卷5, 26쪽, 「孝婦傳」: "乃聖上卽位之七年癸卯也. 婦時年二十一云. 有商來自玄, 爲傳孝婦事首尾. 余從親聞商言者而聞之. 然婦之姓名, 其人, 不能問於商, 惜乎. 餓墨胎二子, 以勵天下之爲人臣, 厄夏侯令女, 以勉天下之爲人妻. 我不識天其有意而爲之者耶. 古而生丈夫, 爲義士, 今而生女子, 爲孝婦. 玄之地, 必有鍾烈氣者. 然非禮敎明於上, 培植其節義者, 烏能致此哉."

로 형상화하였다. 이는 결국 효 → 열의 점진적인 인식의 표출 과정의 한 양상이라고 본다. 효와 열 이념은 이를 받는 대상이 다를 뿐, 바치는 입장에서는 동일한 의식 체계를 갖춘다고 본다. 부모와 남편에 대한 헌신의 요구가 당대 사회의 통념이고 일반화된 사고 체계였기 때문이다.

(1) 「열녀전」의 입전의식과 내용분석

■ 「열녀전」의 입전의식

김약련은 「열녀전」의 서두에서 다음과 같이 그의 열이 곧 충과 동일한 사유 체계임을 강조한다.

> 아내와 남편의 관계는 신하가 임금을 섬기는 관계와 같다. 불행하게도 남편이 환난을 당하거나, 일찍 과부가 되었을 때, 사람들이 수절하지 못하게 한다면 죽는 것이 아내의 의리이다. 세상에는 남편이 죽은 애통함을 참지 못하고서 남편을 따라 죽는 경우가 있는데, 이것은 의에 지나친 것이다. 그러나 생사는 또한 큰 것이니, 진실로 남편을 섬김에 독실하고 과감하게 순절할 수 있는 사람이 아니라면 어찌 죽은 사람을 위해 곡을 하는 날에 생사를 결정할 수 있겠는가? 어떤 사람이 조용히 지내다가 세월이 지나도 죽고자 하는 마음을 변하지 않아 끝내 함께 죽고자 하는 소원을 이룬다면, 또한 한순간에 죽은 사람에 비할 뿐만이 아니니 어찌 어렵지 않겠는가?[16]

작가는 위 예문에서 우선 아내가 남편에게 순절을 하는 것은 신하가 임금을 위해 충성을 바치는 것과 다름이 없다고 하였다. 그리고 남편을 따라 즉시 죽는 것도 의리라고 할 수 있지만, 일시적인 슬픔을 참고 세월을 인고하

---

16 『斗庵集』卷5, 26~27쪽, 「烈女傳」: "婦之於夫, 如臣事君. 或不幸而夫遭患難, 或蚤寡而人奪其志, 則死之義也. 世有不忍夫死之痛, 而從夫以死, 是過於義者. 然死生, 亦大矣. 苟非篤於事夫, 果於殉節者, 烏能決死於哭死之日哉. 或能從容料理, 經歷歲月, 不變決死之志, 而終遂同歸之願, 則又非特一時殉死者比也, 豈不難哉."

다가 따라 죽는(殉死) 것 역시 쉬운 일이 아니라고 언급함으로써, 일시순사一時殉死와 인고종부忍苦從夫를 동일한 선상에서 봐야 한다고 하였다.

2 열녀 이씨 이야기

8편의 내용 가운데 간략한 내용은 소개만 하고, 구성도가 높은 작품을 중심으로 검토하기로 한다. 제1화는 안동의 국성인 이씨가 권씨에게 시집온 지 얼마 안 되어 남편이 죽자, 그녀는 3년 동안 남편의 제사를 모시면서 옷도 갈아입지 않았고, 빗질도 하지 않았다. 그러다가 3년 상을 모두 마치고는, 열흘 남짓 굶다가 절명했다고 한다. 이 작품은 열 구현 양상에 의하면, '경세결사형經歲決死型'에 속한다.[17] 이 작품은 「화산이씨녀花山李氏女」라는 부제가 달린 작품으로, 김약련은 「열녀전」의 서두에서 그녀의 죽음과 의미를 간략히 언급하였다. 그녀가 마지막으로 남긴 남편에 대한 「제문」에는 슬픈 곡조가 담겨 있다.

> 당신이 죽은 날에
> 마땅히 함께 죽어야 하지만,
> 삼 년 동안 죽지 않은 것은
> 제사를 받들기 위해서였습니다.
> 오늘 삼년상을 마쳤으니
> 죽을 수 있겠습니다.[18]

3 열녀 김씨 이야기

제2화는 김씨 여인이 박씨에게 시집을 갔는데, 박씨가 위중지경에 이르자,

17 　황만기의 논문, 93~94쪽을 참조. '經歲決死型'은 남편이 죽은 후 일정 기간 살아남아 시부모를 공양, 혹은 자손 양육을 마치고 죽음을 감행하는 유형이다.

18 　『斗庵集』卷5, 27쪽, 「烈女傳」: "夫歿之日, 當與之同歸. 所以三年不死者, 爲祭奠故也. 今喪畢矣, 可以死矣."

독약을 구해 미리 죽기로 준비해 두었다. 남편이 죽자, 그녀는 여종에게 여아를 업고 나가게 하고는 음독 치사하였다. 이 작품은 황만기의 분류에 의하면, '일시순사형—時殉死型'에 해당한다.[19] 작가는 평어에서 그녀의 죽음을 다음과 같이 변론한다.

> 슬프고 슬프도다! 남편이 죽자 혼자 사는 것을 참지 못하고 반드시 함께 한 무덤에 죽어 백년해로의 약속을 대신하고자 하였으니, 그 뜻은 참으로 비통하지만 그 죽음을 논하면 아마도 이씨의 경우와 비슷하다 할 것이다.[20]

김약련은 김씨 여인의 죽음 역시 남편에 대한 열의 충실한 실천 양상이라고 언급하면서, 그녀의 죽음은 제1화 이씨의 죽음과 동일한 차원의 것이라고 하였다.

4 열녀 안씨 이야기

제3화는 송씨에게 시집 간 안씨의 이야기로, 그녀는 빈천한 시댁을 정성껏 받들며 병든 남편을 위해 일심으로 헌신하는 여성상을 갖추고 있다. 병이 든 남편이 못다한 집안의 건사와 남은 식솔들을 부양하는 역할을 다하고, 남편이 죽자 그를 따라 죽는 형상이다.

> 송유절宋儒節이란 사람은 우리 군에 사는 서자 출신의 야성治城 송씨宋氏이다. 집안이 가난하여 망건을 엮어서 생업을 유지하다가 안씨의 딸에게 장가를 들어 아내로 삼았다. 안씨가 시집온 뒤 송유절은 기이한 병을 얻었다. 안씨는 부지런히 베를 짜서 약을 마련하여 바치기를 십 년 동안 게을리 하지 않았고, 농사에 두

---

19 황만기의 논문, 45~47쪽을 참조. '一時殉死型'은 남편의 죽음과 거의 동시에 함께 따라 죽는 열녀 유형을 말한다.

20 『斗庵集』卷5, 27쪽, 「烈女傳」: "悲夫悲夫. 不忍夫死而獨活, 必欲同歸一穴, 以代偕老之約, 其志誠悲矣, 論其死, 其李氏之亞乎."

루 힘써 약간의 밭을 마련하였다.

유절에게는 동생이 하나 있었는데 함께 살면서 지냈다. 그러나 사람들이 이간질하는 말이 없었다. 안씨는 일찍이 아주 가는 베 백 자와 가는 베 두 필을 짜서 시동생을 시켜 시장에 가서 팔아 오도록 하였다. 시동생이 가지고 간 베를 잃어버리고 돌아와서는 말도 안 하고 먹지도 않자 그의 형이 위로하여 근심을 풀도록 했지만 끝내 인상을 펴지 않았다. 안씨가 그것을 듣고 나가서 웃으면서 말하기를 "이것은 가난한 집안에서는 그리 작은 물건이 아닙니다. 그러나 득실은 운수에 달려 있지 사람의 힘으로 어찌할 수 있는 것이 아닙니다. 또 물건을 잃어버리면 재앙이 없어진다고 들었으니 다행히 이것으로 인해 형님의 병에 혹 차도가 있게 되면 물건 잃어버린 것이 무어 그리 상심할 것까지야 있겠습니까? 도련님께서는 걱정하지 마세요!" 하니 시동생이 그제야 기뻐하면서 밥을 먹었다.

남편이 죽자 상자 속에 두었던 의복과 포백布帛을 꺼내서 예를 다해 염을 하였다. 남은 것을 가지고 시동생에게 부탁하기를, "남은 의복은 도련님이 입고, 남은 포백은 형님을 장사지낼 때 쓸 것입니다." 또 아랫동서에게 말하기를, "나는 남편이 병이 들었을 때부터 함께 죽을 것을 결심하였는데, 이미 십여 년이나 되었네. 나를 염할 옷감을 미리 갖추어 상자 속에 두었으니 나를 염을 하고도 반드시 남는 옷감이 있을 거야. 깨끗한 옷감은 동서가 옷을 지어입고, 흠집이 있는 옷감은 이웃 여자들 중에서 나를 장사지내고 제사지낼 때 수고하는 사람의 몫으로 주시게! 우리 집엔 비복들이 없으니 이와 같이 한 뒤에야 사람들의 힘을 빌려 남편과 나를 장사지낼 수 있을 거야." 하고는 입을 다물고 아무것도 먹지 않다가 죽었다.[21]

그녀의 어진 형상이 감동을 주고 있다. 병이 든 남편에 대한 병 수발과

---

21 『斗庵集』, 卷5, 27~28쪽, 「烈女傳」: "宋儒節者, 吾郡宋氏, 籍冶爐者之蘖族也. 家貧, 結網巾爲業, 娶安氏女爲妻. 安氏旣嫁, 儒節得奇疾. 安氏勤於織紝, 以供其藥餌, 十年不怠. 傍治産業, 置田若干. 儒節 有弟一人, 同居而爨, 人無間言. 安氏嘗織世紬百尺, 細布二匹, 使夫弟鬻諸市, 夫弟失之而歸, 不言不食. 其兄慰解之, 終不伸眉. 安氏聞之, 出而笑曰, 此於貧家, 非細物耳. 得失在數, 非人力可圖. 且聞, 失物則消災. 幸而因此, 夫病或差, 則失此, 何傷. 叔無憂也. 夫弟乃喜而食. 及夫歿, 出其篋裏 所貯衣服布帛, 殮襲以禮, 以其餘屬夫弟曰, 衣服餘者, 叔衣之 布帛餘者, 爲葬夫需. 又謂其姨曰, 吾 自夫病, 決意同死, 已十年有餘矣. 豫具吾襲殮衣, 在笥. 殮吾, 必有餘衣 其潔者, 姨服之, 其汚者, 償 隣女之服勤吾喪祭者. 吾家無婢僕, 如是而後, 可以得人之力, 以葬吾夫妻也. 卽緘口, 不食而死."

시동생과 동서에 대한 배려, 그리고 남편 사후에 대한 염습의 준비에 이르기까지 세심한 마음 씀씀이가 돋보이는 작품이다. 그녀는 헌신적 노력을 하여 가장이 미완성한 부양책임을 훌륭히 수행한다. 남편에 대한 병구완 노력과 치산에 힘써 밭도 몇 뙈기를 장만하였던 것이다. 그리고 중반부에 다소 장황하게 소개된 시동생과의 미담은 그녀의 어진 성품을 다시 한 번 확인케 해준다. 베 두 필을 잃어버리고 온 시동생을 나무라기는커녕 도리어 위로하는 데서 시동생은 새로운 힘을 얻는다. 가족애가 진하게 배어 나오는 대목이다. 이렇게 그녀는 기울어진 한 가문의 유지와 화목을 도모하는 데 최선을 다했던 것이다. 이렇게 함으로써 결손된 가정사를 유지·보존하며 가업을 잇게 한 점에서 그녀의 헌신적 노력이 반사된다. 이렇게 가정의 제반 문제를 해결하고 난 그녀는 자신의 열을 구체적으로 실현한다. 가신 남편에 대한 열 구현으로, 죽음을 선택한 것이다. 그러므로 이 작품은 열 구현 양상에 의하면, '경세결사형經歲決死型'에 속한다.

이에 대해 김약련은 이렇게 평어를 남겼다.

> 안씨는 문성공(안향)의 후예라고 한다. 그 아버지와 할아버지에 대해서 내가 들었으나 어떠한 사람인지 자세하지 않다고 한다. 그러나 송생은 지위가 낮고 살림이 가난하여 안씨가 그의 아내가 되었으니 안씨의 집안이 현달하지 못했음을 알 수 있다. 능히 남편의 병환에 정성을 다하고, 남편의 동생에게 우의를 베풀면서 사생死生의 갈림길에서도 침착함이 또한 이와 같았다. 그 천성의 아름다움은 배워서 그렇게 될 수 있었던 것은 아니다. 아아, 결국 한 명의 자식도 없이 죽었으니 어찌할꼬.[22]

김약련은 신분이 빈천한 집안 출신 주인공 안씨의 열행을 높이 사고 있

---

22 『斗庵集』권5, 28쪽, 「烈女傳」: "安氏, 卽文成公之後裔云. 其父與祖, 吾聞之, 而不詳其何如人. 然宋生, 地卑而業簍, 安氏, 爲之匹, 其家之不顯, 可知也. 乃能誠於夫病, 友於夫弟, 從容於死生之際, 又如此. 其天性之美, 有不待學而能者矣. 嗚呼, 終無一子而歿, 何哉."

다. 김약련은 이어서 "우리 고을에는 예로부터 의열義烈하는 사람이 많았다. 그러나 어떤 이는 조정에서 정표하라는 명이 내려졌고, 어떤 이는 집안에서 행장이나 묘갈명을 전하였는데, 권씨는 후사가 끊어졌고, 박씨는 화를 입었으며, 송씨는 미천하면서 자식이 없었다. 나는 오래지 않아 결국 그런 사실이 없어지게 될까 슬퍼하여 이들을 위해 전을 짓는다."[23]라고 하여 앞에 기술한 3명의 열녀를 입전하게 된 동기를 밝혔다. 여기서 우리는 '일사전逸士傳'과 마찬가지로 신분이 빈천한 여인네의 빼어난 행실을 열녀전으로 남기려 한 김약련의 의식을 읽을 수 있다. 양반가의 여인네의 죽음은 가전이나 행장 혹은 묘지명 등 정통 전기문자로 기록될 수 있다. 그러나 지체가 낮거나 후손이 없더라도 특이한 행실을 드러내었을 경우 뜻 있는 사대부의 붓을 빌려 입전되는 행운을 누릴 수 있다. 위의 열녀들은 이러한 행운을 김약련에게서 받은 것이다.

(2) 「속열녀전」의 입전의식과 내용분석

1 「속열녀전」의 입전의식

김약련은 세 명의 열녀를 입전한 「열녀전」을 지은 뒤 다시 「속열녀전」을 짓는다. 그는 말하기를 "우리 영주 땅은 면적이 불과 수십 리에 지나지 않는데, 젊은 부인들이 순절하여 죽는 일이 연이어 일어나니, 슬프도다! 내 일찍이 세 명의 열녀전을 지었는데, 이씨가 죽은 지 수십 년이 되지 않아서 김씨의 죽음이 있었고, 김씨가 죽은 지 수 년 만에 안씨의 죽음이 있었으며, 오년 뒤에 황씨가 또 죽었고, 장씨가 또 그해에 죽었다. 아아, 몸을 가벼이 여기

---

23   앞의 글, 28~29쪽: "吾邑, 自古多孝烈. 然或朝命旌表, 或家傳狀銘, 而權氏絶嗣, 朴氏偏禍, 宋氏賤而無子. 吾悲其不久而遂泯沒也. 乃爲之傳."

고 의리를 중요시 여기며, 뜻을 독실하게 하고 행동에 힘쓰며, 죽음을 보기를 안식처와 같이 생각하는 것은 대장부들도 하기 어려운 일인데 필부가 능히 행하였도다! 넓은 세상에서도 흔히 있는 일이 아닌데, 한 고을에 여러 차례 이런 일이 있었으니 기이하도다! 없어지면 안 되겠기에 마침내 '속열녀전'을 짓는다."[24]라고 했다. 이로 보면 김약련은 영천에서 열녀가 출현한 시기에 따라 「열녀전」, 「속열녀전」을 집필한 것이다. 이씨의 죽음-수십 년 → 김씨의 죽음-수 년 → 안씨의 죽음-5년 → 황씨의 죽음-장씨의 죽음으로 이어지는 편년체적 열녀전이 지어지고 있다. 즉 20여 년 동안 일어난 열녀의 죽음을 두 번에 걸쳐 입전하고 있다.

「속열녀전」의 내용을 검토하기로 한다.

❷ 열녀 황씨 이야기

다음 제4화 역시 동일한 유형의 열녀 형상화이다. 내용을 보기로 한다.

> 황씨는 기목군基木郡(경북 풍기의 옛 이름) 사람 굉한宏漢의 딸이다. 그의 선조는 사람들에게 널리 알려져 있었으며, 선조의 소첩小妾은 열녀로서 정려가 내려진 사람이다. 황씨는 영조 갑신년(1764)에 태어났다. 어려서부터 단정하고 부드러우면서 근신하여 일찍이 부모의 뜻을 어긴 적이 없었다. 성장하여서는 우리 고을 배씨에게 시집을 왔다. 남편 광술光述은 일찍 아버지를 여의었다. 황씨는 시어머니를 섬김에 사랑과 공경을 모두 지극히 하였다.
>
> 신해년(1791)에 친정어머니를 뵈러 간 사이에 남편과 시어머니가 연달아 역병에 걸려 죽었다. 황씨는 부음을 듣고 혼절하였는데 친정어머니가 황씨를 돌보아 소생하였다. 이때 황씨는 임신 5개월이었는데, 울면서 말하기를 "시댁에선 여러 대에 걸쳐 제사를 받들어 모셨는데, 남편이 죽어 후사가 없어졌습니다. 그러나

---

24 『斗庵集』 권5, 29쪽, 「續烈女傳」: "吾榮地, 不過數十里, 少婦人之殉節死者, 相續也. 悲夫, 吾嘗傳三烈女. 李氏, 死數十年而有金氏, 金氏死數年而有安氏. 其後五年而黃氏又死, 又有張氏死於其年. 嗟乎, 輕身重義, 篤志勵行, 視死如歸, 丈夫所難能, 而匹婦乃能之. 廣世不多有, 而一邑累有焉. 異哉, 不可泯也. 遂作續烈女傳."

제가 때마침 임신을 하였고, 다행히 사내아이를 낳게 되면 시댁에선 제사를 지낼
수 있기에, 저는 우선 죽지 않을 테니 어머니는 염려하지 마소서." 하였다. 산달
이 되어 아이를 낳았는데 급히 묻기를 "사내아이입니까?"라고 하니, 답하기를
"사내아이입니다."라고 하자 결국 스스로를 보존해서 아이를 보호하였다.

　남편과 시어머니 상을 마치자 아이가 병이 들었다. 시댁에선 돌보아줄 사람이
없어서 친정으로 돌아왔다. 아이의 병이 점점 위독해지자 울면서 친정어머니께
말하기를,

　"남편이 죽을 때 나는 죽음을 결심했지만, 죽지 않은 것은 아이가 대여섯 살이
되기를 기다려 아이가 혼자 밥 먹을 수 있을 정도가 되면, 저의 일은 끝나는 것이
라고 생각했기 때문입니다. 처음 먹은 뜻을 결행할 수 있을 것인데, 아이를 지금
구제할 수도 없으니 제가 장차 남편을 따라 죽을 것이니, 어머니는 저를 불효한
여식이라 생각하지 마소서."라고 하자 옆에서 듣던 사람들이 울지 않는 사람이
없었다.

　친정어머니가 무릎에 아이를 안고 있으니 황씨가 조용히 말하길 "그만 안아 주
세요!" 하니 자리에 내려놓자 이내 죽었다. 황씨가 말하길 "운명이구나! 빨리 묻
어주마. 내 너를 위해 오래도록 죽지 않았다." 하고는 편안한 얼굴로 모든 것을 체
념한 듯했다. 친정어머니는 그녀의 뜻을 알아차리고 칼과 새끼를 없애고는 적극
적으로 죽음을 막았다. 그 다음날 말하기를 "제가 물을 마시고 싶으니 어머니는
나가셔서 온수를 떠다 주세요." 하였다. 어머니가 나가자 네다섯 살 된 계집아이
만 남게 되었다. 아이더러 칼을 찾아오도록 하였다. 아이는 자루 없는 작은 칼을
가지고 왔다. 황씨는 칼에 엎드렸으나 칼날이 무디어 들어가지 않았다. 목에 대
고 오래도록 누르자 칼이 목에 들어가기 시작했다. 어린아이는 아무것도 몰라서
여러 번 부딪치는 모습을 보고서는 웃다가 피가 나온 후에야 비로소 울어대었다.

　친정어머니가 막 들어가 보니 이미 목에 칼이 들어간 뒤였다. 칼을 뽑고 입에
물을 넣으니 물이 칼에 찔린 상처를 따라 배어 나왔다. 잠시 후 깨어나서는 투덜
거리면서 말하기를, "칼날이 무디어서 바로 죽지 못하고 오래도록 고생하였다."
라고 하였다. 사람들이 묻기를, "무딘 칼로 목을 찌르는데도 아프지 않았습니
까?" 하자, "죽는 것에 진실로 마음을 쏟았으니 어찌 고통스럽겠습니까?" 하고 대
답하고는 다시는 신음 소리도 내지 못하였다. 다음날 목숨이 마침내 끊어졌으니,
이때가 임자년(1792) 12월 18일이고 나이 겨우 스물아홉이었다. 딸 하나가 곁에
있었지만 어미가 죽은 것도 몰랐다.[25]

황씨 여인에게 불행이 겹치고 있다. 시모와 남편의 연이은 죽음은 그녀로 하여금, '일시순사' 하고픈 마음을 유발시켰다. 그러나 유복자가 5~6세가 되어 어느 정도 성장한 다음에 죽기로 작정하였던 것이다. 그러나 그 희망마저 그 아이가 죽음으로써 사라지고 말았다. 그녀의 죽음 직전의 모습은 이처럼 처절하였다. 황씨 부인 곁의 4~5세 된 여아는 황씨 여인의 친딸은 아닌 것 같다. 친정 쪽의 여아였던 것 같다. 태연한 여아의 반응에 대비된 황씨 여인의 임종 직전 광경이 너무 구슬프게 문면에 드러난다. 그만큼 그녀는 죽음 앞에 의연하였던 것이다. 자신의 죽음이 남편에 대한 의무라고 판단했기 때문이다.

위에서 황씨가 죽은 해인 임자년은 1792년(정조 16)이다. 물론 김약련이 황씨를 입전한 것은 그 뒤의 일이다. 김약련은 평어에서 말하기를 "아아, 의열義烈스럽도다! 남편이 죽는 날 이미 죽음을 결심하였으나 아이를 길러 밥 먹을 수 있을 때가 되면 죽으려고 하였으니, 그 뜻이 이미 견고하였다. 아이의 목숨이 끊어진 뒤에 죽으려는 마음을 스스로 결정하였으니 뜻은 견고하고 마음은 편안하여 말과 태도를 변하지 않고, 곧 무딘 칼을 목에 꽂아 어렵고도 괴롭게 죽음에 이르렀어도 마음을 바꾸지도 후회하지도 않고 처음 마

<hr>

25 『斗庵集』卷5, 29~30쪽, 「烈女傳」: "黃氏, 基木郡人宏漢女也. 其先多聞人, 有小妾以烈旌其門者. 黃氏, 生于英宗甲申, 自幼端貞柔謹, 未嘗違父母意. 旣長, 嫁吾郡裵氏. 夫光述早孤, 黃氏事姑, 愛敬俱至. 辛亥, 歸覲母氏, 夫姑, 相繼歿于涔. 黃氏, 聞訃昏倒, 母救之. 得甦時, 黃氏娠五月, 泣曰, 夫家, 承祀累世, 夫歿無嗣. 吾適有娠, 幸而擧男子, 子夫家, 可以祀矣. 吾姑不死, 願母無憂也. 及期而産, 亟問曰, 男乎. 曰, 男. 遂自保以護兒. 旣葬二喪, 兒有疾. 夫家無人救護, 復之母家. 兒病日益篤, 泣語母曰, 夫死而吾固決死, 所以不死, 將俟兒年五六歲 至能自食, 以爲生, 吾事畢矣, 吾可以自行初志. 兒今不可救矣, 吾將從夫地下, 願母無以我不孝爲念. 傍人聞者, 無不泣下. 母抱兒在膝, 黃氏從容言曰, 已矣, 無抱爲也. 置之席而絶. 黃氏曰, 天也, 速瘞之. 吾爲爾不死, 久矣. 便怡然無慽容. 母知其意, 屛去刀刃纓索, 極意防守. 厥明日, 吾欲飮矣. 請母出而溫水來也. 母出而只有小女兒, 年四五歲者, 在傍. 使兒覓來刀劍, 兒得小刀無柄者來. 黃氏伏刀, 刀鈍不可入引頸. 磕築良久, 而刀始入頸. 小兒, 不知也. 怪其磕築之狀而而笑之, 乃血出而後始啼呼. 母方入見, 則已沒刃于頸. 拔刀而滴水于口, 水從刀創出. 俄頃而甦, 呭曰, 刀鈍不卽死, 良苦. 人問曰, 以鈍刀刎頸而不知痛乎. 答曰, 死固甘心, 何痛誌有. 更無呻楚聲, 翌日, 命遂絶, 乃壬子十二月十六日也. 得年纔二十九. 有一女, 卽在傍而不知母死者也."

음을 이루었다. 그녀가 자결한 것을 창황 중에 급히 행한 사람과 비교해보면 행하기가 더욱 어렵다. 옛 분들이 이른바 '조용히 죽음에 임한다.'라고 한 것이 이것을 두고 말하는 것이 아니겠는가? 배생은 옛날 숭정처사 유암공楡巖公[26] 형의 손자이다. 자질이 훌륭했으나, 일찍 죽은 것이 애석하구나!"라고 하였다. 김약련의 평어에서 알 수 있듯이 황씨녀의 열 구현양상은 전형적인 '경세결사형'인 것이다.

❸ 열녀 장씨 이야기

제5화는 황씨녀와 같은 해에 죽음을 결행한 장씨녀의 열행이다. 이야기는 이렇게 시작된다. 장씨 여인이 이씨에게 시집을 갔는데, 남편이 오랫동안 등창으로 고생하는 것을 구완하느라 노력하였다. 그런데 남편이 염병으로 죽고, 집안의 큰 동서와 작은 동서가 연이어 죽게 된 것이다. 이제 남은 이는 시어머니와 어린 조카, 그리고 시숙뿐이었다. 이에 그녀는 몸소 죽은 시신들을 수습하여 염습을 다하여 장례를 치렀다고 한다. 그러면서 그녀는 조카들을 격려하며, 삶에 희망을 불어넣어 주었다. 그녀는 이렇게 집안의 어려움을 모두 해결하고는 끝내 자결하였다.[27] 이 작품 역시 '경세결사형'에 속한다. 장씨 여인의 남은 가족들에 대한 배려와 처신이 감동적으로 그려진 작품이다. 이러한 작품 속에서 살아남은 자들의 현실 난관 극복과 생에의 의욕을 고취

26　裵幼章(1618~1687): 본관 星山(達成이나 慶州로 된 곳도 있음). 자는 章隱. 호는 楡巖. 應褧의 손자. 尙益의 子. 兄인 紉芷에게 출계. 외조는 義城 金涌. 妻父는 奉化 琴是諧・安東 權澍. 1636년 (인조 14) 사마시 합격. 그 이후 과거를 단념하고 『朱子大全』・『心經』・『近思錄』 등 性理書를 硏鑽하며 산수간에 소요자득함. 尊周義理에 투철함. 內侍教官에 제수됨. 저서로 『楡巖集』이 있다. 「行狀」(李栽 撰)을 참조.

27　『斗庵集』 卷5, 31쪽, 「烈女傳」: "及壬子, 夫遘瘍而死, 時疹氣大熾, 家人悉染. 伯仲二姒, 相繼殞歿, 夫兄, 奉母出寓. 只有一兄子, 在屍傍. 其人, 纔喪母, 經疾羸瘁. 夫兄, 欲入殮屍, 張氏止之曰, 死者已矣. 老姑在寓無人將護, 叔何敢自輕其身. 吾與哀姪在, 叔無入爲也. 兄子不食, 則責之曰, 爾不强食, 無以自力以治喪事. 叔將入矣, 爾其食也. 吾爲爾先食, 每自食, 以勸兄子食. 與共襲殮, 旣殮, 就殯盡哀以送之. 俄而無哭泣聲, 殯旣畢而視之, 已自經, 不可救矣."

시키는 미덕이 돋보인다.

　김약련은 평어 부분에서 말하기를 "아아, 무엇이 의를 행하는 데 용감하게 하였는가? 한 고을에서 한 해에 두 번씩이나 아름다운 열행烈行이 있었으니 기이하구나! 비록 그러하나 이 같은 사람들로 하여금 종신토록 남편을 돕고 또 자식을 낳아서 교육하고 가르치도록 했다면, 반드시 볼 만한 것이 있었을 것이다. 그러나 때와 기세가 떳떳함을 잃어서 사람들은 대부분 일찍 죽었다. 심지어는 아름다운 자질과 착한 행실을 가진 사람들로 하여금 일찍 죽어, 다만 열녀의 이름만 이룬 채 생을 끝마치게 하였으니, 아! 슬프도다."[28]라고 했다. 여기서 우리는 김약련이 자신이 살아간 시대를 상도를 잃어버린 위기의 시대로 진단하고 있음을 알 수 있다. 장씨녀의 죽음이 1792년에 있었다면 정조의 통치기간을 '시대의 기운이 상도를 잃어버린' 것으로 보았다는 말이 된다. 상도란 무엇을 말하는가? 또 상도를 잃어버린 시대에 요절하는 일이 많아지는 것은 무엇 때문인가? 분명히 설명할 수는 없다. 다만 김약련의 생애와 관련해 보면, 사도세자의 죽음과 상당히 연관이 있는 듯하다. 사도세자의 억울한 죽음이 신원되지 않고 사도세자의 죽음에 책임이 있는 노론계가 여전히 집권하고 있던 상황을 염두에 둔 말이 아닐까?

　중요한 것은 이러한 김약련의 발언이 황씨녀와 장씨녀가 죽음을 결행한 1792년을 특정하여 표출되고 있다는 사실이다. 1792년은 영남유림의 만인소가 2차에 걸쳐 정조에게 올려진 시기이다. 영남유림들은 사도세자의 신원 즉 '의리'문제를 정면에서 제기한 바 있는데, 그들은 반역하고 간사한 무리들인 노론벽파에 의해 사도세자가 억울하게 죽었으므로 그 역도들을 처단해야 마땅하다는 생각을 정조에게 전달하였다. 그러나 의리의 문제는 보다 강한 주장을 담은 2차 상소가 올라간 뒤에도 여전히 완전한 해결을 보지 못했다.

28　『斗庵集』卷5, 31쪽, 「續烈女傳」: "嗚呼, 何其勇於爲義也. 一邑, 一歲中, 再有懿烈, 奇哉, 雖然, 使此等人, 終身以助君子, 又生子而敎養之, 必有可觀者. 而時氣失常, 人多夭死, 至使美質淑行, 橫折千年, 只成烈女名以終, 噫, 可悲也已."

이러한 정황에서 볼 때 위에서 김약련이 말한 '시대의 기운이 상도를 잃어버린' 것은 바로 사도세자 신원과 관련한 의리 문제의 미해결을 지적한 것이라 볼 수 있다. 따라서 우리는 김약련의 열녀전이 단순히 열녀의 열 구현에만 초점이 맞추어져 있는 것이 아니라 당대의 의리 문제와 직접적으로 연관되어 우회적으로 창작되고 있음을 알 수 있다. 여기에 대해서는 뒤에서 다시 재론하기로 한다.

(3) 「금열녀전」의 입전의식과 시대적 의의

1 「금열녀전」의 입전의식

「속열녀전」 다음에 이어지는 제6화는 '신원설치형伸冤雪恥型' 작품이다.[29] 남편이 억울한 일로 죽어, 그 아내가 실상을 알리고자 울부짖다가 함께 형을 당해 죽은 금씨녀의 이야기이다. 「금열녀전琴烈女傳」[30] 머리에서 김약련은 금열녀를 단독으로 입전한 이유를 이렇게 밝혔다.

> 내가 일찍이 열녀전 두 편을 지었는데 모두 다섯 사람이며, 모두 우리 고을 사람이다. 죽은 이유가 서로 비슷했기 때문에 합해서 전을 지었다. 금씨 남편의 집은 화산花山(안동)에 있었는데, 변을 당한 것이 남들과 달랐다. 이런 까닭에 특별한 사례로서 금열녀전琴烈女傳을 지었다.[31]

29 　황만기의 논문, 84~90쪽을 참조. '남편이 원통한 일로 죽어, 그 아내가 실상을 알리고자 울부짖다가 아울러 형을 당해 죽는 경우'나 '여인 자신이 무고를 입어 위기에 처했을 때 자신의 결백을 밝히고 죽음을 택하는 경우'를 '신원설치형'으로 보았다. 안동에서 김약련에 앞서 松月齋 李時善(1625 ~1715)은 「烈女洪氏傳」(『松月齋集』卷3)을 지어 '신원설치형' 열녀전의 선하를 열었다.

30 　『斗庵集』卷5, 31쪽, 「琴烈女傳」.

31 　『斗庵集』卷5, 31쪽, 「琴烈女傳」: "余嘗作烈女傳二篇, 凡五人, 皆吾郡人也. 以其死相類, 故合而爲傳. 今琴氏夫家, 在花山, 其遭變, 異於人. 是以, 用以特例, 爲琴烈女傳."

그가 일찍이 지었다는 ‘열녀전 2편’이란 합전 형태의 「열녀전」과 「속열녀전」을 말한다. 2편의 열녀전에 등장하는 인물은 모두 5인으로 영천榮川 고을 사람이었으며, 열녀의 유형도 서로 비슷했다. 그래서 특정인을 단독으로 표제하지 않았다. 그냥 열녀가 탄생한 시기에 따라 두 차례 글을 엮었다. 「열녀전」(3인), 「속열녀전」(2인)은 18세기 영천의 ‘열녀열전’이라 할 만하다. 그에 비해 금열녀는 시댁이 안동이고 변을 만난 것도 전자의 5인과 달랐다. 즉 장소와 내용이 자기 고장의 열녀유형과 달랐다는 점에 유의하여 단독으로 「금열녀전」을 찬술하게 된 것이다. 여기서 우리는 김약련의 전기 작가다운 진면목을 살필 수 있다. 그가 열녀를 ‘유형화하여 전을 엮어낸다.’라는 분명한 의식을 가지고 있기 때문이다.

❷ 「금열녀전」의 줄거리

열녀 금씨는 영주에서 출생하여 16세에 안동 춘양현에 사는 황씨에게 시집간다. 그런데 얼마 되지 않아 남편 황씨가 병이 들어 갑자기 세상을 떠난다. 처음에 금씨는 남편을 따라 죽으려 하였으나 시부모를 저버리고 죽는다는 것은 곧 지아비를 저버리는 것이라 생각하고 슬픔을 억제한 채 살아간다. 3년이 되도록 머리빗을 바꾸지 않았고 길쌈을 하여 시부모를 봉양하였다. 시부모가 수를 누리고 세상을 떠나자 상喪·제祭례를 모심에 예를 다하였다.

최초로 자신의 결사에 장애물이었던 시부모의 존재가 사라졌기에 금씨는 당초의 의지를 실행에 옮길 수 있는 처지였다. 그러나 남편의 후사를 세워야 한다는 또 하나의 과제가 그녀를 기다리고 있었다. 그런데 그녀의 삶의 방향을 뒤바꾸어 놓는 인물이 나타난다. 그는 바로 이석李碩이었다. 이석은 관가와 뇌물로 결탁하고 제 멋대로 도둑질을 일삼았으나 아무도 그를 건드릴 수 없었다.

이석이란 자는 갖가지 만행을 저지른다. 한 소민小民의 아들이 어려서 장가를 들었는데, 아낙이 매우 아름다웠다. 이때 이석이 그 소민에게 공갈을 쳐서 아낙을 빼앗아 자기의 첩으로 삼았다.[32] 또한 금씨의 친척들이 이석과 같은 고을에서 살았는데, 이석이 그들의 토지를 빼앗고자 했으나 방도가 없었다. 황씨와 이씨의 밭 사이에 어떤 사람의 밭이 있었는데 석이 장차 술수를 써서 탈취하려고 하자 그 사람이 그 밭을 황씨에게 팔아넘긴다. 이 때문에 이석은 더욱 황씨 집안을•미워하게 된다.[33]

이 같은 일로 인해 금씨는 이석의 모함을 받기에 이른다. 이석은 익명서를 만들어 마을 앞에 세워 두었다. 며칠 뒤에 이석의 노복 예닐곱 명이 마을 사람 중에 평소 이석을 두려워하는 자들을 협박하여 금씨의 집으로 와서는 금씨를 모함하였다. 황씨 집 사람들이 깜짝 놀라 이들을 꾸짖어 물리쳤다. 이석의 소행이라는 것을 알았지만 이석을 어떻게 할 수 없었다.[34] 그 뒤에 무뢰배 김상겸을 사주하여 밤을 틈타 무리를 이끌고 와서 안 뜨락으로 돌입시킨다. 금씨가 깜짝 놀라 잠에서 깨어 사촌시어른 집으로 달려 들어갔다. 도적들이 금씨가 떠난 줄도 모르고 계속 찾아 헤맸다. 황씨들이 황급히 모여 도둑을 잡았는데, 도둑이 "이석이 '금씨가 좋지 못한 행실로 아기를 배었다'라고 하면서 저로 하여금 데려가라고 하였기 때문에 감히 왔을 뿐이지, 그렇지 않다면 내가 어찌 감히 이런 짓을 하겠는가?"라고 한다.[35] 금씨가 이를 듣고 칼을 품고 이석의 집으로 가 옷을 걷어 배를 보여주니 엄연한 처녀의 몸이었다. 이석의 집안사람들이 모두 당황해 하면서 용서를 빌었다. 금씨는 마침내 칼을 빼어 자신의 목을 찌른다. 그러나 사람들의 구호로 목숨을 건진다.[36] 황씨들이

---

32 앞의 글, 32쪽: "嘗有一小民子幼娶, 婦甚美. 碩往喝其民曰, …… 遂納其婦爲妾."

33 앞의 글, 32쪽: "琴氏既稍有貲産而少, 族黨與碩居鄰 碩欲幷其土田, 顧無計可施. 有民田間於黃李田, 碩將用計奪取, 而民鬻其田于黃, 以此碩益疾黃氏家."

34 앞의 글, 32쪽: "一日, 作匿名書搆誣. 琴氏竪之村前後數日, 李奴六七人, 脅村氓之素畏李者, 來毁琴氏家. 黃氏諸人, 驚駭叱退, 知碩所爲, 而無如碩何."

35 앞의 글, 32쪽: "又其後, 嗾無賴者金相謙, 乘夜率徒, 突入內庭. 琴氏驚覺, 走入從舅家, 盜不知琴氏已去, 索之不已. 諸黃急聚, 捕盜盜云, 李碩謂琴氏, 失行有孕, 教我率去, 故敢來耳. 不然, 吾豈敢爲此."

36 앞의 글, 32~33쪽: "琴氏聞地, 懷刃往碩家, 褰衣示腹, 卽一處女身也. 碩家亦皆惶恐乞服, 琴氏遂

안동부로 달려가 사실을 발고하자 이석과 도둑들이 구속된다. 하지만 뇌물을 받은 안동부사는 이석의 죄를 심판하지 않고 유예한다.[37] 이석은 금씨가 반드시 소생하지 못할 것으로 여기고 거짓말을 꾸며 '금씨가 스스로 목을 찌르지 않고 황씨가 찔렀다'라고 무고한다.[38] 깨어난 금씨가 이를 듣고 말하기를 "내가 죽어도 아무도 이러한 무고를 변명하지 않는구나." 하고는 마침내 죽음을 단념한다. 손가락을 찍어 나오는 피로 글을 써서 원정原情을 다섯 차례나 올리지만 안동부사는 이석과 도둑만 거듭 편든다.[39] 이에 영주·순흥·풍기 3읍의 인사들이 모두 안동에 글을 띄워 이석의 죄를 다스리라고 촉구하지만 안동부사는 꿈적도 않는다. 마침내 감사에게 청하니 송사가 청송으로 이첩된다.[40] 금씨는 청송에 이르러 세 번 혈서를 올린다. 청송군수가 비록 그 억울함을 알고 있었으나 안동부사에게 매수되어 있어 도리어 황씨들이 수령을 무고했다는 이유로 그들을 잡아 안동부로 압송하여 가둔다.[41]

그러자 즉시 귀경한 감사에게 글을 올리니 사건이 다시 봉화로 이첩된다. 봉화의 원이 자세히 실상을 조사하여 사실대로 보고하자 비로소 이석에게 한 차례 형벌이 가해진다. 이에 금씨가 감읍하여 혈서로 편지를 올려 사의를 표한다.[42] 그러나 감사는 감히 안동부사의 뜻을 어길 수 없어 즉시 이석을 안동부에 있는 옥으로 옮기게 한다. 금씨는 또 혈서를 감영에 올리지만

拔刀刺吭, 刃出臚後而氣門未斷, 傍人救而不死."

37 앞의 글, 33쪽: "諸黃奔告花府, 捕囚碩及諸盜, 然花伯嘗受碩賂, 無意決罪."

38 앞의 글, 33쪽: "碩意琴氏必不甦, 誣言, 琴非自刎, 黃刺之."

39 앞의 글, 33쪽: "碩指出血, 寫呈原情者五, 而花伯右袒碩賊."

40 앞의 글, 33쪽: "於是, 榮順豊三邑人士, 皆飛文花山, 請治碩罪, 花伯不爲動. 請於監司, 移訟靑松, 以松倅必不能異於己也."

41 앞의 글, 33쪽: "琴氏以爲, 橫罹誣辱, 不卽伸白, 豈可膠守常禮, 將欲躬曝訟庭, 輿疾就道, 族人咸聚送訣, 莫不泣下. 琴氏夷然不變曰, 死固非難, 而成死爲難. 遂到靑松, 三呈血書. 松倅雖知其寃, 而拘於花伯, 反以諸黃誣土主, 促黃生數人, 送花府囚之."

42 앞의 글, 33쪽: "卽呈由歸京監司, 又移鳳城. 鳳倅詳覈得情, 據實直報, 始刑碩一次. 琴氏感泣, 寫血書以謝之, 其辭懇惻, 令人有扼腕歎息流涕者."

안동부사에게 저지 당한다.[43] 금씨는 차라리 관청 뜰에서 죽어 자신의 마음을 밝히는 편이 낫다고 하고는 관문으로 나갔으나 정지 당한다.[44] 안동부사가 호숫가로 놀러 나왔기에 금씨가 가마 앞에서 복검伏劍한다. 부사는 돌아보지도 않고 달아난다. 그 다음날 주관主館에서 다시 목을 매었으나 사람들이 풀어주어 실패한다.[45] 어느 날 밤 몰래 강에 이르러 물속으로 투신한다. 떴다 가라앉았다 하기를 얼마 만에 물결에 떠밀려 세 번이나 강변으로 밀려나온다.[46] 그러자 이석의 무리가 "금씨가 도망갔다."라고 고하니, 부사가 말하기를 "금씨가 밤에 달아났으니 이석이 금씨가 나쁜 짓을 했다고 한 말이 거짓이 아니었다." 하고 저자에서 황생에게 매질을 가한다. 부사는 고을 사람들에게 "감히 이 아낙을 집에 들이는 자가 있으면 죄를 주겠다." 하고는 관졸들로 하여금 성문 밖으로 쫓아내게 한다.[47] 금씨가 스스로 생각하기를 "관가 또한 석의 편이구나. 관가에서 죽지 못할진대 돌아가 이석의 집에서 죽는 것이 낫겠다." 하고 이에 이석의 집에 돌아가 스스로 목을 찌르지만 조금 뒤 다시 살아나자 다시 목을 매어 마침내 절명하고 만다. 때는 바야흐로 금상 21년(1797) 정사 2월 13일이었다.[48]

금씨는 자신의 억울함을 온전하게 풀지 못하고 죽은 것이다. 신원을 제대로 하지 못했을 뿐 아니라 도리어 이석의 무고가 더욱 힘을 얻는 결과를 초래하고 말았다. 그런데 그 다음 대목을 살펴보면 금씨의 죽음이 의미 없는 그것이 아니었음을 알게 된다. 금씨는 죽기 전에 유언으로 편지 2통을 써서

---

43   앞의 글, 33쪽: "監司不敢違花伯意, 卽移碩花獄. 琴氏又血書上營, 而爲花伯所遏."

44   앞의 글, 33쪽: "琴氏歎曰, 吾死已決, 而欲見讐死而死, 今其已矣. 與其奔走道路, 寧死於官庭, 以明吾心 欲入官門, 而牢拒不納."

45   앞의 글, 33쪽: "適府伯出遊湖上, 乃伏劒轎前. 府伯驅轎不顧而走. 厥明, 復縊項主館, 而傍人又解之."

46   앞의 글, 33쪽: "一夜潛出, 赴江投身水中. 浮下未幾, 水輒簸出岸邊, 如是者三."

47   앞의 글, 34쪽: "於是, 碩之黨, 告琴逃去. 花伯乃曰, 琴夜奔, 碩言琴失行, 果不誣也. 撻黃生于市, 令府中曰, 敢有舍此婦人者, 罪之. 使官卒逐出城門."

48   앞의 글, 34쪽: "琴氏自思曰, 官亦碩也. 旣不得死於官, 不若歸死碩家. 乃歸自刎於碩家前, 俄又復甦, 乃縊而絶, 卽上之二十一年丁巳二月十三日也."

시댁과 친정으로 보내어 사후를 도모하였다. 먼저 시댁에 보낸 편지에서는 자기의 억울함을 잊지 말고 남편의 후사를 끊어지게 하지 말라고 했고, 친정에 보낸 편지에서는 자신이 친정 아비를 위해 후사를 세울 계획으로 길쌈해서 번 약간의 돈을 따로 저축해 놓았으니 자신이 죽었다고 여기지 말고 아비의 후사를 세워 조상의 제사를 받들게 하라고 했다. 그래야만 죽더라도 자신이 제대로 눈을 감을 수 있다고 했다. 그녀의 편지는 먹으로 쓴 것이 아니었다. 손가락을 끊어 흐르는 피로 쓰고 그 피가 마르자 다시 다리를 찔러 취한 피로 써내려 간 것이었다.

금씨가 죽었다는 소식을 접한 안동부사는 감영에 바로 보고하지 않고 일부러 며칠 지연시킨다. 이때 감사는 체직되어 돌아가고 새로 부임할 안동부사는 아직 서울에 있었다. 이들이 그 사실을 알고 나서 안동부사를 책망하며 청송으로 죄인들을 옮기게 하고 다시 봉성(봉화)의 원으로 하여금 일의 전말을 조사하게 한다. 봉성 원은 이미 금씨의 억울함을 알고 있던 터였다. 이에 사건의 전말을 갖추어 감영에 보고한다. 감사는 마침내 이석을 감영 옥으로 옮겨 국문한 뒤 그 사실을 글로 적은 장계를 조정에 올린다. 그러자 정조가 슬퍼하며 탄식해 마지않았다. 마침내 정조는 금씨에게 정려를 내리고 안동부사를 파직시켜 내쫓도록 한다. 또한 아울러 거듭 감사로 하여금 이석을 엄하게 신문해서 하루 빨리 극형에 처함으로써 금씨의 한을 풀어주라고 명한다.

❸ 「금열녀전」에 나타난 시대적 의의

이처럼 금씨의 한은 국왕 정조에 의해 사후에 풀어졌다. '신원설치형' 작품 가운데서 서사와 구성이 뛰어난 「금열녀전」에 대해서는 선행연구인 황만기의 논문에 상세하게 검토되었으므로 여기서는 분석을 생략한다. 다만 한 가지 덧붙이고자 하는 것은 '금씨가 한을 품고 죽었으나 사후에 정조에 의해 그의 억울한 한이 풀리게 되었다'는 것이 과연 김약련에게 있어 어떤 의미가 있

는지를 알아보기로 한다. 앞에서 잠시 고찰하였듯이, 김약련에게 있어 한 여
인의 죽음은 '살아 있는 것은 언젠가 반드시 죽는다(生者必滅)'라는 차원을 넘
어서 있다. 더구나 한 여인이 한을 품고 죽었다면 문제가 간단치 않다. 김약
련은 아마도 금씨의 죽음을 사도세자의 그것과 동일시하는 차원에서 「금열
녀전」을 썼을 가능성이 높다. 금씨의 비극은 탐욕에 눈이 어두운 이석이라
는 무뢰배를 만남으로써 시작된다. 이석은 갖은 무고와 농간을 부리고 향선
생인 안동부사를 뇌물로 결탁하여 참이 거짓이 되고 거짓이 참이 되는 세상
을 만들어 낸다. 정의와 불의가 뒤섞이고 의리와 비리가 전도되는 세상에서
금씨는 설 자리를 잃고 죽음을 택함으로써 최후의 저항을 감행한다. 안동부
사는 정의와 불의를 심판해야 할 자리에 있었으나 이석의 사주를 받아 함께
죄악의 구렁으로 빠져든다.

　　김약련은 아마도 안동부사를 아들 사도세자를 죽인 영조에 비긴 것으로
보인다. 또한 그는 사도세자를 죽음으로 몰고 간 모든 세력을 이석과 그 하
수인으로 설정했던 것이 아닌가 한다. 사도세자가 1749년(영조 25)에 부왕 영
조를 대신하여 서정庶政을 대리하게 되자, 그를 싫어하는 노론들과 이에 동조
하는 계비繼妃 정순왕후 김씨貞純王后金氏, 숙의 문씨淑儀文氏 등이 영조에게 그
를 무고하였다. 성격이 과격한 영조가 수시로 세자를 불러 크게 꾸짖자 마침
내 사도세자는 격간도동膈間挑動이라는 정신질환에 걸렸다고 한다. 세자의 신
분으로 함부로 궁녀를 죽이고, 여승을 입궁시키며, 한 나라의 서정을 맡고서
도 몰래 왕궁을 빠져나가 평양을 내왕하는 등 난행과 광태를 일삼았다는 것
이다. 그러자 세자의 장인으로 세자를 비호해야 할 홍봉한까지 "무엇이라 꼬
집어 말할 수 없는 병이 아닌 것 같은 병이 수시로 발작한다(無可指之形 非病而病
作歇無常)."라고 말하여 세자를 더욱 궁지에 빠뜨렸다. 그 뒤 1761년에 계비 김
씨의 아비인 김한구金漢耉와 그 일파인 홍계희洪啓禧·윤급尹汲 등의 사주를
받은 나경언羅景彦이 세자의 비행 10조목을 상소하자 영조는 진노하여 나라
의 장래를 위하여 세자를 죽이기로 결심하고 그를 휘령전徽寧殿으로 불러 자

결을 명하였다. 세자가 끝내 자결을 하지 않자, 그를 서인으로 폐하고 뒤주 속에 가두어 8일 만에 죽게 하였다. 사도세자의 죽음과 관련한 의혹은 아직 완전하게 풀렸다고 말할 수는 없다. 그러나 그 대강의 전말은 이와 같았던 것이다.

김약련은 금씨에 대한 여러 가지 무고에서 사도세자를 향한 반대세력의 무고를 읽어 내었고 영조의 판단을 흐리게 만든 노론벽파계 대신들의 만행을 직감하였던 것이다. 금씨를 죽음으로 내몬 안동부사가 영조였다면 그의 위세에 눌려 이를 방조 내지 방관한 감사와 열읍의 수령들은 모두가 내명부의 왕후나 후궁 그리고 홍봉한이나 홍계희와 같은 대신들이었다. 금씨의 죽음이 결행된 이후 등장하는 체직된 감사와 새로 부임할 안동부사는 영조가 죽고 정조가 즉위한 이후 정조의 친위세력으로 새로운 정권을 관장하는 신료들로 볼 수 있다. 그들은 정조에게 사건의 전말을 소상하게 보고하여 금씨의 원한을 풀게 만든 장본인들이다. 금씨가 죽은 1797년은 영남유림의 만인소가 2차에 걸쳐 이루어지고 번암 채제공이 정조의 신임을 받아 영남유림 세력과 연계를 모색하던 시기이다. 「금열녀전」은 금씨가 죽은 1797년에 쓰였다고 단정할 수 없다. 정조가 금씨를 신원해 준 시기가 정확치는 않지만 김약련이 이 전을 작성한 때는 그로부터 약간의 시간이 경과한 뒤였을 것이다. 정조는 재위 22년인 1798년 10월 명을 내려 채제공에게 『영남인물고』를 편찬하도록 지시한다. 비록 총 49책 1,800여 명을 선발하려다 중도에 정조의 병환으로 완성을 보지 못하였지만, 『영남인물고』의 편찬은 무신戊申이란 이후 반역향으로 불리던 영남 선비들에 대한 신원의 성격이 짙다. 국왕 정조가 영남 유림들과 화해를 시도한 것이 바로 인물고의 편찬이다. 그러나 아직 사도세자의 죽음에 책임 있는 노론계를 완전히 제거한 것은 아니었다. 따라서 김약련은 금씨의 열행을 통해 정조에 대한 새로운 믿음을 갖게 되었고, 금씨의 죽음을 신원하였듯이 사도세자에 대한 의리가 정조에 의해 보다 분명하게 해결될 것으로 생각하였던 것이다. 실제로 정조는 죽음 직전까지 그 같은 계획을 화성천도를 비롯한 여러 가지 방식으로 내밀하게 실천해 가고 있었던 것이다.

김약련은 「금열녀전」 말미에서 이러한 평어를 남겼다.

군자는 말하노라. 금씨는 절개(節)에 치우친 사람이 아니다. 젊은 나이에 과부가 되었으니 무슨 마음으로 살아가겠냐마는 남편은 죽고 시부모가 계시니 그들을 위해 베를 짜서 봉양하였다. 친정아버지가 돌아가시고 후사가 없으니 아버지를 위해 별도로 재산을 모아서 뒤를 이을 것을 도모하였다. 며느리가 되어서 딸이 되어서 모두 그 효를 다하였으니 어질도다!

비록 흉악한 도적의 변괴를 당했지만 감사가 송사를 나쁘게 하는 것을 돕지 않았다면, 금씨는 장차 원수를 죽이고 원한을 갚기 전에는 죽지 않았을 것이다. 아아! 슬프도다. 하늘이 의로운 열부를 낳고 다시 그 운명을 궁하게 하였으며, 그녀의 뜻을 꺾고는 반드시 의열을 표창하고 드러내어 후인들이 귀감을 삼도록 하였도다. 아! 죽은 한 부인이 천만 인의 많은 사람들을 권장케 하였으니 하늘을 안다고 할 수도 없고, 또한 하늘을 모른다고도 할 수 없는 것이다. 흉적 이석은 많은 죄악을 쌓았기에, 죽이지 않고서는 용납하지 못할 사람이었는데도 사람들은 감히 어찌하지 못하였다. 만약 금씨가 살아서 섬기지 않았다면, 금씨의 집안은 반드시 장차 의롭지 않은 부를 편안히 누렸을 것이니, 악한 짓을 한 자를 어찌 징벌하였겠는가? 이는 필경 의열義烈에 저촉되어 그 평생의 죄악이 다 드러나도록 하여 후세에 악한 짓을 하는 자들을 경계함이다. 아아! 이는 그들로 하여금 그런 행동을 하도록 한 것과 같은 것이니 누가 천도를 모른다고 할 것인가! [49]

악행을 징치하는 방식이 흥미롭다. 한 여인을 죽음으로 몰아냄으로써

49　『斗庵集』卷5, 34~35쪽, 「琴烈女傳」: "君子曰, 琴氏, 非偏於節者也. 靑年而孀, 何心爲生, 而夫死有親, 則爲之勤紡績, 以充供養. 父沒無嗣, 則爲之立別儲, 以圖繼後, 爲婦爲女, 皆盡其孝, 賢矣哉. 雖遭凶賊之變, 而不遇司訟之助, 惡琴氏之死, 將不在殺讐雪冤之前. 嗚呼, 悲夫. 天旣生義烈, 而又復窮其命, 拂其志, 必使彰著其義烈, 以爲後人之所觀感. 噫. 死一婦, 以勵千萬人, 茫茫者天, 不可謂有知, 亦不可謂無知也. 賊碩罪多惡積, 不容不死, 而人莫敢誰何. 若不生事, 琴氏家, 必將安享其不義之富, 爲惡者, 何所懲也. 畢竟, 觸犯義烈, 盡彰其平生罪惡, 爲後世爲惡者戒. 嗚呼. 是若有使之爲之者矣. 孰謂天道之無知哉."

죄악이 폭로되는 구도를 김약련이 그려내고 있기 때문이다. 만일 금씨의 죽음과 열행이 없었다면 도적 이석의 악행은 과거 속으로 살아져 버렸을 것이다. 그리고 이석은 평생 편안히 불의하게 획득한 부를 누렸을 것이다. 그러나 김약련은 천도가 살아 있다고 믿는다. 만일 천도가 없다면 금씨녀의 죽음은 허사가 되었을 것이고 신원과 설치도 무망하였을 것이다. 이는 바로 앞에서 언급한 정조에 대한 믿음과 통한다. 천도가 살아 있는 한 금씨의 원한이 풀렸듯이 사도세자의 의리도 밝혀질 것이었다. 정조가 살아 있는 한 사도세자에 대한 의리 문제가 투명하게 해결될 것이라는 믿음이 다시 한 번「금열녀전」의 평어에서 느껴지는 것이다.

(4)「김열녀전」의 입전의식

제7화는「김열녀전金烈女傳」이다. 김약련이 네 번째 기획한 열녀전이다. 앞서「금열녀전」과 마찬가지로「김열녀전」도 독립된 전의 형태를 보여준다. 열전식으로 기술하지 않고 이렇게 독립된 형태를 제시한 까닭은 그만큼 독립시켜 전할 만한 특별한 이유가 있었기 때문이다. 김약련은 작품을 소개하기 전에 서두에서 다시 한 번 열녀들의 출현이 지니는 의미를 되새기려 한다.

무릇 여인이 지아비를 섬기고 신하가 임금을 섬기는 데에 있어 오직 그 지위에 있는 바(명분)에 따라서 목숨을 바치는 것이[50] 옛날부터 내려온 의리이다. 그런데 괴이하게도 세상에서 임금을 섬기는 자가 임금이 계실 때에도 녹을 받아먹고 부귀를 누리다가 임금이 죽고 난 뒤에는 은택을 잊어버리고 오직 자기 이익만 찾아 이리저리 헤매는 자들이 많다. 만일 이와 같다면 어찌 능히 환난에 나아가 절의

---

50 『國語·晉語』: "辭曰, 成聞之, '民生於三, 事之如一', 父生之, 師敎之, 君食之. 非父不生, 非食不長, 非敎不知生之族也, 故壹事之. 唯其所在, 則致死焉." 韋昭注: "在君父爲君父, 在師爲師." '所在'는 곧 그 지위에 있는 자를 가리킨다.

를 지키고 위태로움을 보고 목숨을 바치겠는가? (하지만) 여인네는 그렇지 않다. 남편이 죽은 애통을 참지 못하여 몸을 던져 따라 죽는 여인들이 줄을 잇는다. 아! 명색이 사대부란 자들이 정녕 여인네에게 부끄럽지 않겠는가? 어찌 하늘이 정절의 기운을 여인들에게만 부여하고 그 이른바 사대부들에게는 그렇게 하지 않았는가? 내가 열녀에 관한 이야기를 들을 때마다 번번이 전을 지은 것은 장차 천하의 신하 된 자가 그 임금의 은혜를 잊고 사는 것을 부끄럽게 하고자 함이다.[51]

김약련은 여인이 지아비를 섬기는 일을 신하가 임금을 섬기는 것과 동일시한다. 그리고 '명분'을 망각한 신하를 열녀를 통해 징계하고자 한다. 따라서 김약련이 열녀전을 지은 동기가 다분히 사대부들의 군주에 대한 배은망덕을 꾸짖고자 한 데 있음을 알게 된다. 이 점은 앞서 「금열녀전」에서 살폈던 열녀전 창작배경과 연결되고 있다. 사도세자가 소조小朝로서 대리청정하던 기간에 신하로 복무했던 이들이 영조의 세자에 대한 미움을 눈치 채고 세자를 죽음으로 몰아간 것에 대한 분노가 이 열녀전을 짓게 된 이유의 하나였던 것이다.

「김열녀전」의 김씨는 자태가 곱고 행동이 방자하여 선망의 대상이 되었다고 한다. 남편이 병든 지 5년이 되었지만 한결같이 병수발을 하였다고 한다. 얼마 지나지 않아 남편이 죽자, 그녀는 손수 염을 하고는 빈소로 나아가 한바탕 애곡哀哭을 하고 이내 자결하였다. 이 작품을 '일시순사一時殉死'형으로 본 이유도 여기에 있다. 후사가 있어 남편을 위해 봉제사 할 아무런 근거가 없기에, 남편의 죽음을 따라 자결의 길을 택했던 것이다.[52]

이에 대한 김약련의 평을 들어보자.

---

51 『斗庵集』卷5, 35쪽, 「金烈女傳」: "夫女事夫, 臣事君, 惟其所在, 則致死焉, 古之義也. 竊怪夫世之事君者, 君在而食祿致富, 君沒, 忘恩背澤, 惟其利之是從者, 滔滔皆是也. 若是者, 其焉能臨難而守節, 見危而授命哉. 女子則不然. 不忍夫死之痛, 而殺其身以殉之者, 相繼也. 噫. 名以士大夫者, 獨不怪於女子乎. 豈天之種烈, 氣獨於女子而不於其所爲士大夫哉. 余於烈女事, 有聞, 輒爲之傳, 將以怪天下之爲人臣忘其君者."

52 『斗庵集』卷5, 35쪽, 「金烈女傳」.

아아! 남편이 병이 들자 남편을 따라 죽을 것을 결심하였고, 남편이 죽자 손수 염에 필요한 물품을 만들었으며, 염을 마치고 슬픔을 다해 곡한 뒤 죽었다. 그녀의 뜻은 견고하였고, 그녀의 죽음은 조용하였다. 이는 창졸 간에 갑작스럽게 슬픔을 참지 못하고 죽는 것과는 다르다.

아아! 의열하도다. 내가 여자가 순절하여 죽은 것을 보니, 뜻이 강과剛果하고 경조輕躁한 자질에 있지 않고 대부분 온유하고 침정沈靜한 행실에 있었다. 대개 그 여자의 뜻은 정해져 있었고 마음은 한결같아 조용히 의리를 따랐으니, 강과하고 경조한 자가 할 수 있는 바가 아니며, 반드시 모름지기 온유해서 들뜨지 않고 침정沈靜해서 흔들리지 않은 연후에야 바야흐로 대절을 얻을 수가 있었다. 자고로 충신이나 의사들도 또한 진실로 이와 같았으니, 이 어찌 하루아침 하루저녁에 격앙해서 이렇게 한 자이겠는가?

열녀는 한 남자아이를 낳았지만 어미가 죽자 얼마 되지 않아 죽었다. 슬프도다! 충신열녀의 예는 대부분 자신이 죽으면 대가 결국 끊어졌으니 이 무슨 하늘의 이치가 이렇단 말인가? 내가 전을 지은 바의 7인은 모두가 아들이 없으니, 슬프도다![53]

김약련은 열녀들이 한결같이 후사를 남기지 못하고 죽은 데 대해 슬퍼하였다. 그는 하늘의 이치가 반드시 그렇지만은 않은 것이라 본다. 그러나 현실은 그렇지 않았다. 이 점이 열녀의 죽음을 더욱 숭고하게 만드는 요인이 되었다. 평어에서 김약련은 죽음을 결행하는 열녀의 성격을 살폈다. 열녀는 그냥 일순간 충동적인 계기로 인해 출현하지 않는다는 생각이다. 반드시 온유하면서도 들뜨지 않고 침정沈靜하면서도 불요불굴한 기상을 지녀야만 능히 대절大節을 실천할 수 있다고 생각한다. 충신·의사義士도 마찬가지이다. 이처럼 김약련은 열녀의 기품과 자질을 충신과 의사의 그것에 견줌으로써

---

53 『斗庵集』卷5, 26쪽, 「金烈女傳」: "嗚呼. 夫病而志決殉死, 夫歿而手製殮具, 旣殮而盡哀哭以死, 其志堅固. 其死從容, 是與不忍於倉卒急遽間者, 異矣. 嗚呼, 其烈矣. 余見女子殉節死者, 不在於剛果輕躁之質, 而多在於溫柔沈靜之行. 蓋其志定心, 一從容循義. 非剛躁者所能, 而必須溫柔而不浮, 沈靜而不撓, 然後方可以辨得大節. 自古忠臣義士, 亦固如是, 此豈激昂於一朝一夕之頃而爲之者哉. 烈女, 生一男子, 母死, 未久而妖. 悲夫. 忠臣烈女, 例多身歿而嗣遂絶, 是何天理也. 吾所傳七人者, 皆無子, 悲夫."

열녀의 열행을 한 차원 높게 제고시키고 있다.

(5) 「열녀전」의 유형적 특징

김약련의 「열녀전」 일곱 편을 분석해 보았다. 이를 유형별로 정리하면, 제1화 경세결사형, 제2화 일시순사형, 제3화 경세결사형, 제4화 경세결사형, 제5화 경세결사형, 제6화 신원설치형, 제7화 일시순사형으로 요약된다. 즉, 모두 7화 중에서 경세결사형이 제1·3·4·5화로 모두 네 편이며, 일시순사형이 두 편(제2화, 제7화), 나머지 한 편은 신원설치형(제6화)으로 구별된다. 이를 보면, 김약련의 열녀전은 경세결사형 작품이 우세를 보인다.

김약련은 열녀전에서 주인공들의 일시적 자결을 살아 있는 가족의 봉양 및 생계 대책 마련 이후 자결과 동일한 것으로 보았다. 우리는 열녀들의 죽음의 의미를 보다 명확히 짚어낼 필요가 있다. 열녀의 죽음은 단순한 감정적 선택이라기보다 남편에 대한 애정의 지속과 절개의 고수 등 차원 높은 미덕으로 당대 이데올로기의 충실한 실천이었다. 작가는 이를 남성 사대부들에게 올바른 충·효의 계승의 몫으로 수용해야 한다고 강조한다. 여성들의 정절은 곧, 신료들이 군주에 대한 충과 자식이 부모에 대한 효로 확산되어야 한다고 주장하는 것이다.

김약련은 일련의 전 작품을 통하여 미물인 짐승들의 주인에 대한 충을 강조하기도 한다. 이는 다음 절에서 검토하기로 하겠거니와 효부들이 실천한 효를 이어 열녀들의 열을 선양한 뒤 궁극적으로는 충·의로 확대·귀결시키고 있다.

「동물전」에 나타난 효·열 이념의 확대 양상

이는 주인을 위해 자신을 희생하는 의리지심으로 투철하게 무장된 동물의 입전 양식이다. 이는 곧 미물인 개와 닭에게도 그러한 정신이 담겨 있음을 강조함으로써 인간들이 응당 그러한 정신을 실천해야 한다는 인식의 논리를 제공한다. 등장하는 동물은 평소 일반 가정에서 사람과 친근히 지내는 개와 닭이다. 김약련은 비록 이들이 인간과 그 부류를 달리하는 금수에 지나지 않지만 그들의 내심에는 꿋꿋한 의리지심이 작동하고 있다는 사실을 간파했던 것이다.

(1) 「열계전」 – 의성 지방에서 열을 실천한 암탉 이야기

「의성 지방의 암탉 이야기」를 살펴보기로 한다. 줄거리를 요약하면 다음과 같다.

> ① 문소聞韶(의성) 사람이 닭을 길렀는데, 암탉 세 마리가 수탉 한 놈을 쫓아다녔다.
> ② 어느 날, 이웃집 수탉이 그 수탉과 싸워 죽여 버렸다.
> ③ 그러자 세 암탉 중 두 암탉은 이웃집 수탉을 따라 다녔지만, 한 마리 암탉만은 놈을 피해 다니는 것이었다.
> ④ 그 암탉은 12개의 알을 낳아 12마리의 병아리를 부화시켜 정성을 다해 길렀다.
> ⑤ 주인이 병아리 한 마리를 팔아 소금을 사서 장을 담았지만, 간이 맞지 않아 다시 두 마리를 더 팔아 소금을 더 칠 생각이었다. 그런데 공교롭게도 장단지가 저절로 깨어졌고, 암탉은 11마리의 병아리를 거느리고 가서 된장을 쪼아 먹었다.
> ⑥ 어미닭은 5개월 만에 11마리 병아리가 장성하자, 이들을 거느리고 가서 이웃집 수탉을 공격하였다.

⑦ 어미닭이 놈을 죽이고는 본가로 와서 문 앞에서 죽자, 나머지 11마리 새끼 닭
도 저마다 문설주에 몸을 박고는 함께 죽고 말았다.

⑧ 평어[54]

이 이야기는 일반 설화나 야담 등에서 그리 흔하게 보이는 내용이 아니
다. 내용 전개가 매우 이채로우면서도 신이성神異性까지 가미되어 있다. 주인
댁의 세 마리 암탉을 거느린 수탉이 이웃집의 무뢰한 수탉에게 절명하자, 세
마리 암탉 중 두 마리는 지조를 팽개치고 놈을 따라다녔던 것이다. 그러나
지조를 가진 한 마리 암탉은 놈의 소행에 대해 분한을 품고 그와의 항전을 다
짐하였던 것이다. 암탉의 지조는 놈을 만날 때마다 피신했다는 데서 드러나
고 있다. 암탉은 놈에게 복수를 다짐했던 것 같다. 그렇지만 별다른 도리가
없기에, 자식들의 장성을 기다려 일시적 공격을 도모하기로 하였던 것이다.
그렇지만 12마리 자식들의 정상적인 성장은 주인의 불충분한 배려로 인해
차질을 빚게 되었다. 주인이 된장을 담기 위해서 소금을 구입하려는 명목으
로 자식 한 마리를 시장에 내다 팔고 말았던 것이다.

---

54 『斗庵集』卷5, 50~51쪽, 「烈雞傳」.

수탉과 암탉. 꿩과에 속하는 중형 조류로 가장 많이 사육되는 닭은 인도와 동남아시아에서 야생하고 있는 들닭이 사육·개량된 것이다. 『민족문화백과사전』에서 인용.

여기에 미물인 암탉을 위한 신이적 장치가 설정되었다. 주인이 장차 병아리 두 마리를 더 팔아 소금을 더 넣으려고 생각하던 차에 담가둔 된장독이 난데없이 깨어지고, 그 된장을 나머지 11마리의 닭이 먹어 치운 것이다. 이는 자신들의 완벽한 복수와 신원을 방해하는 주인에 대한 일종의 보복 행위요, 경고라고 할 수 있다. 그러면서 철저한 보복이 이내 이루어지리라는 복선을 살짝 드러내 보인 것이기도 하다.

암탉의 복수 진행 과정을 분석해보자. 일단 어미닭은 11마리의 자식들이 놈과 일전을 벌일 만큼 장성해지기를 기다렸다. 어느 날 저녁 무렵, 12마리의 닭이 이웃집 홰대로 날아들어 놈에게 총공격을 감행하였다. 치열한 살육전이 벌어졌다. 어미닭은 놈의 목덜미를 물고 늘어졌고, 나머지 11마리가 전면 공격을 가하였다.[55]

치열한 그들의 싸움은 이웃집의 문 앞에까지 옮겨졌다. 우리는 이 부분

---

55   『斗庵集』卷5, 50~51쪽, 「烈雞傳」: "一日暮, 雌與其雛, 皆上屋, 望見隣塒, 飛而往焉, 十一雛, 皆從而飛, 直上隣塒. 雌噬隣雞之項而垂之. 十一雛, 爭搏啄之, 隣雞落于塒下."

신윤복의 〈투계도〉(왼쪽)와 날아서 발로 차는 수탉, 투계(오른쪽)

에 주목해야 한다. 이들의 처절한 싸움이 하필이면, 이웃집 사람들에게 전면
적으로 공개되어야 했을까. 이는 곧 12마리 닭과 한 마리 수탉의 대결 양상
이면에 담긴 메시지의 정확한 전달을 위한 의도에서 비롯된 것이 아닐까. 결
국 이웃집 사람들은 이들의 보복 행위에 대한 정당성을 부여한다.[56] 설욕과
복수를 마친 어미닭의 장렬한 죽음과 나머지 새끼 닭의 연이은 죽음은 이 작
품의 클라이맥스다. 어미닭은 주인댁의 문 앞에 쓰러져 죽었고, 나머지 11마
리 닭은 일제히 문설주에 머리를 들이박고 죽는다.[57]

이로써 암탉은 자신의 주인이었던 수탉에 대한 절개를 고수했으며, 죽
임을 당한 임에 대한 복수도 이룩하였다. 새끼 닭들은 죽은 아비 닭에 대한
복수에 참여함으로써 효를 실현하는 형상으로 부각되었다. 어미닭과 새끼들
이 합작한 복수극이 자못 전투적이다. 일개 암탉의 내심에 축적된 절개의 이
념이 그토록 강렬하였다.

작가는 평어 부분에서 암탉과 그 새끼들의 용기 있는 투쟁을 효자·충
신·의사의 행위와 견주었으며, 뭇 인간들에게 경각과 반성의 계기를 삼게

---

56 앞의 글, 51쪽: "轉鬪至門外, 鄰家主欲禁之. 傍有人曰, 雌雞鬪雄雞, 非常事也. 勿禁且觀之."
57 앞의 글, 51쪽: "俄而鄰雞斃. 雌返其家, 及門而死, 十一雛, 見其母死, 皆爭投身于門閾而死."

한다고 했다.

아아, 슬프구나. 사람이 제대로 그 뜻을 알아차리지 못하여 한 마리의 병아리로 하여금 자신의 원수를 갚는 것도 보지 못하고 죽게 하였구나. 닭이 태어나면서 천지간에 여자의 정열의 기운을 받았기 때문에 몸은 비록 날짐승이지만 사람들도 능히 하기 어려운 바를 행하였다. 만일 이 기운을 사람에게 모이게 하여 13명의 모자를 출생시켰다면 각각 열부·효자·충신·의사가 되었을 것이다.

애석하게도, 사람들에게 그런 정열을 부여하지 않고 닭들에게 부여하였구나. 만약 사람으로서 이를 들은 자로 하여금 척연히 마음에 경계를 삼게 하여, '닭과 같은 날짐승도 능히 이와 같거늘 어찌 사람으로서 날짐승만 못하겠는가?'라 생각하고, 반드시 스스로 반성하여 힘씀이 있을 것이다.

문소인(의성인)이 관에 알려 장차 그 마을을 표창하여 '열계촌'이라 했다고 한다. 나는 (그 말을) 듣고서 탄식하며 이에 전을 짓는다.[58]

변상벽(卞相璧)의 〈모계영자도(母鷄領子圖)〉〈계자도〉

우리는 이 작품을 통하여, 일개 미물인 닭에게도 열의 속성과 충의 의기

---

58 앞의 글, 51쪽: "嗚呼. 其異矣哉. 夫雞群居無匹, 雄雞之有力者, 則雌輒從之, 雄死更從他. 今是雞也, 能爲其雄復讐, 十一雛, 從其母, 以復父讐, 母死, 以從其母以死. 禽非能言語, 以敎其雛, 其雛能知母之志而學母之烈, 豈非以其母之烈, 能相感而自然至此哉. 嗟乎, 悲夫. 人不能識其志, 使一雛, 不及見復其讐而死也. 雞之生, 鍾天地貞烈之氣, 故身雖禽, 而爲人之所難能. 若使是氣鍾於人生, 出十三母子, 將箇箇爲烈婦孝子忠臣義士. 惜乎. 不鍾之人, 而鍾於雞也. 若使人之聞之者, 惕然警于心, 以爲雞禽也, 能若此, 豈以人而不如禽乎. 必有自反而勉焉者矣. 聞韶人聞于官, 將表其里曰烈雞村云. 余聞而歎息爲之傳."

벌레를 물어다 주는 암탉과 이를 받아먹으려는 병아리들이 동그랗게 원을 그리고 있는 변상벽의 〈계자도(鷄子圖)〉 일부(왼쪽)와 변상벽의 암탉과 병아리, 〈계자도〉 일부(오른쪽)

가 잠재하고 있다는 사실을 인간들에게 일깨워 줌으로써 인간 세상에 열과 충의 실현을 기대한다는 작가의 의식을 읽을 수 있다. 김약련은 의성 지방에서 전해지는 열녀의 형상을 구비한 암탉과 그의 2세들에게 인격을 부여하여 인간계에서 열부·효자·충신·의사가 출현해야 마땅함을 주장했다. 여성의 입장에서 남편에 대한 절개 고수는 곧 충으로 연결되며, 이는 효孝의 개념과 맞물려서 결국 충의로 진전된다는 논리이다.[59]

김약련의 '열계' 이야기에 주목한 인물로 동소桐巢 김중하金重夏(1784~1860)가[60] 있다. 김중하는 「열효계설烈孝鷄說」을 지어, 전반부에서 김약련의 「열계전」과 같은 줄거리의 열행烈行을 제시하고, 후반부에서 자신의 느낌을 적었다. 참고로 그 내용을 번역하여 옮기면 다음과 같다.

문소聞詔(의성)의 선비가 집에서 닭을 길렀는데 수탉 한 마리에 암탉 세 마리였

---

59   이러한 논리는 병곡 권구의 산문작품에도 드러난다. 이종호의 병곡 관련 논문을 참조.

60   김중하의 본관은 풍산(豊山), 자는 치상(稚常), 호는 동소(桐巢)이며, 경북 영천(영주) 출신으로 김종봉(金宗鳳)의 아들이다. 『동소집 桐巢集』 4권 2책(목판본)을 남겼다.

다. 짝짓기 시절에 힘이 센 옆집 수탉이 힘을 믿고 싸움을 걸어왔다. 용맹을 부리고 활개 치며 때리고 치고 차고 밟아대자 수탉이 그만 그 자리에서 죽어버렸다. 그중 암탉 두 마리가 따라가게 되니 마음대로 설쳐대었다. 그중 한 마리는 홀로 슬프게 울어댈 뿐이었다. 숱한 모욕을 당했어도 교묘하게 피해 달아나 한 발짝도 뜰 밖으로 나가지 않았다. 알을 낳은 것이 다만 12개였는데 늘 애써 품고 있었다. 하나하나 병아리로 부화하자 부지런히 먹이고 정성껏 길러 모두 살찌고 튼튼해졌다.[61]

하루는 주인이 소금이 없어 그중 한 마리를 가지고 장에 가서 팔았다. 나머지 새끼들도 장차 차례차례 다 팔아치울 생각이었다. 이에 어미닭은 성난 기색이 역력하였다. 이튿날 새벽에 새끼 11마리를 데리고 일제히 지붕 위로 날아올라 옆집 수탉이 있는 곳을 바라보더니, 한꺼번에 모두 소리를 치며 힘차게 곧장 날아갔다. 옆집 수탉이 그때 막 횃대에서 내려와 뜰을 거닐고 있었다. 어미닭이 곧장 들어가 수탉의 목을 쪼았고 새끼 닭 11마리가 좌우에서 올라타고 밟고 발로 치고 날개로 내리쳤다. 주인집 사람들이 이를 막으려 들자, 그중 한 사람이, "이는 특이한 일이니 말리지 맙시다."라고 했다. 얼마 되지 않아 옆집 수탉이 그 자리에서 죽고 말았다.[62]

이에 어미닭은 새끼들을 데리고 본 주인집으로 돌아갔다. 바깥문에 들어서자마자 어미가 세 번 울어대더니 힘껏 뛰어올라 머리를 돌에 부딪고 죽어버렸다. 새끼 닭들이 모두 죽은 어미의 주검 곁을 빙 둘러싸고 함께 일제히 소리를 내더니 따라서 죽었다. 그 또한 기이하고 괴이한 일이었기에 사람들이 모두 이 이야기를 전하여 '열효계烈孝鷄'라고 불렀다고 한다.[63]

동소자桐巢子(내)가 이 말을 듣고서 자신도 모르게 손뼉을 치고 일어나 말했다. "열과 효의 행실은 하늘이 만물에게 명한 이치다. 그런데 가장 신령하다는 사람

---

61 金重夏(1784~1860),『桐巢集』卷1, 雜著, 「烈孝鷄說」, "聞詔士人, 家有畜鷄, 雄一雌三. 莘尾之節, 鄰家雄鷄之強有力者, 乘勢來鬪. 鼓勇張距, 博擊蹴踏, 雄鷄卽地見殺. 其二雌, 因爲隨去, 恣其所欲. 其一獨哀鳴不已. 雖備見侵辱, 巧爲趁避, 不出庭外一步. 所生卵, 只有十二, 苦心常抱. 箇箇成雛, 勤哺誠育, 皆得肥壯."

62 앞의 글, "一日, 主人乏鹽, 持一子鷄, 賣于市. 其餘, 將有次第盡賣之意. 母鷄顯有含怒底色. 翌曉, 率其子十一, 齊飛上屋, 望其鄰家雄鷄所在處, 一時齊號, 奮飛直去. 雄鷄方下塒, 步於庭. 其母直入啄頸, 子鷄十一, 左右凌踏, 距擊翅搏. 其家人欲禁之. 一人曰, 此異事, 勿禁也. 不移時, 雄鷄卽斃."

63 앞의 글, "於是, 母鷄, 因率其子, 回本主家. 纔入外門, 其母卽三呼奮躍, 以頭觸石而死. 子鷄皆環擁母屍傍, 齊呼一聲, 從而死之. 其亦奇且異矣. 人皆傳說, 稱爲烈孝鷄云."

이라도 오히려 제대로 보전하여 확충하지 못하고, 정욕을 따라서 함부로 굴어 안으로 어지럽게 금수와 같은 행동을 하는 이가 많다. 간혹 세력을 믿고 남의 처를 빼앗거나 기회를 엿봐 남의 딸을 빼앗으니, 사람의 도리가 거의 없어졌다 할 것이다.[64]

그러니 세상에 뛰어난 열녀나 하늘을 감동시키는 효자는 천백세가 지나도록 찾아보기 어렵다. 그런데 한 집안 사람, 한때의 일로 '열녀'와 '효자'를 겸비한 것이 확연한 경우는 어렵고도 더욱 어려운 게 아닌가![65]

당나라 원화元和(806~820) 연간에 장씨張氏의 아들 황鍠과 수銹 형제가 그 아비의 원수를 갚았고, 우리 조선의 윤씨尹氏 집안에 삼대에 걸쳐 충신, 열녀, 효자가 한 집에서 나왔다. 이는 이른바 천백세에 보기 드문 일로 사람에게도 이처럼 어려운 일인데, 하물며 지극히 미천한 동물에 있어서이겠는가![66]

범과 이리는 부자父子의 인仁이 있고, 벌과 개미는 군신君臣의 의義가 있으며, 저구새(關雎)는 부부夫婦의 별別이 있다고 하는데, 이는 고인들이 그 본성에 가까운 것으로서 상징물로 삼은 것이다. 그러나 끝내 범이 효를 위해 죽었다거나 저구새가 열을 위해 죽었다는 소식을 듣지 못했으니, 이 또한 날짐승과 들짐승에서 벗어날 수 없을 따름이다.[67]

닭이란 동물은 또한 미물이면서 천한 존재이다. '열'과 '효'의 본성을 어찌 논할 수 있겠는가? 그러나 그 일에 근거해서 말한다면, 열녀와 효자가 된 사람이 비록 홀로 고결한 행위를 했다 하더라도, 이 닭처럼 조용히 의롭게 행동하여 절개를 지키기 위해 죽어 추호의 부끄러움도 없는 것과 같은 경우는 없었다.[68]

수탉이 죽고 난 뒤에 두 암탉이 또한 함께 빌붙어 이익을 도모했다. 그런 상황

---

64 앞의 글, "桐巢子, 聞是言, 不覺擊節, 作而言曰, 烈孝之行, 是維皇命物之理. 而最靈之人, 猶不能保有而擴充之, 徇情肆欲, 內亂禽獸行者多有之. 或席勢而奪人妻, 或乘隙而摟人女, 人之道, 幾乎熄矣."

65 앞의 글, "於是乎, 一有間世之烈, 達天之孝, 千百世, 僅有見焉. 而乃若一家之人, 一時之事, 烈孝兼萃, 彰而較著者, 是非難而尤難者乎."

66 앞의 글, "唐元和中, 張氏子鍠銹兄弟, 報其父讎, 我朝尹氏家, 三世忠烈孝, 併在一室. 此所謂千百世所稀有之事, 而在於人者, 旣如是其難, 則而況於物之至微者乎."

67 앞의 글, "虎狼之父子, 蜂蟻之君臣, 雎鳩之夫婦, 古人因其近於性者以爲名, 而終未聞虎死於孝, 雎死於烈. 是亦不離禽獸而已."

68 앞의 글, "夫雞之爲物, 又是微而賤者也. 烈孝之性, 何可議爲? 而本其事而論之, 雖以烈孝人之特立獨行, 未有如是雞之從容處義殉節無愧者也."

烈孝鷄說

聞韶士人家有畜鷄雄一雌三孳尾之節鄰家雄鷄之强有力者乘勢來鬪鼓勇張距搏擊蹴踏雄鷄卽地見殺其二雌因怒越避去恣其所欲其二獨哀鳴不已雖備見侵辱巧爲趨避不出庭外一步而生卵只有十二苦心常抱箇箇成雛勤哺誠育皆得肥壯一日主人持一子雞賣于市其餘將有次第盡賣之意母雞顯有含怒底色望曉率其子十一齊飛上屋壁其鄰家雄雞所在處一時齊號奮飛直去雄雞方下蹲步於庭其母直入啄頸子雞十一左右凌踏距擊翅搏其家人欲禁之一人曰此異事勿禁也不移時雄雞卽斃於是母雞因率其子回本主家繞入外門其母卽三呼奮躍以頭觸石而斃子雞皆環擁母斃傷齊呼一聲從而斃之其亦奇且異矣人皆傳說稱爲烈孝雞云桐巢子聞是言不覺擊節作而言曰烈孝之行是維皇命物之理而最靈之人猶不能保有而擴充之徇情肆欲內亂禽獲行者多有之或席勢而奪人妻或乘隙而摟人女人之道幾乎熄矣於是乎一有間世之烈達天之孝千百世僅有見焉而乃若一家之人一時之事烈孝兼萃彰而較著者是非難而尤難者乎唐元和中張氏子鍠鏄兄弟報其父讎我朝尹氏家三世忠烈孝併在一室此所謂

김중하의 〈열효계설〉 수록 원문

에서 다른 한 암닭이 유약한 자질을 가지고 원수를 갚고자 했다면 다만 힘센 적에게 죽임을 당할 뿐이었다. 오히려 애써 은인자중하며 그 지아비의 새끼들을 길러 마침내 힘을 합하고 무리를 이루어 원수를 처단했으며, 또한 일을 마치고는 목숨을 버려 절개를 이루었다.[69]

정밀한 계획과 생각, 준비된 지혜와 용기 덕택에 조용히 이러한 의리를 성취할 수 있었으니, '남편과 신의 때문에 죽겠다'라는 하찮은 의리에 구속된 한 지어미가 편벽된 마음이 격렬해져서 지아비를 따라 함께 죽어 끝내 복수하지 못하는 경우와 비교해 본다면 그 차이가 어떠하겠는가? 새끼 닭이 비명에 간 아비를 원통히 여기고 어미의 진실한 마음에 감동하여 성장하자마자 아비의 원수를 통쾌하게 갚았고 끝내 생명을 잊고 죽음을 가벼이 여겨 어미와 함께 죽었다.[70]

나는 잘 모르겠지만, 사람으로서 효를 위해 죽는 자로 과연 열한 명의 형제가 있었는가! 고인이 말씀하되, "죽음으로써 충성을 다한 전횡田橫의 문객들이 나를

---

69 앞의 글, "夫雞既死之後, 二雌又同謀附益. 則一介脆弱之質, 雖欲爲之報讎, 秖死於强梁之敵矣. 無寧苦心隱忍, 養其夫兒, 終能合勢成羣, 以剪其仇, 又爲了事辦命, 以成其節."

70 앞의 글, "其計慮之精, 智勇之備, 能成就得一個從容這義. 其視匹婦之爲諒, 偏心激烈, 從夫俱死, 終無以報讎者, 相去又幾何也. 子雞之痛父非命, 感母誠念, 才及其長, 快復父讎, 終乃忘生輕死, 與母俱斃."

현대 중국화가 서비홍(徐悲鴻, 1895~1953)의 유화, 1930년 작 〈전횡오백사(田橫五百士)〉. 전횡(田橫)이 장안으로 떠나기 전에 섬에 남은 사람들과 이별하는 장면. 전횡이 오른쪽에서 붉은 옷차림에 두 주먹을 불끈 쥐고 있다. 전횡은 제(齊)나라 종실로 제왕(齊王) 전광(田廣)이 한신(韓信)에게 패망하자, 스스로 제왕이 되었다. 뒤에 유방(劉邦)이 천하를 통일하자 빈객(賓客) 5백 명과 함께 오호도(嗚呼島: 현 山東省 靑道의 田橫島)로 도망갔는데, 유방은 사람을 보내어 부르기를 "전횡아 오너라! 오면 크면 왕을, 작으면 후(侯)를 봉해주겠다. 그러나 만일 오지 않으면 군사를 보내어 전멸시키겠다." 하였다. 전횡은 두 객(客)과 함께 낙양(洛陽) 30리 밖까지 와서 포로가 되어 한왕(漢王)을 섬겨야 한다는 부끄러움에 자살했다. 유방은 그의 시신을 왕의 예를 갖추어 묻어 주었는데 두 객이 전횡의 무덤 안에서 자결했다. 유방의 부하들이 섬에 남은 사람들을 항복시키러 갔는데, 전횡이 죽었다는 소식을 들은 빈객 5백 명도 모두 바다에 몸을 던져 전횡을 뒤따랐다. 이 때문에 비참하다는 뜻으로 그 섬을 '오호도'라 불렀다 한다. 한편, 전횡이 죽었을 때 시신을 운반하던 빈객이 그를 애도하며 해로가(薤露歌)와 호리곡(蒿里曲)이라는 상가(喪歌)를 지었으며, 이것이 상엿소리인 만가(輓歌)의 기원이 되었다는 이야기도 전한다.

비웃을까 두렵구나!'라고 했다. 저 전횡의 문객은 주인을 위해 의리를 지키다가 죽었으니 충(忠)은 충이다. 그러나 이 닭이 복수하고 따라 죽은 것과 비교한다면 또한 눈을 휘둥그렇게 뜨고 볼 정도로 놀랍거나 괴이쩍어서 그들 스스로를 비웃어야 할 일이다. 아아, 사람으로서 닭만도 못해서야 되겠는가! 사람으로서 그 본성을 잃어버린다면 사람이라 할 수 없을 것이다. 미물로서 그 본성을 다한다면 미물이라 말할 수 없을 것이다. 슬프도다![71]

---

71 앞의 글, "吾未知, 名之以人, 而死於孝者, 果有十一昆季否乎. 古人有言, 曰常恐田橫客笑人, 夫橫客之爲主死義, 忠則忠矣. 而視此雞之報讎從死, 亦必瞠然而自笑者矣. 於乎, 可以人而不如雞乎. 人而滅其性, 則不可謂人矣. 物而盡其性, 則不可謂物矣. 噫."

(2) 「충구전」 - 충성스런 개 이야기 모음 4편

다음은 주인을 위해 헌신한 개의 입전 양상이다. 작품은 「충구전忠狗傳」과 「의구전義狗傳」으로 나누어져 있다. 「충구전」에는 간략한 4편의 이야기가 채록되어 있으며, 「의구전」에는 한 편의 작품이 채록되어 있다. 이들 작품의 구성을 비교해 보면, 「충구전」은 매우 간략한 소개에 그친 반면, 「의구전」은 작품의 분량이 많을 뿐더러 구성미도 돋보인다. 먼저 「충구전」을 보면, 네 가지 동일한 형태의 이야기를 채록해 두었는데, 대개의 내용들이 비슷하다. 주인을 위해 충을 바친 개의 형상화이다. 네 가지 이야기를 개괄하면 다음과 같다.

제1화

1 갈산촌葛山村의 송생宋生에게 시집 간 김씨녀는 시집가기 전부터 개를 길렀다.
2 김씨가 시집을 가면서 그 개를 데리고 갔는데, 개는 항상 그녀를 따랐다.
3 김씨녀가 병이 들자 늘 애석해하며 간호하는 기색을 비쳤다.
4 김씨가 병이 위독해지자 개는 죽을 전혀 먹지 않는 것이었다.
5 김씨가 결국 죽자, 개는 담장 아래 개구멍에서 죽어 있었다.[72]

제2화

1 일선一善(선산) 지방의 개가 주인이 들녘에서 화염에 휩싸이자, 개울에 몸을 적셔 주인이 불에 타 죽지 않도록 하고 기진하여 죽었다.
2 무덤이 남아 있다.[73]

---

72 『斗庵集』 卷5, 51~52쪽, 「忠狗傳」.
73 앞의 글, 52쪽.

밀양의 〈의견상〉과 유래비. 약 300여 년 전 연리(椽吏: 아전) 허초벽(許楚璧)이 옆 마을에 있던 처가의 잔치에 들러 술에 취해 돌아오던 중 이 고개에서 깜빡 잠이 들었다. 이때 갑자기 산불이 나서 허초벽이 잠자는 자리까지 번지게 되었다. 그때 주인을 따라 나들이를 다녀오던 개가 허초벽을 깨웠지만, 그는 술에 취해 일어나지 못했다. 그러자 주인을 따라 나섰던 개가 그를 지키기 위해 웅덩이로 가서 몸에 물을 적셔 불타는 자리에 와서 뒹굴며 주인에게 불이 번지는 것을 막았다. 그렇게 주인이 화마에 당하는 화는 막았지만, 개는 그만 지쳐 죽고 말았다. 한참 뒤 잠이 깬 허초벽은 개가 자신을 살리고 죽었음을 알고 볕 잘 드는 곳에 개를 묻어주었다.

제3화

1 기목군基木郡(풍기)의 한 여아가 개를 길렀다.

2 그녀는 계모를 거부하고, 고모 댁으로 몸을 의탁하러 가다가 눈 속에 발을 잘못 디뎌서 빠져 죽었다.

3 개는 그녀의 시신을 맹수와 거위들로부터 지켰다.

4 결국 그녀의 시신을 동물들에게 훼손당하지 않고 장사 지낼 수 있었다.[74]

제4화

1 늙은 노비가 개를 길렀다.

2 노비가 죽자, 개는 무덤을 지키며 밤이 되어야 집으로 돌아오곤 하였다.[75]

김약련은 주인을 위해 충성을 바친 개를 입전하였다. 그렇지만 내용의 구체적 진술은 가하지 않았다. 약식의 보고 형식을 취하였다. 제1화에서만 다소의 진술을 하였지만, 구성의 치밀성이나 대화 형식을 취한 경우는 아니다. 제1화에서는 김씨녀의 생전의 충과 사망 이후에 함께 죽은 개의 입전을

74 앞의 글, 52쪽.
75 앞의 글, 52쪽.

이를 가상하게 여긴 마을 사람들이 의구비(義狗碑)를 세워 주었는데 그 뒤로 이 고개를 일러 '개고개'라 불렀다고 한다.

통해, 주인과 생사고락을 함께 하는 개의 형상화에 초점이 모아지고 있다. 그러면서 작가는 말미에 이르러, 인간들에게 교훈적 언급을 하고 있다. 인간들이 봉록을 받아먹으면서도, 제대로 충을 바치지 않는 것에 대한 경각과 따끔한 질책을 가하고 있다.[76]

제2화는 경북 선산 지방에서 전해지는 「의로운 개 이야기」를 채록하였다. 상세한 내용의 서술은 없고, 낙동강변에 세워진 의로운 개의 무덤을 보고 나서, 개의 의로운 행적을 회고해 보았다고 하였다. 이는 우리가 익히 알고 있는 이야기를 간략히 개요만 소개한 것이다.

다음 제3화는 다소의 서술을 가미하였는데, 평소 자기를 아껴준 여아를 시종 보호하는 의로운 개의 입전이다. 여아는 혈혈단신으로 계모를 거부하고, 고모에게 자신을 의탁하고자 산길을 가다가 그만 눈 속에 묻혀 죽고 말았던 것이다. 그러자 평소 따르던 개가 동분서주하며 그녀의 시신을 맹수들로부터 보호하였다. 그리고 대낮에는 거위 떼가 또 시신을 넘보자, 이 의로운 개는 목숨을 다해가며, 주인의 시신을 보호하여 급기야 집안사람들이 시신

---

76 『斗庵集』 卷5, 52쪽, 「忠狗傳」: "異哉, 忠矣. 人或有食人之祿, 而不以忠報者何哉."

선산군(구미시) 도개면 〈의구총〉. 해평면 신양리에 사는 김성발이 개 한 마리를 길렀는데, 이 개가 매우 영리하여 평소 주인의 뜻을 잘 알아차렸다. 하루는 주인이 술에 취한 채 길가에서 잠이 들었는데 들판에 불이 났다. 주인이 위험에 처하자, 개는 멀리 떨어진 낙강(洛江)까지 뛰어가 꼬리에 물을 적셔 와서 불을 끄기를 수없이 반복하던 중 탈진하여 죽었다. 무사히 깨어난 주인이 모든 상황을 깨닫고 이에 감동하여 개의 시체를 거두어 묻어주었다. 훗날 사람들이 개의 의로움을 기려 그곳을 구분방(狗墳坊)이라 하였다. 이 이야기를 전해들은 선산부사 안응창(安應昌)은 1665년(현종6) 〈의열도(義烈圖)〉에 의구전(義狗傳)을 기록하고, 1685년(숙종11) 화공이 〈의구도(義狗圖)〉네 폭을 남겼다. 화강암으로 된 의구도의 크기는 가로 6.4m, 세로 0.6m, 너비 0.24m이다.

을 온전하게 매장할 수 있도록 충성을 바쳤다고 한다.

마지막 제4화는 늙은 노비가 죽자, 그를 따르던 개가 그의 죽음에 이르러서도 그 무덤을 돌보는 충을 바쳤다고 한다. 우리는 상기 주인과 충직한 개의 의기를 축으로 하여 구도화된 일련의 이야기에서 작가는 이면적으로 인간사에 있어 그러한 연결고리를 찾고 있음을 확인할 수 있게 된다. 「충구」의 입전 동기에서 김약련의 이러한 의식이 드러난다.

대개 개가 그 주인을 알아 볼 수 있다고 하여 예로부터 '개와 말(犬馬)의 충성'이라고 일컬었다. 그러나 주인이 살았을 때 그 주인을 알아보는 것은 이상할 것이 없다. 그러나 물불을 가리지 않고 주인의 어려움을 구원한 경우나 호랑이나 표범을 피하지 않고 주인의 시체를 보호한 경우, 주인이 죽어 장사지낸 후에도 주인의 은혜를 잊지 않고 주인의 무덤을 지켜서 보답한 경우도 있다. 심지어는 스스로 목을 매어서 주인을 따라 죽는 경우가 있었다. 이와 같은 유형의 개들은 그 무리 가운데서 뛰어난 것들이니, 전하지 못하여 사라지는 것은 옳지 않다. 그리하여 「충구전」을 지었다. 일선 지방 개 이야기는 오래되었으므로 반드시 앞서 입전한 자가 있었을 것이다.[77]

(3) 「의구전」 – 연일지방의 의로운 개 이야기

「의로운 개 이야기」는 「충구전」에서 보다 수준 높은 문학적 형상화로 표출된다. 이 작품은 구도가 긴밀하고, 주제적 측면에서도 의기가 돋보이는 작품이다. 내용의 줄거리를 요약한다.

1 연일延日의 원님이 관아에 앉아 있을 때, 개 한 마리가 들이닥쳤다.
2 나졸들이 내쫓기를 여러 번 하였으나 계속해서 그러는 것이었다.
3 원님이 이상히 여겨 그만두게 하였다.
4 그러자 개는 원님에게 다가와 무엇인가 하소연하듯 하였다.
5 수령이 나졸 두 명을 보내어 따라가게 해주었더니 개는 꼬리를 치며 감사의 뜻을 표하였다.
6 개를 따라 수십 리를 달려가니, 백여 채가 모여 사는 마을이었다.
7 개가 인도하는 집으로 가보니, 부인이 배를 가른 채 죽어 있었다.
8 나졸이 개에게 죽인 범인을 가르쳐 달라고 하자, 개는 또 다른 곳으로 달려갔다.
9 개가 그 마을을 다 둘러보고 이웃 마을로 가서 한 사내를 보고 대들었다.
10 그 사내를 잡아 족치니, 자신이 그녀를 죽였다고 실토하였다.

---

77 앞의 글, 52쪽: "盖狗能知其主, 自古稱犬馬之忠. 然其主生而能知其主, 無足異也, 而或不憚水火, 以救主難, 或不避豺虎, 以護主屍, 或主死葬, 而不忘其恩, 守其塚, 以報之, 乃至有自抱其項, 以殉其主人. 若此者類, 狗之出乎其類者也. 不傳而沒之, 非義也. 遂作忠狗傳, 一善之狗, 古也必已有傳之者."

11 부인은 양반가 출신으로, 젊어
서 과부가 된 터에 놈이 그녀에
게 흑심을 품고 겁탈하려 하자,
완강히 저항했고, 놈이 이목을
두려워하여 그녀의 배를 갈라
죽여 버린 것이다.
12 원님이 놈을 매질하여 죽였다.
13 관아에서 부인을 후히 장사를
치러 주자, 개도 따라 죽어 곁에
묻었다.
14 평어[78]

전북 임실군 오수면에 있는 오수역(獒樹驛) 앞에 있는 지명유래 오수의 견과 주인의 동상

의구 이야기는 최자崔滋(1186~1260)의 『보한집補閑集』에 「오수의구전설獒樹義狗傳說」이 실린 이래, 역대의 여러 문헌에 다양하게 실려 전해지고 있다. 『한국구비문학대계』에는 25편의 의구담이 수록되어 있다.

작품의 구성 면에서 전후가 조밀하게 짜여졌다. 과부녀가 기르던 개 한 마리가 과부녀의 억울한 죽음과 수절을 드러내 주었고, 자신도 주인을 따라 죽음으로써 생사를 함께 했던 사적을 입전하였다. 개의 총명한 처신이 주인의 '신원설치'를 가능케 하였다. 의로운 개는 다방면에서 주인마님의 무고와 죽음을 알리는 데 분주하였다. 개는 먼저 관아로 직행하여 주인마님의 죽음을 알리는 데 전력하였다. 이를 간파한 원님은 두 나졸을 급파했고, 개는 이차적으로 범인 추적에 응하여 결국 범인을 잡도록 인도하였던 것이다.

개의 의기는 여기서 종결되지 않고, 주인마님의 장례를 완수하기까지 기다렸다가 죽음으로써, 마님의 죽음 통보→범인 통보→장례 완수까지 이루

---

78 『斗庵集』卷5, 52~53쪽, 「義狗傳」.

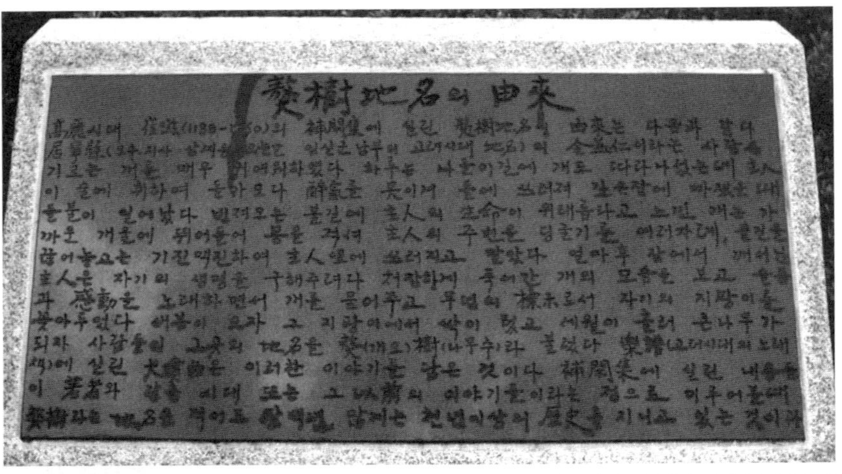

고려조에 전라도 안찰사를 지낸 최자(崔滋, 1188~1260)는 〈보한집(補閑集)〉에 다음과 같은 기록을 남겼다. 거령현 사람 김개인은 개 한 마리를 길렀고, 매우 귀여워했다. 어느 날 개와 함께 나들이했다. 그는 술에 취에 길가에서 잠들었고, 들불이 번졌다. 개는 근처 냇물에서 몸을 적셔 와 주위 들풀에 비벼 불길을 막은 뒤 기운이 다해 죽었다. 그가 깨어나 개를 위해 무덤을 만든 뒤, 지팡이를 꽂아 두었다. 이 지팡이가 자라났기 때문에 땅 이름을 '오수(獒樹)'라고 불렀다.

도록 하였던 것이다. 미물인 개에게 비범한 기개와 인정이 갖추어졌음을 느낄 수 있다. 그러면서 과부녀의 절의까지 부각되고 있다는 점을 간과할 수 없다. 이는 결국 주인댁 마님의 미물에 대한 지극한 애정 하에 가능하다고 하였다.

부인은 양반으로, 젊어서 과부가 되었으며 친척도 없었다. 사내는 그녀의 뜻을 빼앗으려고 칼로써 겁탈하였다. 부인은 죽을힘을 다해 저항하면서 굽히지 않았다. 사내는 남들이 알 것을 두려워하여 배를 가르고 그 자취를 없애 버린 것이다. 수령은 아전으로 하여금 그 사내를 매질해 죽이고, 옷과 널을 갖추어 부인을 장사지내도록 하였다. 장사를 마치자 개가 따라 죽어 부인의 무덤 곁에 묻어 주었다. 아아, 기이하구나! 누가 미물이 능히 이렇게 할 수 있다고 말할 수 있겠는가? 비록 그렇지만 이는 반드시 주인이 평소 행한 행동으로 말미암아 미물을 감동시킬 수 있어서 그렇게 된 것이다. 아아, 슬프도다! 그 주인은 이미 일찍 과부가 된 데다가 또 다시 변고를 만나서 죽게 되었구나.[79]

이 대목에서 유의할 점은 주인에 대한 충이 일방적으로 행해진 것이 아니라는 것이다. 미물의 개가 마님의 신원설치를 위해 헌신한 것은 평소 주인 마님이 행한 선한 마음이 미물을 감동시켰기에 가능했다. 이는 결국 인간사에 있어서도 동일한 논리로 전개되어야 함을 강조한 것이다. 즉, '선비는 자기를 알아주는 이를 위해 죽는다(士爲知己者死)'라는 의미와도 상통하는 논리이다. 이러한 주인에게 미물의 짐승이 바친 의기는 결국 충 개념의 확대이다.

김약련 「전」 창작의 특징

김약련의 문집에는 모두 5화의 「효부전」이 실려 있는데, 특이한 점은 김약련이 효의 실천 인물을 남성에게 부여하지 않고, 여성이 이를 실행한 경우를 모두 입전하고 있다는 점이다. 김약련은 이들이 여성의 입장에서 시부모에 대한 효행 양상을 입전하였다. 그리고 「열녀전」의 일곱 편에서 일시순사형과 신원설치형이 각각 한 편이며, 나머지 다섯 편은 모두 경세결사형으로 드러났는데, 이는 남편 사후 남은 가족에 대한 배려와 부양 대책의 마련 등을 모색하는 것으로 표현되고 있다. 김약련의 「열녀전」 작품 가운데 일시순사형이 적은 반면, 신원설치형과 경세결사형이 많다는 것은 김약련이 그만큼 현실 문제에 대해 지대한 관심을 두고 있음을 반증하는 것이기도 하다. 그는 남편 사후 남아 있는 현실 문제의 해결을 도모하는 열녀 형상을 중시하였다. 특히, 신원설치형의 작품에서 열녀가 보여준 전투적인 저항 자세는 남겨진

---

79 앞의 글, 53쪽: "盖婦人有班名, 而少寡, 無親戚. 童欲奪其志, 怵之以刃. 婦人, 抵死不屈. 童畏人之知而剮之, 以泯其跡. 倅卽使吏, 擊殺其童, 具衣棺, 以葬婦人. 葬訖, 狗從而死, 埋于塚傍. 嗚呼, 異哉. 誰謂蠢然者, 能是哉. 雖然, 是必由主人平日之行, 有能感於物而然也. 嗟乎, 悲夫. 其主人旣早寡, 而又遭其變以歿也."

문제가 의리와 관련되었기 때문이다.

김약련의 전에서 특이한 점은 동물들에 대한 입전 양상이다. 그는 일찍이 이웃집 닭을 예로 든 「인계설」을 통해 열과 효의 실현 양상을 구도화한 바 있으며, 충직한 개의 형상화를 통해 충과 의리의 구현 양상을 문학적으로 형상화하였다.

김약련은 일련의 작품을 통해 충→효→열의 일반적 개념을 효→열→충의 진전 양상으로 파악하였다. 이는 김약련이 전 편집 과정에서 적용한 바이다. 김약련은 전 작품의 편집을 ①「효부전」→②「열녀전」→③「충구전」→④「의구전」으로 하였는데, 이는 김약련의 사유 방식과도 연관이 있다고 본다. 일반적으로 상정하는 유교적 이념을 충·효·열이라고 한다면, 실제 이러한 사고의 형성은 개인의 효와 열에 기초한 충의의 확대 과정이라고 할 수 있다. 그러므로 김약련은 이러한 사실을 염두에 두고 우선적으로 효행을 실행한 여성을 입전하는 한편 열을 실천한 여성의 형상화를 통해 이것이 결국 국가와 군주에 대한 충의로 확대된다는 논리를 미물인 개와 닭의 충직성을 들어 증명하고 있다.

5

맺음말

우리는 본론을 통해 김약련의 생애와 의리정신 그리고 문학관을 살펴 그의 산문창작의 주제의식과 연결시켜 보았다. 전 작품을 중심으로 한 산문창작이 지니는 성격과 의미를 정리하는 것으로 결론을 대신하기로 한다.

그의 전 작품에서 주목할 것은 남성들에 대한 배역이 주어지지 않는다는 점이다. 그는 시종 여성들에 의한 효와 열의 실천 양상과 주인에 대한 동물들의 충의를 표현하고 있다. 그러나 그의 이러한 설정의 이면에는 아직 등장하지 않은 남성들을 향한 충의의 충실한 복무가 강조되어 있다. 이는 그의 전 작품이 갖는 독특한 측면이 아닐 수 없다. 실제 그가 강조하고자 한 대목은 열녀전 속에 숨겨둔 채 독자가 이를 간파하도록 하는 수법을 사용하였다. 결국 김약련이 전 작품을 통해 실현하고자 한 것은 비겁하고 배은망덕한 사대부층을 향한 비판적 메시지의 전달이었다. 무력하고 나약한 남성들에게 여성들의 매서운 절개와 의리를 지켜내고자 하는 마음에서 나온 효와 열의 실천을 보여줌으로써 그들 심중에 내재한 충의정신을 불러일으키고자 했다.

김약련이 의도한 전 창작의 효과가 어떠했는지는 확인할 길이 없다. 추측컨대 그의 전 창작은 당시 안동권에서 이도현 부자의 상소가 끼친 효과와 비교해서 손색이 없었을 것이다. 아니 그보다 훨씬 심원한 영향을 주었을 것이다. 한편 김약련의 전 창작은 당시 사도세자 의리를 밝히는 문제와 긴밀히 연결되어 있다. 안동을 중심으로 영남유림 만여 명이 연명 상소하여 사도세자에 대한 의리 문제를 해결하려 시도했던 상황이 그의 전 창작에 일정한 자극을 주었다. 영남만인소가 있기 훨씬 이전에 김약련은 한 차례 이도현 부자의 상소문제에 연루되어 곤욕을 치른 바 있다. 그때 이미 김약련은 그 상소의 내용에 동감을 표했으나 시기가 너무 이르다는 이유로 만류하였을 뿐이다. 이러한 김약련의 사도세자에 대한 의리정신은 그의 뇌리에서 한 번도 떠나지 않았다. 다시 말하면 평생 김약련의 의식을 지배한 것이 그 문제였다고 해도 과언이 아니다. 그러므로 전 창작이 단순히 여인네의 효열을 현창하는 차원에 그쳤다고 볼 수 없다. 입전된 여인네는 그의 의리정신을 우회적으로 담아내기에 매우 용이하였다. 또한 공교롭게도 18세기 후반에 영천榮川을 비롯한 안동권에서 많은 효부와 열녀들이 출현하였다. 효부와 열녀의 출현, 사도세자에 대한 의리 문제의 대두, 그리고 영남남인의 몰락과 노론벽파의 득세 등등 복합적인 요인들이 서로 얽히어 김약련을 전 창작에 몰두하도록 만들었다.

사도세자에 대한 의리 문제는 유교적 명분론과 의리론에서 비롯된 것이다. 그러나 이 문제는 사도세자가 뒤주에서 굶어죽은 임오화변 이후 18세기 후반 내내 정국의 뜨거운 감자로 남아 있었다. 그리고 영조의 죽음과 정조의 즉위로 인해 의리 문제는 정국 전반을 괴롭히는 중요한 변수가 되어 갔다. 게다가 의리 문제의 해결 방향에 따라 집권세력의 변동을 예상할 수도 있었기에 몰락의 길에 놓여 있던 남인계로서는 목숨을 건 투쟁을 전개하지 않을 수 없었다. 이는 노론계도 마찬가지였다. 이렇게 본다면 김약련의 전 창작은 18세기 후반의 문제의식이 투영된 문예물로서 각별한 의의를 지닌다. 특히 주목할 것은 동물을 등장시켜 의리 문제의 치열성을 부각시킨 사실이다. 동물전은 분명 김약련의 허구적 상상력의 소산으로 진정한 문예창작이었다.

　　김약련은 일정한 문예적인 안목을 가지고 시대의 문제의식을 작품 속에
담아내는 탁월한 솜씨를 발휘하였다. 이 점은 동시대의 다른 전 작가들과 비
교되는 것이다. 18세기 안동권은 김약련이라는 문인을 배출하여 그로 하여
금 문예형식을 통해 안동권 선비들이 지니고 있던 처절한 시대의식을 반영
해내도록 하였다. 이러한 요구에 부응하여 김약련은 여성을 주인공으로 하
는 전을 창작함으로써 안동권 선비들의 의식을 담아내었다. 아마도 김약련
은 이를 사명으로 여겼던 듯하다. 그렇지 않고서는 동일한 주제의식을 깔고
있는 여러 편의 전을 창작할 수 없었을 것이다. 김약련의 전 창작에 힘입어
18세기 안동권 한문학은 풍부한 유산을 이어받아 중앙과 다른 안동권 한문
학의 특징을 한층 부각시킬 수 있게 되었다. 이것이 바로 김약련의 전 창작
이 오늘의 우리에게 던지는 문학사적 의의이다.

　　다만 이 글에서 논하지 못한 부분이 있어 다소 아쉬움이 남는다. 그것은
조선조에 창작된 효부, 열녀, 동물과 관련한 전 작품들과 김약련의 전을 비교
하여, 보다 명징하게 그 특성을 드러내지 못한 것과, 안동지방의 전 작품에서
김약련의 전이 지니는 개별성을 투명하게 지적하지 못한 점이다. 뿐만 아니
라 김약련의 전이 전대 혹은 당대의 어떠한 창작계열을 통해 성립되었는지,
즉 전 창작의 문예전통 계승관계를 밝혀내지 못했다. 이러한 점들은 후일의
연구과제로 남긴다.

5. 맺음말

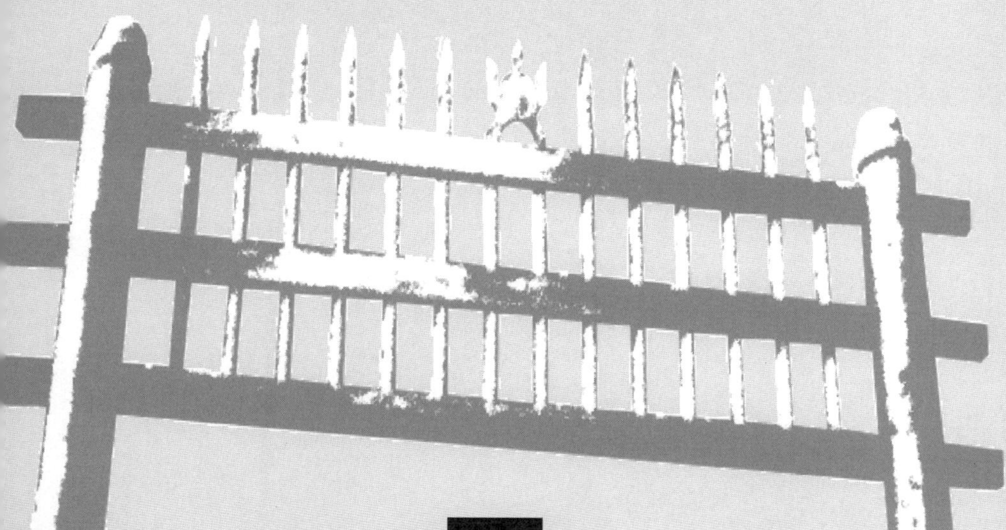

제3부

김약련의 전 작품 번역

효부전

열녀전

속열녀전

금열녀전

김열녀전

행당동자와 김씨 낭자

수탉의 원수를 갚고 죽은 닭

충성스런 개

의로운 개

1

효부전

부녀자가 효를 행하기란 남자보다 어렵고, 천한 사람이 효를 행하기란 선비보다 어렵고, 과부가 효를 행하기란 남편이 있는 경우보다 어렵고, 가난하면서 효를 행하기란 부유한 경우보다 어려운데, 이 네 가지 어려움을 모두 겸한 처지에서 효를 행하기란 더욱 어렵다. 이런 까닭에 어려운 처지에서 효를 행한 사람들을 차례대로 열거하여 '효부전'을 짓는다.

효부 장씨

홍주興州(순흥)의 응정리凝井里에 장씨 성을 가진 양가良家의 부인이 있었는데, 열여섯 살에 안씨 성을 가진 사람에게 시집을 갔다. 남편이 겨우 여남은 살밖에 되지 않았는데, 몇 달을 같이 살다가 그만 죽고 말았다.

有良家婦姓張 十六嫁安姓人 夫年纔十餘 居數月而死

　　부모는 딸을 개가시키려 하였고 남편의 가족들도 불쌍히 여겨 개가하길 권했다. 부인이 말하길, "제가 어찌 개가하지 않겠습니까? 다만 시어머니께서 홀로 사시면서 자식도 없으니 제가 마땅히 시어머니를 봉양해야 합니다. 시어머니가 돌아가시고 나면 개가하겠습니다."라고 하니, 부모도 감히 억지로 개가시키지 못했다. 시어머니는 늙고 중풍이 들었고 눈은 점점 어두워져 앞을 제대로 볼 수 없게 되었으며, 다리는 마비되어 움직일 수가 없었다. 며느리는 육신이 고달파도 정성을 다하여 지극한 효성으로 시어머니를 섬겼다. 남들이 감당하지 못할 고생이 있을지라도 부인은 조금도 게을리 한 적이 없었다. 父母欲嫁之 夫家人亦憐而勸之 婦曰吾豈不嫁哉 但姑獨居無子女 吾當養姑 姑歿則嫁 父母不敢強 姑老病風 目漸昏不視也 脚痺不能動 婦事之至孝 苦筋骨竭精誠 至有人不堪其勞者 而婦未嘗少懈

　　마침내 시어머니가 돌아가시자 개가하길 권하니 바로 답하기를, "예! 꼭 개가하겠습니다."라고 했다. 그러나 정작 개가시키려 하면, 매번 남편 무덤에 가서 통곡을 하니, 친애하는 사람들도 차마 그녀의 뜻을 빼앗지 못했으며, 강포한 자들도 감히 남편에 대한 그녀의 의리를 건드릴 수가 없었다. 及姑歿勸之嫁 則曰唯 吾其嫁矣 以爲信 然而將嫁之 則輒往其良人之墓而哭之 親愛者 不忍奪其志 强暴者 不敢犯其義

　　흰머리가 나는 중년이 되자 말하기를, "내 늙었으니 다시 시집을 간들 무엇하리오?"라고 하였다. 그녀의 말씨는 질박하여 꾸밈이 없었으며, 그녀의 몸가짐은 수수하여 교만하지 않았으며, 기이하거나 유별난 행동을 하지 않으면서도 종신토록 그 절개를 지킬 수가 있었다. 그녀는 올해 예순 살이 넘었는데, 남편의 사촌동생 집에 의지해 살고 있다. 사촌동생들이 남들에게 말하기를 "우리 형수가 효성스럽게 우리 숙모를 섬겼으니, 나는 장차 어머니처럼 형수를 섬겨 천수를 누리게 하리라!"라고 하였다. 아! 어리석은 자들로 하여금 그녀의 행실에 감화되어, 어머니처럼 형수를 섬기게 한 것은 그 효성이 사람을 깊이 감복시킨 까닭이 아니겠는가? 及其年至二毛 則乃曰 吾老矣 復嫁何爲 其爲言質而不文 其持身野而不高 不爲奇異孤特之行 而能終身守其節 今年已六十餘矣 寄在其夫之從弟家 其從弟語人曰 是嫂也 孝事吾叔母 吾將母事之 以終其天年 噫 能使蚩蚩者 感其行 母事其嫂 非其孝之服人深者乎

부인은 궁벽하고 누추한 곳에서 태어나서 평소에 예절교육을 받은 사람이 아니었으며, 또한 의방義防(의리를 지켜서 허물을 막음)을 겁내서 나쁜 일을 감행하지 못하는 사람도 아니었다. 시어머니가 늙어 봉양할 사람이 없게 되자 곤궁과 고생을 참으면서 시어머니를 섬겼으며, 시어머니가 죽었지만 다시 시집가지 아니하고 남편을 위해 그 절의를 다했으니, 어찌 참다운 효열孝烈이 아니겠는가! 지금 세상 사람들은 남자들에 대한 요구는 매우 관대하면서 여자들에 대한 요구는 매우 엄격하여, 동네 여자들에 이르기까지도 그러하다. 세상에 기특한 일을 대하고도 특별하게 여길 줄을 알지 못하니, 슬프구나! 비록 그렇지만 부인이 어찌 남들이 자신을 특별히 여겨 주길 바라서 그런 행동을 했겠는가? 婦生於僻陋 非素聞禮敎者 又非畏義防而不敢爲者也 乃能以姑老無養 忍困苦以事之 姑死而不復嫁 爲其夫以終其節義 豈非眞孝烈哉 今世之人 責士君子甚恕 責女子甚嚴 乃至閭巷女子 辦得天地間奇特之事 而不知爲異 悲夫 雖然 彼豈求人之異我而爲之哉

효부 장씨

우리 고을에 강씨姜氏 성을 가진 아전이 있었다. 그의 사촌형이 재산현才山縣의 장씨張氏 성을 가진 여자에게 장가를 들었다. 장씨의 얼굴이 박색薄色이어서 강씨는 기생들에게 미혹되어 아내를 거들떠보지도 않았다. 장씨는 딸 하나만 낳고는 다시는 더 이상 아이를 낳지 못했다. 吾邑有小吏姜 其叔父子之娶婦于才山縣之張姓 張色薄 姜惑於妓 不顧其室 張生一女而不復産

　　강씨가 죽자 장씨는 정성을 다해 시아버지를 섬겼다. 자신은 지게미와 쌀겨와 같은 거친 음식도 마다 않고 먹으면서 시아버지께는 반드시 술과 고기를 올렸다. 시아버지는 술을 좋아하여 베틀 위에 한 자의 베라도 있는 것을 보면 반드시 잘라서 술값으로 썼으며, 새 옷을 지어 드리면 헌 옷은 벗어서 술을 사 먹었지만, 장씨는 싫은 기색을 보이지 않았다. 베를 짜서 돈을 벌어서 조석으로 공양하고 한 푼이라도 남겨 번번이 시아버지를 위해 술빚을 갚았다. 及姜死 張竭誠事舅 身不厭糟糠 而舅必有酒肉 舅嗜酒 見機上有尺布 則必斷之 以爲飮費 供新衣 卽脫舊以沽酒 張不變色焉 傭紝得金 以供朝夕 餘一金 輒爲舅償酒債

　　시아버지가 병들어 장차 죽게 되었다. 사촌 시아주버니가 장씨에게 말하기를 “숙부는 일어나시지 못할 것이니, 입고 있던 옷가지와 이불을 빨리 빠십시오.” 하니, 장씨가 말하기를, “제가 마련해 둔 수의가 있습니다.” 하였다. 시아주버니가 놀라서 말하기를, “베틀 위의 베는 입을 옷으로 드렸고 남은 돈은 숙부가 모두 써버렸는데 어떻게 마련해 둔 것이 있단 말입니까?” 하였다. 장씨가 말하기를, “비단을 짜서 물들이고 마름질하여 옷을 만들어서 모두 곁방의 비밀스런 곳에 간수해 두었기 때문에 시아버지께서는 정말 몰랐을 겁니다.”라고 하면서 상자 하나를 꺼내었다. 거기에 옷이며 이불이며 베며 솜 등이 모두 갖추어져 있었다. 시아버지가 돌아가시자, 비록 부유하고 자녀를 많이 둔 사람이라도 미칠 수 없을 만큼, 습염襲殮이며 장례, 제례 등 모든 절차를 훌륭히 치를 수 있었다. 舅病且死 其良人之兄語張曰 叔其不起矣 亟澣所着衣衾 張曰吾有藏之者矣 其人驚曰 機上之布 着外之衣供 餘之金 叔皆用之 何爲而有藏焉 張曰 織繪而染之 裁衣而製之 皆從傍舍藏之在密處 舅固不知 乃出一 篋 衣衾布縣皆具 及舅歿 凡襲殮葬祭 雖富而多子女者 莫及焉

세상에 남편에게 사랑을 받지 못했으면서도 시부모에게 효도하기를 게으리 하지 않는 사람이 몇이겠는가? 장씨의 시아버지는 술만 즐겨 마셨고 가난하여 양식거리도 없었으니, 며느리의 입장에서 봉양하기란 더욱 어려웠을 터인데, 죽은 사람을 장사지내는 품목도 모두 갖추어서 유감이 없게 하였으니, 누가 천한 사람이라고 가볍게 대할 수 있으리오! 世之不見恤於其良人 而 能孝不衰於舅姑者 幾人哉 張之舅 惟酒是嗜 貧無以爲食 爲其婦者 能養亦難矣 乃 能備送死之具 而無憾也 其誰以賤人而輕之哉

효부 박씨와 장씨

또한 아전 남씨의 처 박씨朴氏가 있었다. 젊어서 남편을 여의었으며, 가난하고 의지할 데조차 없었다. 늙은 시어머니가 있었기 때문에 개가하지 않았다. 그녀의 행실을 알고 있던 선비들 모두 "이 사람은 효부이다!"라고 하였다. 박씨에게는 자녀는 없었다. 又有南吏妻朴姓也 少喪夫 貧而無依 以姑老 不復嫁人 士之知其行者 皆曰此孝婦 朴無子女

장張씨의 딸이 아전인 민閔씨의 며느리가 되었는데, 맛있는 음식이 있으

면 반드시 시아버지에게 드림으로써 남편을 경계시켜 감히 맛있는 반찬을
먹지 못하도록 하였으니, 장씨 또한 딸을 잘 가르쳤도다! 우리 고을에는 예로
부터 효부와 열부들이 많았다. 그러나 그녀는 미천한 집안의 여식이니, 어찌
그 유풍을 들었겠는가? 張之女 爲閔吏婦 得厚味 必以供其舅 戒其夫 不敢食珍膳
張亦善敎女哉 吾邑古多孝烈 然彼賤人女子 豈聞其風者耶

현풍 효부

현풍의 송고촌松古村은 옛날 홍의장군紅衣將軍 곽공郭公(郭再祐, 1552~1617)이 살
던 마을이다. 마을에 효부가 있었는데, 열일곱 살에 외동아들에게 시집을 갔
다. 집안이 매우 가난하였으며 시아버지는 눈이 먼 봉사에다가 홀아비였다.
부부는 힘써 품을 팔아서 봉양을 하였는데 몇 년 뒤에 남편이 병들어 죽었다.
부인은 남편이 살아있을 때처럼 온힘을 다해 시아버지께 옷과 음식을 지어
드렸다. 玄風之松古村 古紅衣將軍郭公里也 里中有孝婦 年十七嫁人獨男 家甚窶
舅瞽而鰥 夫婦力傭以養之 數歲夫病死 婦竭力供衣食如夫在時

부모는 그녀가 젊어서 과부가 된 것을 측은히 여겨 딸을 개가시키려 하
였다. 부인이 말하기를, "저는 천한 사람이니 어찌 예방禮防(예법으로 그릇된 행
동을 막음)을 두려워하겠습니까? 다만 시아버지께서는 제가 아니면 봉양할 사
람이 없으니, 시아버지께서 살아 계신데 제가 어찌 개가하겠습니까?" 하였
다. 父母憐其少而寡 欲奪其志 婦曰 吾賤人也 何畏於禮防哉 但舅無我則不養 舅在
我豈忍復嫁

이웃 마을에 아내를 잃은 부유한 사람이 있었는데, 평소 부인의 어짊을

알고 그녀의 부모에게 많은 예물을 주면서 혼사를 청하였다. 부모들은 그 예물을 탐내어 몰래 날짜를 잡고서 딸을 속여 말하기를, "내일이 내 생일이어서 네 형제들이 나를 위해 술잔치를 마련한단다. 네가 비록 마음을 다해 너희 시아버지를 섬기고 있지만 어찌 부모의 마음은 생각하지 않느냐? 내가 네 마음을 잘 알기에 술과 고기를 가지고 왔단다. 이것으로써 네 시아버지 하루 끼니를 준비해 드리고, 가서 네 형제들과 함께 슬하에 나란히 서서 부모를 위로해 주렴. 오늘 가면 내일 되돌아 올 수 있을 것이니 너는 사양하지 말거라." 라고 하였다.

부인이 아버지의 말에 느끼는 바가 있어 방으로 들어가 시아버지께 아뢰자 시아버지가 허락을 하였다. 이에 시아버지를 위해 이틀 동안의 밥을 짓고 술과 고기와 밥을 차려놓고는 일일이 여러 차례 말씀드리기를, "이 물건은 여기 있고, 저 물건은 저기 있습니다. 입맛대로 드시고 굶지 마십시오!" 하니, 시아버지가 "알았다." 하였다.

마침내 아버지를 따라갔다. 자기 집이 가난한데도 차려진 음식이 사치스러운 것을 보고는 속으로 의심스러워 여동생을 집 뒤로 불러서 캐물었다. 여동생이 말하기를 "언니는 모르고 있었니? 오늘 언니 시집보낸다던데." 하였다. 부인이 깜짝 놀라서 곧바로 돌아갈 것을 고했다. 부모가 말하기를, "날이 저물었는데 어찌 갑자기 돌아가려고 하느냐?" 하니 부인이, "부모님께서 저를 시집보내려고 하신다면 저에게는 죽음만 있을 뿐입니다. 차마 시아버지를 버리고 시집갈 수가 없습니다." 하고는 차고 있던 작은 칼을 가리키며 말하기를, "내가 이런 일을 대비해 이것을 차고 다닌 지가 오랩니다." 하고는 자결하려고 하였다. 부모들은 딸의 뜻을 억지로 꺾을 수 없음을 알고는 스스로 돌아가도록 내버려 두었다. 逐隨其父而往 見家貧而所需奢 心疑之 招小妹于屋後而詰之 妹曰 妹不知耶 今日將嫁姊 婦大驚 卽告歸 父母曰 日暮矣 何遽歸乎 婦曰 父母欲嫁我 我有死耳 不忍棄舅而嫁 指所佩小刀曰 我爲是之慮 佩此久矣 欲自刎 父母知其不可强 任其自歸

송현松峴에는 본디 맹수가 많았다. 날은 이미 저물었는데 커다란 호랑이가 길을 막고 서 있었다. 부인이 호랑이에게 말하기를, "네가 비록 짐승이지만 영험한 동물이다. 내가 시아버지를 위하여 가는 중인데, 네가 어찌 나의 갈 길을 막느냐?" 하였으나 호랑이는 여전히 꿈쩍도 하지 않았다. 부인이 다시 말하기를, "내가 오늘 너에게 죽는 것은 운명이니 진실로 모면할 길이 없다. 그러나 나의 시아버지께서는 자식이 없어 내가 홀로 시아버지를 섬겨야 한다. 시아버지는 내가 돌아오기를 기다리고 계시니 네가 잠시 물러나 준다면, 내가 돌아가서 시아버지와 이별을 하고 나와서 너에게 목숨을 바치겠다. 나는 너를 속이지 않겠다."라고 하였다. 호랑이가 그제야 길 왼편으로 비켰다. 부인이 떠나가자 호랑이는 그녀를 따라갔다. 松峴素多猛獸 日已向昏 有大虎當徑 婦語之曰 爾雖獸亦物之靈者也 吾爲舅往 爾何尼吾行 虎猶不起 婦復曰 吾今日死於爾 天也 固無所避 然吾舅無子女 吾獨事舅 舅方待吾歸 爾可少避 吾歸與舅訣 出而投汝 吾不汝欺也 虎乃移于途左 婦遂行 虎隨之

집에 이르자 문은 이미 닫혀 있었다. 시아버지가 놀라서 말하기를, "며늘아기야, 내일 돌아온다고 해놓고 지금 날이 저물었는데 어찌 돌아왔느냐?" 하니, 며느리가 그 이유를 아뢰고는 다시 새 밥을 지어 올리고는 권하여 배불리 드시게 하였다. 이윽고 울면서 말씀드리기를, "제가 죽을 때까지 아버

님을 섬기려고 했으나 오늘 명이 다하여 이별코자 합니다." 하자, 시아버지
가 깜짝 놀라서 말하기를, "이 무슨 말이냐?" 며느리가 말하기를, "제가 이미
호랑이와 약속을 하였습니다. 호랑이가 지금 뜰에 있습니다. 사람이 어찌 짐
승과 한 약속을 저버릴 수 있겠습니까? 이 또한 운명이니, 만일 제가 나가지
않으면 호랑이가 반드시 방으로 들어와 아버님을 해칠까 두렵습니다." 하고
는 문을 나가서 호랑이 앞에 서니 호랑이는 곧바로 그녀를 낚아채서 달아났
다. 시아버지가 울부짖고 통곡하다가 갑자기 넘어져 두 눈에 갑자기 피가 흐
르더니 눈이 밝아졌다. 至家 門已閉 舅驚曰 婦言明歸 今何暮還 婦告其由 更炊
新飯而進之 勸令至飽食 旣泣而告曰 婦將終事舅氏 今日命盡矣敢訣 舅愕然曰 是何
言也 婦曰 吾已約虎矣 虎今在庭 人豈與獸約而背之哉 且命也 若吾不出 虎必入室
恐驚傷舅 出門而立 虎卽攫而走 舅呌叩號哭 匍匐顚仆 兩目忽血流而明焉

　　마을 사람들과 함께 며느리의 흔적을 찾으니, 호랑이는 며느리를 땅 위
에 놓고 그 옆에서 쭈그리고 앉아 있다가 사람들을 보고서 가버렸다. 쫓아가
서 보니 부인은 이미 죽어 있었다. 그러나 상처는 없었다. 시아버지가 업고
돌아왔는데 얼마 후 소생하였다. 시아버지도 마침내 더 이상 맹인이 아니었
다. 그때가 바로 성상聖上(정조) 즉위 7년인 계묘년(1783)이며, 이때 부인의 나
이 21세였다고 한다. 어떤 장사꾼이 현풍玄風에서 와서 효부의 일을 낱낱이
전해주었는데, 나는 장사꾼에게 직접 들은 사람에게서 효부의 이야기를 들
었다. 그러나 효부의 성명을 그 사람이 장사꾼에게 묻지 못했으니, 애석하도
다! 與村人 尋其跡 虎置婦地上 蹲其傍 見人而去 趨視之已死矣 然無所傷 舅負而
歸 有頃而甦 舅遂不復瞽 乃聖上卽位之七年癸卯也 婦時年二十一云 有商來自玄爲
傳孝婦事首尾 余從親聞商言者而聞之 然婦之姓名 其人不能問於商 惜乎

　　굶주린 묵태墨胎(孤竹君)의 두 아들(백이, 숙제)로서 천하에 신하 된 자들을
독려하였고, 곤액을 당한 하후씨夏侯氏의 딸로서 천하에 남의 아내가 된 사람

을 힘쓰게 하였다. 하늘이 무슨 뜻이 있어 그리했는지 내 잘 모르겠으나, 옛날엔 장부로 태어나면 의사義士가 되고, 지금은 여자로 태어나면 효부孝婦가 되니, 현풍 땅엔 반드시 충열忠烈의 기운이 모여 있다. 그러나 예교를 주상 전하께서 밝히시어 절의하는 사람들을 길러내지 않았다면 어찌 이렇게 될 수 있었겠는가? 餓墨胎二子 以勵天下之爲人臣 厄夏侯令女 以勉天下之爲人妻 我不識天 其有意而爲之者耶 古而生丈夫爲義士 今而生女子爲孝婦 玄之地 必有鍾烈氣者 然非禮敎明於上 培植其節義者 烏能致此哉

2

열녀전

아내와 남편의 관계는 신하가 임금을 섬기는 관계와 같다. 불행하게도 남편이 환난을 당하거나, 일찍 과부가 되었을 때, 사람들이 수절하지 못하게 한다면 죽는 것이 아내의 의리이다. 세상에는 남편이 죽은 애통함을 참지 못하고서 남편을 따라 죽는 경우가 있는데, 이것은 의에 지나친 것이다. 그러나 생사는 또한 큰 것이니, 진실로 남편을 섬김에 독실하고 과감하게 순절할 수 있는 사람이 아니라면 어찌 죽은 사람을 위해 곡을 하는 날에 생사를 결정할 수 있겠는가? 어떤 사람이 조용히 지내다가 세월이 지나도 죽고자 하는 마음이 변하지 않아 끝내 함께 죽고자 하는 소원을 이룬다면, 또한 한순간에 죽은 사람에 비할 뿐만이 아니니 어찌 어렵지 않겠는가? 烈女傳: 婦之於夫 如臣事君 或不幸而夫遭患難 或蚤寡而人奪其志 則死之義也 世有不忍夫死之痛 而從夫以死 是過於義者 然死生亦大矣 苟非篤於事夫 果於殉節者 烏能決死生於哭死之日哉 或能從容料理 經歷歲月 不變決死之志 而終逐同歸之願 則又非特一時殉死者比也 豈不難哉

열녀 이씨

화산花山(안동)에 사는 이씨의 딸이 우리 군의 권씨에게 시집을 왔는데, 내 친구 이비현李조顯[1]의 누이이다. 이씨는 본래 국성國姓(전주이씨)인데 대대로 안동에 살았다. 시집간 지 오래되지 않아 남편이 죽어 자녀가 없었다. 아침저녁으로 몸소 생계를 꾸려가면서 삼년상을 치르면서 옷을 갈아입지 않고 빗질도 하지 않았다. 삼년상을 마치자 글을 지어 그 남편의 무덤에 고하여 말하기를, "당신이 죽은 날에 마땅히 함께 죽어야 하지만, 삼 년 동안 죽지 않은 것은 제사를 받들기 위해서였습니다. 오늘 삼년상을 마쳤으니 죽을 수 있겠습니다." 하고는 결국 열흘 남짓 먹지 않다가 죽었다. 花山李氏女 嫁于吾郡權氏 吾故友李君丕顯妹也 李本國姓 世居花山 旣嫁未久 夫歿無子女 朝夕躬自爨 以祭之三年 不更衣不梳髮 喪旣終 爲文以告其夫曰 夫歿之日 當與之同歸 所以三年不死者 爲祭奠故也 今喪畢矣 可以死矣 遂絶食旬餘而卒

아아, 기이하구나! 남편이 죽었을 때, 그녀의 뜻은 이미 결정되어, 삼 년을 참고 기다려 장사와 제사를 마치고 나서 죽었으니, 이는 갑작스럽게 따라 죽는 것과는 다르다. 하물며 옷을 갈아입지 않고 머리도 빗지 않음을 삼 년 동안 한결같이 하였고, 그 뜻을 돈독히 하여 의리에 따라 죽는 것을 속이지도 게을리 하지도 않음은 고금에 한 사람뿐이도다! 嗚呼異哉 夫死而其志已決 忍待三年 以終其喪祭而死 此與倉卒從死者 異矣 況衣不更髮不梳 三年如一日 其篤志殉義 不渝不懈 古今一人而已

1　이비현(李丕顯, 1727~?): 본관은 전주, 자는 중문(仲文)이다. 계촌 이도현(1726~1776)의 사종(四從: 10촌) 동생이다.

열녀 김씨

우리 이웃마을에 사는 김창연金昌延의 딸이 같은 고을 박씨에게 시집을 가서 딸 하나를 낳았다. 박씨가 전염병에 걸리자 김씨는 병이 위태롭다는 것을 알고서 미리 독약을 구하여 따라 죽을 계획을 하였지만 집안사람들은 알지 못하였다. 남편이 죽자 염을 하고는 여종으로 하여금 아이를 업고 나가 있으라고 하고는 윗동서에게 일러 말하기를, "내가 매우 어지럽고 고달프니, 동서는 물을 끓여 내가 마실 수 있게 해 주세요!"라고 하였다. 동서가 나간 뒤 독약을 마시고 죽었다. 吾鄰里人金君昌延女 嫁同郡朴氏 生一女 朴病疫 金氏見疾危 預求毒藥 爲從死計 家人不知也 夫卒已殮 使婢負兒出遊 謂其姒曰 吾甚昏憊 願姒煮水飲我 姒旣出 飲毒以死

슬프고 슬프도다! 남편이 죽자 혼자 사는 것을 참지 못하고 반드시 함께 한 무덤으로 돌아가 백년해로의 약속을 대신하고자 하였으니, 그 뜻은 참으로 비통하지만 그 죽음을 논하면 아마도 이씨의 경우와 비슷하다 할 것이다. 悲夫悲夫 不忍夫死而獨活 必欲同歸一穴 以代偕老之約 其志誠悲矣 論其死 其李氏之亞乎

열녀 안씨

송유절宋儒節이란 사람은 우리 군에 사는 서자 출신의 야성冶城 송씨宋氏이다. 집안이 가난하여 망건을 엮어서 생업을 유지하다가 안씨의 딸에게 장가를 들어 아내로 삼았다. 안씨가 시집온 뒤 송유절은 기이한 병을 얻었다. 안씨는 부지런히 베를 짜서 약을 마련하여 바치기를 십 년 동안 게을리 하지 않았고, 농사에 두루 힘써 약간의 밭을 마련하였다. 宋儒節者 吾郡宋氏 籍冶爐者之孽族也 家貧 結網巾以爲業 娶安氏女爲妻 安氏旣嫁 儒節得奇疾 安氏勤於織紝 以供其藥餌 十年不怠 傍治産業 置田若干

유절에게는 동생이 하나 있었는데 함께 살면서 지냈다. 그러나 사람들이 이간질하는 말이 없었다. 안씨는 일찍이 아주 가는 베 백 자와 가는 베 두 필을 짜서 시동생에게 시켜 시장에 가서 팔아 오도록 하였다. 시동생이 가지고 간 베를 잃어버리고 돌아와서는 말도 안 하고 먹지도 않자 그의 형이 위로하여 근심을 풀도록 했지만 끝내 인상을 펴지 않았다. 안씨가 그것을 듣고 나가서 웃으면서 말하기를 "이것은 가난한 집안에서는 그리 작은 물건이 아닙니다. 그러나 득실은 운수에 달려 있지 사람의 힘으로 어찌할 수 있는 것이 아닙니다. 또 물건을 잃어버리면 재앙이 없어진다고 들었으니 다행히 이것으로 인해 형님의 병에 혹 차도가 있게 되면 물건 잃어버린 것이 무어 그리 상심할 것까지야 있겠습니까? 도련님께서는 걱정하지 마세요!" 하니 시동생이 그제야 기뻐하면서 밥을 먹었다. 儒節有弟一人 同居而爨 人無間言 安氏嘗織細細百尺 細布二疋 使夫弟鬻諸市 夫弟失之而歸 不言不食 其兄慰解之 終不伸眉 安氏聞之 出而笑曰 此於貧家 非細物耳 得失在數 非人力可圖 且聞失物則消災 幸而因此夫病或差 則失此何傷 叔無憂也 夫弟乃喜而食

남편이 죽자 상자 속에 두었던 의복과 포백布帛을 꺼내서 예를 다해 염을 하였다. 남은 것을 가지고 시동생에게 부탁하기를, "남은 의복은 도련님이 입고, 남은 포백은 형님을 장사지낼 때 쓸 것입니다." 또 아랫동서에게 말하기를, "나는 남편이 병이 들었을 때부터 함께 죽을 것을 결심하였는데, 이미 십여 년이나 되었네. 나를 염할 옷감을 미리 갖추어 상자 속에 두었으니 나를 염을 하고도 반드시 남는 옷감이 있을 거야. 깨끗한 옷감은 동서가 옷을 지어입고, 흠집이 있는 옷감은 이웃여자들 중에서 나를 장사지내고 제사 지낼 때 수고하는 사람의 몫으로 주게! 우리 집엔 비복들이 없으니 이와 같이 한 뒤에야 사람들의 힘을 빌려 남편과 나를 장사지낼 수 있을 거야.” 하고는 입을 다물고 아무것도 먹지 않다가 죽었다. 及夫歿 出其篋裏所貯衣服布帛 襲殮以禮 以其餘 屬夫弟曰 衣服餘者 叔衣之 布帛餘者 爲葬夫需 又謂其娣曰 吾自夫病 決意同死 已十年有餘矣 預具吾襲殮衣在笥 殮吾必有餘衣 其潔者娣服之 其汚者 償鄰女之服勤吾喪祭者 吾家無婢僕 如是而後 可以得人之力 以葬吾夫妻也 卽緘口不食而死

안씨는 바로 문성공文成公(安珦, 1243~1306)의 후예라고 한다. 그 아버지와 할아버지에 대해 내가 들었으나 어떠한 사람인지 자세하지 않다. 그러나 송 생은 지위가 낮고 살림이 가난하여 안씨가 그의 아내가 되었으니 안씨의 집 안이 현달하지 못했음을 알 수 있다. 능히 남편의 병환에 정성을 다하고, 남 편의 동생에게 우의를 베풀면서 사생死生의 갈림길에서도 침착함이 또한 이 와 같았다. 그 천성의 아름다움은 배워서 그렇게 될 수 있었던 것은 아니다. 아아, 결국 한 명의 자식도 없이 죽었으니 어찌할꼬! 安氏 卽文成公之後裔云 其父與祖 吾聞之 而不詳其何如人 然宋生 地卑而業窶 安氏爲之匹 其家之不顯 可知也 乃能誠於夫病 友於夫弟 從容於死生之際 又如此 其天性之美 有不待學而能者矣 嗚呼 終無一子而歿 何哉

우리 고을에는 예로부터 의열義烈하는 사람이 많았다. 그러나 어떤 이는 조정에서 정표하라는 명이 내려졌고, 어떤 이는 집안에서 행장이나 묘갈명 을 전하였는데, 권씨는 후사가 끊어졌고, 박씨는 화를 입었으며, 송씨는 미천 하면서 자식이 없었다. 나는 오래지 않아 결국 그런 사실이 없어지게 될까 슬퍼하여 이들을 위해 전을 짓는다. 吾邑自古多義烈 然或朝命旋表 或家傳狀銘 而權氏絶嗣 朴氏偏禍 宋氏賤而無子 吾悲其不久而遂泯沒也 乃爲之傳

3

속열녀전

우리 영주 땅은 면적이 불과 수십 리에 지나지 않는데, 젊은 부인들이 순절하여 죽는 일이 연이어 일어나니, 슬프도다! 내 일찍이 세 명의 열녀의 전을 지었는데, 이씨가 죽은 지 수십 년이 되지 않아서 김씨의 죽음이 있었고, 김씨가 죽은 지 수 년 만에 안씨의 죽음이 있었으며, 오 년 뒤에 황씨가 또 죽었고, 장씨가 또 그해에 죽었다. 아아, 몸을 가벼이 여기고 의리를 중요시 여기며, 뜻을 독실하게 하고 행동에 힘쓰며, 죽음 보기를 안식처와 같이 생각하는 것은 대장부들도 하기 어려운 일인데 필부가 능히 행하였도다! 넓은 세상에서도 흔히 있는 일이 아닌데, 한 고을에 여러 차례 이런 일이 있었으니 기이하도다! 없어지면 안 되겠기에 마침내 '속열녀전'을 짓는다. 續烈女傳: 吾榮地 不過數十里 少婦人之殉節死者 相續也 悲夫 吾嘗傳三烈女 李氏死數十年而有金氏 金氏死數年而有安氏 其後五年而黃氏又死 又有張氏死於其年 嗟乎 輕身重義 篤志勵行 視死如歸 丈夫所難能 而匹婦乃能之 曠世不多 有而一邑累有焉 異哉 不可泯也 遂作續烈女傳

열녀 황 씨

황씨는 기목군基木郡(경북 풍기의 옛 이름) 사람 굉한宏漢의 딸이다. 그녀의 선조
는 사람들에게 널리 알려져 있었으며, 선조의 소첩小妾은 열녀로서 정려가 내
려진 사람이다. 황씨는 영조 갑신년(1764)에 태어났다. 어려서부터 단정하고
부드러우면서 근신하여 일찍이 부모의 뜻을 어긴 적이 없었다. 성장하여서
는 우리 고을 배씨에게 시집을 왔다. 남편 광술光述은 일찍 아버지를 여의었
다. 황씨는 시어머니를 섬김에 사랑과 공경을 모두 지극히 하였다. 黃氏基木
郡人宏漢女也 其先多聞人 有小妾以烈旌其門者 黃氏生于英宗甲申 自幼端貞柔謹
未嘗違父母意 旣長 嫁吾郡裴氏 夫光述早孤 黃氏事姑 愛敬俱至

신해년(1791)에 친정어머니를 뵈러 간 사이에 남편과 시어머니가 연달아
역병에 걸려 죽었다. 황씨는 부음을 듣고 혼절하였는데 친정어머니가 황씨
를 돌보아 소생하였다. 이때 황씨는 임신 5개월이었는데, 울면서 말하기를
"시댁에선 여러 대에 걸쳐 제사를 받들어 모셨는데, 남편이 죽어 후사가 없
어졌습니다. 그러나 제가 때마침 임신을 하였고, 다행히 사내아이를 낳게 되
면 시댁에선 제사를 지낼 수 있기에, 저는 우선 죽지 않을 테니 어머니는 염
려하지 마소서" 하였다. 산달이 되어 아이를 낳았는데 급히 묻기를 "사내아
이입니까?"라고 하니, 답하기를 "사내아이입니다."라고 하자 결국 스스로를
보존해서 아이를 보호하였다. 辛亥歸覲母氏 夫姑相繼 殁于沴 黃氏聞訃昏倒 母
救之得甦 時黃氏娠五月 泣曰 夫家承祀累世 夫歿無嗣 吾適有娠 幸而擧男子子 夫
家可以祀矣 吾姑不死 願母無憂也 及期而産 亟問曰 男乎 曰男 遂自保以護兒

남편과 시어머니 상을 마치자 아이가 병이 들었다. 시댁에선 돌보아줄
사람이 없어서 친정으로 돌아왔다. 아이의 병이 점점 위독해지자 울면서 친
정어머니께 말하기를, "남편이 죽을 때 나는 죽음을 결심했지만, 죽지 않은 것

은 아이가 대여섯 살이 되기를 기다려 아이가 혼자 밥 먹을 수 있을 정도가 되면, 저의 일은 끝나는 것이라고 생각했기 때문입니다. 처음 먹은 뜻을 결행할 수 있을 것인데, 아이를 지금 구제할 수도 없으니 제가 장차 남편을 따라 죽을 것이니, 어머니는 저를 불효한 여식이라 생각하지 마소서.”라고 하자 옆에서 듣던 사람들이 울지 않는 사람이 없었다. 既葬二喪 兒有疾 夫家無人救護 復之母家 兒病日盆篤 泣語母曰 夫死而吾固決死 所以不死 將俟兒年五六歲 至能自食以爲生 吾事畢矣 吾可以自行初志 兒今不可救矣 吾將從夫地下 願母無以我不孝爲念傍人聞者 無不泣下

친정어머니가 무릎 위에 아이를 안고 있으니 황씨가 조용히 “그만 안아 주세요!”라고 하자, 친정어머니가 아이를 자리에 내려놓으니 이내 죽었다. 황씨가 말하길 “운명이구나! 빨리 묻어주마. 내 너를 위해 오래도록 죽지 않았다.” 하고는 편안한 얼굴로 모든 것을 체념한 듯했다. 친정어머니는 그녀의 뜻을 알아차리고 칼과 새끼를 없애고는 적극적으로 죽음을 막았다. 그 다음날 말하기를 “제가 물을 마시고 싶으니 어머니는 나가서서 온수를 떠다 주세요.” 하였다. 어머니가 나가자 네다섯 살 된 계집아이만 남게 되었다. 아이더러 칼을 찾아오도록 하였다. 아이는 자루 없는 작은 칼을 가지고 왔다. 황씨는 칼에 엎드렸으나 칼날이 무디어 들어가지 않았다. 목에 대고 오래도록 누르자 칼이 목에 들어가기 시작했다. 어린아이는 아무것도 몰라서 여러 번 부딪치는 모습을 보고서는 웃다가 피가 나온 후에야 비로소 울어대었다. 母抱兒在膝 黃氏從容言曰 已矣 無抱爲也 置之席而絶 黃氏曰 天也 速瘞之 吾爲爾不死久矣 便怡然無憾容 母知其意 屛去刀刃縲索 極意防守 厥明曰 吾欲飮矣 請母出而溫水來也 母出而只有小兒女年四五歲者在傍 使兒覓來刀劒 兒得小刀無柄者來 黃氏伏刀 而刃鈍不可入 引頸磕築良久 而刀始入頸 小兒不知也 怪其磕築之狀而笑之 及血出而後 始啼呼

친정어머니가 막 들어가 보니 이미 목에 칼이 들어간 뒤였다. 칼을 뽑고 입에 물을 넣으니 물이 칼에 찔린 상처를 따라 배어 나왔다. 잠시 후 깨어나서는 투덜거리면서 말하기를 "칼날이 무디어서 바로 죽지 못하고 오래도록 고생하였다." 사람들이 묻기를 "무딘 칼로 목을 찌르는데도 아프지 않았습니까?" 대답하기를 "죽는 것에 진실로 마음을 쏟았으니 어찌 고통스럽겠습니까?" 하고는 다시는 신음 소리도 내지 못하였다. 다음날 목숨이 마침내 끊어졌으니, 이때가 임자년(1792) 12월 18일이고 나이 겨우 스물아홉이었다. 딸 하나가 곁에 있었지만 어미가 죽은 것도 몰랐다. 母方入見 則已沒刃于頸 拔刀 而滴水于口 水從刀創出 俄頃而甦 咄曰 刃鈍不卽死良苦 人間曰 以鈍刃刎頸 而不 知痛乎 答曰 死固甘心 何痛之有 更無呻楚聲 翌日命遂絶 乃壬子十二月十八日也 得年纔二十九 有一女卽在傍 而不知母死者也

아아, 의열義烈스럽도다! 남편이 죽는 날 이미 죽음을 결심하였으나 아이를 길러 밥 먹을 수 있을 때가 되면 죽으려고 하였으니, 그 뜻이 이미 견고하였다. 아이의 목숨이 끊어진 뒤에 죽으려는 마음을 스스로 결정하였으니 뜻은 견고하고 마음은 편안하여 말과 태도를 변하지 않고, 곧 무딘 칼을 목에 꽂아 어렵고도 괴롭게 죽음에 이르렀어도 마음을 바꾸지도 후회하지도 않고 처음 마음을 이루었다. 그녀가 자결한 것을 창황 중에 급히 행한 사람과 비교해보면 행하기가 더욱 어렵다. 옛 분들이 이른바 '조용히 죽음에 임한다.'라고 한 것이 이것을 두고 말하는 것이 아니겠는가? 배생은 옛날 숭정처사 유암공楡巖公[1] 형의 손자이다. 자질이 훌륭했으나, 일찍 죽은 것이 애석하구나. 嗚呼 其烈矣哉 夫死之日 已決其死 而將欲養兒至能食而死 其志已固矣 及至兒 命已絶 死志自定 則意堅心安 不變言貌 乃以鈍鉎揷頸 艱辛至死 而不撓不悔 克成 初志 其視自決 於蒼黃急遽間者 其事爲尤難 古人所謂從容就死者 非是之謂耶 裵生 故崇禎義士楡巖公之兄孫也 姿美而夭 惜哉

---

1   楡巖公: 裵幼章(1618~1687)을 가리킨다. 배유장의 본관은 星山(달성이나 경주로 된 곳도 있음), 자는 章隱, 호는 楡巖·西湖子이다. 1636년(인조 14) 사마시에 합격하였다. 평생 尊周義理를 투철히 실천하였다.

열녀 장씨

내 친구 이해행李楷行(字는 彦甫)은 간옹艮翁(李德弘, 1541~1596)의 후손이다. 그의 막내며느리가 같은 고을 장씨의 딸이다. 장씨의 딸은 시댁에 들어간 지 오래지 않아 자못 특이한 행실이 있었는데, 비록 방을 나누어 살면서도 조석으로 시어머니를 보살핌에 반드시 정성스럽게 봉양하는 물건이 있게 하였다. 남편이 일찍이 등창에 걸려 몇 번이나 죽을 고비를 넘겼다. 사람들은 모두 장씨의 지극한 정성에 감동한 것이라 하였다. 임자년(1792)에 남편이 전염병에 걸려 죽었다. 이때는 전염병의 기운이 크게 성하여 집안 식구들이 모두 걸려, 큰동서와 작은 동서가 연이어 죽었다. 吾故友李君楷行彦甫 艮翁之後 其季子之妻 同郡張氏女也 入門未久 頗有異行 雖分戶而居 朝夕省姑 必有忠養之物 夫嘗病癰幾死而甦 人皆謂張氏至誠所感 及壬子 夫遘癘而死 時沴氣大熾 家人悉染 伯仲二姒 相繼殞歿

아주버님은 역병을 피해 어머니를 모시고 집 밖에서 살고 있어서 단지 조카 하나만이 시체 곁에 있었다. 그 애만이 다만 어머니를 잃고 상복 띠를 두르고 있었는데 매우 초췌하였다. 아주버님이 들어가서 시체를 염하려고 하자 장씨가 저지하여 말하기를 "죽은 사람은 이미 끝났습니다. 늙으신 어머니께서 여전히 밖에 계시는데 보호할 사람이 없습니다. 아주버님께서는 어찌 함부로 스스로 몸을 가볍게 하십니까? 저와 어린 조카가 있을 테니 아주버님께서는 들어오지 마십시오." 하였다. 夫兄奉母出寓 只有一兄子在屍傍 其人纔喪母 經疾羸瘁 夫兄欲入殮屍 張氏止之曰 死者已矣 老姑在寓 無人將護 叔何敢自輕其身 吾與哀姪在 叔無入爲也

이번엔 조카가 음식을 먹지 않자 꾸짖어 말하기를 "네가 억지로라도 먹지 않으면 스스로의 힘으로 장사를 치를 수 없다. 아주버님이 들어가실 것이니 너는 먹어야 한다. 내가 너를 위해 먼저 먹겠다.” 하고는 매번 스스로 먹어서 조카가 먹도록 권하였다. 그러고는 조카와 함께 염습殮襲(시신을 씻긴 뒤 수의를 갈아입히고 염포로 묶는 일)하였다. 염습을 마치고 나서 빈소를 차리고 슬픔을 다하여 망자들을 떠나보냈다. 얼마 뒤에 곡하는 소리가 더 이상 들리지 않았다. 빈례殯禮(장례)가 끝난 뒤에 가서 보니 이미 스스로 자결하여 구명할 수 없었다. 兄子不食 則責之曰 爾不强食 無以自力以治喪事 叔將入矣 爾其食也 吾爲爾先食 每自食以勸兄子食 與共襲殮 旣殮就殯 盡哀以送之 俄而無哭泣聲 殯旣畢而視之 已自経 不可救矣

아아, 무엇이 의를 행하는 데 용감하게 하였는가? 한 고을에서 한 해에 두 번씩이나 아름다운 열행烈行이 있었으니 기이하구나! 비록 그러하나 이 같은 사람들로 하여금 종신토록 남편을 돕고 또 자식을 낳아서 교육하고 기르도록 했다면, 반드시 볼 만한 것이 있었을 것이다. 그러나 시대의 기운이 떳떳함을 잃어서 사람들은 대부분 일찍 죽었다. 심지어는 아름다운 자질과 착한 행실을 가진 사람들로 하여금 일찍 죽어, 다만 열녀의 이름만 이룬 채 생을 끝마치게 하였으니, 아! 슬프도다. 嗚呼 何其勇於爲義也 一邑一歲中 再有懿烈 奇矣 雖然 使此等人 終身以助君子 又生子而敎養之 必有可觀者 而時氣失常 人多夭死 至使美質淑行 横折天年 只成烈女名以終 噫 可悲也已

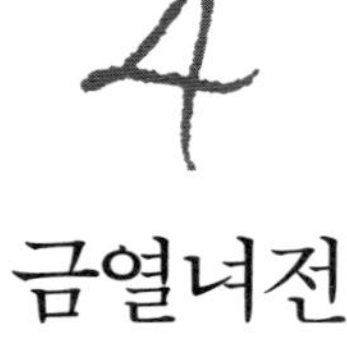

금열녀전

내가 일찍이 열녀전 두 편을 지었는데 모두 다섯 사람이며, 모두 우리 고을 사람이다. 죽은 이유가 서로 비슷했기 때문에 합해서 전을 지었다. 금씨 남편의 집은 화산花山(안동)에 있었는데, 변을 당한 것이 남들과 달랐다. 이런 까닭에 특별한 사례로서 '금열녀전琴烈女傳'을 지었다. 琴烈女傳: 余嘗作烈女傳 二篇 凡五人 皆吾郡人也 以其死相類 故合而爲傳 琴氏夫家在花山 其遭變異於人 是以用特例 爲琴烈女傳

금씨의 본적은 본성鳳城(봉화)이며, 진사 운심運心[1]의 손녀이다. 영주의 북쪽 아곡촌鵝谷村에서 태어났는데 그 땅은 흥주興州(순흥)의 경계와 접해 있다. 금씨는 대대로 순흥에 살았기 때문에 사람들이 간혹 순흥사람이라고도 한다. 나이 16세에 화산의 춘양현에 사는 황씨의 부인이 되었다. 琴氏籍鳳城 進士運心孫也 生於榮州之北鵝谷村 其地接興州界 琴世居興 人或謂之興人 年十六 爲花山之春陽縣黃氏婦

---

1 琴運心(1706~?): 자는 天機. 順興 거주. 松溪 琴軔의 후손이다. 1726년(영조2) 생원시에 합격하였다.

황씨가 장가를 든 후 돌아와서는 병에 걸려 매우 위독하였다. 금씨는 아버지에게 고하여 말하기를 "남편의 병이 위독한데도 가서 구하지 않는 것은 아녀자의 도리가 아닙니다."라고 하면서 빨리 진찰해줄 것을 청하였다. 그날 밤에 황씨의 목숨이 끊어졌다. 금씨가 자결하여 남편의 뒤를 따르고자 한 것이 여러 차례였으나, 이윽고 탄식하여 말하기를 "시아버지와 시어머니께서 자식을 잃고 슬퍼하고 있는데, 나마저 또 내 지아비를 따라 죽으면 누가 우리 시부모님을 봉양하겠는가? 이것은 내 지아비를 저버리는 처사다!" 하고는 마침내 슬픔을 참고 목숨을 보존하였다. 삼 년 동안 빗질을 하지 않았고 베를 짜서 시부모를 봉양하였다. 시부모가 천수를 다하고 죽자 예를 다하여 장사 지내고 제사지냈다. 그러고는 말하기를, "내가 오늘에야 죽을 수 있겠다. 죽지 않은 이유는 남편의 후사後嗣를 세운 뒤에 죽고자 함이었다."라고 하였다. 黃聘而歸 有疾甚劇 琴氏告于父曰 夫病篤不卽往救 非婦也 亟請就診 其夜黃命絶 琴氏欲自裁以從者數 旣而歎曰 舅姑喪子而悲 吾又從吾夫死 誰有養吾夫父母者 是負吾夫也 遂抑哀保命 三年不更梳 紡績組紃 以養其舅姑 舅姑以天年終 喪祭盡禮 乃曰 吾今則可以死矣 所以不死 將立夫後而死

이석李碩이라는 자가 있었는데 그는 마을에서 제 멋대로 행동하고 민간에서 도적질을 횡행하였으며, 관리들에게 뇌물을 주어서 환심을 샀다. 이 때문에 백성들이 모두 그를 두려워하여 감히 그의 죄를 따지는 사람이 없었다. 일찍이 한 소민小民(상놈, 평민)의 아들이 어려서 무척 아름다운 아낙에게 장가를 들었다. 이때 이석이 그에게 공갈을 쳐서 말하기를 "네 자식 놈은 어리고 그놈의 처는 미인이어서 사람들이 모두 너를 의심하고 있으니 네 며느리를 내쫓는 것이 좋겠다."라고 하였다. 그는 이석이 욕보이려고 하는 것을 알았지만, 대적할 방법이 없었다. 이석은 결국 그 부인을 들여 첩으로 삼았다. 有李碩者 其人武斷村閭 盜跖民間 賂官以結歡心 以故民皆畏之無敢訟其罪者 嘗有一小民子 幼娶婦甚美 碩往喝其民曰 爾男幼而其妻美 人皆疑爾 不如出爾婦 民知碩欲之 然度不可以敵 遂納其婦爲妾

금씨는 애당초 재산이 조금 있었으며 몇 명의 친척들이 이석과 같은 고을에서 살았는데, 이석이 그들의 토지를 빼앗고자 했으나 방법이 없었다. 황씨와 이씨의 밭 사이에 어떤 사람의 밭이 있었는데 이석이 술수를 써서 탈취하려고 하자 그 사람이 그 밭을 황씨에게 팔아넘겼다. 이 때문에 이석은 더욱 황씨 집안을 미워하게 되었다. 하루는 금씨를 무고하는 익명서를 만들어 마을 앞에 세워 두었다. 며칠 뒤에 이석의 노복 예닐곱 명이 마을 사람 중에 평소 이석을 두려워하는 자들을 협박하여 금씨의 집으로 와서는 금씨를 모함하였다. 황씨집 사람들이 깜짝 놀라 이들을 꾸짖어 물리쳤다. 이석의 소행이라는 것을 알았지만 이석을 어떻게 할 수 없었다.

또 그 뒤에 무뢰배 김상겸金相謙을 사주하여 밤을 틈타 무리를 이끌고 안뜰로 돌입하게 하였다. 금씨가 깜짝 놀라 잠에서 깨어 사촌시어른 집으로 달려 들어갔다. 도적들이 금씨가 떠난 줄도 모르고 계속 찾아 헤맸다. 황씨들이 황급히 모여 도둑을 잡았는데, 도둑이 "이석이 '금씨가 좋지 못한 행실로 아기를 배었다'라고 하면서 저로 하여금 데려가라고 하였기 때문에 감히 왔을 뿐이지, 그렇지 않다면 내가 어찌 감히 이런 짓을 하겠는가?"라고 하였다.

금씨가 이 말을 듣고 칼을 품고 이석의 집에 가서 옷을 걷어 배를 보여 주니 엄연한 처녀의 몸이었다. 이석의 집안사람들이 모두 당황해 하면서 용서를 빌었다. 금씨는 마침내 칼을 빼어 목을 찔렀다. 칼날이 목 뒤로 나왔으나 다행히 기도가 끊어지지 않아 주위 사람들이 구호하여 죽지는 않았다. 황씨들이 달려가 안동부에 고발하여 이석과 도둑들을 잡아 가두었다. 그러나 안동부사가 일찍이 이석에게 뇌물을 받았는지라 죄를 결판 내릴 생각이 없었다. 琴氏聞之 懷刃往碩家 褰衣示服 卽一處女身也 碩家亦皆惶恐乞服 琴氏遂拔刀刺吭 刃出臚後 而氣門未斷 傍人救而不死 諸黃奔告花府 捕囚碩及諸盜 然花伯嘗受碩賂 無意決罪

이석은 금씨가 반드시 소생하지 못할 것으로 여기고 거짓말을 꾸며 '금씨가 스스로 목을 찌르지 않고 황씨가 찔렀다.'라고 하였다. 금씨가 소생하여 이를 듣고 말하기를 "내가 죽으면 이 무고를 변명할 사람이 없게 된다." 하고 마침내 다시는 죽을 생각을 하지 않고서 손가락을 찍어 피를 내어 글씨를 써서 원정原情(원통한 일이나 딱한 사정을 관부에 호소하는 문서)을 올린 것이 다섯 차례였으나, 안동부사는 이석과 도둑을 편들었다. 이에 영주·순흥·풍기, 세 읍의 뜻있는 선비들이 모두 안동에 글을 띄워 이석의 죄를 다스려 줄 것을 청하였으나 안동부사는 꿈쩍도 하지 않았다. 이에 감사에게 사건을 청송으로 옮겨 치송해 줄 것을 청하였으니, 청송군수는 반드시 자기들과 다를 수 없다고 생각했기 때문이다. 碩意琴氏必不甦 誣言琴非自刎黃刺之 琴氏甦而聞之 乃曰 我死 無人辨此誣 遂不復爲死計 斫指出血 寫呈原情者五 而花伯右袒碩賊 於是 榮順豊三邑人士 皆飛文花山 請治碩罪 花伯不爲動 請於監司移訟靑松 以松倅必不能異於己也

금씨가 "무고를 입고 욕을 당했으니 곧바로 밝히지 않는다면 어찌 상례常禮를 그대로 지킬 수 있는가?"라고 생각하고는 장차 몸소 재판장에 나아가 폭로하고자 가마를 타고 빠르게 길을 나섰다. 친족들이 모두 모여 이별해 보내주면서 눈물을 흘리지 않는 이가 없었다. 금씨는 태연히 동요하는 기색이 없이 말하기를 "죽는 것이 본래 어려운 것이 아니라 제대로 죽는 것이 어려운

것이다." 하고는 마침내 청송에 이르러 세 번 혈서를 올렸다. 琴氏以爲橫罹誣
辱 不卽伸白 豈可膠守常禮 將欲躬曝訟庭 輿疾就道 族人咸聚送訣 莫不泣下 琴氏
夷然不變曰 死固非難 而成死爲難 遂到靑松 三呈血書

　　청송군수가 비록 그의 억울함을 알고 있었으나 안동부사에게 매수되어
있어 도리어 황씨들이 수령을 무고했다는 이유로 여러 황생을 잡아서 안동
부로 압송하여 가두었다. 금씨가 즉시 귀경한 감사에게 사유를 적은 글을 올
리니, 봉화로 이관하게 하였다. 봉화의 원은 자세히 실상을 조사하여 사실대
로 보고하자 비로소 이석에게 한 차례 형벌을 가하니 금씨가 감읍하여 혈서
를 써서 고맙게 여겼다. 그 말이 간곡하고 측은하여 사람들로 하여금 분개하
고 탄식하며 눈물짓게 하였다. 松倅雖知其寃 而拘於花伯 反以諸黃誣土主 捉黃
生數人 送花府囚之 卽呈由歸京監司 又移鳳城 鳳倅詳覈得情 據實直報 始刑碩一次
琴氏感泣 寫血書以謝之 其辭懇惻 令人有扼腕歎息流涕者

　　감사가 감히 안동부사의 뜻을 어기지 못하여 즉시 이석을 안동부 옥으
로 옮기게 하였다. 금씨는 또 혈서로 감영에 올렸으나 안동부사에게 저지당
하였다. 금씨가 탄식하여 말하기를 "내가 죽기로 이미 결정하였으나, 원수가
죽는 것을 보고서 죽으려 했더니만 이제 일이 틀려버렸으니, 길에서 애쓰기
보다는 차라리 관아 뜰에서 죽어 나의 마음을 밝히는 편이 낫겠다." 하고는
관문에 들어가려 하였으나 막는 바람에 들어갈 수가 없었다. 때마침 안동부
사가 호숫가로 놀러 나왔기에 가마 앞에서 복검伏劍(칼 위에 엎어져서 배를 찔러 죽
음)하려 했으나 부사는 가마를 돌려 뒤도 돌아보지 않고 달아났다. 監司不敢
違花伯意 卽移碩花獄 琴氏又血書上營 而爲花伯所遏 琴氏歎曰 吾死已決 而欲見讐
死而死 今其已矣 與其奔走道路 寧死於官庭以明吾心 欲入官門 而牢拒不納 適府伯
出遊湖上 乃伏釖轎前 府伯驅轎不顧而走

그 다음날 주관主館에서 다시 목을 맸지만 곁에 있던 사람이 또 풀어주었다. 어느 날 밤 몰래 밖으로 나와 강에 이르러 물속으로 투신하였다. 얼마를 부침하다가 물결에 떠밀려 몸이 강가로 밀쳐졌다. 이렇게 하기를 세 번이나 하였다. 이에 이석의 무리가 "금씨가 도망갔다!" 하고 고하니 부사가 이에 말하기를 "금씨가 밤에 달아났으니 이석이 금씨가 나쁜 짓을 했다고 한 말이 거짓이 아니었다." 하고 저자에서 황생을 매질하고 고을 사람들에게 "감히 이 아낙을 집에 들이는 자가 있으면 죄를 주겠다." 하고는 관졸로 하여금 성문 밖으로 쫓아내게 하였다. 금씨가 스스로 "관아도 이석의 편이라서 관아에서도 마음대로 죽지 못하니, 돌아가 이석의 집에서 죽는 것이 낫겠다."라고 생각하고는 이에 곧장 돌아가 이석의 집 앞에서 자결하였다. 잠시 뒤에 다시 살아나자 다시금 목을 매어 죽으니, 금상(정조) 21년 정사년(1797) 2월 13일이었다. 厥明 復縊項主館 而傍人又解之 一夜潛出赴江 投身水中 浮下未幾 水輒簸出岸邊 如是者三 於是 碩之黨 告琴逃去 花伯乃曰 琴夜奔 碩言琴失行 果不誣也 撻黃生于市 令府中曰 敢有舍此婦人者 罪之 使官卒 逐出城門 琴氏自思曰 官亦碩也 旣不得死於官 不若歸死碩家 乃歸 自刎於碩家前 俄又得甦 乃縊而絶 卽上之二十一年丁巳 二月十三日也

바야흐로 죽기로 결심하고서 글을 써서 남편의 여러 친족들에게 이별을 고하고는 자신의 원한을 잊지 말며, 남편의 후사를 끊어지지 않게 해달라고 부탁하였다. 또 여러 금씨들에게 글을 남기기를 "제가 우리 아버지를 위해 후사를 세울 계획으로 따로 약간의 재산을 모아두었는데 모두 제가 베를 짜서 마련한 것이니, 원컨대 여러분들은 제가 이미 죽었다고 생각하지 마시고, 아버지의 후사를 세워 조상들을 위해 제사지내 주소서! 그러면 비록 제가 죽더라도 눈을 감을 수 있을 것 같아요."라고 하였다.

두 통의 편지가 모두 손가락의 피를 내어 썼던 것이다. 손가락의 피가 마르면 허벅지를 찔러서 피를 내어 글씨를 썼다. 이 편지를 본 사람들은 눈물을 흘리면서 차마 읽지 못하였다.

부백이 그가 죽었다는 것을 듣고서도 일부러 지연하여 며칠이 지나서야 비로소 감영에 보고하였다. 이때 감사가 체직되어 돌아가고 새로운 부백이 서울에 머물러 있었다. 이미 그 일을 듣고 부백을 문책하여 여러 죄수들을 청송으로 옮기고 다시 봉화 수령으로 하여금 일의 연유를 낱낱이 조사토록 하였다. 봉화 수령은 이미 금씨의 원한을 알고 있었기에 곧 그 일을 갖추어서 감영에 보고하였다. 감사가 마침내 이석을 감영 옥에 가두어 국문鞠問하고서 장계를 조정에 아뢰었다. 주상이 탄식해 마지않으면서 금씨에게 정려를 내리도록 명하셨고, 안동부사를 파직하여 내쫓으셨으며, 다시 감사에게 흉악한 이석을 엄중히 신문訊問하여 극형으로 다스려 금씨의 원한을 씻을 수 있도록 명하였다.

군자가 말한다. 금씨는 절개에 치우친 사람이 아니다. 젊은 나이에 과부가 되었으니 무슨 마음으로 살아가겠으며, 남편은 죽고 시부모가 계시니 그들을 위해 베를 짜서 봉양하였다. 친정아버지가 돌아가시고 후사가 없으니 아버지를 위해 별도로 재산을 모아서 뒤를 이을 것을 도모하였다. 며느리가 되어서 딸이 되어서 모두 그 효를 다하였으니 어질도다!

立別儲 以圖繼後 爲婦爲女 皆盡其孝 賢矣哉

    비록 흉악한 도적의 변괴를 당했지만 감사가 송사를 나쁘게 하는 것을 돕지 않았다면, 금씨는 장차 원수를 죽이고 원한을 갚기 전에는 죽지 않았을 것이다. 아아! 슬프도다. 하늘이 의로운 열부를 낳고 다시 그 운명을 궁하게 하였으며, 그녀의 뜻을 꺾고는 반드시 의열을 표창하고 드러내어 후인들이 귀감을 삼도록 하였도다. 아! 죽은 한 부인이 천만 인의 많은 사람들을 권장케 하였으니 하늘을 안다고 할 수도 없고, 또한 하늘을 모른다고도 할 수 없는 것이다. 흉적 이석은 많은 죄악을 쌓았기에, 죽이지 않고서는 용납하지 못할 사람이었는데도 사람들은 감히 어찌하지 못하였다. 만약 금씨가 살아서 섬기지 않았다면, 금씨의 집안은 반드시 장차 의롭지 않은 부를 편안히 누렸을 것이니, 악한 짓을 한 자를 어찌 징벌하였겠는가? 이는 필경 의열義烈에 저촉되어 그 평생의 죄악이 다 드러나도록 하여 후세에 악한 짓을 하는 자들을 경계함이다. 아아! 이는 그들로 하여금 그런 행동을 하도록 한 것과 같은 것이니 누가 천도를 모른다고 할 것인가! 雖遭凶賊之變 而不遇司訟之助惡 琴氏之死 將不在殺讐雪冤之前 嗚呼悲夫 天旣生義烈 而又復窮其命 拂其志 必使彰著其義烈 以爲後人之所觀感 噫 死一婦 以勵千萬人茫茫者 天不可謂有知 亦不可謂無知也 賊碩罪多惡積 不容不死 而人莫敢誰何 若不生事 琴氏家 必將安享其不義之富 爲惡者 何所懲也 畢竟觸犯義烈 彰盡其平生罪惡 爲後世爲惡者戒 嗚呼 是若有使之爲之者矣 孰謂天道之無知哉

5

김열녀전

대저 여자가 남편을 섬기고 신하가 임금을 섬김에 오로지 명분에 따라 목숨을 바치는 것이 옛날의 의리였다. 그러나 괴이하게도 세상에 임금을 섬기는 자들은 임금이 살아 있을 적엔 녹을 받아먹으면서 부귀를 누리다가, 임금이 죽으면 임금의 은택을 잊고 배반한다. 그리고 오직 이익만을 좇는 자가 온통 모두 이러하다. 이와 같은 자가 어찌 어려움에 임해 절개를 지킬 수 있으며, 위험한 것을 보고서 목숨을 바치겠는가? 여자는 그렇지 않아 남편이 죽은 애통함을 참지 못해서 자신을 죽여 그를 따라 죽는 사람들이 연이어 나오고 있다. 아! 사대부로 자칭하는 자들이 어찌 여자들에게만 부끄럽지 않겠는가? 어찌 하늘이 열기烈氣를 유독 여자에게만 강하게 부여하고 이른바 사대부들에겐 주지 않았는가? 내가 열녀의 일에 대해서 들을 때마다 번번이 전을 지은 것은 장차 천하의 신하 된 자가 그 임금의 은혜를 잊고 사는 것을 부끄럽게 하고자 함이다. 전은 모두 네 편이다. 첫 편은 세 명이고, 두 번째 편은 두 명, 세 번째·네 번째 편은 각각 한 명이다. 金烈女傳: 夫女事夫 臣事君 惟其所在 則致死焉 古之義也 竊怪 夫世之事君者 君在 而食祿致貴富 君沒 忘恩背澤 惟其利之是從者滔滔 皆是也 若是者 其焉能臨難而守節 見危而授命哉 女子則不然 不忍夫死之痛 而殺其身 以殉之者 相繼也 噫 名以士大夫者 獨不愧於女子乎 豈天之

鐘烈氣獨於女子 而不於其所謂士大夫哉 余於烈女事有聞 輒爲之傳 將以愧天下之
爲人臣忘其君者 傳凡四篇 初篇三人 二篇二人 三篇四篇 各一人

　　김열녀는 안동 사람으로, 아버지는 상설相卨인데 망와공忘窩公[1]의 6세손
이다. 열녀는 태어나면서부터 자질이 아름다웠다. 온순하고 청결하여 시집
도 가기 전에 명망이 있었다. 일찍이 동기同氣[2]가 요절한 것 때문에 애통해 하
다가 거의 실명失明에까지 이르렀다. 정조 을묘년(1795)에 구성龜城(경북 영주)
의 권씨 집에 시집갔다. 시아버지는 약채若采이고 남편은 형재衡在이다. 시집
간 뒤로 남편이 병에 걸려 5년이 지나도록 낫지 않았다. 병이 장차 위급해지
자 글을 써서 부모에게 아뢰기를 "남편의 병은 아마 일어날 수 없을 듯합니
다. 내 이미 남편을 따라 죽을 것을 결심하였으니 원컨대 부모님들은 저를
괘념치 마소서."라고 하였다. 金烈女者 花山人 父相卨 卽忘窩公六世孫也 烈女
生而質美 溫順淸潔 著於未笄時 嘗因同氣夭折 哀痛幾失明 正宗乙卯 嫁于龜城之權
氏家 舅曰若采 夫曰衡在 嫁而夫病 越五歲不瘳 疾將危 以書告父母曰 夫病殆不可
起 吾已決志殉夫 願父母無以吾爲念

　　얼마 안 돼서 과연 남편이 죽었다. 곡을 하고 슬피 우는 것이 남들과 크
게 차이가 없었다. 손수 염을 하는 의복을 만들어 그 정결함을 다하였다. 염
을 마치고는 빈소로 나아갔다. 빈소로 들어가서는 슬픔을 다해 곡을 하였다.
집안사람들은 그가 이미 죽음을 결심한 것을 깨닫지 못하고, 그녀의 곡소리
를 듣고 청상과부는 예사로 이와 같이 한다고 생각하였다. 곡이 그쳤는데도
오랫동안 나오지 않자 비로소 들어가 보니 이미 자결하여 구할 수가 없었다.

1　忘窩公: 金榮祖(1577~1648)의 호이다. 김영조의 본관은 豊山, 자는 孝仲이다. 할아버지는 司議
　　金農이고, 아버지는 산음현감을 지낸 金大賢이며, 어머니는 전주이씨이다. 부인은 학봉 金誠一의
　　딸이다. 김대현의 8형제 중 5명이 문과에 급제하자 인조가 '八蓮五桂之美'라 크게 칭찬하고, 마을
　　이름을 五美洞이라 하였다. 그중 가장 먼저 관직에 진출하였다.
2　同氣: 형제자매를 말한다.

결국 부부를 한 무덤에 같이 묻었다. 未幾夫果死 哭泣悲哀 不甚異於人 手縫殮
衣服 極致其精潔 殮畢就殯 入殯哭盡哀 家人不覺其志已決死 聞其哭 以爲孀婦例若
是也 哭止而久不出 始入而視之 已自決 不可救矣 遂夫婦同穴以窆

아아! 남편이 병이 들자 남편을 따라 죽을 것을 결심하였고, 남편이 죽
자 손수 염에 필요한 물품을 만들었으며, 염을 마치고 슬픔을 다해 곡한 뒤
죽었다. 그녀의 뜻은 견고하였고, 그녀의 죽음은 조용하였다. 이는 창졸 간
에 갑작스럽게 슬픔을 참지 못하고 죽는 것과는 다르다. 嗚呼 夫病而志決殉
死 夫歿而手製殮具 旣殮而盡哀哭以死 其志堅固 其死從容 是與不忍於倉卒急遽間
者 異矣

아아! 의열하도다. 내가 여자가 순절하여 죽은 것을 보니, 뜻이 강과剛果
하고 경조輕躁한 자질에 있지 않고 대부분 온유하고 침정沈靜한 행실에 있었
다. 대개 그 여자의 뜻은 정해져 있었고 마음은 한결같아 조용히 의리를 따
랐으니, 강과하고 경조한 자가 할 수 있는 바가 아니며, 반드시 모름지기 온
유해서 들뜨지 않고 침정沈靜해서 흔들리지 않은 연후에야 바야흐로 대절을
얻을 수가 있었다. 자고로 충신이나 의사들도 또한 진실로 이와 같았으니,
이 어찌 하루아침 하루저녁에 격앙해서 이렇게 한 자이겠는가? 嗚呼 其烈矣
夫余見女子殉節死者 不在於剛果輕躁之質 而多在於溫柔沈靜之行 蓋其志定心一
從容循義 非剛躁者所能 而必須溫柔而不浮 沈靜而不撓 然後方可以辦得大節 自古
忠臣義士 亦固如是此 豈激昂於一朝一夕之頃而爲之者哉

열녀는 한 남자아이를 낳았지만 어미가 죽자 얼마 되지 않아 죽었다. 슬
프도다! 충신열녀는 대부분 자신이 죽으면 대가 결국 끊어졌으니 이 무슨 하
늘의 이치가 이렇단 말인가? 내가 전을 지은 7인은 모두가 아들이 없으니, 슬
프도다! 烈女生一男子 母死未久而殀 悲夫 忠臣烈女例 多身歿而嗣遂絶 是何天理
也 吾所傳七人者 皆無子 悲夫

행당동자와 김씨 낭자[1]

행당동자는 화산(안동) 사람이다. 김씨이며 본관은 순천順天으로 대성大姓이다. 이름은 경림景霖이고 자는 택세澤世이며, 행당杏堂은 그의 호이다. 동자가 나이 7세에 스스로 이름을 짓고 스스로 호를 지었다고 한다. 아버지 필형弼衡은 자字가 극부克夫이며, 어머니는 김씨로 본관은 광산光山이다. 영조 경진년(1760) 초여름(4월) 16일에 태어났다. 杏堂童子傳 娘子附: 杏堂童子者 花山人 金氏 本順天大姓也 名景霖 字澤世 杏堂其號 童子七歲 自名而自號云 父弼衡 字克夫 母金氏 籍光山 以英王庚辰孟夏既望生

동자가 막 만삭이 되었을 때 동자의 어머니가 밤에 어떤 노인이 아홉 마디의 창포菖蒲를 주는 꿈을 꾸었는데, 바로 그날 동자가 태어났다. 우렁찬 울음소리가 보통 아이들과 달랐다. 이름을 '도길都吉'이라 하였다. 이보다 두 해 앞서 동자의 누이인 한 낭자가 태어났는데 이름을 '자념子念'이라 하였다. 겨

우 젖을 뗐을 무렵 작은할아버지(叔祖)의 병환이 위독하였다.

작은할아버지는 동자 아버지의 생부生父이다. 낭자는 죽을 가지고 와서 작은 할아버지께 권하되 반드시 드신 뒤에야 그만두었으며, 곁을 떠나지 않고 지키면서 얼굴에 근심스러운 기색이 역력하였다. 작은할아버지가 말했다. "이 아이는 반드시 효녀가 될 것이다."

작은할아버지가 돌아가시자 낭자는 목놓아 울었다. 장사를 막 치르고 난 때였는데, 동생인 동자가 태어났다. 낭자가 탄식하며 말했다. "우리 할아버지께서 동생을 보지 못하고 돌아가신 것이 한스럽다." 童子方彌月 夜夢有 老人贈九節菖蒲 其日生 喤喤而呱 異於凡兒 錫名曰都吉 先是二年 童子姊娘子生 名子念 纔免懷 叔祖寢疾篤 叔祖其父之生父也 娘子持粥 勸叔祖 必進乃已 不離側 憂形於色 叔祖曰 此兒必孝矣 及喪常號哭 旣葬而童弟生 歎曰 吾祖不及見吾弟 可 恨也

몇 달이 지나자 동자는 총명하여 사물을 분별하는 능력이 있었다. 달밤에 어머니가 동자에게 젖을 물리고 마루에 앉아 있었는데, 갑자기 동자가 자지러지는 소리로 울어댔다. 너무 이상해서 살펴보니 문 밖에 커다란 뱀이 막 방으로 들어오고 있었다. 뱀을 몰아 밖으로 쫓아내자 바로 동자가 울음을 그쳤다.

동자의 머리를 북쪽으로 향하게 하여 눕혀 본 적이 있는데, 그럴 때면 반드시 몸을 동쪽으로 돌렸다. 머리를 서쪽으로 향해 눕힐 때도 역시 몸을 동쪽으로 돌렸다. 여러 차례 시험해 보았으나 모두 동쪽으로 향하였다. 이에 눕힐 때 반드시 머리를 동쪽으로 향하게 하자 다시는 몸을 돌리지 않았다. 旣數月 童子岐嶷有知覺 月夜抱乳在堂 忽疾聲啼 怪而視之 戶外有大蛇方入室 驅而 逐之 乃止啼 嘗北首而臥之 必轉身東之 或西首 亦轉而東 屢試皆然 於是臥必東其 首 不復轉

일곱 달 만에 걸을 줄 알았고, 말하기 시작하자 통하지 못하는 것이 없었다. 책을 가지고서 글자를 물을 때 한 번 듣고 바로 알고 한 번 보면 잊는 일이 없었다.

할머니 무릎 위에 있을 적에 하늘을 가리키면서 "위대하지요. 감싸고 있지 않은 것이 없으니까요."라고 하였으며 밤에 별과 달을 보고 웃으면서 말하기를 "하늘은 밤에도 일을 하네요." 하였다. 할머니가 말하기를 "별과 달은 저절로 나왔는데, 하늘이 무슨 일을 한단 말이냐?" 하자 웃으면서 말하기를 "해와 달 그리고 별은 모두 하늘에 걸려 있어 해는 낮에 빛을 내고 달과 별은 밤에 빛을 내니 어찌 하늘이 아무 일도 하지 않는다고 할 수 있겠습니까?" 하였다. 七朔能步學 方言無不通 携書問字 一聞輒解 一覽便不忘 在大母膝 指天而言曰 大哉 無不包也 夜觀星月 笑曰 天夜亦有爲 母曰 星月自出 天何爲哉 笑曰 日月星辰 皆麗于天 日明于晝 月星明于夜 何謂天無爲也

할머니가 장난삼아 말하기를 "네 아비는 네가 내 무릎에서 떨어지지 않는다고 하여 너를 사랑하지 않는단다. 내 장차 네 아비를 매질해야겠다."라고 하자, 곧 얼굴을 찌푸리며 말했다. "아버지가 만약 할머니를 사랑하지 않는다면 할머니가 아버지를 매질해도 좋습니다. 그렇지만 제가 아버지를 대신해서 맞도록 해 주십시오. 만약 아버지께서 저를 사랑하지 않는다는 이유로 아버지를 때리시겠다면, 애당초 저를 낳지 않은 것만 못합니다." 이때부터 할머니가 무릎에 끌어 앉히려 하면 "아버지가 매 맞을까 두려워요." 하면서 달아났다. 大母戱之曰 汝父 以汝不離吾膝 不汝愛也 吾將撻汝父 便蹙然曰 父若不愛大母 大母可撻之 猶當以吾代之 若不愛我而撻我父 不如初不生我 自是 大母欲抱膝 則走曰 恐笞及父

동자는 이마가 넓고 뺨이 도톰했으며 눈동자는 또렷하고 입술은 붉었다. 얼굴이 곱상하게 잘생기고 인식능력이 매우 뛰어났다. 할머니가 말했다.

"이 애는 보통애가 아니다. 이름을 성창_{聖昌}으로 바꾸는 게 좋겠구먼." 어머니가 말했다. "재능과 학식이 뛰어나기를 원치 않습니다. 그저 오래 살기만 바라오니 팔백_{八百}으로 고쳐 부르면 어떻겠습니까?" 할머니가 웃으며 말했다. "사람이 어찌 팔백 년 동안이나 죽지 않는단 말이냐?" 그 뒤로 어머니가 '팔백'이라고 부르면 대답하지 않다가 '팔_八' 자는 빼고 '백_百'이라 부르면 그제야 비로소 응답을 했다. 아버지가 말했다. "'백'이라 불러야 답한 것은 무엇 때문이냐?" 동자가 대답했다. "어머니가 반드시 '백'이란 이름을 부르고 싶어 하십니다. 어머니의 뜻을 끝까지 어겨서는 안 된다고 생각했기 때문입니다."

童子廣顙而豊頰 目盼而唇丹 容色秀麗 識悟通敏 大母曰 此非凡兒 可改名聖昌 母曰 不願才學 但願壽 請改喚八百 笑曰 人豈八百年不死 其後 母呼以八百 不應 乃去八呼百 始應之 父曰 呼百而應 何也 對曰 母必欲以百名 母意不可終違

날마다 아침 일찍 일어나 아버지에게 문안을 드렸는데, 벽 사이에 써서 걸어둔 〈경재잠_{敬齋箴}〉을 보고서 '가로 왈_曰' 자를 가리켜 묻기를 "풀이가 '(밀기울)가루_麩'와 같으니 '국수_麪'를 만드는 재료입니까?" 하였다. 또 '구_口' 자에 대해 묻고서 "정말로 입 모양을 닮았군요." 했다. 다음날 다시 '왈_曰' 자에 대해 물었다. "제가 어제 '국수_麪' 만드는 재료라고 대답했을 때 비웃으신 까닭은 무엇입니까?" 아버지가 말했다. '가로 왈_曰' 자의 뜻이 '이를 위_謂' 자의 뜻과 같기 때문이니라." 동자가 기뻐하며 말했다. "입속에 혀가 있어 '왈_曰'이라 했군요." '성_城' 자에 대해서 물었다. "'성'의 뜻이 '고개_嶺'라고 하셨는데, 어째서 산이 없습니까?" 아버지가 말했다. "비록 고개라고 말했지만 사실은 담장_墻이니라." 동자가 마침내 창을 열더니 담을 바라보면서 말했다. "'성' 자가 흙으로 이루어졌기 때문이군요." 동자는 '열_熱' 자는 불을 잡고 있기 때문에 뜨거운 것이고, '의_意' 자는 마음을 세웠기 때문에 뜻 '의' 자가 된다고 하였다. 이어서 한 글자 한 글자 물었는데, 물을 때마다 반드시 그 뜻까지 철저히 따졌다.

日早起省父 見壁間書揭敬齋箴 指曰字而問 釋與麩同 作麪者耶 又詢

  매번 여러 아이들이 글 배우고 있을 때면 곁에 앉아서 가만히 듣다가
"글도 말인데 배우는 데 무슨 어려움이 있겠는가?" 하였고 어떤 때는 뛸 듯이
기뻐하면서 "옛 사람이여! 옛 사람이여!"라고 소리쳤다. 늘 몽당붓을 가지고
글자를 썼다. 아무리 획수가 많은 글자라도 모양에 따라 완성하지 않음이 없
었고, 글자를 쓰지 못하도록 금하여 붓을 놓게 하면 반드시 배우기를 청하였
으며, 가르쳐 주지 않으면 젖을 물리치면서 빨지 않으니 비록 가르치지 않으
려 해도 그렇게 할 수가 없었다.

  어머니가 아버지에게 동자에게 더 이상 글공부를 시키지 말라고 청했
다. 그러자 동자가 말했다. "자식을 낳아 가르치지 않는다면 길러서 무엇 하
겠습니까?" 어머니가 말했다. "나는 젖먹이가 글공부한다는 말은 듣지를 못
했느니라." 동자가 말했다. "제가 듣기로는 한 살 된 애가 글을 읽을 줄 알았
고, 옛 사람은 태어나면서 스스로 그 이름을 말하는 이도 있었다고 합니다.
저는 태어나 이제 곧 돌이 돌아오는데도 오히려 배울 수 없단 말입니까?" 어
머니가 말했다. "성인은 태어나면서부터 신령스럽기 때문에 스스로 그 이름
을 말하였지만 너 같은 평범한 아이는 몇 년을 기다려야 배울 수가 있느니
라." 동자가 말했다. "어머니께서는 태어나면서 신령스러운 이는 반드시 글
자를 알 수 있다는 사실을 잘 알고 계십니다." 그러고는 글자를 집어내어 배
우기를 청하였다. 어머니가 말했다. "내가 아는 것은 고작 이것뿐이다." 동자
가 웃으면서 말하기를 "제가 한번 아버지께 배운 것을 물으니 어머니께선 모

두 다 알고 계셨습니다. 아는 것이 어찌 여기에 그칠 뿐이겠습니까?" 하고는 굳게 청해 마지않았다. 어머니가 비로소 글을 보더니 마치 희미해서 기억나지 않는 척하다가 곧 책을 덮어버렸다. 동자가 탄식하며 말하기를 "제가 아는 것을 물었을 땐 어머니께서 모르는 것이 없었는데, 제가 모르는 것을 묻자 어머니께서는 모르는 척하셨습니다. 이는 자식과 어미가 서로 속이는 것입니다. 자식의 죄가 큽니다." 하고는 눈물을 흘렸다. 이에 어머니가 크게 놀라서 따뜻한 말씨로 타일렀다. "어려서 많이 배우면 커서는 반드시 책을 싫어하게 마련이란다. 또 재주가 많은 사람은 오래 살지 못해요. 이 때문에 너를 더 이상 가르치지 않으려는 것이란다." 동자가 대답했다. "그렇게 단단한 돌도 오히려 무너지고 깨질 때가 있습니다. 돌이 재주가 많고 많이 배워서 그렇게 된 것입니까?" 그리하여 하루에 넉 자씩 배우기로 약속하였다. 넉 자의 의미에 대해서 제대로 설명할 수 없을 때는 반드시 더 배우기를 청하여 글의 조리를 완전히 이해하고 나서야 그만두었다. 母請父勿敎字 卽曰 生子不敎 何育之爲 母曰 吾未聞乳而學者 曰 吾聞眘兒受讀 古人有生而自言其名者 吾生將周歲 尙不能學耶 母曰 聖人生而神靈 故自言其名 汝凡兒 可待年而學 曰 母能知生而神靈必識字 逐拈字請學 母曰 吾所知只此 笑曰 吾試以受於父者 問之 母皆能曉 所知何止此 固請不已 母始臨文 佯若依微不能記者 便掩卷 晞曰 試吾所學 母無不知 問吾不知 佯言不知 是子母相詒也 子罪大矣 因垂淚 母大驚 溫諭曰 幼而多學 長必厭書 且多才者 多不壽 是以 不汝敎也 對曰 至頑者石 尙有崩缺 石亦才學而然乎 逐約以一日四字 四字若未成說 則必請益要成文理而止

돌 잔칫날 상 위에 여러 가지 물건을 죽 늘어놓았다. 그러자 여자 무당이 들어왔다. 동자가 무당에게 무슨 일로 왔느냐고 물었다. 무당이 동자의 장수를 축원하러 왔다고 하자 동자가 성을 내며 말했다. "무당이 어찌 사람의 목숨을 늘리고 줄일 수 있단 말인가? 시루떡을 마련해 놓았으니 먼저 할아버지 빈소에 바쳐야겠다." 하고는 사람을 시켜 떡을 잘라 빈차殯次에 보내도록 하였다. 빈차에서 잠시 제수를 차려 올리느라 시간이 흘렀어도 여전히 축원기도를 허락하지 않다가 올렸던 제수가 되돌아오자 곧장 밖으로 나가버렸다. 아버지가 "어째서 떡을 먹지 않고 나가는가?" 하니 "무당의 말은 요망妖亡하여 듣고 싶지 않습니다."라고 했다. 아버지가 말하기를 "어째서 내쫓지 않느냐?" 하니 "할머니와 어머니께서 반드시 축원기도 올리기를 원하시니 거역할 수도 없습니다."라고 했다. 여자 무당의 축원기도가 끝나고 나서 그를 부르자, 결국 아버지께 함께 들어갈 것을 청하였다. 晬日 諸物排盤 而女巫入來 問巫何來 巫言將以祝壽 怒曰 巫何能使人壽長短 旣有甑餅 可奠祖殯 使割餅送殯次 殯次差間 奠饋 移時 尙不許禱 及奠返 卽出外 父曰 何不食餻而出 曰 巫言妖妄 不欲聽之 曰 何不逐之 曰 大母母必欲禱之 不可逆也 旣禱呼之 遂請父偕入

상 위에 『정절집靖節集』[2]이 있는 것을 보고는 말했다. "정절 선생은 어떠한 사람입니까?" 대략 그 사람됨에 대해 설명해주자 동자가 말했다. "저는 성인에 대해 배우고 싶은데, 어찌하여 아무개 애가 읽는 〈향당편鄕黨篇〉을 가르쳐주지 않습니까? 하지만 이 책(정절집)이 있으니 이것을 배우고 싶습니다." 그리하여 〈사시음四時吟〉[3]을 가르쳐 주니, 동자가 곧바로 붓을 뽑아 종이에 썼다. "오늘 부모님이 배우는 것을 허락하셨다. 만약 날마다 생일이라면 더 많이 배울 수 있을 텐데." 床有靖節集 問曰 先生何如人 略言其爲人 曰 吾願學聖人 何不以某兒所讀鄕黨篇授之 然旣有此冊 願學焉 乃教以四時吟 卽抽筆書紙曰 今日父母許學 若日日爲生日 則可多學也

다음날 아침 일찍 일어나 배우기를 청하자 아버지는 아들이 너무 영특한 것을 걱정하여 잠시 아이의 재주를 숨겨두려 정색을 하고 말했다. "나는 책을 불살라 버리고 바다에 들어가려 한다." 동자가 놀라 무엇 때문에 그리하시는지를 물었다. 아버지가 말했다. "너는 아직 엄마 품도 벗어나지 못했

---

2   『靖節集』: 晉나라 陶潛의 문집.
3   四時吟: 진나라 도잠의 시편.

는데 배우기를 청하니 좋은 징조가 아니다." 동자가 말했다. "어머니도 제가 배우는 것을 싫어하시고, 아버지 말씀도 또한 이와 같으니, 저는 나무꾼이나 되어야겠습니다!" 그리고 들어가서 어머니께 고했다. "저는 진시황제가 시서 詩書를 불태웠다는 말을 듣고서, 마음속으로 이 사람은 성인의 죄인이라 여겼습니다. 그런데 뜻밖에 아버지께서 또한 저리 말씀하십니다. 게다가 할머니께서 살아 계시는데도 아버지께서 바다로 들어가시겠다고 하시니, 제 마음이 오싹해 져옵니다. 앞으로 다시는 배우기를 청하지 않겠습니다." 翌朝 早起請學 父憂其太穎悟 姑欲韜晦其才 作色曰 吾欲焚書而入于海 驚問何爲而然也 父曰 汝未免懷而請學 非吉祥也 曰 母旣憎我學 父言又如是 吾其爲樵夫乎 入語母曰 吾聞秦始皇焚詩書 心以爲此聖人之罪人 不意吾父亦云 況有大母 而父云入海 吾心尙懍然 自此不復請學

그러나 산악山岳, 하해河海, 조수鳥獸, 곤충昆蟲, 초목草木, 화과花果의 이름 같은 것은 사물을 만날 때마다 따져 물었다. 심지어 하늘은 무엇 때문에 높고 땅은 무엇 때문에 낮으며, 산은 무엇 때문에 높고 바다는 무엇 때문에 깊으며, 바람·구름·서리·이슬이 어떻게 생기고 비·눈·천둥·우레가 어떻게 만들어지는가? 새는 어째서 날개가 둘이며 짐승은 어째서 발이 넷인지에 이르기까지, 눈에 보이고 마음에 느껴지는 모든 것들에 대해 반드시 그 사실을 들어서 그 이치를 따져 묻지 않은 적이 없었다. 알고 있는 것은 깨우쳐 주지만 모르는 것을 모른다고 대답하면 곧바로 탄식하면서 말했다. "만일 제가 시렁 위에 있는 책을 모조리 읽었다면, 어찌 이 같은 질문을 하겠습니까?" 而如山岳河海鳥獸昆蟲草木花果之名 逐物詰問 乃至天何以高 地何以卑 山何以崇 海何以深 何以風雲霜露 何以雨雪雹霰 鳥何以兩翼 獸何以四足 凡諸觸於目而感於心者 無不擧其事詰其理 於其所可知者 曉解之 所不知者 則答以不知 乃歎曰 使我讀盡架上書 豈有此問也

이 해에 낭자의 나이 네 살이었다. 제사를 위한 모든 음식은 먹으려 하지 않았을 뿐 아니라 주어도 머뭇거리며 받지 않았다. 맛있는 음식이 있으면 반드시 할머니와 어머니께 드렸는데 맛있다고 하시면 기뻐하였다. 제철 과일을 얻으면 서너 개를 골라서 아버지께 한번 맛보시도록 권했는데, 받아주지 않으면 고개 숙인 채 서성거리다 손에서 과일이 떨어지는 것도 몰랐다. 밥 먹을 때는 부모보다 먼저 먹지 않았고, 부모가 드시지 않으면 또한 먹지 않았으며, 부모가 고기반찬을 드시지 않으면 또한 고기를 먹지 않았다.

우연히 이웃집에 갔을 때 이웃집에서 감을 주었는데, 붉은 감도 있었고 푸른 감도 있었다. 낭자는 붉은 감은 남겨 둔 채 푸른 감만 먹었다. 이웃 사람이 붉은 감을 먹지 않는 까닭을 묻자 "저희 할머니를 위해 남겨두려 합니다." 하였다. 이웃 사람이 "비록 붉은 감일지라도 익지 않은 것을 어찌 노인이 먹을 수 있단 말이냐?" 하니 "저희 아버지 시렁 위에 놓아두면 며칠 뒤엔 반드시 익을 것입니다." 하였다. 是年娘子方四歲 凡食物之爲祭需者 不惟不欲食 雖與之 逡巡不受 物有可口者 必納于大母母口 得嘗則喜 得時果 擇持三四顆 勸父一嘗 不受 則低頭徊徨 不覺落自手中 朝夕不先父母食 父母不食 則亦不食 父母行素 亦不食肉 適往鄰家 饋之柿 或紅或靑 娘食舍紅 隣人問何不食紅 曰 將遺我大母 鄰人曰 雖紅不濃 豈老人食耶 曰 置吾父爪上 數日必濃矣

그 다음해 임오년(1762, 동자 나이 3세)에 숙조叔祖의 상을 마치자 동자는 어머니를 따라 빈소에 이르러 서서 눈물을 흘렸다. 돌아와서 할머니께 말하기를 "계부는 흰 의관을 입고, 아버지와 중부는 치포관을 입는 것은 무엇 때문입니까?" 하니 "옛 법도이니라."라고 대답했다. 동자가 말하기를 "그렇다면 출가한 여자도 부모상을 당하면 이렇게 해야 됩니까?" 하니 "그렇다."라고 대답하니 누나를 돌아보면서 "누나 알았지?"라고 하였다.

동자는 이때부터 아버지 곁에서만 밥을 먹었으며, 아버지가 드신 뒤에 먹었다. 기일忌日에는 평소 먹던 음식을 바꿔 먹으면서 한결같이 어른이 하는 행동을 따랐다. 제삿날에는 반드시 새벽에 일어나 다른 사람들에게 안기어 제물을 올리고 술을 땅에 부으며(薦祼) 일어나고 엎드리는(興俯) 제사의 절차를 지켜보았다. 翌年壬午 叔祖喪畢 童子隨母至殯 立而垂涕 歸語大母曰 季父着素衣冠 父與仲父 不變緦冠帶何 曰 古禮也 曰 然則 女子出嫁者 居父母喪 亦如是乎 曰 然 顧謂其姊曰 姊識之 童子自始食食於父傍 父食乃食 忌日變食 一從長者 祭之日 必晨起 抱于人 觀其薦祼興俯

이해 오월에 할머니를 따라 천연두를 피해 다른 집으로 갔다. 고모의 집에서 이질에 걸려 오래도록 낫지를 않아 스스로 걱정을 끼친다고 여겼다. 이에 할머니는 오염된 다른 집안에 남으면서 나에게 집으로 돌아갈 것을 간곡히 권하였다. 병세 또한 수그러들지 않았다. 이에 내가 말하기를 "할머니께서 저를 보내며 눈물을 흘리시면서 반드시 제가 조만간 심부름꾼에게 알릴 때는 병이 나아 밥도 잘 먹고 있음을 알려 줄 것이라 생각하시겠지요." 하였다. 是歲仲夏 隨大母避痘 姑母家病痢久不瘳 自以貽憂 大母 遺汚他家 固請歸家 病且不已 乃曰 大母送我而涕 必思我須日一伻告必告病愈能善飯

겨울이 되자 천연두를 앓기 시작했다. 부모들이 억지로 음식을 먹도록 하니 "저에게 고문을 가르쳐 주면 먹겠습니다." 하였다. 『주역』의 서문을 암송해 주자, 더욱 청함에 『시경』〈관저장關雎章〉을 암송해 주었다. 더욱 청하자 또 『서경』의 서문을 암송해 주었으며, 심지어 사서四書의 머리글을 암송해 주기에 이르렀다. 말하기를 "한 번 만 더 암송해 주세요!" 하였다. 거듭해서 암송해 주자 조용히 누워서 듣고만 있다가 갑자기 일어나서 위아래 옷을 입고 버선을 신고서, 책상다리를 한 채 꼿꼿하게 앉아 높은 소리로 낭랑하게 외우면서 "한번 고문을 외우면 마음속이 후련해집니다." 하고는 이내 밤낮으로 외웠다. 至冬始痘 父母强使食飲 曰 誨余古文則食 爲誦易首文 請益 誦關雎章 又請益 又誦書首章 乃至盡誦四書首章 曰 試再誦爲之 再誦 靜臥而聽 蹶起穿上下

　　낭자도 연이어 천연두에 걸리자, 동자가 곁에 있으면서 늘 고문을 외우면서 말하기를 "내가 들으니 천연두 귀신도 책을 좋아한대!" 하니 낭자가 말하기를 "네가 스스로 책을 좋아하는데 천연두 신이 어찌 알까?"라고 하자 동자가 웃으면서 "내가 이 책을 외우는 것은 누나를 위해 신에게 빌고자 함이야." 낭자가 말하기를 "그럼 손으로 빌어라." 동자가 다시 웃으면서 말하기를 "손으로 비는 것은 마음으로 비는 것만 못하지." 하였다. 낭자는 어머니가 목욕하고 귀신에게 비는 것을 보고는 "나의 어머니로 하여금 차가운 얼음 속에서 목욕하도록 하니 나는 반드시 신상神床을 타파하고 또한 음식을 먹지 않을 것입니다." 아버지가 말하기를 "먹지 않으면 죽게 되니 과연 효도인가?" 대답하여 말하기를 "제가 이런 말을 하는 것은 어머니로 하여금 다시는 찬물에 목욕하지 않도록 하기 위함입니다." 하였다. 及娘子繼染 在傍常誦曰 吾聞痘神好書 娘子曰 汝自好書 痘神何知 笑曰 我之誦此 爲姊禱神 娘子曰 以手禱 復笑曰 手祝不如心祝 娘子見母沐浴禱神曰 使我母沐浴氷雪中 吾必打破神床 且吾不食也 父曰 不食則死 果孝乎 對曰 我爲此言 欲使母不復浴

　　다음해 봄에 동자가 '독서능위인, 부독마우여讀書能爲人, 不讀馬牛如(글을 읽으면 능히 사람이 될 수 있고 읽지 않으면 소나 말같이 된다)'라고 열 자를 써서 아버지께 나아가자 아버지는 오히려 배움을 허락하지 않았다. 물러 나와서 누나에게 말하길 "부모님께서는 자식을 사랑하면서도 가르쳐주지 않으니 이것은 견마를 대하듯 나를 길러 주는 것이다." 하고는 날마다 왼손으로 글씨를 익혔다. 아버지가 말하기를 "오른손은 놔두고 왼손으로 하는 것은 무엇 때문이냐?" 대답하기를 "오른손에 만약 병이 나면 마땅히 왼손을 써야 합니다." 翌歲春 童子書讀書能爲人不讀馬牛如十字 以進父 父猶不許學 退語其姊曰 父母愛之 而不教 是犬馬畜我也 日習左手書 父曰 舍右而左 何也 曰 右手若病 當用左手

벽면에 매죽梅竹 병풍이 있어서, 날마다 항상 펼쳐서 감상하였다. 하루는 아버지가 밖에서 돌아오셨는데, 막 종이를 펼쳐 그림을 그리려다가 깜짝 놀라 일어나서 종이를 말면서 말하기를 "아깝다. 정신이 좀 흐트러졌네." 하자 아버지가 말하기를 "시험 삼아 그려보아라." 하자 다시 반나절을 완상하다가 웃으면서 말하기를 "이제 그릴 수 있습니다." 하고는 곧 자유자재로 붓을 휘둘러 매죽을 그리고는 유심히 바라보다가 "매죽에 기운이 모자라네." 하고는 곧 찢어버렸다. 이때 동자의 나이 네 살이고, 낭자는 여섯 살이었다.

매일 조석으로 낭자는 음식을 더 요구해 감추어 두었다가 방 안의 음식이 물러나오기를 기다렸다가 문득 어머니께 드렸다. 어머니가 말하기를 "조리한 음식도 대부분 늘 부족하거늘, 너는 어찌 진실하지 못하게 매번 이와 같이 하느냐?" 하니 대답하여 말하기를 "사람들은 모두 먹을 음식이 있는데 어머니만 이와 같으니 어머니만 굶으신 것입니다." 하고는 동자를 불러서 말하기를 "어머니께서 지금 식사를 하실 것이다." 하였다. 동생인 동자는 이미 누나가 밥을 감추어 둔 의도를 알아차리고는 남은 고기반찬을 얻어 책 속에 감추어 두고서 기다렸다가 곧바로 가져다 드렸다.

다음해 작은어머니가 부엌으로 들어오자 낭자는 기뻐하면서 말하기를 "작은어머님 오셨습니까? 저희 어머니께서 이제야 먹고 마실 수 있는 틈이 생기게 되었으니, 제가 어찌 어머니처럼 섬기지 않을 수 있겠습니까?" 하고는 그 어머니께 아뢰기를 "작은어머니는 부모가 없으니 어머니께서는 마땅히 작은어머니를 저처럼 사랑해주세요!" 하였다. 明年 季母入廚 娘子喜曰 季母來 吾母始有餔歠之隙 吾其不以母事之乎 告其母曰 季母無父母 母宜愛之如吾

일찍이 동자와 함께 사당의 뜰을 청소하고 있었는데, 동자가 풀 하나를 가리켜 묻기를 "이건 무슨 풀이야?" 하니 낭자가 말하기를 "익모초다." 하니, 동자가 말하기를 "이름을 기억하기 쉽네." 하고는 옮겨 심었다. 낭자가 말하기를 "풀도 능히 어미를 이롭게 해주는 것이 있는데 우리들만 어머니를 이롭게 해주는 것이 없구나. 게다가 이 풀은 뜰에 많이 나 있어 우리들이 제거하지 않으면 아버지께서 반드시 손수 제거할 것이다. 비록 익모초라고 하지만 도리어 아버지의 수고를 끼치게 될 것이다." 하였다. 동자가 말하기를 "나는 이름 때문에 함부로 없애지 못하겠어. 아버지께서 사당의 뜰을 어지럽힌다는 이유로 익모초를 제거하신다면 얼마나 마음 아프실까?" 하였다. 낭자가 말하기를 "아버지 또한 어머니가 계시니 반드시 제거하지 않으실 것이다." 동자가 웃으면서 말하기를 "누나 말은 어머니를 이롭게 하면서 아버지도 이롭게 할 수가 있겠네." 하였다. 嘗與童子 修廟庭 童子指一草問曰 此何名 娘曰 益母草也 童子曰 其名可念 卽培植之 娘曰 草能益母 吾輩無益於母 且此草多生于庭 吾輩不去之 父必手除 雖曰益母 反爲父勞 童子曰 吾以其名 而不敢除 父以亂廟庭而除之 亦何傷乎 娘曰 父亦有母 必不除矣 童子笑曰 姊言可謂益母而益父矣

낭자가 먹을 것을 얻어 동생이 좋아하는 음식이 있으면 반드시 모두 주면서 말하기를 "네가 좋아하는 거지, 나는 별 생각 없다." 하였다. 일찍이 앵두를 얻어 동생에게 주면서 말하기를 "나는 너보다 먼저 태어나서 이미 이 앵두를 많이 먹었으니 네가 전부 다 먹어라." 하였다. 낭자가 일찍이 발을 다쳤는데, 동자가 발을 끌어안으면서 울었다. 어머니가 말하기를 "다친 사람은 울지 않는데, 다치지도 않은 네가 왜 우느냐?" 하니, "제가 누이와 함께 가는

데, 걸음이 누이에게 미치지 못해 누이가 저를 끌고 가다가 발을 다친 것입니다. 저 때문에 다쳤으니 제가 어찌 울지 않겠습니까?” 하였다. 娘得食物 童所嗜者 必專給之曰 汝之所嗜 吾無食意 嘗得櫻桃 給童弟曰 吾先汝生 已多食此物 汝須專食也 娘子嘗傷足 童子抱足泣 母曰 傷者不泣 而不傷者泣 何也 曰 吾與姊偕行 行不及姊 姊將携我而去 致傷其足 由我而傷 吾何不泣

어머니가 손가락에 등창이 나자 낭자가 말하기를 “내가 일찍이 들으니 등창은 빨면 낫는다고 하는데, 나는 비위가 약하니 어찌하면 좋을까?” 하니 동자가 말하기를 “내가 등창을 빨 테니 어머니가 깊이 잠드시면 내게 알려 줘!” 하였다. 동자는 이날 밤에 누워서 자지 않다가 창밖에서 나는 누나의 발자국 소리를 듣고는 일어서서 말하기를 “어머니가 정말로 잠드셨어?” 하고는 달려 들어가서 등창을 빨았다. 어머니가 놀라서 깨어나시자 낭자가 말하기를 “백입니다.” 하고는 병든 손을 꼭 잡고 있으면서 정성을 다해 빨도록 하였다. 그 다음날 등창이 나았다. 어머니가 동자에게 일러 말하기를 “너는 불결한 마음이 없었느냐?” 하니 “오기吳起도[4] 오히려 병사의 등창도 빨았는데 하물며 어머니인데 감히 불결한 마음이 있겠습니까?” 하였다. 母病手指瘡 娘曰 吾嘗聞之 吮瘡則愈 柰吾胃弱何 童子曰 吾能吮之 伺母睡熟而告我 是夜臥而不寐 聞窓外跫音起曰 母果睡耶 趨而入吮之 母驚覺 娘曰 百也 堅執病手 使極意吮之 翌日瘡果愈 母謂童曰 汝無不潔之心乎 對曰 吳起尙吮卒疽 況以母而敢有不潔之心乎

어느 날 밤에 아버지도 손을 다쳐, 글을 불러주면서 동자로 하여금 쓰도록 하였다. 글을 다 쓰자 단정히 앉아서 글만 보고 있었다. 아버지가 말하기를 “밤은 깊어 오는 사람이 없구나, 시 한 수 지을 수 있겠느냐?” 하니 재빨리

---

4   吳起: 중국 戰國時代의 병법가. 본래 魯나라 사람인데 魏文侯가 현군이라는 말을 듣고 위나라로 가서 많은 전공을 세운 전국시대의 명장. 그는 평소 사졸들과 같은 음식을 먹고 똑같은 옷을 입으며 동고동락하였는데, 심지어 종기가 나서 고생하는 병졸의 고름을 입으로 빨아주기까지 하였다. 그래서 싸움터에 나가면 부하들이 목숨을 아끼지 않고 싸웠다.

대답하기를 "한밤중 창 밖엔 달이 비치고, 등 앞엔 고향을 그리는 만 리의 마음이로다. 만 리는 어떻게 이를 수 있는가. 바야흐로 비로소 이 속에서 찾았도다."라고 했다. 一日夜 父病手 呼文而使童書 書畢 端坐看書 父曰 夜深人不來 汝可押韻 應口對曰 窓外三更月 燈前萬里心 萬里如可到 方始此中尋

6세에 복희씨 · 신농씨 · 황제씨의 기록을 읽고는 위연히 탄식하여 말하기를 "그물을 엮으면 반드시 모든 물건들을 다 취하는 사람이 있었고, 무술을 익히면 반드시 서로 다투어 죽이는 자가 있었으니 성인이 지으신 법도 또한 폐하게 된 경우가 있었다." 하였다. 〈동요〉나 〈노인가〉에서 풍자하기를 "이 동자가 노인과 함께 선화계仙化界에서 풍요롭게 날지 못하는 것이 한스럽구나!" 하였다. 완악한 아버지와 어리석은 어머니에 대한 이야기에 이르러서는 책을 덮고 탄식해 말하기를 "순임금은 크나큰 효자이시면서 이것을 더하지도 빼지도 않았는데, 기록하는 사람이 어찌 감히 부모의 과실을 자식이 행한 일 속에 기록할 수 있단 말인가. 불행하게도 인륜의 변고를 만났고, 또 불행하게도 사관의 붓을 만났으니 어찌 성인의 큰 불행이 아니겠는가?" 하였다. 六歲讀伏羲神農黃帝記 喟然歎曰 結綱罟 必有盡物取之者 習干戈 必有相爭殺戮者 聖人作法 亦將爲弊 至童謠老人歌 諷誦曰 恨不與此童此老 優遊翶翔於至化中 至父頑母囂 掩卷歔欷曰 舜之大孝 不以是加損 記史者 何敢以父母之過 載錄於子之行事中也 不幸而遭人倫之變 又不幸而遭史官之筆 豈非聖人之大不幸

우임금이 구주九州를 개척한 이야기를 읽고는 크게 웃으면서 말하기를 "저는 두 살 때부터 조선이 어째서 팔도로 나뉘었는지 알고자 했으나, 그 이유를 알지 못하다가 지금에야 비로소 이해하게 되었습니다. 중국은 중앙이며 또 천자의 나라여서 9 · 5의 뜻을 취하여 구주를 만들었고, 우리나라는 천하의 동쪽에 있습니다. 동쪽은 나무에 속하여 3 · 8의 뜻을 취하여 팔도로 나누게 된 것입니다." 하였다. 及讀夏禹開九州 瞰然曰 吾自二歲時 始欲知朝鮮之

일찍이 달빛 아래에서 아버지를 따라 가면서 조금 뒤쳐져 오니 아버지
가 "어째서 뒤쳐져 오느냐?" 하니 "감히 아버지의 그림자를 밟을 수 없습니
다." 하였다. 겨울날 밤에는 반드시 옆으로 누워서 다리를 쫙 폈다. 아버지가
"냉돌에 다리를 펴면 발이 시리게 된다. 너에게 병이 생길까 걱정되는구나."
하니, 대답하기를 "때에 따라 저절로 오므리고 펴지는 것이니, 이는 조화의
일상적인 이치입니다. 추위를 두려워하여 다리를 오므리면 도리어 병이 생
깁니다."라고 했다.

아버지가 "무엇을 말하느냐?" 하니 대답하기를 "조화는 유명굴신幽明屈伸
일 따름입니다. 하늘은 덥고 낮에 해당합니다. 이는 밝고 펴지는 것입니다.
땅은 차갑고 밤에 해당합니다. 이는 그윽하고 굽히는 것입니다. 유명굴신에
나아가 변화를 이루기 때문에 양陽은 기를 토하고 음陰은 기를 품는 것입니
다. 기를 토하기 때문에 베풀게 되고 기를 머금기 때문에 변화되는 것입니다.
양이 베풀어지고 음이 변화되어서 인도가 올바르게 서게 되고 만물이 이루어
지게 되는 것입니다. 양이 음을 박하게 하게 되면 빙 둘러서 바람이 되고, 음
이 양을 가두게 되면 격분해서 천둥이 되며, 양이 음과 조화를 이루면 비나
이슬이 되고, 음이 양과 조화를 이루면 서리나 눈이 되며, 음과 양이 조화롭
지 못하면 사나운 기운이 됩니다. 그러므로 낮에는 단정히 앉아 있기도 하고
혹 걸음을 건기도 하며, 밤에는 다리를 펴고 혹 몸을 뒤척이기도 합니다. 이
것은 조화굴신造化屈伸의 이치입니다. 추운 밤에 오므리고 펴지 않는 것은 그
윽한 곳에 웅크리고 있는 것과 같아 도리어 병이 생깁니다. 만약 더운 여름에

밤새도록 다리를 펴면 또한 도리어 병이 생깁니다. 고인들이 글자를 만든 것은 모두가 오묘한 이치가 있습니다. 유幽 자는 실제로 명明의 뜻을 겸하고 있으며, 명明 자 또한 유幽의 뜻을 겸하고 있습니다. 굴屈 자는 실제로 신伸의 뜻을 겸하고 있으며, 신伸 자 또한 굴屈의 뜻을 겸하고 있습니다.” 曰 何謂也 對曰 造化只是幽明屈伸而已 天也暑也晝也 是明而伸者也 地也寒也夜也 是幽而屈者也 卽幽明屈伸而成變化 故陽者吐氣 陰者含氣 吐氣故施 含氣故化 陽施陰化 而人道立 萬物遂矣 陽薄陰 則繞而爲風 陰囚陽 則奮而爲雷 陽和陰 則爲雨露 陰和陽 則爲霜雪 陰陽不和 則爲戾氣矣 故晝而端坐 或行步 夜而伸脚 或轉身者 是造化屈伸之理也 寒夜屈而不伸 殆同幽而屈 反生病 若於暑月 終夜伸脚 亦復生病 古人所以作字 皆有妙理 幽字實兼明義而 明字亦兼幽義 屈字實兼伸義 而伸字亦兼屈義也

아버지가 말하기를 “옛 사람들이 글자를 만듦에 어찌 반드시 묘한 이치가 있었겠느냐?” 하니 대답하기를 “후인들이 알지 못할까 걱정하였으니 고인들이 어찌 생각 없이 글자를 지었겠습니까?” 하였다. 일찍이 스스로 손을 펼쳐 보이면서 말하기를 “사람의 사지四肢(두 팔과 두 다리)와 백해百骸(온 몸에 있는 모든 뼈)는 모두 형상한 법칙이 있는데, 다섯 손가락은 무엇을 형상한 것일까?”라고 하고는 한참 뒤에 “엄지 손가락은 태극을 형상한 것으로, 태극은 음양陰陽을 낳으므로 마디가 두 개일 것이고, 나머지 네 손가락은 네 계절을 형상한 것으로, 한 계절은 석 달이기 때문에 마디가 세 개일 것이야.” 하였다. 그가 생각하고 이해한 것들은 대부분 이전 사람들이 언급하지 않은 것을 말하였다. 父曰 古人作字 豈必有妙理 對曰 後人患不能識 古人豈無心而作耶 嘗自展手視之曰 人之四肢百骸 俱有法象 手五指 是何象也 良久乃曰 母指象太極 太極生兩儀 故兩節 餘四指 象四時 一時三月 故三節 其思索理會 率多有發前人未發者

일곱 살 생일날 스스로 ‘경림景霖’이라 이름 짓고 ‘택세澤世’라고 자字를 지었다. 아버지가 무슨 뜻인지 묻자 대답하기를 “성명을 합해서 말씀드린다면 태괘泰卦[5]가 다시 수괘需卦가[6] 되어, 임금을 위해 목숨을 바치고 백성들을 윤

택하게 한다는 뜻이 담겨져 있습니다." 아버지가 말하기를 "어떻게 그 커다란 뜻을 설명할 수 있겠느냐?" 말하기를 "머리는 둥글고 발은 모가 난 것은 하늘을 본뜬 것입니다. 사체四體는 사방四方과 사시四時를 본뜬 것입니다. 얼굴에 일월성신이 있는 것은 음양을 본뜬 것이며 장臟과 부腑엔 오행을 갖추고 있습니다. 그리하여 의복과 음식에도 모두 음양오행이 있는 것입니다. 이 때문에 하도河圖는 둥글고 낙서洛書는 모난 것입니다. 천지가 크고 귀신이 그윽하며, 사해四海의 밖과 육합六合의 안에, 평상시 행하는 바가 사시四時·오행五行·동정動靜·생성生成의 도에서 벗어나지 않습니다. 천하 고금에 모든 것이 전이轉移(변하고 바뀜)·합벽闔闢(닫히고 열림)하고, 모든 것이 소식消息(사라지고 자라남)·영허盈虛(가득차고 텅빔)함도 모두 이러한 이치입니다. 저의 이름도 진실로 경천위지經天緯地에 음양을 조화롭게 하고 사시를 순조롭게 하여 상생·상성의 뜻이 있는 것입니다." 七歲初度日 自名曰景霖 字曰澤世 父問何義 對曰 合姓名而言之 爲泰卦 復爲需卦 有致君澤民之義 曰何其說得廣大也 曰 頭圓足方 象天地也 四體象四方四時也 面有日月星辰 象陰陽也 臟腑具五行也 以之衣服飮食 皆有陰陽五行 是以河圖圓洛書方 天地之大 鬼神之幽 四海之外 六合之內 日用所行 不外乎四時五行動靜生成之道 而古今天下 百千萬事之轉移闔闢 百千萬物之消息盈虛 都是此理 則吾名固有經天緯地 調陰陽 順四時 相生相成之意也

아버지가 말하기를 "장부가 오행을 갖추고 있는 것은 어찌 알았느냐?" 대답하기를 "작년 겨울에 할머니께서 병이 났을 때 의원이 왔기에 물어보니, '폐肺는 금이요, 심心은 화, 비脾는 토, 간肝은 목, 신腎은 수, 담膽은 목, 위胃는 토, 대소장大小腸은 금, 방광膀胱은 수, 삼초三焦는 화'에 해당한다고 말해 주었

---

5 泰卦: 坤卦와 乾卦가 겹쳐 이루어진 괘이다. 陰陽이 화합하여 하나로 뭉쳐짐을 상징하는 地天泰卦이다. 이는 大地의 陰氣가 내려오고, 하늘의 陽氣가 상승하는 형상으로 길하고 형통할 괘이다.

6 需卦: 坎卦와 乾卦가 겹쳐서 이루어진 괘이다. 하늘 위에 물(구름)이 머물러 있음[水天需]을 상징한다. "구름이 비가 되어 땅에 내리도록 성숙된 여건을 성실하게 기다리면 크게 형통하고, 큰 물을 건너면 이롭다."라고 되어 있다.

습니다." 하였다. 아버지가 말하기를 "어째서 하도가 둥글고 낙서가 모가 난
지를 알았느냐?" 대답하기를 "이것은 『서전書傳』에 있는 것으로, 그림을 살펴
보고 주석을 고찰해보면 저절로 알 수 있습니다." 하였다. 父曰 臟腑之具五行
何以知之 對曰 前冬大母有疾 醫來 吾問之 曰 肺金也 心火也 脾土也 肝木也 腎水
也 膽木也 胃土也 大小腸金也 肪胱水也 三焦火也 曰 何以知河洛方圓 曰 此在書傳
按圖考註 自可知之

아버지가 "너는 가르쳐 주지 않아도 알 수 있는데, 어찌 권씨 어른에게
주역을 배우고자 하느냐?" 하니 대답하기를 "무릇 글을 읽음에 스승에게 직
접 배우지 못해서 의심이 점점 많아졌습니다. 대방가大方家에게 배우고 싶었
으나 아버지께서 허락해 주지 않으셨기 때문에 스스로 공부하여 사실을 규
명하고 찾았을 뿐입니다. 진실로 마음에 얻은 것이 없으면 비록 다섯 수레의
책을 보더라도 또한 무슨 이익이 있겠습니까?" 하였다. 曰 汝能不待敎而知之
何必欲受易於權丈 曰 凡書無師受 疑晦漸多 欲受學於大方家 而父不許 故只自繙閱
而已 實無心得 雖看五車書 亦何益也

아버지가 말하기를 "너는 이미 단점을 잘 알고 또 허영심이 많다. 만약
에 일찍 경서를 접하게 되면 문기文氣가 약해질까 염려되니 통사通史를 다 읽
은 다음 한유韓愈나 유종원의 문장과 제가들의 시를 읽는 것이 좋겠다. 그런
후에 경서를 읽음이 마땅하다." 하니 웃으면서 대답하기를 "통사는 부유浮游
하기만 하여 진실함이 없고, 넓지만 정밀하지 못하며, 유종원의 문장은 언론
이 너무 각박하고 문사가 기이하고 편벽되며, 한유의 문장은 자못 호탕하고
넓은 듯하지만, 궤휼詭譎(간사스럽고 교묘함)이 너무 심하고 오로지 부미浮靡(경박
하고 사치스러움)만을 숭상합니다. 제가諸家의 시들은 단지 봄과 가을의 꽃과 같
아 사람들의 이목만 즐겁게 하고, 〈강구요康衢謠〉·〈노인가老人歌〉·〈남풍가
南風歌〉·〈경운가卿雲歌〉·〈갱재가賡載歌〉·〈관저시關雎詩〉의 의미와 기력은

없습니다. 그런데도 사람들로 하여금 많이 읽게 하면 반드시 생각을 방탕하게 하고 마음을 잃어버리게 할 것입니다. 만약 아이들로 하여금 변화를 살피고 마음을 다스리며 도덕을 기르고 사령辭令을 통달하여 시문詩文의 기격氣格을 얻는 데 도움을 주고자 한다면, 마땅히 먼저 『주역』을 읽혀야 합니다. 그런 다음에는 『서경』을, 그 다음에는 『시경』을, 그 다음에는 『예기』, 그 다음에는 『논어』를 읽어야 합니다. 그런 다음 『중용』과 『대학』을 읽은 뒤에 『맹자』로 들어가야 합니다. 통사通史・백가서百家書・제가시諸家詩들은 여력이 되면 한번 읽으면 됩니다.” 하였다. 曰汝旣善病 又多虛譽 若早入經書 恐文氣爲弱 可畢讀通史 次讀韓柳文諸家詩 而後當讀經書 笑而對曰 通史 浮而不實 博而不精 柳文 言論刻迫 文辭奇僻 韓文 頗浩汗汪洋 而詭譎百態 專尙浮靡 諸詩家 只如春葩秋華 悅人耳目 未曾有康衢謠・老人歌・南風歌・卿雲歌・虜載歌・關雎詩意味氣力 使人多讀 必且蕩志而喪心 如欲使童蒙觀變化・治心性・養道德・達辭令 助得詩文氣格 且當先讀易 次讀書 次讀詩 次讀禮 次讀論語 次讀中庸大學 而後入孟子 至於通史百家書諸家詩 可餘力一讀 足矣

　　일찍이 〈명자설〉(이름자의 설명)을 지으면서 다섯 번이나 종이를 바꾸고는 편을 완성하면서 말하기를 “이제야 과문科文이 곧 배우俳優라는 설을 알겠다. 사람들이 모두 쉽게 할 수 있지만, 이와 같은 글은 많이 읽지 않으면 지을 수 없다.” 하였다. 당 아래에 어린 은행나무를 심고는 〈종행설種杏說〉과 〈양행기養杏記〉를 짓고 스스로 ‘행당杏堂’이라 호號하였다. 또 〈행당기〉와 〈전〉을 지어서 자신의 뜻을 보였다. 또 〈천하지도기天下地圖記〉를 지었는데, 산천・도읍・인물・풍토・누관・형승들이 명료하게 마음과 눈에 들어오지 않는 것이 없었다. 며칠 뒤에 다시 말하기를 “이 글은 자못 기문의 기법을 잃어버렸으니 뒷날 마땅히 고쳐야 한다.”라고 하였다. 嘗著名字說 五易紙而卒篇曰 始知科文卽徘優說 人皆易能 如此等文 非多讀 不能也 堂下種稗杏 著種杏說養杏記 自號杏堂 又著杏堂記與傳 以見志 又著天下地圖記 山川都邑人物風土樓觀形勝 無不瞭然在心目間 後數日復曰 此文頗失記法 後當改搆

동자 나이 여덟 살 때에 어떤 손님이 거문고를 안고 와서는 "수재秀才의 거문고 소리를 듣고 싶소."라고 하였다. 아버지가 웃으면서 말하기를 "이 아이가 바로 거문고 소리를 들어보지 못한 아이입니다. 비록 그러하나 손님께서 이미 요청하셨으니 시험 삼아 연주해 보거라." 하였다. 마침내 거문고을 당겨서 깊이 생각하다가 왼손으로 거문고를 탔다. 곡이 절반도 되지 않았는데 객이 일어나서 춤을 추면서 "나는 12세부터 거문고를 배웠는데, 나라 안을 두루 돌아다니다가 오늘에서야 참다운 소리를 듣게 되었습니다. '봉의조鳳儀操'도 듣고 싶소." 하였다. 다시 거문고를 타니 객이 다시 일어나 춤을 추었다. 곁에 있던 어떤 사람이 묻기를 "너는 누구에게서 거문고를 배웠느냐?" 대답하기를 "몇 년 전에 박씨 성을 가진 사람에게서 처음 거문고 소리를 들었는데, 거문고 소리가 너무 저속하였습니다. 그래서 〈오성팔음도五聲八音圖〉를 취하여 보니 금슬琴瑟은 리離에서 생겨납니다. 이 뜻을 알게 되면 저속한 소리를 면할 수가 있을 것입니다." 그 사람이 "오성과 팔음에도 능통합니까?" 하니 대답하기를 "거문고를 가지고 여러 소리를 내는 것은 해당되는 물건을 가지고 소리를 내는 것만 못합니다. 그러나 모방하는 것은 어렵지 않습니다." 하였다. 그 사람이 "다시 타 보아라." 하니 손님이 말하기를 "좌중엔 음을 아는 사람이 없으니 다시 하지 마라." 하였다. 다음날 아침에 손님이 시를 적어 달라고 청하자 왼손으로 초서를 써서 말하기를 "한번 거문고를 타니 태고의 음이요, 산과 물은 우뚝하고 깊구나!" 또 쓰기를 "바람은 나의 옷깃이고 달은 내 마음이라, 맑고 밝으니 어찌 반드시 거문고 소리만 듣겠는가?" 하였다. 八歲有客 抱琴而至曰 欲聽秀才琴聲 父笑曰 正所謂聲未聽者也 雖然 客旣有請 汝其試之 遂援琴沈吟 以左手彈之 曲未半 客起舞曰 吾自十二歲 學琴遍國中 始聞此聲 願聞鳳儀操 復彈之 客復起舞 傍有人問曰 汝學琴於何人 對曰 年前始聽朴姓人 琴俗聲也 取考五聲八音圖 琴瑟生於離 知此義 則可免於俗 其人曰 五聲八音 皆可能之乎 對曰 以琴作諸聲 不若各以其物成聲 然依倣亦不難也 其人曰 復彈之 客曰 座中無知音者 勿復爲也 翌朝 客固請詩筆 乃以左手草書曰 一張琴太古音 山與水巋兮深 又書曰 風吾襟月吾心 淸且明何必琴

어느 날 밤에 갑자기 한숨을 내쉬면서 말하기를 "하늘이란 참으로 알 수가 없습니다." 하였다. 아버지가 "무엇을 말하느냐?" 대답하기를 "우연입니다." 아버지가 "반드시 품은 것이 있는 모양이니 내 듣고 싶구나!" 하자 바로 대답하기를 "지난번에 누나가 종이를 찾아 글씨를 저에게 보여 주면서 '시로는 천하제일인 우리 백이, 입만 열면 사람을 놀라게 하네. 남아는 모름지기 큰 학문을 해야지, 진실로 공부에 힘써 날마다 새롭게 하거라." 함에 제가 깜짝 놀라서 다시 운을 불러 주자 곧바로 절구絶句 세 수를 지었습니다. 시격이 매우 높았고 자질이 참으로 아름다웠습니다. 그러나 불행하게도 여자라는 점 때문에 저도 모르게 탄식한 것입니다." 하였다. 一日夜 忽歔欷曰 天固不可知 父曰 何謂 曰 偶然 父曰 必有所懷 吾欲聞之 乃曰 向也姊索紙書示曰 百也詩無敵 開口便驚人 男兒事業大 眞工願日新 吾大驚 更呼韻 應口成三絶 詩格甚高 資質儘美 而不幸爲女子 故不覺歎惜也

아홉 살 되던 여름에 병에 걸렸다. 약을 먹은 지 40여 일 되던 날 누이에게 "입에 쓴 약은 권하면 곧바로 먹어 진실로 부모님의 마음을 위로해 드렸는데, 지금은 기력이 이미 다하여 음식을 삼킬 수가 없어. 내가 만약 먹지 않으면 아버지 역시 드시지 않을 터이니 할머니께 말씀드려 아버지가 할머니 곁에서 음식을 드시게 하여 다시는 나에게 음식을 권하지 않도록 해 줘! 부모님께 효도하고 봉양하는 것은 모두 누이에게 맡기니 조금도 게을리 하지 마!" 하였다. 그 다음 날 아침 갑자기 일어나 앉아 손으로 책상 위의 여러 책들을 쓰다듬으면서 아버지께 고하기를 "갑자기 이상한 꿈을 꾸었는데 오늘을 넘기지 못하겠습니다. 오래 살고 일찍 죽는 것은 모두 운명이니 슬퍼하지 마세요!" 하고는 그 방의 모든 사람들과 이별을 청하였다. 어머니께 안방으로 들어가시라고 하면서 "앉아서 죽음을 지켜보는 것은 더욱 참기 어려운 것입니다." 하고는 누이더러 재촉하면서 "누나는 들어보지 못했나? 남자는 부인의 손에 죽지 않는다는 말을." 하였다. 누이는 그 말뜻을 알아차리고는 어머니를 껴안고 나갔다. 이에 아버지의 손을 잡고 머리를 동쪽으로 두고 누우면서 말하기를 "아버지께서는 할머니의 마음을 위로해 주십시오." 하고는 말을 마치자 죽었다. 실로 무자년(1768) 7월 2일이다. 九歲夏得疾 服藥四十餘日 語其姊曰 苦口之藥 隨勸輒進 實以慰父母心 今則氣已盡矣 不能呑下 吾若不食 父亦不食 須以大母命 白父食於大母側 勿復勸我食 孝養父母 都付於姊 勿少懈也 翌日平朝 忽起坐 手摩案上諸書 告于父曰 俄有異夢 死不逾日 然彭殤皆命 勿傷也 因遍請一室人與訣 請其母入去曰 坐觀命盡 尤所不忍 促其姊出曰 姊不聞 不絶於婦人之手乎 姊悟其意 抱母而出 乃握父手東首而臥曰 願父上慰大母之心 言訖而絶 實戊子七月二日也

아버지의 친구 권명우權明佑(1722~1795, 字 子淵, 號 可齋)가 애통해 하며 말하기를 "이 아이를 비명에 죽게 할 수는 없네. 예로써 장사지내도록 하시게." 하였다. 아버지는 그의 평소 행적들을 모두 모으고 동자의 누이로 하여금 빠진 것들을 다 찾아내도록 하였다. 낭자가 말하기를 "다만 바위 굴 속에 감추어 둔 것밖에 없습니다." 하였다. 서너 차례 더 재촉하였으나 결국 차마 꺼내지 않았다. 어머니가 말하기를 "너의 동생이 죽은 지 아직 이틀도 되지 않았는데 네가 아버지의 명을 어기려 하느냐?" 하였다. 낭자가 이에 통곡하면서 꺼내었다. 다섯 겹으로 밀봉되어 있었는데 '무자년 오월[7] 밤에 석실에 감추어두다(土鼠, 鳴蜩月夜, 藏石室)'라고 적혀 있었다. 꺼내어서 살펴보니 권으로 만든 것이 셋이고, 첩帖으로 만든 것이 다섯이었다. 푸른색과 붉은색으로 정간 井間[8]을 만들고 누런색으로 겉표지를 입혔으며, '행당잡고杏堂雜稿'라 제목 하였다. 또 〈매죽산수도梅竹山水圖〉와 왼손과 오른손으로 쓴 크고 작은 초서가 있었다. 또 초고를 엮었으나 책으로 완성하지 못한 것이 석 장이었는데 아울

---

7   土鼠는 子의 隱語이고, 鳴蜩月은 5월의 異稱이므로 행당동자의 생몰년을 바탕으로 무자년 5월로 풀이하였다.

8   井間: 井 자 모양으로 줄을 친 罫線의 줄 사이를 말한다.

러 관에 넣고 뚜껑을 덮었다. 父友權子淵 哭之慟曰 不可以殯此兒 爲之襲殮以禮
父盡取其平日手蹟 令其姊 搜出遺漏者 娘子曰 只有巖穴所藏者 存焉 促之數四 終
不忍出 母曰 汝弟死 未二日 汝違父命耶 娘子乃號哭而出之 其封五襲 而書以土鼠
嗚蜩月夜藏石室云 發視之 爲卷者三 爲帖者五 靑朱爲井間 而黃其衣 題以杏堂雜稿
又有梅竹山水圖 及左右手大小草書 且有搆草而 未成篇者三紙 倂納于棺而盖之

　　낭자가 울다가 펄쩍펄쩍 뛰면서 말하기를 "만약 이렇게 하실 줄 알았다
면, 어찌 손수 써서 바위 속에 감추어 둔 것이 있음을 감히 고했겠습니까? 동
생이 감추어 둔 뜻이 반드시 있을 터인데, 저로 인하여 관 속에 들어가게 되
었으니, 제가 동생의 뜻을 저버린 것입니다." 하고는 걱정하고 불안해하면서
마치 의지할 곳이 없는 듯하였다. 이후로 음식을 입에 대지 않아 몰골이 점
차 메말라 갔다. 장사를 마치고는 감히 부모 곁에서 소리 내어 울지도 못했
다. 매일 아침저녁으로 담 북쪽으로 가서 남쪽을 바라보며 눈물을 흘렸다.
娘子哭而踊曰 若知如此 豈敢告有手寫藏巖 意必有在 緣我和棺 吾負吾弟矣 岬岬焉
慼慼焉 如無所憑依 飮啖專却 形容漸枯 旣葬 在父母側 不敢放聲哭 每於朝暮 往墻
北 望南垂涕

　　동생친구들이 글을 읽을 때 백百 자를 읽는 것을 보고는 번번이 슬퍼하
고 마음 아파하였으며, 물건을 셀 때 백百에 이르러서는 반드시 '구십구 하고
일이 있다.'라고 하였다. 동생 친구들이 그녀의 마음을 아는 사람은 백百 자
를 빼고 읽지 않았다. 할머니와 어머니 곁에서는 밝은 얼굴빛으로 웃었으며
간혹 웃을 만한 옛 이야기를 낭랑하게 외워서 자식 잃은 통한을 잊어버리기
를 바랐다. 어머니가 꾸짖어 말하기를 "글을 좋아하는 여자는 일을 이룰 수
가 없다." 하였다. 대답하기를 "자식이 어버이를 섬김에 어버이를 기쁘게 하
는 것이 큰 보람인데, 어머니께서 한 번이라도 웃을 수 있다면 저에게 천 상
자의 옷이 있는 것보다 낫습니다." 하였다. 見童輩誦讀百字 輒怵然傷心 數物
至百 必曰 九十九有一 童輩知其心者 爲廢百字不讀 每於大母母傍 怡愉嬉笑 間以

可笑古談 琅琅誦之 以冀其忘痛 母責之曰 好書之女 無所成事 對曰 人子事親 悅親 爲大 得母一笑 勝我千箱衣

계사년(1773)에 어머니가 급환으로 죽었다. 낭자는 어머니의 똥을 맛보고 손가락을 잘라 피를 어머니의 입 속에 넣었다. 그러고는 숨이 끊어진 어머니를 끌어안고 오히려 몸소 빗질을 함에 조금도 당황하는 기색이 없었다. 장례에 필요한 여러 도구들을 손수 재봉裁縫하면서 "제가 인정을 쓸 수 있는 곳은 다만 이것뿐입니다." 하니 사람들이 모두 감동하여 눈물을 흘렸다. 이때 할머니는 천연두를 피해 나가 계시다가, 한 달이 넘어서야 돌아왔다. 대문을 들어서자마자 곡을 하니, 낭자가 부둥켜안고 위로하면서 아버지께 "노인은 마음이 약하여 곡소리를 들으면 반드시 슬픔이 더해지게 되니 궤전饋奠[9]만 하고 곡을 그만두게 함이 좋을 듯합니다." 하니 아버지가 "알겠다." 하였다. 이때부터 소리 내어 곡을 하진 않았으나 침석枕席과 창벽窓壁 사이엔 얼룩덜룩하게 피눈물의 흔적이 남아 있었다. 이 해에 또 할머니의 상을 당하였다. 절실히 애통해하고 제사를 받드는 정성이 한결같이 어머니상 때와 같이 하였다. 癸巳 母暴疾卒 娘子嘗糞斷指 抱母氣塞 猶能躬親梳澡 少無遑遽色 殮襲諸具 手自裁縫曰 吾所用情 只此而已 人皆感泣 時大母避痘在寓 逾月而返 入門號哭 娘子 扶抱慰解 告其父曰 老人心弱 聞哭聲 必增悲 請饋奠止哭 父曰 諾 自此 雖不發聲 以 哭枕席及窓壁間 斑斑有血淚痕 是年 又遭大母喪 哀痛之切 祭奠之誠 一如喪母之時

을미년(1775) 시월 보름날 할머니 빈소와 어머니 빈소에서 곡을 하니 애통함이 다른 날보다 배나 되었다. 그러고는 할머니와 어머니 무덤에 가서 곡을 하고, 또 동생의 무덤에 가서 곡을 하였다. 며칠 안 되어 홍역의 기운이 집안에 가득하였다. 28일에 세 폭의 글을 아버지께 봉납封納하였는데 "제가 만

---

9   饋奠: 喪中에 제물을 차리고 제사를 지내는 일.

일 아파 누우면, 일이 반드시 어렵게 되겠기에 이 글에 자세하게 실어 놓았습니다. 한 폭은 어머니가 손수 동생이 등창을 앓은 일을 기록한 것으로, 저도 말미에 기록하였습니다. 한 폭은 제가 우리 어머니의 실행實行을 기록한 것이고, 한 폭은 집 안의 잡물에 대해서 기록한 것입니다." 하였다. 아버지가 놀라며 재빨리 가지고 나가라고 하였다. 낭자가 문을 나가면서 말하기를 "아버지께서는 반드시 후회하실 겁니다." 하였다. 乙未十月之望 哭於大小殯 哀痛倍他日 因往哭大母母墓 又哭于童弟塚 不數日 紅疹滿室 二十八日 以三幅書 封納于父曰 女若痛臥 事必難 詳此書 一幅 母所手錄吮瘡事 而女又尾記之者 一幅 女所記吾母實行者 一幅 家中雜物所記者 父愕爾促令持去 娘出門而曰 父必有後悔也

이날 저녁부터 앓기 시작했다. 윤 시월 사흘 새벽에 주변사람이 엿듣지 못하게 하고는 울면서 아버지와 이별하면서 "죽음이 이미 결정되었습니다. 아버님을 버리고 죽게 되니 불효막심합니다. 장차 무슨 낯으로 죽어서 할머니와 어머니 그리고 동생을 만나겠습니까? 원컨대 저를 어머니 묘 곁에 묻어 주십시오. 지난달 꿈에 오늘 같은 일이 있음을 알았습니다. 근래에 글을 써서 봉한 것은 어떤 장롱 속에 있지만 무자년 동생이 죽을 때 쓴 것만 못합니다." 하였다. 밤이 되자 스스로 일어나서 자리를 정돈하고 품 속에서 고별 편지를 꺼내어 아버지의 소매 자락에 넣어 드리면서 "불효한 딸 때문에 마음 아파하지 마십시오."라고 하고, 말을 마치자 갑자기 죽었다. 나이 겨우 열여덟이었다. 是夕始痛 閏十月三日昧爽 屛左右 泣訣於父曰 死已自分 棄父而死 不孝極矣 將何顏歸見我大母母童弟也 願埋我於母墓側也 前月之夢 知有今日 頃日書封藏在某籠 無若戊子殉書也 至夜 自起整席 抽懷中告訣書 納于父袖曰 無以不孝女傷懷也 語畢 奄然而逝 年甫十八

고별 편지는 절실하고 처참하여 사람들로 하여금 눈물을 흘리게 하고 차마 볼 수 없게 하였다. 낭자의 용모는 하얗고, 신장은 걸출하여 대장부와 같았으며, 심성은 자애롭고 어질었으며, 거동은 얌전하였으며, 남의 장단점을 말하지 않았으며, 빠른 말과 경박한 얼굴빛을 하지 않아 행동을 삼감이 매우 엄하였다. 어머니가 죽은 날부터 자신이 죽는 날까지 끝내 속옷의 끈을 풀지 않았다. 어머니가 죽은 뒤 3년 동안 혼자 부인의 일을 주관하였으며, 선조의 제사를 받들고 손님을 접대함에 한결같이 정성과 공경을 지극히 하였다. 其告訣書 婉切悽慘 令人涕流 不忍見 娘子容貌白晳 身長頎然 如丈夫 心性慈良 儀度幽閑 不言人長短 無疾言遽色 律已甚嚴 自母制至死日 終不解襟紐 母沒三年 獨主中饋 奉先接賓 一致誠敬

여공女紅[10]에 이르러서는 부지런히 애쓰며 꼼꼼하고 기민하게 하였다. 예닐곱 살부터 동생을 따라다니면서 참다운 언서諺書를 배웠다. 지은 문장의 시격은 입을 열면 남들을 놀라게 하였다. 필법 또한 창고蒼古하고 정묘精妙하였으나 부모들이 금하고 억제하여, 지은 것이 적었다. 그러나 동생에게 준 시와 아버지에게 올린 고별 편지를 보면, 남아 있는 것들을 개괄할 수가 있다. 아아, 슬프구나! 동자의 원고들은 모두 관 속에 묻어버렸다. 그 뒤에 몇 개의 작은 책만이 떨어진 상자 속에 남아 있었는데, 오언절구가 7수, 칠언절구가 2수, 삼·오·칠언이 각각 1수, 오언집구가 3수, 칠언집구가 2수, 애사가 1수, 잠箴이 2편, 잡저가 2편 있었다. 낭자의 유고는 다만 오언절구가 4수, 아버지께 올린 편지 두 통과 고별 편지만이 세상에 전해지고 있다. 至於女紅 勤勩而精敏 自六七歲 從童弟 學眞諺書 行文詩格 出口驚人 筆法 亦蒼古精妙 爲父母禁抑 尟有所著 然觀於其與弟詩 及訣父書 亦可以槩其所存 嗚呼 其可悲也 童子稿 盡殉棺 其後數葉小冊 遺在弊簏 五言絶句七 七言絶句二 三五七言一 五言集句三 七言集句二 哀詞一 箴二 雜著二 娘子遺稿 只有五言絶句四 上父書二 及告訣書 傳于世

---

10   女紅: 女功과 같은 말로, 紡織·刺繡·裁縫 따위의 일을 말한다.

내가[11] 듣고서 슬퍼하기를 "아아! 옛날 성현들이 태어남은 보통 사람들과 달랐다. 어려서는 희희嬉戲를 즐겨하였으며 이미 평생의 덕업을 점쳤다. 예를 들면, 후직后稷이 나무 심기를 좋아하였고 이보尼父(공자)가 제기를 진설陳設한 것과 회옹晦翁(주자)이 팔괘八卦를 그린 일들이 이미 그러하나, 다섯 · 여섯 · 일곱 · 여덟 살 때의 언행言行과 문사文詞는 세상에 전해지지 않고 있다. 아마 평생의 도덕과 사업들이 너무 우뚝하고 뛰어나서 이루 다 기록할 수 없는 것들이 있었기 때문에 어린 시절의 일들은 빼버리고 전하지 않았을 것이다. 아성亞聖인 맹자도 시장에 있을 때는 물건 파는 것을 배웠고, 묘 가까이 살 때에는 무덤 쌓는 법을 배웠고, 학교 곁으로 옮기고서야 읍양揖讓하는 예의 의식을 배우게 되었다. 그렇다면 맹자 또한 배운 뒤에야 안 사람이다. 忍叟聞而悲之曰 嗚呼 古昔聖賢之生 異於人 其幼而嬉戲 已兆其平生德業 如后稷之好種樹 尼父之陳俎豆 晦翁之畫八卦 是已然 其於五六七八歲 言行文詞 無傳焉 豈以其平生道德事業 巍巍卓卓 有不可勝記焉 故幼時之事 闕而不傳也歟 孟子亞聖也 處市則學販鬻 近墓則學築埋 遷之學舍之傍而後 爲揖讓之儀 然則孟子 亦學焉而後知者也

지금 행당동자는 아홉 살의 어린 나이로 일찍 죽었지만 그의 효성스럽고 우애로운 행실은 이미 두세 살 때부터 어버이를 사랑하는 법을 알았으며, 지혜는 일찍 통달했으며 문장은 일찍 이루었다. 더불어 일이나 이치에 부딪쳐도 배우지 않고서는 능할 수 없는 것도 또한 때에 따라 분별하고 이해하였으며, 곳에 따라 두루 자세하였다. 이 모든 것이 다섯 · 여섯 · 일곱 · 여덟 살 때의 일이다. 비록 학문의 어려운 것들도 그때에 두루 능할 수 있었으니 하물며 누구를 따라 배우겠는가? 아아! 기이하구나! 아마 옛날 성현들도 능하지 못한 것을 동자가 능히 할 수 있었도다! 옛날 성현들은 어린 시절, 장년 시절, 늙을 때까지의 도덕과 사업들이 후세의 본보기가 될 만하므로 어릴 때의

---

11 원문의 '仁叟'는 「행당동자전」을 지은 金若鍊의 別號이다.

일은 빠트리고 전하지 않아도 또한 괜찮다. 그러나 동자는 어린 시절만 있고 어른이 되지 못했으니 어찌 차마 기이한 행적들을 없애서 전하지 않게 하겠는가? 今杏堂童子 九歲而歿 其孝友之行 是固孩提之知愛親者 而其智睿之早達 文章之夙就 與夫觸事觸理 不學而不可能者 亦能隨遇而辨解 隨處而周詳 此皆五六七八歲時事也 雖學之已難 盡能於其時 況孰從以學之 嗚呼異矣 豈古聖賢之所未能 而童子能之歟 古之聖賢 幼而長而老 道德事業 可以爲法於後世 則幼時之事 闕而不傳 亦可也 而童子幼而不及長 豈忍使其異行異蹟 煙沒而不傳哉

아아, 애석하구나! 동자로 하여금 어린 나이에 죽지 않고 장년시절과 노년시절이 있게 하였다면, 성인이 되고 현인이 되어 도덕과 사업들이 후세에 본보기가 될 만함은 의심할 여지가 없다. 그의 생장과정이 기이하고 죽음이 빨리 찾아온 것은, 모두 천운天運이다. 하늘을 알 수가 없구나! 그의 아버지는 그의 자식을 사사롭게 취급하여 동자의 행적들을 차마 목도하지 못하였으며, 아울러 미세하게나마 세상에 드러난 그의 행적도 땅 속에 묻어 버렸다. 嗚呼惜哉 使童子 不死於幼 而能長而老 其爲聖爲賢 道德事業 可法於後 無疑也 其生之異 而其歿之速 是天也 天固不可知也 而其父乃私其子 不忍目其蹟 並與微露其蹟於世者 而埋之土

아아, 슬프구나! 한 동자의 생장과정도 이미 기이했지만, 그의 누이 또한 그의 동생과 같았다. 그의 동생이 이미 요절하였는데, 그의 누이 또한 시집도 가기 전에 일찍 죽었으니, 어찌된 일인가? 남자의 생사生死는 진실로 시운에 관계되며, 여자의 존몰存沒도 또한 시운에 관계되는도다! 슬프구나! 嗟乎悲夫 一童子之生 已奇矣 其姊又如其弟 其弟已夭折 而其姊又未笄而歿 何也 男子之生死 固係於時運 而女子之存沒 亦時運之所關歟 悲夫

7

수탉의 원수를 갚고 죽은 암탉

의성 사람이 닭을 기르고 있었다. 세 마리 암탉이 한 마리 수탉을 늘 따라다녔다. 옆집 닭이 그 수탉과 싸워 죽여 버렸다. 세 마리 가운데 두 마리 암탉은 옆집 수탉을 따랐지만, 다른 한 마리는 옆집 닭을 보면 반드시 피해 다녔다. 수탉이 싸움으로 죽기 전에 이미 암탉은 열 개의 알을 낳았거니와 수탉이 죽을 무렵 다시 두 개의 알을 더 낳아 품고 있었다. 일정한 기간이 흐르자 열두 개의 알이 껍데기를 깨고 밖으로 나와 모두 병아리가 되었다. 이때가 정조 3년 (1779) 정월이었다. 烈雞傳: 聞詔人畜雞　三雌從一雄　隣雞鬪其雄而殺之　二雌從之　一雌見隣雞　必避之　先是雌已産十卵　及雄雞死　復産二卵而伏之　及期　而十二卵　皆成雛　時上之三年春正月也

어미는 매우 부지런히 새끼를 먹여 살렸다. 먹이는 반드시 부엌이나 측간(변소)에서 구했다. 측간에서 파리와 벌레가 나오고 부엌에는 쌀알 찌꺼기가 남아있기 때문이었다. 두 달도 되지 않아 새끼들은 무럭무럭 자라나 스스로 먹이를 찾아다닐 수 있게 되었다. 어미는 새끼들과 떨어지지 않았고 다시 알을 낳지도 않았다. 주인이 새끼병아리 한 마리를 시장에 팔아 소금을 사서

장醬을 담갔다. 소금이 적게 들어가 장맛이 싱거웠다. 주인이 장차 다시 병아리 두 마리를 팔아 소금을 더 쳐보려고 했는데, 그만 장 담은 항아리가 갑자기 절로 깨져 버렸다. 이때 어미가 새끼를 거느리고 가서 장을 모두 먹어 치웠다. 그리하여 다섯 달 만에 새끼병아리들이 거의 어미닭 만하게 커버렸다. 雌哺其雛甚勤 必從廚厠 以求食 以厠出蠅蟲 廚間有遺粒也 不二月 雛長 可自食 雌不離雛 不復産 主人鬻一雛于市 買塩以爲醬 塩少醬味薄 主人將復賣二雛 而加塩焉 醬缸忽自破 雌率其雛而食之 五月雛大幾如陳

어느 날 저녁이었다. 어미와 새끼들이 모두 지붕 위로 올라갔다. 어미가 멀리 옆집 횃대(둥지)를 보고 '푸드득'하고 날아들었다. 11마리 새끼들이 모두 어미를 따라 날아서 곧장 옆집 횃대로 올라갔다. 어미가 이웃 닭의 목덜미를 깨물고 늘어졌다. 11마리 새끼들이 우르르 달려들어 옆집 닭을 마구 때리고 쪼아댔다. 옆집 닭이 횃대 아래로 떨어졌다. 이들의 싸움은 옆집 대문 밖에까지 이어졌다. 옆집 주인이 나와 싸움을 말리려 들었다. 곁에 있던 이가 말했다. "암탉이 수탉과 싸우는 것은 예삿일이 아니오. 말리지 말고 우선 지켜봅시다." 얼마 되지 않아 옆집 닭이 죽었고 암탉은 자기 집으로 돌아갔으나 (복수를 위한 싸움으로 기진맥진하여) 대문에 이르러 죽고 말았다. 11마리 새끼들이 어미의 죽음을 보고서 모두 달려들어 문설주에 몸을 던져 죽었다. 一日暮 雌與其雛 皆上屋 望見隣埘 飛而往焉 十一雛 皆從而飛 直上隣埘 雌噬隣雞之項而垂之 十一雛爭搏啄之 隣雞落于埘下 轉鬪至門外 鄰家主欲禁之 傍有人曰 雌雞鬪雄雞 非常事也 勿禁且觀之 俄而鄰雞斃 雌返其家 及門而死 十一雛 見其母死 皆爭投身于門閾而死

아아, 기이하구나! 일반적으로 닭은 무리 지어 살면서 힘센 수탉을 대적할 수 없으면 암탉이 수탉을 따르고, 수탉이 죽으면 다시 다른 놈을 따르는 법이다. 그런데 지금 이 닭은 자신의 수탉을 위해 복수하였으며, 11마리 새끼들도 어미를 따라 그 아비의 원수를 갚고, 어미가 죽자 어미를 따라 죽었다. 날짐승(닭)은 말로써 새끼를 가르칠 수 없지만, 새끼들이 어미의 뜻을 알아차리고서 어미의 굳센 지조를 배웠다. 어미의 굳센 지조에 감동하여 절로 이렇게 행동할 수 있었던 것이 아니겠는가! 嗚呼 其異矣哉 夫雞羣居 無匹雄雞之有力者 則雌輒從之 雄死更從他 今是雞也 能爲其雄復讐 十一雛 從其母 以復父讐 母死 以從其母以死 禽非能言語 以敎其雛 其雛能知母之志 而學母之烈 豈非以其母之烈 能相感 而自然至此哉

아아, 슬프구나! 사람이 제대로 그 뜻을 알아차리지 못하여 한 마리 병아리로 하여금 원수를 갚는 것도 보지 못하고 죽게 하였구나. 닭이 태어나면서 하늘과 땅 사이에 '여자의 곧고 굳은 지조와 절개(貞烈)'의 기운을 받았기 때문에 몸은 비록 날짐승이지만 사람들도 하기 어려운 바를 행하였다. 만일 이 기운을 사람에게 모이게 하여 13명의 어미와 자식을 태어나게 했다면 장차 낱낱이 열부烈婦·효자孝子·충신忠臣·의사義士가 되었을 것이다. 애석하게도 사람에게 그런 곧고 굳은 지조를 부여하지 않고 닭에게 부여하였구나! 만약 이런 이야기를 들은 사람이라면, 근심하고 두려워하면서 마음속으로 경계하며 '닭도 능히 이와 같거늘 어찌 사람으로서 닭만 못해서야 되겠는가!' 스스로 반성하여 힘쓸 것이다. 嗟乎悲夫 人不能識其志 使一雛 不及見復其讐而死也 雞之生鍾天地貞烈之氣 故身雖禽 而爲人之所難能 若使是氣鍾於人 生出十三母子 將箇箇爲烈婦孝子忠臣義士 惜乎 不鍾之人 而鍾於雞也 若使人之聞之者 惕然警于心 以爲雞禽也能若此 豈以人而不如禽乎 必有自反 而勉焉者矣

의성에 사는 사람이 관아에 알려 장차 그 마을을 표창하여 '열계촌烈雞村'이라 했다고 한다. 내가 이를 듣고서 탄식하며 〈열계전〉을 짓는다. 聞韶人聞于官 將表其里 曰烈雞村云 余聞而歎息 爲之傳

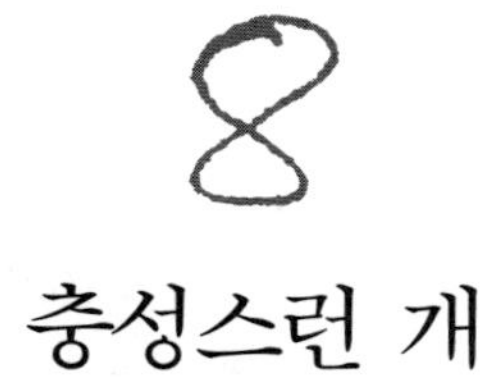

충성스런 개

주인을 따라 죽다

우리 고을 갈산촌葛山村에 송생宋生이라는 자가 있었는데 내 친구 아들이다. 같은 고을에 사는 김씨의 딸에게 장가들어 아내로 삼았다. 김씨가 시집오기 전에 강아지 한 마리를 길렀는데, 시집을 올 때 강아지도 따라왔다. 김씨가 부모를 뵈러 친정에 갈 적마다, 강아지도 따라 나와 길의 중간까지 와서야 되돌아가곤 하였으며, 김씨가 친정에서 돌아올 때도 반드시 길의 중간까지 마중을 나왔다. 忠狗傳: 吾郡葛山村 有宋生者 吾友人子也 娶同郡金氏女爲婦 金氏未笄時 畜一狗 及嫁狗隨之 每金氏歸寧 狗從而至半程而歸 金氏返必往迎于半程

평소 주인에게 충성을 바침에 기이한 일이 많았다. 김씨가 병에 걸리자, 강아지는 문 밖을 벗어나지 않으면서 마치 주인의 기색을 살피는 것 같았다. 김씨의 병이 더욱 심해지자, 강아지는 며칠 동안 먹이를 먹지 않았다. 김씨가 죽자 사람들을 따라 매우 애절하게 통곡하였다. 이미 염을 하자 강아지가 갑자기 보이지 않아 집안사람들이 강아지의 행적을 찾아보니, 당 아래 작은 담장에 개구멍이 나있었는데, 겨우 목만 들이밀고 끼어서 죽어 있었다. 기이하도다. 충직스럽구나! 사람이 간혹 남의 녹을 먹고 살면서도 충성으로써 보답하지 않는 경우가 있으니 어째서인가? 其平日效忠于主　多異事焉　及金氏病狗不離門外　若候人之氣色者　疾漸篤　狗不食者　累日　及屬纊　隨人哭甚哀　旣殮　狗忽不見　家人蹤之　狗穴堂下小墻　纔容其項　挾而垂之而死　異哉忠矣　人或有食人之祿而不以忠報者　何哉

주인의 시신을 지키다

옛날 일선一善(선산) 지방에 의로운 개가 있었으니, 그 주인을 위해 불구덩이 속에서 죽었다. 내가 낙동강을 지날 때 강가에 의구義狗의 무덤이 있었다.

　　최근에는 기목군(풍기군)에 어떤 개를 여자가 기르고 있었는데, 여자는 계모에게 미움을 받아 장차 그녀의 고모에게 의지하러 가다가 잘못하여 눈구덩이 속에 빠져 죽었다. 그곳은 깊은 산중이라, 산속에는 사나운 짐승들이 많았다. 개는 그녀의 시신을 지키면서 밤새도록 그녀의 곁을 떠나지 않았다. 그 다음날 여러 거위들이 시신을 보고 모여들자, 개는 분주하게 거위들을 쫓았다. 동쪽으로 쫓으면 서쪽으로 모이고, 서쪽으로 쫓으면 동쪽으로 핍박을 가했다. 개는 아침부터 저녁까지 죽을힘을 다해 거위들이 시신에 접근하지 못하도록 하면서 시신을 보호하였다. 거위들은 결국 시신을 쪼지 못했고, 시신은 훼손되지 않은 채로 장사지낼 수 있었다. 古有義狗　出於一善　爲其主　死於火　余過洛江　江上有義狗塚焉　近者　基木郡有狗　畜於女子　女子不容於後母　將往依其姑　誤陷雪坑而死　其地在深山　山多猛獸　狗守其屍　終夜不去　及明　羣鴉望屍而會　狗奔走逐之　逐東則西集　逐西則東逼　狗竭力禁護　從朝至夕　羣鴉終不敢啄其屍　屍得不毁而殮焉

주인의 무덤을 지키다

내가 어릴 적에 한 늙은 여비女婢가 개를 길렀는데, 여비가 죽어 장사를 지냈다. 개는 낮에는 그녀의 무덤을 지켰고, 밤이 되어서야 집으로 돌아가기를 오랫동안 그만두지 않았다.

대개 개가 그 주인을 알아 볼 수 있다고 하여 예로부터 '개와 말(犬馬)의 충성'이라고 일컬었다. 그러나 주인이 살았을 때 그 주인을 알아보는 것은 이상할 것이 없다. 그러나 물불을 가리지 않고 주인의 어려움을 구원한 경우나, 호랑이나 표범을 피하지 않고 주인의 시체를 보호한 경우, 주인이 죽어 장사 지냄에 주인의 은혜를 잊지 않고 주인의 무덤을 지켜서 보답한 경우도 있었다. 심지어는 스스로 목매어 주인을 따라 죽는 경우가 있었다. 이와 같은 유형의 개들은 그 무리 가운데서 뛰어난 것들이니, 전하지 못하여 사라지는 것은 옳지 않다. 그리하여 〈충구전〉을 지었다. 일선(선산) 지방의 개 이야기는 오래되었으므로 반드시 앞서 전기를 지은 이가 있었을 것이다. 余幼時見一老婢畜狗 婢死而葬 狗晝則守其塚 夜則歸于家 久而不廢 盖狗能知其主 自古稱犬馬之忠 然其主生而能知其主 無足異也 而或不憚水火 以救主難 或不避豺虎 以護主屍 或主死葬 而不忘其恩 守其塚 以報之 乃至有自扼其項 以殉其主人 若此者類 狗之出乎其類者也 不傳而沒之 非義也 遂作忠狗傳 一善之狗 古也 必已有傳之者

9

의로운 개

연일延日(경북 영일) 원님이 관아에 앉아 있는데, 어떤 개가 갑자기 관아로 달려 들었다. 아전이 개를 쫓아 밖으로 내몰았다. 그러나 겨우 동쪽으로 내쫓으면 다시 서쪽으로 돌아오고, 잠시 뒤 저쪽으로 나갔다가 곧바로 이쪽으로 들어 왔다. 아전이 쫓아내기를 쉬지 않았으며 개도 들어오기를 그만두지 않았다. 원님이 그 광경을 보고서 괴이하게 여겨 말하기를 "쫓아내지 말고, 제 멋대로 하도록 내버려 두어라." 이에 개가 관아 뜰에 엎드려 원님을 우러러 보고서 울부짖는 모습이 마치 하소연하고 싶어도 말 못하는 것이 있는 듯했다. 원님이 말하기를 "개야, 개야, 네가 하소연하고 싶은 것이 있는 것 같은데, 나는 네 뜻을 알 수가 없구나! 내가 너에게 두 명의 군졸을 내줄테니, 네가 함께 가서 네가 말하고자 하는 것을 지시해주는 것이 어떻겠니?" 개는 일어났다가 엎드리기를 수없이 반복했는데, 마치 감사 인사를 하는 것 같았다. 義狗傳:

　그리하여 군교軍校 두 사람에게 명하여 개를 따라가도록 했다. 개는 이에 문을 나와 앞장서 갔다. 사람들이 따라오지 못하면 고개를 돌려 꼬리를 흔들었다. 수십 리를 가니 백여 호가 거주하는 큰 마을이 보였는데, 개는 곧장 마을 뒤 작은 집으로 갔다. 거기에는 부인 한 명이 있었는데, 배를 가르고 죽어 있었다. 군교가 말하기를 "개야, 개야, 너는 너의 주인을 죽인 사람을 알고 있지? 네가 가리켜 주려무나." 하니 개는 꼬리를 흔들며 가더니 그 마을 전체를 돌아다니면서 사람들의 얼굴을 살폈다. 이미 그 마을을 다 다니고는 다시 다른 마을로 달려갔다. 한 사내아이를 발견하고는 펄쩍 뛰면서 들어가서는 사내아이의 옷을 물고 울부짖었다. 군교들이 그 사내아이를 포박해서 관아로 데려왔다. 개는 그들을 따라 관청 뜰에 들어와서는 성난 눈으로 째려보면서 물기도 하고 울부짖기도 하였다. 원님이 그 사내아이를 문초하니, 사내아이는 숨기지 못하고 사실을 다 토설했다. 遂命軍校二人 使隨狗往 狗乃出門先之 人不及 則反顧而搖其尾 行數十里 有大村百餘戶 直往村後一小屋 有一婦人 刳其腹而死 軍校曰 狗乎狗乎 爾知殺爾主者乎 爾其指之 狗搖尾而去 遍入村家 仰察人面 旣盡其村 而復走他村 見一童男 踊躍而入 齧其衣而啤 軍校縛其童至官 狗隨入官庭 怒目瞪視 且齧且啤 倅鞫其童 童不敢隱 盡吐其實

　대개 부인은 양반으로, 젊어서 과부가 되었으며 친척도 없었다. 사내는 그녀의 뜻을 빼앗으려고 칼로써 겁탈하였다. 부인은 죽을힘을 다해 저항하면서 굽히지 않았다. 사내는 남들이 알 것을 두려워하여 배를 가르고 그 자취를 없애버린 것이다. 수령은 아전으로 하여금 그 사내를 매질해 죽이고, 옷과 널을 갖추어 부인을 장사지내도록 하였다. 장사를 마치자 개가 따라 죽어 부인의 무덤 곁에 묻어 주었다. 아아, 기이하구나! 누가 미물이 능히 이렇게 할 수 있다고 말할 수 있겠는가? 비록 그렇지만 이는 반드시 주인이 평소 행한 행동으로 말미암아 미물을 감동시킬 수 있어서 그렇게 된 것이다. 아아, 슬프도다! 그 주인은 이미 일찍 과부가 되었다가 또 다시 변고를 만나서 죽었

구나! 盖婦人有班名 而少寡無親戚 童欲奪其志 惻之以刃 婦人抵死不屈 童畏人之
知 而剚之以泯其跡 倅卽使吏 擊殺其童 具衣棺以葬 婦人葬訖 狗從而死 埋于塚傍
嗚呼異哉 誰謂蠢然者能是哉 雖然是 必由主人平日之行 有能感於物而然也 嗟乎悲
夫 其主人旣早寡 而又遭其變 以歿也

참고문헌

기본자료

『慶尙道邑誌』, 『溪村集』(李道顯), 『高麗史』(여강출판사)

『古山集』(柳淵承), 『廣瀨集』(李野淳), 『嶠南誌』

『南皐集』(金象鍊), 『訥隱集』(李光庭), 『陶隱集』(李崇仁)

『東文選』, 『稼亭集』(李穀), 『斗庵集』(金若鍊)

『晚谷集』(趙述道), 『俛庵集』(李㙖), 『撫松軒集』(金淡)

『文巖集』(丁志成), 『密菴集』(李栽), 『栢巖集』(金玏)

『汎庵集』(柳淵楫), 『復齋集』(李彙濬)

『辭源』(縮印合訂本, 商務印書館香港分館, 1987)

『三國史記』(金富軾 著·金鍾權 譯, 明文堂, 1988)

『三國遺事』

『새 우리말 큰사전』(申琦澈·申瑢澈 編著, 삼성이데아, 1989)

『石我集』(金進源), 『石塢集』(權秉燮), 『素軒集』(權人夏)

『松月齋集』(李時善), 『愛襴集』(李和聖), 『陽田集』(李祥鎬)

『與猶堂全書』(丁若鏞)

『嶺南文集解題』(嶺南大學校 民族文化研究所 編)

『梧山集』(徐昌載), 『臥隱集』(金翰東), 『雨岡集』(金浩直)

『愚軒集』(金養鎭), 『頤齋集』(權璉夏), 『忍庵集』(權相圭)

『逸圃集』(朴時源), 『貞山集』(金東鎭), 『貞窩集』(黃龍漢)

『朝鮮王朝實錄』, 『朝鮮寰輿勝覽』(한국읍지총람, 경상도 3)

『趙氏孝烈慈三行實錄』(琴詩述), 『止菴集』(黃永祖)

『千氏孝烈實紀』(朴龍錫, 李道宰)

『恥庵集』(金碩奎), 『退溪集』(李滉)

『稗說作品選集』(국립문학예술서적출판사, 1959)

『平庵集』(權正忱)

『韓國民族文化大白科辭典』(정신문화연구원, 1996)

『漢語大詞典』(한어대사전출판사, 1994)

『漢韓大辭典』(李家源 · 權五惇 · 任昌淳 監修, 東亞出版社, 1997)

『弘齋全書』(正祖), 『孝烈婦柳氏實紀』(李載敏 外)

학위논문

1974 이상철, 「烈女傳의 文學的 研究」, 동아대학교 석사학위논문.

1980 高斗行, 「東國輿地勝覽 孝子 · 烈女條의 分析」, 전북대학교 교육대학원 석사학위논문.

1982 朴玉嬪, 「香娘故事의 문학적 演變」, 성균관대학교 석사학위논문.

1983 安仁旭, 「烈女傳 研究」, 영남대학교 석사학위논문

1983 趙泰英, 「傳 양식의 발전양상에 관한 연구」, 서울대학교 석사학위논문.

1983 崔正洛, 「烈女 春香守節歌에 나타난 滑稽의 樣相과 構造的 機能」, 경북대학교 석사학위논문.

1984 이옥경, 「조선시대 정절이데올로기의 형성기반과 정착방식에 관한 연구」, 이화여자대학교 석사학위논문.

1986 김균태, 「李鈺의 文學理論과 作品世界의 研究」, 서울대학교 박사학위논문.

1986 安秉烈, 「한국가전문학연구」, 고려대학교 박사학위논문.

1987 禹快濟, 「朝鮮時代 家庭小說의 形成要人 研究: 列女傳의 傳來와 受容을 中心으로」, 고려대학교 박사학위논문.

1987 이상덕, 「李鈺 傳의 樣式的 變改樣相에 관한 小考」, 고려대학교 석사학위논문.

1988 김대숙, 「女人發福說話의 研究」, 이화여자대학교 박사학위논문.

1989 鄭炳浩, 「金鑢의 傳 研究」, 경북대학교 석사학위논문.

1990 민경대, 「李鈺의 傳 研究: 烈女傳 類型과 逸士傳 類型을 중심으로」, 경기대학교 석사학위논문.

1991 朴熙秉, 「조선 후기 傳의 소설적 성향 연구」, 서울대학교 박사학위논문.

1991 趙泰英, 「高麗史 列傳의 人物形像과 敍述樣想 研究」, 서울대학교 박사학위논문.

1991 韓俊熙, 「烈女系 小說에 나타난 葛藤構造와 烈의 性格」, 慶北大學校 석사학위논문.

1993 朴基龍, 「居昌地方 孝烈 旌閭記 研究」, 대구대학교 석사학위논문.

1993 裵聖鎭, 「烈女說話研究」, 한국교원대 석사학위논문.

1993 元大淵, 「烈女咸陽朴氏傳의 文獻的 對比 研究」, 건국대학교 석사학위논문.

1993 黃仁玉, 「17·18세기 實學者의 烈女觀에 대한 一考察」, 曉星女子大學校 석사학위
논문.

1994 이대형, 「18세기 열녀전 연구」, 연세대학교 석사학위논문.

1995 李仙永, 「烈女咸陽朴氏傳 研究」, 한남대학교 석사학위논문.

1999 黃萬起, 「烈女傳 研究: 安東文化圈을 中心으로」, 安東大學校大學院 碩士學位論文.

2002 權寧采, 「斗庵 金若鍊의 生涯와 散文世界: 傳 창작을 통한 義理意識의 形象化를 중
심으로」, 安東大學校 教育大學院 教育學碩士學位論文.

일반논문

1964 金龍德, 「婦女守節考」, 『亞細亞女性研究』 3, 숙명여자대학교 아세아여성문제연
구소.

1973 丁堯燮, 「朝鮮王朝時代에 있어서 女性의 社會的 位置(續篇)」, 『亞細亞女性研究』
제12호, 숙명여자대학교 아세아여성문제연구소.

1973 金稔子, 「古代中國女性倫理觀: 後漢書 列女傳을 中心으로」, 『東洋史論文選集』 2
卷, 一朝閣.

1977 金璟鎭, 「朝鮮王朝實錄에 記載된 孝女·節婦에 關한 小考」, 『亞細亞女性研究』 제
16호, 숙명여자대학교 아세아여성문제연구소.

1981 李愼成, 「漢文短篇 古談의 研究」, 『語文學教育』 4, 釜山語文學會.

1982 지두환, 「조선 초기 주자가례의 이해과정」, 『한국사론』 8, 서울대학교.

1983 朴珠, 「朝鮮初期의 旌表者에 대한 一考察: 孝子·烈女를 中心으로」, 『史學研究』 제
37호, 한국사학회.

1983 金均泰, 「傳의 장르적 고찰」, 『우전신호열선생 고희기념논총』, 창작과비평사.

1983 이태진, 「사림파의 향약보급운동」, 『한국문화』 4, 서울대.

1984 金光淳, 「孝烈說話의 樣相과 現代的 意味」, 『女性問題研究』 13, 曉星女子大學校.

1984 윤병희, 「조선중종조 사풍과 소학」, 『역사학보』 103.

1985 정금자 외, 「韓國文學에 나타난 전통적 女性像」, 『亞細亞女性研究』 제24호, 숙명
여자대학교 아세아여성문제연구소.

1985 金勳埴, 「16세기 二倫行實圖의 보급의 社會史的 考察」, 『歷史學報』 107.

1986 李舜九, 「朝鮮初期 朱子學의 普及과 女性의 社會的 地位」, 『淸溪史學』 3, 한국정
신문화연구원.

1986 李鍾虎, 「李長伯傳 小考」, 『首善論集』 제11집, 성균관대학교 대학원.

1987 설성경, 「烈女咸陽朴氏傳 幷序의 구조」, 『淵民 李家源先生 七秩頌壽紀念論叢』, 정음사.

1987 李樹鳳, 「百濟文化圈域의 孝烈說話研究: 湖南地方을 中心으로」, 백제문화개발연구원.

1987 李樹鳳, 「湖南지방의 烈說話 연구」, 『장태진 박사 화갑기념 국어국문논총』, 서울 삼영사.

1988 李樹鳳, 「湖西지방의 孝烈說話 연구」, 『홍익어문』 제7집, 홍익대학교 사범대학, 홍익어문학회.

1989 金均泰, 「朝鮮後期 人物傳의 野譚趣向性 考察」, 『韓國漢文學研究』 제12집.

1989 朴晙遠, 「朝鮮後期 傳의 事實收容樣相」, 『한국한문학연구』 제12집.

1989 朴熙秉, 「한국한문학에 있어 傳과 소설의 관계양상」, 『한국한문학연구』 제12집.

1989 尹在敏, 「中人 傳의 계층적 성격」, 『한국한문학연구』 제12집.

1989 林熒澤, 「삼국사기 열전의 문학성」, 『한국한문학연구』 제12집.

1990 황인덕, 「烈女試驗形 형 설화의 유형적 성격과 烈인식의 의미」, 『학산 조종업박사 화갑기념논총』.

1991 李康玉, 「東野彙輯의 世界觀 研究」, 『韓國文化』 13輯, 서울대학교 韓國文化研究所.

1992 朴珠, 「東國新續三綱行實圖 烈女圖의 分析」, 『論文集』 20집, 효성여자대학교 여성문제연구소.

1992 李鍾虎, 「屛谷 權榘의 闡幽錄을 통해 본 18세기 안동의 민중형상」, 『안동문화』 제 13집, 안동대학교 안동문화연구소.

1993 정미숙, 「李鈺의 女性傳에 나타난 立傳意識」, 『우리말교육』 2, 부산교육대학교.

1993 조영식, 「담정 김려의 사상과 작가의식」, 『안동한문학논집』 3.

1994 林治均, 「조선조 대하소설에서의 충·효·열의 구현 양상과 의미」, 『韓國文化』 15집, 서울대학교 한국학연구소.

1994 조태영, 「조선 후기 傳에서 보는 사회와 자아의 형상: 18세기 孝·烈傳에 투영된 양상」, 『韓國文化』 15집, 서울대학교 한국학연구소.

1995 강진옥, 「열녀전승의 역사적 전개를 통해 본 여성적 대응양상과 그 의미」, 『여성학논집』 1, 이화여자대학교.

1995 李鍾虎, 「屛谷 權榘의 闡幽錄 研究」, 『성신한문학』 제5집, 성신한문학회.

1996 權友荇, 「불의 앞에 정절을 지킨 열녀 이야기 연구」, 『石堂論叢』 第24輯, 釜山 東亞大學校 石堂傳統文化研究院.

1997 李鍾虎, 「17~18세기 갈암학파 제현들의 산문창작」, 『퇴계학』 제9집, 안동대학교 퇴계학연구소.

1997 金學洙, 「韓國의 忠孝 偉人圖鑑: 孝子 · 忠臣 · 烈女 · 偉人의 모습들」, 韓國道義敎育振興會.

1997 朴珠, 「朝鮮中期 孝子 烈女에 대한 考察: 咸州志와 永嘉誌를 중심으로」, 『연구논문집』(인문 · 사회과학), 대구효성가톨릭대학교.

1997 李鍾虎, 「17~18세기 안동한문학 연구」, 『대동한문학』 제9집, 대동한문학회.

1998 朴珠, 「조선시대 12정려와 8정려에 대한 사례 연구」, 『사학연구』 제55 · 56 합집호, 한국사학회.

1999 李鍾虎, 「조선 후기 영남남인의 문학관 연구」, 『퇴계학보』 제103집, 퇴계학연구원.

단행본

1966 崔在錫, 『韓國家族硏究』, 민중서관.

1968 李重煥 著 · 盧道陽 譯, 『擇里志』, 自由敎養社.

1969 張德順, 『韓國의 女俗』, 배영사.

1976 아세아여성문제연구소, 『李朝女性硏究』, 숙명여자대학교.

1977 이광규, 『한국가족의 史的硏究』, 일지사.

1977 한국정신문화연구원, 『전통사회의 가족과 촌락생활』, 한국의 사회와 문화 제16집.

1979 李家源, 『韓國漢文學史』, 普成文化社.

1982 李佑成, 『韓國의 歷史像』, 創批社.

1983 민족문화추진회 편, 『國譯 靑莊館全書』, 「中國書來東國」 條.

1983 宋志香, 『安東鄕土誌』, 大成印刷社.

1987 宋志香, 『榮州 · 榮豊鄕土誌』, 驪江出版社.

1988 嶺南大學校 民族文化硏究所, 『嶺南文集解題』, 嶺南大學校出版部.

1988 조혜정, 『한국의 여성과 남성』, 현대의 지성 39, 서울 문학과 지성사.

1989 申琦澈 · 申瑢澈 編著, 『새 우리말 큰사전』, 삼성이데아.

1990 朴珠, 『朝鮮時代의 旌表政策』, 一潮閣.

1990 李能和 著 金尙憶 옮김, 『朝鮮女俗考』, 동문선.

1990 韓國古小說硏究會編, 『韓國古小說의 照明』, 아세아문화사.

1991 邱變友 編著, 安秉烈 譯, 『唐詩三百首』, 계명대학교출판부.

1993 朴熙秉, 『韓國古典人物傳硏究』, 한길사.

1993 한국정신문화연구원, 『유교적 전통사회의 구조와 특성』, 한국의 사회와 문화 제

21집.

1994 李成茂 外,『朝鮮後期 黨爭의 綜合的 檢討』, 韓國精神文化研究院.

1994 趙東一,『韓國文學通史』, 知識産業社.

1994 編纂委,『漢語大詞典』, 三聯書店.

1995 金泰吉,『한국윤리의 재정립』, 철학과현실사.

1995 김영구,『현명한 어머니 슬기로운 아내』, 명문당.

1995 李樹健,『嶺南士林派의 形成과 展開』, 一潮閣.

1996 劉向 지음 · 이숙인 옮김,『열녀전: 중국 고대의 106여인 이야기』, 예문서원.

1996『韓國民族文化大百科辭典』, 정신문화연구원.

1997 朴珠,『朝鮮時代의 旌表政策』, 一潮閣.

1997 李鍾虎 外,『안동의 선비문화』, 아세아문화사.

1997 韓國古文書學會編,『朝鮮時代 生活史』, 歷史批評社.

2004 李鍾虎,『안동선비는 어떻게 살았을까』, 도서출판 신원.

2004 李鍾虎,『조선의 문인이 걸어온 길』, 한길사.